KB275106

말하라,
기억이여

말하라, 기억이여

다시 쓴 자서전

블라디미르 나보코프 자서전

오정미 옮김

Speak, Memory
An Autobiography Revisited

문학동네

일러두기

1. 번역 대본으로는 *Speak, Memory: An Autobiography Revisited*(Vladimir Nabokov, Penguin Classics, 2016)를 사용했다.
2. 원주 표시가 없는 주석은 모두 옮긴이주다.
3. 본문의 고딕체는 원서에서 이탤릭체로 강조한 부분이다.
4. 본문의 볼드체는 원서에서 러시아어, 프랑스어 등 영어 외 다른 언어로 쓰인 부분이다. 원서에서 다른 언어 뒤에 영어로 뜻풀이를 썼을 경우, 그 언어를 그대로 적고 괄호 안에 뜻을 적었다.
5. 색인의 범위는 머리말부터 15장까지다. 참조와 따옴표 표시, 일부 페이지의 누락은 원서를 따른 것이다.

베라에게

머리말

이 작품은 개인적인 기억들을 서로 연관되게 체계적으로 엮어놓은 아상블라주*다. 기억들의 지리적 범위는 상트페테르부르크에서 생나제르를, 시간적 범위는 1903년 8월부터 1940년 5월까지 37년을 아우르며, 몇몇 경우에만 그 밖의 시공간으로 이탈한다. 이 일련의 회상 중에서 처음 발표된 에세이가 이 책의 5장이다. 내가 30년 전 파리에서 프랑스어로 쓴 '마드무아젤 오'라는 제목의 이 에세이는 장 폴랑**이 1936년 『므쥐르 *Mesures*』 제2호에 실어줬다. 기념사진 한 장(얼마 전 지젤 프로인트의 책 『파리의 제임스 조이스 *James Joyce in Paris*』에 실렸다)이 남아 있는데, 거기에서(정원의 돌탁자 주위에 모여 휴식을 취하고 있는 『므쥐르』 동인들 사이에서) 나는 '오디베르티'***로 잘못 소개됐다.

---

* 다양한 물체를 결합해 만든 미술작품이나 그러한 기법.
** 프랑스의 문학평론가.
*** 프랑스의 시인, 소설가, 극작가.

1940년 5월 28일 미국으로 이주한 후, 나는 작고한 힐다 워드가 영어로 번역한 「마드무아젤 오」를 손봤고, 그것을 에드워드 위크스가 1943년 1월 『애틀랜틱 먼슬리*The Atlantic Monthly*』(미국에서 쓴 내 단편소설이 처음 실린 잡지이기도 했다)에 실었다. (에드먼드 윌슨을 통해 맺어진) 『뉴요커*The New Yorker*』와의 인연은 1942년 4월 짧은 시 한 편으로 시작해 그때그때 감흥을 받아 쓴 다른 작품들로 이어졌지만, 첫번째 산문은 1948년 1월 3일에야 실렸다. 1947년 6월 콜로라도 에스테스 파크의 콜럼바인 로지에서 쓴 「내 삼촌의 초상」(이 책의 3장)이 바로 그것이다. 집필 당시 해럴드 로스가 내 과거의 유령과 그처럼 죽이 척척 맞지 않았더라면 아내와 아이와 나는 그곳에 그리 오래 머물지 못했을 것이다. 같은 잡지에 4장(「나의 영어 교육」, 1948년 3월 27일), 6장(「나비들」, 1948년 6월 12일), 7장(「콜레트」, 1948년 7월 31일), 9장(「나의 러시아어 교육」, 1948년 9월 18일)도 실렸다. 모두 매사추세츠 케임브리지에서 쓴 글로, 당시 나는 정신적으로나 육체적으로나 큰 고통을 겪고 있었다. 10장(「개막극」, 1949년 1월 1일), 2장(「내 어머니의 초상」, 1949년 4월 9일), 12장(「타마라」, 1949년 12월 10일), 8장(「환등 슬라이드」, 1950년 2월 11일, 해럴드 로스의 질문: "나보코프 일가에는 호두까기가 하나였습니까?"), 1장(「완전한 과거」, 1950년 4월 15일), 15장(「정원들과 공원들」, 1950년 6월 17일)은 모두 뉴욕 이타카에서 썼다.

나머지 세 장 중 11장(「첫 시」, 1949년 9월)과 14장(「망명」, 1951년 1월에서 2월)은 『파르티잔 리뷰*Partisan Review*』에, 13장(「트리니티 레인의 하숙집」, 1951년 1월)은 『하퍼스 매거진*Harper's Magazine*』에 실렸다.

「마드무아젤 오」의 영역본은 『아홉 개의 단편들*Nine Stories*』(New Directions, 1947)과 『나보코프의 한 다스*Nabokov's Dozen*』(Doubleday, 1958; Heinemann, 1959; Popular Library, 1959; Penguin Books, 1960)에 다시 실렸다. 후자의 선집에는 「첫사랑」*도 넣었는데, 특히 선집 편집자들에게 예쁨받았다.

위의 발행일에서 드러나듯이 각 장들은 다소 변덕스러운 순서로 집필됐지만, 내 마음속에서는 지금 이 책의 차례대로 깔끔하게 정돈되어 있었다. 그것은 1936년부터, 즉 이 책의 초석을 놓을 때부터 정해진 순서였다. 그 초석의 보이지 않는 내부에는 이미 여러 지도와 시간표, 수집한 성냥갑들과 붉은 유리 파편, 심지어—이제야 깨닫건대—내가 있는 발코니에서 보이는 제네바호수의 풍경, 그 물결과 빛이 머무는 빈터, 오늘 차 마시는 시간에 물닭과 댕기흰죽지가 나타나 검은 점들을 찍어놓은 풍경까지 모두 들어 있었다. 그래서 어렵지 않게 한 권의 책으로 묶어 1951년 뉴욕의 하퍼 앤드 브러더스 출판사에서 '결정적 증거Conclusive Evidence'라는 제목으로 출간했다. 내가 존재했다는 결정적 증거를 뜻하는 제목이었다. 불행히도 이 제목이 추리소설을 연상시켜서 영국판 제목은 '말하라, 므네모시네**'로 지으려 했지만, '작고 늙은 부인들이 제목을 발음할 수도 없는 책을 사고 싶어하지는 않을 것'이라는 말을 들었다. 그렇다면 정교하게 얽힌 채 뻗어가는 덩어리들로 이뤄진 인동덩굴 장식의 이름인 '안테미온The Anthemion'은 어떠냐고 해봤지만, 아

---

* 이 책의 7장은 단편소설 「첫사랑」으로도 출간됐다.
** 그리스신화에서 기억의 여신. 뮤즈들의 어머니이기도 하다.

무도 좋아하지 않았다. 그래서 결국 『말하라, 기억이여*Speak, Memory*』(Gollancz, 1951 ; The Universal Library, N.Y., 1960)가 되었다. 러시아어판(*Drugie Berega*, The Chekhov Publishing House, N.Y., 1954)은 작가 자신, 프랑스어판(*Autres Rivages*, Gallimard, 1961)은 이본 다베, 이탈리아어판(*Parla, Ricordo*, Mondadori, 1962)은 브루노 오데라, 스페인어판(*¡Habla, memoria!*, 1963)은 하이메 피녜이로 곤살레스, 독일어판(Rowohlt, 1964)은 디터 E. 치머가 각각 번역했고. 이 정도면 필요한 서지정보는 다 쓴 셈이다. 『나보코프의 한 다스』의 미주들 때문에 짜증을 냈던 예민한 비평가들도 이번만큼은 최면에 걸린 듯 이 서두를 받아들일 수 있기를.

미국에서 이 책의 초판을 쓸 당시에는 여건이 좋지 않았다. 가족사에 관련된 자료가 거의 없다시피 했고, 그래서 내 기억이 틀렸을지 모른다는 생각이 들 때도 확인해볼 수 없었다. 이 판본에서는 아버지의 전기傳記를 보충하고 수정했다. 특히 앞쪽 장들에서 많은 대목을 고치고 추가했다. 꽉 닫혀 있던 몇몇 괄호를 열어 여전히 쓸모 있는 내용들이 쏟아져나오게 했다. 한편 중요한 사건을 서술하는 데 별 의미가 없는, 임의로 넣은 허울뿐인 물건은 내가 여러 판본의 교정지를 보며 그 대목을 다시 읽을 때마다 계속해서 나를 괴롭혔다. 결국 엄청난 노력 끝에 나는 임의의 안경(다른 누구보다 므네모시네에게 필요했을 것이다)을 기억이 또렷이 나는 굴껍질 모양 담뱃갑으로 탈바꿈시켰다. 그 담뱃갑은 슈맹 뒤 팡뒤*에 있는 사시나무 밑 젖은 잔디에서 반짝거리고

12

있었다. 그곳은 1907년 6월의 그날 내가 그렇게 먼 서쪽에서는 좀처럼 보기 힘든 박각시나방을 발견했던 곳이자, 사반세기 전 나의 아버지가 우리 북쪽 삼림지대에서는 매우 드문 공작나비를 잡았던 곳이었다.

1953년 여름에는 애리조나 포털 근처의 목장에서, 오리건 애슐랜드 의 임대주택에서, 서부와 중서부의 여러 모텔에서 나비를 채집하고 『롤리타*Lolita*』와 『프닌*Pnin*』을 집필하는 틈틈이 아내의 도움을 받아 『말하라, 기억이여』를 러시아어로 번역했다. 『재능*Dar*』에서 이미 정교 하게 전개한 주제를 재연하는 데 따르는 심리적인 어려움이 있었기에 한 장(11장)을 통째로 생략했다. 그러면서도 많은 대목을 수정했고, 기억상실로 인해 생겨난 원본의 결함—빈칸, 흐릿한 부분, 희미한 영 역—을 어떻게든 손보려 애썼다. 맹렬한 집중 덕에 때로는 애매한 얼 룩에 초점이 제대로 맞춰지면서 갑작스레 풍경을 알아볼 수 있게 되기 도 했고, 익명의 하인에게 이름이 생겨나기도 했다. 현재의 『말하라, 기억이여』 최종판에서는 최초의 영어판을 기본적으로 손보고 풍부한 내용을 보탰을 뿐 아니라, 영어판을 러시아어로 번역하는 과정에서 수 정한 내용들을 다시 적용하기도 했다. 애초에 러시아어로 새겨져 있던 기억을 영어로 서술하고 그것을 러시아어로 바꿨다가 다시 영어로 바 꾼 이 작업은 분명 진저리나는 일이었지만, 나비에게는 익숙한 이런 몇 겹의 변태 과정을 인간이 시도한 적은 없을 거라고 생각하면 조금 위안이 되기도 했다.

오락가락하는 기억의 소유자든 그 희생자든 결코 자서전을 집필해 서는 안 될 이들 중에서도 최악은, 회상 중에 자신의 나이를 세기의 나이와 동일시하려는 경향을 보이는 나 같은 사람이다. 이 때문에 이 책의 초판에는 놀라울 만큼 일관된 연대기적 오류들이 생겨났다. 나는 1899년 4월에 태어났으니, 예를 들어 1903년의 3분의 1 정도까지는 대략 세 살이었을 것이다. 그러나 그해 8월에 날카로운 '3'이라는 숫자는(「완전한 과거」에서도 말했듯이) 내 나이가 아니라 세기의 나이를 가리키는 것이었고, 내 나이는 고무 베개처럼 각지고 탄력 있는 '4'였다. 이와 비슷하게, 1906년 초여름—내가 나비를 모으기 시작했던 여름—의 나는 6장의 그 형편없는 두번째 단락*에서 여섯 살이라고 했지만 사실은 일곱 살이었다. 므네모시네에게 참으로 부주의한 소녀 같은 모습이 있음을 인정해야 한다.

모든 날짜는 신력을 따랐다. 우리는 문명화된 세계보다 19세기에는 12일, 20세기 초에는 13일 뒤처져 있었다. 구력에 따르면 나는 지난 세기의 마지막 해, 4월 10일, 동틀 무렵에 태어났다. (만약 국경을 획 넘어갈 수 있었더라면) 독일에서는 4월 22일에 해당하는 날짜였다. 그러나 점점 허례허식을 줄여가며 내 생일을 축하해온 것은 전부 20세기의 일이었으므로, 나를 포함해 혁명과 국외 추방 때문에 율리우스력에서 그레고리력으로 옮겨가야 했던 모든 사람이 4월 10일에 12일이 아닌 13일을 더하곤 했다. 심각한 오류다. 어찌할 것인가? 내 최신 여권의 '생일'란에는 '4월 23일'이라 적혀 있는데, 이는 셰익스피어와 내 조카 블라디미르 시코르스키, 셜리 템플과 헤이즐 브라운**(심지어 나와 여권을 같이 쓰는 사람이다)의 생일이기도 하다. 이런 식이다. 나는 계산

---

* 이 책에서는 세번째 단락에 해당 내용이 실려 있다.
** 여권에 표기된 나보코프의 눈동자색을 장난스럽게 사람 이름처럼 쓴 것으로 보인다.

에 젬병이라 이 문제를 해결할 엄두가 나지 않는다.

나는 20년의 부재 끝에 유럽으로 돌아왔고, 내가 떠나기 전에도 이미 느슨했던 가족 간의 유대를 되살려냈다. 그렇게 가족들이 재회하는 자리에서는 『말하라, 기억이여』가 심판대에 올랐다. 세부적인 날짜와 정황이 확인됐고, 많은 경우 내가 틀렸거나, 애매하지만 파악할 수 있었을 기억을 면밀히 들여다보지 않았음이 밝혀졌다. 조언자들 덕분에 몇몇 사안은 전설이나 소문에 지나지 않는 것으로 판명됐고, 사실이라 해도 내 빈약한 기억이 연관시킨 사건이나 시대가 아니라 다른 사건이나 시대에 관련된 일임이 입증됐다. 사촌 세르게이 세르게예비치 나보코프는 우리 가족사에 관한 매우 귀중한 정보를 제공해줬다. 내 여동생 둘은 비아리츠로 가는 여행을 묘사한 부분(7장 서두)을 보고 분노에 차서 항의했다. 그들은 세부 사항을 들먹이며 나를 공격하면서 내가 그들을 빠트린 것이('보모들과 숙모들까지도'!) 잘못됐음을 납득시켰다. 여전히 명확한 자료가 부족해 고칠 수 없는 부분은 전체의 진실을 위해 삭제하기로 했다. 한편 선조와 다른 인물들에 관해 드러난 몇몇 사실은 이 『말하라, 기억이여』 최종판에 포함시켰다. 언젠가는 미국에서 보낸 1940년부터 1960년까지를 다루는 '계속 말하라, 기억이여Speak on, Memory'를 쓰고 싶다. 내 머릿속 코일과 도가니 속에서는 아직도 어떤 휘발성 물질은 날아가고 어떤 금속은 녹는 과정이 계속되고 있다.

독자들은 책 곳곳에서 내 소설들에 관한 언급을 발견하겠지만, 대체로 그 소설들은 쓰는 것만으로도 충분히 고생스러웠으니 되새김질할 필요까지는 없는 듯하다. 1930년 『루진의 방어Zashchita Luzhina』(The

Defense, Weidenfeld & Nicolson, 1964), 1936년 『절망*Otchayanie*』 (*Despair*, Weidenfeld & Nicolson, 1966), 1938년 『사형장으로의 초대*Priglashenie na kazn'*』(*Invitation to a Beheading*, Weidenfeld & Nicolson, 1959), 1937년부터 1938년까지 연재되어 1952년 출간된 『재능*Dar*』(*The Gift*, Weidenfeld & Nicolson, 1963)과 1938년 『스파이*Soglyadatay*』(*The Eye*, Weidenfeld & Nicolson, 1965) 영역본들에 붙인 서문에서 나는 유럽에서 창작을 하며 보낸 시절에 대해 충분히 상세하고 생생하게 설명해뒀다. 더 완전한 목록을 원한다면 디터 E. 치머가 상세히 작성한 서지 목록을 참조하면 된다(*Vladimir Nabokov: Bibliographie des Gesamtwerks*, Rowohlt, 초판 1963년 12월, 개정판 1964년 5월).

14장에 나온 체스의 두 수two-mover에 관한 이야기는 립턴과 매슈스, 라이스가 함께 쓴 『체스 문제들*Chess Problems*』(Faber, 1963, 252쪽)에 재수록됐다. 한편 내가 만든 것 중 가장 재미있는 문제인 '흰 말의 후퇴'는 E. A. 즈노스코-보롭스키에게 헌정했고, 그는 이것을 1930년대(1934년?)에 파리의 망명자들을 위한 일간지 『신보*Poslednie Novosti*』에 실었다. 말의 위치를 여기에 옮길 수 있을 만큼 또렷이 기억나지는 않지만 '페어리 체스'*(이런 유형의 문제였다) 애호가라면 언젠가 옛날 신문들이, 우리의 모든 기억이 마땅히 그렇게 보관돼야 하듯이, 마이크로필름으로 보관된 어느 근사한 도서관에서 그것을 찾아낼 수 있을지도 모른다. 이 새로운 판본을 두고는 그럴 리 없겠지만, 서평가들은

---

* 체스의 기본 규칙을 변형해 구성하는 체스 문제.

초판을 대충 읽었다. 그들 가운데 단 한 명만이 8장 2절 첫번째 단락에서 프로이트를 향해 날린 '심술궂은 비난'을 눈치챘으며, 그 누구도 내가 11장 2절 마지막 문장에서 경의를 표한 위대한 만화가의 이름을 알아내지 못했다. 작가 스스로 이러한 사실을 지적해야 한다니 정말 당혹스럽다.

살아 있는 자에게 상처를 주거나 죽은 자를 괴롭히지 않으려고 몇몇 이름은 바꿨다. 그런 이름들은 '색인'에서 따옴표를 붙여 구별했다. 주된 목적은 내 지난날과 연결된 사람들과 주제들을 내 편의를 위해 정리해두기 위해서다. 그 존재에 속된 사람들은 성가셔하겠지만 안목 있는 사람들이라면 다음과 같은 이유만으로도 즐거워할지 모른다.

저 색인의 창 너머로
한 송이 장미가 올라오고
이따금씩 잔잔한 바람이
흑해로부터* 불어올 것이기에.

블라디미르 나보코프
1966년 1월 5일
몽트뢰에서

---

* 원문은 ex Ponto로, 오비디우스의 시집 『흑해에서 온 편지*Epistulae ex Ponto*』를 연상시킨다. 오비디우스는 흑해로 유배되어 그곳에서 말년을 보냈다.

말하라,
기억이여

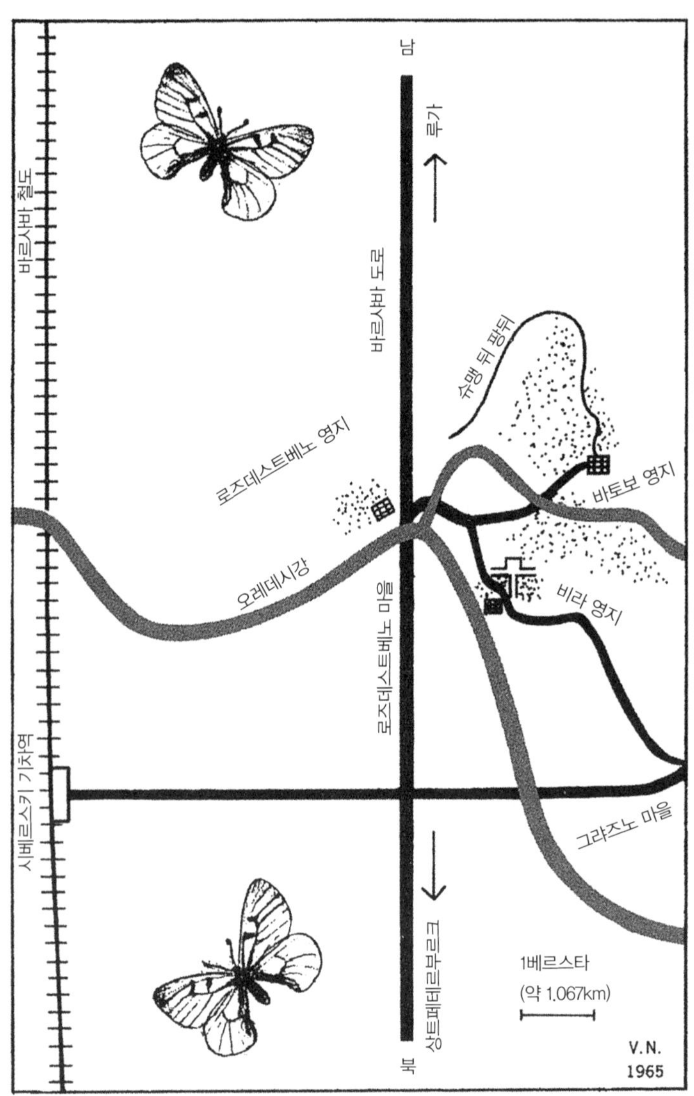

남
루가
바르샤바 철도
바르샤바 도로
로즈데스트베노 영지
슈멍 뒤 퐁뒤
바토보 영지
오레데시강
로즈데스트베노 마을
비라 영지
시베르스카야 기차역
그라즈노 마을
상트페테르부르크
북
1베르스타
(약 1.067km)
V.N.
1965

1장

1

요람은 심연 위에서 흔들거린다. 그리고 상식적으로 생각해보건대 우리의 존재는 두 영원의 어둠 사이 갈라진 틈으로 잠시 새어나온 빛에 불과하다. 두 어둠이 서로 꼭 닮은 쌍둥이라 해도, 인간은 대개 자신이 (시간당 4천5백 회 정도의 심장박동으로) 나아가고 있는 쪽보다 태어나기 이전 쪽의 심연을 더 침착하게 받아들이기 마련이다. 그러나 나는 시간공포증을 앓았던 한 젊은이를 알고 있다. 그는 자신이 태어나기 몇 주 전 촬영된 홈비디오를 처음으로 보았을 때 일종의 공황을 겪었다고 한다. 그는 거의 달라지지 않은 세계—똑같은 집, 똑같은 사람들—를 보다가, 그곳에 자신이 전혀 존재하지 않는데다 누구도 자신의 부재를 슬퍼하지 않는다는 사실을 깨달았다. 2층 창문에서 손을 흔드는 어머니의 모습이 스쳤는데, 그 낯선 손짓이 마치 불가사의한 작별인사처럼 그를 불안하게 했다. 그러나 무엇보다 그를 오싹하게 만든 것은 현관에 새 유모차가 놓여 있는 광경이었다. 그것은 마치 관棺처럼 기세등등하게 자리를 차지하고 있었으며, 심지어 비어 있어서, 마치 일이 거꾸로 돌아가 그의 뼈가 산산이 흩어져버리기라도 한 듯했다.

이런 공상은 어린 생명들에게는 낯설지 않다. 달리 말해, 처음과 마지막에 대한 고민은 흔히 사춘기의 특색을 띤다―숭엄하고 엄격한 종교를 따르는 경우가 아니라면. 자연은 성숙한 인간이 본디 앞뒤의 어두운 허공을, 그 사이의 놀라운 광경들처럼 무심하게 받아들이기를 기대한다. 불사不死의 존재나 미성숙한 존재가 누리는 지고한 기쁨인 상상력은 제한되어야만 한다. 삶을 즐기기 위해, 지나치게 즐기는 것은 금물이다.

나는 이 같은 사태에 반항한다. 반항심을 분출하며 본성에 대고 시위하고 싶은 강렬한 충동을 느낀다. 몇 번이고 나는 내 삶의 양끝에 있는 비인간적인 어둠 속에서 아주 희미하게 가물거리는 인간적인 빛을 분간해내기 위해 어마어마한 노력을 기울여왔다. 이 어둠은 나와 내 멍든 주먹을 무한함의 자유로운 세계로부터 떼어놓으려는 시간의 벽 때문에 생긴 것이라는 믿음을, 제 몸을 온통 요란하게 채색한 야만인과도 기꺼이 공유하는 바다. 나는 생각―갈수록 절망적으로 희미해지는 생각―을 거슬러 여행해왔고, 외딴곳에서 비밀스러운 출구를 더듬어 찾으려 했다. 하지만 결국 시간의 감옥이 구球 모양이고 출구가 없다는 사실만을 알게 되었다. 나는 자살 빼고 모든 방법을 시도해봤다. 통속적인 유령이 되어 내가 잉태되기 전 존재하던 세계로 잠입하려고 나 자신의 정체성을 벗어던져보기도 했다. 빅토리아시대의 퇴역 대령들이나 여성 소설가들과 어울려 지내는 모멸감을 정신적으로 견뎌보기도 했는데, 그들은 전생의 자신이 로마의 가도를 오가던 심부름꾼 노예였거나 라사*의 버드나무 아래에 있던 현자였다고 기억했다. 가장 오래된 꿈들을 샅샅이 뒤져 열쇠와 단서를 찾아보기도 했다―여기에서 미리 밝히건대, 나는 저속하고 닳아 해진데다 근본적으로 중세적이라 할 프로이트적 세계를 완전히 거부한다. (마치 셰익스피어 작품 속에서 베이컨이 숨겨놓은 글자를 찾듯이)** 성性적 상징을 찾아 헤매는 기이한 탐색이 펼쳐지며, 작디작은 태아들이 본래의 은신처에서 부모들의 애정생활을 씁쓸하게 엿보는 세계 말이다.

처음에 나는 언뜻 무한해 보이는 시간이 감옥이라는 것을 알지 못했다. 어린 시절을 탐사하던 중(이 일이 영원을 탐사하는 일 다음으로 최선의 일이었다) 내 의식이 드문드문 빛나는 일련의 섬광들처럼 깨어나는 경험을 했다. 섬광들 사이의 간격이 서서히 줄어들어 마침내 명확한 지각의 덩어리들이 형성됐고, 간신히 기억을 붙들 수 있게 되었다. 나는 아주 어렸을 때 숫자와 말을 거의 동시에 배웠지만, 나는 나고 부모님은 부모님이라는 내면의 인식은 나중에야 확립됐다. 그들의 나이를 내 나이와 견줘보게 된 덕분이었다. 이러한 깨달음을 떠올리자마자 강한 햇빛이 여러 겹의 초록 무늬를 뚫고 들어와 잎 모양의 얼룩을 남기며 기억 속으로 침투해오는 것을 보면, 그 일은 늦여름 시골에서 치

---

* 티베트의 도시.
** 셰익스피어의 일부 작품을 프랜시스 베이컨이 썼고 작품 속에 자신의 이름을 숨겨 놓았다는 설이 있다.

른 어머니 생일에 있었던 듯하다. 그때 나는 질문을 던졌고, 내가 들은 대답을 따져봤다. 발생반복설에 따르면 이 모든 일은 당연한 것이다. 우리 먼 조상의 뇌 속에서 반성적 의식이 생겨난 때는 시간에 대한 감각이 깨어나던 무렵과 분명히 맞물려 있었으리라.

그러므로 내 나이 네 살이라는, 새로이 드러난 신선하고도 깔끔한 공식이 서른셋과 스물일곱이라는 부모님 나이의 공식과 맞닥뜨렸을 때, 내게 무슨 일인가가 벌어졌다. 나는 이루 말할 수 없이 상쾌한 충격을 받았다. 마치 두번째 세례를 받듯이, 50개월 전 반쯤 물에 빠져 죽을 뻔하고 반쯤 빅토르가 될 뻔한 아이가 울부짖는 가운데 진행된 그리스정교의 물고문(부모는 물러나 있으라 명한 오랜 관습에 따라 반쯤 닫힌 문 너머에 서 있던 어머니가 서투른 주임 사제 콘스탄틴 베트베니츠키의 실수를 간신히 바로잡았다)*보다 더 신성한 일을 치르듯이, 나는 돌연 찬란하고 유동적인 매체 속으로, 즉 시간이라는 순수한 요소 속으로 풍덩 뛰어든 느낌이었다. 인간은 시간을—마치 들뜬 해수욕객들이 빛나는 바닷물을 공유하듯이—공동의 흐름 속에서 이어져 있는 다른 피조물들과 공유한다. 그리고 이 시간의 공동 흐름이라는 것은, 인간은 물론 원숭이와 나비도 지각할 수 있는 공간적 세계와는 상당히 다른 환경이다. 그 순간 나는 내 왼손을 잡고 있는 부드러운 흰색과 분홍색 옷의 스물일곱 살 존재가 어머니이며, 내 오른손을 잡고 있는 딱딱한 흰색과 금색 옷의 서른세 살 존재가 아버지임을 정확히 알았다. 나란히 걸어가는 그들 사이에서 나는 으스대고, 종종걸음

---

* 사제가 나보코프의 세례명을 '빅토르'로 착각한 것으로 보인다.

치다가 다시 으스대며, 햇빛의 조각에서 조각으로 길 한가운데를 따라 갔다. 지금 생각해보면 그 길은 러시아 옛 상트페테르부르크의 비라, 즉 우리 시골 영지의 공원 안, 장식용 떡갈나무 묘목을 심은 샛길이었다. 사실 지금 내가 있는, 멀고 고립되어 거의 사람의 흔적이 느껴지지 않는 시간의 산마루에서 볼 때, 1903년 8월의 그날 자그마한 나는 그 지각하는 삶의 탄생을 자축하고 있었던 듯하다. 내 왼손과 오른손을 잡은 두 존재가 이전부터 막연한 유아 세계에 있었다고 해도, 그들은 상냥한 익명의 가면을 쓰고 있었다. 그러나 이제는 아버지의 차림새, 가슴과 등에 매끈하게 불타오르는 금색 흉갑을 두른 눈부신 근위기병 제복이 빛나는 태양처럼 나타났다. 그로부터 몇 년 동안이나 나는 부모님의 나이에 예민하게 주의를 기울이며, 마치 새로 산 시계가 제대로 작동하는지 확인하려고 초조하게 시간을 묻는 승객처럼 그들의 나이를 되새기게 되었다.

밝혀두자면, 아버지가 군복무를 했던 것은 내가 태어나기 한참 전이었으니 그날은 아마도 장난 삼아 옛 군복을 입었던 것 같다. 그렇다면 내 완전한 의식의 첫번째 섬광은 장난 덕분인 셈이다—이 또한 발생 반복설을 시사하는데, 지구상에서 처음으로 시간을 자각한 피조물은 곧 처음으로 웃은 피조물이기도 하기 때문이다.

2

내가 네 살 때 하던 놀이의 배경에는 (프로이트식 신비주의자들이 예상하는 것과는 다른) 원시 동굴이 있었다. 비라 저택의 응접실들 중 하나, 검은 삼엽三葉무늬가 있는 흰 크레톤천을 씌운, 등받이 없는 기다란 소파가 마치 선사시대 지질학적 융기의 산물처럼 거대한 모습으로 마음속에 떠오른다. 이 소파 한쪽 끝에서 멀지 않은 곳으로부터 (아름다운 그리스를 기약하는) 역사가 시작된다. 옅은 하늘색 꽃들 사이로 연두색 꽃도 몇 송이 섞인 커다란 수국 화분이 방 한편에 있는 디아나* 대리석 흉상의 받침대를 반쯤 가리고 있었다. 소파가 등지고 선 벽에서는 흑단 액자에 든 회색 판화가 역사의 또다른 국면을 보여주고 있었다―삽화적 요소와 우화적 요소가 오히려 진짜 전투를 벌이고 있는 나폴레옹 전쟁 그림으로, 부상당한 고수鼓手, 죽은 말, 전리품, 총검으로 적을 찌르려는 군인, 그리고 얼어붙은 싸움터 한가운데서 장군들과 자세를 취한 무적의 황제가 한데 그려진 것을 볼 수 있었다.

어른 한 명이 먼저 양손, 그다음에는 힘센 다리를 써서 소파를 벽에서 몇 인치 옮겨 좁은 통로를 만들어줬고, 나는 또 도움을 받아 소파용 베개들로 아늑하게 지붕을 얹고 쿠션 두어 개로 양끝을 막았다. 그런 뒤 칠흑 같은 터널을 기어가는 환상적인 기쁨을 누리면서, 잠시 귓속에서 울리는 노랫소리―먼지투성이 은신처의 작은 소년에게는 아주 익숙한 그 외로운 진동―를 들었다. 이어 유쾌한 공포를 느끼면서 손과 무릎으로 쿵쿵거리며 재빨리 기어가 터널의 먼 끝에 다다랐고, 쿠션을 밀쳐내고, 빈Wien풍 등나무 의자 아래 쪽모이 마루에 펼쳐진 햇살의 그물과 번갈아 내려앉으며 놀고 있는 파리 두 마리에게 환영을 받

---

* 로마신화에서 달과 사냥의 여신. 그리스신화의 아르테미스에 해당한다.

았다. 또다른 동굴 놀이는 그보다 더 몽환적이고 섬세한 감각을 일깨웠다. 이른아침 눈을 뜨면 나는 침대 시트로 천막을 쳤고, 리넨의 어슴푸레한 눈사태와 아득히 먼 곳에서 그늘진 내 은신처로 스며드는 희미한 빛을 가지고 천 가지 흐릿한 방식으로 상상력을 뛰놀게 했다. 나는 그 먼 곳에서 기이하고 창백한 동물들이 호숫가 풍경 속을 거닌다고 공상했다. 그리고 한쪽에 푹신한 면사 그물이 달려 있던 내 아기 침대에 대한 회상은, 언제인지 기억나지 않는 부활절에 누군가 남기고 간 아름답고 제법 단단한 심홍색 수정 달걀을 가지고 놀던 즐거운 기억으로 이어진다. 나는 침대 시트 끝자락을 완전히 축축해질 때까지 씹은 다음 그것으로 달걀을 꽁꽁 싸맸다. 이어 아늑하게 싸인 면에서 스며 나오는, 기적적으로 완벽한 빛과 색으로 이뤄진 따스함과 불그스레한 반짝임에 감탄하며 그것을 다시 핥곤 했다. 하지만 그때의 나는 아직 아름다움으로 먹고사는 것과는 한참 멀었다.

　이 우주는 얼마나 작은가(캥거루 주머니에도 들어갈 정도다), 또 인간의 의식에 비하면, 한 개인의 회상과 그것을 표현하는 언어에 비하면, 얼마나 하찮고 미약한가! 내가 어린 시절의 인상들에 지나치게 애착하는 것일지도 모르지만, 내게는 그럴 만한 이유가 있다. 그 인상들은 시각과 촉각의 진정한 낙원으로 통하는 길이다. 1903년 가을, 어느 밤, 해외여행중이던 나는 침대차(아마도 오래전에 사라진 지중해 호화 열차였을 텐데, 하부는 암갈색이고 창틀은 크림색인 차량이 여섯 개였다)의 창가에서 (납작한) 베개 위에 무릎을 꿇고 있다가 설명할 수 없는 통증을 느끼며, 먼 언덕에서 손짓하던 한줌의 환상적인 빛이 검은 벨벳 주머니 속으로 미끄러져 들어가는 걸 목격했다. 훗날 재산의 무게를 줄이려고 내 소설 속 인물들에게 나눠준 다이아몬드들이었다. 아마도 나는 침대 머리맡에 단단히 감겨 있던 블라인드를 풀어서 위로 올리는 데 성공했던 것 같다. 발뒤꿈치가 시렸지만 계속 무릎을 꿇은 채 창밖을 뚫어져라 바라보았다. 처음의 그 전율을 곱씹는 일만큼 달콤하고 기묘한 일은 없다. 그것은 완전한 어린 시절이라는 조화로운 세계에 속해 있으며, 그렇기에 기억 속에서 있는 그대로 자연스럽게 형상화되어 별 수고를 들이지 않고도 기술할 수 있다. 므네모시네가 까다롭고 통명스러워지기 시작하는 것은 사춘기에 관한 기억들부터다. 게다가 인상을 축적하는 능력에 관한 한 내 세대 러시아 어린이들은 천재성의 시기를 거쳤다고 할 수 있다. 마치 그들이 알던 세계를 송두리째 무너뜨릴 격변을 예견한 운명이, 그들에게 원래의 몫 이상을 주려고 열심히 노력한 듯하다. 모든 것이 저장되고 나자 천재성은 사라졌고, 더 특수한 영역의 신동들도 사정은 마찬가지였다. 지휘봉을 휘두르거나 커다란 피아노를 길들이던 귀여운 곱슬머리 아이는, 결국 슬픈 눈에 정체를 알 수 없는 병을 앓고 있으며 어딘가 묘하게 뒤틀린 내시 같은 뒷모습을 한 이류 음악가로 변해버렸다. 그럼에도 개개인의 수수께끼는 여전히 남아서 회고하는 자를 애태운다. 나를 빚어낸 도구의 정체, 삶이라는 인쇄지에 예술의 등불을 비춰야 그 독특한 무늬가 보이도록 내 삶에 특별히 복잡한 워터마크를 찍어놓은 그 알 수 없는 롤러가 정확히 무엇인지는 환경적 요인에서도 유전적 요인에서도 찾아낼 수가 없다.

$$3$$

어린 시절의 몇몇 기억을 시간의 측면에서 정확히 바로잡기 위해서는, 역사가들이 전설의 파편과 씨름할 때처럼 혜성이나 일식을 길잡이로 삼을 수밖에 없다. 그러나 정보가 부족하지 않은 경우도 있다. 이를테면 나는, 나른하고 울적한 가정교사 노콧 양이 내가 뒤따라오는 줄 알고 내 남동생 세르게이와 굽이진 해변을 따라 산책하는 동안 해안의 젖어 있는 검은 바위를 기어오르는 나 자신을 본다. 나는 장난감 팔찌를 끼고 있다. 바위를 기어오르면서, 맛깔스럽고도 풍성하며 영험한 주문 같은 영어 단어 '차일드후드'를 계속해서 중얼거린다. 새롭고도 신비롭게 들리는 이 단어는, 작고 이미 너무 많은 것들로 가득해 정신없는 내 머릿속에서 로빈 후드와 리틀 레드 라이딩 후드*와 등이 굽은 늙은 요정들의 갈색 후드들과 뒤섞이며 점점 더 낯설어진다. 바위에는 옴폭 팬 구멍마다 미지근한 바닷물이 고여 있고, 내 마법의 중얼거림은 그 구멍들을 작은 사파이어빛 웅덩이들로 바꿔놓는다.

사실 그곳은 아드리아해에 있는 아바치아**다. 나는 연록색과 분홍색의 반투명 합성수지 비슷한 소재로 만든 멋있는 냅킨 고리 같은 것을 손목에 끼고 있다. 그것은 크리스마스트리에 달려 있던 열매로, 몇 달 전 상트페테르부르크에서 예쁜 동갑내기 사촌 오냐가 준 것이었다. 감상적이게도 나는 안에 검은 줄무늬가 생겨날 때까지 그것을 간직했

---

* Little Red Riding Hood. 샤를 페로의 동화 「빨간 모자」를 일컫는다.
** 현재의 크로아티아 오파티야. 한때 이탈리아 영토였으며, 유고슬라비아를 거쳐 크로아티아 영토가 되었다.

는데, 그 줄무늬는 근처 피우메*에 있는 어느 밉살스러운 미용사에게 갔던 끔찍한 날에 잘린 머리카락이 내가 흘린 눈물과 함께 그 반짝이는 물질 속으로 어찌어찌 섞여 들어간 탓이라고 꿈결같은 결론을 내렸다. 같은 날 해변의 카페에서 막 음식이 나오려는 참에 아버지가 우연히 근처 테이블에 앉은 일본인 장교 둘을 발견했고, 그 즉시 우리는—나는 황급히 레몬 셔벗 **폭탄** 한 덩이를 낚아채 시린 입속에 몰래 털어넣고—자리를 떴다. 때는 1904년. 나는 다섯 살이었다. 러시아와 일본이 싸우고 있었다. 노콧 양이 구독하던 삽화가 담긴 영국 주간지는 일본 화가들이 그린 전쟁화를 열광적으로 실었는데, 그 그림들은 우리 군대가 바이칼호수의 위태로운 얼음 위에 선로를 놓으려 한다면 러시아 기관차—일본 화풍 덕에 유난히 장난감 같아 보였다—가 어떤 꼴로 물에 빠지게 될지를 보여주기도 했다.

하지만 어디 보자. 나는 훨씬 전부터 그 전쟁과 연관되어 있었다. 그해 초 어느 날 오후, 상트페테르부르크 집에 있을 때였다. 나는 육아실에서 아버지의 서재로 내려가 집안 어른들과 아는 사이인 쿠로팟킨 장군에게 '처음 뵙겠습니다' 하고 인사했다. 그는 제복 입은 땅딸막한 몸을 살짝 비틀대며 나를 즐겁게 해주려고 자기가 앉아 있던 긴 소파 위에 성냥개비 한 움큼을 쏟더니, 그중 열 개비로 끝과 끝을 맞대어 수평선을 만들면서 이렇게 말했다. "이게 평온한 날씨의 바다란다." 그러고는 한 쌍씩 툭툭 쳐서 직선을 지그재그로 바꾸고 그건 '폭풍우가 치는 바다'라고 했다. 그런 다음 성냥개비들을 뒤섞었고, 내가 바라던 더

---

* 현재의 크로아티아 리예카에 있던 도시 국가.

욱 근사한 묘기를 보여주려는 찰나, 방해를 받고 말았다. 안내를 받아
들어온 그의 전속 부관이 무슨 말인가를 전했다. 쿠로팟킨은 전형적인
러시아인답게 시끄럽게 투덜대더니 앉아 있던 자리에서 무겁게 몸을
일으켰고, 그 반동으로 성냥개비들이 소파 위로 튀어올랐다. 바로 그
날, 그는 극동 러시아군 총사령관으로 임명됐던 것이다.

이 사건은 15년 뒤 특별한 후일담으로 이어진다. 당시 내 아버지는
볼셰비키가 장악한 상트페테르부르크에서 러시아 남부로 피신하던 중
에 어느 다리를 건너게 되었는데, 양피 외투를 걸치고 회색 턱수염을
기른 늙은 농부가 다가왔다. 그는 아버지에게 불을 빌려달라고 했다.
그 순간 두 사람은 서로를 알아봤다. 시골 농부로 변장한 늙은 쿠로팟
킨이 소비에트 당국의 손아귀를 빠져나갔기를 바라지만, 어쨌거나 그
게 핵심은 아니다. 나를 기쁘게 하는 것은 성냥개비라는 주제의 전개
다. 그가 내게 보여준 마법의 성냥개비들이 노리개로 쓰이다 버려진
것처럼, 그의 군대도 사라져버렸다. 1904년부터 1905년에 걸친 겨울
날, 비스바덴에 있는 오라니엔호텔 부지에서 내가 얼어붙은 웅덩이 위
로 달리게 하려던 장난감 기차처럼 몽땅 침몰해버렸다. 나는 한 사람
의 삶 속에 있는 이런 주제의 무늬를 이해하는 일이야말로 자서전의
진정한 목적이라고 생각한다.

4

극동에서 러시아가 벌인 재앙이나 다름없는 군사작전이 끝남에 따

라, 국내에서도 맹렬한 혼란이 일어났다. 그럼에도 어머니는 의연하게 세 아이를 데리고 1년 남짓 해외 휴양지를 돌아다니다가 상트페테르부르크로 돌아왔다. 1905년 초의 일이었다. 아버지는 국가적인 일 때문에 수도에 머물러야 했다. 아버지가 창립자 중 한 명이기도 했던 입헌민주당은 이듬해 처음 열린 국회에서 과반수 의석을 차지했다. 그해 여름 시골에 잠깐 왔을 때, 아버지는 남동생과 내가 영어는 읽고 쓸 줄 알면서 러시아어는 못한다는(우리는 '카카오'와 '마마'밖에 몰랐다) 사실을 확인하고 애국적인 면에서 낙담했다. 그리하여 마을 학교 교장이 매일 오후 집으로 와서 우리를 가르치고 산책을 시켜주기로 했다.

내 첫 선원복에 달려 있던 호루라기가 날카롭고도 경쾌하게 울리면, 내 어린 시절은 나를 먼 과거로 불러내 다시 한번 그 쾌활한 선생과 악수를 나누게 한다. 바실리 마르티노비치 제르노세코프는 대머리에다 곱슬곱슬한 갈색 턱수염, 그리고 도자기처럼 푸른 눈을 지닌 사람이었는데, 한쪽 눈꺼풀 위에 시선을 끄는 사마귀가 돋아 있었다. 첫날 그는 무척이나 구미가 당기는, 각 면에 서로 다른 글자가 그려진 블록을 한 상자 가득 가져왔다. 그 입방체들이 마치 한없이 값진 물건인 양 다뤘는데, 그건 실제로도 그러했다(장난감 기차가 지나다니는 훌륭한 터널이 되어주기도 했다). 그는 마을 학교를 재건축하고 현대화한 내 아버지를 존경했다. 제르노세코프는 자유사상을 드러내는 구식 증표로서 대충 나비매듭을 지어 늘어뜨린 검은 타이를 즐겨 맸다. 나 같은 꼬마에게 말을 걸 때 이인칭 복수를 썼다─하인들처럼 딱딱한 방식도 아니었고, 내가 열이 난다거나 장난감 기차의 자그마한 승객 하나를 잃어버렸을 때 어머니가 보이던 강렬하면서도 부드러운 방식도 아니었으며(어머니는 빈약한 이인칭 단수로는 자신이 짊어진 사랑의 짐을 지탱할 수 없다는 듯이 그런 식으로 나를 불렀다), 서로 '너'라고 부를 만큼 친하지는 않은 두 사람 사이에서 쓰는 정중한 방식의 이인칭 복수를 소박하게 사용했다. 불타는 혁명가였던 그는 시골길을 함께 산책하는 동안 열정적인 몸짓으로 인류애와 자유, 전쟁의 사악함, 그리고 폭군을 몰아내야 하는 슬픈(그러나 내 생각에는 흥미로운) 필요성에 대해 이야기했고, 때로는 당시 인기 있던 평화주의자의 책 『무기를 내려놓아라!*Doloy Oruzhie!*』(베르타 폰 주트너*가 쓴 『무기를 내려놓아라! *Die Waffen Nieder!*』의 번역본)를 꺼내 여섯 살 아이에게는 지루한 문장들을 인용해 들려주곤 했다. 나는 그의 말에 반박하려 들었다. 아직 어리고 싸움을 좋아했던 시절 나는 장난감 권총과 아서왕의 기사들로 이뤄진 내 세계를 위해 분노의 수호자가 되어 유혈을 변호했다. 공산주의자가 아닌 모든 급진주의자가 무자비하게 처형된 레닌 치하에서 제르노세코프는 중노동수용소로 보내졌지만 해외로 탈출하는 데 성공했고, 1939년 나르바에서 사망했다.

어떤 의미에서, 그 소란했던 10년간의 길과 나란히 뻗은 나만의 산책로를 계속해서 걸을 수 있었던 것은 제르노세코프 덕분이었다고 할 수 있다. 1906년 7월 차르가 헌법을 무시하고 국회를 해산하자, 아버지를 포함한 일부 의원들이 비보르크에서 정부를 규탄하는 집회를 열고 저항을 촉구하는 선언문을 낭독했다. 이 일로 그들은 1년 반 정도 지난 후 수감됐다. 아버지는 고독한 독방에서 책들, 접이식 욕조, J. P.

뮐러의 가정용 체조 교본과 함께 다소 외롭기는 했으나 평화로운 3개월을 보냈다. 어머니는 아버지가 몰래 전해온 편지들을 말년까지 간직했다―화장실 휴지에 연필로 쓴 유쾌한 서한이었다(나는 이 편지들을 1965년 로만 그린버그가 편집을 맡아 뉴욕에서 발간한 러시아어 비평지 『하늘길 *Vozdushnie puti*』 제4호에 실었다). 아버지가 풀려났을 때 우리는 시골에 있었고, 마을 학교 교장이 축하 행사를 주도해, 기차역에서 집으로 돌아오는 아버지를 환영하는 뜻으로 전나무잎과 아버지가 가장 좋아하는 꽃인 수레국화로 만든 아치 아래에 깃발들(일부는 노골적인 붉은색이었다)을 매달았다. 우리 어린이들은 마을로 내려가 있었고, 그 특별한 날을 떠올리면 햇살이 반짝거리는 강물을 아주 선명히 볼 수 있다. 또한 다리가, 다리의 나무 난간 위에 낚시꾼이 남기고 간 눈부신 양철 깡통이, 붉은 장밋빛 교회와 어머니의 선조들이 잠든 대리석 영묘가 서 있는 보리수 언덕이, 마을로 이어지는 먼지투성이 길이, 그 길과 라일락 덤불 사이 부드러운 녹색의 짧은 잔디로 덮이고 헐벗은 모래땅이 드문드문 보이는 좁고 긴 땅이, 덤불 뒤로 위태롭게 늘어선 창문이 허연 눈醫처럼 보이는 이끼 긴 통나무집들이, 낡은 목조 건물 옆에 돌로 지은 새 학교 건물이 눈에 선하다. 그리고 우리를 태운 마차가 휙 지나갈 때, 오두막들 사이에서 짖지도 않고 무시무시한 속도로 달려나오던 새하얀 이빨의 자그마한 검은 개가 있었다. 그 개는 목소리를 아끼며 전력 질주하다가 이내 달리는 마차에 바짝 따라붙었을 때에야 마음껏 짧은 외침을 질러댔다.

낡은 것과 새로운 것, 자유주의적인 기운과 가부장적인 흔적, 치명적인 가난과 숙명적인 부富가 우리 세기의 기묘한 첫 10년 동안 기막히게 뒤얽혀 있었다. 여름 동안, 비라 영지에 있는 저택 1층의 창문이 많고 환한, 호두나무 벽널을 댄 식당에서 오찬을 하고 있으면 종종 집사 알렉세이가 어두운 표정으로 들어와 아버지를 향해 몸을 숙이며 낮은 목소리로(손님이 있으면 더욱 낮은 목소리로) 마을 사람들이 밖에서 **나리**를 뵙고자 한다고 알리곤 했다. 아버지는 기운차게 무릎 위 냅킨을 치운 뒤 어머니에게 양해를 구했다. 식당 서쪽 끝에 있는 창문을 통해 정문 근처 진입로가 조금 보였다. 그곳에서는 현관 맞은편에 있는 인동덩굴 끄트머리도 볼 수 있었다. 그 방향에서 농민들의 공손한 웅성거림이 들려왔는데, 보이지 않는 무리가 보이지 않는 아버지에게 인사를 하는 소리였다. 이어진 논의는 평상시의 어조로 진행됐고, 이야기하는 곳 근처에 있는 아래쪽 창문을 더위를 막으려고 닫아놓았기 때문에 무슨 이야기인지 잘 들리지 않았다. 아마도 인근에서 일어난 불화를 중재해달라거나, 특별 보조금 문제거나, 혹은 우리 땅의 일정 구역에서 수확을 허락해달라거나 우리 숲에서 나무를 베게 해달라는 종류의 청원이었을 것이다. 대개 그랬듯 요청이 곧장 받아들여지면 다시 한번 웅성대는 소리가 들려왔고, 곧이어 감사의 표시로 선량한 **나리**는 사람들에게 둘러싸여 높이 던져 올려졌다가 스무 개 남짓한 튼튼한 팔에 꽉 붙들리곤 하는 러시아적 시련을 겪어야 했다.

식당에서 남동생과 나는 식사를 계속하라는 말을 들었다. 어머니는 엄지와 검지로 음식 한 조각을 집은 채 신경질적이고 성격 나쁜 닥스훈트가 테이블 아래에 있는지 흘깃 살펴봤다. **"저러다 언젠가는 떨어뜨릴걸요."** 한때 어머니의 가정교사였고 여전히 우리와 함께 살고 있던(우리 가정교사들과는 사이가 끔찍이 나빴던) 깐깐하고 염세적인 노부인 마드무아젤 골레의 말이었다. 느닷없이 내가 앉은 자리에서 보이는 서쪽 창문 너머로 경이로운 공중부양 장면이 펼쳐졌다. 잠깐 사이, 바람에 펄럭이는 흰 여름 양복 차림의 아버지가 허공에 장쾌하게 나타났다. 팔다리는 태평한 자세로 뻗고 있었으며, 잘생기고 침착한 얼굴은 하늘을 향해 있었다. 보이지 않는 사람들의 힘찬 함성에 맞춰 그는 세 번 날아올랐다. 두번째는 첫번째보다 더 높이 솟았으며, 마지막으로 가장 높이 날아올랐을 때는 여름날 오후의 코발트블루색 하늘을 배경으로 마치 영원히 그럴 것처럼 누워 있었는데, 그 모습이 교회의 둥근 천장에 그려진 인물들, 주름이 풍성한 옷을 입고 편안히 날아오른 천국의 인물들 같았다. 그 아래로 가느다란 밀랍 양초를 쥐고 있는 죽을 운명에 속박된 손들은 안개처럼 피어오르는 향 속에서 차례차례 작은 불꽃을 피우고, 성직자는 영원한 안식을 읊조리며, 장례식의 백합은 일렁이는 불꽃에 둘러싸인 채로 열린 관에 누운 것이 누구든 그 얼굴을 가린다.

2장

1

기억할 수 있는 가장 먼 과거부터 나는 (찬미하거나 혐오하기보다는 흥미로워하고 즐거워하며) 가벼운 환각들에 사로잡히곤 했다. 청각적인 것도, 시각적인 것도 있었지만, 이런 환각들 중에 이득이 된 것은 거의 없었다. 소크라테스를 억압했거나 잔 다르크를 부추겼던 예언의 어조는, 내게 와서는 공용 전화선의 수화기를 들었다가 쾅 하고 내려놓기까지 사이사이 우연히 들리는 잡음 수준으로 퇴보해버린 터였다. 잠들기 직전, 내 머릿속 가까운 어딘가에서 실제 생각의 흐름과는 전혀 무관하게 일방적인 대화가 이어지고 있음을 종종 알아차리곤 한다. 그것은 중립적이고 거리를 둔 익명의 목소리로, 들어봐도 내게는 전혀 중요하지 않은 이야기—영어나 러시아어 한 문장, 심지어 내게 하는 이야기조차 아니고, 또 얼마나 단조로운지 전하려다가 괜한 의미를 부여하기라도 할까봐 예를 들 수도 없을 만큼 너무나 사소한 이야기다. 나는 이 바보 같은 현상이 잠들기 전 보이는 일종의 환시에 대응하는 환청이라는 걸 잘 알고 있다. 의지의 날개를 퍼덕여 불러낸 선명한 정신적 이미지(예를 들면 오래전에 죽은 사랑하는 부모의 얼굴)를 말하는 것이 아니다. 그러한 환기는 인간 정신이 빚어낼 수 있는 가장 멋진 움직임 가운데 하나다. 또 소위 **비문증**飛蚊症—유리체 속 티끌이 망막의 간상체 위에 그림자를 드리워 시야에 투명한 실이 떠다니는 것처럼 보이는 증상—을 말하려는 것도 아니다. 내 생각에 잠들 때의 신기루에 더 가까운 것은 막 등불을 끈 순간 눈꺼풀 속의 어둠을 찌르고 나타나는 잔상, 색 있는 반점이 아닐까 싶다. 하지만 감은 눈앞에서 환영들이 느릿느릿 꾸준히 지나가는 데 이러한 충격이 꼭 필요한 것은 아니다. 환영들은 졸린 관찰자의 개입 없이 나타나고 사라지지만, 관찰자가 여전히 감각의 주인이라는 점에서 꿈속 영상과 본질적으로 다르다. 그것들은 이따금씩 기괴하다. 나는 짓궂은 옆얼굴들에게, 콧구멍이나 귀가 부어오른 조잡하게 생긴 불그레한 난쟁이 따위에게 시달리곤 한다. 그러나 때때로 나의 환시는 편안하고 **흐릿한** 성질을 띠는데, 이럴 때 보이는—눈꺼풀 안쪽에 투사되듯—것은 벌통들 사이를 거니는 회색 형체, 눈 덮인 산속으로 서서히 사라져가는 작고 검은 앵무새, 움직이는 돛대 너머로 녹아내리는 자줏빛 원경 등이다.

　여기에 더해 색채 청각의 자세한 예를 들어보겠다. '청각'이 딱 들어맞는 표현은 아니다. 왜냐하면 색에 대한 감각은 주어진 글자의 윤곽을 떠올리며 입으로 소리내어 발음하는 바로 그 행위에서 생겨나기 때문이다. 영어 알파벳의 장음 a는(이하 별도 언급이 없으면 모두 영어

알파벳이다) 비바람에 삭은 나무의 색조가 떠오르지만, 프랑스어의 a 에서는 윤이 나는 흑단이 떠오른다. 이 검은색 그룹에는 경음 g(가황 고무)와 r(그을음이 묻은 찢어진 넝마)도 포함된다. 오트밀의 n과 늘어진 국숫발 같은 l, 뒷면이 상아로 된 손거울의 o는 흰색 그룹에 속한다. 프랑스어 on은 의아스럽게도 마치 작은 잔에 가득찬 술의 표면장력처럼 보인다. 파란색 그룹으로 넘어가보면, 강철 같은 x, 번개구름의 z, 월귤의 k가 있다. 소리와 모양은 미묘하게 상호작용하기에, q는 k보다 더 갈색이며, s는 c처럼 밝은 파란색이 아니라 청금석과 자개의 빛이 오묘하게 섞인 파란색이다. 인접한 색조들은 서로 섞이지 않고, 이중모음의 경우 독자적인 특별한 색을 갖지 않지만 다른 언어에서 하나의 글자로 쓰이는 경우는 예외다(그러므로 나일강의 골풀만큼이나 오래되었으며, 솜털 같은 잿빛 세 줄기의 러시아어 글자 sh*는 영어 글자의 색에도 영향을 준다).

방해받기 전에 서둘러 목록을 마저 적어야겠다. 초록색 그룹에는 오리나무 잎의 f, 덜 익은 사과의 p, 피스타치오의 t 가 있다. 내가 w에 관해 떠올릴 수 있는 최선은 보라색이 살짝 섞인 듯한 탁한 초록색이다. 다양한 e와 i가 노란색에 들어가고, 크림색의 d, 밝은 황금색의 y, 그리고 알파벳으로서의 가치를 '올리브색 윤기가 감도는 놋쇳빛'이라고밖에 표현할 수 없을 u도 있다. 갈색 그룹에는 풍부한 고무의 색조를 지닌 연음 g, 그보다 연한 j, 담갈색 구두끈 같은 h가 있다. 마지막으로 빨간색 그룹에서 b는 화가들이 불에 탄 적갈색이라 부르는 색조를 지

---

* 키릴 문자로는 ш.

니고 있으며, m은 분홍색 플란넬의 주름처럼 느껴진다. 그리고 이제서야 나는 v를 메르츠와 폴의 『색채 사전*Dictionary of Color*』에 나오는 '장미 석영'과 완벽히 짝지을 수 있게 되었다. 무지개라는 단어를 생각해 보면, 원색이지만 매우 칙칙한 rainbow란 단어가 나만의 언어 사전에서는 거의 발음이 불가능한 kzspygv로 되어 있다. 내가 아는 한 **색채 청각**을 최초로 논한 사람은 1812년 에를랑겐에 살았던, 백색증白色症에 걸린 의사였다.

내 벽보다 훨씬 단단한 벽을 가진 덕분에 이런 누수나 외풍으로부터 안전한 사람들에게 공감각자의 고백이란 분명 지루하거나 허세처럼 들릴 것이다. 그러나 어머니에게는 이 모든 일이 지극히 예사로웠다. 이 문제가 드러난 것은 내가 일곱 살이던 어느 날, 낡은 알파벳 블록으로 탑을 쌓고 있을 때였다. 나는 무심코 어머니에게 블록들의 색이 전부 잘못됐다고 내뱉었다. 그러고서 알게 된 사실은, 어머니의 글자들 중 몇 개가 내 글자들과 같은 색조를 지녔다는 것, 더불어 어머니는 음표에도 시각적인 영향을 받는다는 것이었다. 음표는 나에게 아무런 색채 환각도 불러일으키지 못했다. 유감스럽게도 나에게 음악은 대체로 거슬리는 소리들이 임의로 나열된 것에 불과하다. 특정한 감정에 사로잡혀 있다면 풍부한 바이올린 선율의 경련을 견딜 수 있을지도 모르지만, 콘서트 피아노와 온갖 관악기는 조금만 들어도 지루하고 많이 들으면 고통스러울 따름이다. 매년 겨울 여러 오페라를 접했음에도(6년 동안 적어도 열두 번은 〈루슬란〉*과 〈스페이드의 여왕〉**을 관람해야

---

* 푸시킨의 시 「루슬란과 류드밀라」를 바탕으로 미하일 글린카가 작곡한 오페라.
** 푸시킨의 동명 소설을 바탕으로 차이콥스키가 작곡한 오페라.

했으니), 음악에 대한 내 미미한 감응은 피멘*이 무엇을 쓰고 있는지 어깨 너머로 읽을 수 없고, 줄리엣네 정원의 어둑한 꽃밭에서 노는 박각시나방을 상상해보려 헛된 시도를 하는 시각적 고문에 송두리째 짓눌리고 말았다.

어머니는 시각적 자극에 대한 내 전반적인 민감성을 키워주기 위해 할 수 있는 모든 일을 했다. 어머니가 나를 위해 얼마나 많은 수채화를 그려줬던가. 파랑과 빨강을 섞어 라일락나무가 자라나는 모습을 보여주던 순간은 어찌나 놀랍던지! 어머니는 이따금씩 상트페테르부르크 우리집 옷방(내가 태어난 방이기도 하다)의 벽 속 비밀 공간에서 보석 한 뭉치를 꺼내, 잠자리에 들려는 나를 즐겁게 해줬다. 그때 나는 아주 어렸고, 반짝이는 티아라와 초커, 반지들이 내뿜는 신비롭고 매혹적인 빛은 제국의 축제 기간에 도시를 장식한 조명—서리 내린 밤을 가득 채운 고요 속에서 사파이어, 에메랄드, 루비 같은 색색의 전구들이 만들어낸 거대한 모노그램과 왕관, 문장紋章들이 주택가를 따라 한 줄로 이어진 눈 쌓인 처마들 위에서 마법에 걸린 듯 미동도 없이 빛나고 있었다—에 견줄 만했다.

2

어린 시절 무수히 병을 앓는 통에 나와 어머니 사이는 훨씬 더 가까

---

* 푸시킨의 동명 희곡을 바탕으로 무소륵스키가 작곡한 오페라 〈보리스 고두노프〉에 등장하는 늙은 수도사.

워졌다. 꼬마였을 때 나는 수학에 놀라운 소질을 보였으나, 그것은 이상할 만큼 재능이 없었던 청소년기에 이르러 완전히 사라졌다. 이 소질이 편도선염이나 성홍열과 격투를 벌이는 동안에는 끔찍한 역할을 했으니, 나는 지끈거리는 머릿속에서 거대한 구체들과 엄청난 숫자들이 무자비하게 팽창해가는 느낌을 받았다. 바보 같은 가정교사가 내게 대수對數를 너무 일찍 가르친데다, 인도의 어느 암산왕에 관한 글을 읽은 탓도 있는데(영국 간행물 『소년지Boy's Own Paper』였던 것 같다), 그는 예를 들어 3529471145760275132301897342055866171392의 17제곱근을 정확히 2초 만에 찾아낼 수 있는 사람이었다(숫자를 맞게 썼는지는 확실하지 않다, 어쨌든 그 값은 212였다). 섬망 상태에서 자라나는 그런 괴물들이 나를 내 몸 밖으로 밀어내지 못하게 막는 유일한 방법은 그것들의 심장을 도려내 죽여버리는 것이었다. 하지만 괴물들은 너무나 강했고, 나는 자리에 앉아 알아들을 수 없는 문장들을 가까스로 만들어내 이 사태를 어머니에게 설명하려고 애썼다. 어머니는 내 섬망 밑바닥에서 자신도 알고 있는 감각을 알아봤고, 그 같은 이해심 덕에 팽창하던 내 우주는 뉴턴의 규범으로 돌아갔다.

자기표절 같은 지루한 문학 전통을 연구하려는 미래의 전문가라면, 내 소설 『재능』에 나오는 주인공의 경험을 실제로 일어난 사건과 대조해보고 싶을 것이다. 어느 날 오랜 병치레 끝에 아직 회복되지 못한 몸으로 침대에 누워 있었을 때, 나는 여느 때와 다른 가볍고 편안한 황홀감 속에 빠져드는 것을 느꼈다. 회복기를 더욱 즐겁게 해주는 매일의 선물을 사러 어머니가 집을 나섰다는 건 알고 있었다. 이번 선물이 무엇일지는 짐작할 수 없었지만, 수정水晶처럼 기묘하게 투명해진 상태를 통해 모르스카야 거리를 따라 넵스키 대로로 향하는 어머니 모습이 생생하게 떠올랐다. 나는 밤색 준마가 *끄는* 가벼운 썰매의 모습도 식별했다. 말이 콧김을 내뿜는 소리와 음낭이 리듬에 맞춰 딸각이는 소리, 얼어붙은 흙과 눈의 덩어리가 썰매 앞판에 부딪히는 둔탁한 소리가 들려왔다. 내 눈앞에, 그리고 어머니의 눈앞에 마부의 뒷모습이 어렴풋이 보였다. 그는 두툼히 속을 넣은 파란색 망토를 걸쳤고, 가죽 케이스에 든 시계(두시 이십분)가 허리띠 뒤편에 매여 있었으며, 그 아래로는 호박처럼 주름 잡힌 거대하고 튼실한 궁둥이가 곡선을 그리고 있었다. 나는 어머니의 바다표범 모피와, 얼음을 지치는 속도가 빨라지자 얼굴을 가리기 위해 들어올린 머프를 보았다—겨울 썰매를 타는 상트페테르부르크 숙녀 특유의 우아한 몸짓이었다. 어머니가 허리께까지 올려 덮은 넉넉한 곰가죽 덮개의 양끝은 좌석의 낮은 등받이 옆에 있는 두 손잡이 고리에 걸려 있었다. 그리고 그 뒤엔 꽃 모양 모표가 달린 모자를 쓴 하인이 그 손잡이를 붙잡고 썰매날 뒤쪽 끝 좁은 공간에 간신히 발을 딛고 서 있었다.

내가 여전히 지켜보는 동안, 썰매는 (필기구, 청동 장식품, 놀이용 카드 등을 파는) 트로이만 상점 앞에 멈췄다. 잠시 후 어머니가 가게 밖으로 나왔고, 하인이 뒤를 따랐다. 그는 어머니가 산 것을 들고 있었는데, 아마도 연필 같았다. 나는 어머니가 그처럼 작은 물건조차 직접 들지 않는다는 사실에 놀랐고, 이 불쾌한 크기 문제 때문에 열병과 함께 사라져버리길 바랐던 '심리 팽창 효과'가 희미하게 되살아났는데, 다행히도 오래가지는 않았다. 어머니가 다시 썰매에 올라타는 동안, 나는 말을 비롯해 모두가 내뿜는 증기를 지켜봤다. 또한 어머니가 얼굴에 바짝 당겨 쓴 베일을 부풀리기 위해 입을 삐죽거리는 익숙한 모습도 봤다. 이 문장을 쓰고 있으려니 베일에 싸인 어머니의 뺨에 입을 맞출 때 내 입술이 감지하던 그물코의 부드러운 감촉이 되살아나서, 눈雪처럼 푸르고, 파란 창이 달린 (아직 커튼을 치지 않은) 과거로부터 기쁨의 탄성을 내지르며 내게로 날아온다.

몇 분 후 어머니가 내 방으로 들어왔다. 어머니는 커다란 꾸러미를 안고 있었다. 환상 속에서 그것은 엄청나게 축소되어 있었던 것이다— 아마도 그것이 섬망으로 팽창하는 세계의 무서운 잔재일지 모른다는 논리의 경고에 따라 잠재의식 수준에서 수정됐기 때문인 것 같았다. 이제 보니 그 물건은 다각형의 거대한 파버 연필이었고, 길이 4피트가 넘으며 그만큼 매우 굵었다. 상점 진열창에 있던 전시품이었는데, 어머니는 내가 구입하기 곤란한 것들을 죄다 탐내던 버릇이 있으니 그것 또한 탐내리라 생각했을 것이다. 점원은 중개상인 리브너 '박사'에게 전화를 걸어야만 했다(마치 그 거래에 병리학적인 의미라도 있는 것처럼). 그 순간 잠깐, 연필심이 진짜 흑연인지 궁금해졌다. 진짜였다. 몇 년 후에는 옆쪽에 구멍을 뚫어 심이 끝까지 완전하게 채워져 있음을 확인하고 만족스러워했다. 그 연필이 사용하기에는 너무 클뿐더러 애초에 사용하려고 만든 물건도 아니었다는 점에서, 파버와 리브너 박사는 진정 예술을 위한 예술의 완벽한 사례를 보여준 셈이었다.

"아, 그래." 내가 이런저런 색다른 감각에 대해 이야기하면 어머니는 이렇게 말했다. "그래, 나도 다 안단다." 그러고 나서 다소 섬뜩하게 느껴질 만큼 솔직한 태도로 복시複視라든지, 세발탁자의 목재 부분에서 나는 딱딱 소리라든지, 예감이라든지, **기시감**에 대해 이야기했다. 어머니의 직계 혈통에는 분파주의의 명맥이 흘렀다. 어머니는 사순절과 부활절에만 교회에 갔다. 분파적 성향은 그리스정교의 의식과 성직자들에게 보이는 건전한 반감으로 드러났다. 어머니는 복음서의 도덕적이고 시적인 면에 깊이 끌리면서도, 어떤 교리에도 의지할 필요를 느끼지 못했다. 내세의 섬뜩한 불확실성이나 사생활의 부재 같은 문제는 생각해본 적도 없었다. 그녀의 강렬하고도 순수한 신앙은 다른 세계가 존재한다는 믿음, 한편 그것을 지상의 삶에서 이해하기란 불가능하다는 믿음을 똑같이 품는 형태로 나타났다. 사람은 그저 아지랑이와 허깨비 사이에서, 저 앞에 있는 실재하는 무엇을 흘긋 볼 수 있을 뿐이다. 마치 낮 동안 대뇌 작용을 지속시키는 능력이 비범한 사람들이 깊이 잠들어서도 엉클어지고 어긋난 악몽이 안겨주는 극심한 고통 너머 어딘가에서 깨어 있는 시간의 질서정연한 현실을 감지해내듯이.

3

온 마음을 다해 사랑하고 나머지는 운명에 맡겨두기, 이것이 어머니가 따르는 단순한 규칙이었다. "Vot zapomni(자, 기억해)." 어머니는 공모하는 듯한 어조로 이렇게 말하며 비라의 이런저런 사랑스러운 것들로 내 주의를 이끌곤 했다—응고된 우유 같은 흐린 봄날의 하늘로 날아오르는 종달새, 어두운 밤 먼 곳에 줄지어 선 나무들의 사진을 찍는 듯 번쩍이는 마른번개, 갈색 모래 위에 펼쳐진 단풍잎들의 팔레트, 방금 내린 눈 위에 찍힌 작은 새의 쐐기 모양 발자국들. 마치 몇 년 안에 자신의 세계에서 실재하는 부분이 사라져버릴 것을 예감하기라도 한 듯, 어머니는 우리 시골 영지 곳곳에 흩어져 있는 다양한 시간의 표식들을 의식하는 특별한 능력을 연마했다. 지금 내가 어머니의 모습과 나의 과거를 열정적으로 회상하듯, 어머니도 자신의 과거를 소중히 간직했다. 그러므로 나는 어떤 의미에서 절묘한 환영—아름답지만 만질 수 없는 재산, 현실에서는 존재하지 않는 영지—을 물려받은 셈이다. 이는 이후의 상실을 견뎌내기 위한 탁월한 훈련이었음이 판명됐다. 어머니의 특별한 꼬리표와 인장은 그녀에게 그러했듯이 내게도 값지고 신성한 것들이 되었다. 예전에 외할머니가 특히 좋아했던 취미활동을 위해 마련한 공간이 있었는데, 그곳은 화학실험실이었다. 그랴즈노(마지막 음절에 악센트가 있다) 마을로 올라가는 비탈의 가장 가파른 구간에서는 열렬한 자전거 애호가였던 아버지가 즐겨 말하던 대로 bika za roga('뿔을 잡고 자전거를') 타야 했고, 비탈길 옆 보리수나무는 바로 아버지가 어머니에게 청혼한 자리였다. 그리고 '옛' 공원이라 불리는 곳에 이제는 이끼와 두더지가 파놓은 흙무더기, 버섯들로 뒤덮인 허름한 테니스 코트가 있었는데, 80년대와 90년대에는 즐거운 랠리가 벌어지곤 했다지만(심지어 엄격한 외할아버지도 코트를 벗어버리고 가장 무거운 라켓을 흔들어봤을 정도다), 내가 열 살이 되었을 즈음 자연은 마치 펠트 지우개가 기하학 문제를 깨끗이 지워버리듯 그 장소를 없애버렸다.

그 무렵 폴란드에서 데려온 숙련공이 공원의 '새' 구역 끝자락에 근사한 현대식 코트를 만들었다. 넓은 철조망 울타리가 클레이 코트와 코트를 에워싼 꽃밭을 갈라놓았다. 축축한 밤이 지나면 코트 표면은 갈색으로 번들거렸고, 우리집 정원사 중에서 가장 키가 작고 가장 나이가 많은 온순한 드미트리가 초록색 들통에 든 액체 분필로 흰 선을 다시 그렸다. 난쟁이처럼 검은 부츠에 빨간 셔츠 차림을 한 그는 등을 잔뜩 구부린 채 천천히 뒷걸음질치면서 선을 내리그었다. 코트의 문 위치에 맞게 비워둔 골담초(러시아 북부의 '노란 아카시아') 울타리가 철조망, 그리고 tropinka Sfinksov('박각시나방의 길')라 불리는 길과 나란히 뻗어 있었다. 그 이름은 황혼 무렵이면 화단의 푹신한 라일락을 찾아오는 박각시나방들 때문에 생겨났다. 울타리를 마주보는 화단 역시 가운데가 뚫려 있었다. 이 길이 거대한 T자의 가로축이라면, 세로축은 어머니와 동년배인 홀쭉한 떡갈나무들의 오솔길이었고, 떡갈나무 길은 (이미 말했듯이) 새 공원을 끝에서 끝까지 가로질렀다. 찻길 가까이에 있는 T자의 밑동에서 길을 내려다보면, 5백 야드쯤 떨어진 곳에, 혹은 지금 내가 있는 곳으로부터 50년쯤 떨어진 곳에, 밝게 빛나는 작은 틈새가 꽤 분명하게 보였다. 우리를 가르치는 가정교사나 시골에 머무르는 중인 아버지가 늘 동생과 한편이 되어 성깔 있는 가족 복식 경기를 벌였다. "시작!" 어머니는 옛날 방식 그대로 외치며 작은 발을 앞으로 내밀고 흰 모자 쓴 머리를 숙여, 성실하지만 약한 서브를 반복했다. 나는 걸핏하면 어머니에게 화를 냈고, 어머니는 맨발로 볼보이를 하는 두 명의 농촌 청년에게 화를 냈다(드미트리의 손자인 들창코 청년과, 수석 마부의 딸인 예쁜 폴렌카의 쌍둥이 형제였다). 북쪽 지방의 여름 기후는 추수철이 되면 열대성으로 변했다. 얼굴이 벌겋게 상기된 세르게이는 무릎 사이에 라켓을 끼운 채 열심히 안경을 닦았다. 나는 만약의 경우를 대비해 울타리에 기대어 세워둔 내 나비채를 보고 있었다. 잔디 테니스를 다룬 월리스 마이어스의 책이 벤치 위에 펼쳐져 있었고, 공이 오가고 나면 그때마다 아버지는(일류 선수였고, 프랭크 리즐리 같은 강서브와 아름다운 '리프팅 드라이브'를 구사했다) 나와 동생에게 '폴로스루',* 그 은총의 상태가 우리에게도 내려왔는지, 박식함을 뽐내며 질문을 해댔다. 그러다 이따금씩 비가 퍼부어 우리는 부랴부랴 코트 구석에 있는 피난처로 모여들었고, 늙은 드미트리는 우산과 우비를 가져오기 위해 집으로 갔다. 십오 분쯤 후, 드미트리는 멀리 내다보이는 길에 산더미 같은 옷들을 지고 다시 나타났지만 그가 다가올수록 길에는 새로이 타오르는 태양빛에 얼룩덜룩 표범무늬가 생겼고, 그의 거대한 짐은 쓸모가 없어졌다.

어머니는 기술이 필요하고 내기를 거는 모든 종류의 게임을 사랑했다. 숙련된 그녀의 손길에 의해 천 개의 퍼즐은 서서히 영국 사냥터 풍경으로 변해갔다. 말의 다리인 줄 알았던 조각이 느릅나무였고, 그동안 자리를 찾지 못하던 조각이 얼룩덜룩한 배경의 빈틈에 아늑하게 들어맞았다. 이러한 일은 추상적이면서도 촉각을 만족시키는 섬세한 전율을 선사했다. 한때 그녀는 포커를 무척 즐겼는데, 외교관들을 통해 상트페테르부르크 사교계에 들어왔기에 일부 카드패에 예쁜 프랑스 이름이 붙어 있었다―'스리카드'는 **브를랑**, '플러시'는 **쿨뢰르**, 이런 식으로. 게임의 종류는 보통의 '드로포커'였고, 이따금씩 특별한 흥분을 주는 잭팟과 무엇으로든 쓸 수 있는 조커가 곁들여졌다. 도시에서 그녀는 종종 새벽 세시까지 친구들 집에서 포커를 했는데, 제1차세계

---

* follow-through. 공을 친 뒤의 마무리 동작.

대전 직전 몇 해 동안 포커는 사교계의 흔한 오락거리였다. 이후 망명 생활 중 그녀는 (늙은 드미트리를 떠올릴 때의 경탄과 낙담을 고스란히 느끼며) 끝나지 않는 밤의 혹독한 서리 속에서 여전히 자신을 기다리고 있을 것만 같은 운전기사 피로고프를 떠올리곤 했다. 하지만 그의 경우에는 인심 후한 부엌에서 마시는 럼 섞인 차가 그런 불침번을 달래주는 데 큰 도움이 되었으리라.

여름이면 어머니는 무엇보다 hodit' po gribï(버섯 찾기)라는 매우 러시아적인 놀이를 즐겼다. 어머니가 찾아낸 맛있는 버섯들은 버터에 볶이고 사워크림이 잔뜩 발라져 저녁 식탁에 정기적으로 올랐다. 맛보는 순간이 그렇게까지 중요하지는 않았다. 그녀의 주된 관심은 어디까지나 탐사 자체에 있었고, 이 탐사에는 규칙이 있었다. 주름버섯은 따지 않는 것. 그녀가 골라온 것은 모두 **그물버섯속**(황갈색 **에둘리스**, 갈색 **스카베르**, 붉은색 **아우란티아쿠스**,* 그리고 몇몇 근연종)의 식용 버섯이었다. 어떤 이들은 그것을 '대롱버섯'이라고 불렀고, 균류학자들은 '육생陸生의, 다육질의, 부패하기 쉬운, 중심 균병형 균류'라고 냉담하게 정의했다. 그 아담한 갓—어릴 때는 단단히 붙어 있다가 성숙하면 먹음직스럽게 부풀어오르는 반구형—아래는 (주름이 없고) 매끈했으며, 멋지고 튼튼한 자루가 붙어 있었다. 고전적이고 단순한 형태의 그물버섯은, 터무니없는 주름살과 나긋나긋한 고리를 지닌 '진짜 버섯'과는 상당히 거리가 멀다. 그러나 입맛이 소심한 나라의 사람들은 키 작고 볼품없는 주름버섯만을 '진짜 버섯'으로 여겨 지식과 식욕을

---

* 그물버섯(Boletus edulis), 자작나무그물버섯(Boletus scaber), 껄껄이그물버섯(Boletus aurantiacus)의 학명.

스스로 제한하고 있으니, 일반적인 영미권 사람들 눈에는 귀족적인 그 물버섯이 고작 개심한 독버섯 정도로 보일 따름이다.

비가 오는 날이면 우리 공원의 전나무와 자작나무, 사시나무 밑에 이 아름다운 버섯들이 우수수 돋아났다. 특히 마차가 지나다니는 길을 가운데에 두고 공원을 양분했을 때 동쪽에 해당하는 더 오래된 구역에서 그러했다. 그곳의 그늘진 구석은 러시아인의 콧구멍을 벌름거리게 하는 그물버섯 특유의 냄새, 젖은 이끼와 비옥한 흙과 썩어가는 나뭇잎들이 충분히 섞인 짙고 축축한 냄새로 가득했다. 다만 보닛을 쓴 아기 **에둘리스**라든지 다양한 대리석무늬의 **스카베르**처럼 정말로 근사한 것을 발견해 조심스럽게 땅에서 빼내려면, 젖은 덤불 속을 꽤 오랫동안 헤치고 들여다봐야만 했다.

구름 덮인 오후, 홀로 보슬비를 맞으며 어머니는 바구니(누군가 월귤을 담았었는지 안쪽에 푸른 물이 들어 있었다)를 하나 들고서 긴 채집 여행을 시작했다. 저녁식사 시간 즈음이 되어서야 공원 오솔길의 아득히 먼 곳에서 그 모습을 드러냈는데, 작은 몸에 걸친 초록빛 감도는 갈색 모직 망토와 후드 위에 셀 수 없이 많은 물방울이 맺혀 있어 마치 안개에 싸인 듯했다. 물방울이 뚝뚝 떨어지는 나무들 밑을 지나 가까이 다가오며, 나를 발견한 어머니의 얼굴에는 수척하고 이상야릇한 낯빛이 떠올랐다. 운이 없었음을 뜻할 수도 있는 그 표정이, 실은 성공한 사냥꾼이 강렬한 지복至福을 드러내지 않으려고 자제하고 있는 것임을 나는 알고 있었다. 그녀는 내 코앞에 이르러서는 돌연 팔과 어깨를 축 내리며 '휴!' 하고 과장되게 지친 모습으로 바구니를 늘어뜨리고 그 안이 가득 차 있어 엄청나게 무거운 상태임을 강조했다.

어머니는 정원의 흰색 벤치 가까이에 있는 철제 원탁 위에 그물버섯들을 동심원 형태로 늘어놓은 뒤 개수를 세어가며 분류했다. 작은 구멍이 많고 거무스름한 묵은 것들은 버리고, 어리고 싱싱한 것들만 남겼다. 하인들이 그 버섯들을 어머니가 모르는 곳으로 가져가기 전에, 즉 버섯들이 그녀의 관심 밖으로 밀려나는 운명에 처하기 전에, 그녀는 잠시 선 채로 조용한 만족감에 젖어 그것들을 감상했다. 그렇게 비오는 날 끝자락에 흔히 그러듯이 저물기 직전의 해가 유난히 붉은 빛을 드리울 때면, 축축한 원탁 위에 화사한 빛깔을 띤 어머니의 버섯들이 누워 있었다. 끈적이는 연갈색 갓에 달라붙은 풀잎이나, 검은 점이 박힌 줄기의 불룩한 밑둥을 아직 감싸고 있는 이끼처럼 무관한 식물의 흔적이 간혹 남아 있기도 했다. 자그마한 자벌레도 딸려와 마치 어린 아이의 엄지와 검지처럼 탁자 가장자리를 재면서, 본래 붙어 있던 관목을 찾아 매 순간 헛되이 몸을 뻗었다.

4

어머니는 부엌이나 하인들의 방에는 가보지도 않았을뿐더러, 마치 호텔의 그런 구역들처럼 여기며 의식에서 멀찍이 밀어내버렸다. 아버지 역시 집안 살림에는 관심이 없었다. 다만 식단은 주문했다. 그는 디저트를 먹은 뒤에 가벼운 한숨을 쉬며 집사가 저녁 식탁에 올려둔 앨범 같은 것을 펼쳤고, 우아하게 손을 놀려 다음날의 메뉴를 적었다. 아버지에게는 다음에 이어질 낱말들을 숙고하는 동안 연필이나 만년필을 종이 바로 위에서 떠는 특이한 버릇이 있었다. 아버지의 제안에 대해 어머니는 모호한 동의의 표시로 고개를 끄덕이거나, 얼굴을 찌푸렸다. 명목상 살림은 어머니의 옛 유모가 맡았는데, 눈이 침침하고 주름이 어마어마하게 많은 노파로(1830년경 노예 신분으로 태어났다), 우울한 거북이처럼 작은 얼굴에 커다란 발을 질질 끌며 걸었다. 수녀복 같은 갈색 옷을 입었고, 희미하지만 잊히지 않는 커피 향과 썩은 내를 풍겼다. 우리의 생일이나 영명축일에는 어깨 위에 입을 대는 농노식 입맞춤으로 끔찍한 축하 인사를 건넸다. 그녀는 나이가 들수록 병적으로 인색해졌는데, 특히 설탕과 잼을 아끼는 통에 차츰 부모님의 허락 하에 유모 몰래 다른 살림을 꾸리는 일이 진행됐다. 이 사실을 알지 못했던 그녀는(알았더라면 크게 상심했을 것이다) 여전히 자신의 열쇠고리에 매달려 있었고, 어머니는 노파의 연약한 마음에 이따금씩 풍파를 일으키는 의심을 부드러운 말로 가라앉히려 애썼다. 그녀는 그 곰팡내 나는 외딴 소왕국을 홀로 다스리는 여주인이었고, 그 왕국은 그녀가 아는 유일한 현실이었다(실제로 그랬다면 우리는 굶어죽었을 것이다). 그녀가 접시 위에서 찾아낸 사과 반쪽이나 버터 비스킷 두어 조각을 보관하기 위해 긴 복도를 터벅터벅 걸어갈 때마다, 하인들과 하녀들이 조롱하는 눈초리로 그녀를 흘겨보았다.

한편, 상시 근무하는 하인이 쉰 명 남짓이고 잔소리하는 일이 없었기에, 우리의 도시와 시골 집에서는 터무니없이 자주 절도 사건이 발생했다. 누구도 귀기울이지 않았지만 결국에는 옳았음이 밝혀진 나이 많고 말도 많은 숙모의 주장에 따르면, 주방장 니콜라이 안드레예비치와 수석 정원사인 예고르가 주모자였다. 그들은 점잖게 생겼으며, 안경을 썼고 믿을 만한 하인들이 그렇듯 귀밑머리가 희끗희끗한 남자들이었다. 법학자이자 정치가였던 아버지는 납득하기 어려운 거액의 청구서나, 정원의 딸기나 온실의 복숭아가 감쪽같이 사라진 문제에 직면했을 때, 전문가이면서 자기 집의 경제 문제조차 처리하지 못한다는 사실에 당혹감을 느꼈다. 그러나 복잡한 절도 사건의 전모가 드러나게 되더라도, 법에 대한 의문이나 양심 때문에 아버지는 늘 아무런 조치도 취하지 못했다. 상식대로라면 파렴치한 하인을 내쫓아야 했을 때에도, 그 하인의 어린 아들이 별안간 중병에 걸렸다고 하면 도시에서 가장 실력 좋은 의사를 구하느라 다른 생각을 할 겨를이 없었던 것이다. 그리하여 아버지는 집안 살림 전반을 그럭저럭 불안정한 평형 상태로 유지하는 쪽을 택했고(여기에는 은근한 유머가 없지 않았다), 어머니 또한 옛 유모의 환상 속 세계가 무너지지 않으리라 믿으며 상당한 위안을 얻곤 했다.

환상이 깨지는 게 얼마나 아픈지 어머니는 잘 알고 있었다. 아주 사소한 실망거리조차 그녀에게는 참사나 다름없었다. 비라에 머물던 어느 크리스마스이브에, 머지않아 넷째 아이를 출산할 예정이었던 어머니는 가벼운 병으로 침대에 누워 지내며 동생과 나에게(각각 다섯 살과 여섯 살이었다), 다음날 아침 침대 기둥에 매달린 크리스마스 양말을 발견하면 속을 들여다보지 말고 자기 방으로 가져와, 우리들이 기뻐하는 모습을 보며 즐거워할 수 있도록 그곳에서 열어봐달라고 했다. 잠에서 깨자마자 나는 동생과 은밀하게 의논을 했고, 이내 우리는 안달난 손으로 각자 작은 선물들이 가득 들어차 유쾌하게 바스락거리는 양말을 더듬었다. 우리는 그것들을 조심스레 하나씩 꺼내 리본을 풀고 포장지를 들췄으며, 덧문 틈으로 새어드는 약한 빛에 비춰 하나하나 살펴본 뒤, 다시 싸서 원래 자리에 쑤셔넣었다. 그다음 기억나는 장면은 우리가 선물이 가득 든 양말을 들고 어머니의 침대에 앉아, 어머니가 보고 싶어하는 연기에 최선을 다하는 모습이다. 그렇지만 포장을 엉망진창으로 해놓은데다, 열정적으로 감탄하는 연기가 너무도 어설퍼서(지금도 동생이 눈을 치켜뜨고 새로 온 프랑스인 가정교사를 흉내 내 "아, 정말 멋져!"라고 외치던 모습이 눈에 선하다), 한동안 우리를 지켜보던 우리의 관객은 울음을 터뜨리고 말았다. 10년이 흘렀다. 제1차 세계대전이 시작됐다. 애국자 무리와 루카 삼촌은 독일 대사관에 돌을 던졌다. **페테르부르크**는 명명법의 모든 우선순위 규칙을 거스르며 **페트로그라드**로 내려앉았다. 베토벤이 네덜란드인이라는 소문이 돌았다. 뉴스 영화에는 근사하게 찍힌 폭발 장면과 경련하는 대포, 가죽 레깅스 차림의 푸앵카레,* 황량한 웅덩이, 단도와 탄약띠를 차고 체르케스** 군복을 입은 가엾고 어린 차레비치,*** 너무도 초라하게 입은 키가 큰 그의 누나들, 군인들로 붐비는 긴 열차들이 나왔다. 어머니는 부상당한 군인들을 위해 개인 병원을 차렸다. 어머니가 그녀 자신은 혐오했으나 당시 유행이었던 회색과 흰색 간호사복을 입고서, 불구가 된 농민들의 이해할 수 없는 복종심에 대해, 그리고 이따금씩만 발휘되는 동정심의 무익함에 대해, 똑같이 아이 같은 눈물을 흘리며 성토하던

---

* 당시 프랑스 대통령.

** 북캅카스 일대에 살다가 18~19세기 러시아의 공격을 받아 흩어진 민족.

*** 차르의 아들. 여기서는 니콜라이 2세의 아들인 알렉세이 니콜라예비치 로마노프 황태자를 가리킨다.

모습이 기억난다. 이후 망명중에도 어머니는 종종 과거를 돌아보며, (지금 생각해보면 부당한 책망이지만) 정작 자신은 인간이 겪는 불행보다 인간이 오래된 나무, 늙은 말, 늙은 개처럼 죄 없는 자연에 가한 감정적 횡포에 더 민감했다고 자책했다.

비판적인 숙모들은 갈색 닥스훈트를 향한 어머니의 각별한 사랑을 이해하지 못했다. 어머니의 젊은 시절을 담은 가족 앨범을 보면 그 동물이 한 마리라도 끼지 않은 단체 사진이 드물었다—대개 유연한 몸 일부가 흐릿하게 찍혔고, 스냅사진에 나오는 닥스훈트 특유의 이상하고 편집증적인 눈빛을 띠고 있었다. 박스 1세와 룰루라는 살찐 고참 둘은 내가 어렸을 때도 현관에서 햇빛을 쬐며 축 늘어져 있었다. 1904년 어느 날에는 아버지가 뮌헨의 개 전시회에서 강아지 한 마리를 사 왔는데, 녀석은 자라서 성질은 고약하지만 참으로 잘생긴 트레이니가 되었다(침대차처럼 길고 갈색인 몸통 때문에 내가 붙인 이름이다). 내 어린 시절의 주제 음악 중 하나는, 결국 잡지 못한 산토끼의 자취를 쫓으며 트레이니가 발작적으로 혀를 헐떡이는 소리였다. 비라 공원 깊숙한 곳까지 갔다가 어스름이 질 무렵(걱정이 된 어머니가 떡갈나무 길에서서 한참 휘파람을 불어댄 뒤였다) 돌아오던 트레이니는 두더지의 오래된 사체를 입에 물고 귀에는 밤송이 껍질을 달고 있었다. 1915년경 뒷다리가 마비되어서, 클로로포름으로 잠들 때까지 마치 **앉은뱅이**처럼 반들반들한 쪽모이 마루 위를 처량하게 몸을 질질 끌며 다녔다. 그 다음으로 누군가에게 얻은 강아지 한 마리는 박스 2세가 되었는데, 안톤 체호프 박사의 개 퀴나와 브롬이 그 조부모라고 했다. 이 마지막 닥스훈트는 우리와 함께 망명했고, 한참 뒤인 1930년 프라하 교외(아버지가 돌아가신 후 어머니가 체코 정부에서 주는 소액의 연금으로 말년을 보낸 곳이다)에서도 주인을 따라 마지못해 산책 나서는 모습을 볼 수 있었다. 엄청나게 늙고 사나웠던 박스 2세는 철사로 된 기다란 체코산產 입마개를 한 채로 골이 나서 멀찍이 뒤처져 어기적어기적 걸어다녔다—잘 맞지도 않는 누더기 코트를 걸친 망명견 한 마리.

케임브리지에서 지낸 마지막 두 해 동안 나와 남동생은 베를린에서 방학을 보냈고, 거기서 부모님은 두 여동생, 그리고 열 살짜리 키릴과 함께 크고 음울하며 대단히 부르주아적인 아파트에서 지내고 있었다. 나는 이 아파트를 내 장편소설과 단편소설에 등장하는 수많은 망명자 가족에게 세놓았다. 1922년 3월 28일 밤 열시경 어머니가 늘 그러듯 거실 구석에 놓인 빨간 플러시천 소파에 몸을 기댔고, 나는 이탈리아를 소재로 한 블로크의 시를 읽어드렸다. 피렌체에 관한 짧은 시의 끝부분에서 블로크가 그 도시를 우아하고 희뿌연 아이리스 꽃봉오리에 비유한 대목에 이르자, 뜨개질을 하던 어머니는 이렇게 말했다. "그래, 맞아, 피렌체는 **희뿌연 아이리스**를 닮았어, 정말로! 내 기억엔—" 그때 전화벨이 울렸다.

1923년 이후 어머니는 프라하로 이주했고, 나는 독일과 프랑스에서 살았기에 어머니를 자주 찾아뵐 수 없었다. 어머니는 제2차세계대전 발발 바로 전날 돌아가셨는데 나는 임종도 지키지 못했다. 언제든, 어떤 이유로든 프라하에 갈 때마다, 시간이 다시 그 익숙한 가면을 쓰기 직전에 느닷없이 허를 찔리는 고통을 느낀다. 어머니는 그 초라한 셋방에서 자신의 가장 소중한 친구 예브게니야 콘스탄티노브나 호펠트(1884~1957년)와 함께 지냈다. 그녀는 내 두 여동생(1903년 1월 5일생 올가와 1906년 3월 31일생 옐레나)의 가정교사였는데, 1914년 그린우드 양의 후임으로 왔고, 그린우드 양은 또 러빙턴 양의 후임이었다. 그들이 함께 살던 셋방에는 마이코프에서 마야콥스키에 이르기까지 말년에 어머니가 아끼는 시들을 베껴 적어둔 앨범들이 낡아빠진 중고 가구들 위에 여기저기 놓여 있었다. 주물鑄物로 뜬 아버지의 손과 지금은 동베를린이 된 테겔의 그리스정교회 묘지에 있는 아버지 무덤을 그린 수채화가, 금세 바스라질 싸구려 종이 표지로 된 망명 작가들의 책과 한 선반에 나란히 놓여 있었다. 녹색 천으로 덮인 비누 상자가 작고 바랜 사진이 든 부서져가는 액자들을 지탱하고 있었는데, 어머니는 그것들을 소파 가까이에 두고 싶어했다. 사실 그녀는 아무것도 잃어버리지 않았기에, 그런 것들이 꼭 필요하지는 않았다. 유랑극단 배우들이 대사를 기억하는 한 어디를 가든 바람 부는 히스 들판과 안개 자욱한 성, 마법에 걸린 섬을 지니고 다니듯이, 어머니 역시 자신의 영혼이 축적한 모든 것을 지니고 다녔다. 어머니가 탁자 앞에 홀로 앉아 솔리테어 카드게임을 하면서 펼쳐진 카드들을 두고 차분히 고민하는 모습이 너무도 선명하게 떠오른다. 그녀는 왼쪽 팔꿈치를 괴고 그 손으로 입가에 담배를 들었으며, 자유로운 왼손 엄지로는 뺨을 누르고 있다. 오른손을 다음 카드로 뻗는다. 넷째 손가락에서 빛나는 두 겹의 미광微光은 결혼반지다—하나는 자기 것이고 다른 하나는 남편 것으로, 아버지 반지는 어머니에게 너무 커서 검은 실로 어머니 반지에 묶여 있다.

꿈에 죽은 사람들이 나타날 때마다, 그들은 늘 말없이 불편한 기색으로 이상하리만치 가라앉아 있다. 생전의 다정하고 밝은 모습과는 전혀 다르게 말이다. 나는 그들이 생전에 한 번도 방문하지 않았던 장소,

이를테면 그들이 결코 알 리 없는 내 친구의 집 같은 곳에서 그들을 만나며, 놀라지 않고 그들을 알아본다. 그들은 마치 죽음이 어두운 얼룩이나 부끄러운 집안 비밀이라도 되는 양 서로에게서 떨어져 찌푸린 얼굴로 바닥을 내려다보며 앉아 있다. 필멸자가 돛대 꼭대기에서, 과거와 그 성탑 위에서 자기 한계 너머를 엿볼 기회를 얻는 것은 그런 때가 아니라—꿈꿀 때가 아니라—완전히 깨어 있는 순간, 강건한 기쁨과 성취의 순간, 의식의 가장 높은 테라스에 서 있는 순간이다. 비록 안개 때문에 거의 보이지 않을지언정, 그래도 올바른 방향을 바라보고 있다는 더없이 행복한 느낌이 분명히 든다.

3장

1

미숙한 문장학자^{紋章學者}란, 현지에서 직접 동물을 살펴보고 얻은 결과물이 아니라 애초부터 가지고 있던 국내의 동물 우화집에서 영향을 받은 동물 환상담을 동양에서 들고 돌아오는 중세 여행가를 닮았다. 그래서 초판의 이 장에서 나보코프 가문의 문장(오래전 가족들의 잡동사니 틈에서 언뜻 보았다)을 묘사할 때, 나는 어찌어찌 그것을 거대한 체스판을 사이에 두고 자세를 취한 두 마리 곰에 대한 놀라운 이야깃거리로 비틀어놓았다. 그런데 지금 그 문장을 찾아 확인해보니, 갈색빛 털이 수북한 짐승이기는 하나 곰이 아니라 두 마리 사자임을 알고서 실망하고 있다. 이 사자들은 혀를 날름대며 광포하게 머리를 젖힌 채 뒷다리로 서서 불행한 기사의 방패를 거만하게 내보이고 있다. 방패의 무늬는 체커판의 16분의 1짜리 작은 격자에 불과하며, 파란색과 빨간색이 교차하고 각 사각형 안에는 끝이 세 잎 모양인 은빛 십자가가 들어 있다. 방패 위로는 기사의 일부가 보인다. 튼튼한 투구와 그걸 두르고는 아무것도 먹을 수 없는 목가리개 같은 것들이다. 또 빨간색과 파란색 잎 장식 속에서 뻗어나온 팔 한쪽이 용맹하게 짧은 검을 휘두르고 있다. 제명題銘은 Za hrabrost'(용기를 위하여)라고 쓰여 있다.

1930년 아버지의 사촌이자 러시아 골동품 애호가인 블라디미르 빅토로비치 골룹초프에게 의뢰한 조사에 따르면, 우리 가문의 시조는 나보크 무르자(**활동 시기** 1380년), 모스크바 대공국에서 러시아인이 된 타타르 왕자였다. 내 사촌이자 유능한 계보학자 세르게이 세르게예비치 나보코프는, 15세기에 우리 선조들이 모스크바 공국 내에 토지를 소유하고 있었다고 전한다. 그는 이반 3세가 통치하던 1494년에 지주 쿨랴킨이 이웃 루카 나보코프의 아들들인 필라트, 예브도킴, 블라스와 시골에서 벌인 다툼을 기록한 문서(유시코프가 1899년 모스크바에서 『13~17세기의 법령』이라는 책으로 출판했다)를 언급했다. 이어지는 몇 세기 동안 나보코프 일가 사람들은 대개 관료 혹은 군인이 되었다. 나의 고조부인 알렉산드르 이바노비치 나보코프 장군(1749~1807년)은 파벨 1세 치하의 공문서에 '나보코프 연대'라 적힌 노브고로드 주둔 연대의 지휘관이었다. 그의 막내아들이자 나의 증조부인 니콜라이 알렉산드로비치 나보코프는 젊은 해군 장교였던 1817년, 바실리 미하일로비치 골로브닌 함장(후에 해군 중장이 되었다)의 지휘하에 훗날 각각 제독이 된 폰 브란겔 남작과 리트케 백작과 함께 (그 많은 지역 중 하필이면)* 노바 젬블라를 측량하는 탐사를 떠났으며, 그리하여 그곳에 내 선조의 이름을 딴 '나보코프의 강'이 생겨났다. 이 탐사를 이끈 지휘관의 이름은 여러 지명에 남아 있는데, 그중 하나가 알래스카 서부 수어드반도의 골로브닌 석호潟湖이며, 홀랜드 박사는 그곳에서 발견한 나비에 **파르나시우스 포에부스 골로비누스**라는 이름(큰 글자로 *sic***라 씀)을 붙였다. 그러나 내 증조부를 기리는 것은 아주 푸른, 거의 쪽빛이라고 해도 좋을, 심지어 성난 듯 푸른, 젖은 바위들 사이로 구불구불 흐르는 작은 강 말고는 없다. (나의 사촌 세르게이 세르게예비치의 말에 따르면) **배와 맞지 않는 사람**이었던 증조부는 곧 해군을 떠나 모스크바 근위대로 옮겼기 때문이다. 그는 (데카브리스트***의 누이인) 안나 알렉산드로브나 나지모프와 결혼했다. 그의 군 경력에 대해서는 아는 바가 없지만, 어쨌거나 형인 이반 알렉산드로비치 나보코프(1787~1852년)에는 미치지 못했다. 이반은 나폴레옹 전쟁의 영웅이었고, 노년에는 상트페테르부르크에 있는 페트로파블롭스크 요새의 사령관을 지냈다. (1849년에) 그곳의 수감자 중에는 『분신』 등을 쓴 작가 도스토옙스키도 있었는데, 친절한 장군은 그에게 책을 빌려줬다고 한다. 이보다 더 흥미로운 사실은 그가 이반 푸시친의 누이 예카테리나 푸시친과 결혼했다는 점이다. 여기에서 이반 푸시친은 푸시킨의 학교 친구이자 절친한 벗이었다. 두 명은 '친'이고 한 명은 '킨'이니 식자공들은 주의하시길.

---

* 노바 젬블라는 러시아의 유배지로 악명이 높았으며, 나보코프의 소설 『창백한 불꽃』에는 가상의 왕국 젬블라가 등장한다.

** 원문에 오류가 있더라도 그대로 옮겼음을 나타내는 라틴어 표기.

*** 1825년 12월 전제군주제와 농노제 폐지를 주장하며 봉기한 러시아 청년 장교들.

이반의 조카이자 니콜라이의 아들이 바로 내 친할아버지인 드미트리 나보코프(1827~1904년)로, 그는 두 명의 차르 밑에서 8년간 법무장관을 지냈다. 그는 러시아군에서 복무중이던 독일인 장군 페르디난트 니콜라우스 빅토르 폰 코르프 남작(1805~1869년)의 열일곱 살 딸 마리아와 (1859년 9월 24일) 결혼했다. 아주 오래된 가문에서는 선조들의 신체적 특징이 제조사의 각인처럼 세대를 거쳐 얼굴에 반복적으로 나타난다. 나보코프의 코(예를 들어 내 할아버지의 코)는 전형적인 러시아아인의 코로, 옆에서 보면 끝이 부드럽게 둥글려진 채로 들려 있으며 미묘하게 경사진 모양이다. 반면 코르프의 코(예를 들어 내 코)는 게르만족의 잘생긴 기관으로, 대담한 콧날뼈를 지녔고 살짝 기울어져 있으며 분명하게 홈이 파인데다 끝이 통통하다. 나보코프 가문 사람들이 거드름을 피우거나 놀랄 때면 올라가는 눈썹은 가운데 쪽에만 털이 났고 관자놀이 쪽으로 갈수록 희미해진다. 코르프의 눈썹은 보다 아름다운 호를 그리지만 역시 숱이 빈약한 편이다. 그 외에도 시간의 화랑을 따라가다보면 나보코프 가문 사람들이 점차 멀어져가는 어스레한 곳에서 루카비시니코프 가문 사람들과 한데 섞이는데, 그들 가운데 내가 아는 사람이라곤 어머니와 외삼촌 바실리뿐이기에 내 가설을 입증하기에는 표본이 너무 적다. 한편, 내가 분명히 떠올릴 수 있는 것은 코르프 가계의 여자들로, 백합과 장미처럼 아름다운 소녀들에게는 높고 발그레한 **광대뼈**와 연푸른 눈, 한쪽 뺨 위에 난 작고 예쁜 점이 있다. 덧붙인 것처럼 보이는 그 점은 나의 할머니와 아버지, 아버지의 형제 서너 명, 내 사촌 스물다섯 명 중 몇몇, 내 여동생과 내 아들 드미트리가 물려받았는데, 선명함의 차이는 있지만 한 원판의 복사본처럼 서로 닮았다.

니나 알렉산드로브나 시시코프(1819~1895년)와 결혼한 나의 독일인 증조부 페르디난트 폰 코르프 남작은 1805년 쾨니히스베르크에서 태어나 군인으로서 성공적인 경력을 쌓은 뒤 1869년 사라토프 근처에 있는 아내의 볼가강 영지에서 사망했다. 그는 빌헬름 카를 폰 코르프 남작(1739~1799년)과 엘레오노레 마가레테 폰 데어 오스텐-작켄 남작 영애(1731~1786년)의 손자였으며, 프로이센군 소령인 니콜라우스 폰 코르프(1812년 사망)와 작곡가 카를 하인리히 그라운의 손녀인 안투아네테 테오도라 그라운(1859년 사망) 사이에서 태어난 아들이었다.

안투아네테의 어머니인 피셔 가문 출신 엘리자베트(1760년생)의 어머니는 하르퉁 가문의 레지나(1732~1805년)였고, 그녀는 또한 쾨니히스베르크에서 잘 알려진 출판사 소유주였던 요한 하인리히 하르퉁(1699~1765년)의 딸이었다. 엘리자베트는 유명한 미인이었다. 작곡가의 아들이자 **법률고문관**이던 첫번째 남편 그라운과 1795년 이혼한 뒤 이류 시인인 크리스티안 아우구스트 폰 슈테게만과 재혼했는데, 독일 쪽 자료의 표현을 빌리자면 그녀는 훨씬 더 유명한 작가 하인리히 폰 클라이스트(1777~1811년)의 '어머니 같은 친구'였다고 한다. 클라이스트는 서른세 살에 엘리자베트의 열두 살짜리 딸 헤트비히 마리(나중의 폰 올페르스)와 격정적인 사랑에 빠졌다. 그는 반제로 떠나기 전 작별인사를 하려고 슈테게만 가족에게 들렀으나—어느 병든 부인과의 열광적인 자살 약속을 이행하러 가는 길이었다—마침 그날이 그 집의 세탁날이었기에 들어가지 못했다고 한다. 내 조상들이 문학 세계와 맺어온 인연이 얼마나 많고도 다양했는지를 생각해보면 진정으로 감탄스럽다.

나의 증조부인 페르디난트 폰 코르프의 증조부 카를 하인리히 그라운은 1701년 작센의 바렌브뤼크에서 태어났다. 그의 아버지인 아우구스트 그라운(1670년생)은 오랜 성직자 집안 출신의 세금 징수관('**폴란드 왕가와 작센 선제후의 세금 징수관**'─여기서 선제후란 그와 이름이 같은 폴란드 왕 아우구스트 2세)이었다. 그의 고조부 볼프강 그라운은 1575년에 플라우엔(바렌브뤼크 근처)에서 오르간 연주자로 일했는데, 그곳 공원에는 그의 후손인 한 작곡가의 동상이 서 있다. 카를 하인리히 그라운은 1759년 베를린에서 쉰여덟의 나이로 죽었다. 그보다 17년 전 그 도시에 들어선 새 오페라 극장은 그가 작곡한 〈카이사르와 클레오파트라〉를 개관작으로 상연했다. 그는 당대의 가장 저명한 작곡가였으며, 왕실 후원자의 애도에 감화된 부고 담당자에 따르면 가장 위대한 작곡가이기도 했다. 그라운은 (사후에) 자신이 작곡한 곡을 플루트로 연주하는 프리드리히 대왕을 그린 멘첼의 그림에 팔짱을 끼고 떨어져 서 있는 모습으로 등장한다. 이 그림의 복사본은 망명 시절 내가 머물었던 독일의 숙소들마다 나를 따라다녔다. 포츠담의 상수시 궁전에는 그라운과 그의 아내 도로테아 레코프가 클라브생* 앞에 나란히 앉아 있는 모습을 그린 동시대 그림이 있다고 들었다. 음악 백과사전에는 베를린 오페라 극장에 걸린 그의 초상화가 종종 등장하는데, 내 사촌인 작곡가 니콜라이 드미트리예비치 나보코프와 매우 닮아 보인다. 금박 입힌 과거가 그려진 천장 아래에서 열렸던 숱한 연주회로

---

* 바로크시대까지 널리 쓰인 건반악기.

부터, 250달러어치의 작고 유쾌한 메아리가 생겨나 1936년 히틀러 만세가 울려퍼지는 베를린의 나에게 무리 없이 도착했다. 이때 아름다운 코담뱃갑과 귀중한 장식품들로 구성된 그라운 가문의 한사상속限嗣相續 재산 가치는 프로이센 국립은행의 여러 화신을 거치면서 4만 3천 라이히스마르크(약 1만 달러)까지 줄어든 상태였는데, 이는 선견지명을 지닌 작곡가의 후손들인 폰 코르프, 폰 비스만, 나보코프 일족에게 분배됐다(네번째인 아시나리 디 산 마르차노 백작가는 사라지고 없었다).

두 명의 코르프 남작부인이 파리의 경찰 기록에 흔적을 남겼다. 한 명은 스웨덴 은행가의 딸인 안나-크리스티나 슈테게만으로 태어나, 내 할머니의 증종조부이자 러시아군 대령이었던 프롬홀트 크리스티안 폰 코르프 남작과 결혼해 남편을 먼저 보냈다. 안나-크리스티나는 또다른 군인, 그 유명한 악셀 폰 페르젠 백작*의 사촌이거나 연인, 혹은 둘 다이기도 했다. 그리고 1791년 파리에서 자신의 여권과 새로 맞춤 제작한 여행용 마차(높다란 붉은 바퀴 위에 얹힌 이 마차는 위트레흐트산産 흰색 벨벳 천을 씌운 호화로운 물건으로, 짙은 녹색 커튼이 드리워져 있었고 **요강**** 등 당시로서는 최신식 설비가 딸려 있었다)를 빌려줘서 국왕 일가***가 바렌까지 도망칠 수 있게 해주었다. 왕비는 안나-크리스티나로 가장했고, 왕은 두 아이의 가정교사인 척했다. 다른 한 건의 경찰 기록은 이보다는 덜 극적인 가장무도회에 관한 것이다.

---

* 스웨덴의 군인이자 외교관. 마리 앙투아네트의 연인으로 알려져 있다.
** 프랑스어로 요강은 보통 '야간용 그릇vase de nuit'이지만, 나보코프는 여기서 '여행용 그릇vase de voyage'이라고 썼다.
*** 프랑스의 루이 16세와 마리 앙투아네트 일가.

한 세기도 더 전에 파리에서, 카니발 주간이 다가오자 드 모르니 백작은 자기 집에서 여는 가장무도회에 '**이 겨울 러시아가 프랑스에 빌려준 귀부인**'을 초대했다(1859년 『일뤼스트라시옹*Illustration*』 251쪽 궁정 소식란에 실린 앙리의 기사에 나와 있는 내용이다). 이 귀부인은 앞에서 언급한 폰 코르프 남작부인 니나였다. 그녀의 다섯 딸 가운데 맏이인 마리아(1842~1926년)는 1859년 당시 파리에 머무르고 있던 가족의 친구 드미트리 니콜라예비치 나보코프(1827~1904년)와 그해 9월 결혼했다. 무도회를 앞두고 남작부인은 마리아와 올가를 위해 꽃 파는 소녀 의상을 각각 220프랑에 주문했다. 『일뤼스트라시옹』의 입심 좋은 기자에 따르면 이 비용은 643일 동안의 'de nourriture, de loyer et d'entretien du père Crépin(식비, 집세, 신발값)'에 해당한다고 하는데, 어딘가 좀 이상하게 들린다. 의상이 준비됐을 때 마담 드 코르프는 '**목선이 너무 파인 것**'을 발견하고 반품을 했다. 양재사가 huissier(집행관)를 보냈고, 언짢은 소동이 일어났고, 그러자 내 선량한 증조모는(아름답고 정열적이었으나, 유감스럽게도 개인적인 도덕은 낮은 목선에 보인 엄격한 태도보다 훨씬 더 느슨했다) 양재사를 상대로 손해배상 소송을 제기했다.

그녀는 옷을 가져온 **여자 점원**들이 des péronnelles(건방진 말괄량이들)이었으며, 숙녀들이 입기에는 옷이 너무 파였다는 자신의 항의에 반박하며 'se sont permis d'exposer des théories égalitaires du plus mauvais goût(감히 최악의 취향인 평등 사상을 내세우며 건방지게 굴었다)'고 주장했다. 그녀는 다른 가장무도회 의상을 맞추기에는 너무 늦어서 딸들이 무도회에 가지 못했다고도 호소했다. 그리고 숙녀들은 불편한 의자에 앉게 하고 자기들끼리 편한 의자를 차지한 **집행관**과 조수들을 비난했다. 또한 **집행관**이 '**국무회의의 일원**'이자, homme sage et plein de mesure(침착하고 절제력이 강한 남자)'인 므시외 드미트리 나보코프를 감옥에 보내겠다고 위협했다며 맹렬하고도 신랄하게 고발했다. 그는 단지 **집행관**을 창밖으로 내던지려 했을 뿐이었는데 말이다. 대수롭지 않은 사건이었지만 양재사는 재판에서 졌다. 양재사는 옷을 회수하고 환불을 해줬으며 심지어 원고에게 1천 프랑을 지불해야만 했다. 한편 1791년 크리스티나에게 마차 제작자가 발행한 청구서의 5944리브르는 끝내 지불되지 않았다.

1878년에서 1885년까지 법무장관을 지낸 드미트리 나보코프(끝을 ff로 표기하는 것은 구대륙의 유행이었다)는 60년대 일어난 자유주의 개혁(예를 들어 배심원 재판)을 강화하지는 못하더라도 반동 세력의 격렬한 공격에서 보호하자는 입장이었다. 어떤 전기 작가(브로크하우스 『백과사전』, 러시아어판 제2판)는 다음과 같이 썼다. "그는 마치 폭풍우 속에서 다른 것들을 지키기 위해 뱃짐의 일부를 바다에 던져버리는 선장처럼 행동했다." 이런 묘비명 같은 직유가 뜻밖에도 묘비명의 주제를 반복한다는 점을 언급하고 싶다―일찍이 할아버지는 법을 창밖으로 던져버리려 했으니.

할아버지가 은퇴할 무렵 알렉산드르 3세는 그에게 백작 지위와 돈을 놓고 선택하라고 했는데, 아마 상당한 거액이었을 것이다. 러시아에서 백작 신분의 가치가 정확히 어느 정도였는지는 모르겠지만, 구두쇠 차르의 기대와 달리 할아버지는(니콜라이 1세에게서 비슷한 제안을 받았던 그의 삼촌 이반처럼) 고민 끝에 더 확실한 보상을 선택했다

("**백작 건은 다시 한번 불발된 거지**"라고 세르게이 세르게예비치가
건조하게 말했다). 이후 그는 대부분의 날들을 외국에서 보냈다. 금
세기 초에는 정신이 흐릿해졌지만, 지중해 지역에 머물면 괜찮으리
라고 굳게 믿었다. 의사들의 견해는 반대여서, 산악 휴양지나 러시아
북부에 머무른다면 더 오래 살 것이라고 봤다. 그가 이탈리아 어딘가
에서 시중드는 사람들을 따돌리고 도망쳤다는 기상천외한 일화도 전
해오지만, 나는 그 파편들을 제대로 짜맞추지 못하겠다. 그곳에서 할
아버지는 마치 리어 왕같이 모르는 사람들에게 자기 자식들을 비난
하며 돌아다니다 웃음을 샀고, 무뚝뚝한 **헌병** 몇 명에 의해 거친 바
위 지대에서 붙잡혔다. 1903년 겨울 동안 이 미친 노인이 그나마 함
께 있을 수 있는 유일한 사람은 내 어머니였고, 어머니는 니스에서
줄곧 그의 곁을 지켰다. 당시 세 살과 네 살이던 남동생과 나도 영국
인 가정교사와 함께 그곳에 있었다. 나는 눈부신 산들바람에 덜거덕
거리던 유리창과 뜨거운 봉랍 한 방울이 손가락에 떨어지며 일으킨
엄청난 고통을 기억한다. 나는 촛불(내가 무릎을 꿇고 있던 석판 위
까지 침투해온 햇살 때문에 뜨겁지 않아 보일 만큼 창백하게 엷어진)
을 이용해서 방울져 떨어지는 막대 모양의 밀랍을 끈적끈적하고 근
사한 냄새를 풍기는 진홍색과 푸른색, 청동색 방울로 변형시키는 일
에 몰두하고 있었다. 다음 순간 나는 바닥에서 큰 소리로 울었고, 어
머니가 날 구해주려고 급히 달려왔으며, 근처 어딘가에선 휠체어에
앉은 할아버지가 지팡이로 포석을 쾅쾅 두드리고 있었다. 어머니는
할아버지와 지내면서 많은 고생을 했다. 그는 말을 함부로 했다. 프롬
나드 데 장글레*를 따라 휠체어를 밀어주던 간병인을, 80년대 내각의

동료였던 (오래전에 세상을 떠난) 로리스 멜리코프 백작으로 착각하곤 했다. 또 건강이 어떠냐고 묻기 위해 발길을 멈춘 벨기에 왕비 혹은 네덜란드 여왕을 떨리는 손가락으로 가리키며 어머니에게 **"이 여자 누구야, 쫓아버려!"**라고 소리치기도 했다. 나는 할아버지의 의자로 달려가 예쁜 조약돌을 보여줬던 일을 희미하게 기억하는데, 그는 그것을 빤히 들여다보더니 천천히 입에 넣었다. 훗날 어머니가 그 시절을 회상할 때 내가 좀더 관심을 보였더라면 하는 아쉬움이 남는다.

할아버지가 의식불명 상태에 빠지는 시간은 점점 길어졌다. 어느 날 그렇게 의식이 없는 동안 그는 상트페테르부르크에 있는 왕실 부두의 임시 숙소로 옮겨졌다. 그가 서서히 의식을 찾아가는 동안, 어머니는 그의 침실을 니스에서 쓰던 침실처럼 위장했다. 비슷하게 생긴 가구들을 들여놓고, 많은 물품을 니스에서 특송으로 배달시켰으며, 할아버지의 몽롱한 의식이 익숙하게 여기던 꽃들을 다양하고 풍성하게 마련했고, 창문으로 흘끗 보이는 벽의 일부를 아주 밝은 흰색으로 칠했다. 그래서 할아버지는 비교적 온전한 정신으로 돌아올 때마다 어머니가 인위적으로 만든 무대인 환상 속 리비에라에서 머물고 있음에 안심했다. 그리고 거기서 1904년 3월 28일, 내 아버지보다 정확히 18년 전, 날짜도 같은 그날 평화롭게 눈을 감았다.

그는 아들 넷과 딸 다섯을 두었다. 장남인 드미트리는 당시 차르의 지배하에 있던 폴란드에서 나보코프가의 장자상속권을 계승했다. 드미트리의 첫째 부인은 리디아 예두아르도브나 팔츠-파인이었고, 둘째

---

* Promenade des Anglais. 프랑스어로 '영국인의 산책로'를 뜻하며, 니스 해변을 따라 조성된 긴 산책로다.

부인은 마리 레들리히였다. 둘째 아들은 미타우* 총독이었던 세르게이로, 스몰렌스크 공작이었던 쿠투조프 원수의 고손녀인 다리야 니콜라예브나 투치코프와 결혼했다. 아버지는 셋째 아들이었다. 막내아들은 확고한 독신주의자 콘스탄틴이었다. 딸들을 살펴보면, 나탈리야는 헤이그 주재 러시아 영사인 이반 데 페테르손과 결혼했고, 베라는 사냥 애호가이자 지주인 이반 피하체프와 결혼했으며, 니나는 바르샤바 군정 장관인 라우슈 폰 트라우벤베르크 남작과 이혼한 뒤 러일전쟁의 영웅인 니콜라이 콜로메이체프 제독과 재혼했고, 옐리자베타는 자인-비트겐슈타인-베를레부르크 공작 하인리히와 결혼한 뒤 그가 죽자 아들들의 가정교사였던 로만 라이크만과 재혼했으며, 나데즈다는 드미트리 본랴르랴르스키와 결혼했다가 이혼했다.

콘스탄틴 삼촌은 외교 업무에 종사했고, 마지막 임지였던 런던에서 러시아 사절단 대표 자리를 놓고 사블린**과 치열하게 경쟁했으나 뜻을 이루지 못했다. 그의 생애가 특별히 파란만장하지는 않았지만, 1929년 런던 병원의 찬바람에 스러지기 전, 그보다 더 치명적인 운명으로부터 멋지게 도망친 적이 두 번 있었다. 한 번은 1905년 2월 17일 모스크바에서 있었던 일인데, 연상의 친구였던 세르게이 대공이 마차를 태워주겠다고 제의했으나, 삼촌은 고맙지만 걸어가겠다며 사양했다. 마차는 그로부터 멀어지다 불과 30초 후 테러리스트의 폭탄에 산산조각나고 말았다. 또 한 번은 7년 후 또다른 약속, 바로 빙산과의 약속을 어긴 일이었다. 어쩌다가 타이태닉호의 표를 환불했던 것이다. 우리는 레닌

---

* 현재 라트비아의 도시 옐가바.
** 이후 러시아 혁명 때 영국으로 망명한 외교관.

통치하의 러시아로부터 탈출한 뒤 런던에서 그를 꽤 여러 번 보았다. 1919년 빅토리아역에서 만났던 일은 내 마음속에 생생한 삽화로 남아 있다. 아버지가 새침한 남동생에게 성큼성큼 다가가 팔을 크게 벌려 꽉 끌어안으려 하자, 삼촌은 뒷걸음치며 다음과 같은 말을 되풀이했다. "Mi v Anglii, mï v Anglii(여긴 영국이야, 여긴 영국이라고)." 그의 아담한 아파트는 젊은 영국 장교들의 사진 같은, 인도에서 가져온 기념품으로 가득했다. 그는 큰 공공도서관에서 쉽게 구할 수 있는 『외교관의 시련』(1921년)을 쓴 저자이고, 푸시킨의 『보리스 고두노프』를 영어로 옮기기도 했다. 또한 염소수염을 단 그의 모습이 (비테 백작, 두 명의 일본 대표, 자비로운 시어도어 루스벨트와 함께) 미국 자연사 박물관 정문 홀 왼쪽의 포츠머스 조약 체결 장면을 그린 벽화에 담겨 있다. 황금빛 슬라브 문자로 쓰인 내 성姓을 발견하기에는 더할 나위 없이 멋진 장소였기에, 처음 그곳을 지나칠 때 나는 그것을 알아보고 소리를 질렀고 동료 나비 연구가는 "그래, 그런가요"라고 대꾸했다.

2

　지도 위에 대략 그려보면, 상트페테르부르크에서 남쪽으로 50마일 떨어진 오레데시 강변에 있는 가문의 세 영지는 루가 도로를 동서로 가로지르며 10마일 길이의 사슬처럼 맞물린 세 개의 고리로 나타낼 수 있다. 어머니의 땅인 비라가 가운데에 있고, 외삼촌의 땅인 로즈데스트베노가 오른쪽에, 할머니의 땅인 바토보가 왼쪽에 있다. 비라의 양

쪽을 적시면서 구부러지고, 갈라지고, 되돌아오는 오레데시강(정확히는 마지막 음절에 악센트가 있는 오레데지)에 놓인 다리들이 이 땅들을 연결한다.

이 지역의 훨씬 더 멀리 떨어진 곳에 있는 두 영지도 바토보와 관계되어 있었다. 우리집에서 북동쪽으로 6마일 거리인 시베르스키 역을 지나 몇 마일 더 가면 나오는 고모부 비트겐슈타인 공작의 땅 드루즈노셀리에와, 남쪽 루가 방향으로 50마일 정도 내려가면 나오는 고모부 피하체프의 땅 미튜시노다. 미튜시노에는 한 번도 가보지 못했지만, 10마일 이상 떨어진 비트겐슈타인 일가의 영지에는 마차를 타고 자주 방문했고, 한번은 (1911년 8월) 러시아 남서부 포돌스크에 있는 그들의 또다른 아름다운 영지 카멘카에도 갔었다.

바토보 영지는 1805년 에센 가문에서 태어난 아나스타샤 마트베예브나 릴레예프의 소유가 되면서 역사에 등장한다. 그녀의 아들인 콘드라티 표도로비치 릴레예프(1795~1826년)는 군소 시인에 기자였으며 데카브리스트로 잘 알려져 있었는데, 여름이면 대개 이 일대에서 지내며 오레데시강에 바치는 비가悲歌를 썼고, 강둑에 서 있는 알렉세이 황태자의 보석 같은 성城을 노래했다. 전설과 타당한 근거가 드물게 힘을 합쳐 보여주는 바에 따르면, 내가 『오네긴』*의 주석에서 상세히 설명했듯, (구력) 1820년 5월 6일에서 9일 사이 어느 날 바토보 공원에서 릴레예프와 푸시킨의 권총 결투가 벌어졌다. 푸시킨은 안톤 델비크 남작과 파벨 야코블레프라는 두 친구와 동행했다. 상트페테르부르크에

서 예카테리노슬라프로 가는 푸시킨의 긴 여행의 초반에 잠깐 동행했던 이들은, 로즈데스트베노에서 조용히 루가 도로를 벗어나 다리를 건넜고(쿵쿵거리던 말발굽소리가 짧은 달가닥거림으로 바뀌었다) 바큇자국투성이의 오래된 길을 따라 서쪽으로 바토보를 향해 갔다. 그곳, 장원 저택 앞에서 릴레예프가 초조하게 그들을 기다리고 있었다. 그는 임신 막달인 아내를 보로네시 근처에 있는 그녀의 영지로 보낸 참이었고, 빨리 결투를 끝내고 싶었다─그리고, 신의 가호가 따른다면, 그곳에서 아내와 다시 합류하길 염원했다. 마차에서 내린 푸시킨과 두 입회인은 아직 사람의 손길이 닿지 않아 흙이 검은 바토보의 화단 너머 보리수나무가 늘어선 길로 걸어들어갔다. 그때 그들을 반기던 북부 지역 봄날 특유의 거칠고도 달콤한 시골 공기를 내 피부와 콧속에서도 느낄 수 있다. 나는 세 젊은이(그들의 나이를 모두 더하면 지금의 내 나이가 된다)가 집주인, 그리고 이름 모를 두 사람을 따라 공원으로 들어가는 모습을 선명히 볼 수 있다. 그날 키가 작고 쪼글쪼글한 제비꽃들이 지난해에 떨어진 나뭇잎 융단 사이로 얼굴을 내밀었고, 이제 막 나타난 갈고리나비들은 떨리는 민들레꽃 위로 내려앉았다. 운명은 잠시 반란군 영웅이 교수대로 가는 것을 막을까, 아니면 러시아로부터 『예브게니 오네긴』을 빼앗을까 고민했을지도 모르지만, 둘 중 어느 쪽도 택하지 않았다.

1826년 페트로파블롭스크 요새에서 릴레예프가 처형당하고 수십 년이 지나, 나라에서는 바토보를 내 증조할머니이자 후에 코르프 남작 부인이 된 니나 알렉산드로브나 시시코프에게 넘겼고, 할아버지는 1855년경 이 땅을 사들였다. 남녀 가정교사가 길러낸 나보코프 집안의 두 세대는 바토보 너머 숲속의 한 오솔길을 '슈맹 뒤 팡뒤', 즉 목매달린 자가 즐겨 걷던 길이라고 알고 있었다. 당시 사교계에서는 '목매달린 자'라는 무정하면서도 완곡하고 놀라움이 섞인(당시에는 신사들이 교수형을 당하는 일이 드물었다) 표현을 '데카브리스트'나 '모반자'보다 선호했고, 릴레예프 역시 그렇게 불렸다. 나는 젊은 릴레예프가 우리 숲의 초록 타래 속을 거닐며 책 읽는 모습을, 그 시대 특유의 낭만적인 산책 풍경을 쉽게 상상할 수 있다. 또한 음산한 의사당 광장에서 동료들, 어리둥절한 병사들과 함께 전제정치에 맞서던 용감한 중위의 모습 역시 쉽게 그려볼 수 있다. 하지만 착한 아이들이 선망하던 '어른들만의' 긴 **산책로**에 붙은 이름은, 소년 시절이 끝날 때까지도 바토보의 불운한 주인에게 닥친 운명과는 무관한 것으로 우리 마음속에 남아 있었다. 바토보의 샹브르 뒤 레브낭*에서 태어난 사촌 세르게이 나보코프는 전통적인 유령을 상상했으며, 나와 가정교사들은 희귀한 박각시나방이 번식하는 사시나무에 정체 모를 이방인이 매달려 있는 것이 발견됐으리라고 어렴풋이 짐작했다. 그 지역 농부들에게는 릴레예프가 바로 그 '목매달린 자'(poveshennïy 혹은 visel'nik)였을지 모른다는 사실은 별로 놀랍지 않다. 다만 장원 저택의 사람들에게는 별난 금기가 있어서, 부모들은 그 유령의 정체를 굳이 밝히지 않았다. 사랑스러운 시골 영지의 그림 같은 산책로에 매혹적이면서도 애매모호한 이름이 붙었는데, 구체적인 언급을 하면 더러운 기미가 섞여들기라도 할 것처럼 말이다. 그렇다고 해도 여전히 의아한 것은, 데카브리스트에

---

* Chambre du Revenant. 프랑스어로 '유령의 방'을 뜻한다.

관해 해박했고 그들의 친족보다도 그들의 뜻에 공감했던 아버지조차, 내가 기억하는 한 그 일대에서 산책하거나 자전거를 탈 때 단 한 번도 콘드라티 릴레예프의 이름을 입에 올린 적이 없었다는 사실이다. 내 사촌은 시인의 아들인 릴레예프 장군이 알렉산드르 2세와 내 할아버지 D. N. 나보코프의 막역한 친구였다는 사실, 그리고 **목매달린 자의 집에서는 밧줄 이야기를 꺼내지 않는 법**이라는 점을 상기시켰다.

그 오래된 바큇자국투성이 길(우리가 푸시킨을 따라갔고 지금 되짚어가고 있는 길)은 바토보에서 동쪽으로 몇 마일 이어져 로즈데스트베노에 다다랐다. 큰 다리에 이르기 직전, 북쪽으로 방향을 틀면 탁 트인 들판을 지나 길 양옆에 두 개의 공원을 낀 우리의 비라로 갈 수 있었고, 계속 동쪽으로 가서 가파른 비탈을 내려간 뒤 산딸기와 승마升麻가 뒤엉킨 오래된 공동묘지를 지나 다리를 건너면, 흰 기둥들이 늘어선 고모부의 집이 언덕 위에 외따로 서 있었다.

로즈데스트베노 영지는 같은 이름의 커다란 마을과 광활한 토지를 거느렸고, 상트페테르부르크(현재의 레닌그라드)에서 남쪽으로 50마일 정도 떨어진 차르스코예셀로(현재의 푸시킨)* 지구에 위치하며, 루가(혹은 바르샤바) 도로와 접하고, 저택은 오레데시강을 굽어보는 높은 지대에 자리하고 있었다. 18세기 이전에는 옛 코포르스크 지구에 속하는 쿠로비츠 영지로 알려졌고, 1715년경에는 폭군 표트르 1세의 불운한 아들 알렉세이 황태자의 소유였다. **비밀 계단**의 일부와 지금은 잘 기억나지 않는 뭔가가 건물을 새로 단장한 후에도 보존됐다. 나는

---

* 차르스코예셀로, 즉 '차르의 마을'은 러시아 황족이 거주하던 곳이었으나 1937년 푸시킨 서거 1백 주기를 기념해 개명됐다.

그 난간을 만졌고, 기억나지 않는 뭔가도 봤다(혹은 밟았던가?). 바로 그 궁전으로부터 폴란드와 오스트리아로 이어지는 도로를 따라, 황태자는 남쪽 나폴리까지 달아났다. 하지만 결국 차르의 대리인이자 한때 콘스탄티노플 대사였던 표트르 안드레예비치 톨스토이 백작에 의해 다시 아버지의 고문실로 끌려왔다(톨스토이 백작이 주군을 위해 데려온 작고 검은 무어인의 증손자가 바로 푸시킨이었다). 그후 로즈데스트베노는 알렉산드르 1세의 총애를 받는 인물의 것이 되었던 듯하다. 그래서 1880년경 내 외할아버지가 몇 년 후 열여섯의 나이로 요절하는 장남 블라디미르를 위해 이 영지를 사들였을 때는 저택이 부분적으로 재건되어 있었다. 1901년 동생 바실리가 그곳을 상속받았고, 그는 자신에게 남아 있던 열다섯 번의 여름 중에 열 번을 거기서 보냈다. 내가 특히 또렷이 기억하는 것은 소리가 잘 울리던 그곳의 차가운 공기, 현관의 체커판 모양 판석, 선반 위 열 마리의 도자기 고양이, 석관과 오르간, 채광창과 위층 회랑, 신비로운 방들을 물들인 황혼, 그리고 곳곳의 카네이션과 십자가들이다.

3

젊은 시절의 카를 하인리히 그라운은 훌륭한 테너 음색을 자랑했다. 어느 날 밤, 그는 브라운슈바이크의 악장이었던 슈어만이 작곡한 오페라를 부르다가, 일부 선율이 아주 형편없다며 자신이 직접 만든 선율로 슬쩍 바꿔버렸다. 이 대목에서 나는 깜짝 놀라며 즐거운 친근감을 느긴다. 그렇지만 내가 더 좋아하는 조상이 둘 있으니, 앞서 언급한 젊은 탐험가와, 어머니의 외할아버지이자 러시아제국 의학원의 초대 원장인 위대한 병리학자 니콜라이 일라리오노비치 코즐로프(1814~1889년)다. 그는 「질병 개념의 발달에 관하여」 「정신이상자의 목정맥구멍 협착에 관하여」 같은 논문을 남겼다. 때마침 말이 나왔으니, 나의 과학 논문들 중 특히 좋아하는 세 편을 언급해본다. 「신열대구新熱帶區의 부전나비속에 관한 고찰」(『프시케Psyche』, 제52권, 제1~2호와 3~4호, 1945년), 「신종 키클라르구스 나보코프」(『곤충학자The Entomologist』, 1948년 12월), 「신북구新北區의 부전나비과 휘브너속 구성원들」(『비교동물학박물관 회보 Bulletin Mus. Comp. Zool.』, 하버드대학교 출판부, 1949년). 위의 마지막 논문을 쓴 이후에는 과학 연구와 강의, 순문학, 그리고 『롤리타』(그녀가 막 탄생하려는 참이었다—난산에, 까다로운 아기였다)를 병행하는 것이 더는 육체적으로 불가능하다는 것을 깨달았다.

루카비시니코프 가문의 문장은 나보코프 가문의 문장보다 더 소박하면서도 덜 관습적이다. 방패에 그려진 도상은 모험심 넘치는 조상들이 발견한 우랄산맥 광석의 제련을 암시하는 **돔나**(원시적인 용광로)를 양식화한 것이 틀림없다. 시베리아의 개척자이자 금광 탐사자, 광산 기술자였던 루카비시니코프 일가는 몇몇 전기 작가가 경솔하게 단정한 것과 달리, 그들만큼 부유했으며 같은 성을 가진 모스크바 상인들과는 관련이 없었음을 지적해두고 싶다. 나의 루카비시니코프 일가는 (18세기 이래) 카잔 지방의 지주계급에 속해 있었다. 그들의 광산은 우랄산맥의 시베리아 쪽인 페름 지방의 니즈니타길스크 근처 알라파옙스크에 있었다. 아버지는 북방 급행열차* 계열에 속하는 아름다운 옛 시베리아 급행열차로 그곳을 두 차례 다녀왔다. 나도 머지않아 광물학이 아닌 곤충학 관련 여행을 위해 그 열차를 탈 예정이었으나, 혁명이 그 계획을 가로막았다.

내 어머니 옐레나 이바노브나(1876년 8월 29일~1939년 5월 2일)는 지주이자 치안판사이며 자선가이고 백만장자 사업가의 아들이기도 했던 이반 바실리예비치 루카비시니코프(1841~1901년)와 코즐로프 박사의 딸인 올가 니콜라예브나(1845~1901년) 사이에서 태어났다. 어머니의 부모님은 같은 해 암으로 돌아가셨는데, 할아버지는 3월이고 할머니는 6월이었다. 일곱 명의 형제자매 중 다섯이 어린 시절에 죽고, 두 오빠 가운데 블라디미르는 1880년대 다보스에서 열여섯의 나이로 죽었으며, 바실리는 1916년 파리에서 죽었다. 이반 루카비시니코프는 성격이 괴팍했기에 어머니는 그를 두려워했다. 어린 시절 내가 외할아버지에 관해 알았던 것이라고는, 그의 초상화(턱수염이 있고, 목에 치안판사의 위엄을 상징하는 사슬이 감겨 있었다)와 즐겨하던 취미생활의 부산물인 미끼용 오리, 큰 사슴의 머리 정도였다. 시골 저택의 철책을 둘러친 현관에는 그가 총으로 쏴 죽인 거대한 곰 두 마리가 앞발을 위협적으로 들어올린 채 꼿꼿이 서 있었다. 해마다 여름이면, 나는 그 매혹적인 발톱에 손을 뻗으며 키를 쟀다. 처음에는 낮은 쪽 앞다리에, 나중에는 더 높은 쪽 다리에 말이다. 거친 밤색 털 속으로 손가락을 넣어보면 (살아 있는 개나 봉제인형에 익숙했기에) 곰의 배는 실망스러울 정도로 딱딱했다. 가끔 그 곰들은 정원 구석으로 끌려나가 꼼꼼하

게 먼지를 털린 뒤 말려지곤 했는데, 공원 쪽에서 돌아오던 불쌍한 마드무아젤이 흔들리는 나무 그림자 사이로 자신을 기다리는 두 마리 짐승을 발견하고는 놀라 비명을 질러댔다. 아버지는 사냥에 전혀 관심이 없었다. 이 점에서는 1908년부터 황제 폐하의 사냥개 담당관이었던 열성적인 사냥꾼, 형 세르게이와는 매우 달랐다.

어머니가 가장 기쁘게 회상하던 소녀 시절 기억 가운데 하나는, 어느 해 여름 그녀의 이모 프라스코비야와 함께 크림반도로 여행을 갔던 일이었다. 그곳 페오도시야 근처에 어머니의 할아버지가 영지를 가지고 있었다. 어머니는 이모, 할아버지와 또다른 노신사, 바다 풍경화로 이름난 화가 아이바좁스키와 함께 산책을 갔다. 그녀는 화가가 1836년 상트페테르부르크의 한 전시회에서 푸시킨을 봤다고 말하던 것을 기억했다(분명 그는 이에 대해 여러 번 말했다). "키도 작고 못생긴 녀석이 훤칠하고 매력적인 아내를 대동했지." 그것은 반세기도 더 지난 일로, 아이바좁스키가 예술학교 학생이었고 푸시킨이 죽기까지 1년도 남지 않은 무렵의 일이었다. 또한 그녀는 자연이 자신의 팔레트에서 붓질로 옮겨놓은 듯한, 화가의 회색 실크해트 위에 한 마리 새가 남긴 흰 자국도 기억했다. 어머니 곁에서 걷고 있던 프라스코비야 이모는 저명한 매독학자인 V. M. 타르놉스키(1839~1906년)와 결혼했으며, 그녀 자신도 의사로서 정신의학과 인류학, 사회복지에 관한 저작을 남겼다. 페오도시야 근처 아이바좁스키의 별장에서 있었던 한 저녁식사 자리에서 프라스코비야 이모는 스물여덟 살의 의사 안톤 체호프를 만났다. 이때 의학을 주제로 대화를 나누다가 무슨 이유에서인지 그를 불쾌하게 만들었다. 그녀는 매우 박식하고 친절하며 우아한 숙녀였기에, 체호프가 1888년 8월 3일 여동생에게 보낸, 공개된 편지에서처럼 믿을 수 없을 정도로 거친 말을 내뱉은 이유는 도저히 모르겠다. 프라스코비야 이모는, 혹은 우리가 부르던 대로라면 파샤 이모는 비라의 우리 집을 자주 방문했다. 갑자기 육아실로 들어와 낭랑한 목소리로 **"봉주르, 얘들아!"** 하고 인사하던 모습이 매혹적이었다. 그녀는 1910년에 세상을 떠났다. 어머니가 그녀의 침대맡을 지켰는데, 파샤 이모의 마지막 말은 이랬다. "흥미롭군. 이제 알겠어. 모든 것은 물이야, vsyo—voda.*"

어머니의 오빠인 바실리도 외교관이었지만, 콘스탄틴 삼촌보다는 자신의 일을 훨씬 가볍게 대했다. 바실리 이바노비치에게 외교관 일이란 경력이라기보다 그럴듯해 보이는 배경에 가까웠다. 프랑스나 이탈리아 친구들이 그의 긴 러시아어 성을 발음하지 못해 '루카'(마지막 음절에 악센트가 있는)로 줄여 불렀고, 그에게는 이 이름이 세례명보다 훨씬 잘 어울렸다. 내 어린 시절 루카 삼촌은 장난감과 화려한 그림책, 윤기 있는 까만 열매가 가득 달린 벗나무의 세계에 속한 사람으로 보였다. 그의 시골 영지는 구불구불한 강을 기준으로 우리 영지와 구분됐는데, 그는 영지 한편의 과수원 전체를 커다란 온실로 덮었다. 여름 날 점심이면 매일 그의 마차가 다리를 건너 어린 전나무 울타리를 따라서 우리집 쪽으로 달려오는 것이 보였다. 내가 여덟 혹은 아홉 살이었을 때, 그는 점심을 먹고 나면 으레 나를 자신의 무릎 위에 앉혔다. 그리고 (젊은 하인 둘이 빈 식당에서 식탁을 치우는 동안) 애정이 담긴 달콤한 말을 늘어놓고 흥얼거리며 나를 어루만져주곤 했다. 나는 하인

---

* 각각 러시아어로 '모든 것'과 '물'을 뜻한다.

들 앞에서 그러는 삼촌 때문에 민망했고 아버지가 베란다에서 그를 부르면 안도하곤 했다. "바질,* 기다리고 있네." 한번은 삼촌을 역으로 마중나가서 (내가 열한 살 아니면 열두 살 때였을 것이다) 기다란 국제선 침대차에서 그가 내리는 모습을 지켜본 적이 있었다. 삼촌은 나를 한번 훑어보더니 이렇게 말했다. "왜 이렇게 jaune et laid(누렇게 뜨고 못생겨졌니), 불쌍한 것." 내 열다섯번째 영명축일에 그는 나를 따로 불러 퉁명스럽지만 정확하고 다소 고풍스러운 프랑스어로, 나를 상속 인으로 삼을 거라고 알렸다. "그럼 이제 가봐도 된다." 그가 덧붙여 말했다. "접견은 끝났습니다. 더이상 드릴 말씀이 없군요."

나는 그를 까무잡잡한 피부에 눈동자는 구릿빛이 섞인 회녹색이고, 짙고 숱 많은 콧수염을 기른 작고 마르고 단정한 남자로 기억한다. 그의 타이 매듭을 감싼, 오팔과 금으로 된 뱀 모양 고리 위로 목젖이 도드라지게 오르락내리락하곤 했다. 반지와 커프스 단추에도 오팔이 박혀 있었다. 마르고 털이 많은 손목에는 가느다란 금사슬이 감겨 있었고, 비둘기색이나 쥐색 혹은 은회색인 여름 정장의 단춧구멍에는 대개 카네이션이 꽂혀 있었다. 내가 그를 볼 수 있는 때는 여름뿐이었다. 로즈데스트베노에 잠깐 머문 뒤 그는 다시 프랑스나 이탈리아로, 다시 말해 포Pau 근처에 있는 그의 성(페르피냐라고 불렸다) 아니면 로마 근처에 있는 그의 별장(타마린도라고 불렸다), 아니면 그가 사랑하는 이집트로 떠났고, 거기서 굵은 필체로 휘갈겨 쓴 그림엽서들(야자수와 그 그림자, 석양, 무릎 위에 손을 올린 파라오)을 보내곤 했다. 그리고

---

* 바실리의 프랑스식 이름.

다시 6월이 되어 향기로운 **체료무하**(총상總狀*으로 피는 구세계 귀롱 나무, 혹은 내가『오네긴』번역에서 명명한 것처럼 그냥 '승마')가 거품처럼 피어날 때면, 아름다운 로즈데스트베노 저택에 그의 깃발이 내걸렸다. 그는 커다란 트렁크 대여섯 개를 가지고 다녔고, 북방 급행열차 쪽에 뇌물을 먹여 우리 시골의 작은 역에도 임시 정차하게 만들었다. 그는 굉장한 선물을 주겠다며 굽 높은 흰색 구두를 신은 작고 점잔빼는 발걸음으로 나를 이끌어 가장 가까운 나무로 데려가더니, 우아한 손놀림으로 나뭇잎 하나를 따서 내밀며 이렇게 말했다. "**내 조카를 위해, 세상에서 가장 아름다운 것을 드리리—초록 잎사귀 한 장을.**"

혹은 미국에서『교활한 할아버지*Foxy Grandpa*』시리즈나,『버스터 브라운*Buster Brown*』—지금은 잊힌, 불그스름한 옷을 입은 소년—을 근엄하게 들고 오기도 했다. 자세히 들여다보면, 소년의 옷이 사실 빽빽한 붉은 점들의 덩어리일 뿐이라는 것을 알 수 있었다. 매 회 버스터가 호되게 엉덩이를 두들겨 맞으면서 끝났는데, 잘록한 허리를 지녔지만 힘이 센 엄마는 슬리퍼, 머리빗, 낡은 우산 등을 닥치는 대로 사용했고—심지어 어느 경찰관의 도움을 받아 곤봉을 휘두르기도 했다—그때마다 버스터의 바지 엉덩이 부분에서 팡팡 먼지가 일었다. 나는 한 번도 엉덩이를 맞아본 적이 없었기에, 그 그림들이 기이하고도 이국적인 고문처럼 보였다. 이를테면 메인 리드** 책의 권두화에서 보았던, 뙤약볕에 달궈진 사막의 모래 속에 눈이 휘둥그레진 불쌍한 사람

---

* 긴 꽃대에 짧은 꽃자루를 지닌 꽃들이 어긋나게 피는 형태.
** 미국의 소설가로 그의 모험 소설은 유럽, 특히 러시아에서 큰 인기를 끌었다. 10장에서 자세하게 설명된다.

을 턱까지 파묻는 일과 별로 다를 게 없었다.

4

루카 삼촌은 한가롭고도 어딘가 혼란스러운 삶을 살았던 것 같다. 그의 외교관 경력은 아주 모호했다. 그럼에도 삼촌은 자신이 아는 다섯 개의 언어 가운데 어느 것으로 쓰인 암호문이든 해독할 수 있는 전문가라고 호언장담했다. 하루는 우리가 시험 삼아 문제를 냈는데, 삼촌은 눈 깜짝할 사이에 '5.13 24.11 13.16 9.13.5 5.13 24.11'이라는 수열을 셰익스피어의 유명한 독백 첫 구절로 바꿔놓았다.

삼촌은 분홍색 겉옷을 입고 영국이나 이탈리아에서 사냥개와 함께 사냥을 나갔다. 모피 코트를 입고 상트페테르부르크에서 포까지 자동차로 가려고도 했다. 오페라 망토를 입었을 때는 바욘 근처의 바닷가에서 비행기 사고로 목숨을 잃을 뻔했다(내가 박살 난 부아쟁* 조종사가 그 사고를 어떻게 받아들였는지 묻자, 루카 삼촌은 잠시 생각하더니 확신에 찬 태도로 이렇게 대답했다. **"바위에 걸터앉아 흐느꼈어."**). 그는 뱃노래와 유행가를 즐겨 불렀다. (**"두 사람은 마주봤네, 서로의 눈을 뚫어져라 바라보며." "2월에 세상을 떠났네, 가엾은 콜리네트!" "태양은 여전히 찬란했고, 나는 그 커다란 숲을 다시 보고 싶었지."** 이외에도 수십 곡이 있었다.) 달콤하고 물결치는 듯한 곡을 직접 만들고,

---

* 1905년 프랑스의 부아쟁 형제가 설립한 항공기 제조사.

프랑스어로 시도 썼는데, 신기하게도 영어나 러시아어의 약강격에 들어맞았으며, 묵음 e의 편리함을 당당히 무시하는 것이 특징이었다. 그는 또 포커의 달인이었다.

그는 말을 더듬었으며 순음脣音을 잘 발음하지 못해 마부의 이름을 표트르에서 레프로 바꿔 불렀다. 아버지는(그에게는 늘 다소 엄격한 편이었는데) 그런 태도를 노예 주인 같은 마음가짐이라고 꾸짖었다. 이런 문제와는 별개로 그는 프랑스어, 영어, 이탈리아어를 세심하게 섞어 구사했고, 그중 무엇이든 모국어보다 훨씬 능숙하게 사용했다. 러시아어로 말할 때면 지극히 관용적이거나 심지어 서민적이기까지 한 표현들조차 여지없이 잘못 사용하거나 멋대로 바꿔 말했다. 이를테면 식탁 앞에서 갑자기 한숨을 쉬며(건초열이 도졌다든가, 공작새가 죽었다든가, 보르조이*를 잃어버렸다든가, 늘 뭔가 안 좋은 일이 있었기 때문이다) 'Je suis triste et seul comme une bylinka v pole(들판 위의 풀잎처럼 슬프고 쓸쓸하다)'라고 말하는 식이었다.

그는 자신이 불치의 심장병을 앓고 있어서, 발작이 일어날 경우 바닥에 반듯이 누워야만 안정을 찾을 수 있다고 우겼다. 아무도 이 말을 진지하게 받아들이지 않았고, 그가 정말로 협심증 때문에 1916년 말 파리에서 마흔다섯에 홀로 죽고 나서야, 우리는 저녁식사 후 응접실에서 벌어지곤 했던 사건을 떠올리며 각별한 아픔을 느꼈다. 아무것도 모르는 하인이 튀르키예식 커피를 들고 들어오면, 아버지는 (당혹스럽고 체념한 듯) 어머니를 흘긋 봤고, 다음으로 하인의 발 앞에 대자로

---

* 개의 한 종류. 주둥이가 길쭉하고 털이 길며 러시아 귀족들의 사랑을 받았다.

누워 있는 처남을 (불만스럽게) 쳐다보았고, 마지막으로 침착해 보이는 하인의 면장갑 긴 손에 들린 쟁반 위 커피잔들이 우스꽝스럽게 흔들리는 모습을 (흥미롭게) 바라보았던 것이다.

그것 말고도 짧은 생애 동안 그를 괴롭히던 더 이상한 고통들에서 벗어나기 위해 그가 위안을 찾은 것은―내가 제대로 이해했다면―종교였다. 처음에는 러시아의 몇몇 분파에서 출구를 찾았으나, 결국에는 로마가톨릭 교회에 귀의했다. 그의 다채로운 신경증은 본디 천재성이 동반되어야 마땅했지만, 삼촌의 경우는 그렇지 못했다. 그래서 그는 떠도는 그림자를 쫓아다녔다. 어린 시절 그는 아버지에게 몹시 미움을 받았다. 그의 아버지는 고루한 시골 신사(곰 사냥과 개인 극장, 상당수의 졸작 사이에 끼어 있는 옛 거장의 걸작 몇 점)로서, 성미를 주체하지 못해 아들의 목숨이 위험하다는 소문까지 돌았다. 훗날 어머니는 소녀 시절 비라의 집에 흐르던 긴장감에 대해, 이반 바실리예비치의 서재에서 벌어지던 끔찍한 장면들에 대해 이야기해줬다. 그 음울한 구석방에서는 다섯 그루의 양버들 아래로 녹슨 펌프가 달린 낡은 우물이 보였다. 그 방을 사용하는 사람은 나뿐이었다. 나는 내 책과 전시판展翅板들을 그 방의 검은 선반 위에 올려뒀고, 나중에는 그 방의 가구 몇 개를 정원에 면한 햇살 좋은 내 작은 서재로 옮기자고 어머니를 졸랐다. 그래서 어느 날 아침, 그곳에서 비틀거리며 거대한 책상을 옮겨왔다. 드넓은 짙은 가죽 상판 위에 놓인 것은 커다랗고 휘어진 종이칼뿐이었는데, 매머드 엄니를 깎아 만든 누런 상아의 진짜 언월도였다.

루카 삼촌은 1916년 말에 죽었고, 요즘 돈으로 2백만 달러에 이르는 돈과 시골 영지, 경사가 가파른 푸른 언덕 위 흰 기둥 저택과 2천 에이

커에 이르는 야생 숲과 토탄土炭 늪을 내 앞으로 남겼다. 듣기로 그 저택은 1940년에도 여전히 그 자리에 있었고, 국유화됐어도 여전히 고고했으며, 로즈데스트베노 마을을 지나 강의 지류를 건너는 상트페테르부르크-루가 도로를 따라가는 구경꾼들에게는 볼만한 유물이었다고 한다. 그 부근에서 아름다운 오레데시강은 섬처럼 떠 있는 수련과 비단처럼 보이는 조류 덕분에 한결 축제 같은 분위기를 띠었다. 그 구불구불한 흐름을 따라 내려가다 가파른 붉은 둑의 구멍에서 개천제비가 튀어나오는 곳에 이르면, 거대한 전나무들의 낭만적인 그림자가 수면 깊숙이 스며들었다(우리 비라의 가장자리였다). 더 아래로 내려가면, 물레방아에서 쏟아져나오는 물줄기가 끝도 없이 콸콸 흘러 (난간 위에 팔꿈치를 괸) 구경꾼은 마치 시간이라는 배의 선미船尾에 서 있는 것처럼 하염없이 후퇴하는 듯한 느낌을 받았다.

<h1 style="text-align:center">5</h1>

다음 단락은 일반 독자가 아니라, 우연한 사고로 재산을 잃었기에 나를 이해할 수 있다고 착각하는 어느 얼간이를 위해 쓴 것이다.

소비에트 독재 정권과 나 사이의 오래된 (1917년부터 시작된) 싸움은 재산 문제와는 아무런 관련이 없다. 자기 돈과 땅을 '훔쳐갔기' 때문에 '빨갱이를 혐오하는' 망명자들을 나는 전적으로 경멸한다. 오늘날까지 내가 간직해온 향수는 잃어버린 어린 시절에 대한 감각이 비대해진 것이지, 잃어버린 지폐에 대한 한탄이 아니다.

그리고 마지막으로, 나는 생태학적 적소適所를 그리워할 권리를 나
자신을 위해 남겨둔다.

    ……내가 있는 미국의 하늘 아래

한숨을 지으며

러시아의 한 곳을 그리워하네.

이제 다시 일반 독자를 위한 이야기다.

6

나는 열여덟이 되어갔고, 이윽고 열여덟을 넘겼다. 남는 시간은 대
부분 연애와 시 쓰기로 보냈다. 물질적인 문제에는 관심이 없었고, 집
안이 워낙 부유해서 다른 유산은 별로 눈에 띄지 않았다. 그러나 투명
한 심연 너머로 그 시절을 돌아보면, 기묘하고 다소 불쾌한 감정을 느
낀다. 그 사유재산을 소유했던 짧은 시기에 나는 청년기—처음의 예
사롭지 않은 열정을 순식간에 잃고 마는 시기—의 흔해빠진 즐거움에
취해 유산상속이라는 특별한 기쁨을 누려보지 못했고, 볼셰비키 혁명
으로 하룻밤 사이에 그것을 빼앗겼을 때도 분노하지 않았으니 말이다.
이런 회상에 잠겨 있으면 내가 루카 삼촌에게 감사할 줄 몰랐다고 느
끼게 된다. 그를 좋아하는 사람들마저 그에게 보인 일반적인 태도였던
적당히 웃어주는 미소에 나 역시 동참해왔다는 느낌이다. 특히 내 스

위스인 가정교사 누아예 씨(평소에는 대단히 상냥한 사람이었다)가 삼촌이 작사 작곡한 최고의 걸작 **연가**戀歌를 두고 비아냥거렸던 말을 떠올리면 극도의 혐오감을 느낀다. 삼촌이 포에 있는 자기 성의 테라스에서 아래쪽의 황갈색 포도밭과 멀리 있는 자줏빛 산들을 바라보고 있었을 때의 일이다. 그는 천식, 두근거림, 오한, 프루스트식 감각 장애에 시달리며, 가을의 색채(그가 직접 묘사한 바로는 '**강렬한 빛깔의 낙엽들로 싸인 빈소**')와 골짜기에서 들려오는 먼 목소리들, 부드러운 하늘에 줄무늬를 그리는 비둘기들의 비상이 주는 충격에 **몸부림치면서**, 날개가 하나뿐인 **연가**를 지었다(그 선율과 가사를 모두 외운 사람은 정작 삼촌이 본체만체했던 내 동생 세르게이뿐인데, 세르게이도 삼촌과 마찬가지로 말을 더듬었고 마찬가지로 지금은 고인이 되었다).

"**투명한 공기가 들판으로부터 떠올라……**" 그는 우리 시골 저택에 있는 흰 피아노 앞에 앉아 높은 테너 음성으로 이렇게 노래하곤 했다. 만약 그때 내가 점심을 먹기 위해 인근 숲에서 급히 돌아오는 길이었다면 (삼촌의 말쑥한 밀짚모자, 그리고 검은 벨벳 상의를 입고 진홍색 소매가 달린 팔을 뻗은, 옆모습이 아시리아인 같은 잘생긴 마부의 상반신이 공원과 진입로를 가르는 울타리 가장자리를 따라 조금 전 빠르게 스쳐지나갔다) 애처로운 소리가,

멧비둘기떼가 부드러운 하늘에 줄을 긋고
국화는 만성절을 위해 몸을 단장하네

그늘지고 나뭇잎이 살랑거리는 오솔길을 걸어가는 나와 내 초록색

나비채에 와 닿았다. 길 끄트머리에는 불그스름한 모래와 어린 솔방울 색으로 새로 칠한 우리집의 모퉁이가 보였으며, 열린 응접실 창문에서는 구슬픈 음악이 흘러나오고 있었다.

7

과거의 조각들을 생생하게 불러오는 행위는 내가 일생 동안 가장 열정적으로 해온 일인 듯하며, 이렇게 거의 병적으로 예민한 회상 능력이 유전적 특성이라고 믿을 만한 이유도 있다. 숲속의 어느 지점, 아버지가 희귀한 나비를 떠올리려고 경건히 멈춰 서곤 하던 갈색 냇물 위의 인도교가 있었다. 1883년 8월 17일, 그곳에서 그의 독일인 가정교사가 잡아준 나비를. 30년 전의 풍경들이 다시 흘러간다. 아버지와 형제들은 탐나는 곤충이 통나무 위에 내려앉아 파닥거리는 모습을 보고 주체할 수 없는 흥분에 휩싸여 잠시 멈춰 섰다. 나비는 마치 위험을 경계하듯 호흡하며, 공작새 깃털 같은 눈이 찍힌 네 개의 선홍색 날개를 위아래로 움직였다. 팽팽한 침묵이 흐르는 가운데, 직접 그물을 내리칠 엄두가 나지 않아 아버지가 그것을 로게 씨에게 건네자, 그는 화려한 곤충에 시선을 고정한 채 더듬거리며 그물을 잡았다. 사반세기 후 그 표본은 내 보관함으로 상속됐다. 한 가지 뭉클한 사실이 있다. 그 나비의 날개들은 '튀어나와' 있었으니, 표본대에서 너무 일찍, 너무 성급히 떼어낸 탓이었다.

1904년 여름 우리는 고모부 이반 데 페테르손 가족과 함께 아드리아

해의 한 별장을 빌렸다(별장의 이름은 '넵튠' 아니면 '아폴로'였으며, 지금도 나는 아바치아를 찍은 옛날 사진 속에서 총안銃眼이 있는 그 크림색 탑을 알아볼 수 있다). 다섯 살이던 나는 점심식사 뒤 아기 침대에 멍하니 누워 있다 엎드렸다 하다가 조심스럽게, 애정을 담아, 절망적으로, 또 설명할 길 없는 그리운 '고향'(1930년 9월 이후로 보지 못했다)의 이미지를 형성하기에는 우스꽝스러울 정도로 적은 계절이 흘렀음에도 그 점을 가늠하기 힘들 만큼 예술적이고 섬세한 방식으로 집게손가락을 들어 베개 위에 비라의 우리집까지 쭉 뻗은 마찻길, 오른편 돌계단, 왼편에 놓인 벤치 등받이의 조각, 인동덩굴 수풀 너머에서 시작되는 어린 떡갈나무들의 오솔길, 그리고 수집가의 수집품이라 할 만한, 말발굽에서 막 떨어져 진입로의 불그스레한 먼지 속에서 빛나고 있던 편자(바닷가에서 줍던 녹슨 것들보다 훨씬 크고 반짝였다)를 그려보곤 했다. 이 회상에 대한 회상은 60년이 흘러서야 이루어졌으나, 애초의 회상에 비하면 상당히 범상하다.

1908년인가 1909년의 어느 날, 루카 삼촌은 우리집에서 우연히 발견한 프랑스 동화책들에 마음을 빼앗겼다. 그는 어린 시절에 좋아하던 '**소피는 예쁘지 않았다**'로 시작하는 단락을 찾아내더니 감격한 나머지 탄성을 내뱉었다. 그리고 세월이 흐른 뒤, 우연히 육아실에서 그것과 똑같은 '장미 총서' 시리즈를 다시 찾아낸 나도 삼촌과 같은 탄성을 내뱉었다. 그것들은 내 가족이 러시아에서 누렸던, **성城에서 사는 삶**을 이상화한 프랑스의 소년 소녀 이야기였다. 이야기 자체(『소피의 불행 *Les Malheurs de Sophie*』『모범 소녀들*Les Petites Filles modèles*』『바캉스*Les Vacances*』 모두)*는 지금 보면 점잖음과 천박함이 끔찍하게 뒤섞여 있다. 그러나 그 이야기들을 쓴 로스톱친 가문 출신의 감상적이고 으스대는 마담 드 세귀르는, 내 유년보다 정확히 한 세기 앞선 어린 시절 러시아에서의 실제 경험을 프랑스화했던 것이다. 나의 경우, 눈썹이 없다든가 진한 크림을 좋아한다는 소피의 문제들을 마주칠 때면, 삼촌이 느꼈던 괴로움과 즐거움을 그대로 경험하는 동시에 추가적인 마음의 짐을 떠안아야만 한다. 바로 그 책들의 도움을 받아 어린 시절을 되살려낸 삼촌에 대한 나의 기억이다. 나는 다시 한번 비라에 있던 내 공부방을, 푸른 장미무늬 벽지를, 열린 창을 본다. 창이 반사된 풍경이 타원형 거울을 가득 채우고, 거울 아래 가죽 소파에는 너덜너덜한 책을 들여다보며 히죽거리는 삼촌이 앉아 있다. 안온함과 안락함, 여름날의 따뜻함이 기억 전체에 스며 있다. 그 강건한 현실감이 현재를 유령으로 만든다. 거울은 밝은 빛으로 가득하다. 뒝벌 한 마리가 방으로 들어와 천장에 부딪힌다. 모든 것이 있어야 할 자리에 있고, 그 무엇도 달라지지 않을 것이며, 누구도 죽지 않을 것이다.

---

* 러시아 출생의 세귀르 백작부인 소피 로스톱친이 프랑스에서 출간한 3부작 동화. 아셰트출판사가 1856년부터 펴낸 장미 총서(Bibliothèque Rose)에 속했다.

4장

1

　내가 자란 러시아 가정은 지금은 멸종되어버린 유형으로, 무엇보다 앵글로색슨 문명의 편리한 상품들을 전통적으로 애호하는 성향을 지니고 있었다. 말라 있을 때는 타르처럼 새까맣지만 젖은 손가락으로 집어들어 빛에 비춰보면 토파즈 같은 피어스 비누가 우리의 아침 목욕을 책임졌다. 영국제 접이식 욕조가 고무로 된 아랫입술을 쑥 내밀어 거품투성이 내용물을 구정물 통 속으로 토해낼 때면 줄어드는 무게감에 유쾌해졌다. 영국제 치약에는 '치약은 이보다 개선할 수 없기에 튜브를 개선했습니다'라고 쓰여 있었다. 아침 식탁에서는 런던에서 들여온 골든 시럽이 휘젓는 숟가락을 반짝이는 소용돌이로 감싸다가 이내 버터 바른 러시아 빵조각 위로 주르르 미끄러져 내렸다. 우리는 넵스키 대로에 있는 영국 상점에서 온갖 아늑하고 감미로운 것들을 끊임없이 사들이곤 했다. 과일 케이크, 약용 암모늄, 게임 카드, 그림 퍼즐, 줄무늬 블레이저, 파우더처럼 하얀 테니스공.

나는 러시아어를 읽기 전에 영어 읽는 법을 먼저 배웠다. 처음으로 만난 영국 친구들은 문법책에 나오는 단순한 네 명—벤, 댄, 샘, 네드였다. 그들은 자신의 정체와 행방을 두고 한바탕 소란을 빚곤 했다. "벤은 누구입니까?" "그는 댄입니다." "샘은 침대에 있어요." 비록 이 모든 것이 다소 어색하고 엉성했지만(편찬자는 적어도 처음 몇 과에서 만큼은 세 글자가 넘지 않는 단어만 써야 한다는 제약을 안고 있었다), 나는 상상력을 동원해 그런대로 필요한 정보를 얻어낼 수 있었다. 창백한 얼굴에 팔다리가 긴 과묵한 멍청이들이, 특정 도구를 가진 걸 뽐내며("벤은 도끼를 가지고 있어요"), 축 늘어진 채 기억 저 너머로 느릿느릿 건너간다. 그리고 마치 시력 검사표 속 미친 알파벳처럼 생긴 문법책의 글자들이 다시 눈앞에 아련히 떠오른다.

공부방은 햇살에 흠뻑 젖어 있었다. 김 서린 유리 항아리 속에서는 가시투성이 애벌레들이 쐐기풀을 갉아먹고 있었다(그리고 신기하게도 작은 원통 모양의 황록색 똥을 떨궜다). 원탁을 덮은 유포油布에서는 접착제 냄새가 났다. 클레이턴 양에게서는 클레이턴 양의 냄새가 났다. 놀랍고 근사하게도, 실외 온도계의 핏빛 알코올은 그늘에서도 열씨*24도(화씨 86도)까지 올라갔다. 창밖으로 머릿수건을 두른 농부의 딸들이 정원 길에 넙죽 엎드려 풀을 뽑거나 햇빛으로 얼룩진 모래를 부드럽게 갈퀴질하는 모습이 보였다. (그들이 국가를 위해 거리를 청

---

* 프랑스의 과학자 르네 앙투안 페르쇼 드 레오뮈르가 고안한 온도 체계.

소하고 운하를 파낼 행복한 날들은 아직 저 멀리에 있었다.) 푸른 수풀 속에서 노란 꾀꼬리들이 아름다운 네 음으로 울었다. 디-델-디-오!

네드가 정원사의 조수 이반과 꼭 닮은 모습으로 쿵쿵 걸어 창문 앞을 지나갔다(이반은 1918년 지역 소비에트의 일원이 되었다). 뒤로 갈수록 더 긴 단어들이 등장했고, 잉크로 얼룩진 갈색 책의 마지막 장에서는 사실적이고 분별 있는 이야기들이 성숙한 문장으로 펼쳐져("어느 날 테드가 앤에게 말했습니다. '우리 같이—'") 어린 독자에게 최후의 승리와 보상을 안겨줬다. 나는 언젠가 그런 유창함을 얻으리라는 생각에 흥분했다. 그 마법은 지금까지도 계속되어서, 나는 언제든 문법책이 손안에 들어오면, 곧바로 마지막 장을 펼쳐 성실한 학생에게 주어질 미래를 훔쳐보는 기쁨을 누리곤 한다. 그곳은 약속의 땅, 마침내 말들이 원래 뜻하는 바를 뜻하게 되는 장소다.

2

여름의 **수메르키**—황혼을 뜻하는 사랑스러운 러시아어. 시간: 이 인기 없는 세기의 첫 10년 중 어느 어둑한 시점. 장소: 적도로부터 북위 59도, 지금 글을 쓰고 있는 내 손으로부터 동경 100도. 날이 저무는 데는 몇 시간이나 걸렸고, 하늘과 키 큰 꽃들과 잔잔한 수면, 모든 것이 끝없이 이어지는 해질녘의 긴장 상태에 머물렀으며, 먼 초원에서 들려오는 쓸쓸한 소 울음이나 강 하류 어딘가에서 들려오는 훨씬 더 구슬픈 새소리는 긴장을 해소하기보다 심화했다. 강에는 흐릿한 청색

물이끼가 커다란 늪을 이루고 있었는데, 신비로우면서도 아득한 그곳을 루카비시니코프 가문 아이들은 아메리카라고 불렀다.

내가 자러 가기 전에 어머니는 종종 우리 시골 저택의 응접실에서 영어책을 읽어줬다. 주인공이 자칫하면 죽을 수도 있는 예상 밖의 위험과 맞닥뜨리는 극적인 대목에 이르면, 어머니는 말을 늦추면서 불길하게 뜸을 들였고, 낯익은 선홍색 루비와 다이아몬드 반지를 낀 손을 넘겨야 할 책장 위에 올려두었다(만약 내가 수정 구슬을 들여다보는 능력이 뛰어났다면, 그 반지의 투명한 면들 속에서 방, 사람들, 불빛들, 빗속의 나무들같이 그 반지를 팔아 꾸려나간 망명생활 전반을 엿볼 수 있었을 것이다).

그중에는 심각한 상처를 입었지만 놀랍게도 세균 감염은 안 된 기사들을 동굴 속 아가씨들이 씻겨주는 이야기가 있었다. 바람이 몰아치는 절벽 꼭대기에서 머리카락을 휘날리는 중세의 소녀와 타이츠를 신은 젊은이가 둥그런 축복의 섬을 바라보고 있었다. 「오해」*에 그려진 험프리의 운명 앞에서는 디킨스나 도데(목 메이게 하는 이야기의 달인들)의 어떤 이야기를 읽을 때보다 목이 메이곤 했다. 한편 착한 클로버와 카우슬립, 못된 버터컵과 데이지, 이렇게 어린 여행자 두 쌍이 등장하는 뻔뻔스러울 정도로 우화적인 이야기 「푸른 산맥 너머로」**에는, 이야기의 '교훈' 따위는 잊게 만들 만큼 흥미로운 세부 사항이 가득했다.

크고 평평하고 매끈한 그림책들도 있었다. 나는 특히 파란색 코트와

---

* 미국 작가 플로렌스 몽고메리의 소설.
** 아일랜드 작가 L. T. 미드의 소설.

빨간색 바지를 입은, 석탄처럼 까만 골리워그*를 좋아했다. 그의 눈은 속옷 단추로 되어 있었으며, 나무 인형 다섯을 볼품없는 후궁으로 거느렸다. 미국 국기를 잘라내는 불법적인 방법으로 옷을 만들어 입은(펙은 어머니다운 줄무늬를, 세라 제인은 예쁜 별무늬를 가져갔다) 두 인형은 중성적인 몸통을 옷으로 감싼 뒤 일종의 부드러운 여성성을 얻었다. 쌍둥이(멕과 웩)와 미짓은 벌거벗은 채로 남겨져 결과적으로 성별이 없었다.

그들은 한밤중에 살금살금 밖으로 나와 서로에게 눈뭉치를 던지며 놀다가 멀리서 벽시계의 종이 울리면("이봐, 들어봐!" 운율 있는 문장으로 서술된다) 육아실의 장난감 상자 안으로 돌아간다. 무례한 잭이 깜짝 상자에서 튀어나와 나의 사랑스러운 세라를 놀라게 하는 장면도 있는데, 나는 그 그림을 진심으로 싫어했다. 아이들 파티에서 나를 홀린 우아한 소녀가, 어쩌다 손가락이 끼이거나 무릎을 다치는 순간 고함 지르는 주름투성이 보라색 얼굴의 도깨비로 돌변하는 모습이 떠올랐기 때문이다. 한번은 그들이 자전거 여행을 떠났다가 식인종들에게 잡힌 적도 있었다. 태평스러운 우리의 여행자들이 야자수가 둘러싼 연못에서 목을 축이고 있는데 둥둥 북소리가 울렸다. 과거의 어깨 너머로 보이는 그 결정적 장면에 나는 다시 한번 감탄한다. 골리워그는 여전히 연못가에 무릎을 꿇고 앉아 있지만 더이상 물은 마시지 않는다. 골리워그의 머리카락이 쭈뼛쭈뼛 서 있고, 평소에는 검은색이던 얼굴이 섬뜩한 회색으로 변했다. 또 자동차가 나오는 책도 있었는데(내가

---

* 미국 작가 플로렌스 케이트 업턴이 만들어낸 캐릭터. 헝겊 인형 모습을 하고 있다.

언제나 가장 좋아했던 세라 제인이 긴 녹색 베일을 뽐내고 있었다), 대개 결말에는 목발과 붕대 감은 머리가 뒤따랐다.

그리고, 그래―비행선도 있었다. 수십 야드의 노란 비단으로 만들어졌고, 행운아 미짓만을 위한 작은 풍선도 달려 있었다. 비행선이 어마어마한 고도에 다다랐을 때, 비행사들은 온기를 유지하기 위해 서로에게 붙어 있었다. 그 와중에 동료와 떨어진 작은 비행사는, 곤경에 처했음에도 여전히 내게 강렬한 부러움을 사면서, 서리와 별로 가득한 심연 속을 홀로 표류하고 있었다.

3

다음으로 나는 거대한 홀을 지나 침대까지 나를 데려가는 어머니를 본다. 중앙 계단은 위로 또 위로 계속해서 이어지고, 위쪽 층계참과 연둣빛 저녁 하늘 사이에는 온실 같은 유리창뿐이었다. 나는 뒤처져서 발을 질질 끌고 홀의 매끄러운 석조 바닥 위에서 살짝 미끄럼을 타곤했다. 그러면 결국 작은 등 위에 얹히는 온화한 손길이 응석을 받아주며 뻗대는 몸을 밀었다. 계단 앞에 다다르면 중심 기둥과 첫번째 난간 사이, 난대 아래로 들어가 계단을 오르는 것이 내 습관이었다. 매해 새로운 여름이 올 때마다 비집고 들어가기는 점점 더 어려워졌다. 지금은 내 유령이라 해도 끼고 말 것이다.

이 의식儀式의 또다른 부분은 눈을 감고 올라가는 것이었다. "한 발, 한 발, 한 발." 어머니가 나를 위로 이끄는 목소리가 들려왔고, 과연 다음 디딤바닥이 앞이 보이지 않는 아이의 자신감 넘치는 발을 받아줬다. 그저 발가락이 계단에 채이지 않도록 평소보다 조금 더 높이 발을 들어올리기만 하면 됐다. 자연발생적인 어둠 속에서 느리고 약간은 몽유병처럼 이어지던 계단 오르기는 분명 기쁨을 안겨줬다. 그중에서도 가장 짜릿한 기쁨은 마지막 계단이 언제 닥칠지 모른다는 데 있었다. 계단 꼭대기에 이르러서도 '한 발'이라는 속임수에 이끌려 발이 자동으로 들리고, 이어 찰나의 격렬한 공황과 함께 근육이 확 수축하며, 마치 존재하지 않는 계단을 구성하는 무한히 탄력적인 물질로 채워져 있는 듯한 계단 한 칸의 환영 속에 가라앉는 것이었다.

내가 잠잘 시간에 꾸물거리던 방식은 놀라웠다. 확실히, 그 계단 오르기의 모든 과정은 지금 보면 어떤 초월적인 가치를 드러내 보이는 듯하다. 하지만 실제로는, 나는 그저 매 초를 최대한 늘려가며 시간을 벌고 있었을 뿐이다. 이는 옷을 갈아입히기 위해 어머니가 나를 클레이턴 양이나 마드무아젤에게 넘겨줄 때까지도 계속됐다.

우리 시골 저택에는 욕실이 다섯 개 있었고, 여기저기 고풍스러운 세면대가 놓여 있었다(그중 하나는 내가 울어서 부은 얼굴을 보이기가 부끄러울 때 늘 찾아가던 어두운 구석에 있었는데, 그 세면대의 녹슨 페달을 밟으면 어루만지는 듯한 치유의 손길이 뿜어져 나왔다). 저녁마다 규칙적으로 목욕을 했다. 아침 목욕에는 고무로 된 영국제 욕조를 썼다. 내 것은 지름 약 4피트에 테두리가 무릎 높이쯤 되는 욕조였다. 쭈그려 앉은 아이의 거품투성이 등에, 앞치마를 두른 하인이 물 한 주전자를 조심스럽게 부었다. 물 온도는 역대 조언자들의 수水치료 관념에 따라 달라졌다. 사춘기가 막 시작되던 황량한 시절에는 하필 가정교사가 의대생이었는데, 얼음장 같은 물을 내리붓게 했다. 반면 저녁 목욕 때의 물 온도는 기분좋은 열씨 28도(화씨 95도)로 일정했으며, 온도를 재는 크고 친절한 온도계의 나무판(손잡이 고리에 짧고 축축한 줄이 달려 있었다)이 합성수지 금붕어들, 작은 백조들과 함께 물 위를 둥둥 떠다녔다.

화장실은 욕실과 분리되어 있었고, 그중 가장 오래된 곳에는 멋진 벽널과 붉은 벨벳 장식술이 달린 끈이 있어 호화롭긴 했지만 음울한 분위기를 자아냈다. 그 끈을 당기면 아름답게 조율되고, 사려 깊게 누그러든 콸콸 꿀렁꿀렁 소리가 났다. 저택의 그 모퉁이에서는 개밥바라기를 볼 수 있었고, 나이팅게일의 노래도 들을 수 있었다. 그리고 나중에, 내가 안아보지도 못한 미인들에게 바치는 청춘의 시를 짓거나, 희미한 불빛 아래 거울 속을 뚱하니 들여다보다가 알지도 못하는 스페인의 이상한 성城이 솟아나는 듯한 광경을 본 것도 거기였다. 그러나 어린 아이였던 내게 주어진 것은 훨씬 수수한 변기였고, 그것은 고리버들 바구니와 아이들 욕실로 통하는 문 사이 좁은 구석에 무심하게 놓여 있었다. 나는 이 문을 열어두는 것을 좋아했다. 문틈을 통해 마호가니 욕조 위로 피어오르는 수증기를, 백조들과 작은 배들로 이뤄진 멋진 함대를, 그중 한 배에 하프를 들고 승선한 나 자신을, 등유 램프의 반사판에 부딪혀 팅 소리를 내는 털 많은 나방과 그 너머 스테인드글라스 창문을, 창문 속 색색의 사각형으로 구성된 미늘창병 둘을 졸린 눈으로 바라보았다. 따뜻한 자리에 앉은 채 몸을 숙여 이마 가운데, 정확히는 미간 중앙을 매끈하고 편안한 문 가장자리에 대고, 머리를 살살 굴려 문을 앞뒤로 움직이는 동안 문의 가장자리가 늘 이마에 살며

시 닿아 있게 하는 걸 좋아했다. 꿈결 같은 리듬이 내 존재에 스며들었다. 방금 전의 '한 발, 한 발, 한 발'은 물이 똑똑 떨어지는 수도꼭지로 대체됐다. 나는 리듬의 형태와 리듬의 소리를 효과적으로 결합하며 리놀륨의 미궁 같은 기하학무늬를 풀어냈고, 갈라진 틈이나 그림자가 눈의 **기준점**이 되어주는 곳에서 얼굴들을 찾아냈다. 나는 부모들에게 간청한다. 아이들에게 '빨리'라는 말은 절대로, 절대로 하지 말라.

침대라는 섬에 다다르면 나의 막연한 항해는 마지막 단계에 도달했다. 나와는 상관없이 삶이 계속되던 베란다나 응접실에서 어머니가 올라와 잘 자라는 따뜻한 속삭임과 함께 입맞춤을 건넸다. 덧문은 닫혀 있고, 촛불이 타오르고, 온유하신 예수님, 순하고 착하고 이렇고 저렇고 한 아가야, 아이는 이제 곧 윙윙거리는 머리를 삼켜버릴 베개 위에 무릎을 꿇고 있다. 영어 기도와 햇볕에 그을린 그리스정교 성인의 작은 성상聖像은 순수한 연상을 빚어냈고, 나는 이러한 것들을 지금도 즐거운 마음으로 돌아본다. 성상 위, 벽의 높은 곳에는 뭔가(침대와 문 사이에 있는 대나무 칸막이였나?)의 그림자가 따스한 촛불 빛 속에서 물결치고 있었으며, 액자에 담긴 수채화에는 섬뜩할 만큼 울창한 유럽의 너도밤나무숲을 굽이쳐 지나가는 어스레한 길이 그려져 있었다. 땅에 자란 풀이라고는 메꽃뿐이고, 들리는 소리라고는 심장박동뿐이다. 어머니가 읽어준 영국 동화에는, 한 소년이 침대에서 나와 그림 속으로 들어가, 고요한 나무들 사이의 길을 따라 목마를 타고 가는 장면이 있었다. 나는 졸음에 몽롱해지고 땀띠 방지 파우더를 바른 안락한 상태로 베개 위에 무릎을 꿇고 종아리 위에 앉아 재빨리 기도문을 읊었다. 그러는 동안 침대 머리맡 그림 속으로 올라가 마법의 너도밤나무숲에 뛰어드는 상상을 했다—머지않아 내가 정말로 가게 되는 그곳에.

4

다시 과거 속으로 들어갈 때면 영국인 보모와 가정교사들이 당혹스러울 만큼 줄줄이 마중나오는데, 그중 몇몇은 양손을 틀어쥐고, 다른 몇몇은 나를 향해 수수께끼 같은 미소를 지어 보인다.

먼저 어렴풋이 떠오르는 레이철 양이 있었고, 나는 그녀를 주로 헌틀리 앤드 파머 비스킷(파란 종이에 싸인 깡통 위쪽에는 맛있는 아몬드 과자가, 바닥 쪽에는 맛없고 딱딱한 비스킷이 들어 있었다)으로 기억한다. 그녀는 내가 이를 닦은 뒤에도 규칙을 어기고 이 과자를 나와 몰래 나눠 먹었다. 내가 의자에 구부정하게 앉아 있으면, 척추 가운데를 쿡 찌르고서 자신의 어깨를 펴고 미소 지으며 자세를 바로잡으라고 알려주던 클레이턴 양도 있었다. 그녀는 나와 나이가 같은 (네 살) 조카가 애벌레를 기른다고 했지만, 그녀가 나를 위해 뚜껑 없는 항아리에 쐐기풀과 함께 모아둔 애벌레들은 어느 날 아침 모조리 사라져버렸다. 정원사는 그것들이 스스로 목을 맸다고 했다. 검은 머리에 청록색 눈을 지닌 사랑스러운 노콧 양도 있었다. 그녀는 니스인가 볼리외*에서 흰색 양가죽 장갑 한 짝을 잃어버렸다. 나는 자갈 해변의 오색 조약돌과 바닷물로 인해 변해버린 녹회색 유리병 조각들 사이에서 그것을 찾

---

* 니스와 모나코 사이에 있는 해안 마을.

아보았지만 헛수고였다. 아바치아에서 어느 날 밤, 사랑스러운 노콧 양은 즉시 떠나달라는 통보를 받았다. 아침해가 비쳐드는 육아실에서 그녀는 나를 껴안았고, 옅은색 매킨토시 코트를 입고 수양버들처럼 흐느꼈으며, 그날 나는 누구에게도 위로받을 수 없는 슬픔에 잠겼다. 페테르손 일가의 늙은 유모가 나를 위해 특별히 코코아와 특제 버터 바른 빵을 만들어줬고, 나타 고모가 교묘히 내 주의를 끌기 위해 빵의 부드러운 표면 위에 데이지와 고양이, 그리고 작은 인어를 그려줘도 소용없었다. 오히려 최근에 노콧 양과 인어 이야기를 읽다 운 적이 있었기에, 나는 다시 한번 울음을 터뜨리고 말았다. 근시에 키가 작았던 헌트 양은 비스바덴에서 잠시 우리와 함께 머물렀다. 그러나 당시 다섯 살과 네 살이던 나와 내 동생이 가까스로 그녀의 신경질적인 감시에서 벗어나 증기선을 타고 라인강의 꽤 먼 곳까지 내려갔다 붙잡혀 오던 날, 그만둬야 했다. 코가 분홍색인 로빈슨 양도 있었다. 그리고 또 클레이턴 양도 있었다. 내게 마리 코렐리*의 『힘센 원자 *The Mighty Atom*』를 읽어줬던 끔찍한 사람도 있었다. 그 밖에 또다른 이들도 있었다. 그들은 어느 시점에 내 삶에서 사라졌다. 프랑스인과 러시아인이 그 자리를 대신했다. 이따금씩 있는 버네스 씨와 커밍스 씨라는 두 신사의 수업이 영어로 말할 수 있는 얼마 안 되는 시간이었는데, 둘 다 우리와 함께 살지는 않았다. 그들에 관한 기억은 모르스카야 거리에 우리집이 있었던 상트페테르부르크의 겨울과 맞물려 있다.

버네스 씨는 체구가 큰 스코틀랜드 남자로, 발그레한 얼굴에 눈은

---

* 영국 작가로 본명은 메리 매케이. 19세기 대중적으로 큰 인기를 끌었다.

옅은 파란색이고, 지푸라깃빛 머리카락이 축 늘어져 있었다. 아침에는 어학원에서 가르쳤고, 오후에는 하루 동안 다 해내기에는 무리다 싶을 정도의 개인 수업을 했다. 그런 식으로 시내 이쪽저쪽을 돌아다녔고, 기운 없이 느리게 걷는 izvozchik(마차) 말들에 의지해 학생들을 찾아 다녔다. 그래서 운이 좋으면 (그곳이 어디든) 두시 수업에는 십오 분 정도 늦었지만, 네시 수업에는 다섯시가 넘어서야 도착하곤 했다. 그를 기다리면서, 그의 초인적인 집요함이 이번 한 번만 맹렬한 눈보라의 회색 벽에 막히기를 바라는 긴장감은 어른이 되면 결코 만날 수 없다고 생각하는 종류의 감정이었다(그러나 나는 어쩔 수 없는 사정상 가르치는 입장이 되었을 때 이러한 감정을 다시 경험하게 되는데, 베를린의 가구 딸린 하숙방에서 무표정한 어떤 학생을 기다리며 마음속으로 그가 오는 길에 아무리 장애물을 쌓아도 그는 항상 나타나는 것이었다).

몰려드는 짙은 어둠은 우리집에 닿으려는 버네스 씨의 노력에서 생겨난 쓸데없는 부산물처럼 보였다. 이내 시종이 들어와서 거대한 파란색 블라인드를 내리고 꽃무늬 휘장을 창에 드리웠다. 공부방의 괘종시계가 똑딱거리는 소리는 점점 음산하고 성가신 음조를 띠었다. 사타구니에 꽉 끼는 반바지와 구부린 다리 안쪽의 연한 살에 쓸리는 골이 진 검은 스타킹의 거친 감촉이 사소하지만 묵직한 생리적 욕구와 뒤섞였지만, 나는 그 욕구 해소를 미루고 있었다. 거의 한 시간이 지났지만 버네스 씨가 올 기미는 보이지 않았다. 동생은 자기 방으로 가서 피아노 연습곡을 치다가, 내가 싫어하는 선율 속으로 몇 번이고 빠져들었다—〈파우스트〉 중 가짜 꽃들에게 하는 노래(……**그녀에게 아름답다**

말해주오……)라든지 블라디미르 렌스키의 탄식(……**어디로, 어디로, 당신은 어디로 가버렸나**)* 등이었다. 나는 아이들이 지내는 꼭대기 층을 떠나, 부모님 방이 있는 2층으로 난간을 따라 천천히 미끄러져 내려갔다. 대개 그 시간에 부모님은 외출하고 없었으며, 짙어가는 어둠에 싸인 그 공간은 어린 나의 감각들에 기묘하게도 목적론적인 방식으로 작용했다. 어둠 속에 모여 있는 낯익은 것들이 반복적인 노출을 통해 명확하고 항구적인 이미지를 마침내 내 마음속에 새겨놓으려고 애쓰는 듯했다.

한겨울 꽁꽁 얼어붙은 오후의 흑갈색 어둠이 방안으로 침입해 들어와 숨 막힐 듯한 검은색으로 깊어져갔다. 어둠 속 여기저기서 청동 모서리나, 유리 또는 연마한 마호가니 가구의 표면이, 중앙선을 따라 늘어선 키 큰 가로등의 구체球體가 이미 달빛을 발산하고 있는 거리에서 들어온 빛의 조각들을 반사했다. 엷은 그림자들이 천장에서 움직였다. 고요 속에서, 대리석 탁자 위로 떨어지는 국화 꽃잎의 메마른 소리에 신경이 경련했다.

어머니의 내실에는 마리아 광장 쪽으로 모르스카야 거리를 내다보기에 맞춤한 퇴창이 있었다. 나는 창문을 가린 얇은 천에 입술을 대고 천을 통해 느껴지는 유리의 차가움을 서서히 맛보았다. 몇 년 후 혁명이 일어났을 때, 그 퇴창을 통해 여러 교전을 목격했고 죽은 사람도 처음으로 보았다. 들것에 실려가는 중이었는데, 다 해진 신발을 신은 누군가가 들것 운반수들이 밀고 때려도 아랑곳없이 그 달랑거리는 다리

---

* 차이콥스키의 오페라 〈예브게니 오네긴〉 중 한 대목.

에서 부츠를 벗겨내려 애쓰고 있었다—이 모든 일이 상당히 빠르게 뛰어가는 동안에 벌어졌다. 그렇지만 버네스 씨의 수업이 있던 시절에는 어둡고 잠잠해지는 거리와, 높이 매달린 등불들이 멀어지며 그리는 선만을 볼 수 있었을 따름이다. 그 주위를 눈송이가 우아하게, 일부러 그러는 듯이 천천히, 마치 그 비결이 무엇이며 얼마나 간단한지를 보여주려는 듯이 자꾸만 스쳐지나갔다. 다른 각도에서는 더 환하고 보랏빛이 감도는 가스등의 후광 속으로 더욱 풍성한 눈발이 보였고, 내가 서 있는 돌출된 퇴창의 내부 공간은 마치 기구氣球처럼 천천히 위로 또 위로 떠오르는 듯했다. 마침내 거리를 따라 미끄러지던 썰매의 환영들 중 하나가 멈춰 섰고, 여우털 **샵카**[*]를 쓴 버네스 씨가 얼이 빠져 허둥대며 우리집 문을 향해 달려왔다.

그보다 앞질러 공부방에 가 있던 나는 그의 맹렬한 발걸음이 점점 가까워오는 요란한 소리를 들을 수 있었다. 아무리 추운 날에도 버네스 씨는 선하고 혈색 좋은 얼굴에서 무지막지하게 땀을 흘리며 성큼성큼 걸어들어왔다. 나는 그가 동그랗기 이를 데 없는 필체로 다음번 과제를 적을 때, 잉크가 뿜어져 나오도록 펜을 눌러대던 엄청난 힘을 기억하고 있다. 대개 수업이 끝나갈 무렵이면 5행시를 들려달라고 요청했고, 요청은 받아들여졌다. 이 공연의 묘미는 노랫말에서 '소리친다'라는 단어가 나올 때마다 버네스 씨가 살집 두툼한 손으로 내 손을 사정없이 움켜쥐어 그 단어가 저절로 튀어나온다는 점이었다.

---

* 부드러운 모피로 만든 러시아 방한모. 대체로 귀덮개가 달려 있다.

러시아에서 온 한 젊은 숙녀는

당신이 힘차게 포옹할 때마다 (꽉)

그녀는 (꽉) 또 (꽉)······

이 부분에 다다르면 참을 수 없을 만큼 고통스러워져서, 우리는 이 다음으로 넘어간 적이 없었다.

5

구부정한 등에 턱수염을 기른, 조용한 구식 신사 커밍스 씨는 1907년 혹은 1908년에 내게 그림 그리는 법을 가르쳤고, 예전에 어머니의 그림 스승이기도 했다. 그는 1890년대 초 런던에서 발행하는 『그래픽*The Graphic*』의 해외 특파원 겸 삽화가로 러시아에 왔다. 불운한 결혼생활이 그의 삶에 그늘을 드리웠다는 소문이 돌았다. 우울하면서도 다정한 태도가 그의 부족한 재능을 보충해줬다. 날씨가 아주 포근하지 않은 한 얼스터코트를 입었으며, 따뜻한 날에는 **로덴**이라 불리는 녹갈색 모직 외투로 갈아입었다.

나는 그가 조끼 주머니에 넣고 다니던 특별한 지우개를 사용하는 방식에 매료됐다. 그는 종이를 팽팽히 당겨 잡고 지우개를 문지른 뒤 손가락 등으로 (그의 표현에 따르면) '퍼처의 거티클'*을 가볍게 떨어냈

---

* 동남아시아의 나무에서 주로 채취되는 수지인 거터퍼처(gutta-percha)와 큐티클(cuticles)을 엮어 지우개 찌꺼기를 장난스럽게 말한 것.

다. 그는 말없이, 슬프게, 원근법이라는 냉혹한 법칙을 내게 보여줬다. 그가 믿을 수 없을 만큼 뾰족한 연필을 우아하게 쥐고 길고 곧은 획들을 긋는 동안, 무無에서 만들어낸 방을 이루는 선들(추상적인 벽, 멀어져가는 천장과 바닥)은 감질나면서도 단조로운 정확성을 자랑하며 아득히 먼 가상의 지점에서 만났다. 감질나는 이유는 기차 선로가 연상되기 때문인데, 그것은 내가 가장 좋아하는 가면인 그을음투성이 기관사 얼굴의 충혈된 눈앞에서 대칭을 이루며 교묘히 한 점으로 모여들었다. 단조로운 이유는, 그 방은 가구 하나 없이 텅 비어 있었으며, 박물관에서도 가장 볼거리가 없는 현관 홀에서 보게 되는 성별 모를 동상조차 없었기 때문이다.

화랑의 나머지 부분이 그 삭막한 현관을 보완했다. 커밍스 씨는 황혼의 대가였다. 우리 집안 사람들이 5루블에서 10루블씩 주고 샀던 그의 수채화 소품들의 지위는 다소 애매했으며, 점점 더 구석으로 밀려나더니 마침내 매끈한 동물 도자기나 새로 액자에 넣은 사진에 완전히 가려져버렸다. 내가 입방체와 원뿔을 그리는 법뿐 아니라, 영영 등지고 있어야 하는 부분에 부드럽게 어우러지는 사선들로 적절히 명암을 넣는 법까지 익히고 나자, 그 친절한 노신사는 나의 황홀한 시선을 받으며 자신만의 작은 천국들을 그려 보이고는 흡족해했다. 하나의 풍경을 변주한 그림들이었는데, 주황색 하늘과 먼 숲의 검은 가장자리까지 뻗어나간 목초지, 하늘을 비추며 멀리까지 구불구불 흘러가는 눈부신 강이 있는 여름날 저녁 풍경이었다.

그후 1910년경부터 1912년까지는 잘 알려진 '인상주의자'(당시 유행어였다) 야레미치가 수업을 맡았다. 그는 유머도 특징도 없는 사람으로, 탁한 얼룩을 사용하거나 흑갈색과 황록색을 섞어서 칠하는 '과 감한' 양식을 내세웠다. 나는 이 기법을 이용해 큼지막한 회색 종이 위에 지점토로 만든 인간의 형상들을 재현해야 했다. 우리는 온갖 주름과 그림자 효과를 사용한 벨벳 배경 앞에 지점토 모형들을 '극적'인 자세로 배치했다. 이는 최소 세 가지 서로 다른 예술이 전부 어설프게 뒤섞인 침울한 조합이었기에 결국 나는 여기에 반발하게 되었다.

그의 후임은 그 유명한 도부진스키였다. 도부진스키는 우리집의 **피아노 노빌레***에서, 아래층의 예쁜 응접실들 중 하나에서 수업하길 좋아했다. 그는 시를 지으며 무아지경에 빠진 나를 놀라지 않게 하려는 듯 유난히 소리 없이 방안에 들어왔다. 그는 기억 속에 있는 대상들을 가능한 한 세밀하게 묘사해보라고 했다. 내가 분명 수천 번은 봤으나 제대로 시각화해본 적은 없는 가로등, 우편함, 우리집 현관문 스테인드글라스에 있는 튤립 모양 같은 것들이었다. 또 그는 잎이 없는 가로수의 가느다란 가지들 사이에서 기하학적 조화를 찾아내도록 가르쳤다. 그러니까 시각적인 상호작용 체계를 가르친 것이다. 그는 정확한 선 긋기를 요구했으나 어린 시절의 내게는 무리였다. 하지만 고맙게도, 성인이 된 뒤에는 그의 가르침을 써먹었다. 현미경의 빛나는 구멍에 빠져 이런저런 새로운 구조를 먹물로 기록하며 하버드 비교동물학박물관에서 보낸 7년의 시간 동안 나비 생식기를 그릴 때도, 어쩌면 문학 작품을 쓰다가 카메라 루시다가 필요한 순간에도. 그럼에도 불구하고 정서적으로는 더 이른 시절 어머니와 그녀의 옛 선생이 가르쳐준 색을

---

* piano nobile. 이탈리아어로 '고귀한 층'을 뜻하며, 저택에서 가장 주요한 구역이 되는 1층 또는 2층을 가리킨다.

다루는 방식에 훨씬 더 고마움을 느낀다. 커밍스 씨는 흔쾌히 걸상에 앉아, 양손으로 자신의 뒤를 가르고—뭐지? 프록코트라도 입었던 건가? 내겐 그 몸짓만 보인다—이어서 주석으로 된 검은 그림물감 상자를 연다. 나는 그가 붓을 다양한 색으로 적시는 민첩한 동작을 좋아했다. 진한 빨강과 노랑 물감이 맛깔스럽게 담긴 에나멜 그릇은 그의 붓이 일으키는 파동에 따라 덜그럭거린다. 그렇게 꿀을 모으듯 물감을 머금은 붓은, 빙빙 돌다가 찌르기를 멈추고, 무성한 붓끝으로 두세 번 쓸면서 '바트만스키'* 종이를 흠뻑 적신다. 그러면 주황색 하늘이 고르게 깔리고, 여전히 축축한 하늘을 가로질러 긴 흑자색 구름이 놓인다. "이제 다 됐다, 얘야." 그가 말한다. "이걸로 다 된 거야."

한번은 그에게 급행열차를 그려달라고 한 적이 있다. 나는 그의 연필이 솜씨 좋게 열차의 배장기排障器와 정교한 헤드라이트를 만들어나가는 모습을 지켜봤다. 그 열차는 마치 60년대에 유타주의 프로몬토리 포인트**에서 임무를 마친 뒤 시베리아 횡단철도가 중고로 얻어온 물건처럼 보였다. 그리고 실망스러울 정도로 수수한 다섯 량의 객차가 딸려 있었다. 그는 그림을 완성할 무렵 조심스레 거대한 굴뚝에서 한가득 뿜어져나오는 연기의 그림자를 그려넣었고, 고개를 비스듬히 하고 만족스러운 듯 잠시 바라보더니 그림을 건네줬다. 나 역시 만족한 것처럼 보이려고 애썼다. 그는 탄수차炭水車를 잊어버렸던 것이다.

사반세기가 지나서 나는 두 가지 사실을 알게 되었다. 하나는 이미 고인이 된 버네스 씨가 내 소년 시절의 성스러운 제단이자 열렬한 숭

---

* 수채화용 종이인 와트만(Whatman) 종이를 러시아식으로 표기한 것.
** 1860년대 미국에서 대륙 횡단철도가 완공된 지점.

배의 대상이었던 러시아 낭만주의 시를 번역한 학자로 에든버러에서 유명했다는 사실이다. 다른 하나는 내가 종조부나 집안의 늙은 하인들과 비슷한 나이라고 생각했던 얌전한 미술 선생이, 내가 결혼했을 무렵 어린 에스토니아 여자와 결혼했다는 사실이다. 이런 사실들을 나중에야 알게 된 나는 야릇한 충격을 받았다. 마치 내가 이미 서명하고 봉인한 어린 시절의 기억들이 아주 우아하고도 경제적으로 선을 그어둔 주관적 영역 너머로까지 삶이 비집고 들어가, 내 창작의 권리를 침범한 듯했다.

"그럼 야레미치는요?" 나는 M. V. 도부진스키에게 물었다. 1940년대 어느 여름날 오후, 우리는 버몬트에 있는 너도밤나무숲을 걷고 있었다. "사람들이 기억하나요?"

"물론이지." 므스티슬라프 발레리아노비치가 대답했다. "그 사람에게는 탁월한 재능이 있었어. 그 사람이 선생으로서 어땠는지는 모르지만, 내가 가르쳤던 제자들 중에서 네가 가장 절망적이었다는 건 안단다."

5장

1

내가 내 소설의 인물들에게 과거에서 가져온 보물 같은 뭔가를 주고 나면, 그것은 갑자기 들어앉게 된 인공적인 세계 속에서 생기를 잃어버리곤 한다. 여전히 내 머릿속에서 맴돌지만, 사적인 온기와 회상할 때의 매력은 사라지고, 이내 그것은 예술가의 침입으로부터 아주 안전해 보였던 예전의 나 자신보다 오히려 내 소설과 더 가까워지고 말았다. 집들은 옛날 무성영화처럼 기억 속에서 소리 없이 무너지고, 한때 내 책 중 하나에 등장한 소년에게 빌려줬던 늙은 프랑스인 가정교사의 초상은 빠르게 색이 바래서 곧 나와 전혀 무관한 어린 시절의 묘사에 삼켜진다. 내 안의 인간이 소설가에게 반격을 꾀한다. 이제부터 할 이야기는 그 불쌍한 마드무아젤에게 남아 있는 것을 구해보려는 나의 필사적인 시도다.

몸집이 크고 매우 뚱뚱한 여자였던 마드무아젤이 우리 삶에 굴러들어온 것은 1905년 12월로, 나는 여섯 살이고 남동생은 다섯 살이었다. 저기 그녀가 있다. 살짝 새치가 섞인 풍성한 검은 머리를 높이 빗어 올린 모습이 눈에 선하다. 근엄한 이마에는 주름이 세 줄 있고, 눈썹은 튀어나와 있다. 검은 테 코안경 뒤로 완고해 보이는 눈이 있다. 콧수염 자국과 검버섯으로 얼룩덜룩한 얼굴은 격분하는 순간, 블라우스의 산더미 같은 주름 위로 장엄하게 펼쳐진 턱의 가장 풍만한 세번째 턱살 부근까지 붉어진다. 이제 그녀가 앉는다. 아니, 차라리 앉으려고 의자와 씨름하는 중이라고 하는 편이 낫겠다. 젤리 같은 턱살이 흔들거리고, 옆면에 단추가 세 개 달린 거대한 둔부가 조심스럽게 내려앉는다. 마지막 순간에 그녀가 고리버들 안락의자에 자신의 육중한 몸을 내맡기면, 겁먹은 의자는 따다다닥 일제 사격 소리를 쏟아낸다.

우리는 거의 한 해를 외국에서 지냈다. 1904년 여름을 볼리외와 아바치아에서 보낸 뒤 비스바덴에서 몇 달을 더 머물렀고, 1905년 초 러시아로 향했다. 그때가 몇 월이었는지는 기억나지 않는다. 하나의 실마리는 비스바덴에서 러시아정교회에 갔던 일인데—내가 교회라는 곳에 처음 가본 때였다—아마도 사순절 기간이었던 것 같다(예배 도중 나는 사제와 부제가 무슨 말을 하는 거냐고 어머니에게 물었다. 어머니가 영어로 속삭이길, 우리가 서로를 사랑해야 한다는 말이라고 했다. 나는 원뿔 모양의 눈부신 사제복을 입은 멋진 두 사람이 서로에게 늘 좋은 친구로 남아 있자고 말한 줄 알았다). 우리가 프랑크푸르트를 떠나 베를린에 도착했을 때는 눈보라가 치고 있었고, 다음날 아침 우리는 요란한 소리를 내며 들이닥친 파리발 북방 급행열차를 잡아탔다.

열차는 열두 시간 후 러시아 국경에 닿았다. 겨울 풍경 속에서 객차와 기관차를 갈아타는 의례적인 행위는 낯설고 새로운 의미를 획득했다. rodina(모국)에 대한 흥분이 처음으로, 기분좋게 뽀득거리는 눈, 눈 위에 찍힌 깊은 발자국, 붉게 빛나는 기관차 굴뚝, 붉은 탄수차 위로 높이 쌓아올려져 각자 몸통 위에 쌓인 눈을 실어나르는 자작나무 장작들과 유기적으로 뒤섞였던 것이다. 나는 여섯 살이 채 되지 않았지만, 외국에서 보낸 그해, 어려운 결정을 내려야 했고 자유주의에 희망을 품었던 그해는 작은 러시아 소년이 어른들의 대화를 주워듣게 만들었다. 어머니의 향수鄕愁와 아버지의 애국심이 소년에게도, 소년 나름의 방식으로 스며들지 않을 수 없었다. 그 결과, 그때 러시아로의 귀환이 내가 처음으로 의식한 귀환이었으며, 60년이 지난 지금은 일종의 리허설처럼 느껴진다. 결코 일어나지 않을 성대한 귀향의 리허설이 아니라, 오랜 망명 세월 내내 이어진 그 꿈의 리허설 말이다.

비라에서 보낸 1905년 여름은 아직 나비목目에 그다지 관심이 없을 때였다. 마을 학교 교장은 우리를 데리고 교육적인 산책을 나갔다("지금 들리는 소리는 낫을 가는 소리란다.""저기 저 들판은 다음 철에는 휴경할 거야.""아, 그냥 작은 새 한 마리야. 특별한 이름은 없어.""저 농부가 취해 있는 건, 저 사람이 가난하기 때문이지."). 가을이 다채로운 나뭇잎으로 공원 바닥을 덮었고, 로빈슨 양은 아름다운 놀이를 선보였다. 그녀의 작은 세계에서는 익숙한 등장인물인 대사의 아들이 지난가을 매우 즐거워했던 것으로, 땅에서 단풍잎 같은 것들을 골라 큰 종이 위에 배열해 거의 완벽한 스펙트럼을 만드는 일이었다(파란색은 빼고―정말 실망스러웠다!). 초록색이 조금씩 노란색으로, 노란색이 주황색으로, 또 빨간색을 지나 보라색과 보라색이 감도는 갈색으로 변해갔고, 다시 빨간색과 노란색을 거쳐 초록색으로 돌아왔다(초록색의 경우, 마지막까지 용감하게 가장자리에 남은 부분 말고는 점점 찾기가 어려워졌다). 쑥부쟁이에 첫 서리가 내렸지만, 우리는 아직 도시로 돌아가지 않고 있었다.

스위스에서 마드무아젤이 도착한 1905년과 1906년 사이의 겨울은, 내 어린 시절을 통틀어 유일하게 시골에서 보낸 겨울이었다. 파업과 폭동과 경찰이 부추긴 대학살의 해였으니, 아버지는 가족을 도시에서 멀리 떨어진 조용한 시골에 두고 싶어했던 것 같다. 아버지는 농민들 사이에서 신망이 두터웠기에 그곳이 덜 위험할 것이라 생각했고, 그 생각은 옳았다. 그해 겨울은 유난히 혹독해서, 마드무아젤이 음울하고 머나먼 모스크바대공국의 극북極北에서나 마주하리라 여겼을 만큼 많은 눈이 쏟아졌다. 비라까지 썰매를 타고 6마일 정도 더 가야 하는 작은 시베르스키 역에 그녀가 내렸을 때, 나는 마중을 나가지 않았다. 하지만 지금 나는 시기를 잘못 잡은 환상적인 여행의 마지막 단계에서 그녀가 무엇을 보고 무엇을 느꼈을지를 상상하며 뒤늦은 마중을 나간다. 내가 알기로 그녀가 아는 러시아어는 짧은 단어 하나뿐이었고, 몇 년 후 스위스로 돌아갈 때도 마찬가지였다. 그녀의 발음을 그대로 표기하면 '기디-에giddy-eh'(사실 이 단어의 발음은 e가 영어 'yet'에서처럼 소리 나는 그제gde다)에 가까운 이 단어는 '어디?'라는 뜻이다. 그걸로 충분했다. 그녀는 마치 길 잃은 새가 쉰 목소리로 울어대듯이 물음을 내뱉었고, 그 물음의 힘이 쌓여 그녀의 모든 요구를 들어주기에 충분해졌다. "기디-에? 기디-에?" 그녀는 자신이 어디 있는지를 알기 위해서만이 아니라 극도의 불행을 표현하기 위해서도 이렇게 울부짖었다. 이는 그녀가 이방인이자 조난자이며 무일푼에다 병자이고, 마침내 이해받을 수 있는 축복의 땅을 찾고 있음을 뜻했다.

그녀가 역 플랫폼 가운데 서 있는 모습을, 나는 대리인을 통해서나마 그려볼 수 있다. 그녀는 지금 막 내렸고, 나의 유령 같은 사절이 헛되이 손을 내밀어보지만 보지 못한다("거기에서 나는 모두에게 버림받은 채로 있었어. **마치 카레니나 백작부인처럼.**" 나중에 그녀는 이렇게 불평했는데, 정확한 표현은 아니었어도 설득력이 있었다). 서리가 두껍게 내려앉은 밤이라 덜덜 떨리는 날카로운 소리를 내며 대합실 문이 열린다. 헐떡이는 기관차의 증기만큼이나 무성하고 뜨거운 구름이 쏟아져나온다. 이제 우리 마부 자하르가 나타난다. 건장한 사내인 그는 가죽 면이 바깥으로 나온 양피 외투를 걸치고 있으며, 진홍색 허리띠에는 쑤셔넣은 장갑이 삐져나와 있다. 자하르가 바쁘게 짐을 싣는 동안, 나는 그의 펠트 장화 밑에서 눈이 뽀드득거리는 소리와 마구가 짤랑대는 소리를 듣는다. 그가 썰매 주위로 터벅터벅 돌아오면서 엄지와 검지로 능숙하게 코를 비틀어 푸는 소리도 들린다. '**마드마젤랴**'—마부는 그녀를 그렇게 부른다—는 자신의 육중한 몸이 안착하기 전에 썰매가 움직이지는 않을까 하는 치명적인 두려움에 휩싸여 그를 꽉 붙잡고, 천천히, 불안하게 썰매에 올라탄다. 마침내 그녀는 투덜대며 자리를 잡고, 너무 작은 플러시천 머프 속으로 두 주먹을 쑤셔넣는다. 마부가 축축한 입술로 쪽쪽 소리를 내자 두 마리의 검은 말 조이카와 진카는 엉덩이에 힘을 주고, 발굽을 옮겨놓고, 다시 엉덩이를 조인다. 그리고 마드무아젤의 상체가 홱 젖혀지면서, 육중한 썰매가 강철과 털과

살로 된 세계에서 떨어져나와, 마찰 없는 매체 속으로 들어가 어렴풋한 길 위를 나는 듯이 달리기 시작한다.

순간, 역의 광장 끄트머리에 외롭게 서 있는 전등이 갑자기 빛을 비추면, 마찬가지로 머프를 낀 엄청나게 과장된 그림자가 썰매와 나란히 달리다 눈의 물결을 타고 솟구치더니 사라져버리고, 마드무아젤은 나중에 경외와 열정을 담아 **'대초원'**이라고 부르게 될 것에 삼켜진다. 무한한 어둠 속에서, 멀리 변덕스럽게 깜박이는 마을 불빛이 그녀에게는 늑대들의 노란 눈처럼 보인다. 마드무아젤은 추위 속에서 뻣뻣하게 얼어 있다. 그녀는 지극히 단조로운 속담에 매달리다가도 가끔 터무니없는 과장법으로 비약하곤 했는데, 그러한 표현을 빌리자면 '뇌 한가운데까지' 얼어버릴 정도다. 이따금 그녀는 짐 가방과 모자 상자를 실은 두번째 썰매가 잘 따라오고 있는지―탐험가들 말마따나 극지의 바다에서 벗이 되어주는 유령선처럼 같은 간격을 유지하며 따라오는지― 확인하기 위해 고개를 돌린다. 달도 빠트릴 수 없다. 분명 그곳에는 달이 있을 것이다. 러시아의 지독한 추위와 너무나도 잘 어울리고 믿을 수 없을 만큼 선명한 보름달이. 자, 이제 달이 떠오른다. 희미한 무지갯빛으로 물든 알록달록한 조각구름 무리를 헤치고 나와 더 높은 곳으로 떠간다. 그 덕분에 길 위에 썰매가 지나간 자국은 윤이 나고, 반짝이는 눈더미들은 부풀어오른 그림자로 강조된다.

참으로 사랑스럽고, 참으로 외로운 풍경이다. 이 입체경 같은 꿈나라에서 나는 대체 무엇을 하고 있는 것일까? 어떻게 해서 여기까지 오게 되었는가? 어느새 두 대의 썰매는 미끄러지듯 사라지고, 뉴잉글랜드 부츠를 신고 방한 우비를 입은 여권 없는 스파이만이 청백색 길 위에 남아 있다. 내 귓속에서 울리는 진동은 더이상 멀어져가는 썰매의 종소리가 아니라, 내 오래된 피가 노래하는 소리다. 모든 것이 고요하고, 공상의 뒷거울인 달의 마법에 사로잡혀 있다. 그럼에도 눈은 진짜다. 내가 허리를 굽혀 한 움큼 퍼올리자, 60년 세월이 손가락 사이에서 반짝이는 서리 가루로 바스러진다.

2

받침이 설화석고로 된 커다란 등유 램프가 어스름 속으로 나아간다. 그것은 가만히 떠다니다 가라앉는다. 이제 하인의 흰 장갑을 낀 기억의 손이 램프를 원탁의 중심에 놓는다. 불꽃은 적당히 조절되고, 로코코풍 겨울 놀이 장면이 엿보이는, 장밋빛 비단 주름으로 장식된 램프갓은 다시 조절된 (카시미르의 귓속에 있는 솜 같은) 불빛 위에 왕관처럼 얹힌다. 드러나는 것은, 따뜻하고 밝고 세련된 ('러시아제국의') 응접실이 눈으로 뒤덮인 저택 안에 있는 모습이다. 곧 **성**이라 불리게 될 이곳은 내 어머니의 할아버지가 지었다. 그는 화재를 염려해 계단을 철로 만들었고, 그래서 소비에트 혁명 후 언젠가 저택이 몽땅 타버렸을 때도, 정교한 연철 계단은 제자리에 홀로 남아, 뚫려 있는 사이로 빛나는 하늘을 보여주며, 여전히 위를 향하고 있었던 것이다.

그 응접실 이야기를 조금만 더 하겠다. 가구들의 반짝이는 흰 몰딩과 장미 자수가 놓인 덮개. 흰 피아노. 타원형 거울. 팽팽한 줄에 매달려 맑은 이마를 기울인 채 자신의 품에서 고꾸라지는 가구와 자꾸만 미끄러지는 환한 마룻바닥의 경사면을 붙들기 위해 애쓴다. 샹들리에의 펜던트들. 이것들이 섬세하게 달랑거리는 소리를 낸다(마드무아젤이 살게 될 위층 방에서 물건들을 옮기는 중이다). 색연필들. 상자 겉면에는 섬세한 스펙트럼이 펼쳐져 있지만 막상 안에 든 내용물은 그것을 온전히 재현하지 못한다. 우리, 남동생과 나와 로빈슨 양은 원탁에 앉아 있다. 로빈슨 양이 때때로 손목시계를 쳐다본다. 길은 온통 눈으로 엉망진창일 것이다. 어쨌든 그녀를 대신할, 정체가 밝혀지지 않은 프랑스인에게는 직업상의 갖가지 고난이 기다리고 있다.

이제 색연필 차례다. 초록색을 쥔 손목을 빙그르 돌리기만 하면 무성한 나무나 악어가 잠수하면서 생겨난 소용돌이를 만들어낼 수 있다. 파란색으로 종이 위를 가로지르는 단순한 선을 그리면 모든 바다의 수평선이 생겨난다. 알 수 없는 색의 뭉툭한 색연필이 자꾸만 걸리적거린다. 갈색은 늘 부러졌고 빨간색도 마찬가지였으나, 가끔 부러진 직후에는 툭 튀어나온 나뭇조각에 간신히 붙어 있는 헐거워진 심지를 잠깐은 더 쓸 수 있었다. 내가 특히 좋아하던 작은 보라색 친구는 너무 닳아서 거의 쓸 수 없게 짧아졌다. 호리호리한 백색증 환자 같은 흰색만 색연필들 틈에서 홀로 본래 길이를 유지했다. 아니, 적어도 그것이 종이에 아무런 자국도 남기지 않는 사기꾼이 아니라, 휘갈겨 쓰는 동안 원하는 것은 무엇이든 상상하게 해주는 이상적인 도구라는 사실을 깨닫기 전까지는 그랬다.

아아, 이 색연필들 역시 내 소설의 인물들에게 배분되어 허구의 아이들을 바쁘게 했다. 이젠 내 것이랄 수도 없다. 어딘가, 어느 장(章)의 아파트, 어느 문단의 셋방에 그 기울어진 거울과 램프, 샹들리에 펜던

트들도 놓아뒀다. 남은 것은 얼마 없고 탕진한 것은 많다. 소파 위에서 곤히 잠든 늙은 갈색 닥스훈트 박스 1세(가정부의 개인 룰루의 아들이자 남편)도 쥐버렸던가? 아니, 녀석은 아직 내 것인 듯하다. 주름진 입가 귀퉁이에 사마귀가 있는 회색 주둥이는 둥글게 구부린 뒷다리에 파묻혀 있고, 이따금씩 깊은 한숨에 갈비뼈가 부풀어오른다. 그는 너무 늙은데다 (씹기 좋은 실내화와 잠들기 전 맡은 냄새들에 관한) 꿈으로 가득한 잠에 빠져 있기에, 바깥에서 희미한 초인종소리가 울려도 꼼짝하지 않는다. 잠시 후 현관에서 공압식 개폐기가 달린 문이 쉬익, 쾅 소리를 내며 들썩인다. 결국 그녀가 온 것이다. 오지 않기를 그토록 바랐건만.

3

다른 개로는 사나운 핏줄이지만 온순한 성격으로 태어난 종견種犬 그레이트데인이 있었는데, 집에 들어오는 것이 금지된 이 개는 바로 다음날인가 며칠 뒤엔가 벌어진 모험에서 유쾌한 역할을 맡았다. 나와 남동생이 완전히 새로 온 사람의 손에 맡겨지면서 일어난 일이었다. 지금 와서 사건을 재구성해보면, 아마도 어머니는 하녀와 어린 트레이니를 데리고 상트페테르부르크(약 50마일 거리)로 갔던 것 같다. 그곳에서 아버지는 그해 겨울 중대한 정치적 사건에 깊이 관여하고 있었다. 어머니는 임신중이었고 무척 예민했다. 로빈슨 양 역시 더 머물면서 마드무아젤을 훈련시키는 대신 대사의 가족에게 돌아가버렸다. 로빈슨 양에게서 그 사람들 이야기를 지겹도록 들었는데, 그들도 우리 이야기를 그만큼 많이 듣게 되었을 것이다. 이 상황이 온당치 않음을 증명하기 위해, 나는 곧바로 1년 전 비스바덴에서 불쌍한 헌트 양으로부터 도망쳤던 것처럼 다시 흥미로운 일을 벌일 계획을 세웠다. 이번에는 무대가 눈 덮인 황야였기에, 내가 계획한 여행의 목적이 정확히 무엇이었을지 생각해내기 어렵다. 마드무아젤과 첫 오후 산책을 마치고 돌아왔을 때, 내 마음속에는 좌절과 증오가 들끓고 있었다. 나는 온순한 세르게이를 살며시 부추겨 내 분노에 공감하도록 만들었다. 낯선 언어(우리가 아는 프랑스어라고는 집에서 쓰는 일상 용어 몇 마디뿐이었다)를 익혀야 하는데다, 우리가 좋아하는 모든 습관이 방해를 받으니 도저히 견딜 수 없었다. 그녀가 약속했던 **멋진 산책**은 눈이 말끔히 치워지고 얼음 위에는 모래가 흩뿌려진 집 주위를 지루하게 거니는 것임이 밝혀졌다. 그녀는 우리가 아무리 추워도 입지 않던 것들을 입도록 했다. 끔찍한 각반과 두건 때문에 몸을 자유롭게 움직일 수 없었다. 나는 여름에 화단이었던 곳에 크림처럼 부드럽게 부풀어오른 눈 둔덕을 탐험해보자고 세르게이를 꼬드기다가 그녀에게 제지당했다. 그녀는 처마 밑에 매달려 낮게 걸린 태양빛에 장엄하게 타오르는 오르간파이프 모양의 거대한 고드름 아래를 지나가는 것도 못하게 했다. 그리고 내가 가장 좋아하는 놀이(로빈슨 양이 고안한 놀이였다)를 **상스러운** 것이라며 무시해버렸다. 앞쪽에 짧은 끈을 매단 작은 플러시천 썰매 위에 납작 엎드려 있으면, 가죽 엄지장갑을 낀 손이 흰 나무들이 늘어선 눈길 위로 썰매를 끌어주는 놀이였다. 내 파란 썰매 뒤로 연결된 두번째 빨간 플러시천 썰매 위에는 세르게이가 눕지 않고 앉은 채로 올라타 있었다. 그리고 내 얼굴 바로 앞에서는 살짝 안짱다리로 꽤 빠르게 걷는 펠트 장화 두 짝의 뒤꿈치가 여기저기 얼음이 남아 있는 곳에서 미끄러지곤 했다(그 손발은 가장 나이가 많고 가장 키가 작은 정원사 드미트리의 것이었으며, 그 길은 내 유년기의 대동맥과 같았던 떡갈나무 묘목 길이었다).

나는 남동생에게 사악한 계획을 설명하고 그것을 받아들이도록 설득했다. 우리는 산책에서 돌아오자마자 숨을 헐떡이는 마드무아젤을 현관 계단에 놔둔 채 집안으로 뛰어들어갔고, 우리가 어느 외진 방에 숨을 작정이라는 인상을 줬다. 그러나 실제로는 저택 반대편에 닿을 때까지 재빨리 걸어가, 베란다를 통해 다시 정원으로 나갔다. 앞서 언급한 그레이트데인이 근처에 쌓인 눈더미 옆에서 자세를 잡느라 법석을 떨고 있었는데, 어느 쪽 뒷다리를 들어올릴까 망설이다가 우리를 보고는 곧장 신나게 달려와 합류했다.

우리 셋은 그럭저럭 걷기 쉬운 오솔길을 따라가다가, 더 깊이 쌓인 눈을 헤치며 터벅터벅 걸어서 마을로 이어지는 길에 도달했다. 그사이 해가 져서 무시무시할 만큼 갑작스레 어둠이 닥쳐왔다. 남동생은 춥고 힘들다고 했지만 나는 계속 걸으라고 했고, 마침내는 (일행 중 유일하게 아직도 즐거워하고 있던) 개의 등에 그를 태웠다. 우리는 2마일 넘게 더 갔고, 달은 환상적으로 빛났으며, 완전한 침묵에 잠긴 동생이 가끔씩 개 등에서 떨어지기 시작했을 무렵에, 등불을 든 드미트리가 나타나서 우리를 집으로 데려갔다. "기디-에, 기디-에?" 마드무아젤이 현관에서 미친듯이 외치고 있었다. 나는 한마디도 하지 않고 그녀 곁을 스쳐지나갔다. 남동생은 울음을 터뜨리며 항복해버렸다. 이름이 투르카였던 그레이트데인은 집 주위에 쌓인 쓸만하고 유익한 눈더미와 관련된, 중단됐던 볼일을 재개했다.

4

　어린 시절의 우리는, 우리의 키 높이에서 살아 움직이며 주위를 맴 도는 손들에 대해 많은 것을 알게 된다. 마드무아젤의 손은 팽팽한 피 부 위에 반상출혈로 생긴 갈색 반점이 흩뿌려져 있고 개구리처럼 번들 거려서 기분이 나빴다. 그녀 이전에는 낯선 사람이 내 얼굴을 만진 적 이 없었다. 마드무아젤은 오자마자 자연스러운 애정의 표현으로 내 뺨 을 톡톡 두드려서 나를 몹시 당황하게 했다. 그녀의 손을 생각하면 그 녀의 독특한 버릇들이 전부 떠오른다. 연필 끝이 녹색 모직에 감싸인 거대한 불모의 가슴 쪽을 향하게 잡고, 연필을 깎는다기보다는 껍질을 벗겨내던 솜씨. 새끼손가락을 귀에 넣고 아주 빠르게 흔드는 방식. 내 게 새로운 습자책을 줄 때마다 치르던 의식. 그녀는 언제나 약간 헐떡 이며 입을 조금 벌린 채 천식 환자처럼 숨을 연달아 내쉬면서 습자책 을 펼쳐 여백을 만들었다. 다시 말해 엄지손톱으로 선명하게 수직선을 그은 뒤 종이 가장자리를 접어 눌렀다가 다시 펴서 손날로 부드럽게 문지른 다음, 책을 휙 돌려 준비를 마친 상태로 내 앞에 놓았다. 그다 음은 새 펜이었다. 그녀는 빛나는 펜촉을 세례반洗禮盤 같은 잉크통에 담그기 전 달싹거리는 입술로 적셨다. 나는 또렷한 글자 한 획 한 획에 희열을 느끼며(이전 습자책을 완전히 엉망진창으로 끝낸 뒤라 더욱 그러했다) 아주 조심스럽게 프랑스어로 **받아쓰기**라고 적었고, 그동안 마드무아젤은 맞춤법 문제 모음집을 뒤져 문제로 내기 좋은 어려운 문장을 찾았다.

5

어느새 배경이 바뀌었다. 서리 앉은 나무와 누런 구멍이 난 높다란 눈더미는 조용한 소도구 담당자가 치워버렸다. 여름날 오후가 푸른 하늘을 오르는 가파른 구름들로 북적거린다. 얼룩덜룩한 그림자가 정원의 길 위에서 움직인다. 이내 수업이 끝나고, 마드무아젤은 열기에 달궈진 돗자리와 밀짚 의자가 구수한 비스킷 같은 냄새를 풍기는 베란다에서 책을 읽어준다. 스테인드글라스의 마름모와 네모를 통과한 햇빛이 흰 창턱 위에서, 색이 바랜 옥양목으로 덮인 긴 창가 자리에서 기하학적인 보석 조각으로 부서진다. 이때가 마드무아젤의 상태가 가장 좋을 때다.

그 베란다에서 그녀는 우리에게 얼마나 많은 책을 읽어줬던가! 그녀의 가느다란 목소리는 결코 약해지는 법 없이, 조금도 멈추거나 망설이는 일 없이 달리는, 병약한 기관지와는 무관하게 감탄스러운 낭독 기계 같았다. 우리는 『소피의 불행』 『80일간의 세계일주』 『소소한 이야기*Le Petit Chose*』 『레 미제라블』 『몬테크리스토 백작』 등을 모두 읽었다. 그녀는 거기 앉아, 자기 자신이라는 고요한 감옥으로부터 낭독하는 목소리를 뽑아냈다. 입술을 제외하면, 불상처럼 거대한 그녀의 몸에서 움직이는 부위는 오직 턱, 삼중턱 중 가장 작지만 진짜인 턱밖에 없었다. 검은 테 코안경에는 영겁의 시간이 비쳤다. 이따금 파리 한 마리가 근엄한 이마에 내려앉으면, 즉시 이마의 주름 세 줄이 세 개의 허들을 넘는 세 명의 주자처럼 일제히 튀어 올랐다. 그렇지만 표정은 전혀 변하지 않았다―나는 몇 번이고 그 얼굴을 스케치북에 그려보려 했다. 탁자 위 화병의 꽃이나 미끼용 오리처럼 내가 그려야 했던 대상들보다, 무감각하면서도 단순한 균형을 이루던 그 얼굴이야말로 비밀스럽게 움직이는 내 연필을 훨씬 더 유혹했던 것이다.

이윽고 나는 아주 먼 곳으로 주의를 돌리게 되었으며, 아마도 그때가 그녀의 운율 실린 목소리가 지닌 진귀한 청아함이 진정한 목적을 달성한 순간이었을 것이다. 나는 나무 한 그루를 보았고, 나뭇잎의 떨림에서 그 운율을 보았다. 예고르가 작약들 사이를 돌아다니고 있었다. 몇 발자국 걸어가던 할미새 한 마리가 마치 뭔가 생각난 듯 멈춰섰다―그러더니 제 이름처럼 움직이며* 다시 걸음을 옮겼다. 난데없이 날아온 산네발나비가 문턱에 앉아 각진 황갈색 날개를 펼치고 햇볕을 쬐다가, 갑자기 날개를 접으며 어두운 밑면에 흰색 분필로 쓴 듯한 작은 머리글자**를 보여주더니 갑자기 휙 날아가버렸다. 하지만 그 독서시간 내내 나를 어김없이 마법에 걸리게 하는 근원은, 베란다 양쪽 백색 도료를 바른 틀에 끼워진 할리퀸무늬***의 스테인드글라스였다. 이

---

* 할미새는 영어로 'wagtail'이며, 이는 '꼬리를 흔든다'는 뜻이기도 하다.
** 산네발나비는 영어로 'Comma butterfly'이며, 날개에 C자나 쉼표처럼 보이는 흰 무늬가 있다.
*** 길쭉한 마름모나 사각형이 반복되는 무늬. 어릿광대의 복장에서 유래했다.

마법의 유리를 통해 바라보면, 정원은 이상하게 고요하고 동떨어진 곳 같았다. 파란색 유리 너머로는 모래가 재로 변했고, 새까만 나무들이 열대의 하늘에서 헤엄쳤다. 노란색 유리는 햇빛을 한층 농밀하게 우려 내 호박색 세계를 만들어냈다. 빨간색 유리는 무성한 나뭇잎이 분홍색 길 위로 짙은 루비색을 뚝뚝 떨어뜨리게 했다. 초록색 유리는 초록을 더욱 짙은 초록으로 흠뻑 적셨다. 그렇게 풍요를 한껏 누린 뒤에, 쓸쓸한 모기나 절뚝거리는 장님거미가 붙어 있는 평범하고 멋없는 작은 사각 유리로 눈을 돌리면, 목이 마르지도 않은데 물을 마시는 느낌처럼, 익숙한 나무들 아래 있는 그대로의 흰 벤치가 보였다. 그러나 세월이 흘러, 목이 바싹 마른 향수가 간절히 들여다보고 싶어한 것은 모든 창 중에서도 바로 이 유리였다.

마드무아젤은 매끄럽게 흐르는 자신의 목소리가 지닌 힘이 어느 정도인지 알지 못했다. 그녀가 후일 내놓은 주장들은 전혀 딴판이었다. "아," 그녀는 한숨을 쉬었다. "comme on s'aimait(우리가 서로 얼마나 사랑했는지)! 성에서 보낸 그 좋았던 옛 시절들! 우리가 떡갈나무 밑에 묻었던 죽은 밀랍 인형! 〔아니다―양털로 속을 채운 골리워그였다.〕 그리고 그때 너랑 세르주*가 나를 내버려두고 도망쳐서 나는 깊은 숲속에서 비틀거리고 울부짖었지! 〔과장이다.〕 Ah, la fessée que je vous ai flanquée(아, 내가 너희 엉덩이를 얼마나 때렸는지)! 〔실제로 나를 찰싹 때리려고 한 번 시도했지만, 두 번 다시 그런 일은 없었다.〕 네 고모, 공작부인, 나에게 무례하게 굴었다고 네가 작은 주먹으로 때

---

* 세르게이의 프랑스식 이름.

렸던 그 사람 말이야! 〔기억이 안 난다.〕 그리고 너는 어린애 같은 고민들을 내게 속삭였지! 〔그런 일은 절대로 없었다!〕 또 네가 너무 따뜻하고 아늑하다면서 처박혀 있곤 했던 내 방의 구석자리!"

시골에서나 도시에서나 마드무아젤의 방은 이상한 장소였다―코를 찌르는 묵직한 냄새가 나는, 두툼한 잎사귀의 식물을 기르는 온실 같았다. 어릴 때는 그녀의 방이 우리 방 옆에 있었는데도, 쾌적하고 바람이 잘 통하는 우리집의 일부가 아닌 듯 여겨졌다. 산화된 사과 껍질의 갈색 악취를 비롯해 이런저런 악취들이 뒤엉킨 메스꺼운 안개 속에서, 램프는 침침하게 타올랐고 책상 위에는 기묘한 물건들이 가물거렸다. 래커 칠을 한 상자 하나에는 감초 막대가 들어 있었는데, 그녀는 그 검은 조각들을 주머니칼로 뭉텅뭉텅 잘라 혀 밑에 넣고 녹여 먹었다. 창문 대신 자개 반짝이가 붙어 있는 성과 호수가 있는 그림엽서. 밤마다 초콜릿을 먹어치우고 은박지를 꽁꽁 말아 만들어놓은 울퉁불퉁한 공. 죽은 조카의 사진, 아래쪽에 **슬픈 어머니***라고 서명한 조카의 어머니 사진, 그리고 집안의 강요로 돈 많은 과부와 결혼했다는 마랑트 씨라는 사람의 사진도 있었다.

다른 모든 것들 위에 군림하듯 걸려 있는 것은 석류석이 박힌 세련된 액자 속 사진이었다. 용맹한 눈빛과 풍성한 갈색 머리칼을 지닌, 딱 붙는 옷을 입은 날씬한 아가씨가 정면에서 반쯤 얼굴을 돌리고 있었다. "땋은머리가 내 팔만큼 굵고 내 발목까지 내려올 만큼 길었지!" 마드무아젤은 멜로드라마 같은 설명을 덧붙였다. 바로 과거의 그녀였으

---

* Mater Dolorosa. 성모마리아를 가리키는 호칭 중 하나.

니까—나는 눈에 익은 그녀의 현재 모습을 뜯어보면서, 그 안에 가라
앉은 우아한 피조물을 추출해보려 했지만 헛수고였다. 경외감에 휩싸
인 남동생과 내가 해낸 이런저런 발견들은 그 일을 더 어렵게 만들 따
름이었다. 낮 동안 잔뜩 껴입은 마드무아젤만 보는 어른들은 결코 우
리가 보는 그녀를 볼 수 없었다. 우리 중 하나가 악몽을 꾸고 비명을
지르면, 잠에서 깬 그녀가 흐트러진 머리에 손에는 촛불을 든 채로, 떨
리는 몸을 감싸기에는 역부족인, 금색 레이스가 어슴푸레 빛나는 핏빛
실내복 차림으로 나타났다. 마치 라신의 부조리극에 등장하는 섬뜩한
이세벨*이 우리 침실에 맨발로 쿵쿵거리며 들어오는 것 같았다.

　　나는 평생 잠드는 게 어려웠다. 기차에서 신문을 옆으로 밀어두고
둔감한 팔로 팔짱을 낀 채 무례하고도 스스럼없는 태도로 즉시 코를
골기 시작하는 사람들은, 마치 목욕중인 수다쟁이 앞에서 태연히 똥을
눈다든지, 대규모 시위에 가담한다든지, 단지 묻어가기 위해 어떤 조
합에 가입한다든지 하는 거침없는 족속들만큼이나 나를 놀라게 한다.
잠이란 회비도 비싸고 거친 의식儀式을 강요하는, 세상에서 가장 멍청
한 남학생 클럽 같은 것이다. 잠은 인간의 가치를 훼손하는 정신적 고
문이다. 창작의 중압감과 피로 때문에 나는 종종, 유감스럽게도, 독한
알약을 삼키고 한두 시간쯤 끔찍한 악몽에 시달리거나, 심지어 노쇠한
난봉꾼이 가까운 안락사 시설로 비틀거리며 가듯, 한낮의 졸음이라는
우스꽝스러운 휴식을 받아들여야만 한다. 하지만 나는 밤마다 이성과
인간성과 천재성을 저버리는 그 일에 도저히 익숙해질 수 없다. 아무

---

* 라신의 비극 「아탈리」에서 주인공 아탈리의 어머니이자 이스라엘의 왕비.

리 피곤할지라도, 의식과 결별하는 고통은 이루 말할 수 없이 불쾌하기만 하다. 나는 검은 복면을 쓰고 나를 단두대에 결박하는 사형 집행인, 솜누스*를 혐오한다. 세월이 흐르면서, 더 철저하고 더 우스꽝스러운 분열이 다가오고—고백하자면, 요즘 밤에는 일상적인 잠의 공포보다 그쪽이 더 신경쓰인다—잠자리의 시련에 그만큼 익숙해져 벨벳 안감을 댄 거대한 콘트라베이스 케이스에서 낯익은 도끼가 나오는 동안에도 으스댈 정도가 되었지만, 처음에는 그런 위안도 방어능력도 없었다. 내게는 아무것도 없었다—유일하게 있다면 마드무아젤의 침실에서, 원래 찬란히 빛났을 샹들리에로부터 비쳐오는 한 줄기 빛뿐이었다. 침실 문은 우리집 주치의의 지시에 따라(경의를 표합니다, 소콜로프 박사님!) 살짝 열려 있었다. 그 수직의 희미한 빛(아이의 눈물은 그 빛을 눈부신 연민의 광선으로 바꿀 수 있었다)이야말로 내가 의지할 수 있는 무엇이었다. 완전한 어둠 속에서 내 머리는 빙빙 돌았고, 내 마음은 죽음의 사투를 흉내낸 우스꽝스러운 몸부림에 녹아버렸으므로.

토요일 밤에는 행복할 가능성이 높았고 또 그래야만 했다. 위생관념은 고전학파를 따르며, 우리의 **영국 사랑**은 단지 감기를 불러올 뿐이라고 여겼던 마드무아젤이 일주일에 한 번 목욕이라는 위험한 호사를 누리는 날이었기에, 나는 좀더 오래 그 희미한 빛을 받을 수 있었다. 그러나 나중에 더 교묘한 고문이 찾아왔다.

이제 무대는 도시의 집, 1885년경 내 할아버지가 지은, 핀란드 화강암으로 만든 이탈리아풍 건물로 옮겨진다. 상트페테르부르크(현재의

---

* 로마신화에서 잠의 신.

레닌그라드) 모르스카야 거리(현재의 게르첸* 거리) 47번지에 위치한 집의 3층(위층)과 2층의 퇴창 위에는 꽃무늬 프레스코화가 있었다. 아이들은 3층을 차지했다. 1908년을 골라 이야기하자면, 나는 여전히 남동생과 육아실을 나눠 쓰고 있었다. 마드무아젤에게 배정된 욕실은 Z자 복도 끝, 내 침대로부터 심장박동 스무 번만큼 떨어진 곳에 있었다. 그녀가 욕실에서 우리 방 옆에 있는 불 켜진 침실로 너무 일찍 돌아올까봐 초조해하는 마음과, 옻칠한 칸막이 너머에서 작고 규칙적으로 쌔근대며 자는 동생을 부러워하는 마음 사이에서, 평소보다 더 길게 주어진 이 시간을 틈타, 어둠의 틈새에서 나온 빛이 무無 한복판에서 티끌 같은 나의 존재를 아직 증명해주는 동안 잽싸게 잠드는 일은 결코 성공하지 못했다. 마침내 그들이, 그 가차없는 발걸음들이 복도를 터벅터벅 걸어왔고, 나와 몰래 밤을 지새우던 깨지기 쉬운 유리 물건 하나가 선반 위에서 진저리를 쳤다.

이제 그녀가 자기 방으로 들어갔다. 빛의 농도가 빠르게 바뀌는 것을 보니 침대 옆 탁자에 놓인 촛불이 천장의 전구 다발과 임무를 교대했다는 뜻이다. 전구들은 두 번 깜박거리며 자연스러운, 이어 초자연스러운 빛을 내는 두 단계를 거쳐 완전히 꺼진다. 내 빛줄기는 아직 남아 있으나 늙고 약해져, 마드무아젤이 몸을 뒤척여 침대가 삐걱거릴 때마다 깜박인다. 여전히 그녀가 내는 소리가 들리고 있다. 이제 '쉬샤르'** 라고 말하는 듯한 은박지의 바스락거리는 소리가 난다. 과도로 『두 세계 평론La Revue des Deux Mondes』 책장을 잘라내는 트륵 트륵 트

---

* 러시아의 작가이자 사회주의 사상가.

** 스위스의 초콜릿 상표.

륵 소리도 들린다. 소리가 줄어들기 시작한다. 그녀가 부르제*를 읽고 있는 것이다. 그의 어떤 말도 그의 사후에 살아남지 못할 것이다. 끝이 다가온다. 나는 극심한 고통 속에서, 필사적으로 잠을 달래려 애쓴다. 몇 초마다 눈을 떠 희미한 빛을 확인하면서, 또 천국이란 잠들지 않는 이웃이 영원한 촛불 아래서 끝이 없는 책을 읽는 곳일 거라고 상상하면서.

피할 수 없는 일이 일어난다. 코안경집이 탁 닫히고, 잡지는 침대 옆 탁자의 대리석 위로 던져지며, 마드무아젤이 입술을 오므려 세찬 바람을 뿜어낸다. 첫번째 시도는 실패한다. 휘청이던 불꽃이 꿈틀거리며 고개를 숙인다. 이어지는 두번째 맹렬한 공격에 불빛은 쓰러지고 만다. 그 칠흑 같은 어둠 속에서 나는 방향감각을 잃고, 침대가 천천히 표류하는 것 같다고 느끼며, 겁에 질려 일어나 앉아 어둠을 쳐다본다. 마침내 어둠에 적응한 눈이 안구 속을 떠다니는 부유물 중에서 좀더 귀중한 얼룩들을 분별해낸다. 그 얼룩들은 정처 없는 기억상실 상태로 방황하다가, 반쯤 기억을 되찾고, 멀리 가로등 불빛이 비치는 창가 커튼의 흐릿한 주름으로 자리를 잡는다.

매서우면서도 부드럽고 축축하면서도 눈부신 극지의 봄이 부서진 얼음을 바다처럼 빛나는 네바강으로 쓸어내릴 때면, 활기찬 상트페테르부르크의 아침은 고뇌의 밤과 얼마나 이질적이던지! 봄은 지붕들을 반짝거리게 했다. 봄은 길 위의 진창을 내가 이제껏 어디에서도 본 적 없는 그윽한 보랏빛 푸른색으로 칠했다. 그 멋진 나날에, 우리들 사이

---

* 프랑스의 작가이자 비평가.

에서 통용되던 구세계식 표현을 빌리자면, **우리는 마차를 타고 산책을 했다.** 나는 따뜻한 비버 모피 칼라에 두툼하게 속을 댄 무릎 길이의 **반 코트**를 벗고, 닻무늬 놋쇠 단추가 달린 짧은 군청색 코트를 입었을 때의 유쾌한 기분을 지금도 생생히 되살릴 수 있다. 덮개를 연 사륜마차 안에서 나는 무릎 담요가 만든 골짜기를 사이에 두고, 더 재미있는 뒷좌석을 점유한 사람들, 위풍당당한 마드무아젤, 조금 전 집에서 나랑 말다툼을 벌인 뒤 의기양양해진 눈물범벅의 세르게이와 이어져 있다. 우리가 공유하는 담요 밑에서 내가 이따끔씩 동생을 살짝 발로 차면, 마드무아젤은 엄하게 그만하라고 말한다. 우리는 파베르제의 진열창 앞을 지나간다. 그곳의 기괴한 광물, 대리석 타조알 위에 올려진 보석 트로이카 같은 물건들은 황실 가족에게는 높은 평가를 받았지만 우리 가족에게는 그로테스크한 화려함의 상징이었다. 교회 종소리가 울리고 첫번째 멧노랑나비가 궁전의 아치 위로 날아갔으며, 한 달 뒤면 우리는 시골로 돌아갈 예정이었다. 고개를 들면 거리 위로 집들의 정면에서 정면으로 연결된 줄에 매달린 커다란 반투명 깃발들이 팽팽하게 펼쳐져 나부끼는 것이 보인다. 그 폭이 넓은 세 개의 띠—흐린 빨간색, 흐린 파란색, 그리고 그냥 흐린 색—는 태양과 흘러가는 구름 그림자 때문에 국경일과의 뚜렷한 연관성을 잃었지만, 기억 속 도시에서는 그 봄날의 정수를, 진창이 철썩대는 소리를, 볼거리의 유행이 시작되는 기미를, 마드무아젤의 모자에 달린 한쪽 눈이 충혈되고 깃을 세운 이국적인 새를 지금도 의심할 여지 없이 기념하고 있다.

6

마드무아젤은 우리와 7년을 함께 지냈는데, 수업은 점점 뜸해졌고 성미는 점점 더 나빠졌다. 그래도 밀물과 썰물처럼 우리 대가족을 거쳐간 영국인이나 러시아인 가정교사들에 비하면, 엄숙하게 움직이지 않는 바위처럼 보였다. 그녀는 어떤 가정교사와도 사이가 좋지 않았다. 여름이면 대개 열다섯 명 이상, 누군가의 생일에는 서른 명이 넘는 사람들이 식탁에 둘러앉았는데, 이때 앉는 자리가 마드무아젤에게는 특히 중요한 문제였다. 그런 날이면 근처 영지에서 친척들이 도착했고, 마을 의사는 이륜마차를 타고 왔으며, 촉촉하고 버스럭거리는 녹색 은방울꽃 다발이나 잘 부러지는 하늘색 수레국화 다발을 한쪽 손에 쥔 채 거울들을 지나치는 마을 학교 교장의 코 푸는 소리가 썰렁한 홀에서 들려오곤 했다.

만약 마드무아젤이 거대한 식탁의 끄트머리에 앉게 될 경우, 게다가 그녀만큼이나 뚱뚱한 어느 불쌍한 친척에게 상석을 빼앗긴 경우라면(**"그 여자에 비하면 나는 공기의 정령이죠"**라고 마드무아젤은 경멸조로 어깨를 으쓱하며 말했다), 상처받은 그녀는 입술을 씰룩거리며 짐짓 냉소적인 미소를 지었다. 순진한 옆 사람이 미소로 화답하기라도 하면, 아주 깊은 생각에서 빠져나온 것처럼 재빨리 머리를 흔들며 이렇게 말했다. **"죄송해요, 슬픈 생각을 하다 미소를 짓고 말았네요."**

조물주가 그녀를 신경과민으로 만드는 데 어떤 것도 아끼고 싶지 않았는지, 그녀는 귀까지 어두웠다. 때때로 식탁 앞에 앉아 있던 우리 남자아이들은 갑자기 마드무아젤의 넓은 뺨을 타고 굵다란 두 줄기 눈물이 구물구물 흐르는 걸 알아차리게 되었다. "신경쓰지 마." 그녀는 작은 목소리로 말한 뒤, 닦지 않은 눈물이 완전히 앞을 가릴 때까지 계속 식사를 하다가, 애처롭게 딸꾹질하면서 일어나 어물어물 식당 밖으로 나가버렸다. 조금씩 조금씩 진실이 드러났다. 예를 들어, 화제가 바뀌어 고모부가 지휘했던 군함 이야기가 나오면 그녀는 이것이 해군이 없는 자신의 나라 스위스를 은근히 비꼬는 말이라고 생각했다. 프랑스어가 오갈 때마다, 자신이 대화를 이끌어가거나 주옥 같은 말을 더 하지 못하도록 의도적으로 막아내려는 꿍꿍이가 진행중이라고 망상했다. 딱한 부인 같으니, 식사 자리에서 오가는 지적인 대화가 갑자기 러시아어로 바뀌기 전에 주도권을 잡아보려고 늘 초조하게 서둘렀기에, 자신이 낄 차례를 모르고 기회를 망치는 것도 당연했다.

"그런데 의원님, 의회는 어떻게 되어가나요?" 식탁 끝에 앉은 그녀가 불쑥 명랑한 말투로 아버지에게 도전했다. 아버지는 괴로운 하루를 보낸 뒤라, 국가의 문제에 대해서 알지도 못하고 관심도 없는 비현실적인 사람과 그것을 논의할 의향이 전혀 없었는데 말이다. 누군가 음악 이야기를 했다 싶으면, "하지만 침묵 역시 아름다울 수 있겠죠"라며 떠들어댔다. "글쎄, 어느 저녁, 알프스의 적막한 골짜기에서 저는 정말로 침묵을 들었어요." 이런 돌발적인 발언들은, 특히 청력이 점점 약해져 아무도 묻지 않은 질문에 대답해버렸을 때, 활기찬 **수다**라는 폭죽에 불을 붙이는 대신 괴로운 침묵만을 불러왔다.

그런데, 정말로, 그녀의 프랑스어는 너무도 사랑스러웠다! 두운법이라는 폐단을 행한 라신의 경건한 시만큼이나 의미와는 관계없는 진주 같은 언어가 졸졸 흐르며 반짝반짝 빛나건만, 그녀의 얕은 교양과 신랄한 성미, 범속한 정신을 신경쓸 필요가 있었을까? 나에게 진정한 시의 가치를 알아보는 법을 가르쳐준 것은 그녀의 제한된 지식이 아니라 아버지의 서재였다. 그럼에도 그녀의 말에는 맑고 광채 나는 뭔가가 있어, 마치 피를 정화하는 데 쓰이는 빛나는 소금처럼 내 마음을 이상하리만치 상쾌하게 만드는 효과를 발휘했다. 그러므로 마드무아젤이 코끼리 같은 몸통에서 나오는 꾀꼬리 같은 목소리가 얼마나 낭비되고 얼마나 홀대받고 있는지를 보며 느꼈을 비통함을 이제 와서 상상해보면 너무나 슬퍼지는 것이다. 그녀는 자신을 랑부예 부인* 같은 존재로 변신시켜주는 기적이 일어나서, 그녀의 눈부신 마법에 사로잡힌 시인, 군주, 정치인들을 모아 금과 비단으로 장식한 **살롱**을 주최하기를 소망하며 우리집에 오래도록, 지나치게 오래도록 머물렀다.

젊은 러시아인 가정교사 렌스키만 아니었다면, 그런 소망은 지속됐을 것이다. 그는 약한 근시와 강한 정치적 견해를 가진 젊은이로, 다양한 과목을 가르치며 우리와 운동도 함께했다. 그에게는 여러 전임자가 있었고 그중 누구도 마드무아젤의 마음에 들지 않았지만, 그녀는 그중에서도 렌스키를 '**최악**'이라고 불렀다. 렌스키는 우리 아버지를 존경했지만, 하인을 거느린다든지 프랑스어를 쓰는 우리집의 어떤 면모들은 못마땅해했으며, 특히 프랑스어는 자유주의자의 집에서는 쓸모없는 귀족적인 관습이라고 여겼다. 반면 마드무아젤은 렌스키가 그녀의 단도직입적인 질문에 짧게 끙 소리로 대답하면(그는 마땅한 언어가 없어서 독일식으로 대답하려고 했다), 그가 프랑스어를 이해하지

---

* 프랑스의 귀족으로, 17세기 사교 살롱의 선구자로 알려져 있다.

못해서가 아니라 사람들 앞에서 그녀를 모욕하고 싶어서 그런다고 단정지었다.

마드무아젤이 감미로운 어조로, 그러나 불길하게 윗입술을 떨면서 그에게 빵을 건네달라고 청하는 목소리가 들리고 그 모습이 그려진다. 마찬가지로 렌스키가 프랑스어는 한마디도 쓰지 않고 태연하게 계속 수프를 먹는 것도 보고 들을 수 있다. 결국, 마드무아젤이 **"실례합니다, 므시외"**라고 날카롭게 내지르며 그의 접시를 덮치듯 몸을 내밀어 빵 바구니를 낚아채고는 **"고마워요!"** 하고 다시 몸을 뺀다. 너무나도 비꼬는 말투에 렌스키의 솜털 덮인 귀는 제라늄처럼 빨개진다. "짐승! 비열한 놈! 허무주의자!" 그녀는 나중에 자기 방에서 흐느끼며 이렇게 중얼거릴 것이다―그녀의 방은 우리 방과 여전히 같은 층이었지만 더 이상 바로 옆은 아니었다.

만약 렌스키가 아래층으로 내려오다 발을 헛디디기라도 하면, 천식 때문에 열 걸음마다 한 번씩 숨을 고르며 위층으로 올라가던 마드무아젤은(상트페테르부르크 집에 있던 작은 수압식 승강기가 언제나, 그리고 모욕적이게도 작동을 거부했기 때문이다), 그가 사납게 달려들어 자신을 넘어뜨렸다고 주장했고, 우리는 엎어진 그녀의 몸을 그가 밟고 지나가는 모습까지 그려볼 수 있었다. 마드무아젤이 식탁을 떠나는 일이 점점 잦아졌고, 놓치고 간 디저트는 그녀를 따라 외교적으로 올려보내졌다. 구석진 자기 방에서 그녀는 우리 어머니에게 열여섯 장짜리 편지를 썼고, 어머니가 서둘러 올라가보면 짐가방을 싸고 있는 극적인 모습이 보였다. 그러던 어느 날, 그녀는 짐을 계속 싸도 된다는 허락을 받았다.

7

그녀는 스위스로 돌아갔다. 제1차세계대전이 터졌고, 이어서 혁명이 터졌다. 서로 서신 왕래도 흐지부지해진 지 한참 지난 20년대 초, 망명중이던 나는 아주 우연한 계기로 대학 친구와 함께 로잔을 방문하게 되었고, 마드무아젤이 아직 살아 있다면 한번 찾아가봐야겠다는 생각을 했다.

그녀는 살아 있었다. 전보다 더 육중해진 몸에 머리가 많이 세고 귀는 거의 안 들리는 그녀가 격하게 애정을 표현하며 나를 맞이했다. 시용 성* 대신에 요란한 트로이카 그림이 걸려 있었다. 그녀는 마치 러시아가 자신의 잃어버린 고향이기라도 한 듯이, 러시아에서의 삶을 따스하게 이야기했다. 알고 보니 그 일대는 그녀처럼 나이든 스위스 여성 가정교사들이 모여 사는 지역이었다. 그들은 함께 모여 끊임없이 경쟁하듯 옛날을 회상하면서, 자신들에게 점차 생경해지는 환경 속에서 작은 섬을 형성하고 있었다. 마드무아젤의 소중한 친구는 이제 미라처럼 보이는, 옛날 우리 어머니의 가정교사였던 마드무아젤 골레였다. 어머니가 결혼한 뒤에도 한동안 우리집에 남아 있다가, 마드무아젤보다 겨우 몇 해 전에 스위스로 돌아간 그녀는, 여든다섯에도 여전히 고지식하고 비관주의적이었다. 두 사람은 우리집 지붕 아래에서 지낼 때는

---

* 스위스 레만호수에 위치한 성.

서로 말을 나누는 사이도 아니었다. 인간은 늘 과거 속에서 편안함을 느끼기 마련이니, 그 애처로운 부인들이 멀리 떨어진, 솔직히 말해서 끔찍했던 타국, 제대로 알지도 못했고 누구 하나 만족스럽게 지낸 적도 없는 나라에 대해 사후에 사랑을 품게 된 연유도 어느 정도 설명이 가능하다.

마드무아젤의 귀가 들리지 않아 대화가 불가능했기에, 나와 친구는 다음날 그녀로서는 도저히 구입할 수 없는 비싼 보청기를 사 오기로 했다. 처음에 그녀는 그 까다로운 기구를 제대로 다루지 못했지만, 올바로 착용하자마자 감탄어린 표정으로 나를 바라보았고, 두 눈은 놀라움과 행복감으로 촉촉해졌다. 그녀는 내가 하는 말이, 심지어 중얼거림까지 모두 들린다고 확언했다. 그럴 리가 없었다. 반신반의한 내가 입을 다물고 있었으니까. 만약 내가 뭔가 말했다면, 보청기 값을 내준 친구에게 고맙다는 인사를 하라고 했을 것이다. 그렇다면 그녀가 들은 것은 침묵, 옛날에 이야기했던 알프스의 침묵이었을까? 예전에는 자기 자신에게 거짓말을 했고, 이제는 나에게 거짓말을 하고 있었다.

바젤을 거쳐 베를린으로 떠나기 전, 나는 차갑고 안개 자욱한 밤에 호숫가를 따라 걷고 있었다. 어느 지점에서 외로운 불빛 하나가 어둠을 희미하게 만들며 안개를 눈에 보이는 보슬비로 바꿔놓았다. **"스위스에는 항상 비가 내려"**는 언제나 마드무아젤을 눈물짓게 하는 말들 중 하나였다. 아래에서 거의 파도라고 할 만한 큰 물결이 일더니, 어렴풋이 하얀 뭔가가 내 눈을 사로잡았다. 철썩거리는 물가로 다가가자, 그것이 무엇인지 보였다―늙은 백조 한 마리, 크고 메부수수하니 도도새 비슷한 그 생물체가 정박한 배 위에 올라타려고 우스꽝스럽게 애쓰고 있었다. 그건 불가능했다. 무겁고도 무력한 날갯짓, 흔들리며 철썩대는 배에서 미끄러지는 소리, 빛을 받은 곳에서 끈적하게 번들거리는 검은 물결—이 모든 것이 잠시, 꿈속에서 누군가 말없이 손가락을 입술에 댔다가 어떤 것을 가리키지만 미처 그것을 알아볼 새도 없이 놀라 깨어날 때처럼 기묘한 의미로 가득한 듯했다. 나는 곧 그 음울한 밤을 잊어버렸지만, 이상하게도 몇 년 후 마드무아젤이 죽었다는 소식을 들었을 때 가장 먼저 떠오른 것은 바로 그날 밤의 복합적인 이미지—떨림, 백조, 물결—였다.

그녀는 평생을 불행하다고 느끼며 살았다. 불행은 마드무아젤의 천성이었다. 그 출렁거림, 그 변화하는 깊이만이 그녀에게 움직이며 살아간다는 느낌을 주었다. 이런 불행의 감각만으로는 영원한 영혼을 만들어낼 수 없다는 사실이 나를 괴롭힌다. 나의 커다랗고 뚱한 마드무아젤은 지상에서는 괜찮았지만 영원에서는 존재할 수 없는 것이다. 나는 그녀를 진정 허구에서 구해냈는가? 방금 들려오던 리듬이 머뭇거리다 사그라지기 직전에, 문득 의문이 생긴다. 그녀를 알고 지낸 세월 동안 혹시 내가 그녀의 턱이나 버릇, 심지어는 그녀의 프랑스어보다도 훨씬 더 본질적인 무엇을 완전히 놓치고 있었던 것은 아닐까. 어쩌면 그것은 마지막으로 힐끗 본 그녀의 모습, 친절을 베푼 내가 즐거운 마음으로 돌아가도록 꾸민 빛나는 속임수, 혹은 창백한 팔을 축 늘어뜨린 무용수보다 훨씬 더 예술적 진실에 가깝게 몸부림치던 그 백조와 닮았을지도 모른다. 요컨대 안락한 유년 시절 내가 가장 사랑했던 사물들과 사람들이 한줌 재로 변해버리거나 가슴을 관통하는 일격을 맞은 뒤에야 비로소 이해하게 된 바로 그 무엇 말이다.

마드무아젤의 이야기에는 부록이 있다. 처음 이 글을 썼을 때, 나는 몇몇 놀라운 생존자들이 있다는 사실을 알지 못했다. 이를테면 1960년, 런던에 사는 사촌인 표트르 데 페테르손은 그 집의 영국인 유모가 이제 아흔이 넘었지만 정정하다고 말했다. 그녀는 내가 1904년 아바치아에서 봤을 때도 이미 늙어 보였는데 말이다. 또한 아버지의 두 여동생을 가르쳤던 가정교사 마드무아젤 부비에(후에 마담 콘라드가 되었다)가 아버지보다 거의 반세기나 더 오래 살았다는 사실도 몰랐다. 그녀는 1889년에 고모들의 집으로 들어와 6년을 머물렀으며, 그들에게는 마지막 가정교사가 되었다. 1895년 표트르의 아버지 이반 데 페테르손이 그린 작고 예쁜 기념 그림에는 바토보에서 살았을 때 일어난 다양한 사건과 내 아버지가 손수 쓴 '**늘 사랑받는 법을 알았고 결코 잊히지 않을 여성에게**'라는 글귀가 담겨 있다. 그리고 젊은 나보코프 사형제와 세 누이 나탈리야, 옐리자베타, 나데즈다의 서명은 물론이고 나탈리야의 남편과 그들의 어린 아들 미티크, 여자 사촌 두 명, 러시아인 가정교사였던 이반 알렉산드로비치 티호츠키의 서명까지 덧붙여져 있다. 65년 후 제네바에서 내 여동생 옐레나는 90대가 된 마담 콘라드를 발견했다. 그 노부인은 순진하게도 한 세대를 건너뛰어, 옐레나를 우리 어머니로, 당시 열여덟 소녀였고 비라에서 바토보까지 마드무아젤 골레와 함께 마차로 오곤 했던 우리 어머니로 착각했다. 그토록 머나먼 시절로부터도 기다란 빛이 갖가지 기발한 방법을 찾아 나에게 와 닿고 있다.

6장

1

이제는 전설이 된 러시아에서 보낸 소년 시절의 여름날 아침, 잠에서 깨면 내가 맨 먼저 보는 것은 흰 안쪽 덧문 사이의 틈새였다. 틈새로 축축하고 창백한 기운이 새어나온다면, 덧문을 닫힌 채로 놔두고, 웅덩이 속에 들어앉은 듯 찌뿌둥한 하루의 광경은 보지 않는 편이 나았다. 그 둔탁한 빛줄기로부터 납빛 하늘을, 습기 찬 모래를, 라일락나무 아래 떨어져 죽처럼 엉긴 갈색 꽃잎더미를, 그리고 젖은 정원 벤치에 들러붙은 납작한 낙엽(그 계절의 첫 희생자)을 그려보며 나는 얼마나 화가 났던가!

하지만 그 틈새가 이슬을 머금어 반짝반짝 길게 빛나고 있다면, 나는 재빨리 창문을 열어 그 보물을 음미했다. 방은 단숨에 빛과 그늘로 쪼개졌다. 햇빛 속에 어른거리는 자작나무 이파리들은 포도처럼 반투명한 연둣빛을 띠었고, 대조적으로 검은 벨벳 같은 전나무들은 엄청나게 강렬한 파랑을 등지고 서 있었다. 그런 하늘은 오랜 세월이 지나, 콜로라도의 산악지대에서야 다시 보게 되었다.

일곱 살 때부터, 직사각형 틀의 햇빛과 관련된 내 감정은 하나의 열정에 지배당했다. 아침에 일어나서 처음으로 보는 것이 태양이었다면, 처음으로 생각하는 것은 그 태양이 불러낼 나비였다. 발단은 지극히 평범했다. 정문 맞은편 벤치의 조각된 등받이에 늘어진 인동덩굴 위에 진귀한 방문객이 온 것을, 나의 수호천사(피렌체풍 테두리만 없을 뿐 날개가 프라 안젤리코*의 가브리엘을 닮았다)가 가리켜 보였다. 그것은 검은 반점과 푸른 무늬가 있고, 은백색 가장자리를 두른 검은 꼬리마다 주홍색 눈目 모양 점이 박힌 환상적인 연노란색 생물체였다. 흐드러진 꽃에 매달려 꿀을 빨면서, 가루가 묻은 몸은 살짝 굽힌 채 커다란 날개를 쉴새없이 파닥이고 있었다. 나는 그 나비를 가지고 싶다는, 경험해본 적 없는 강렬한 욕망을 느꼈다. 도시에 있는 집의 문지기였던 재빠른 우스틴이 우스운 사정(다른 곳에서 설명하겠다)으로 그해 여름 우리와 함께 시골에서 지내고 있었는데, 어찌어찌 내 모자로 나비를 잡아줬다. 그뒤 모자째로 장롱 속에 넣었고, 마드무아젤은 하룻밤 지나면 가정용 나프탈렌이 그것을 죽여주리라 천진하게 기대했다. 그러나 다음날 아침, 그녀가 뭔가를 꺼내기 위해 장롱을 연 순간, 나의 호랑나비는 힘차게 퍼덕거리며 그녀의 얼굴로 돌진하더니 열린 창문으로 빠져나갔고, 이내 가볍게 상하좌우로 움직이는 금빛 점이 되었다.

---

* 르네상스시대 이탈리아의 화가.

그리고 동쪽으로, 숲과 툰드라를 건너 볼로그다로, 뱟캬와 페름으로 갔으며, 황량한 우랄산맥을 넘어 야쿠츠크와 베르흐네콜림스크까지 갔고, 그곳에서 꼬리 하나를 잃어버린 뒤 아름다운 세인트로렌스섬으로, 알래스카를 건너 도슨으로, 이어 로키산맥을 따라 남쪽으로 가다가―마침내 40년에 걸친 경주 끝에, 볼더 부근에서 자생하는 사시나무 아래 핀 외래종 민들레 위에서 따라잡히며 포획되고 말았다. 보들리언 도서관이 소장하고 있는, 1735년 6월 14일 브룬 씨가 롤린스 씨에게 보낸 편지에는, 버넌 씨라는 인물이 나비를 잡기 위해 무려 9마일이나 따라갔다고 적혀 있다(『한담 평론 혹은 문학과 삶의 기행翕行*The Recreative Review or Eccentricities of Literature and Life*』 제1권 144쪽, 런던, 1821년).

장롱 사건 직후 나는 현관 창틀 모서리에 고립되어 있던 화려한 나방 한 마리를 발견했고, 어머니가 에테르로 그것을 처리했다. 나중에 여러 가지 살충제를 사용해봤지만, 최초로 사용한 에테르는 아주 살짝 풍겨오는 냄새만으로도 과거의 현관을 환히 밝히며 그곳을 떠돌던 아름다운 나방을 불러들인다. 어른이 되어 맹장 수술을 받을 때 에테르에 마취된 적이 있었는데, 마취 상태에서 선원복을 입은 내가 나의 어머니라고 알고 있는 중국인 부인의 지시에 따라 갓 우화羽化한 황제나방을 박제하는 모습을 마치 데칼코마니처럼 생생하게 보았다. 내가 내장을 드러내고 있는 사이, 꿈속에서는 모든 일이 훌륭히 재현됐다. 흠뻑 젖어 얼음처럼 차가운 탈지면으로 여우원숭이를 닮은 곤충의 머리를 눌렀더니 몸통의 경련이 차츰 가라앉았다. 핀이 흉부의 딱딱한 껍질을 뚫을 때엔 딱 하고 만족스러운 소리가 들렸다. 나는 바닥이 코르크로 된 전시판의 홈에 조심스럽게 핀을 꽂았다. 가지런히 붙인 반투명 종이 아래에 두껍고 강렬한 줄무늬 날개가 대칭으로 고정됐다.

2

분명 여덟 살 때의 일이었을 것이다. 나는 시골 저택 창고에 있는 먼지 낀 잡동사니들 사이에서 멋진 책 몇 권을 찾아냈다. 자연과학에 관심이 있던 외할머니가 당시 유명한 동물학 교수(심케비치)를 불러 딸에게 개인교습을 시키던 시절 구한 책들이었다. 그중에는 그저 골동품인, 1750년경 암스테르담에서 인쇄된 알베르투스 세바의 네 권짜리 거대한 갈색 이절판 책(**자연의 풍성한 보고에 대한** 어쩌고저쩌고……)*도 있었다. 표면이 거친 종이에 뱀과 나비와 태아를 그린 목판화들이 실려 있었다. 나는 유리 항아리 속 목이 매달린 에티오피아 여자아이의 태아를 볼 때마다 끔찍한 충격을 받곤 했다. 102번 도판의 히드라 박제 역시 별로 좋아할 수가 없었다. 뱀처럼 구불구불한 일곱 개의 목 위로 사자 이빨을 가진 일곱 개의 거북 머리가 달려 있었고, 부푼 몸통 옆에는 단추처럼 보이는 혹들이 붙어 있었으며, 끝에는 매듭진 꼬리가 달려 있었다.

---

* 흔히 『보고(寶庫)』로 줄여 쓰는 세바의 책 제목은 '자연과학의 역사를 통틀어 가장 풍부한 보고에 대한 상세한 설명과 예술적인 묘사(Locupletissimi Rerum Naturalium Thesauri Accurata Descriptio et Iconibus Artificiosissimis Expressio per Universam Physices Historiam)'이다.

다락에는 고산지대의 매발톱꽃, 파란 꽃고비, 제우스 동자꽃, 주홍색 백합, 그 밖에 다보스에서 볼 수 있는 꽃들로 가득한 식물 표본집들도 있었으며, 그 사이에서 찾아낸 다른 책들이 내가 말하려는 주제에 더 가까웠다. 나는 그 환상적으로 매력적인 책들을 자랑스러운 전리품처럼 아래층으로 옮겼다. 마리아 지빌라 메리안(1647~1717년)의 사랑스러운 수리남 곤충 도판들, 에스퍼의 고상한 『나비들*Die Schmetter-linge*』(에를랑겐, 1777년), 부아뒤발의 『신종 혹은 희귀종 나비 도해 *Icones Historiques de Lépidoptères Nouveaux ou Peu Connus*』(파리, 1832년 첫 권 출간) 같은 책들이었다. 더 흥미로운 것은 19세기 후반 출간된 책들이었다. 뉴먼의 『영국 나비와 나방의 자연사*Natural History of British Butterflies and Moths*』, 호프만의 『유럽의 큰 나비*Die Gross-Schmetterlinge Europas*』, 니콜라이 미하일로비치 대공이 아시아 나비목에 관해 쓴 『회고록*Mémoires*』(카브리긴, 리바코프, 랑이 그린 비길 데 없이 아름다운 도판 수록)이 있었고, 스커더의 대작 『뉴잉글랜드의 나비*Butterflies of New England*』도 있었다.

돌이켜보면 1905년 여름은 여러 측면에서 매우 선명하지만, 마을 학교 교장과 산책할 때 주위에서 색색의 솜털이나 재빠른 날갯짓을 발견하는 일은 아직 한 번도 없었다. 1906년 6월의 호랑나비는 아직 길가 미나리 위에서 애벌레 단계에 머물러 있었다. 그러나 그달이 지나는 동안 나는 스무 종가량의 흔한 나비를 알게 되었고, 마드무아젤이 이미 **갈색 나비들의 길**이라고 부르고 있는 어떤 숲길의 끝에는, 작은진주테두리표범나비(내가 처음으로 접한, 잊을 수 없고 아직도 마법 같은 작은 설명서, 리처드 사우스의 『영국 제도의 나비*The Butterflies of the*

British Isles』에서 사용한 이름으로, 당시 그 책이 막 출판된 때였다)가
가득한 습지 초원이 있었다. 이듬해 나는 이곳의 나비와 나방 상당수
가 영국이나 중부 유럽에서 발생한 것이 아니라는 사실을 알게 되었
고, 더욱 완벽한 도해집들의 도움을 받아 그것들을 동정同定했다. 몇 달
동안 나를 신동으로 만들었던 괴물 같은 숫자 능력은 1907년 초 심각
한 질병(폐렴으로 섭씨 41도까지 열이 올랐다)으로 인해 신기하게도
사라져버렸다. (지금 나는 종이와 연필 없이는 13 곱하기 17을 계산할
수 없다. 그래도 덧셈이라면 순식간에 할 수 있다. 3의 이빨이 딱 맞물
리니까.) 하지만 나비는 살아남았다. 어머니가 내 침대 주위에 도서관
과 박물관을 조성해줬고, 새로운 종을 발견하고 싶다는 갈망이 새로운
소수素數를 발견하고 싶다는 갈망을 완전히 대체했다. 1907년 8월의
비아리츠 여행은 놀라운 발견을 새로 더해줬다(1909년의 것들만큼 선
명하고 수가 많지는 않았다). 1908년 무렵 나는 호프만이 다룬 범위 안
에서는 유럽의 나비목을 완전히 파악했다. 1910년에 이르러서는 자이
츠의 굉장한 도감 『세계의 큰 나비*Die Gross-Schmetterlinge der Erde*』를
읽으며 나의 길을 꿈꿨고, 최근 기재된 다수의 희귀종을 사들였으며,
곤충학 관련 정기간행물 중에서도 특히 영어와 러시아어로 된 자료들
을 탐독했다. 당시는 분류학의 격변기였다. 19세기 중반 이후, 대륙의
나비학은 대체로 단순하고 변화가 없었으며, 주로 독일인들이 평온히
이끌어오고 있었다. 그중에서도 권위자인 슈타우딩거 박사는 곤충을
거래하는 가장 큰 회사의 수장이기도 했다. 그가 죽은 뒤 반세기가 지
난 지금까지도 독일의 나비학자들은 슈타우딩거 박사의 권위가 걸어
놓은 최면에서 벗어나지 못하고 있다. 그는 자신의 학파가 세계에서

과학적인 영향력을 잃어버리기 시작할 무렵까지 생존해 있었다. 그와 추종자들이 오랫동안 사용해왔기에 인정받을 수 있는 종과 속의 이름을 고수하며 육안으로 확인 가능한 특징만으로 나비를 분류하는 데 만족하고 있는 동안, 영어권 저자들은 명명법의 우선순위 규칙을 엄격히 적용해 명칭을 변경하고 현미경에 의한 기관 연구에 근거해 분류 체계를 바꾸고 있었다. 독일 학자들은 새로운 경향을 애써 무시하며 자신들의 곤충학이 지닌 우표 수집 같은 속성을 지키려 했다. '평균 수집가에게 해부를 강요할 필요는 없다'는 그들의 배려는, 대중소설을 내는 출판사들이 초조한 나머지 '평균 독자'가 생각을 할 필요가 없도록 전부 떠먹여주는 태도와 다르지 않을 것이다.

그보다 더 전반적인 변화가 일어난 것은, 내가 나비와 나방에 열렬히 빠져 있던 사춘기와 시기가 맞물린다. 빅토리아시대와 슈타우딩거 학파의 폐쇄적이고 균질한 종 개념에는 마치 외부에서 붙은 우발적인 부속물인 양 잡다한(고산지대의, 극지방의, 섬의 등) '변종'이 있었는데, 이것이 지리적 종이나 아종亞種들을 포함해 유기적으로 구성된 다형적이고 유동적인 새로운 종 개념으로 대체됐다. 이와 같이 더욱 융통성 있는 분류 방법 덕분에 진화의 양상이 한결 뚜렷하게 드러났고, 나아가 이러한 생물학적 연구는 나비와 자연의 본질적 문제들을 잇는 연결고리까지 제공했다.

나는 특히 의태擬態의 신비에 끌렸다. 그 현상은 대개 인공의 산물에 기대되는 예술적 완성도를 보여줬다. 독을 지닌 것처럼 보이게 하는 날개 위의 거품 같은 반점(가짜 굴절 효과까지 완벽하다)이나 번데기 표면에서 번들거리는 노란 혹("날 먹지 말아요―나는 이미 삼켜졌다가, 맛을 보고 버려졌어요")을 생각해보라. 곡예하는 듯한 (재주나방의) 애벌레도 생각해보라. 유충 시절에는 새똥처럼 보이지만 허물을 벗은 뒤엔 벌목 특유의 부속기관과 바로크풍 특징들을 발전시켜낸 이 비범한 녀석은, 몸을 뒤트는 애벌레와 그것을 괴롭히는 커다란 개미라는 두 가지 역할을 동시에 연기할 수 있다(동양의 쇼에서 한 명의 배우가 서로 뒤엉킨 한 쌍의 레슬링 선수들로 변하는 것 같다). 모양과 색이 말벌을 닮은 나방은 걷는 법과 더듬이를 움직이는 법까지 말벌을 모방한다. 한 마리 나비가 한 장의 나뭇잎처럼 보여야 할 때는, 나뭇잎의 모든 세부가 아름답게 구현될 뿐 아니라 애벌레가 만든 구멍을 흉내낸 무늬까지 충분히 갖춰진다. 다윈이 말한 의미의 '자연 선택'으로는 모방적 형태와 모방적 행동의 기적 같은 일치를 설명할 수 없다. 또한 보호 장치가 포식자의 이해력을 한참 넘어서는 수준으로 교묘하고 풍부하며 화려하게 발달했다면, '생존 경쟁' 이론의 도움을 받을 수도 없다. 나는 예술에서 구하던 비실용적인 기쁨을 자연에서 발견했다. 둘 다 일종의 마법이었고, 둘 다 정교한 유혹과 속임수가 펼쳐지는 게임이었다.

3

나는 여러 가지 모습으로 변장한 채 다양한 지역으로 나비 사냥을 다녔다. 니커보커스 바지를 입고 선원모를 쓴 예쁜 소년. 플란넬 바지를 입고 베레모를 쓴 멀대 같은 코즈모폴리턴 망명자. 반바지 차림에 모자를 쓰지 않은 뚱뚱한 노인. 내 표본함들의 대부분은 우리의 비라 저택과 운명을 같이했다. 도시의 저택에 있던 표본함들과 얄타 박물관에 남겨둔 약간의 모음은 틀림없이 수시렁이 같은 해충에 의해 파괴됐을 것이다. 망명중 모으기 시작한, 남유럽에서 온 표본들은 제2차세계대전 때 파리에서 사라졌다. 1940년부터 1960년 사이 미국에서 포획한 모든 표본(희귀종과 유형표본을 포함해 수천 점)은 비교동물학박물관, 미국 자연사박물관, 코넬대학교 곤충학박물관에 있으며, 톰스크나 아톰스크에 있는 것보다 훨씬 안전할 것이다. 사실 러시아에서 보낸 소년 시절에 견줄 만큼 너무나 행복한 추억들은 매사추세츠 케임브리지의 비교동물학박물관에서 연구하던 시절(1941~1948년)과 결부되어 있다. 그에 필적하는 또다른 행복한 추억은, 20년 동안 거의 매년 여름, 귀화한 나라 전역을 주유했던 채집 여행들이다.

잭슨 홀과 그랜드캐니언, 콜로라도 텔루라이드의 산비탈, 그리고 뉴욕 올버니 근처의 유명한 소나무 황무지에는 내가 신종으로 설명했던 나비들이 서식하고 있으며, 책의 개정판보다 더 많은 세대를 거듭하며 살아갈 것이다. 내 발견 가운데 일부는 다른 학자들의 연구 대상이 되었고, 몇몇은 내 이름을 따서 명명됐다. 그중 하나가 나보코프의 퍼그(**에우피테키아 나보코비** 맥더노)*인데, 나는 그것을 1943년 어느 날 밤 유타에 있는 제임스 로플린**의 산장 알타 로지 전망창에서 붙잡았다. 이는 1910년경 오레데시의 숲에서 시작된 주제의 나선형 전개에 철학적으로 딱 들어맞는 일이다—어쩌면 그보다 훨씬 전, 150년 전 노

---

* 자나방의 학명은 Eupithecia이며 영어로는 Pug라고 한다. 맥더노는 명명자의 이름.
** 나보코프의 작품을 미국에서 출간한 뉴디렉션스출판사 창립자.

바 젬블라의 강가에서 시작됐는지도 모르겠다.

감동과 욕구, 야망과 성취에 있어서 내게 곤충학 탐사가 주는 흥분보다 풍성하고 강렬한 것은 거의 없다. 처음부터 거기에는 매력적인 측면이 아주 많았다. 그중 하나는 혼자 있고 싶다는 격렬한 갈망이었다. 아무리 조용한 동행이라도 극도로 열중하고 있는 상태에서는 방해가 되기 때문이다. 그 만족감에는 타협도 예외도 없었다. 열 살 때엔 이미 가정교사들도 아침은 내 몫이라는 것을 알고 조심스레 피해줬다.

이러한 사실과 관련해, 한 학교 친구의 방문이 기억난다. 내가 아주 좋아했고 같이 놀면 무척 재미있던 소년이었다. 그는 어느 여름 밤─아마 1913년─25마일 정도 떨어진 마을에서 왔다. 얼마 전 사고로 아버지를 잃고 가족이 무너진 터라, 기차표를 살 돈이 없었던 씩씩한 소년은 나와 며칠을 보내려고 그 먼 거리를 자전거로 달려왔다.

그가 도착한 다음날 아침, 나는 내가 어디로 갔는지 모르게 아침 하이킹을 하러 집을 빠져나가려고 할 수 있는 모든 일을 했다. 아침도 거른 채 병적으로 서두르며 그물과 약상자와 살충병을 챙겨 창문으로 도망쳤다. 일단 숲에만 도착하면 안전할 터였다. 그래도 계속 걸었고, 점차 종아리가 후들거리고 뜨거운 눈물이 차올랐으며, 부끄러움과 자기혐오로 온몸이 경련하는 듯했다. 나는 검은색 타이를 맨 길고 창백한 얼굴의 가엾은 친구가 맥빠진 채로 찜통 같은 정원을 거니는 모습을 그려봤다─마땅히 할 일이 없어 헐떡이는 개들을 토닥이며 나의 부재를 납득하려고 애쓰는 모습을.

내 악마를 객관적으로 살펴보자. 부모님을 제외하면 누구도 나의 강박관념을 제대로 이해하지 못했고, 같은 병을 앓고 있는 친구를 만난 것은 오랜 세월이 흐른 뒤였다. 나는 제일 먼저, 수집품을 늘리기 위해서는 다른 사람들에게 기대면 안 된다는 것을 배웠다. 1911년 여름의 어느 오후, 마드무아젤은 손에 책을 든 채로 내 방에 들어와 루소가 얼마나 재치 있게 동물학을 비난했는지(식물학을 옹호하기 위해) 보여주겠다면서 그 거대한 몸을 안락의자에 내려놓았는데, 중력의 작용이 너무 빨리 진행된 나머지 내가 괴로움에 울부짖어도 멈출 수 없는 일이었다. 하필이면 그 자리에 길고 사랑스럽게 줄지어 있는 큰흰나비들이 든 유리 뚜껑 표본함을 놔뒀던 것이다. 그녀의 첫번째 반응은 자존심에 상처를 입고서, 자기 몸무게 때문에 부서졌다고 탓할 수는 없지 않느냐고 발끈한 것이었다. 실제로 그녀의 몸무게 탓에 부서졌지만 말이다. 두번째 반응은 나를 위로하는 것이었는데―**자, 그냥 채소밭을 날아다니는 나비들일 뿐이잖니!**―사태를 악화시키기만 했다. 슈타우딩거에서 최근에 구입한 시칠리아 나비 한 쌍이 뭉개지고 짜부라졌다. 비아리츠에서 얻은 커다란 표본 하나도 완전히 엉망이 되었다. 내가 고르고 고른 이 지역의 포획물들 일부도 박살 나 있었다. 그중 카나리아에 서식하는 종을 닮은 변종 하나는 풀 몇 방울로 붙일 수 있을지도 몰랐다. 하지만 왼쪽은 수컷, 오른쪽은 암컷인 귀중한 자웅 모자이크의 경우 복부는 흔적도 찾을 수 없었고 날개 역시 떨어져나가 영원히 사라진 것이나 마찬가지였다. 날개를 다시 붙여볼 수는 있겠지만, 구부러진 핀에 꽂힌 머리 없는 흉부와 네 장의 날개 모두 원래 한 몸이었음을 입증할 길은 없었다. 다음날 아침, 가련한 마드무아젤은 아주 비밀스럽게 상트페테르부르크로 떠났고, 그날 저녁에는 ('너의 양배추 나비들보다 훨씬 더 좋은 것'이라며) 석고에 고정된 평범한 우라니아

나방을 가져왔다. "네가 날 끌어안고, 얼마나 기뻐하며 춤췄는지!" 그녀는 10년 후 새로운 과거를 만들어내던 중에 이렇게 외쳤다.

외국으로 여행을 가 있는 동안 나는 희귀한 나방의 번데기를 시골 의사에게 맡겼는데, 그가 보내온 편지에는 모두 훌륭히 우화했다고 적혀 있었다. 하지만 실제로는 쥐가 귀중한 번데기를 먹어버린 뒤였고, 내가 돌아오자 그 늙은 사기꾼은 흔하디흔한 쐐기풀나비를 내밀었다. 내 추측으로는, 그것을 자기 집 정원에서 부랴부랴 잡아 부화 상자 안에 집어넣고 그럴듯한 대용물이라 생각했던 것 같다(그건 그의 생각이었다). 그 사람보다는 부엌에서 일하던 열정적인 아이가 훨씬 나았다. 그 아이는 이따금씩 내 장비를 빌려간 뒤 두 시간쯤 지나 온갖 무척추동물과 덤으로 담아온 것들을 한아름 들고 의기양양하게 돌아오곤 했다. 그는 끈으로 묶어뒀던 그물 입구를 열어 풍성한 전리품들을 쏟아놓았다—거기에는 한 무더기의 메뚜기와 약간의 모래, 돌아오는 길에 알뜰하게도 꺾어 온 두 동강 난 버섯, 더 많은 메뚜기, 더 많은 모래, 그리고 부상당한 작은흰나비 한 마리가 있었다.

러시아의 주요 시인들 작품 속에서, 내가 정말로 감각적인 나비목 묘사를 발견한 것은 단 두 편뿐이다. 부닌이 나무랄 데 없이 묘사하고 있는 것은 분명 쐐기풀나비의 모습이다.

그리고 그곳 방안으로 날아드는
비단옷을 입은 선명한 나비 한 마리
퍼덕거리고 바스락거리고 팔딱거리며
푸른 천장 위로 날아가……

또 페트*의 「나비」에 나오는 독백.

　내가 어디서 와 서둘러 어디로 가는지
　묻지 마세요
　지금은 우아한 꽃 한 송이에 내려앉아
　한숨 돌리려 합니다

　프랑스 시에서는 뮈세의 유명한 시구를 꼽을 수 있는데(『버드나무 *Le Saule*』 중에서),

　금빛 자나방이 가볍게 움직여
　향기로운 풀밭을 건너가네

영국인들이 오렌지나방이라고 부르는 자나방 수컷이 황혼 무렵에 비행하는 모습을 완벽히 묘사했다. 또 파르그**의 황홀할 만큼 적절한 시구는(『나흘 *Les Quatres Journées*』 중에서) 밤이 찾아오는 정원 풍경을 **왕줄나비**(영어로는 포플러 제독)**의 날개처럼 파랗게 얼었다**고 표현했다. 영국 시에서 나비목에 관한 제대로 된 이미지를 찾기란 쉽지 않은데, 내가 가장 좋아하는 것은 브라우닝의 시다(「불가에서」).

------

* 자연의 아름다움을 노래한 러시아의 서정시인 아파나시 페트.
** 프랑스의 시인이자 수필가 레옹폴 파르그.

우리 맞은편에는 바위 하나가 똑바로 서 있다
골짜기와 바위 사이 오솔길 하나
반들반들해진 돌들을 덮은 이끼가
나방의 무늬를 흉내내고
키 작은 이끼들은 윤이 나는 돌에 이빨을 맞춰본다

놀랍게도, 평범한 사람은 나비를 거의 알아채지 못한다. 배낭에 카뮈의 책을 넣고 다니는 건장한 스위스인 도보여행자에게 내려오는 길에 나비를 봤느냐고 질문하자 그는 "전혀요"라고 차분하게 답했다. 의심 많은 내 동행인을 위해 일부러 물었는데, 방금 전 그 길에서 우리는 나비 무리에 둘러싸여 즐거워했던 것이다. 세세한 부분까지도 기억이 나지만, 1906년 여름 이전, 즉 내가 표본에 붙인 첫번째 꼬리표의 날짜보다 더 이전에 방문하고 다시 가본 적 없는 특정한 길의 모습을 떠올릴 때도 마찬가지다. 마치 사악한 주문이 아드리아해 연안에 걸려 모든 '렙스'*(우리끼리 쓰는 속어적인 표현)를 보이지 않게 만들기라도 한 것처럼, 기억 속의 그 길에선 날개 한 장, 날갯짓 한 번, 스쳐지나가는 파란 빛 하나, 나방으로 장식된 꽃 한 송이도 떠오르지 않는다. 곤충이 한 마리도 없는 끔찍한 식물군의 평행 우주에서, 헬멧까지 벗어던지고 환호하는 식물학자를 곁눈질하며 터덜터덜 걷는 곤충학자의 기분이 아마 이럴 것이다. (어른이 되어 꿈을 꿀 때, 알뜰한 연출가가 유년 시절의 풍경을 미리 만들어놓은 배경으로 가능한

---

* 나비목을 가리키는 레피돕테라(Lepidoptera)를 줄인 것.

한 재활용하려 한다는 기묘한 사실을 기묘하게 입증하듯이) 깨어 있는 상태의 내가 접이식 포충망을 몰래 숨겨 가지고 가는 악몽을 되풀이해서 꾸는데, 꿈속의 해변 언덕은 백리향과 전동싸리로 화사한데도 마땅히 있어야 할 나비가 한 마리도 보이지 않는, 도무지 이해할 수 없는 장소다.

나는 조용한 원정에 푹 빠진 '레피스트'가 다른 생물들에게서 이상한 반응을 이끌어낸다는 사실도 곧 알게 되었다. 소풍을 가게 되면, 나는 타르 냄새가 나는 대형 마차(말에게서 파리를 쫓기 위해 타르를 발랐다) 안이나 홍차 냄새가 나는 오펠 컨버터블(40년 전의 벤진에서는 그런 냄새가 났다) 안에 내 변변찮은 도구들을 남들 눈에 띄지 않게 실어보려고 안간힘을 썼다. 그럴 때마다 사촌이나 고모가 이렇게 말한 적이 몇 번이었던가. "정말로 그 그물을 가져가야겠니? 그냥 보통 애들처럼 놀 수는 없니? 다른 사람들의 즐거움을 방해한다는 생각은 안 하니?" 바이에른의 바트키싱겐에 있는 '보텐라우벤 방향' 표지판 근처에서 아버지와 근엄한 무롬체프(4년 전인 1906년, 그는 러시아의 초대 국회의장을 지냈다)의 긴 산책에 동참할라치면, 노인은 대리석 같은 머리를 보잘것없는 열한 살 소년에게로 돌리며 그 유명한 엄숙한 말투로 이렇게 말했다. "같이 가는 건 아무렴 좋고말고. 하지만 나비를 쫓아다니진 말거라, 애야. 그러면 산책의 리듬이 깨지니까." 1918년 3월, 크림반도의 흑해와 가까운 길에서 밀랍 같은 꽃이 핀 관목숲을 지날 때에는 다리가 휜 볼셰비키 보초병이 내가 영국 군함에 신호를 (그의 말에 따르면, 내 그물로) 보냈다며 나를 체포하려 했다. 1929년 여름, 피레네 동부의 어느 마을에서는, 길을 가다가 뒤돌아볼 때마다 마치 내가 소돔이고 그들은 롯의 아내라도 되는 양 내가 지나온 길에 다양한 자세로 굳어 있는 마을 사람들이 눈에 띄었다. 10년 후, 알프마리팀에서는 내 뒤로 풀들이 뱀처럼 구불거리는 것을 발견한 적이 있는데, 뚱뚱한 시골 경찰관 한 명이 내가 지저귀는 새를 잡는 건 아닌지 확인하겠다고 배를 깔고 꿈틀꿈틀 기어서 뒤따라왔기 때문이었다. 미국은 다른 어떤 나라보다도 나의 그물로 하는 작업에 병적인 관심을 보여왔다. 아마도 내가 그곳에 살게 되었을 때 이미 40대였고, 나이가 많을수록 손에 나비채를 들고 다니는 꼴이 괴상해 보이기 때문일 것이다. 깐깐한 농부들은 내게 '낚시 금지' 표지판을 가리켜 보였다. 고속도로에서 나를 지나쳐 가는 차들은 조소의 표시로 시끄럽게 경적을 울려댔다. 아주 형편없는 부랑자조차 신경쓰지 않던 졸린 개들이 나를 보면 벌떡 일어나 으르렁대며 다가왔다. 꼬맹이들은 당황한 엄마들에게 나를 가리켜 보였다. 마음이 넓은 휴양객들은 낚시 미끼로 쓸 벌레를 잡고 있느냐고 물어왔다. 그리고 어느 날 아침, 키 큰 유카*들로 눈부시던 산타페 근처 황무지에서는, 커다란 검은 암말 한 마리가 1마일 넘게 나를 따라온 적도 있었다.

4

추적자들을 모두 따돌리고 비라 저택에서 들판과 숲을 향해 나 있는

거칠고 붉은 길을 따라갈 때면, 그날의 활기와 빛이 내 주위에서 공감하며 일렁이는 듯했다.

2년에 한 번만 나타나는(여기서는 편리하게도 회상이 딱 들어맞는다) 매우 생생하고 매우 짙은 색의 높은산지옥나비들이 전나무 사이로 훨훨 날아오르거나 길가 고사리 위에서 햇볕을 쐬며 붉은 무늬와 흑백이 교차하는 가장자리를 드러냈다. 헤로라고도 불리는 자그마한 가락지나비가 풀 위로 깡충 뛰어오르며 내 그물을 홱 비켜갔다. 여러 나방들도 날아다니고 있었다. 색칠한 파리처럼 이 꽃에서 저 꽃으로 옮겨 다니며 햇빛을 즐기는 화려한 색의 나방이 있는가 하면, 덤불로 돌진하는 녹슨 색의 참나무솔나방처럼 숨어 있는 암컷을 찾아다니는 불면의 수컷들도 있었다. (어린 시절의 나에겐 커다란 수수께끼였던) 거미줄에 걸린 하늘하늘한 연녹색 날개를 발견하기도 했다(그 무렵에는 무엇인지 알게 되었는데, 왕흰띠푸른자나방의 일부였다). 몸통이 과시적으로 분절되어 있고 머리는 납작하며 살코기처럼 붉게 번들거리는, 프랑스식으로 비유하자면 '벌레처럼 벌거벗은'* 이상한 생물체인 굴벌레큰나방의 거대한 애벌레는 번데기가 되기에 적당한 장소를 찾아 내 앞을 정신없이 가로질러 갔다(변신에 대한 끔찍한 압박과, 공공장소에서 수치스러운 발작이 일어날 기운이 느껴졌다). 공원 쪽문 옆에 서 있는 단단한 자작나무의 껍질에서는 지난봄, 봄재주나방의 짙은 색 변종을 발견했다(독자들에게는 그저 한 마리의 회색 나방에 불과하겠지만). 도랑에 걸쳐 있던 발판 밑에선 밝은 노란색의 수풀알락팔랑나비가 잠

---

* '벌거벗다'라는 뜻의 프랑스어 nu comme un ver는 직역하면 '벌레를 닮았다'는 뜻이다.

자리(내게는 그저 한 마리의 푸른 잠자리속 생물에 불과했다)와 노닐고 있었다. 수컷 주홍부전나비 두 마리가 꽃의 머리에서부터 내내 다투며 무시무시한 높이까지 올라갔고, 잠시 후 그중 하나가 번개같이 내려와 원래 있던 엉겅퀴를 차지했다. 낯익은 곤충들이었지만, 언제든 더 근사한 것이 나타나면 나는 숨을 급히 들이쉬며 멈춰 섰다. 잔가지에 우아하게 내려앉은 보기 드문 부전나비에게 그물을 들고서 신중히 다가갔던 어떤 날을 기억한다. 초콜릿빛 날개 아래쪽에 있는 흰색 W자가 선명히 보였다. 날개를 접고 있었는데, 흥미롭게도 원을 그리듯 뒷날개들을 서로 부비대고 있었다. 아마도 인간의 귀에는 들리지 않을 만큼 높은 음역의 쾌활한 탁탁 소리를 내고 있었을 것이다. 내가 오랫동안 노리던 종이었고, 충분히 가까워졌을 때, 나는 그물을 휘둘렀다. 아마도 쉬운 공을 놓친 테니스 챔피언들이 신음하는 소리를 들어본 적이 있을 것이다. 세계적으로 유명한 명인 빌헬름 에드문트손*이 민스크의 카페에서 동시 대국을 하던 중 말도 안 되는 실수로, 그 지역 아마추어이자 소아과 의사인 샤흐** 박사에게 룩을 잃어 결국 졌을 때의 표정을 봤을지도 모른다. 그러나 그날, 텅 빈 그물에서 잔가지들을 떨어낸 뒤 얇은 모슬린에 난 구멍을 노려보던 내 모습은 (늙은 나 자신을 제외하고는) 누구도 보지 못했다.

---

* 한때 절친했으나 사이가 멀어진 미국 평론가 에드먼드 윌슨의 이름을 바꾼 것으로 보인다.

** Schach는 독일어로 '체스'를 뜻한다.

두 개의 마찻길(정비가 잘된 한쪽 길은 '옛' 공원과 '새' 공원 사이를 남북으로 이었고, 진흙탕에 바큇자국투성이인 다른 길은 서쪽으로 바토보를 향해 나 있었다)이 교차하는 지점 근처, 경사진 길 양옆으로 사시나무가 빽빽한 곳에서, 6월 셋째 주가 되면 으레 순백의 줄무늬가 있는 커다란 청흑색 네발나비들을 볼 수 있었다. 그것들은 비옥한 진흙 위를 낮게 활공하고 선회하며, 날개를 접고 내려앉으면 뒷날개 색깔이 진흙과 잘 어울릴 터였다. 그들은 오랜 옛날 나비 애호가들이 포플러 제독이라고 부르던 왕줄나비의 똥을 좋아하는 수컷들로, 좀더 정확히는 부코비나 아종에 속했다. 아홉 살 소년이던 나는 그런 종에 대해 모른 채, 우리 북부 러시아의 표본들이 호프만의 책에 나온 중부 유럽의 표본과 매우 다르다는 사실을 발견했고, 러시아는 물론 전 세계와 시대를 통틀어 손꼽히는 나비학자들 중 한 사람인 쿠즈네초프에게 성급한 편지를 써서, 내가 새로 발견한 아종을 '**리메니티스 포풀리 로시카**'라 명명했다. 길게 느껴진 한 달이 지나서야 그는 '**로시카 나보코프**'에 관한 나의 설명문과 수채화를 돌려보냈는데, 내 편지의 뒷면에 단 두 단어를 휘갈겨 써놓았으니, 바로 '**부코비넨시스 호르무자키**'*였다. 호르무자키가 얼마나 미웠던지! 그리고 나중에 쿠즈네초프의 논문에서 '포플러 나비의 미미한 변종들에게 계속해서 이름을 지어주는 학생들'이라는 거친 표현을 발견했을 때 얼마나 큰 상처를 받았던지! 그래도

---

* 호르무자키가 명명한 부코비나 아종이라는 뜻.

그 **포풀리** 사건에 기가 꺾이지 않았기에 나는 이듬해 '새로운' 나방을 '발견'해냈다. 그해 여름, 달 없는 밤이면 공원 빈터에서 잔디와 거기 있던 성가셔하는 반딧불들 위에 침대보를 펼쳐놓고, 침대보 위에 아세틸렌 램프(6년 후 이 램프는 타마라를 비추게 된다)를 비추며 부지런히 채집을 했다. 나방들이 주위의 짙은 암흑 속에서 나와 빛의 무대로 흘러들었고, 나는 그 마법의 시트 위에서 아름다운 **플루시아***(현재는 **피토메트라**)를 잡았다. 언뜻 보기에도 앞날개가 (금갈색이 아니라) 자주색과 밤색이었고 잎사귀무늬도 더 좁아서 가장 가까운 동류와도 달라 보였던 이 나방은, 내가 가진 책 어디에도 알아볼 수 있게 나와 있지 않았다. 나는 그것을 묘사한 글과 그림을 『곤충학자』라는 잡지에 발표할 목적으로 리처드 사우스에게 보냈다. 그 역시 이 종을 알지 못했으나, 최대한의 호의를 베풀어 대영박물관의 수집품을 확인해봤고, 마침내 오래전 크레치머가 **플루시아 엑셀사****라 기재해둔 것을 찾아냈다. 나는 그가 극히 동정어린 말들로 표현해낸 ("……아주 드문 볼가의 표본을…… 얻어냈으니 축하를 받아야 할 텐데…… 도판도 훌륭하고……") 슬픈 소식을 접하고 극도로 절제하며 평정심을 유지했다. 그러나 수년이 지나고 멋진 요행수로 인해(이런 건 굳이 사람들에게 알려주지 말아야 한다는 걸 알지만서도), 나는 나의 나방을 최초로 발견한 사람의 이름을 소설 속 장님에게 붙임으로써 일종의 앙갚음을 했다.

내 소년 시절의 제트기나 다름없었던 박각시나방들도 떠올려보자! 6월 저녁 무렵이면 색깔들은 천천히 죽음을 맞이한다. 그물을 든 내 앞

---

* 밤나방과의 한 속.
** 노란큰금무늬밤나방(Plusia excelsa Kretschmar)의 학명.

에 활짝 피어 있던 라일락 관목들은 황혼 속에서 복슬복슬한 회색 무리로 보였다―보라색의 망령인 셈이다. 촉촉하고 아직 덜 차오른 달이 이웃한 초원의 안개 위에 걸려 있었다. 그후에도 수많은 정원―아테네, 앙티브, 애틀랜타―에서 서 있었지만, 그때 점차 어두워져가는 라일락 앞에서만큼 강렬한 욕망을 품은 채 기다려본 적은 없었다. 돌연 그것이 나타났다. 꽃에서 꽃으로 건너가며 낮게 붕붕대는 소리가 들렸고, 올리브색과 분홍색의 유선형 몸체 주변에서 느껴지는 진동이 마치 후광 같았다. 꼬리박각시나방이 긴 주둥이를 담갔던 꽃부리 위의 공중에 떠 있었다. 이 나방의 잘생긴 검은 애벌레(눈 모양 점이 있는 앞마디를 부풀리면 작은 코브라를 닮았다)는 두 달 뒤 축축한 바늘꽃 위에서 발견할 수 있었다. 이렇게 모든 시간 모든 계절에는 나름의 기쁨이 있었다. 그래서 마침내 추워지고, 심지어 서리까지 내리는 가을 밤에도, 나무줄기에 당밀과 맥주와 럼주를 섞어 발라 나방들을 꾀어낼 수 있었다. 돌풍이 부는 어둠 속에서, 끈적끈적하게 번들거리는 나무껍질의 주름과 그 위에서 단물을 빨아대는 두세 마리의 커다란 나방을 랜턴 불이 비췄다. 예민한 날개들은 나비처럼 반쯤 펼쳐져 있었고, 이끼처럼 회색빛이 도는 앞날개 아래로 뒷날개가 놀랍게도 진홍색 비단결을 드러내 보였다. '카토칼라 아둘테라!'* 나는 포획물들을 아버지에게 보여주기 위해 비틀비틀 집으로 돌아가며, 불 켜진 저택 창문을 향해 승리에 찬 비명을 질러댔다.

---

* 분홍뒷날개나방(Catocala adultera)의 학명.

6

우리집과 건초밭 사이의 '영국식' 공원은 미궁 같은 길과 투르게네프풍 벤치가 있고, 그 지역 자생 전나무와 자작나무 사이에 수입 떡갈나무가 섞여 있는, 광활하고도 정교하게 조성된 곳이었다. 내 할아버지 적부터 공원을 야생 상태로 되돌리지 않으려고 노력해왔으나, 완전히 성공을 거두진 못했다. 주요 도로의 정돈된 모래 위에 두더지들이 분홍빛 앞발로 쌓아 올린 곱슬곱슬한 검은 흙더미 언덕들은 어떤 정원사도 퇴치해내지 못했다. 잡초와 버섯, 솟아오른 나무뿌리가 햇볕과 그림자로 얼룩진 길 여기저기를 가로질렀다. 곰은 80년대에 퇴치됐으나, 큰 사슴은 여전히 이따금씩 그 땅을 찾아왔다. 그림 같은 바위 위로 키 작은 물푸레나무와 그보다 훨씬 작은 사시나무가 손을 맞잡고 기어올라온 모습은 마치 두 명의 서투르고 수줍은 아이들 같았다. 다른 종류의, 더 잡기 힘든 침입자들은 길을 잃은 행락객이나 흥에 겨운 마을 사람들이었는데, 벤치와 문에 상스러운 말들을 휘갈겨 백발의 우리집 사냥터지기인 이반을 미치게 만들었다. 풍화는 다른 의미에서 오늘날까지도 지속되고 있으니, 기억 속 한 지점에서 다른 지점으로 구불구불 뻗어 있는 길을 따라가려 할 때마다, 마치 옛날 지도 제작자들이 '잠자는 미녀'라 불렀던 미지의 땅처럼 망각이나 무지로 인해 생겨난 공백이 많음을 알아채고는 놀라게 된다.

공원 너머에는 들판들이 있었고 과꽃, 초롱꽃, 솔체꽃 등이 일렁거리는 꽃의 물결 위로 나비들의 날개가 끊임없이 일렁거렸다. 그런 들판들은 이제, 직접 가본 적은 없지만 대륙 횡단열차의 식당칸에서 바라보는 푸르고 울창한 초원들처럼, 색색의 아지랑이가 되어 내 앞을 빠르게 스쳐가고 있다. 그 녹색의 이상한 나라 끝에 다다르면, 숲이 벽처럼 서 있었다. 그곳에서 나는 영국에서 퍼그라고 불리는 작은 나방을 찾아 나무줄기(마법에 걸려 조용한 부분)를 살펴보며 배회했다. 그 나방은 날개가 납작하고 복부가 살짝 위로 구부러졌으며, 낮에는 얼룩덜룩한 나무껍질에 매달려 풍경에 섞이는 작고 섬세한 생물이었다. 햇살 받은 푸른 잎들의 바다 밑바닥에서, 나는 거대한 줄기들 주위를 천천히 돌았다. 뜻밖의 행운으로 이미 다른 사람들이 명명한 퍼그의 긴 목록에 주목할 만한 신종을 추가하는 일보다 더 신나는 일은 세상에 없어 보였다. 그리고 내 다채로운 상상력은, 표면적으로 거의 기괴할 만큼 내 욕망에 아첨하면서(한편으로는 무대 뒤 유령처럼 음모를 꾸미며 먼 훗날의 내 운명을 냉정히 계획하고 있었다), 작은 활자 견본 같은 환각을 계속해서 만들어냈다. '……현재까지 알려진 것 중 유일한 표본으로……' '……**에우피테키아 페트로폴리타나타**라고 알려진 이 유일한 표본은 러시아의 한 학생이 발견한 것이며……' '……러시아의 젊은 수집가에 의해……' '……내가 상트페테르부르크 관할 차르스코예셀로 지구에서…… 1910년에…… 1911년에…… 1912년에…… 1913년에……' 그리고 그로부터 30년 뒤, 축복받은 까만 밤을 맞이한 것은 워새치산맥에서였다.

처음에는—그러니까 내가 여덟, 아홉 살이었을 때는—비라와 바토보 사이의 들판과 숲 너머까지 나가는 일은 거의 없었다. 후에 6마일이나 그보다 더 멀리 떨어진 목적지를 향해 갈 때엔, 나비채를 자전거에 묶어둔 채로 타고 갔다. 하지만 바퀴로 지나갈 만한 숲길은 많지 않았다. 물론 말을 타고 갈 수도 있었지만, 사나운 러시아의 쇠파리들 때문에 잠시라도 말을 숲속에 묶어둘 수가 없었다. 하루는 내 기운찬 구렁말이 쇠파리를 피하려다, 자기가 묶여 있던 나무 위로 거의 기어오를 뻔한 적도 있었다. 쇠파리 중에는 물결무늬 비단을 연상시키는 눈과 호랑이 같은 몸체를 지닌 큰 녀석들도 있었고, 움직임은 더 굼뜨지만 주둥이에 찔리면 훨씬 더 아픈 작은 회색 놈들도 있었다. 내 말의 목덜미에 달라붙은 이런 더러운 술꾼 두세 마리를 장갑 낀 손으로 한 방에 처치하고 나면, 엄청난 감정이입과 안도감이 찾아왔다(파리목 연구가라면 기뻐할 수 없는 일이었을 터다). 아무튼, 나는 나비 사냥을 나설 때 다른 어떤 교통수단보다 걷기를 선호했다(미답의 산속에서 초목 융단과 바위 위를 느긋하게 활공하거나, 열대우림 꽃들의 지붕 위를 체공하는 비행기 좌석은 당연히 제외하고 말이다). 걷다보면, 특히 잘 알고 있는 지역을 걸을 때면, 애초의 여정에서 이탈해 길가 여기저기, 이쪽 빈터와 저쪽 골짜기, 이런저런 토양과 식물군의 조합을 살펴볼 수 있다는 절묘한 즐거움이 있었다. 이를테면 특정 서식지에 사는 친숙한 나비에게 잠깐 들러, 그 친구가 이제 우화했는지, 했다면 어떻게 지내는지 보러 가는 식이었다.

1910년으로 추측되는 7월의 어느 날, 나는 오레데시 너머에 있는 광활한 소택지를 답사해보고 싶은 충동을 느꼈다. 강을 따라 서너 마일을 빙 둘러 가다가 위태로워 보이는 인도교를 발견했다. 다리를 건너며 왼편을 보니 작은 마을의 오두막들, 사과나무들, 푸르른 강가에 줄지어 누워 있는 황갈색 통나무들이 보였고, 시골 소녀들이 잔디 위 여기저기에 아무렇게나 벗어놓은 옷가지들이 화려한 짜깁기 옷처럼 보였다. 소녀들은 내가 마치 지금 이 회상을 실어나르는 육신 없는 심부름꾼이라도 되는 양, 개의치 않고 홀딱 벗은 채 얕은 물 속에 들어가 시끄럽게 뛰놀며 소리쳤다.

강 건너에서는, 밟아서 비옥해진 진흙과 소똥을 만끽하던 작고 선명한 파란색 수컷 나비들의 빽빽한 무리가, 내가 터벅대며 나타나자 일제히 반짝거리며 허공으로 날아올랐다가, 내가 지나가면 곧 다시 내려앉았다.

나는 소나무 숲과 오리나무 덤불을 지나 습지에 다다랐다. 파리목 곤충이 윙윙대는 소리, 머리 위 도요새의 목쉰 울음소리, 발아래 늪이 꾸르륵거리는 소리를 듣자마자, 내가 몇 년 동안 도판으로 보거나 더 좋게는 삽화조차 없는 설명을 읽으며 동경해오던, 아주 특별한 극지방 나비들을 이곳에서 찾게 되리라는 걸 확신했다. 바로 다음 순간, 나는 그들 가운데 있었다. 꿈결같이 흐린 푸른색 열매를 맺은 습지 월귤나무의 작은 수풀 위로, 고여 있는 물의 갈색 눈동자 위로, 이끼와 진흙탕 위로, (러시아 시인들이 **밤의 제비꽃**이라고 한) 향기로운 습지 난초의 수상穗狀*으로 핀 꽃들 위로, 북유럽 여신의 이름을 딴 거무스레한 표범나비** 한 마리가 낮게 스치듯 날아갔다. 보석처럼 영롱한 코르디게라 밤나방은 습지의 먹이식물 위를 붕붕거리며 날았다. 나는 장밋빛 테두리를 두른 유황나비와 회색 대리석 같은 뱀눈나비를 뒤쫓았다. 팔뚝으로 달려드는 모기떼엔 아랑곳하지 않고, 기쁨의 탄성을 내뱉으며

---

* 긴 꽃대에 꽃자루 없는 작은 꽃들이 이삭처럼 피는 형태.
** 북유럽신화 속 여신 프레이야의 이름을 딴 나비(Clossiana freija)로 보인다.

164

몸을 숙여, 그물의 접힌 부분에서 떨고 있는 은빛 점박이 나비의 숨통을 끊었다. 습지의 여러 냄새 사이로 손가락 위에 남은 나비 날개의 희미한 향기를 맡을 수 있었다. 종마다 다른 그 향기는 바닐라나 레몬 혹은 사향냄새였고, 뭐라 말하기 힘든 퀴퀴하면서도 달콤한 냄새이기도 했다. 여전히 만족하지 못한 나는 계속해서 앞으로 나아갔다. 그리고 마침내 소택지가 끝나는 곳에 다다랐다. 저 너머 솟아 있는 땅은 루핀과 매발톱꽃과 현삼이 가득한 낙원이었다. 폰데로사소나무 그늘 아래에는 나비백합들이 피어 있었다. 멀리서 빠르게 지나가는 구름들이 수목한계선 위의 탁한 초록색 경사면과 롱스피크*의 눈 덮인 암벽에 그림자를 드리웠다.

고백하건대, 나는 시간을 믿지 않는다. 나는 마법의 융단을 사용한 뒤, 한 부분과 다른 부분의 무늬가 포개지도록 접어두는 것을 좋아한다. 방문객이 걸려 넘어져도 상관없다. 시간이 없는 상태를 최고로 즐길 수 있는 것—풍경은 무작위로 골라도 된다—은, 내가 희귀한 나비들과 그들의 먹이식물 한가운데 서 있을 때다. 이것은 무아경이며, 이 무아경 뒤편에는 설명하기 어려운 무엇인가가 있다. 마치 내가 사랑하는 모든 것이 빨려 들어가는 순간적인 진공과도 같다. 태양과 돌과 하나가 되는 느낌. 관계자가 누구인지는 몰라도—인간의 운명을 다루는 대위법對位法의 천재든, 운 좋은 필멸자의 비위를 맞춰주는 상냥한 유령이든, 감격하게 되는 떨림.

---

* 로키산맥의 대표적인 봉우리.

7장

1

　금세기 초 넵스키 대로에 있던 한 여행사는 떡갈나무색 국제선 침대차의 3피트짜리 모형을 전시했다. 실물과 똑같이 정교하게 만들어진 그 모형은, 주석에 색을 칠한 내 시계태엽 기차와는 비교가 되지 않았다. 안타깝게도 비매품이었다. 안을 들여다보면 파란색 내장재가 보였고, 객실 벽에는 올록볼록한 무늬의 가죽이 둘려 있었으며, 윤이 나는 패널과 끼워넣은 거울, 튤립 모양의 독서등을 비롯해 사람을 미치게 만드는 다른 세부들도 알아볼 수 있었다. 폭이 넓은 창문과 좁은 창문이 교대로 있었고, 단일창도 이중창도 있었으며, 그중 일부는 반투명 유리였다. 몇몇 객실에는 침구가 깔려 있었다.

　당시 그 위용과 화려함을 자랑했던 북방 급행열차(제1차세계대전 이후엔 우아한 갈색에서 졸부 느낌의 푸른색으로 바뀌어 예전 같지 않았다)는 그런 국제선 차량으로만 구성되어 있었으며, 일주일에 단 두 번, 상트페테르부르크와 파리 사이를 오갔다. 파리 직행이었다고 말할 수 있으면 좋겠지만, 승객들은 러시아-독일 접경 지역(베르즈볼로보-아이트쿠넨)에서 겉보기에는 비슷한 다른 열차로 갈아타야 했다. 그곳에서 궤간軌間 60.5인치인 널찍하고 느긋한 러시아 철로가 56.5인치짜리 유럽 표준으로 바뀌었으며, 석탄이 자작나무 땔감을 대신했다.

기억의 머나먼 저편을 더듬어보면 파리로 가는 여정이 적어도 다섯 번은 떠오르는데, 최종 목적지는 리비에라 아니면 비아리츠였다. 그중 이제부터 언급하고자 하는 1909년의 여정에서, 우리 일행은 열한 명의 사람과 닥스훈트 한 마리로 이뤄져 있었다. 장갑을 끼고 여행용 모자를 쓴 아버지는 우리의 남자 가정교사와 함께 쓰는 객실에 앉아 책을 읽고 있었다. 그들의 방과 세면실을 사이에 두고 남동생과 내가 쓰는 방이 있었다. 어머니와 하녀 나타샤는 우리 옆방을 썼다. 그 옆방에는 두 여동생과, 그들의 영국인 가정교사 러빙턴 양, 러시아인 보모가 있었다. 우리 일행 중 짝이 맞지 않았던 사람은 아버지의 시종 오시프 (10년 후 그는 우리집 자전거를 국가에 넘기지 않고 사사로이 썼다는 혐의로 융통성 없는 볼세비키들에게 총살당했다)로, 그는 낯선 사람과 한방을 썼다.

역사적으로 그리고 예술적으로 봤을 때, 그해의 서막을 연 것은 『펀치Punch』에 실린 한 정치 만화였다. 머리에 메시나의 벽돌 한 장을 인 이탈리아 여신 위로 영국 여신이 몸을 숙이고 있는 그림이었고, 아마 지진에서 영감을 받은 그 어떤 그림보다도 형편없는 그림일 것이다.*
그해 4월 피어리가 북극점에 도달했다. 5월에는 샬랴핀이 파리에서 노래를 불렀다. 6월에는 개량된 신형 체펠린 비행선에 관한 소문에 시달린 미국 전쟁부가 해군 항공대 편성 계획을 공표했다. 7월에는 블레리오가 칼레에서 도버까지 비행에 성공했다(길을 잃어 작은 원을 한 바퀴 더 그리기는 했지만). 이제 때는 8월 말이었다. 러시아 북서부의 전나무숲과 습지가 쏜살같이 스쳐지나가더니, 다음날 독일의 소나무숲과 히스 덤불에 자리를 내줬다.

어머니와 나는 접이식 탁자 앞에 앉아 **두라치키**라는 카드게임을 했다. 아직 환한 대낮이었지만, 카드와 유리잔과 다른 벽면에 세워둔 여행 가방의 자물쇠가 창문에 비쳤다. 숲과 들판을 지나며, 갑작스레 나타난 골짜기에서, 또 종종걸음치는 오두막들 사이에서, 육체가 없는 도박꾼들은 영원히 반짝거리는 판돈을 걸고서 끊임없이 게임을 했다. 아주 길고 긴 게임이었다. 회색빛 겨울 아침, 밝은 호텔방 거울 속에서 나는 이제 일흔 살이란 나이를 먹어버린 여행가방, 그때와 같은 바로 그 가방의 빛나는 자물쇠를 보고 있다. 돼지가죽으로 만들어 높이와 무게가 제법 있는 이 **여행 필수품**에는, 두꺼운 은색 실로 'H. N.'이라는 글자가 그와 비슷한 은색 왕관 장식 아래 정교하게 수놓아져 있었으며, 1897년 어머니가 피렌체로 신혼여행을 갈 때 구입한 것이었다. 이 가방은 1917년 상트페테르부르크에서 크림반도를 거쳐 런던까지 한 줌의 보석을 운반했다. 1930년 무렵 크리스털과 은으로 된 값비싼 부속들은 전당포에 잡혔고, 뚜껑 안쪽에 교묘하게 고안된 가죽 홀더들만 덩그러니 남았다. 하지만 이 손실은 그후 30년 동안 나와 함께 여행

하면서 충분히 만회됐다. 프라하에서 파리로, 생나제르에서 뉴욕으로, 그리고 46개 주州에 걸쳐 2백 개가 넘는 모텔방과 임대주택의 거울들을 지나면서. 우리의 러시아적 유산 가운데 가장 끈질긴 생존자가 여행가방이라는 사실은 논리적이면서도 상징적이다.

"Ne budet-li, ti ved' ustal(이제 그만할까, 피곤하지 않니?)" 어머니는 그렇게 물었고, 천천히 카드를 섞으며 생각에 잠겨 있었다. 객실 문이 열려 있어 복도의 창문이 보였다. 밖에서는 전선―가느다란 여섯 개의 검은 선―이 전신주를 만날 때마다 번개 같은 타격을 받으면서도 최선을 다해 비스듬히 하늘로 오르고 있었다. 그러나 애처롭게도 의기양양하게 휙 올라간 여섯 전선 모두가 창문 꼭대기에 닿을라치면, 특히나 매서운 일격이 그것들을 때려눕혔고, 그것들은 가장 낮은 곳에서 다시 처음부터 시작해야 했다.

그런 여행 도중, 독일의 큰 마을을 지날 때 기차가 속도를 늦추고 품위 있는 걸음걸이로 집들이며 상점 간판들 앞을 스치듯 지나가면, 나는 종착역에서는 맛볼 수 없는 두 배의 흥분을 느끼곤 했다. 나는 도시가 장난감 같은 전차, 보리수나무, 벽돌들과 함께 객차 안으로 들어와, 거울과 어울려 놀다가 복도 옆 창문을 가장자리까지 가득 채우는 것을 보았다. 기차와 도시의 이런 격식 없는 접촉이 내가 느끼는 전율의 한쪽이었다. 다른 한쪽은, 나 자신을 한 사람의 행인, 길고 낭만적인 적갈색 차량을 보며 나처럼 감동하는 사람으로 상상하는 것이었다. 차량과 차량 사이에 박쥐 날개처럼 까만 연결막을 달고 낮은 태양 아래 구릿빛 금속 글자를 빛내는 열차는, 일상적인 주요 도로를 지나는 철교를 서두르지 않고 넘어갔다. 마지막으로 집들이 모여 있는 곳에서 열차가 모퉁이를 돌면, 갑자기 모든 창문이 빛에 휩싸이면서 활활 타오르는 것 같았다.

이러한 시각적 융합에는 문제점도 있었다. 창문이 넓은 식당차의 경우, 아직 따지 않은 생수병, 주교의 관冠 모양으로 접은 냅킨, 가짜 초콜릿 바(카이예, 콜러 등등 그 포장지를 벗겨내면 나무토막뿐이었다)가 있는 풍경은, 처음엔 줄지어 흔들거리는 파란 복도 너머의 시원한 안식처 같아 보였다. 그러나 식사가 운명의 마지막 코스를 향해 갈수록, 가득찬 쟁반을 든 곡예사가 마찬가지로 가득찬 쟁반을 든 다른 곡예사에게 길을 터주려고 우리 식탁에 몸을 기대오는 모습이 점점 더 아슬아슬해졌다. 나는 열차가 풍경 속으로 무모하게 돌진하는 것을, 비틀대는 웨이터를 비롯한 온갖 것들을 계속 보았으며, 그 풍경 자체도 복잡한 체계를 따라 움직이고 있었다. 낮달은 기를 쓰고 접시와 어깨를 나란히 했고, 먼 초원은 부채꼴로 펼쳐졌고, 가까운 나무들은 보이지 않는 그네를 탄 듯 철로 쪽으로 휙 올라왔고, 평행하던 철로는 합류 지점에서 순식간에 합쳐져 자살했고, 눈꺼풀처럼 깜박거리는 풀언덕은 오르고, 오르고, 또 올라, 마침내 서로 다른 속도가 뒤섞이는 것을 보게 된 작은 목격자는 **딸기잼 곁들인 오믈렛**을 토하고 말았다.

그러나 **유럽 대大급행 국제선 침대차**가 이름 그대로 신비로운 마법을 발휘하는 것은 밤이었다. 반쯤 어두워진 객실 안, 남동생의 침대 아래 내 침대에서 (동생은 잠들어 있었을까? 애초에 거기 있긴 했을까?) 나는 사물과 사물의 일부들, 그림자와 그림자의 부분들이 조심스럽게 이리저리 움직이지만 어디도 가지 못하는 모습을 지켜봤다. 나무로 된 곳들이 부드럽게 삐걱거리고 딱딱거렸다. 화장실로 통하는 문 근처에는 어렴풋한 옷의 형상이 못에 걸려 있었고, 그보다 더 높은 곳에서는 파란색 두껍질조개 모양을 한 상야등常夜燈의 장식 술이 리듬감 있게 흔들거렸다. 밖에서는 알 수 없는 어둠이 불꽃을 튀기며 질주하고 있음이 확실했기에, 이렇게 두건을 쓴 듯 은밀하고 주춤거리는 움직임을 그 사나운 돌진과 연관짓기 어려웠다.

나는 기관사와 자신을 동일시하는 간단한 행위로 잠을 청하곤 했다. 모든 것을 말끔히 처리해놓으면 이내 졸음 섞인 편안함이 혈관으로 스며들었다. 태평한 승객들은 자기 방에서 나의 운전을 즐기며, 담배를 피우고 다 안다는 듯한 미소를 주고받으면서 고개를 끄덕이거나 조는 중이었다. 웨이터들과 요리사들과 차장들(나는 그들을 어딘가에 배치해야만 했다)은 식당차에서 술판을 벌이고 있었다. 보안경을 쓰고 그을음투성이가 된 나 자신은 기관실 밖으로 고개를 내밀어 점점 가늘어지는 철로를, 칠흑 속 저 멀리 루비 또는 에메랄드처럼 보이는 한 지점을 뚫어져라 바라보고 있었다. 그러다 잠이 찾아오면, 전혀 다른 것들, 그랜드피아노 밑을 굴러다니는 유리구슬이라든지, 옆으로 쓰러졌지만 아직도 맹렬히 바퀴가 돌아가고 있는 장난감 기차 따위를 보곤 했다.

때로는 기차의 속도 변화가 내 잠의 흐름을 끊었다. 느린 불빛들이 살금살금 지나가고 있었다. 스쳐가는 각각의 불빛이 열차의 같은 틈새를 들여다보고, 뒤이어 빛나는 컴퍼스로 그림자를 측정했다. 곧 웨스팅하우스* 특유의 길게 끄는 한숨소리와 함께 열차가 멈춰 섰다. 위에서 무엇인가(다음날 남동생의 안경이었음이 밝혀졌다)가 떨어졌다. 침

---

* 미국의 전기회사.

구를 끌며 침대 발치로 몸을 옮겨, 위층 침대 모서리에 걸려 절반밖에 올라가지 않는 창문 블라인드의 고리를 조심스럽게 풀어내는 것은 굉장히 신나는 일이었다.

목성 주위를 도는 위성들처럼, 창백한 나방들이 외로운 등불 주위를 맴돌았다. 흩어진 신문이 벤치 위에서 팔락거렸다. 열차 어딘가에서 숨죽인 목소리와 누군가의 편안한 기침소리가 들려왔다. 눈앞에 보이는 역 플랫폼의 일부에는 딱히 흥미로운 구석이 없었지만, 나는 그것이 저절로 멀어질 때까지 시선을 돌릴 수가 없었다.

다음날 아침, 굽어진 도랑을 따라 못생긴 버드나무가 늘어서 있거나, 멀리 미루나무가 줄지어 서 있는 촉촉한 들판을 유백색 안개가 가로지르는 것으로 봐서 벨기에를 지나고 있음을 알 수 있었다. 파리에 도착한 것은 오후 네시였고, 머무는 것은 단지 하룻밤이었으나, 다음날 정오 남방 급행열차에 타기 전까지 무엇인가—이를테면 대충 은색으로 칠한 작은 놋쇠 **에펠탑** 같은 것—를 살 시간은 늘 있었다. 마드리드로 가는 남방 급행열차는 밤 열시경 스페인 국경으로부터 몇 마일 떨어진 비아리츠의 라네그레스 역에 우리를 내려줬다.

2

당시 비아리츠는 그 본래의 모습을 아직 지니고 있었다. 우리 별장으로 가는 길을 따라 흐릿한 색의 블랙베리 덤불과 잡초 우거진 **토지 매물들**이 있었다. 카를통호텔은 아직 건축중이었다. 새뮤얼 매크로스키 준장*이 궁전 터에 세워진 오텔뒤팔레**의 로열 스위트에 묵는 것은 36년 뒤의 일이고, 60년대 그곳에서는 믿을 수 없을 만큼 기민한 영매였던 대니얼 홈이 외제니 황후의 친절하고 신뢰에 찬 얼굴을 맨발로 (유령의 손을 흉내내) 쓰다듬다 발각됐다는 이야기가 전해 내려온다. 카지노 근처 산책로에서는 꽃을 파는 나이든 여자가 숯으로 눈썹을 그린 화장한 얼굴로 웃어 보이며, 길 가다 붙들린 산책자의 단춧구멍에 통통한 카네이션 꽃받침을 재빨리 끼워넣었고, 수줍게 꽂힌 꽃을 내려다보는 그의 왼쪽 턱에서는 풍성하게 접힌 주름이 도드라져 보였다.

덤불을 탐색중인 풍부한 색조의 참나무솔나방들은 우리 지역에서 보던 것과 전혀 달랐으며(어차피 참나무에서 번식하지도 않았다), 뱀눈나비 역시 숲이 아니라 산울타리를 들락거렸고, 옅은 노란색이 아니라 황갈색 점이 있었다.*** 나른하게 정원에서 날갯짓을 하던 클레오파트라는 열대풍 외모에 레몬색과 오렌지색이 섞인 멧노랑나비로, 1907년에 인기 절정이었고 그때도 여전히 반가운 채집 대상이었다.

해변 뒤편으로 줄지어 있는 다양한 모양의 바닷가용 의자와 등받이 없는 의자에는 부모들이 앉아 있었고, 밀짚모자를 쓴 아이들은 앞쪽 모래사장에서 놀고 있었다. 무릎을 꿇고, 우연히 발견한 빗에 돋보기로 불을 붙이려 애쓰는 내 모습이 보인다. 남자들이 뽐내고 있는 흰 바

---

* 1945년 미군은 군인 재교육 등을 위해 국외 대학 설립을 추진했으며, 비아리츠에서의 책임자가 매크로스키였다.

** Hôtel du Palais. 나폴레옹 3세와 외제니 황후가 사용하던 궁전으로, 빌라 외제니라고 불리다가 1893년 호텔로 바뀌었다.

*** 참나무솔나방과 뱀눈나비는 영어로 각각 'Oak Eggar'와 'Speckled Wood'이며, 그 이름에 대한 농담이다.

지는 요즘 눈으로 보면 마치 세탁하다 줄어든 듯 우스꽝스럽다. 그 계절에 여자들은 비단 옷깃을 단 가벼운 윗옷을 입었고, 춤이 높고 챙이 넓은 모자와 자수가 빼곡한 흰 베일을 썼으며, 앞쪽에 프릴이 달린 블라우스를 입었고, 손목과 양산에도 프릴을 달았다. 산들바람이 입술에 소금기를 남겼다. 길 잃은 구름노랑나비 한 마리가 고동치는 **해변**을 엄청난 속도로 가로질러 날아왔다.

거기에 움직임과 소리를 보태는 것은 행상인들로, 그들은 **땅콩**, 제비꽃 설탕 절임, 환상적인 녹색의 피스타치오 아이스크림, 알사탕, 그리고 빨간 통에서 꺼낸 바삭바삭하고 울퉁불퉁한 웨이퍼*의 커다랗고 볼록한 조각 등을 팔았다. 나중에 아무리 다른 것을 겹쳐도 흐려지지 않는 선명한 이미지가 있다. 굽은 등에 무거운 통을 짊어진 과자장수가 깊고 푸슬푸슬한 모래를 다지듯 밟으며 걸어가는 모습이다. 불러 세우면 그는 어깨에 매달려 있는 끈을 풀어서 통을 피사의 탑처럼 모래 위에 턱 세워놓은 다음 소매로 얼굴을 닦았고, 이어 통 뚜껑에 있는 화살 달린 숫자판을 조작하기 시작했다. 화살이 날카로운 소리를 내며 돌아갔다. 1수**를 내고 얼마나 큰 조각의 웨이퍼를 얻을 것인지는 운에 달렸다. 큰 조각을 맞힐수록, 나는 그에게 더 미안했다.

수영하는 절차는 해변의 다른 구역에서 진행됐다. 수영 전문가인 검은 수영복 차림의 튼튼한 바스크 사람들은 여자들과 아이들이 파도타기의 스릴을 즐길 수 있도록 도와줬다. 그런 **수영 도우미**는 **고객**이 밀려오는 파도를 등지게 했고, 높이 소용돌이치는 거품투성이 푸른 물이

---

* 얇고 바삭하게 구운 과자의 일종.
** 20분의 1프랑에 해당하는 동전.

뒤에서 맹렬하게 쏟아지며 고객을 거세게 후려쳐 쓰러트릴 때 손을 잡
고 넘어지지 않게 붙들어줬다. 바다표범처럼 번들거리는 **수영 도우미**
는 이런 재주넘기를 열 번 남짓 반복한 뒤에야, 숨을 헐떡거리고 와들
와들 떨며 코를 훌쩍이고 있는 자신의 고객을 육지 쪽 평탄한 해안가
로 내보냈다. 그곳에서는 턱에 잿빛 수염이 난 잊을 수 없는 모습의 노
파가 빨랫줄에 걸린 해변용 가운들 중 하나를 재빨리 골라 건네줬다.
안락하고 작은 탈의실 안으로 들어가면, 또다른 도우미 한 명이 흠뻑
젖은데다 모래로 무거워진 수영복 벗는 일을 도와줄 터였다. 벗겨낸 수
영복이 널판 위로 툭 떨어졌고, 고객은 여전히 떨면서 발을 빼내 헝클어
진 푸르스름한 줄무늬 수영복을 밟고 지나갔다. 탈의실에서는 소나무 냄
새가 났다. 주름진 얼굴로 웃는 등이 굽은 안내원이 뜨거운 물이 담긴 대
야를 가져와 발을 담그게 했다. 그에게서 나는 바스크어로 '나비'가 **미
세리콜레테아**라는 것을 배웠고, 그것을 그날 이후 내 기억의 유리琉璃
세포 속에 간직해왔다―적어도 내 귀에는 그렇게 들렸다(사전에서 찾
은 일곱 개의 단어 가운데 가장 비슷한 것은 **미첼레테아다**).*

3

해변에서 더 어두운 갈색이고 더 젖어 있던 쪽은 썰물 때 성城을 쌓
기에 가장 좋은 진흙을 제공했다. 하루는 그곳에서 콜레트라는 프랑스

---

* 실제로 나비를 뜻하는 바스크어는 치멜레타(tximeleta)이다.

소녀와 나란히 앉아 땅을 파고 있었다.

그녀는 11월이면 열 살이 된다고 했고, 나는 4월에 이미 열 살이 된 터였다. 그녀가 볼이 좁고 발가락이 긴 맨발로 밟았던, 보라색 홍합 껍데기의 깔쭉깔쭉한 조각에 주의가 쏠렸다. 아니, 나는 영국인이 아니야. 이목구비가 또렷한 얼굴에는 주근깨가 넘쳐나서 초록빛이 감도는 그녀의 눈까지도 얼룩덜룩해 보였다. 그녀는 요즘엔 놀이옷playsuit이라 불리는, 롤업 소매가 달린 파란 저지 셔츠와 파란 니트 반바지를 입고 있었다. 나는 처음에 콜레트가 남자아이인 줄 알았다가, 가느다란 손목의 팔찌와 선원모 아래로 달랑거리는 갈색 나선형 머리카락을 보고 당황했었다.

그녀는 가정교사가 쓰는 영어와 파리 토박이 프랑스어를 섞어 썼으며, 마치 새가 지저귀듯이 빠르게 말했다. 2년 전 같은 **해변**에서 나는 지나라는 아이에게 강하게 끌렸었다. 지나는 세르비아 자연요법 전문가의 딸로, 귀엽고, 햇볕에 그을렸으며, 성질이 고약한 아이였다. 내 기억에 (지나와 나는 그때 겨우 여덟 살이었으니 터무니없는 소리 같지만) 그녀의 심장 바로 아래 살굿빛 피부에는 **점**이 하나 있었다. 어느 이른아침 나는 지나의 가족이 머무는 하숙집에 들렀다가, 가득찬 것과 반쯤 찬 것이 섞여 있고 하나는 표면에 거품까지 뜬 요강들이 현관 바닥에 모여 있는 오싹한 풍경을 봤다. 옷을 갈아입고 있던 지나는 고양이가 발견했다는 죽은 꼬리박각시나방을 내게 건네줬다. 그러나 콜레트를 만나자마자, 나는 이번이야말로 진짜라는 것을 알아차렸다. 콜레트에겐 내가 비아리츠에서 우연히 만났던 어떤 놀이친구와도 확연히 다른 구석이 있는 듯했다! 왠지 그녀가 나보다 덜 행복하며 덜 사랑받고 있다는 느낌이 들었다. 그녀의 가녀리고 솜털이 보송보송한 팔뚝 위에 든 멍은 끔찍한 상상을 불렀다. "저놈은 우리 엄마만큼 세게 꼬집는다니까." 그녀는 게를 가지고 놀면서 그렇게 말했다. 누군가 내 어머니에게 어깨를 으쓱하며 '**파리의 부르주아들**'이라고 했던 콜레트의 부모로부터 콜레트를 구해내기 위해 나는 다양한 작전을 짰다. 그들이 파리에서부터 여기까지 파란색과 노란색이 섞인 리무진(당시 유행하던 모험이었다)을 타고 왔으면서, 콜레트와 그녀의 개와 가정교사는 시시한 일반 열차 침대칸에 태워 보냈다는 사실을 알고 나서, 나는 그 표현에 담긴 경멸을 내 나름대로 해석했다. 콜레트의 개는 목줄에 방울을 단 암컷 폭스테리어였고, 꼬리를 심하게 흔들어댔다. 개는 신이 나서 콜레트의 장난감 양동이에 들어 있는 소금물을 샅샅이 핥아먹곤 했다. 양동이에 그려져 있던 돛단배와 석양과 등대는 기억나지만, 그 개의 이름은 기억나지 않아 신경이 쓰인다.

비아리츠에 머무는 두 달 동안, 콜레트를 향한 나의 열정은 클레오파트라를 향한 열정을 능가할 지경이었다. 우리 부모님이 그녀의 부모님을 그리 만나고 싶어하지 않았기에, 나는 그녀를 해변에서만 볼 수 있었다. 그렇지만 줄곧 그녀를 생각했다. 그녀가 울었다는 것을 눈치채면, 어찌할 도리 없이 괴로워져서 내 눈에도 눈물이 차올랐다. 그녀의 가녀린 목에 자국을 남긴 모기들을 퇴치할 수는 없었지만, 그녀에게 무례하게 군 빨간 머리 남자아이와는 주먹싸움을 해서 이길 수 있었고, 실제로 그렇게 했다. 그녀는 내게 따뜻한 손 한가득 딱딱한 사탕을 몇 움큼씩 주곤 했다. 하루는 둘이 함께 몸을 숙이고 불가사리를 관찰하고 있을 때, 콜레트의 곱슬머리가 내 귀를 간질였고, 그녀가 불쑥 몸을 돌려 내 뺨에 입을 맞췄다. 너무나 벅찬 나머지, 내가 생각해낸 말은 고작 '이 귀여운 원숭이'였다.

나는 가지고 있던 금화 한 닢을 도피 자금으로 쓸 수 있을 것이라 생각했다. 그녀를 어디로 데려가려고 했더라? 스페인? 미국? 포 너머의 산들? 오페라에서 들은 카르멘의 노래처럼, **'저기, 저기, 저 산속으로.'** 어느 이상한 밤, 나는 멀쩡히 깨어서 바다가 철썩이는 소리를 들으며 도주 계획을 짜고 있었다. 바다는 일어나 어둠 속을 더듬다가 얼굴을 박고 무겁게 쓰러지는 듯했다.

실제 우리의 도피 행각에 관해서는 할 이야기가 별로 없다. 내가 나비채를 접어 갈색 종이봉투에 넣는 동안, 펄럭이는 텐트가 바람을 막아주는 쪽에서 그녀가 밧줄로 바닥을 댄 캔버스화를 시키는 대로 차분하게 신고 있던 모습이 기억난다. 다음 장면은 우리가 카지노(물론 출입금지 구역이었다) 근처의 캄캄한 **영화관**으로 도망쳐 들어가는 것이다. 우리는 자리에 앉아, 콜레트의 무릎 위에서 이따금씩 부드러운 방울소리를 내는 개를 사이에 둔 채로 손을 잡고 있으며, 화면이 덜그럭거리고 비까지 내리지만 매우 흥미진진한 산세바스티안 투우를 보고 있다. 마지막 장면은 린데롭스키를 따라 산책로를 걷는 내 모습이다. 그는 긴 다리로 불길하게 척척 걸어가고 있으며, 팽팽한 피부 밑에서 험상궂은 턱 근육이 움직이는 것이 보인다. 그의 다른 쪽 손을 잡고 있는 안경 쓴 아홉 살배기 내 남동생은 쫄래쫄래 앞으로 걸어가면서, 마치 작은 부엉이처럼 경외어린 호기심으로 나를 쳐다본다.

비아리츠를 떠나기 전에 산 시시콜콜한 기념품들 가운데 내가 가장 좋아한 것은 검은 돌로 된 작은 황소도, 바닷소리가 들리는 조개껍데기도 아니라, 지금에 와서는 거의 상징적으로 보이기까지 하는 해포석海泡石 펜대로, 장식 부분에 크리스털로 된 아주 작은 엿보기 구멍이 있었다. 그것을 한쪽 눈에 바짝 대고 다른 쪽 눈을 찡그린 채 속눈썹의 떨림이 완전히 멈추기를 기다리면, 등대가 있는 곳까지 뻗어 있는 만灣과 절벽의 선이 자아내는 기적처럼 아름다운 풍경이 펼쳐졌다.

그리고 지금 막 즐거운 일이 일어난다. 그 펜대와 펜대의 작은 구멍 속 소우주를 되살려내는 과정이, 내 기억을 마지막으로 한 번 더 자극한 것이다. 나는 다시 콜레트의 개 이름을 떠올리려 애쓴다. 그러자 드디어, 저멀리 해변을 따라, 저녁나절 반짝이던 과거의 모래사장 위로, 발자국마다 석양빛 바닷물이 서서히 차오르며, 온다, 온다, 메아리치고 진동하면서. 플로스, 플로스, 플로스!

우리가 집으로 돌아가는 여정 도중 하루 일정으로 파리에 들렀을 때, 콜레트는 이미 그곳에 돌아와 있었다. 차갑고 파란 하늘 아래, 사슴 공원에서 나는 그녀를 마지막으로 보았다(우리의 선생들이 마련한 자리였던 듯하다). 콜레트는 굴렁쇠와 그것을 굴리는 짧은 막대를 들고 있었고, 그녀의 모든 것이 너무나 세련된 가을날의, 파리의, 그리고 **도시의 소녀 차림**이었다. 그녀는 가정교사에게서 설탕 입힌 아몬드 한 상자를 건네받아 작별 선물로 내 남동생 손에 쥐여줬고, 나는 그것이 나를 위한 선물임을 알았다. 이내 그녀가 떠났다. 빛나는 굴렁쇠를 가볍게 치며 빛과 그림자를 지나서, 내가 서 있는 곳 근처의 낙엽 가득한 분수대 주위를 돌고 돌아서. 낙엽은 내 기억 속에서 그녀의 신발과 장갑의 가죽에 뒤섞인다. 그녀의 차림새 어딘가에는(아마 스코틀랜드풍 모자에 달린 리본이나 스타킹의 무늬였을 것이다) 당시의 내게 유리구슬 속 무지개색 소용돌이를 떠올리게 한 뭔가가 있었음을 기억한다. 나는 여전히 그 무지개 다발을 들고서 그것이 어디에 들어맞는지 모르는 채로 서 있지만, 그녀는 더욱 빠르게 굴렁쇠를 굴리며 내 주위를 빙빙 돌더니, 마침내 낮은 아치형 울타리가 자갈길 위에 드리운 가느다란 그림자들 속으로 사라져간다.

8장

1

지금부터 슬라이드 몇 장을 보여주려고 하는데, 먼저 장소와 시점을 밝혀두겠다. 남동생과 나는 러시아제국의 수도인 상트페테르부르크에서 태어났으며, 남동생은 1900년 3월 중순에, 나는 그보다 열한 달 빨리 태어났다. 어린 시절 우리 곁에 있었던 영국인과 프랑스인 여자 가정교사들은, 대부분 수도의 대학원생들이고 러시아어를 구사하는 남자 가정교사들의 도움을 받다가 결국엔 그들에게 자리를 넘겨줬다. 1906년 무렵 시작된 이 개인 교습 시대는 거의 10년 가까이 지속됐고, 1911년부터의 고등학교 시절과도 겹친다. 가정교사들은 차례로 우리와 함께 살았다―겨울에는 상트페테르부르크의 우리집에서, 나머지 계절에는 도시로부터 50마일 떨어진 시골 영지나, 우리가 가을마다 종종 방문하던 외국의 휴양지에서. 내가 그 강인한 청년들 가운데 누구라도 지치게 만드는 시간은 길어야 3년이었다(이런 일은 내가 남동생보다 잘했다).

아버지는 매번 다른 계급이나 인종을 대표하는 가정교사를 고용해, 러시아제국을 휩쓸던 온갖 바람에 우리를 노출시키겠다는 영리한 생각을 해냈다. 완전히 의도적으로 세운 계획이었는지는 의심스럽지만, 돌이켜보면 그 흐름이 신기할 정도로 분명해지고, 그 가정교사들의 이미지는 마치 환등기幻燈機에 쓰는 것 같은 환한 기억의 원판 위에 나타난다.

1905년 여름 우리에게 러시아어 철자를 가르쳐준, 존경스럽고 잊을 수 없는 마을 학교 교장은 하루에 몇 시간만 방문했기에 사실 지금 다루는 이야기에는 속하지 않는다. 하지만 이 이야기의 시작과 끝을 연결하는 데 도움을 줄 것이다. 그에 대한 마지막 기억은, 1915년 부활절 방학에 나와 남동생과 아버지와 볼긴ㅡ최후이자 최악의 가정교사ㅡ이 우리 영지 주변 눈 덮인 시골의 거의 보랏빛을 띤 짙은 하늘 아래에서 스키를 탔던 때로 거슬러올라간다. 우리의 오랜 친구는 처마에 고드름이 매달린 학교 건물 안 자기 숙소로 우리를 초대해 간단한 식사를 하자고 했지만, 실제로는 공들여 계획된 정성스러운 식사였다. 나는 아직도 환하게 빛나던 그의 얼굴과, 아주 그럴듯하게 기쁜 척하며 요리(사워크림을 곁들인 산토끼 구이)를 반기는 아버지의 모습을 볼 수 있지만, 사실은 그것이 아버지가 아주 싫어하는 요리라는 걸 알고 있었다. 방안은 너무 더웠다. 내 스키 부츠는 방수가 제대로 되지 않아 눈 녹은 물에 젖어버렸다. 나는 눈부신 눈雪에 노출됐던 탓에 여전히 욱신대는 눈으로, 가까운 벽에 걸린 톨스토이의 소위 '타이포그래피를 활용한' 초상화를 해독하려 애썼다. 그것은 『이상한 나라의 앨리스』의 어느 페이지에 나오는 쥐의 꼬리처럼 전부 활자로 이뤄져 있었다. 톨스토이의 단편(「주인과 하인」) 전문이 작가의 수염 난 얼굴을 형성하고 있었는데, 우연히도 그 얼굴은 우리를 초대한 주최자의 얼굴을 약간 닮아 있었다. 우리가 막 그 불운한 산토끼에 덤벼들려던 순간, 문이 벌컥 열리더니 코가 파래진 하인 흐리스토포르가 들어왔다. 그는 여자들의 모직 머릿수건을 뒤집어쓰고 바보 같은 미소를 지으면서, 눈치 없는 우리 할머니(바토보에서 겨울을 보내고 있었다)가 교장 선생의 음식이 부실할까봐 보내온 음식이며 포도주가 든 커다란 점심 바구니를 내밀었다. 아버지는 주최자의 마음이 상하기 전에, 바구니를 손도 대지 않은 채로 돌려보냈다. 아버지가 바구니와 같이 보낸 간단한 메모는 아버지의 행동 대부분이 그랬듯 선의를 품었던 노부인을 당황시켰을 것이다. 흐르는 듯한 비단 가운을 입고 망사 장갑을 끼던 할머니는 살아 있는 사람이라기보다는 박물관의 유물 같았고, 삶의 대부분을 소파에 누워 상아 부채로 부채질하며 보냈다. **말랑말랑한 사탕** 한 상자나 아몬드 우유 한 잔, 그리고 한 시간에 한 번씩 커다란 분홍색 퍼프로 분을 바르는 데 필요한 손거울 하나가 늘 손 닿는 곳에 있었고, 아무리 분가루로 범벅이 되어도 광대뼈 위의 작은 점이 건포도 한 알처럼 드러나 보였다. 대체로 활기 없는 일상을 보냈음에도 매우 강건한 여성이었으며, 1년 내내 창문을 활짝 연 채 잠을 자려고 했다. 어느 날 아침, 밤새도록 눈보라가 몰아친 뒤에, 하녀가 침대와 몸 전체를 쓸고 지나간 반짝이는 한 겹의 눈 아래 잠들어 있는 할머니를 발견한 적도 있었는데, 그녀는 건강한 홍조를 띠고 단잠에 빠져 있었다. 만약 할머니가 사랑한 사람이 있다고 한다면, 그건 오직 막내딸 나데즈다 본 랴르랴르스키였을 것이다. 그녀는 1916년 막내딸을 위해 갑자기 바토보를 팔았다. 제국이 저물어가는 그런 시기에는 아무도 득을 볼 수 없는 거래였다. 그녀는 선조들이 차르를 섬기며 이어온 일종의 '찬란한' 경력을 재능 있는 아들이 코웃음치게 된 것은 어둠의 세력들이 꼬드긴 탓이라고 모든 친척에게 불평했다. 그녀가 특히 이해할 수 없었던 것은, 막대한 부에서 얻을 수 있는 모든 즐거움을 누려온 내 아버지가 자유주의자가 되어 그 즐거움을 스스로 위태롭게 했고, 혁명이 일어나는 데 일조해서, 결국은 그녀가 정확히 예견한 대로 빈털터리가 되었다는 것이었다.

2

우리의 철자 선생은 목수의 아들이었다. 이제부터 환등기로 보여줄 장면 가운데, 첫번째 슬라이드에는 우리가 오르도라고 불렀던 젊은 남자가 있다. 그는 그리스정교 부제副祭의 개화된 아들이었다. 1907년의 시원했던 여름날, 그는 S자 모양의 은 잠금쇠가 달린 바이런풍의 검정 망토를 걸치고 나와 내 남동생과 산책하고 있었다. 바토보의 깊은 숲 속 목매달린 남자의 유령이 나타난다는 시냇가에서, 오르도는 그곳을 지날 때마다 남동생과 내가 요청하던 다소 불경스러우면서도 우스꽝스러운 공연을 선보였다. 그는 고개를 숙인 채 흡혈귀처럼 섬뜩하게 망토를 펄럭이고 침울한 사시나무 주위를 천천히 껑충거리며 뛰어다

넜다. 어느 축축한 아침에 그는 그 의식을 하던 도중 담뱃갑을 떨어뜨렸고, 그것을 함께 찾던 나는 이 지역에서 보기 드문, 갓 우화한 물결박각시나방 두 마리를 발견했다. 벨벳처럼 부드럽고 자줏빛 감도는 회색을 띤 그 사랑스러운 생물체들은 조용히 교미중이었고, 친칠라 모피로 덮인 듯한 다리로 나무 밑둥의 풀잎에 붙어 있었다. 그해 가을 오르도는 우리와 함께 비아리츠로 갔다가, 몇 주 뒤 돌연 우리가 선물했던 질레트 안전 면도칼을 핀으로 꽂은 쪽지와 함께 베개 위에 남겨둔 채로 떠나갔다. 내 기억이 나 자신의 것인지 아니면 전해 들은 것인지 혼동하는 일은 거의 없으나, 다음의 경우는 다르다. 시간이 많이 흐른 뒤에도 회상에 젖은 어머니가 자신도 모르는 사이 불을 붙였던 일을 즐겁게 이야기하곤 했기 때문이다. 응접실로 들어가는 문이 열려 있었던 것이 기억나는 듯하다. 그곳, 마루 한가운데에는 오르도가, 우리의 오르도가 무릎을 꿇고 웅크린 채 두 손을 맞잡고 있으며, 그 앞에서 나의 젊고 아름다운 어머니는 아연한 모습이다. 내 마음속 시야의 가장자리로 오르도의 들썩이는 어깨를 감싼 낭만적인 망토가 떨리는 것을 본 듯도 한데, 그보다 오래전 일인 숲속에서 봤던 춤의 일부를 비아리츠 숙소의 침침한 방안으로 옮겨놓았을 가능성이 있다(그 방 창문 아래, 광장의 새끼줄을 둘러친 구역 안에서는 그 지역 비행사인 시기스몽 르주아외*가 거대한 커스터드색 기구를 부풀리고 있었다).

다음으로 온 사람은 우크라이나인으로, 짙은 콧수염과 빛나는 미소를 지닌 활기 넘치는 수학자였다. 그는 1907년에서 1908년 사이 겨울

---

* Sigismond Lejoyeux. 지크문트 프로이트(Sigmund Freud)의 이름을 바꾼 것으로 보인다. Freud는 독일어로 '즐거움', joyeux는 프랑스어로 '즐겁다'는 뜻.

에 우리와 함께 지냈다. 그에게도 여러 가지 특기가 있었는데, 그중에서도 동전을 사라지게 하는 마술이 특히 멋졌다. 동전을 종이 위에 올려놓고, 큰 컵을 씌우면 동전이 사라진다. 평범한 유리컵을 준비하라. 컵 입구에 둥근 종이조각을 깨끗이 붙여라. 종이에는 줄무늬가(혹은 다른 무늬라도) 있어야 한다—이것이 착시효과를 강화할 것이다. 비슷한 무늬가 있는 종이 위에 작은 동전 한 닢을 놓아라(20코페이카짜리 은화면 될 것이다). 컵으로 빠르게 동전을 덮으면서, 종이 두 장의 무늬가 잘 맞춰지도록 하라. 무늬의 일치는 자연의 경이로움 중 하나다. 자연의 경이로움은 그 어린 시절부터 나를 감동시키기 시작했다. 불쌍한 마법사는 휴일이었던 어느 일요일에 길에서 쓰러졌고, 경찰은 그를 다른 열 명가량의 술꾼과 함께 차가운 감방에 밀어넣었다. 사실 그는 심장질환을 앓고 있었으며 몇 년 후 결국 그것 때문에 죽었다.

다음 장면은 마치 화면이 거꾸로 뒤집힌 것처럼 보인다. 물구나무를 서고 있는 우리의 세번째 가정교사다. 그는 덩치가 크고 무서울 정도로 운동능력이 뛰어났던 라트비아인으로, 손으로 땅을 짚으며 걸어다니고, 엄청난 무게를 들어올리고, 덤벨로 저글링을 하며, 넓은 방안을 순식간에 군인들 한 부대만큼의 땀냄새로 가득 채울 수 있었다. 그는 내가 사소한 잘못(예를 들면 그가 아래층으로 내려갈 때 위쪽 층계참에서, 그 잘생기고 단단해 보이는 머리 위로 유리구슬을 떨어뜨렸던 일이 기억난다)을 저질러 벌을 줘야겠다고 생각하면, 자신과 내가 권투 장갑을 끼고 짧은 스파링을 벌인다는 놀라운 교수법을 채택했다. 그러고는 내 얼굴을 향해 아주 정확한 펀치를 날리는 것이었다. 비록 나는 '사랑할수록 회초리를 드는 법'이라는 속담을 2백 번씩 쓰게 해서 손에 쥐가 나게 만들던 마드무아젤의 **벌과**罰課보다는 차라리 이런 벌을 선호했으나, 폭풍 같은 한 달을 보내고 떠나간 그 선량한 남자를 그리워한 일은 없었다.

그다음은 폴란드인이었다. 그는 잘생긴 의대생으로, 촉촉한 갈색 눈동자와 윤기 있는 머리카락을 지니고 있었다. 프랑스의 인기 희극 영화배우 막스 랭데르를 닮았었다. 막스는 1908년부터 1910년까지 우리와 함께 지냈으며, 상트페테르부르크의 어느 겨울날 일상적인 아침 산책을 하다가 갑작스러운 소동이 벌어졌을 때 나를 감탄시켰다. 사납고 우둔한 얼굴의 카자크들이 채찍을 휘둘러, 콧김을 뿜으며 날뛰는 조랑말들을 흥분한 군중 쪽으로 몰아가고 있었다. 수많은 모자와 적어도 세 짝의 고무덧신이 눈 위에 시커멓게 흩어져 있었다. 잠시 카자크들 중 한 명이 우리 쪽으로 오는 듯하자, 막스가 안주머니에서 작은 자동 권총을 반쯤 꺼내 드는 것이 보였고, 나는 즉시 그 권총에 반해버렸다─그러나 아쉽게도 소동은 가라앉았다. 그는 한 번인가 두 번 우리를 데리고 자신의 형제를 만나러 갔는데, 그 사람은 수척하고 아주 저명한 가톨릭 사제였다. 그의 창백한 손이 우리 작은 그리스정교도들의 머리 위를 무심히 떠다니는 동안, 막스는 그와 쉬쉬 소리가 나는 폴란드어로 정치나 가족 문제들을 논의했다. 나는 어느 여름날 시골에서 내 아버지가 막스와 사격 시합을 하던 모습을 떠올려본다. 그들의 총알은 우리 영지의 숲속 녹슨 '사냥 금지' 표지판을 벌집처럼 만들어버렸다. 이 유쾌한 막스는 원기 왕성한 사나이였으므로, 내가 축구를 하자거나 강으로 멱을 감으러 가자고 제안했을 때 그가 편두통 핑계를 대며 시큰둥하게 거절하면 당황스러웠다. 지금은 그해 여름 막스가

10마일쯤 떨어진 곳에 영지를 소유했던 유부녀와 그렇고 그런 관계였다는 사실을 알고 있다. 낮 동안 짬이 날 때 그는 슬쩍 개사육장으로 가서 사슬에 묶인 경비견들에게 먹이를 주고 달래놓았다. 밤 열한시가 되면 개들이 사슬에서 풀려나 집 주위를 돌아다녔기에, 깊은 밤 빠져나가 관목숲으로 가려면 개들과 마주쳐야 했던 것이다. 그곳에 같은 편인 아버지의 폴란드인 시종이 몰래 자전거를 준비해뒀는데, 엄지손가락 벨, 펌프, 갈색 가죽으로 된 도구 상자, 심지어 바지 클립까지 갖춰진 상태였다. 조바심이 난 막스는 구덩이가 팬 흙길과 울퉁불퉁한 숲길을 지나 멀찍이 떨어진 밀회 장소, 우아한 불륜의 위대한 전통에 걸맞은 사냥 오두막으로 향했다. 서늘한 새벽 안개와 머리 나쁜 그레이트데인 네 마리가 자전거를 타고 돌아오는 그를 맞이했고, 그렇게 아침 여덟시가 되면 새로운 하루가 시작됐다. 그해(1909년) 가을 막스는 밤마다 향연이 펼쳐지던 무대를 벗어나 비아리츠로 가는 우리의 두번째 여행에 동참했는데, 그것이 그에게 일종의 안도감을 주지 않았을까 싶다. 경건하게 참회하며, 그는 이틀 휴가를 내서 루르드를 방문했는데, **해변**에서 내가 가장 좋아하는 놀이 친구였던 콜레트의 가정교사이자 예쁘고 자유분방한 아일랜드 여자가 동행했다. 막스는 이듬해 우리를 떠나 상트페테르부르크 어느 병원의 방사선과에 일자리를 구했고, 훗날 두 번의 세계대전 사이에 폴란드에서 꽤 유명한 의사가 되었다고 들었다.

가톨릭 뒤에는 프로테스탄트가 왔다―유대인 혈통을 지닌 루터교 신자였다. 여기서는 렌스키라는 이름으로 등장시켜야겠다. 1910년 말 남동생과 나는 그와 함께 독일에 갔다가 이듬해 1월 돌아와 상트페테르부르크에서 학교를 다니기 시작했고, 렌스키는 거의 3년 동안 머무르며 우리의 숙제를 도와줬다. 1905년 겨울부터 우리와 지내던 마드무아젤이 결국 러시아인들의 침략에 저항하기를 포기하고 로잔으로 돌아간 것도 바로 그가 재임할 때의 일이었다. 렌스키는 가난한 집에서 태어났고, 흑해 연안에 있는 고향의 **김나지움**을 졸업한 뒤 상트페테르부르크대학교 입학 허가를 받기 전까지 해변에서 조약돌을 주워 밝은 색으로 바다 풍경을 그린 다음 문진으로 팔아 돈을 마련했던 시절을 회상하길 좋아했다. 얼굴은 타원형에 분홍빛이었고, 테 없는 코안경 뒤로 속눈썹이 짧은 눈은 기묘하게 나안처럼 보였으며, 머리는 파르스름할 정도로 짧게 깎여 있었다. 우리는 그에 대한 세 가지 사실을 금세 알아챘다. 그가 훌륭한 선생이라는 사실. 유머 감각이 전혀 없다는 사실. 이전 가정교사들과는 대조적으로 우리가 보호해줘야 할 대상이라는 사실. 부모님이 주위에 있을 때 그가 느끼는 안도감은, 부모님이 없는 동안에 이모와 고모들이 들이닥치기라도 하면 언제든 깨질 수 있었다. 그들에게는 유대인 학살과 정부의 만행을 비난하는 아버지의 격렬한 글들이 단지 제멋대로인 귀족의 변덕에 지나지 않았고, 나는 종종 그들이 렌스키의 출생과 아버지의 '정신 나간 실험'을 두고 끔찍하다고 수군거리는 소리를 엿듣곤 했다. 그런 날이면 나는 그들에게 몹시 버릇없이 굴었으며, 화장실에 틀어박혀 뜨거운 눈물을 흘리곤 했다. 내가 렌스키를 특별히 좋아했던 것은 아니었다. 그의 건조한 목소리, 지나친 깔끔함, 특별한 천으로 안경을 계속 문질러 닦거나 특별한 도구로 손톱을 다듬는 버릇, 정확한 문법을 고집하는 말투에는 어딘가 불쾌한 구석이 있었다. 무엇보다 싫었던 것은 기상천외한 아침 습관이었을 것이다. 그는 가장 가까운 수도꼭지로 행진해서(침대에서 바로 나온 듯했지만 이미 신발을 신고 바지를 입은 상태였으며, 뒤로는 빨간 멜빵이 늘어져 있었고, 그물처럼 이상하게 생긴 조끼가 통통하고 털 많은 몸통을 감싸고 있었다) 분홍빛 얼굴과 푸른 머리, 뚱뚱한 목에 물을 끼얹은 뒤 기운차게 러시아식으로 코를 풀었다. 그런 다음 아까처럼 단호한 발걸음으로, 그러나 이번에는 물을 뚝뚝 떨어뜨리며 앞이 잘 안 보이는 상태가 되어 침실로 행진했는데, 그곳에는 비밀 장소에 감춰둔 신성불가침한 수건 세 장이 기다리고 있었다(덧붙여 말하자면, 그는 번역이 불가능한 러시아어로 너무나 **결벽한** 사람이었기에, 지폐나 난간을 만진 뒤엔 반드시 손을 씻었다).

그는 내 어머니에게 세르게이와 내가 작은 외국인, 괴물, 허세덩어리, **속물**이라 했고, 곤차로프, 그리고로비치, 코롤렌코, 스타뉴코비치, 마민-시비랴크, 그리고 그 밖의 (미국의 '지역 작가들'에 필적하는) 지루한 작가들에게 '병적으로 무관심하다'며 한탄했다. 또 그들의 작품은 '정상적인 소년들이라면 열광할 법한' 것이라고도 했다. 그가 부모님에게 두 아들로 하여금―그보다 어린 나머지 세 아이는 그의 관할이 아니었다―좀더 민주적인 삶의 방식을 따르게 하라고 충고했다는 것에 나도 모르게 짜증이 났다. 그가 말하는 민주적인 삶의 방식이란, 예를 든다면 베를린의 아들론호텔에서 인적 없는 시골길에 있는 울적한 펜션의 커다란 셋방으로 옮겨가는 것, 푹신한 카펫이 깔린 국제 급행열차 대신 끊임없이 들썩거리고 기울어지며 마룻바닥은 불결하고 담배 연기에 찌든 **일반 급행열차**를 타는 것이었다. 외국의 도시에 갔을 때, 그는 상트페테르부르크에서와 마찬가지로, 우리는 전혀 흥미를 느끼지 않는 상점의 물건들에 경탄하며 발길을 멈췄다. 결혼을 앞둔 상황인데도 봉급 말고는 아무 재산도 없었으므로, 실로 치밀하고 신중하게 살림 계획을 세우는 중이었다. 이따금 경솔한 충동이 낭비를 부추겨 그를 곤경에 빠뜨렸다. 어느 날 여성용 모자점 진열창 앞에서 선홍색 깃털장식 모자를 히죽이며 바라보는 누더기 차림의 노파를 보고 모자를 사 준 적이 있었는데, 그 여자를 떼어내느라 한동안 애를 먹었다. 자기 물건을 살 때는 신중에 신중을 기했다. 나와 남동생은 인내심을 가지고 그의 백일몽에 관한 상세한 이야기를 들어줬다. 렌스키는 아내와 살게 될 아늑하고 소박한 아파트를 머릿속으로 그리며 구석구석 설명했다. 가끔씩 그의 공상은 부풀어올랐다. 한번은 그 공상이 참을 수 없이 부르주아적인 골동품으로 유명했던 상트페테르부르크의 알렉산드르 상점에 있는 값비싼 천장 램프에 내려앉았다. 렌스키는 가게 사람들이 자신이 탐내는 물건을 알아채지 못하게 하려고, 직접 물건을 쳐다보지 않도록 조심하며 불필요한 주의를 끌지 않겠다는 맹세를 해야만 우릴 데려가겠다고 말했다. 그는 최대한 경계하면서 우리를 끔찍한 청동 문어 아래로 데려갔고, 그것이 탐나는 물건이라는 표시로 그르렁거리는 한숨을 내쉬었을 뿐이다. 우리에게 약혼자를 소개할 때에도 마찬가지로 운명이라는 괴물을 깨우지 않기 위해(그는 그 괴물이 자신에게 개인적인 원한을 품고 있다고 생각했다) 발끝으로 걷고 속삭이며 경계 태세를 취했다. 그의 약혼자는 작고 우아한 아가씨였는데, 눈동자는 겁먹은 가젤 같았고 검은 베일에는 상큼한 제비꽃냄새가 배어 있었다. 내 기억이 맞다면 우리는 그녀를 포츠다머슈트라세와, 우리 펜션이 있었던 낙엽 수북한 길인 프리바트슈트라세의 모퉁이에 있

는 약국 근처에서 만났다. 그는 우리에게 베를린에 자신의 약혼자가
와 있다는 사실을 부모님에게는 비밀로 해달라고 신신당부했고, 약국
진열창의 마네킹 기계는 면도하는 동작을 취했으며, 전차가 끼익 소리
를 내며 지나갔고, 막 눈이 내리기 시작했다.

3

이제 이 장의 중심 주제를 다룰 준비가 됐다. 이듬해 겨울 언젠가 렌
스키는 격주 일요일마다 상트페테르부르크의 집에서 교육적인 환등
상영회를 하겠다는 끔찍한 발상을 해냈다. 이를 통해 유익한 낭독에
삽화를 곁들여 보여주겠다면서 ('풍부하게'라고 말하며 그는 얇은 입
술로 입맛을 다셨다) 넋을 잃은 소년소녀들이 기억에 남는 경험을 공
유하게 될 것이라고 허황되게 믿었다. 게다가 그것은 우리의 지식 축
적에 보탬이 될 뿐만 아니라 남동생과 나를 사교적인 아이들로 만드는
데에도 도움이 될 것이라고 생각했다. 그는 뚱한 우리를 중심에 놓고
그 주위를 여러 겹으로 둘러쌀 아이들을 모집했다. 어쩌다 근처에 머
무르고 있던 또래 사촌들이 있었고, 매년 겨울 대체로 지겨운 파티들
에서 만나는 다양한 아이들, 몇몇 학교 친구들(그들은 아주 조용했는
데, 맙소사, 아무리 사소한 것이라도 기억하고 기록했다), 그리고 하인
들의 아이들이 있었다. 상냥하고 낙관적인 내 어머니에게 완전히 자유
로운 권한을 위임받은 그는 정교한 장치를 대여했고, 풀 죽은 얼굴의
대학생 한 명을 고용해서 조작을 맡겼다. 지금 돌이켜보면, 마음씨 따

뜻한 렌스키가, 다른 무엇보다도 무일푼인 자기 친구를 도우려 했다는 사실을 깨닫는다.

첫번째 낭독회를 나는 결코 잊지 못할 것이다. 렌스키는 레르몬토프의 서사시를 골라왔는데, 젊은 수도승이 캅카스의 수도원을 떠나 산중을 헤매는 모험 이야기였다. 레르몬토프의 시가 보통 그러하듯, 그 시 역시 평범한 서술에 신기루 효과를 절묘하게 결합한 것이었다. 상당히 긴 시였으나, 다소 단조로운 750행을 렌스키는 불과 네 장의 슬라이드 안에 아낌없이 펼쳐놓았다(다섯번째 슬라이드는 상영 직전 내가 실수로 망가뜨렸다).

화재 위험을 고려해서, 지금은 쓰이지 않는 육아실이 상영 장소로 선택됐다. 방 한쪽 구석에는 구릿빛으로 칠한 원통형 온수기가 놓여 있었고, 물갈퀴발이 달린 욕조에는 임시로 정숙하게 천을 씌웠다. 창가의 커튼은 꼭 닫혀서, 아래로 내려다보이는 마당과 자작나무 장작더미, 마구간이 있는 침침한 별관의 노란 벽을 가려주었다(별관 일부는 차량 두 대가 들어가는 차고로 개조됐다). 오래된 장롱과 두어 개의 트렁크를 치워버렸음에도 불구하고, 한쪽에 환등기를 설치하고 관객 스무 명가량(렌스키의 약혼자와 서너 명의 여자 가정교사들이 포함됐고, 마드무아젤과 그린우드 양은 없었다)을 위해 의자와 무릎방석, 긴 안락의자들을 배치하자 이 침울한 뒷방은 답답하고 붐비는 느낌을 주었다. 내 왼쪽 옆에는 유난히 산만한 여자 사촌이 앉았는데, 열한 살 정도 된 옅은 금발 소녀로, 이상한 나라의 앨리스 같은 긴 머리에 조가비처럼 분홍색을 띤 얼굴이었다. 내게 너무 바짝 붙어 앉아 있었기에, 그녀가 자기 로켓*을 만지작거리거나, 향기 나는 머리카락과 목덜미 사이에 손등을 집어넣거나, 레이스 드레스 아래로 비치는 노란 슬립의 바스락거리는 비단 속에서 무릎을 부딪치거나 하며 자리에서 움직일 때마다 그녀의 홀쭉한 엉덩이뼈가 내 것에 부딪히곤 했다. 오른쪽에는 아버지의 폴란드인 시종의 아들이 선원복을 입은 채 꼼짝도 하지 않고 앉아 있었다. 그는 차레비치와 놀랍도록 닮았고, 더욱 놀라운 우연의 일치로 그 역시 혈우병이라는 비극적인 병을 앓았기에, 1년에 몇 번 궁정 마차가 유명한 의사를 우리집으로 데려온 뒤 천천히 비스듬하게 내리는 눈 속에서 한참을 기다리고 또 기다렸다. 잿빛 눈송이들 중 가장 큰 것을 골라 그것이 (내다보고 있는 여닫이식 퇴창을 지나) 내려오는 모습을 눈으로 따라가보면, 눈송이가 다소 조잡하고 불규칙한 모양이라는 것과 떨면서 비행중이라는 것을 알아볼 수 있었으며, 그러는 동안 나는 꾸벅꾸벅 졸리고 지루해졌다.

불이 꺼졌다. 렌스키는 첫 구절을 시작했다.

때는 그리 오래지 않은 몇 년 전,
장소는 아름다운 아라그비강과 쿠라강이
자매처럼 정답게 포옹하며
만나 흐르는 곳, 바로 그곳에
수도원이 하나 서 있었네

수도원은 두 줄기 강과 함께 착실하게 등장한 뒤 마치 섬뜩한 최면

---

* 사진이나 머리카락 등을 넣어 목걸이로 착용하는 작은 장신구.

에 걸린 듯 그대로 남아 있었고(그 위로 제비 한 마리라도 스쳐갔더라면!) 약 2백 행이 흘러간 다음에야, 물항아리를 든 조지아의 아가씨처럼 생긴 존재에게 자리를 내줬다. 기사技師가 슬라이드를 빼면 그림은 특이한 떨림과 함께 화면에서 사라졌는데, 이때 비춰진 그림의 풍경이 확대될 뿐 아니라 그것이 사라지는 속도 또한 과장되는 듯했다. 그 밖에는 특별히 신기할 것이 없었다. 우리가 보게 되는 것은 레르몬토프의,

> 새벽의 영광 속에서
> 연기 피어오르는 제단처럼 솟은

낭만적인 산들 대신에 평범한 봉우리들일 뿐이었다. 그리고 젊은 수도승이 동료 은둔자에게 표범과 싸운 일을 들려주며,

> 오, 나의 무시무시한 모습!
> 내가 바로 야생의 대담한 표범
> 그의 타오르는 분노와 포효는 내 것이었네

이렇게 이야기하는 동안에, 내 뒤에서는 고양이가 우는 듯한 소리가 나직이 들려왔다. 아마도 나와 춤 수업을 함께 듣던 어린 르제부스키였거나 1, 2년 뒤에 폴터가이스트 현상*으로 이름을 알리게 되는 알렉니테, 혹은 내 사촌들 중 하나였을 것이다. 렌스키의 피리 소리 같은

---

* 집안에서 물건들이 저절로 날아다니는 괴현상.

목소리가 이어지는 동안, 서서히 나는 소수의 몇 사람—예민했던 학교 친구 사무엘 로소프정도였을 것이다—을 제외하고는 관객 대부분이 몰래 비웃고 있음을 알게 되었고, 나중에 나를 향한 온갖 모욕적인 말들을 견뎌야 할지도 모른다는 생각이 들었다. 나는 렌스키에게 몸이 떨릴 만큼 강렬한 연민을 느꼈다. 그의 면도한 머리 뒤통수에 진 흐릿한 주름, 그의 담력, 그가 든 지시봉의 초조한 움직임이 가엾게 느껴졌다. 그가 차가운 지시봉을 새끼 고양이의 앞발처럼 움직이며 화면에 너무 가까이 갖다대면, 때때로 그 위를 색들이 미끄러져 지나갔다. 뒤로 갈수록 상영은 참을 수 없을 정도로 지루해졌다. 기사가 네번째 슬라이드를 이미 사용한 슬라이드와 섞어버리는 바람에 찾지 못하고 당황하는 사이, 렌스키는 어둠 속에서 참을성 있게 기다렸고, 몇몇 관객은 하얗게 질린 화면 위로 손을 들어올려 검은 그림자들을 비추기 시작했으며, 이내 어느 상스럽고도 날쌘 소년(설마 나였을 수도 있을까—지킬인 나의 하이드 같은 존재?)이 발의 윤곽을 비추는 데 성공하자, 당연하게도 떠들썩한 경쟁이 시작됐다. 마침내 슬라이드를 찾아 화면 위로 비추자, 나는 아주 어린 시절의 여행에서 길고 캄캄한 생고타르 터널을 지나갔던 기억을, 우리가 탄 기차가 폭우 속에서 터널로 들어갔다가 터널을 빠져나왔을 때는 폭우가 그쳐 있었던 것을 떠올렸다. 그리고 그때,

스스로의 사랑스러움과 운좋음에 놀란
파란색, 초록색, 주황색의 무지개가
험한 바위산 너머에 걸려

거기 서 있던 가젤 한 마리를 잡았네

그날의 상영회와 그날 이후 더 많은 사람이 모이고 더 끔찍해진 일요일 오후의 상영회들 동안, 예전에 들은 적 있는 가족사가 내 뇌리를 떠나지 않았다는 말을 덧붙여야겠다. 80년대 초, 내 외할아버지인 이반 루카비시니코프는 아들들을 위해 마땅한 사립학교를 찾지 못하자, 직접 상트페테르부르크 자택(해군 부두 10번지)에 학원을 설립했다. 그는 최고 수준의 교수를 열 명가량 고용하고, 여러 학기 동안 무상 교육을 지원한다며 많은 소년을 불러모았다. 이 모험적인 사업은 성공하지 못했다. 그가 자기 아들들과 교제하기를 바랐던 친구의 아들들은 고분고분 들어오지 않았고, 끌어들인 소년들은 대개 실망을 안겼다. 내가 그려낸 외할아버지의 특히 불쾌한 이미지는, 자신의 완고한 목적을 이루기 위해 여러 학교를 탐방하면서 슬프고도 기묘한 눈, 사진으로 봐와서 너무나 익숙한 그 눈으로 가장 공부 잘하는 소년들 중에서 가장 잘생긴 소년들을 찾아내려 하는 모습이다. 실제로 그는 두 아들의 친구를 모으기 위해 가난한 부모들에게 학비를 대주기도 했다. 우리 가정교사의 순진한 슬라이드 쇼는 루카비시니코프의 호화판과는 거리가 멀었지만, 내 머릿속에서 두 사업이 연결되어 떠오르니, 렌스키의 따분한 바보짓을 참아내기가 어려웠다. 그러므로 세 번의 상영(푸시킨의 「청동 기마상」, 「돈키호테」, 그리고 「아프리카, 기적의 땅」) 이후 내 필사적인 탄원을 받아들인 어머니가 전부 중단시켰을 때에는 무척 기뻤다.

지금 생각해보면, 축축한 리넨(습기가 있어야 그림이 더 풍성하게 피어난다고들 했다) 화면 위에 영사된 그 젤리 같은 그림들은 얼마나 싸구려 같고 과장되어 보였던지. 그러나 한편, 유리 슬라이드를 손가락으로 집어 들고 불빛에 비춰보기만 해도 얼마나 사랑스러웠던지— 투명한 미니어처, 주머니 속 이상한 나라, 조용히 빛을 내뿜는 색채들의 작고 단정한 세계였다! 세월이 흘러 나는 현미경의 마법 같은 경통 안 빛나는 바닥에서 그와 똑같이 정밀하고 고요한 아름다움을 다시 발견했다. 영사를 위해 제작된 슬라이드의 유리에는 축소된 풍경이 담겨 있었고, 이것은 공상에 불을 붙였다. 현미경 아래에서는 곤충의 기관이 냉정한 연구를 위해 확대됐다. 아마도 이 세계의 크기라는 척도에는, 상상력과 지식이 만나는 미묘한 지점이 있는 듯하다. 커다란 것을 축소하고 작은 것을 확대해서 다다를 수 있는 그 지점은, 본질적으로 예술적이다.

4

렌스키가 얼마나 다재다능한 사람이었는지, 또 우리의 학교 공부에 관해 어떤 것이든 얼마나 자세히 설명해줬는지를 생각해보면, 그가 대학에서 끊임없이 고생했다는 것은 믿기지 않는 일이었다. 결국 밝혀진 원인은, 그가 그토록 고집스럽게 몰두했던 경제와 정치 문제들에 전혀 소질이 없었다는 것이었다. 그가 가장 중요한 기말시험을 앞두고 안절부절못하던 모습이 떠오른다. 나도 그만큼이나 걱정이 되었고, 다가오는 시험 직전, 렌스키의 긴급한 요청에 의해 아버지가 샤를 지드의 『정치경제학 원리』에 관한 모의 시험을 실시했을 때, 방문 너머로 엿듣지 않을 수 없었다. 책장을 넘기면서, 아버지는 예를 들어 '가치가 생기는 원인은 무엇인가?' 혹은 '은행권과 지폐의 차이는 무엇인가?' 같은 질문을 던졌다. 그러면 렌스키는 열심히 헛기침을 하더니, 마치 숨이 끊어진 듯한 침묵에 잠겼다. 이내 그 짧고 작은 기침소리마저 사라졌고, 침묵을 깨는 것은 아버지가 탁자를 두드리는 소리뿐이었다. 딱 한 번, 고통에 휩싸인 그가 절박한 희망을 담아 재빨리 항변을 토해냈다. "그 내용은 책에 없습니다, 선생님!" 하지만 책에 있었다. 마침내 아버지는 한숨을 쉬며 교과서를 부드럽게, 하지만 소리 내서 덮었고, 이렇게 말했다. "Golubchik(이 친구야), 낙제할 수밖에 없겠네. 아무것도 모르지 않나." "그렇지 않습니다." 렌스키는 위엄을 잃지 않으면서 반박했다. 그는 마치 박제된 듯 뻣뻣한 자세로 우리 차를 타고 대학으로 가서, 해가 질 때까지 거기 있다가, 눈보라 속에서 웅크린 채 썰매를 타고 돌아와, 말없이 절망을 안고 자기 방으로 올라갔다.

그는 우리를 떠날 날이 가까워질 무렵 결혼했고, 레르몬토프의 산이 있는 캅카스로 신혼여행을 다녀온 뒤 또 한 번의 겨울을 우리와 함께 지냈다. 그가 없었던 1913년 여름에는 스위스인 가정교사 누아예 씨가 그 자리를 메웠다. 그는 건장한 체격의 남자로 뻣뻣한 콧수염을 길렀고, 로스탕의 『시라노 드 베르주라크』를 읽어줄 때면 한 줄 한 줄 아주 감미롭게, 흉내내는 등장인물에 따라 플루트에서 바순으로 목소리를 바꿔가며 읽곤 했다. 테니스 경기에서 서브를 넣을 때면, 주름진 난징면綿 바지를 입은 두꺼운 다리를 넓게 벌려 견고한 자세로 베이스라인에 서 있다가, 돌연 무릎을 굽히며 강력하지만 별 효과는 없는 공을 날렸다.

　1914년 봄, 렌스키가 우리를 영원히 떠나자, 볼가 지방 출신의 젊은 남자가 왔다. 양갓집에서 태어난 매력적인 젊은이로 테니스를 잘 쳤고 승마에도 능했다. 그런 정도 재주로 괜찮다는 사실에 그는 매우 안도했는데, 그 시기에 이르면 남동생도 나도 그의 낙관적인 후원자가 우리 부모님에게 약속했던 교육적인 도움은 별로 필요하지 않았다. 첫 대화에서 그는 태연하게 디킨스가 『톰 아저씨의 오두막』을 썼다고 알려줬고, 나는 정말인지 내기를 걸어 그의 너클을 차지했다. 다음부터 그는 내 앞에서 문학작품 속의 인물이나 내용에 대해 말하기를 꺼렸다. 그는 매우 가난했으며 입고 다니던 빛바랜 대학 교복에서는 먼지와 에테르가 섞인, 불쾌하다고만은 할 수 없는 이상한 냄새가 났다. 예의범절이 아름다웠고 성격이 다정했으며, 필체는 정말 괴발개발이었다(그런 필체는, 아아, 축복받은 1958년 이래로 가끔 받아보게 된 미친 사람들의 편지에서만 봤다). 또한 음란한 이야기들(추잡한 표현은 하나도 쓰지 않고서 꿈결 같고 벨벳처럼 부드러운 목소리로 **비밀스럽게** 들려주곤 했다)을 끝도 없이 알고 있었는데, 그의 친구들이나 **여자들**,* 혹은 우리의 수많은 친척에 관한 것이기도 했다. 그중 한 명은 사교계의 숙녀로서 그보다 나이가 두 배는 많았다. 그는 곧 그녀와 결혼했으나 결국 그녀를 없애버렸다. 레닌 통치하에서 관리직에 오른 그는 아내를 강제노동수용소에 보내버렸고 그녀는 거기서 죽었다. 그 남자에 대해 생각할수록 정말 미친 사람이었다는 확신이 든다.

------

* poule. 프랑스어로 '암탉'을 뜻하며, 매춘부나 정부를 가리키는 속어이기도 하다.

나는 렌스키의 흔적을 완전히 놓치지는 않았다. 아직 우리와 함께 지내던 시절부터 그는 장인에게 돈을 빌려 다양한 발명품을 사고 개발해내는 굉장한 사업을 시작했다. 그가 그것들을 자기 발명품이라 속였다고 말하는 것은 친절하지도 공정하지도 않은 일이리라. 다만 그는 발명품들을 자식인 양 품고 친부모 같은 분위기를 풍기는 따뜻하고도 상냥한 태도로 소개했다—이런 감정적인 태도에는 사실적인 근거가 없었지만, 사기를 치려는 의도도 없었다. 하루는 자랑스럽게 우리 모두를 초대해서 그가 맡고 있다는 신형 포장도로 위로 우리 차를 몰아보라고 했는데, (시간의 어스름을 통과해 비쳐오는 저 기묘한 빛으로 보건대) 가느다란 금속 띠를 엮어 만든 괴상한 길이었다. 결국은 타이어에 펑크가 났다. 그러나 그는 또다른 멋진 발명품을 손에 넣었다며 위안을 삼았다. 그의 표현에 따르면 '전기비행기'의 청사진으로, 옛날 블레리오 비행기처럼 생겼지만, 여기서 다시 한번 그의 표현을 빌리자면 '동전기動電氣' 모터가 장착된 것이었다. 그 비행기가 하늘을 난 것은 렌스키의 꿈속에서만, 그리고 내 꿈속에서만이었다. 전쟁 동안 그는 **갈레트***처럼 납작한 케이크 모양을 한 기적의 말 사료 사업을 시작했지만(자신이 먼저 조금 갉아먹은 뒤 친구들에게도 먹어보라며 나눠줬다), 대부분의 말은 귀리를 고집했다. 그는 여러 다른 특허에도 손댔지만 죄다 터무니없는 것들이었고, 장인이 세상을 떠나면서 작은 재산을 물려줬을 때는 이미 심각한 빚을 지고 있었다. 그것은 1918년 초였을 텐데, 그가 편지를 보내(우리는 얄타 지역에서 오도가도 못하는 신

---

* 둥글고 평평한 프랑스 디저트.

세였다) 금전을 포함해 도움을 아끼지 않겠다고 제안했던 것을 기억하기 때문이다. 그는 유산을 즉시 크림반도 동부 연안에 있는 놀이공원에 투자했다. 그리고 온갖 고생을 하면서 실력 있는 관현악단을 구하고, 특수 목재로 롤러스케이트장을 만들고, 빨강과 초록 전구들로 불을 밝힌 분수와 폭포를 설치했다. 1919년 볼셰비키들이 와서 불을 꺼버렸고, 렌스키는 프랑스로 도망쳤다. 그에 대한 소식을 마지막으로 들은 것은 20년대였고, 리비에라에서 조개껍데기와 돌멩이에 그림을 그리며 변변찮은 생활비를 번다고 했다. 나치가 프랑스를 침공했을 때 그에게 무슨 일이 일어났을지는 아는 바도 없으며 상상하고 싶지도 않다. 몇 가지 별난 구석이 있었음에도 불구하고 그는 정말로 아주 순수하고 품위 있는 인간이었다. 그의 개인적인 원칙들은 그의 문법만큼이나 엄격했으며, 그 상쾌한 **받아쓰기**에 관한 기억 역시 즐겁기만 하다. 'kolokololiteyshchiki perekolotili vikarabkavshihsya vihuholey(교회 종을 만드는 장인들이 기어나온 쥐들을 때려죽인다).' 여러 해가 지나고 뉴욕의 미국 자연사박물관에서, 흔히들 생각하듯이 러시아어가 그렇게 어렵냐고 물어오는 어느 동물학자에게 혀가 꼬이는 저 문구를 알려줄 기회가 있었다. 몇 달 뒤 우리가 다시 만났을 때 그는 이렇게 말했다. "있잖아요, 그 러시아의 사향쥐들에 대해 여러모로 생각해봤습니다. 왜 그것들이 기어나왔다고 했을까요? 동면하고 있었거나 숨어 있었거나, 아니면 뭐 다른 이유라도 있었을까요?"

5

　줄줄이 이어지던 가정교사들을 생각할 때면 그들이 어린 내 삶에 불러일으킨 기이한 불협화음보다, 그 시절 내 삶이 지녔던 근본적인 안정감과 완전함에 더 주목하게 된다. 나는 기억이 도달할 수 있는 최고의 경지를 즐겁게 지켜본다. 기억은 허공에서 방황하는 과거의 조성調性을 자기 주름 안에 품을 때, 내재된 화성和聲을 대가의 솜씨로 다룬다. 나는 그 귀에 거슬리는 화음들이 해소되고 종결되는 순간, 돌이켜봐도 영원히 그대로일 뭔가를 상상하는 게 좋다. 여름날의 생일이나 명명일 오후 초콜릿을 먹기 위해 밖으로 내오던 기다란 식탁 같은 것을. 그 식탁은 자작나무와 보리수나무와 단풍나무가 늘어선 길이 끝나고, 공원과 집 사이 제대로 된 정원이 있는 곳, 부드러운 모래가 깔린 장소에 놓였다. 나는 식탁보와 앉아 있는 사람들의 얼굴을 본다. 그들은 움직이는 멋진 이파리들 아래서 빛과 그림자가 빚어내는 생기를 함께 나누고 있다. 물론 이런 모습은, 열렬히 기념하고 끊임없이 되돌아가려고 하는 기억의 타고난 습성에 의해 과장됐음이 분명하다. 그래서 나는 늘 밖으로부터, 집이 아니라 공원의 깊숙한 곳으로부터 연회 식탁에 다가간다. 마치 마음이 그쪽으로 돌아가기 위해서는, 흥분으로 실신할 것 같은 탕자의 조용한 발걸음을 따라야만 하듯이. 나는 떨리는 프리즘을 통해 친척들과 낯익은 이들의 얼굴을 알아본다. 음소거된 입술들이 잊힌 대화를 말하며 고요히 움직인다. 초콜릿에서 피어오르는 김과 블루베리 타르트가 담긴 접시들이 보인다. 작은 헬리콥터처럼 빙빙 도는 익과翼果가 부드럽게 식탁보 위로 내려앉는다. 식탁 위에는 사춘기 소녀의 맨팔이 최대한 길게 늘어져 있다. 청록색 정맥이 비치는 팔 안쪽은 엷은 햇빛을 향해 뒤집혀 있고, 손바닥은 뭔가를 기다리듯 나른하게 펼쳐져 있다—아마도 호두까기일 것이다. 당시의 내 가정교사가 앉아 있는 자리에는 이미지가 페이드인과 페이드아웃을 반복하며 변화한다. 생각의 맥박이 이파리 그림자들의 맥박과 섞이면서, 오르도를 막스로, 막스를 렌스키로, 렌스키를 학교 교장으로 바꿔놓고, 그 떨리는 변화의 연쇄가 반복된다. 갑자기, 색채들과 윤곽들이 마침내 명랑하면서도 경박한 각자의 의무에 안착하는 바로 그때, 어떤 손잡이가 건드려지며 온갖 소리가 터져나온다. 모두가 일제히 떠드는 소리가 들리고, 호두는 우두둑거리고, 무심하게 건네진 호두까기는 짤각거리고, 서른 개의 심장이 규칙적으로 박동하는 소리가 내 심장박동을 압도한다. 천 그루의 나무들은 쇄쇄 한숨을 쉬고, 시끄러운 여름새들의 노랫소리는 국지적인 협화음을 이루며, 강 너머 리듬감 있는 나무들 뒤편에서 먹 감는 마을 젊은이들의 혼란스럽고 열광적인 함성이 커다란 박수갈채처럼 터져나온다.

9장

1

내 앞에는 검은 천으로 장정된 커다랗고 지저분한 스크랩북이 놓여
있다. 안에 든 졸업증서, 초고, 일기, 신분증, 연필로 쓴 메모, 인쇄물
등 오래된 문서들은 어머니가 프라하에서 죽기 전까지 정성껏 보관했
던 것들이지만, 1939년에서 1961년 사이 파란만장한 일들을 겪었다.
나는 이 문서들과 나 자신의 기억을 바탕으로 다음과 같이 아버지의
간략한 전기를 구성하게 되었다.

법학자이자 언론인이자 정치가였던 블라디미르 드미트리예비치 나
보코프는 1870년 7월 20일 상트페테르부르크 근처 차르스코예셀로에
서 법무장관이었던 드미트리 니콜라예비치 나보코프와 마리아 폰 코
르프 남작영애의 아들로 태어났고, 1922년 3월 28일 베를린에서 암살
자의 총에 맞아 숨졌다. 그는 열세 살이 될 때까지 집에서 프랑스인과

영국인 여자 가정교사들, 러시아인과 독일인 남자 가정교사들에게 교육을 받았다. 그가 독일인 가정교사들 중 한 명에게 옮아 나에게 물려준 것은 **나비에 대한 집착과 열정**이었다. 1883년 가을에는 당시의 가가린 거리(아마도 20년대에 근시안적인 소비에트 정권이 이름을 바꿔버렸을 것이다)에 있던 '김나지움'(미국의 '고등학교'와 '2년제 대학'을 합친 것에 해당한다)에 다니기 시작했다. 뛰어난 존재가 되려는 그의 욕망은 대단했다. 어느 겨울밤, 주어진 숙제를 제때 끝내지 못한 그는 칠판 앞에서 비웃음을 당하느니 차라리 폐렴에 걸리는 편이 낫겠다는 생각으로, 극지의 혹한에 자신을 내맡기고 때마침 병이 찾아오길 고대하며 잠옷만 걸친 채로 창문을 열고 앉아 있었다(창문에서는 궁전 광장과 달빛에 반짝이는 원기둥이 보였다). 다음날 그는 여전히 아주 건강했고, 부당하게도 병에 걸린 것은 그가 무서워하던 선생이었다. 열여섯 살이었던 1887년 5월 금메달을 받으면서 김나지움 과정을 마쳤고, 상트페테르부르크대학교에서 법학을 배웠으며 1891년 1월에 졸업했다. 그는 독일(주로 할레)에서 공부를 계속했다. 그로부터 30년 뒤, 아버지와 함께 슈바르츠발트로 자전거 여행을 간 적이 있는 동창생이 혼자된 내 어머니에게 아버지가 그때 가지고 다녔던 『마담 보바리』를 보내왔는데, 아버지는 책날개에 이렇게 적어놓았다. '프랑스문학의 탁월한 진주'—그 판단은 지금도 유효하다.

 1897년 11월 14일(기념일에 민감한 우리 가족이 해마다 꼭 챙기던 날이었다), 그는 시골 이웃의 딸인 스물한 살 옐레나 이바노브나 루카비시니코프와 결혼해 여섯 아이를 두었다(처음 낳은 남자아이는 사산했다).

1895년에는 황실 하급 시종으로 임명됐다. 1896년부터 1904년까지는 상트페테르부르크에 있는 황실 법학원(**프라보베데니예**)에서 형법을 강의했다. 황실 시종은 공적인 활동을 하려면 먼저 '시종장'의 허락을 받아야 했다. 아버지는 평론지 『법률*Pravo*』에 저명한 논고 「키시네프의 유혈 사태」를 실어 1903년 키시네프 학살에서 경찰이 주도적인 역할을 했음을 비판할 때, 당연히 그와 같은 허락을 구하지 않았다. 1905년 1월 그는 황제 칙령으로 궁정에서의 지위를 박탈당했고, 이후 차르 정부와의 모든 관계를 끊고 결연히 전제정치 반대의 길을 걷는 한편, 법학과 관련한 일들도 계속했다. 1905년부터 1915년까지 국제 범죄학 학회의 러시아 지부장을 맡았으며, 네덜란드에서 열린 회의에서는 러시아어와 영어를 독일어와 프랑스어로 통역하고 또 그 반대로도 통역해서 그 자신도 즐거워하고 청중도 놀라게 했다. 그는 사형제도에 일관성 있게 반대했다. 공적인 문제든 사적인 문제든 자기 원칙을 따르는 일에 흔들림이 없었다. 1904년의 한 공식 만찬에서는 차르의 건강을 위해 건배하기를 거부했다. 그가 아무렇지도 않게 신문에 궁정 제복을 파는 광고를 냈다는 일화도 전해진다. 1906년부터 1917년까지는 I. V. 헤센, A. I. 카민카와 함께 러시아에 많지 않은 자유주의 일간지 중 하나인 『담화*Rech*』와 법학 평론지인 『법률』을 공동 편집했다. 정치적으로 아버지는 '카데트', 즉 KD(**입헌민주당**Konstitutsionno-demokraticheskaya partiya)의 일원이었다. 이 정당은 후에 **인민자유당** partiya Narodnoy Svobodi이라는 더 적절한 이름으로 바뀌었다. 그는 날카로운 유머 감각을 지닌 사람이었으니, 소비에트의 사전 편찬자들이 그에 대해 드물게 남긴 전기적傳記的 언급에서 어쩔 수 없었다고는 해도 악의적으로 그의 견해와 업적을 뒤죽박죽 왜곡해놓은 것을 보았다면 매우 우스워했을 것이다. 1906년에는 러시아 제1국회(**페르바야 두마**)의 의원으로 선출됐는데, 인도적이면서도 영웅적이고 자유주의자들이 다수를 차지한 기관이었다(그러나 무지한 외국의 정치평론가들은 소비에트의 선전에 넘어가서 이 기관을 먼 옛날의 '보야르 두마'*와 자꾸 혼동한다!). 그곳에서 그는 전국적으로 반향을 불러일으킨 명연설을 여러 차례 했다. 1년도 채 지나지 않아 차르가 두마를 해산시키자, 아버지를 포함한 여러 의원은(핀란드 역에서 찍힌 사진을 보면, 아버지는 모자 띠 아래에 기차표를 끼워뒀다) 불법 집회를 열기 위해 비보르크까지 갔다. 그는 모임의 구성원들과 비보르크에서 발표한 혁명 선언서에 대한 다소 때늦은 처벌로, 1908년 5월부터 3개월간의 감옥살이를 시작했다. "올 여름 V.는 '에게리아'(뱀눈나비)를 잡았는지?" 뇌물을 먹은 간수와 헌신적인 친구(카민카)를 통해 감옥으로부터 비라에 있는 내 어머니에게 보낸 비밀 쪽지에서 그는 이렇게 물었다. "감옥 마당에서는 온통 유황나비와 배추흰나비만 보인다고 그애한테 전해주길." 석방 후에는 공적인 선거 참여가 금지됐으나, (차르 치하에서 너무도 흔했던 모순으로 인해) 신랄할 정도로 자유주의적이었던 『담화』에서는 자유롭게 일할 수 있었고, 그는 하루에 아홉 시간을 일했다. 1913년에는 키예프에서의 르포르타주 때문에 1백 루블(지금으로 치면 1백 달러 정도)에 해당하는 벌금이 부과됐다. 당시 키예프에서 베일리스가 '제의적인' 목적을 위해 기독교인 소년을 살해했다는 혐의로 격

---

* 러시아 황제에게 조언하던 귀족들의 회의.

렬한 재판을 거친 뒤 무죄를 선고받은 사건을 다룬 것이었다.* 옛 러시아에서 아직은 가끔 정의와 여론이 힘을 발휘할 수 있었지만, 그런 시기는 이제 5년밖에 남아 있지 않았다. 그는 제1차세계대전 발발 직후에 동원되어 전방으로 보내졌다. 결국에는 상트페테르부르크 참모본부에 배속됐다. 1917년 3월에 있었던 자유주의 혁명 최초의 소요에 적극적으로 나서지 않은 것은 군인 윤리 때문이었다. 역사는 처음부터, 그가 서구식 러시아 공화국에서 천부적인 정치적 수완을 보여줄 제대로 된 기회를 얻지 못하게 하려고 노심초사하는 것 같았다. 카데트가 여전히 참여하던 1917년 임시정부 초기에 각료회의에서 한 자리를 맡기도 했으나, 책임은 크고 눈에 띄지는 않는 사무국장이라는 직위였다. 1917년에서 1918년 사이 겨울에는 제헌의회에 선출됐으나, 결국 의회가 해산되면서 열의 넘치는 볼셰비키 수병들에게 체포됐다. 11월 혁명**은 이미 피비린내나는 길로 접어들었고, 비밀경찰도 벌써 활동을 개시했지만, 서로 엇갈리는 명령으로 인해 생겨난 혼란이 이따금씩 우리 편을 들어주기도 했다. 아버지는 침침한 복도를 따라가다가 복도 끝에 열린 문을 발견했고, 골목으로 걸어나가 시종 오시프에게 인적 없는 모퉁이로 가져오라고 지시했던 배낭과 우리의 착한 요리사 니콜라이 안드레예비치가 자발적으로 챙겨 보낸 캐비아 샌드위치 꾸러미를 받아 들고서 크림반도로 향했다. 1918년 중반부터 1919년 초까지

---

* 1911년 키예프에서 한 소년이 살해된 채 발견됐고, 유대계 러시아인인 베일리스가 범인으로 지목됐다. 게다가 유대인들이 기독교인의 피를 제의에 사용한다는 소문이 퍼지면서 러시아 내 반유대주의 정서가 더욱 심해졌다.
** 구력으로 10월이어서 보통 '10월 혁명'이라고 부른다.

두 차례의 볼세비키 점령 사이의 공백기, 호전적인 데니킨* 의용군과 끊임없이 마찰을 빚던 시기에, 그는 크림 지방정부에서 법무(그가 냉소적으로 말하던 것처럼 '극히 미미한 법무')장관을 지냈다. 1919년에는 자발적으로 망명하여 처음에는 런던에서 살았고, 이어 베를린에서 헤센과 협력해 자유주의 망명자 일간지 『방향타*Rul'*』를 편집하며 지내다가, 1922년 흉악한 악한에게 암살당했다. 그 악한은 제2차세계대전 시기 히틀러에 의해 러시아 망명자들을 관리하는 행정 책임자로 임명됐다.

그는 많은 글을 썼고, 주제는 주로 정치와 범죄학이었다. 여러 나라의 산문과 시를 **깊이 있게** 알았고, 수백 편의 시를 암송했으며(가장 좋아하는 러시아 시인은 푸시킨, 튜체프, 페트였고, 페트에 관해서는 훌륭한 평론을 발표한 적도 있었다), 디킨스의 권위자였고, 플로베르 말고도 스탕달과 발자크와 졸라라는, 내가 보기엔 별 볼 일 없는 셋을 높이 평가했다. 그는 어떤 것이든 한 편의 이야기나 시를 짓는 것이, 마치 전기 기계를 만들어내는 것만큼이나 이해할 수 없는 기적으로 느껴진다고 말하곤 했다. 반면 법이나 정치 문제를 다루는 글을 쓰는 데에는 전혀 어려움이 없었다. 문체는 정확했으나, 다소 단조롭기는 했다. 고전 교육에서 비롯된 구세계의 은유와 러시아 저널리즘 특유의 과장된 클리셰 따위가 모두 담겨 있었지만, 화려하고 예스럽고 종종 시적이며 때로는 외설적이기까지 했던 그의 일상 화법과는 매우 대조적이라, 적어도 그 화법에 싫증이 났던 내게는 오히려 매력적이고 어스레한 기품

---

* 러시아의 군인. 러시아 내전 당시 백군(白軍) 지도자로 활동하다가 프랑스로 망명했다.

이 느껴지는 것이었다(마치 더 늙고 가난한 친척의 화법 같았다). 아버지가 쓴 선언문('**시민 여러분!**'을 의미하는 '**그라주다녜!**'로 시작했다)과 사설 중에서 초고가 남아 있는 것을 보면, 습자 교본처럼 일정하게 기울어진 필체로 쓰여 있었다. 아름답게 날렵한데다 믿을 수 없을 만큼 균일했으며, 수정된 흔적이 거의 없어 순수함, 확실함, 머리와 손의 협업을 볼 수 있다. 그에 비해 내 소심한 필체와 난잡한 원고들, 학살이라고 해도 좋을 정도로 수정하고 다시 쓰고 또다시 수정하는 과정, 아버지의 이 분 길이의 흠 없는 육필 원고를 두 시간을 들여 묘사하고 있는 이 문장들을 생각해보자니 웃음이 나올 지경이다. 아버지의 원고는 즉각 떠오른 생각을 깨끗이 옮겨 적은 것이었다. 이와 같은 방식으로, 그는 달필로 빠르게(슬픔에 잠긴 궁전의 교실에서 아이들 책상 앞에 불편하게 앉아) 미하일 대공(황제와 황태자가 제위를 포기할 경우 다음 서열이었던)의 양위 문제를 다루는 글을 썼다. 아버지는 달변이기도 했으며, 선동 정치가처럼 고기를 토막 내는 듯한 몸짓을 섞거나 미사여구로 요란 떠는 일은 피하는 차분한 '영국식' 연설가였다. 이는 미리 준비한 인쇄물이 없으면 발음이 엉망이 되어버리는 나로서는 전혀 물려받지 못한 자질이라 하겠다.

최근에야 나는 아버지의 주요 저서 『형법에 관한 논집*Sbornik statey po ugolovnomu pravu*』을 처음 읽었다. 이 책은 1904년에 상트페테르부르크에서 출판된 것으로, 아주 드물고 어쩌면 단 한 권뿐인 희귀본(책날개에 찍힌 보라색 도장에 따르면 이전엔 '미하일 예브그라포비치 호두노프'의 소유였다)일 것이다. 1961년 러시아를 방문했던 친절한 여행자 앤드루 필드가 중고 서점에서 구입해 내게 줬다. 열아홉 편의 논문이 실린 316페이지짜리 책이다. 아버지는 그중 한 논문(1902년에 쓰인 「육욕의 범죄」)에서, 이상한 의미로 예언적이게도, 여덟 살에서 열두 살에 이르는 v nezhneyshem vozraste(**아주 어린 나이의**) 소녀들이 slastolyubtsam(호색한들)의 제물이 된 (런던에서 벌어진) 사건들을 논하고 있다. 같은 글에서 그는 다양한 비정상적 행위에 대해 매우 자유롭고 '현대적인' 태도를 보였으며, 부수적으로 러시아어로 '동성애'를 뜻하는 편리한 단어 **라브노폴르이**를 만들어내기도 했다.

『담화』나 『법률』과 같은 여러 간행물에 실린 그의 글은 말 그대로 수천 편에 달해 일일이 열거하기는 불가능하다. 그가 전쟁 당시에 반半공식적으로 영국을 방문했던 일을 다룬 역사적으로 흥미로운 책에 관해서는 이후의 장에서 이야기할 것이다. 1917년부터 1919년 사이의 일을 기록한 그의 회고록 일부는 베를린에서 헤센이 출간한 『러시아혁명에 관한 기록Arhiv russkoy revolyutsii』에 나와 있다. 그는 1920년 1월 16일 킹스 칼리지 런던에서 '소비에트 통치와 러시아의 미래'라는 주제로 강연을 했으며, 이 강연 내용은 일주일 뒤 『새로운 연방The New Commonwealth』 제15호 부록에 실렸다(어머니의 앨범에 깔끔하게 붙어 있다). 같은 해 봄, 나는 볼셰비즘에 반대하는 입장에서 케임브리지 유니언 토론회를 준비하고 있었고, 이 강연 내용의 대부분을 암기했다. (승리를 거둔) 옹호 측 토론자는 『맨체스터 가디언Manchester Guardian』 소속의 남자였다. 그의 이름은 기억나지 않지만, 암기한 내용을 다 읊은 다음 내 입이 완전히 말라붙어버렸던 것은 기억난다. 그것이 나의 처음이자 마지막 정치 연설이었다. 아버지는 세상을 떠나기 몇 달 전 망명자 평론지 『극장과 삶Teatr i zhizn'』에서 자신의 소년 시절을 회상하는

글을 연재하기 시작했다(여기에서 아버지와 나는 겹쳐진다―아쉽게
도 너무 잠깐이지만). 그 글에는 제3김나지움 시절 지나치게 규칙을
따지는 라틴어 선생 때문에 울화가 치밀었던 사건들이며 아주 어릴 때
부터 평생 간직해온 오페라를 향한 열정이 탁월하게 묘사되어 있다.
그는 분명 1880년부터 1922년까지 유럽에서 활약했던 일류 가수들의
노래를 빠짐없이 들었을 것이고, 비록 어떤 악기도 제대로 연주하지
못했지만(다만 〈루슬란〉 서곡의 첫 화음은 매우 당당하게 쳤다), 좋아
하는 오페라의 음은 죄다 기억하고 있었다. 그 떨리는 현을 따라, 아름
다운 선율의 유전자는 16세기 오르간 연주자인 볼프강 그라운에게서
나의 아버지에게로, 그리고 나를 건너뛰어 내 아들*에게로 미끄러져 들
어갔다.

2

　내가 열한 살이 되었을 때, 아버지는 내가 그동안 받아왔고 여전히
받는 중이던 가정교습에 더해 테니셰프 학교에 다니는 것이 도움이 되
리라고 판단했다. 상트페테르부르크에서 가장 뛰어난 학교들 가운데
하나로, 김나지움의 범주에 속하기는 했지만, 일반적인 김나지움에 비
해 훨씬 현대적이고 자유로운 성향을 지닌 비교적 최근에 생긴 기관이
었다. 열여섯 개의 '학기'(김나지움의 여덟 학년에 해당)로 구성된 교

---

* 나보코프의 아들인 드미트리 나보코프는 오페라 가수였다.

육 과정은, 미국의 중고등학교 6년에 대학 2년을 더한 것과 비슷했다. 1911년 1월 입학 허가를 받았을 때, 나는 세번째 '학기'에, 혹은 미국식 제도를 따른다면 8학년 초에 배정됐다.

학교 수업은 9월 15일부터 5월 25일까지 진행됐고, 중간에 두 번의 휴식이 있었다. 우선 학기와 학기 사이에 있는 두 주 동안의 방학은 사실 거대한 크리스마스트리를 설치하기 위해 자리를 비워주는 기간이었는데, 그 꼭대기에 달린 별이 학교에서 가장 아름다운 응접실의 연녹색 천장을 건드릴 만큼 컸다. 또 한 주 동안의 부활절 방학 때는 색칠된 달걀들이 아침 식탁에 활기를 더했다. 눈과 서리가 10월부터 4월까지 내렸기에, 내 학창 시절에 대한 평균적인 기억은 당연히 겨울 풍경일 수밖에 없다.

이반 1세(어느 날 사라졌다) 또는 이반 2세(나중에 내가 낭만적인 심부름을 보내곤 했다)가 아침 여덟시에 나를 깨우러 오면, 바깥 세상은 여전히 극북極北의 갈색 어둠에 잠겨 있었다. 침실 전깃불은 흐리고 거슬리는 황달 같은 빛이어서 눈이 아팠다. 나는 윙윙거리는 귀에 손을 얹고 팔꿈치를 베개에 기대며 끝내지 못한 숙제 열 페이지를 억지로 해보려 했다. 침대 협탁 위에는 두 개의 청동 사자 머리가 달린 땅딸막한 램프가 있었고, 그 옆에 독특한 소형 시계가 있었다. 크리스털로 된 수직 용기 안에 들어 있었고, 검은색 숫자가 그려진 상아색 판이 책장처럼 오른쪽에서 왼쪽으로 넘어갔으며, 옛날 극장에서 나오던 광고 사진처럼 매 분 잠시 멈춰 있었다. 나는 십 분을 들여 숙제 내용을 머릿속에 새겨넣었고(요즘이라면 두 시간은 걸릴 일이다!), 씻고, 옷을 입고(이반이 도왔다), 종종걸음으로 계단을 내려가고, 미지근한 코코아 표면의 중앙에서 주름진 갈색 둥근 막을 벗겨내고 코코아를 마시는 데에 십여 분을 더 썼다. 그렇게 아침을 망쳐버리고 나면, 고무처럼 탄탄한 프랑스인 루스탈로 씨와의 복싱이나 펜싱 수업을 취소할 수밖에 없었다.

그럼에도 그는 매일같이 와서 아버지와 스파링을 하거나 펜싱을 했다. 나는 모피 코트를 반쯤 걸친 채로 초록색 응접실(크리스마스가 한참 지난 뒤에도 그곳에는 전나무와 뜨거운 밀랍과 귤의 냄새가 남아 있었다)을 가로질러 발 구르는 소리, 쇠 부딪히는 소리가 들려오는 서재로 달려갔다. 그곳에서 원래 크고 건장했지만 흰 훈련복을 입으니 훨씬 커 보이던 아버지가 찌르기도 하고 피하기도 하는 중이었는데, 민첩한 교관은 펜싱 검이 부딪힐 때마다 짧은 외침("쳐!" "뒤로!")을 덧붙였다.

조금 헉헉거리며, 아버지는 볼록한 펜싱 마스크를 벗고 땀흘리는 분홍빛 얼굴로 내게 입을 맞추며 아침 인사를 했다. 그곳에는 학문과 운동이, 즉 책의 가죽과 복싱 장갑의 가죽이 기분좋게 어우러져 있었다. 책들로 가득한 벽을 따라 뚱뚱한 안락의자가 놓여 있었다. 영국에서 사 온 정교한 '펀칭볼'은 네 개의 철제 기둥이 받치는 판에 서양배 모양의 자루가 달린 것으로, 넓은 방 구석에서 빛나고 있었다. 1917년 창문을 통해 들어온 중무장한 싸움꾼들이 그 기구, 특히 기관총처럼 타타타 소리를 내는 자루가 무엇에 쓰는 물건이냐고 물었고, 이에 대한 집사의 설명은 미심쩍었으나 사실로 받아들여졌다. 소비에트 혁명 때문에 우리가 상트페테르부르크를 떠나야 했을 때 서재는 해체됐지만, 그곳의 기이하고 얼마 안 되는 잔해들이 해외에서 불쑥불쑥 나타나곤 했다. 12년쯤 후 나는 베를린의 한 헌책방 가판대에서 아버지의 **장서표**ex libris가 붙은 책 한 권을 습득했다. 그것은 참 적절하게도 웰스의 『우주전쟁*The War of the Worlds*』이었다. 그로부터 다시 10년쯤 지난 어느 날엔 뉴욕 공공도서관에서 아버지의 이름 아래 정리된 깔끔한 카탈로그 한 권을 발견했다. 아버지가 그 카탈로그를 개인적으로 인쇄해놓은 것은, 거기 실린 유령 책들이 아직 혈색과 윤기를 띠고 그의 책장에 꽂혀 있던 때였다.

3

내가 간 길을 서둘러 되돌아올 동안, 그는 다시 마스크를 쓰고 발을 굴러가며 찌르기를 계속했다. 커다란 난로에서 장작이 딱딱거리는 따뜻한 현관 홀을 지나면, 밖에서 들어온 공기가 얼음처럼 폐를 파고들었다. 나는 자가용 두 대, 벤츠와 울즐리 중 나를 학교까지 데려다줄 차가 무엇인지 확인하려 했다. 창백한 얼굴의 친절한 운전기사 볼코프가 모는 벤츠는 회색 소형차로, 둘 중 더 오래된 것이었다. 밋밋하고 소리도 나지 않는 무미건조한 이전의 전기식 쿠페에 비하면 매우 역동적인 모양을 하고 있었다. 하지만 상대적으로 더 긴 검은색 영국 리무진과 차고를 나눠 쓰게 되자, 벤츠는 머리가 커다랗고 보닛이 슬프게 찌그러진 구식 자동차처럼 보였다.

더 새것인 차를 타는 날은 그만큼 활기찬 하루를 시작할 수 있었다. 두번째 운전기사 피로고프는 키가 매우 작고 몸이 퉁퉁했으며, 코듀로

이 정장 위에 걸친 모피와 주홍빛 갈색 각반에 아주 잘 어울리는 황갈색 피부를 지닌 사내였다. 차가 막혀 어쩔 수 없이 브레이크를 밟을 때면(이때 그는 용수철 같은 독특한 방식으로 갑자기 몸을 늘였다), 혹은 내가 끽끽거리기만 하고 잘 들리지도 않는 통화관으로 말을 걸며 귀찮게 굴 때면, 유리 칸막이 너머로 보이는 두꺼운 목덜미가 시뻘게지는 것이 보였다. 그는 우리가 서너 번의 계절 동안 시골에서 사용했던 단단한 컨버터블 오펠을 솔직히 더 좋아했고, 그 차로 시속 60마일까지 달리곤 했다(오늘날 속도 인플레이션을 고려한다면, 그것이 1912년 당시 얼마나 빠른 속도였는지 짐작할 수 있을 것이다). 사실 내 머릿속에서, 학교와 도시로부터 해방된 자유로운 여름의 정수는, 길고 외로운 도로 위를 달릴 때 완전히 열린 머플러에서 나는 엔진의 굉음과 연결되어 있다. 제1차세계대전의 두번째 해에 피로고프는 군대에 동원됐고, 가무잡잡한 피부에 눈이 이글거리는 치가노프가 후임으로 왔다. 그는 한때 주목받는 자동차 레이서였고, 러시아 내외의 여러 경기에 출전했으며, 벨기에에서 심각한 충돌 사고를 당해 늑골 몇 개가 부러진 적도 있었다. 그후 1917년 언젠가, 아버지가 케렌스키* 내각에서 사임한 직후, 아버지의 강력한 만류에도 불구하고 치가노프는 압류될 가능성에 대비해 힘센 울즐리 자동차를 분해해 자신만 아는 은밀한 장소에 부품들을 숨겼다. 그보다 더 나중에, 볼셰비키가 우세를 점하기 시작한 그 암울하고 비극적인 가을, 케렌스키의 측근 한 사람이 아버지에게 총리가 급히 떠나야 할 상황에 대비해 튼튼한 차를 구해달라고

---

* 러시아의 정치가. 1917년 2월 혁명 후 임시정부의 총리를 맡았으나, 10월 혁명 후 실각해 프랑스를 거쳐 미국으로 망명했다.

요청했다. 그러나 우리의 낡고 쇠약한 벤츠는 쓰기 어려웠고, 울즐리는 난감하게도 사라지고 없었다. 내가 이 부탁(최근에 나의 저명한 친구는 그런 부탁을 한 일이 없다고 부인했지만, 그의 보좌관이 그런 말을 한 것은 분명했다)에 관한 기억을 소중히 여기는 것은 단지 구성적 관점에서다—이 이야기는 1791년 바렌 사건에서 크리스티나 폰 코르프가 맡았던 역할이라는 주제를 흥미롭게 반복하고 있다.

상트페테르부르크에서는, 예를 들어 보스턴 근처보다, 폭설이 훨씬 흔했으나, 제1차세계대전 이전 수많은 썰매 사이로 이 도시의 거리를 빙글빙글 돌아다니던 몇몇 자동차들은, 어째서인지 아름다운 뉴잉글랜드의 눈 내리는 크리스마스에 요즘 자동차들이 겪는 끔찍한 사태를 겪지 않았던 듯하다. 여러 불가사의한 힘들이 이 도시의 건축에 관여하고 있었다. 보도를 따라 깔끔하게 쌓여 있거나 포장도로의 팔각형 나무 블록 위에 매끄럽고 단단히 펼쳐져 있던 눈들의 배치를 보면, 거리의 기하학과 눈구름의 물리학이 불경하게 결탁한 결과라는 생각이 들었다. 어쨌든 학교까지 차로 십오 분 이상 걸린 적은 없었다. 우리집은 모르스카야 거리 47번지였다. 옆으로 오긴스키 공작의 집(45번지), 이어 이탈리아 대사관(43번지), 그리고 독일 대사관(41번지)이 있었고, 다음으로는 광활한 마리아 광장이 나왔으며, 광장을 지나면 다시 집들의 번지수가 줄어들었다. 광장 북쪽엔 작은 공원이 있었다. 그 공원의 보리수나무에서 어느 날 귀 한쪽과 손가락 하나가 발견됐다. 광장 반대편에 있는 자기 방에서 치명적인 소포를 꾸리던 테러리스트가 그만 실수를 저지르고 남긴 잔해였다. 바로 그 나무들(자갯빛 안개 속에서 마치 은세공 무늬처럼 보였고, 안개 너머 배경에는 성 이사크 대성당의 청동 돔이 솟아 있었다)이 첫번째 혁명(1905~1906년)을 진압하던 기마 헌병들에게서 도망치려고 나뭇가지 위로 올라갔다가 무차별적으로 총에 맞고 떨어진 아이들을 목격하기도 했다. 상트페테르부르크의 광장과 거리에는 이러한 소소한 이야기들이 상당수 존재한다.

넵스키 대로에 이르면, 길게 쭉 뻗은 그 길을 따라가게 되는데, 그러면서 한 쌍의 검은 수말이 끄는 가벼운 썰매에 탄 망토 두른 근위병을 손쉽게 추월하는 재미가 있었다. 말들은 딱딱한 눈덩어리가 승객의 얼굴로 튀는 것을 막기 위해 씌운 밝은 파란색 그물 아래서 콧김을 내뿜으며 속도를 냈다. 사랑스러운 이름이 붙은 왼편의 카라바나야 거리(카라반의 거리)로 가면, 잊지 못할 장난감가게를 지나치게 됐다. 다음으로 시니젤리 서커스가 나왔다(레슬링 경기로 유명했던 곳이다). 마지막으로 얼어붙은 운하를 건너면 모호바야 거리(이끼의 거리)에 자리한 테니셰프 학교의 문 앞에 다다를 수 있었다.

4

아버지는 계급 구별이 없는 위대한 러시아 인텔리겐치아에 속하기를 스스로 선택한 사람이었기에, 민주주의 원칙을 따르고 지위·인종·신념으로 차별하지 않는 것이 기본 방침이며 최신 교수법을 도입한 학교에 나를 보내는 것이 옳다고 생각했다. 그러한 특징을 제외하면 테니셰프 학교는 다른 학교들과 별로 다르지 않았다. 어느 학교에서나 그렇듯이, 학생들은 몇몇 교사들을 참아내고, 몇몇 교사들은 혐오했으며, 외설적인 농담과 성적인 정보를 끊임없이 교환했다. 나는 운동경기에 능한 편이었으므로, 교사들이 내 영혼을 구하는 일에 조금만 신경을 덜 썼더라면 학교생활이 그처럼 울적하지는 않았을 것이다.

교사들은 내가 환경에 순응하지 않는다고, 또 '허세'를 부린다고(러시아어로 쓴 글에 영어나 프랑스어 단어들을 잔뜩 뿌려놓는 습관이 그 주된 이유였는데, 내겐 자연스러운 일이었다) 나를 꾸짖었다. 또 화장실에서 더럽고 축축한 수건을 만지지 않으려 한다고, 러시아의 싸움꾼들처럼 주먹 아래쪽을 휘둘러 철썩 때리지 않고 주먹뼈를 써서 싸운다고 꾸짖었다. 운동경기가 연대의식을 높인다고 좋아하면서도 정작 잘 알지는 못했던 교장은, 축구에서 내가 '다른 선수들과 함께 뛰어다니지 않고' 언제나 골대를 지킨다는 점에 의구심을 품었다. 또 하나 분노를 산 것은, 내가 훌륭한 민주주의자인 다른 아이들처럼 전차나 마차를 타는 대신 자동차로 등하교한다는 점이었다. 한 교사는 혐오감에 얼굴을 잔뜩 찌푸리며, 적어도 두세 블록 앞에서 차를 세워 제복 입은 운전기사가 모자를 벗어 인사하는 모습을 학교 친구들에게 보이지 않는 것이 어떻겠냐고 제안했다. 그것은 마치 죽은 쥐를 달랑달랑 들고 다닐 수 있게 해주면서, 사람들 코밑에 갖다대고 흔들지는 말라는 식이었다.

그러나 최악의 사태는 그때까지 내가 어떤 종류의 모임이나 단체에도 극구 가입하지 않으려 했다는 점에서 발생했다. 나는 교과 외 그룹 활동에 참여하기를 거부함으로써, 교사들 중에서 가장 친절하고 선의 가득한 사람마저 화나게 만들었다. 임원을 엄숙하게 선출하고 역사적인 문제에 관한 보고서를 읽는 토론 모임도 있었고, 상급 학년으로 올라가면 현재의 정치적 사건들을 논의하는 더 야심찬 모임도 있었다. 어딘가의 모임에 가입하라는 압박이 끊임없이 가해져도 나는 결코 굴복하지 않았지만, 모두가 아버지를 본받으라고 지겹게 말하는 탓에 긴장 상태는 좀처럼 누그러지지 않았다.

아버지는 분명 매우 활동적인 사람이었지만, 유명한 아버지를 둔 아이들이 종종 그러하듯 나 역시 그의 활동을 나만의 프리즘을 통해 바라보았고, 그 프리즘은 교사들이 보기엔 근엄했던 빛을 훨씬 더 다양하고 황홀한 색들로 갈라놓았다. 범죄학, 입법, 정치, 논설, 자선사업 등 다양한 관심사를 지닌 아버지는 여러 위원회에 출석해야 했고, 그 모임은 자주 우리집에서 열렸다. 그런 모임이 곧 열린다는 사실은 우리집의 먼 끝에 있던 넓고 소리가 잘 울리는 현관 홀에서 들려오는 특이한 소리로 추측할 수 있었다. 내가 학교에서 돌아오면, 그곳 대리석 계단 아래 움푹 들어간 공간에서 우리 shveitsar(문지기)가 바쁘게 연필을 깎고 있었다. 그는 톱니바퀴가 돌아가는 커다란 구식 연필깎이를 사용했는데, 한 손으로는 빠르게 손잡이를 돌리고 다른 손으로는 측면 구멍에 집어넣은 연필을 붙잡고 있었다. 그는 상상할 수 있는 가운데 가장 흔한 유형의 '충직한 하인' 노릇을 오랜 세월 동안 했다. 신기한 재치와 지혜로 가득했고, 두 손가락으로 콧수염을 좌우로 고르게 펴는 모습이 근사했으며, 주변에는 언제나 희미한 생선튀김냄새가 감돌았다. 그가 뚱뚱한 아내, 쌍둥이 아이들과 함께 사는 신비로운 지하실로부터 묻혀온 냄새였다. 쌍둥이 중 하나는 학교에 다니는 내 또래 소년이었고, 다른 하나는 자꾸만 마음에 남는, 파란 사시 눈과 구릿빛 머리카락을 지닌 칠칠맞지 못한 작은 오로라 같은 소녀였다. 하지만 연필을 깎는 잡일은 불쌍한 노인 우스틴을 상당히 열받게 했을 것이다. 아주 뾰족한 연필로만 글을 쓰는 나는, B3 연필 다발을 작은 꽃병에 꽂아 늘 곁에 두고 연필깎이(탁자 모서리에 고정되어 있다)의 손잡이를 하루에도 백 번은 돌리는데, 그러면 기계의 작은 서랍 안에 황갈색 부스러기가 금세 수북이 쌓인다. 이런 나로서는 기꺼이 그의 처지를 이해할 수 있다. 나중에야 밝혀진 사실이지만, 그는 오래전부터 차르의 비밀경찰—제르진스키나 야고다*의 부하들에 비하면 초보에 불과했지만, 그래도 제법 성가신 존재였다—과 접촉하고 있었다. 예를 들면, 일찍이 1906년에 경찰은 아버지가 비라에서 비밀 회합을 계획한다는 의심을 품고 우스틴을 매수했고, 따라서 우스틴은 무슨 일이 벌어지고 있는지를 염탐하겠다는 깊은 의도를 품은 채 기억나지 않는 어떤 구실을 대면서, 그해 여름 시골에 갈 때 자기도 하인으로 데려가달라고 아버지에게 간청했다(그는 루카비시니코프 가문에서 식료품실 하인으로 일한 적이 있었다). 그리고 1917년에서 1918년 사이의 겨울, 승리한 소비에트의 대표자들을 의기양양하게 데리고서 2층에 있는 아버지의 서재로, 그곳에서 다시 음악실과 어머니의 내실을 지나 내가 태어난 남동쪽 구석방으로, 벽감壁龕으로, 형형색색 반짝이는 티아라로 안내했던 사람 역시 모든 곳에 존재했던 우스틴이었다. 그것은 그가 언젠가 나를 위해 잡아준 호랑나비에 대한 적절한 보상이었다.

저녁 여덟시 무렵, 홀에는 오버코트와 덧신이 산더미처럼 쌓였다. 서재 옆 위원회실에서는, 베이즈 천이 깔린 탁자(그 위엔 아름답게 깎

인 뾰족한 연필들이 놓여 있었다)에 아버지와 동료들이 모여 차르에 반대하는 성명문의 문구를 토론하고 있었다. 소란스러운 목소리들 위로, 어두운 구석에 놓인 키 큰 괘종시계가 갑자기 웨스트민스터의 종소리를 울렸다. 위원회실 너머에는 수수께끼 같은 깊은 공간—창고와 나선계단, 일종의 식료품실 같은—이 있었다. 사촌 유리와 내가 권총을 뽑아 들고 텍사스로 향하던 도중에 쉬어가던 곳이었다. 어느 날 밤 경찰이 뚱뚱하고 눈이 침침한 스파이를 그곳에 배치했는데, 그가 힘겹게 무릎을 꿇고 있는 모습이 우리집 사서司書 류드밀라 보리소브나 그린베르크에게 발각됐다. 하지만 도대체 내가 이 모든 것을 어떻게 학교 선생들과 이야기할 수 있었겠는가?

5

반동적인 언론은 아버지의 당을 쉴 틈 없이 공격했고, 나는 이따금씩 등장하는 다소 저속한 풍자 만화에 꽤 익숙해져갔다. 아버지와 밀류코프*가 성스러운 러시아를 접시에 담아 세계의 유대인들에게 넘겨주는 것과 같은 유의 그림들이었다. 하지만 1911년 겨울로 여겨지는 어느 날, 가장 강력한 극우 신문이 수상쩍은 기자를 고용해 쓴 악의적인 기사는 아버지로서도 그냥 넘길 수 없는 것이었다. 그 기사의 실제 작성자는 악명이 너무 높아 '결투 불가능'(러시아 결투 규칙에 따르면

---

* 러시아의 정치가이자 역사가. 입헌민주당을 창설하고 이끌었으며 2월 혁명 이후 임시정부의 외무장관이 되었다.

네두옐레스파소브니)이었던 터라 아버지는 해당 신문사에서 그나마 평판이 덜 나쁜 편집자를 불러냈다.

러시아식 결투는 매우 관례적인 파리식 결투보다 훨씬 더 진지한 일이었다. 편집자가 결투 신청을 받아들일지 말지를 결정하는 데 며칠이 걸렸다. 그 마지막 날인 월요일, 나는 평소처럼 학교에 갔다. 나는 신문을 읽지 않았으므로 그 일에 대해 전혀 모르고 있었다. 낮 동안에 급우들이 어떤 페이지가 펼쳐진 잡지를 이리저리 건네며 킥킥 웃고 있다는 사실을 눈치챘다. 적시에 급습해 그것이 싸구려 주간지의 최신호임을 알게 되었는데, 거기에는 아버지의 결투 신청에 대한 충격적인 설명과 함께 그가 적에게 무기를 고를 수 있게 한 사실을 두고 멍청한 논평이 덧붙여져 있었다. 그가 자신의 글에서 비판했던 봉건적인 관습으로 되돌아갔다는 교활한 빈정거림도 있었다. 그 밖에도 그의 하인이 몇 명이고 양복이 몇 개인지에 대해서도 상세히 적혀 있었다. 나는 아버지가 입회인으로 매형이자 러일전쟁의 영웅인 콜로메이체프 제독을 골랐다는 사실을 알게 되었다. 쓰시마 해전 당시 대령이었던 내 고모부는 불타는 기함 옆에 구축함을 대고 함대 총사령관을 구해냈었다.

방과후 나는 가장 친한 친구들 중 한 명이 그 잡지를 가져왔다는 사실을 알게 되었다. 배신당하고 조롱당했다며 그를 비난했다. 이어진 싸움에서 그는 책상 쪽으로 나자빠졌는데, 발이 책상에 걸려 발목이 부러졌다. 그는 한 달 동안 누워 지냈지만, 씩씩하게도 가족과 교사들에게 나 때문이라는 사실을 밝히지는 않았다.

온통 비참한 상태였기에, 그가 아래층으로 실려가는 것을 봐도 고통이 느껴지지 않았다. 무슨 이유에서인지 그날은 데리러 오는 차가 없었다. 그래서 나는 썰매를 잡아타서 춥고 음산하며 믿을 수 없이 느린 길을 따라 집으로 가는 동안 숙고할 시간을 가질 수 있었다. 그제야 나는 전날 어머니가 왜 나와 함께 있을 시간이 없었는지를, 그리고 왜 저녁식사를 하러 내려오지 않았는지를 이해했다. 또한 루스탈로보다 훨씬 더 뛰어난 **검술 사범** 테르닝이 최근 아버지와 어떤 특훈을 하고 있었는지도 깨달았다. 아버지의 적은 무엇을 선택할까, 나는 계속해서 자신에게 물었다—칼 아니면 총? 이미 선택은 끝났을까? 나는 펜싱을 하는 아버지의 사랑스럽고 친숙하고 생명력 넘치는 이미지를 조심스레 골라낸 뒤 거기에서 보호구만 벗기고 어느 헛간이나 승마 학교 같은 곳에 마련한 결투장으로 옮겨보려 했다. 아버지와 그의 적이 둘 다 웃통을 벗고 검은 바지를 입은 채 맹렬히 싸우는 모습을 그려보았다. 그들의 원기 왕성한 움직임에선, 아무리 우아한 검객이라도 실제 대결에서는 피해갈 수 없는 기묘한 어색함이 두드러졌다. 그 이미지가 너무나도 불쾌했기에, 또 미칠 듯이 뛰는 내 심장을 관통하는 적나라한 육감이 너무도 생생했기에, 나는 순간 훨씬 더 추상적인 무기로 보일 무엇인가를 갈망하게 되었다. 그러나 이내 더욱더 깊은 괴로움에 빠져들었다.

썰매는 짙어지는 어둠 속에서 흐릿한 불빛들이 떠다니는 넵스키 대로를 따라 기어갔고, 나는 아버지가 책상 오른편 위쪽 서랍에 보관하던 무거운 검은색 브라우닝을 떠올렸다. 그 권총이라면 서재에 있는, 더 눈에 띄는 다른 물건들과 마찬가지로 잘 알고 있었다. 아버지의 서재에는 당시 유행하던 크리스털이나 맥석脈石으로 만든 **예술품**, 광택 나는 가족사진들, 은은하게 조명을 받은 페루지노의 거대한 그림, 작고 꿀처럼 빛나는 네덜란드 유화들이 있었으며, 책상 바로 위엔 박스트*가 그린 내 어머니의 장밋빛 아지랑이 피어오르는 파스텔 초상화가 있었다. 화가는 반쯤 측면을 향한 어머니의 얼굴을 그려놓았으며, 섬세한 특징들을 훌륭히 묘사했다―위로 말아올린 잿빛 머리카락(어머니의 머리카락은 이십대부터 희끗해졌다), 이마의 깨끗한 곡선, 청회색 눈, 우아한 목선.

내가 헝겊인형 같은 늙은 기사에게 더 빨리 가달라고 재촉하니, 그는 그저 몸을 한쪽으로 기울이며 팔로 반원을 그리는 듯한 특유의 동작으로, 자신의 말들이 그가 오른쪽 펠트장화에 꽂아둔 짧은 채찍을 이제 막 휘두를 것이라 믿게 했다. 그러자 작은 털북숭이 삯말들 역시 기사가 **작은 채찍**을 꺼내는 시늉을 한 것과 마찬가지로 대충 속도를 내는 척했다. 눈에 휩싸여 일종의 환각 상태에 빠진 나는 러시아 소년이라면 너무도 잘 아는 유명한 결투들을 다시 떠올려봤다. 첫 발에 치명상을 입고도 이를 악물고 몸을 일으켜 당테스를 향해 총을 쏘려고 하는 푸시킨을 보았다. 마르티노프를 마주보며 미소 짓는 레르몬토프도 보았다. 렌스키 역할을 맡은 건장한 소비노프가 쓰러지면서 오케스트라를 향해 무기를 날려버리는 모습도 보았다. 조금이라도 이름 있는 러시아 작가라면 누구든 **결투**, 그 적대적인 만남을 묘사했고, 그것은 물론 언제나 고전적인 **뒤엘라볼롱테****였다(영화나 만화에서 유명해진 것처럼, 등을 돌리고 걷다가 돌아서서 빵빵 쏘는 식의 익살맞은 공연

---

* 러시아의 화가이자 디자이너. 발레 뤼스의 무대 디자인으로 유명하다.
** duel à volonté. 상대와의 거리 등 규칙을 사전에 정하지 않고 당사자들에게 맡기는 결투 방식.

이 아니었다). 명망 있는 가문에서는 비교적 최근에도 결투로 인해 비극적인 죽음을 맞는 사람이 있었다. 꿈꾸는 듯한 내 썰매는 서서히 모르스카야 거리를 올라갔고, 흐릿한 결투자들의 윤곽은 서서히 서로를 향해 나아가며 총을 겨누고 방아쇠를 당겼다―때는 동틀 무렵, 장소는 옛 시골 영지의 축축한 빈터, 아니면 황량한 군사 훈련장, 또는 두 줄로 늘어선 전나무들 사이로 눈이 휘몰아치는 곳이었다.

이 모든 것의 배후에는 내가 오열하지 않기 위해 필사적으로 외면하려 한 아주 특별한 감정의 심연이 있었으니, 바로 아버지에 대한 존경심 밑에 자리한 상냥한 우정이었다. 우리의 호흡이 완벽하게 맞는 데서 오는 매혹이었다. 우리가 런던의 신문을 통해 관전한 윔블던 시합들. 함께 풀던 체스 문제들. 내가 동시대의 군소 시인들을 언급할 때마다 아버지의 혀끝에서 아주 자랑스럽게 굴러 나오던 푸시킨의 약강격 시들. 아버지와 나의 관계에는 우리만 아는 허튼소리, 우스꽝스럽게 비튼 단어, 어림짐작으로 따라 한 억양, 행복한 가족의 비밀 암호 같은 농담이 넘쳐났다. 그럼에도 불구하고 그는 행실에 대해서는 지극히 엄격했기에, 아이나 하인을 혼낼 때는 통렬한 말들을 서슴지 않았다. 하지만 타고난 인간애가 너무도 강해서, 오시프가 잘못된 셔츠를 꺼내놓았을 때도 질책이 모욕적으로 느껴지지 않았으며, 아들의 자존심도 겪어서 알고 있었던 터라, 심한 꾸지람을 누그러뜨리더니 갑자기 용서해 버리곤 했다. 그래서 어느 날 수업에서 암송할 준비가 되지 않았던 내가 일부러 무릎 바로 위를 면도칼로 그었다는(여전히 흉터가 남아 있다) 사실을 알고서도 아버지가 진심으로 화를 내지 못하는 것처럼 보였을 때, 나는 기쁘다기보다는 당황스러웠다. 게다가 그는 자기도 어린 시절에 비슷한 잘못을 저질렀다고 고백함으로써, 내가 진실을 감추지 않아도 되게 해줬다.

나는 어느 여름날 오후(실제로는 고작 4, 5년 전의 일이었는데도 아주 오래전 일처럼 느껴졌다) 아버지가 내 방으로 뛰어들어와 내 나비채를 움켜쥐고 베란다 계단을 달려 내려갔던 일을 떠올렸다. 그는 이내 엄지와 검지 사이에 드물고 멋진 러시아왕줄나비 암컷을 끼우고서 유유히 돌아왔다. 서재 발코니에서, 사시나무 잎에 앉아 햇살을 쬐고 있는 그 나비를 보았던 것이다. 나는 우리가 함께 매끄러운 루가 도로를 따라 오래도록 자전거를 탔던 일도, 튼튼한 종아리, 니커보커스 바지, 트위드 외투, 체크무늬 모자를 갖춘 아버지가 시종이 마치 승마를 할 때처럼 현관까지 끌고 온 안장 높은 '둑스' 위에 능숙하게 올라탔던 방식도 기억했다. 아버지는 자전거의 광택을 점검하며 스웨이드 장갑을 꼈고, 오시프가 초조하게 지켜보는 가운데 바퀴가 충분히 빵빵한지를 시험했다. 그런 다음 손잡이를 잡고, 왼발을 프레임 뒤쪽으로 튀어나온 금속 발판에 올린 채, 뒷바퀴의 반대편에 뒀던 오른발로 땅을 밀어내 서너 번 앞으로 추진해본 후에는(이제 자전거가 움직일 준비가 됐다), 느긋하게 오른다리를 페달 위치로 옮기고 왼다리도 올려 안장 위에 앉았다.

마침내 집에 도착해서 현관으로 들어서자마자 크고 쾌활한 목소리가 들려왔다. 꿈 특유의 모든 것이 맞아떨어지는 순간처럼, 제독 고모부가 아래층으로 내려오고 있었다. 붉은 카펫이 깔린 위쪽 층계참, 대리석으로 만들어진 팔 없는 그리스 여인이 방문객 명함을 담는 공작석孔雀石 단지를 굽어보고 있는 곳에서 부모님은 여전히 그에게 말하는 중이었고, 그는 계단을 내려오면서 위를 올려다보더니 웃으며 손에 든 장갑으로 난간을 쳤다. 나는 곧바로 결투는 없을 것이며, 결투 신청은 사과로 마무리됐고, 모든 일이 원만하게 끝났다는 사실을 알아차렸다. 나는 고모부 곁을 스쳐지나가 층계참에 다다랐다. 언제나처럼 차분한 어머니의 얼굴이 보였지만, 아버지의 얼굴을 바라볼 수가 없었다. 그 때, 바로 그 일이 일어났다. 내 마음은 마치 부이니의 함장이 불타는 수보로프* 옆에 배를 댈 때 배를 솟구치게 한 파도처럼 격앙됐지만, 나에겐 손수건이 없었다. 그로부터 1922년 어느 날 밤까지는 10년의 세월이 더 흘러야 했다. 그날 밤 베를린에서 있었던 공개 강연에서, 아버지는 두 명의 러시아 파시스트가 쏜 총알로부터 강연자(오랜 친구 밀류코프)를 보호했고, 암살자들 중 한 명을 강하게 저지하다 다른 한 명이 쏜 총에 치명상을 입었다. 그렇지만 그 미래의 사건은 상트페테르부르크 우리집의 밝은 계단 위에 어떠한 그림자도 드리우지 않았다. 내 머리 위에 놓인 크고 서늘한 손은 떨고 있지 않았으며, 어려운 체스 문제를 푸는 몇 가지 수手 역시 아직 판 위에 오르기 전이었다.**

---

* 부이니와 수보로프 모두 러일전쟁에 투입됐던 러시아 군함이다.
** 1932년 발표된 나보코프의 단편소설 「명아주」는 이후 단편집 『어느 일몰의 세부』에 수록됐으며, 이 소설이 『말하라, 기억이여』 9장 후반부와 유사하다는 점을 나보코프 스스로 밝혔다.

10장

1

캡틴 메인 리드(1818~1883년)의 서부 소설 축약 번역본은, 미국에서 인기가 시들해진 지 한참 뒤에도, 금세기 초 러시아 어린이들 사이에서는 엄청난 인기를 누렸다. 나는 영어를 할 줄 알았기에 『목 없는 기수*The Headless Horseman*』를 원문 그대로 음미할 수 있었다. 두 친구가 옷과 모자와 말을 서로 바꾸는 바람에 엉뚱한 쪽이 살해당한다. 이것이 그 복잡한 줄거리의 골조다. 내가 가지고 있던 판본(아마도 영국판)은 기억 속 서가에선 빨간 천으로 장정된 두툼한 책으로 남아 있다. 물로 그린 듯 엷은 회색 권두화가 실려 있었으며, 아직 새 책이었을 때는 박엽지 한 장이 그 그림의 광택을 감싸고 있었다. 떨어져나간 그 속지가 보인다. 처음에는 잘못 접혔다가, 이내 찢어져버렸다. 그렇지만 분명 루이즈 포인트덱스터*의 불운한 형제가 그려져 있던(내가 메인

리드의 다른 소설 『치명적인 일격*The Death Shot*』과 혼동하는 게 아니라면, 거기에는 코요테 한두 마리도 있었다) 권두화 자체는 상상 속에서 너무도 오랫동안 이글거리는 빛에 노출된 터라, 이제는 완전히 허옇게 바래버렸다. (그러나 나는 1953년 봄에 이 장을 러시아어로 번역하면서 그 그림이 기적처럼 실물로 대체됐음을 깨달았다. 그해 당신과 내가 빌렸던 목장에서 보이는 풍경이었다. 선인장과 유카가 자라는 황무지 어딘가에서 그날 아침 메추라기, 아마도 검은배메추라기의 구슬픈 울음소리가 들려왔을 때, 아무것도 하지 않았는데 보상을 받는다는 느낌이 나를 압도했다.)

이제 내 사촌 유리를 만나볼 차례다. 그는 마르고 혈색이 좋지 않은 소년으로, 짧게 자른 둥근 머리와 빛나는 회색 눈동자를 갖고 있었다. 부모가 이혼을 했고, 돌봐주는 가정교사도 없었으며, 시골 저택을 소유하지 않은 도시 소년이라, 여러모로 나와는 달랐다. 겨울에는 아버지 예브게니 라우슈 폰 트라우벤베르크 남작이 군정 장관으로 있는 바르샤바에서 지냈고, 여름에는 주로 바토보나 비라에서 지냈으나, 그의 어머니이자 나의 괴짜 고모인 니나가 그를 해외로 데려가 지루한 중부 유럽의 온천에 머무는 경우도 있었다. 거기서 고모는 심부름꾼 소년이나 객실 담당 하녀에게 아들을 맡겨놓고 혼자 긴 산책을 하곤 했다. 시골에서 지낼 때 유리는 늦게 일어났기 때문에, 나는 네댓 시간의 나비 사냥을 마치고 점심식사를 하러 돌아오기 전까지 그를 볼 수 없었다. 아주 어린 시절부터 그는 겁이 전혀 없었지만, 결벽한데다 '자연사'에

---

* 실제 등장인물의 이름은 포인덱스터(Poindexter)이며, 나보코프의 오류로 보인다.

경계심이 커서 꿈틀거리는 것을 절대 만지지 못했다. 손안에 가두면 마치 사람처럼 더듬거리며 돌아다니는 작은 개구리의 간질간질한 감촉도, 정강이 살갗을 리듬감 있게 기어오르는 애벌레의 조심스럽고 시원한 감촉도 참아내지 못했다. 그는 납 위에 색을 칠한 작은 군인들을 수집했다. 이러한 것들에 나는 아무런 감흥을 느끼지 못했지만, 그는 내가 여러 종류의 나비들을 꿰고 있는 만큼 군복에 대해 많이 알고 있었다. 그는 공놀이를 하지 않았고 돌 던지기도 서툴렀으며 수영도 못했다. 그러나 수영을 못한다는 말은 한 번도 하지 않았다. 어느 날인가 함께 제재소 근처를 떠다니던 소나무 목재들을 밟고 강을 건너려 했는데, 유난히 미끄러운 통나무가 발밑에서 뒤집히며 휙 도는 바람에 그가 익사할 뻔한 적도 있었다.

우리가 서로의 존재를 처음 인식하게 된 것은 1904년 크리스마스 무렵(나는 다섯 살 반, 그는 일곱 살) 비스바덴에서였다. 기념품가게에서 나온 그가 약 1인치 크기의 작은 은색 권총 모양 장식물을 보여주고 싶어 안달이 난 얼굴로 내게 달려오던 모습을 기억한다―그러다 갑자기 보도 위에 대자로 엎어졌지만 울지 않고 일어섰으며 무릎에서 피가 나는데도 신경쓰지 않은 채 그 보잘것없는 무기를 손에 꼭 쥐고 있었다. 1909년 아니면 1910년 여름, 그는 내게 메인 리드의 책들에 존재하는 극적인 가능성을 열정적으로 가르쳐줬다. 그는 그 책들을 러시아어로 읽었으며(성姓만 제외하고 모든 면에서 나보다 훨씬 더 러시아적이었다), 놀기에 적합한 플롯을 찾으면서 페니모어 쿠퍼*의 이야기나

---

* 미국의 소설가. '가죽 스타킹 이야기' 시리즈 중 『모히칸족의 최후』가 대표작이다.

자신이 열심히 만들어낸 이야기와 섞곤 했다. 나는 좀더 거리를 두고 우리의 놀이를 바라보았고, 되도록 원작에 충실하려 했다. 무대는 주로 바토보의 공원이었는데, 그곳 산책로는 비라에 있는 길보다 훨씬 더 구불구불하고 복잡했다. 우리는 함께 범인을 쫓으며 상당히 강한 힘으로 연필 길이의 막대기를 발사하는 스프링 권총을 사용했다(막대기의 놋쇠 끄트머리에 달린 고무로 된 충격 흡수 장치는 남자답게 비틀어 떼어냈다). 나중에는 밀랍 탄환이나 다트용 화살을 발사하는 다양한 공기총이 등장했고, 치명적이지는 않아도 맞으면 꽤 아플 수 있었다. 1912년에는 그가 자개로 장식된 인상적인 연발 권총을 들고 왔는데, 가정교사 렌스키가 그것을 조용히 가져가 보관함에 넣더니 자물쇠를 잠가버렸다. 하지만 그전에 우리는 이미 그것으로 (진짜 목표였던 카드의 에이스를 위한 예행연습으로) 구두 상자 뚜껑을 날려버리는 데 성공했다. 그날 우리는 언제인지 모를 먼 옛날 결투가 벌어졌다는 소문이 있는 어느 푸르른 길에서 번갈아 상자를 든 채 신사답게 떨어져 서 있었다. 그다음 해 여름 그는 어머니와 함께 스위스에 가고 없었다. 그리고 그가 죽은 직후(1919년), 그해 7월에 그들이 머물렀던 호텔을 찾아 같은 방에 묵게 된 그의 어머니는 떨어진 머리핀을 줍기 위해 안락의자 틈새에 손을 깊숙이 찔러넣었다가 갑옷을 입은 자그마한 기병을 발견했다. 탈것이 없었음에도 기병은 여전히 구부린 다리로 보이지 않는 군마를 누르고 있었다.

1914년 6월 그가 일주일 동안 와 있었을 때(이제 그는 열여섯 살 반이었고 나는 열다섯 살이었으며, 둘의 차이가 두드러지기 시작했다), 정원에서 둘만 있게 되자마자 그가 제일 먼저 한 일은, 세련된 은색 케이스에서 '용연향' 담배를 스윽 꺼내는 것이었다. 케이스 안쪽은 금박이 입혀져 있었는데, 그는 거기에 새겨진 3×4=12라는 공식을 보여주면서 G. 백작부인과 함께 보낸 사흘 밤을 추억하기 위해 새긴 것이라고 했다. 그리고 지금은 헬싱키에 사는 늙은 장군의 어린 부인과도, 또 가치나에 있는 어느 대위의 딸과도 사랑에 빠져 있다고 했다. 나는 세상을 다 안다는 식의 그런 고백을 들을 때마다 일종의 절망감을 느꼈다. "좀 사적인 전화를 하려면 어디로 가야 하지?" 그가 물었다. 나는 그를 데리고 다섯 그루의 미루나무와 말라버린 오래된 우물(불과 몇 년 전, 기겁한 세 명의 정원사가 우리를 밧줄로 끌어올려준 곳이었다)을 지나 하인들 숙소의 복도로 갔다. 창턱에 이끌려 날아온 비둘기들의 구구 소리가 들려오는, 햇볕자국이 남은 벽에 우리 시골 저택에서 가장 낡고 외진 전화기 한 대가 걸려 있었다. 커다란 상자 모양 기계로, 교환원의 조그마한 목소리를 불러내려면 요란하게 손잡이를 돌려야 했다. 유리는 야생마 몰이꾼을 흉내내던 시절보다 훨씬 더 차분하고 사교적인 사람이 되어 있었다. 그는 벽에 등을 기대고 널빤지 탁자 위에 앉아 긴 다리를 흔들거리며 하인들과 수다를 떨었다(나는 하면 안 된다고 생각했고, 어떻게 하는지도 모르는 종류의 일이었다)─구레나룻을 기른 나이든 시종이 한 번도 본 적 없는 웃음을 지었고, 시시덕거리는 부엌 하녀가 목을 드러내고 대담한 눈빛을 보내는 것도 나는 그제야 의식했다. 유리가 세번째 장거리 전화를 마친 뒤(그의 프랑스어가 얼마나 형편없는지를 알게 되자 안도감과 실망감이 동시에 찾아왔다), 우리는 마을 식료품점으로 걸어내려갔다. 나는 그곳에 가볼 생각은 꿈에도 해보지 못했고, 검은색과 흰색 해바라기씨 1파운드를 살 생각은 더더군다나 해본 적이 없었다. 느긋하게 집으로 돌아오는 길에 우리는 쉴 곳을 찾는 늦은 오후의 나비들 사이를 지나며 우적우적 씨를 씹고 껍질을 뱉어냈다. 그는 컨베이어처럼 하려면 어떻게 해야 하는지를 보여줬다. 먼저 오른쪽 뒤편 어금니로 씨를 쪼갠 뒤 혀로 알맹이를 골라내고 껍질 두 쪽을 뱉어낸다. 부드러운 알맹이를 왼쪽 어금니로 옮겨 씹는 동안 다음 씨는 이미 오른쪽에서 깨지고 있고, 그렇게 차례차례 이어지는 것이다. 오른쪽이라고 하니 생각나는데, 그는 자신이 완고한 '군주제 지지자'임을 인정했고(정치적이라기보다는 낭만적인 면에서), 내가 주장하는 (그리고 완전히 추상적인) '민주주의'를 개탄했다. 그는 자신의 유려한 시 가운데 몇 편을 암송했는데, 당시 유행하는 시인이었던 딜라노프-톰스키(「실연가」「밤의 묘지」 등등, 이탈리아어 경구와 단락 제목을 선호했다)에게 특출하게 '긴' 운율을 칭찬받았다고 자랑했다. vnemlyu múze ya(뮤즈에게 귀기울여)와 lyubvi kontúziya(사랑의 타박상)를 예로 들었는데, 나는 내가 찾아낸 최고의 (그리고 아직 사용해본 적 없는) 단어들, zápoved(계율)와 posápivat'(훌쩍거리다)로 맞섰다. 그는 톨스토이의 반전反戰 사상에 분노했고, 안드레이 볼콘스키 공작*을 열렬히 찬미했다. 그는 내가 열한 살 때(베를린, 튀르키예풍 소파 위에서였고, 프리바트슈트라세에 자리한 우리의 어두침침한 로코코풍 주택과 그 어둡고 축축한 뒤뜰에 낙엽송과 땅요정들이 있던 그 풍경은 오래된 엽서처럼 영원히 그 책 속에 남아 있다) 처음으로 읽었던 『전쟁과 평화』를 이제야 막 발견한 참이었다.

---

* 톨스토이의 소설 『전쟁과 평화』에 등장하는 인물.

갑자기 사관학교 제복을 입은 내 모습이 보인다. 때는 1916년, 우리는 다시 마을을 향해 걷고 있으며, (모리스 제럴드와 불운한 헨리 포인트덱스터처럼) 서로 옷을 바꿔 입은 상태다. 유리는 나의 흰 플란넬 셔츠에 줄무늬 넥타이를 하고 있다. 그해 그가 머물러 있던 짧은 한 주 동안, 우리는 어디에서도 찾아보지 못한 놀이를 만들어냈다. 정원 후미진 곳, 재스민에 둘러싸인 작은 원형 놀이터 가운데에 그네가 있었다. 우리는 모래 위에 등을 대고 똑바로 누웠을 때 이마와 코 바로 위 몇 인치 떨어진 곳을 초록색 그네판이 스쳐지나가도록 줄 길이를 조정했다. 우리 중 한 명이 먼저 그네판 위에 올라서서 점점 더 힘차게 그네를 움직였다. 다른 한 명은 표시된 지점에 뒤통수를 대고 누웠다. 그러면 무지막지하게 높아 보이는 곳에서부터 그네판이 얼굴 위로 빠르게 휙 날아왔다. 그로부터 3년 뒤, 그는 데니킨 군대의 기병 장교로 복무하다가 크림 북부에서 붉은 군대와 교전하던 중에 전사했다. 죽은 그를 얄타에서 보았는데, 두개골 전면이 여러 발의 총알에 맞아 무너져 있었다. 그가 부대를 앞질러 홀로 무모하게 붉은 군대의 기관총 소굴로 돌격했을 때, 그 총알들이 무시무시한 그네의 철판처럼 그를 강타했던 것이다. 그렇게 해서 그는 평생 염원해온 전투에서의 용맹스러운 행동, 권총이나 칼을 뽑아 들고 용감하게 달리는 궁극의 질주를 향한 갈증을 해소했다. 내가 그의 비문을 쓸 만한 능력이 있었다면, 다음과 같이―여기에 모아놓은 말들보다 더욱 풍부한 어휘로―요약했을지도 모른다. 유리의 모든 감정과 모든 생각은 한 가지 재능의 지배를 받았으며, 그것은 도덕적 의미에서 절대음감과 같은 명예심이었다고.

2

최근에 나는 『목 없는 기수』를 다시 읽었다(삽화가 없는 무미건조한 판본으로). 나름대로 괜찮은 책이었다. 예를 들어 우리 주님의 해(캡틴의 말버릇이었다)인 1850년, 통나무 벽으로 된 텍사스 어느 호텔의 술집에는 셔츠 차림의 '종업원'이 있었고, '최고급 리넨과 레이스로 만든' 주름 장식 셔츠를 입은 것으로 봐서 그는 꾸미는 데 관심이 많은 상당한 멋쟁이였다. 색색의 디캔터들(그 사이에서는 네덜란드제 시계가 '예스럽게 똑딱거렸다')은 '그의 어깨 너머로 빛나는 무지개' 같았고, '그의 향기 나는 머리를 둘러싼 후광' 같았다. 유리잔에서 유리잔으로 얼음, 포도주, 머논거힐라*가 흘렀다. 사향, 압생트, 레몬껍질 냄새가 술집 안을 채웠다. 테레빈유 램프들이 빛나며 흰 모래 바닥 위에 시커먼 별표들을 '가래처럼 뱉어냈다'. 우리 주님의 또다른 해였던 1941년, 나는 댈러스와 포트워스 사이에 있는 주유소의 네온 불빛 아래에서 아주 멋진 나방들을 잡았다.

술집 안으로 악당이 들어온다. '노예를 채찍질하는 미시시피 사람'이자 전前 의용군 대장으로서, 잘생기고 거들먹거리고 험상궂은 캐시어스 캘훈이다. 그는 '미국인을 위한 미국을 위해, 그리고 외국에서 온 모든 침입자, 특히 d-d〔처음 이런 종류의 얼버무림을 마주쳤을 때엔 몹시 당황스러웠다. 죽은dead? 혐오스러운detested?〕 아일랜드인에게

---

* 미국 웨스트버지니아와 펜실베이니아를 흐르는 강. 이 지역에서 미국 최초의 위스키가 생산됐다.

혼돈을!'이라고 건배한 뒤, 몰이꾼 모리스(선홍색 스카프에 트임 있는 벨벳 바지를 입은 그에겐 뜨거운 아일랜드인의 피가 흘렀다)에게 일부러 부딪혔다. 책의 말미에서 모리스의 신부新婦는 이 젊은 말馬 상인이 사실 준남작 모리스 제럴드 경임을 알고 흥분한다. 이런 부적절한 흥분이야말로, 아일랜드계 작가들의 명성이 귀화한 나라에서 너무도 빨리 시든 이유 중 하나였을 것이다.

부딪힌 즉시 모리스는 다음과 같은 순서로 일련의 조치를 취했다. 자신의 잔을 카운터 위에 올려놓고, 주머니에서 비단 손수건을 꺼내고, 자수 놓인 셔츠의 가슴 부분에 묻은 '위스키 자국'을 닦아내고, 손수건을 오른손에서 왼손으로 옮기고, 카운터에 있던 반쯤 빈 유리잔을 들어, 남아 있는 내용물을 캘훈의 얼굴에 끼얹고는, 다시 조용히 잔을 카운터에 내려놓았다. 내가 이 장면을 지금도 외우고 있는 것은, 사촌과 수도 없이 연기했던 덕분이다.

즉시 결투가 그곳, 빈 술집에서 벌어졌고, 두 사람은 콜트 6연발 권총을 사용했다. 나는 싸움에 관심이 있었지만(……둘 다 부상을 입었으며…… 모래가 깔린 바닥은 그들에게서 뿜어져나온 피로 흥건했다……) 공상 속에서 그 술집을 나와 호텔 앞에 숨죽이고 있는 군중 틈에 섞여 (그 '향기로운 어둠' 속에서) '미심쩍은 직업'을 가진 세뇨리타들을 찾아보지 않을 수가 없었다.

더욱더 흥미진진하게 읽은 것은 캘훈의 예쁜 사촌이자 설탕 농장주의 딸인 루이즈 포인트덱스터의 이야기였다. 그녀의 아버지는 '그 계급에서 가장 고귀하면서도 오만한 자'라고 했다(설탕을 재배하는 노인이 어째서 고귀하고 오만한지는 의문이었지만 말이다). 그녀는 질투심에 괴로워하며(나는 검은 머리에 흰 비단 리본을 단 마라 르제부스키라는 창백한 아이가 알 수 없는 이유로 갑자기 나를 외면하던 불행한 파티들에서 이런 감정을 격렬히 느끼곤 했다) 자기 집 **옥상** 가장자리에 서 있었다. 그녀의 흰 손은 '아직 밤이슬에 젖어 있는' 난간의 갓돌 위에 올려져 있었고, 끊어질 듯한 호흡에 그녀의 양쪽 가슴은 빠르게 가라앉았다 부풀어올랐으며, 그녀의 양쪽 가슴은, 다시 한번 읽어보겠다, 가라앉았다 부풀어올랐으며, 그녀의 손잡이 달린 안경이 향한 곳은……

그 안경은 나중에 마담 보바리의 손에서 발견됐고, 더 나중에는 안나 카레니나가 가졌으며, 그다음에는 체호프의 개를 데리고 다니는 여인이 소유했다가, 얄타의 부두에서 분실됐다. 루이즈가 들고 있었을 때는 메스키트나무 아래 얼룩덜룩한 그림자 쪽을 향하고 있었는데, 거기서 그녀가 마음을 둔 기수騎手는 부유한 **대농장주**의 딸인 도냐 이시도라 코바루비오 데 로스 야노스(그녀의 '풍성한 머리채는 야생마의 꼬리에 견줄 만했다')와 순진한 대화를 나누던 중이었다.

"한번은 말이죠," 후에 모리스는 말을 타고 가면서, 역시 말을 타고 있는 루이즈에게 이렇게 설명했다. "도냐 이시도라를 무례한 인디언들에게서 구해드릴 기회가 있었습니다." "그걸 가벼운 일이라고 하시는 건가요!" 어린 크레올* 아가씨가 소리쳤다. "내게 그런 일을 해주는 남자가 있다면―" "그에게 뭘 해줄 건가요?" 모리스가 열렬히 물었다. **"물어보나마나죠! 난 그를 사랑할 거예요!"** "그럼 나는 내 삶의 반을 바쳐 당신을 살쾡이와 그의 주정뱅이 친구들에게 넘기고, 나머지 반을

---

* 아메리카 원주민과 유럽인 사이에서 태어난 사람.

바쳐 당신을 그 위험에서 구하겠어요."

여기에서 우리는 정중한 작가가 이상한 고백을 삽입해놓은 것을 보게 된다. "내 평생 가장 달콤했던 입맞춤은, 여성—그 아름다운 피조물이 사냥터에서—이 안장 위에서 몸을 기울여, 마찬가지로 안장 위에 착좌着座한 내게 했던 입맞춤이었다."

'착좌'했다는 표현 덕분에 캡틴이 아주 편안하게 '했을' 그 입맞춤을 지속시키고 구체화할 수 있기는 하지만, 나는 열한 살 나이에도 그런 반인반마식 애정 표현에 특수한 제약이 있으리라는 느낌을 받을 수밖에 없었다. 게다가 유리와 나는 그것을 시도해본 소년을 알고 있었는데, 소녀의 말이 소년의 말을 도랑으로 밀어버렸다고 했다. 수풀 속 모험에 지친 우리는 잔디 위에 드러누워 여자에 대해 토론했다. 당시 우리의 순진함은, 돌이켜보면 거의 경악스러울 정도인데, 작은 꼬맹이들이 미친듯이 교미하는 이야기를 포함한 각종 '성적 고백'(해블록 엘리스*의 책 등에서 찾아볼 수 있는)이 있었다. 섹스의 뒷골목은 아직 미지의 세계였다. 만약 우리가 평범한 남자 둘이 서로를 마주보며 바보처럼 자위하는 이야기를 들었더라면(공감어린 어조로 그 냄새까지 묘사한 장면들을 현대 미국소설에서 찾아볼 수 있다), 그런 행위 자체가 손발 없는 생물과 자는 것만큼이나 우습고도 불가능한 일이라고 여겼을 것이다. 우리의 이상형은 기네비어 왕비나 이졸데로, 무정한 **미녀**는 아니며, 다른 남자의 아내고, 자존심 높고 유순하며, 유행에 밝고 재빠르며, 발목이 가늘고 손이 늘씬한 여자였다. 우리나 다른 소년들

---

* 영국의 작가이자 성(性)을 연구한 학자.

이 춤 교습이나 크리스마스트리 파티에서 만났던 단정한 양말과 펌프스를 신은 작은 소녀들에게도 황홀한 구석은 있었다. 그것은 점점이 불꽃이 박힌 그들의 홍채 안에 비치는 트리의 과자와 별들 같은 매력이었다. 그들은 우리를 놀리기도 하고, 힐끗 뒤돌아보기도 하고, 막연히 축제 같은 우리의 꿈속에 즐겁게 참여하기도 했지만, 그 님펫*들은 우리가 실제로 갈망했던 사춘기 미녀들이나 커다란 모자를 쓴 요부들과는 전혀 다른 부류의 생물체였다. 유리는 내게 피로써 비밀 유지 서약을 하게 한 뒤, 자신이 열두 살 혹은 열세 살 때 몰래 짝사랑했으며 수년 뒤엔 같이 잤다는 바르샤바의 유부녀 이야기를 해줬다. 그에 비하면 내 바닷가 놀이 친구 이야기가 유치해 보일까봐 두려웠지만, 그의 연애담에 필적할 만한 이야기를 꾸며냈는지는 기억나지 않는다. 하지만 바로 그 무렵, 내게도 진정으로 낭만적인 모험이 찾아오고 있었다. 이제부터 내가 하려는 일은 상당히 고난이도로, 웨일스식 흔들기와 함께 두 번 공중제비를 도는 것 같은 일이니(옛날 곡예사들은 무슨 말인지 알 것이다), 부디 정숙해주기를 바란다.

3

1910년 8월, 남동생과 나는 부모님, 가정교사(렌스키)와 함께 바트 키싱겐에 있었다. 그후 아버지와 어머니는 뮌헨과 파리를 여행하다가

---

* 나보코프의 소설 『롤리타』에서 주인공 험버트가 성적 매력이 있다고 여긴 아홉 살에서 열네 살 사이의 여자아이를 지칭한 표현.

상트페테르부르크로 돌아갔고, 가을에서 초겨울 사이에는 우리가 치과 치료를 위해 렌스키와 함께 머물고 있던 베를린으로 왔다. 로웰인지 로언인지 이름이 정확히 기억나지 않는 미국인 치과의사가 우리의 이를 몇 개 뽑았고, 다른 치아들은 실로 묶었으며, 교정기로 우리 얼굴을 흉하게 만들어놓았다. 충치 안으로 뜨거운 고통을 주입시키던 배梨 모양의 고무 펌프보다 더욱 끔찍했던 것은 탈지면이었다. 나는 그 건조한 촉감과 끽끽거리는 소리를 견딜 수가 없었지만, 수술의 편의를 위해 잇몸과 혀 사이에 탈지면이 쑤셔넣어지곤 했다. 무력해진 내 눈앞에 투명한 유리창이 보였고, 황량한 바다 풍경인지 회색 포도인지 모를 무늬가 멀리 우중충한 하늘 아래를 지나는 전차 진동의 희미한 여운으로 인해 떨리고 있었다. '인덴첼텐 18번지 A'—그 주소가 강약격으로 춤추며 내게 되돌아오자, 곧바로 치과까지 우리를 데려다준 크림색 전동 택시의 속삭이는 듯한 움직임이 떠오른다. 그 끔찍한 아침들을 견뎌낸 보상으로 우리는 이것저것을 기대했다. 남동생은 운터덴린덴 거리의 아케이드에 있는 밀랍인형 박물관을 좋아했다. 그곳에는 프리드리히의 척탄병들, 미라와 대화중인 보나파르트, 잠든 채 광시곡을 작곡한 젊은 리스트, 신발 모양 욕조에서 죽은 마라가 있었다. 내가 (그때까지는 마라가 열성적인 나비학자였다는 것을 몰랐다) 좋아했던 것은 아케이드의 구석에 있는 그루버의 유명한 나비 상점으로, 가파르고 좁은 계단 꼭대기에 있던 장뇌 냄새 가득한 낙원이었다. 나는 이틀에 한 번꼴로 그 계단을 올라가, 채프먼의 새로운 부전나비라든지 만Mann이 근래에 재발견한 흰나비가 마침내 들어왔는지 묻곤 했다. 우리는 공공 코트에서 테니스를 치려고 해봤지만 겨울 강풍이 계속해서 낙엽을 코트 안으로 몰아댔다. 게다가 렌스키가 테니스를 제대로 치지도 못하면서 끼워달라고 했기에, 외투도 벗지 않는 그와 불균형한 3인 경기를 해야 했다. 결국 우리는 오후 대부분을 쿠르퓌르스텐담에 있는 롤러스케이트장에서 보냈다. 렌스키가 주저없이 달려가 기둥을 껴안으려다가 무시무시한 소리를 내며 부딪혔던 것이 기억난다. 그는 얼마간 버티다가, 플러시 천을 두른 난간 옆의 특별석에 자리를 잡고 거기서 생크림이 올라간 V자 모양의 짭짜름한 모카 **토르테***를 먹는 데 만족했다. 그러는 동안 나는 계속 넘어지는 불쌍하고 꿋꿋한 세르게이를 힘들이지 않고 추월했는데, 그 광경은 마음속을 뱅뱅 도는 짜증스러운 기억 중 하나가 되었다. 심상치 않게 몸을 흔들어대는 지휘자가 이끄는 군악대(당시 독일은 음악의 나라였다)의 연주가 약 십 분마다 울려 퍼졌음에도 불구하고 바퀴들이 끝없이 바닥을 쓸며 우르르 울려대는 소리를 집어삼키지는 못했다.

러시아에는 과거에도 존재했고, 분명 지금도 존재할 특별한 유형의 남학생이 있으니, 운동을 잘하게 생기지도 않고, 지능면에서 출중하지도 않으며, 실제로 수업에서 활기가 없고 골격이 다소 앙상한데다 심지어 폐병 기색까지 있지만, 놀랍게도 축구뿐 아니라 체스에도 뛰어나며, 기술이 필요한 스포츠나 게임이라면 무엇이든 아주 쉽고 품위 있는 방식으로 터득하는 소년이다(나의 팀메이트이자 라이벌이었던 보라 시크, 코스탸 부케토프, 그 유명한 샤라바노프 형제는 지금 어디에 있을까?). 나는 빙판 위에서 스케이트를 잘 탔으며, 스케이트에서 롤

---

* 크림, 잼, 초콜릿, 과일 등을 겹겹이 쌓아 만든 원형 케이크. 주로 조각으로 잘라서 판매한다.

러스케이트로 바꿔 타는 일이란 내게 성인 남성이 일반 면도칼에서 안
전 면도칼로 바꾸는 것만큼이나 손쉬운 일이었다. 나는 링크의 나무
바닥에서 쓸 수 있는 두세 가지 교묘한 스텝을 매우 빠르게 익혔고, 어
떤 무도회장에서도 그보다 더한 열정과 능력을 쏟아부어 춤춘 적이 없
었다(우리, 시크와 부케토프 같은 부류는 대개 사교춤에 서툴렀다). 강
사 몇 명이 진홍색 제복을 입고 있었는데, 반은 경기병 같았고 반은 호
텔 보이 같았다. 그들은 모두 이런저런 종류의 영어를 썼다. 얼마 지나
지 않아 나는 단골 방문객 가운데 미국인 여자아이들의 무리가 하나
있음을 알아챘다. 처음엔 그들 모두 밝고 이국적인 아름다움의 회전
속에 한데 섞여 있었다. 구별이 생겨난 것은 그날도 내가 외로이 춤추
고 있을 때였으니(그리고 바로 몇 초 전 링크에서 최악으로 넘어졌었
다), 빙빙 도는 중 누군가가 나에 대해 뭐라고 말하는 소리가 들려왔
고, 이어 콧소리가 섞인 너무나도 근사한 여자 목소리가 이렇게 대답
했다. "응, 쟤 정말 잘하지 않니?"

　군청색 맞춤 정장을 입은 키가 큰 그녀의 모습이 지금도 눈에 선하
다. 그녀의 커다란 벨벳 모자는 눈부신 핀으로 고정되어 있었다. 뻔한
이유로 나는 그녀의 이름을 루이즈라고 정했다. 밤이면 깨어 있는 채
로 누워 온갖 낭만적인 상황을 상상했고, 그녀의 가냘픈 허리와 흰 목
을 떠올렸으며, 그때까지는 반바지에 쓸릴 때만 느껴졌던 기이한 불쾌
감도 신경이 쓰였다. 어느 오후, 링크 로비에 서 있는 그녀를 보았다.
강사 중에서 가장 잘생긴, 캘훈 같은 부류의 근사한 악당이 그녀의 손
목을 잡고 비뚤어진 미소를 지으며 뭔가를 따지는 중이었다. 그녀는
다른 곳을 보면서, 붙잡힌 자신의 손목을 아이처럼 이리저리 돌리고

있었다. 다음날 밤 그는 총에 맞았고, 올가미에 걸려 산 채로 묻혔으며, 다시 한번 총에 맞았고, 목이 졸리고 통렬하게 모욕당한 뒤, 서늘한 총구 앞에 섰다가 간신히 목숨만 부지한 채로 부끄러운 삶을 살아가게 되었다.

고결한 신조를 지녔지만 다소 단순한 사람이었던 렌스키는 그때 처음으로 외국에 나온 터라, 교육자로서의 의무와 관광의 즐거움을 조화시키는 데에 애를 먹었다. 우리는 그 점을 이용해 부모님이라면 허락하지 않았을 곳으로 그를 유인했다. 예를 들어 그는 빈터가르텐*의 유혹을 이기지 못했고, 결국 어느 날 밤 우리는 그곳의 오케스트라 박스석에 앉아 아이스 초콜릿을 마시게 되었다. 공연은 평범하게 진행됐다. 야회복을 입은 곡예사가 등장했고, 이어 가슴에 번쩍이는 라인스톤을 단 여자가 나와 번갈아 뿜어져나오는 녹색과 적색 불빛 속에서 떨리는 목소리로 콘서트 아리아를 불렀다. 그다음에는 롤러스케이트를 탄 희극배우가 나왔다. 그 배우와 자전거 묘기(여기에 대해서는 추후 이야기하겠다) 사이에는 '갈라 걸스'라는 프로그램이 있었는데, 나는 링크에서 실수로 넘어졌을 때처럼 부끄럽고 산산이 부서지는 듯한 육체적 충격을 받으며, 꽃줄처럼 늘어서서 새된 목소리를 내는 뻔뻔한 '소녀들'에 섞여 있는 나의 미국인 소녀들을 알아봤다. 그들은 왼쪽에서 오른쪽으로, 다시 오른쪽에서 왼쪽으로 물결치듯 움직였고, 똑같이 생긴 열 개의 다리가 박자에 맞춰 열 개의 꽃송이 치마 안에서 튀어나왔다. 나는 내 루이즈의 얼굴을 찾아냈다―그 순간 모든 것이 끝났다

---

* 베를린에 위치한 극장.

는 것을, 그녀를 잃었다는 것을, 또 그녀가 그토록 큰 소리로 노래하고 새빨간 입술로 웃고 '자존심 센 크레올'이나 '미심쩍은 세뇨리타'의 매력적인 모습과는 너무도 다른 우스꽝스러운 모습을 하고 있다는 사실을 내가 결코 용서하지 못하리라는 것을 알아차렸다. 물론 그녀 생각을 완전히 떨쳐버릴 수는 없었지만, 그 충격으로 인해 내 안에서 어떤 유도 작용이 해방된 듯했다. 나는 곧 어떤 모습의 여성을 떠올리든, 이미 익숙해진 그 당혹스러운 불쾌감이 따라온다는 사실을 깨달았다. 나는 이에 대해 부모님에게 물어봤고(우리가 어떻게 지내는지 보려고 베를린에 와 있었다), 아버지는 막 펼친 독일어 신문을 펄럭이면서 영어로 답했다(어딘가에서 본 문장을 패러디한 말투였는데, 그가 종종 말을 꺼낼 때 쓰는 방식이었다). "그건 말이다, 애야, 자연의 황당한 결합일 뿐이야. 부끄러우면 얼굴이 빨개지고 슬플 때 눈이 빨개지는 것과 같단다." **"톨스토이가 죽었다는군."** 그는 갑자기 전혀 다른, 경직된 목소리로 말하면서 어머니를 보았다.

"Da chto ti('큰일이네'와 비슷한 뜻)!" 어머니는 무릎 위의 손을 꽉 맞잡으며 슬프게 외쳤다. 그녀는 마치 톨스토이의 죽음이 묵시록의 재앙이라도 된다는 듯, "Pora domoy(집에 갈 시간)"라고 말을 맺었다.

4

앞에서 언급한 자전거 묘기가 이제 나온다―적어도 나한테는 곡예였다. 이듬해 여름에는 유리가 비라의 우리집을 방문하지 않았기에,

나는 홀로 남아서 낭만적인 흥분 상태에 대처해야 했다. 비 오는 날이면 나는 거의 사용되지 않는 책장 발치에 웅크리고 앉아, 내 은밀한 조사를 단념시키려는 듯 어둠침침한 불빛 아래에서, 82권짜리 브로크하우스 『백과사전』의 러시아어판을 펼쳐, 난해한 단어들을, 난해하면서도 감질나게 힘을 빼는 단어들을 찾아보곤 했다. 지면을 아끼기 위해 이런저런 항목의 표제어들이 상세한 설명 내내 대문자 머리글자로 축약되어 있었다. 미니언 타입*으로 빽빽하게 인쇄되어 있던 지면의 그 단段들은 집중력의 한계를 시험했을 뿐 아니라, 별로 친숙하지 않은 단어의 축약어가 탐욕스러운 눈과 숨바꼭질을 벌이는 가장무도회처럼 겉만 번드르르한 매력을 띠고 있었다. "모세는 P.를 폐지하려 했으나 실패했다. ……근대에 와서 손님에게 환대를 제공하는 P.는 마리아 테레지아 치하 오스트리아에서 번성했다. ……독일 여러 지역에서 P.로 얻는 수익은 성직자들에게 돌아갔다. ……러시아에서는 P.가 1843년부터 공식적으로 묵인됐다. ……열 살에서 열두 살 무렵 주인이나 주인의 아들이나 하인들 중 누군가에게 유혹을 당한 고아 소녀는 거의 예외 없이 P.로 끝이 났다."** 이런 식으로, 내가 처음 체호프나 안드레예프에 빠졌을 때 알게 된 저속한 사랑에 대한 암시가, 있는 그대로 밝혀지기보다는 더욱 풍성한 비밀을 지니게 되었다. 화창한 날에는 나비 채집이나 다양한 스포츠로 낮을 보냈지만, 아무리 몸을 움직여도 저녁이면 정처 없는 발견의 항해를 나서게 하는 들썩임을 누르지는 못했다. 오후의 대부분을 말 위에서 보낸 뒤 해 질 녘 자전거를 탈 때면, 설

---

* 7포인트 크기의 활자.

** 매춘(prostitute)을 뜻한다.

명하기 힘들지만 신기하게도 마치 육체에서 벗어나는 듯한 느낌이 들었다. 나는 엔필드 자전거의 핸들을 뒤집어 보조 안장 높이까지 낮추면서 그것을 경주용 자전거라고 생각했다. 공원의 길을 달리며 전날 던롭 타이어가 남긴 무늬를 따라갔고, 튀어나온 나무뿌리를 요령 있게 피했으며, 떨어져 있는 잔가지 하나를 골라 민감한 앞바퀴로 똑 하고 부러뜨렸다. 나는 두 장의 평평한 나뭇잎 사이를, 작은 돌과 그 돌이 전날 밤 떨어져 나온 구멍 사이를 누비면서 나아갔다. 잠시 냇물 위 다리의 부드러움을 즐기기도 했다. 테니스 코트의 철조망을 둘러 가다가, 공원 끝 흰 칠을 한 작은 문을 자전거로 밀어 열기도 했다. 그러고 나서는 자유를 만끽할 때의 우울한 황홀감을 느끼면서, 기다란 시골길의 단단히 굳은, 기분좋게 뭉쳐 있는 가장자리를 따라 속도를 냈다.

그 여름 내내 나는 늘 석양빛을 받아 금색이 된 오두막집을 지나갔다. 문간에는 우리집 마부들의 우두머리인 자하르의 딸이자 나와 동갑인 폴렌카가 서 있었다. 그녀는 문설주에 기댄 채, 러시아 시골 사람 특유의 부드럽고도 느긋한 태도로 가슴 위에서 맨 팔로 팔짱을 끼고 있었다. 그녀는 내가 다가오는 것을 보고 몹시 반가워하는 빛을 얼굴에 드러냈지만, 가까워질수록 그 빛은 절반쯤 되는 미소로 줄어들었고, 이윽고 꼭 다문 입술 언저리에 희미한 빛만 남았으며, 마침내 그것조차 사라져, 내가 그녀 앞에 다다랐을 때는 둥글고 예쁜 얼굴에 아무런 표정이 없었다. 그러나 내가 폴렌카를 지나쳐, 언덕 위로 전력질주를 하기 전에 마지막으로 한 번 고개를 돌려보면, 보조개가 돌아온 그녀의 사랑스러운 얼굴 위에는 다시 그 수수께끼 같은 빛이 번져 있었다. 그녀에게 한 번도 말을 걸지는 않았지만, 그 시간에 자전거를 타지 않게 되고 나서 한참이 지난 뒤에도 나는 두세 번의 여름 동안 이따금씩 폴렌카와 눈을 맞추는 관계를 이어나갔다. 그녀는 어디선가 나타나, 늘 조금 떨어진 곳에 맨발로 서 있었으며, 왼쪽 발등을 오른쪽 종아리에 문지르거나 약지로 밝은 갈색 머리의 가르마를 긁고 있었다. 그리고 항상 어딘가에 기대어 있었다―내가 말에 안장을 얹는 동안에는 마구간 문이었고, 선선한 9월 아침, 겨울 동안 지낼 도시로 떠나는 우리를 배웅하기 위해 시골집 하인들이 모두 나와 늘어서 있을 때는 나무줄기이기도 했다. 볼 때마다 그녀의 가슴은 조금 더 부드러워진 것 같았고, 팔뚝은 조금 더 탄탄해진 것 같았다. 그녀가 내 시야에서 사라져버리기 직전(그녀는 열여섯 살에 먼 마을의 대장장이와 결혼했다), 한두 번 그녀의 커다란 담갈색 눈동자 속에 언뜻 냉소가 비치는 것을 발견한 적이 있었다. 이상하게 들릴지 모르지만, 그녀는 늘 나의 꿈속에서 단지 미소를 꺼트리지 않은 것만으로도 잠을 확 쫓아버리고 나를 끈적끈적한 의식 상태로 몰아가는 강렬한 능력을 지녔던 첫번째 여자였다. 비록 현실 속의 나는 마치 옛날 영주 같은 진부한 구애로 그녀에게 모욕을 주는 것보다, 먼지가 굳어 있는 그녀의 발이나 곰팡내 풍기는 옷에 구역질이 나는 사태를 훨씬 더 두려워했지만 말이다.

5

뇌리를 떠나지 않는 그녀의 이미지에 대한 이야기를 마치면서, 특히 생생한 장면 두 개를 동시에 눈앞에 놓아보고 싶다. 하나는 내가 문간이나 석양과 연결 짓는 폴렌카와는 전혀 다른 것으로, 내 안에서 오랫동안 지속되어왔으며, 어쩌면 내버려두는 편이 나았을 그녀의 가련한 아름다움이 님프의 화신으로 변하는 모습을 엿본 순간과도 같았다. 그녀와 내가 모두 열세 살이던 6월 어느 날 오레데시 강둑에서, 나는 소위 파르나소스 나비—정확히는 **파르나시우스 므네모시네***—를 채집하고 있었다. 그것은 오래된 계보의 신기한 나비로, 반투명 날개는 바스락거리며 빛나고 몸통은 미상尾狀**으로 핀 꽃처럼 푹신해 보였다. 나는 나비를 쫓다가, 차갑고 푸른 강물의 가장 끄트머리에 있는, 우유처럼 흰 승마의 빽빽한 덤불과 짙은 오리나무숲에 발을 들였다. 갑자기 물 튀기는 소리와 고함이 터져나왔고, 나는 향기로운 덤불숲 뒤에 숨어, 옛 목욕탕 폐허로부터 몇 피트 떨어진 곳에서 벌거벗은 아이 서너 명과 폴렌카가 목욕하고 있는 모습을 보았다. 물에 젖어 헐떡이는 그녀의 들창코 한쪽 콧구멍에서 콧물이 흘러내렸고, 닭살이 돋은 창백한 피부 아래로 활처럼 굽은 사춘기 몸의 갈비뼈가 드러나 있었으며, 종아리는 검은 진흙으로 얼룩덜룩했고, 젖어서 검게 보이는 머리카락 속에서는 둥근 빗이 타오르듯 빛나고 있었다. 그녀는 수련 줄기를 피해 서둘러 달아나는 중이었다. 빡빡 깎은 머리에 배가 불룩 튀어나온 소녀와, 시골에서 저주를 막기 위해 쓰는 줄 같은 것을 허리에 두른 채 부끄럼을 모르고 흥분한 꼬마가 수련 줄기를 물 밖으로 잡아당겨 획획 휘두르고 철썩거리면서 그녀를 괴롭히고 있었다. 1초 아니면 2초쯤—

---

* 모시나비(Parnassius mnemosyne)의 학명. '파르나시우스'는 그리스의 파르나소스 산에서 유래하며, 기억의 여신 므네모시네의 딸들인 뮤즈들의 거처로 알려져 있다.

** 가늘고 긴 축에 꽃잎 없는 꽃이 달리는 형태. 동물의 꼬리를 닮았다.

내가 혐오감과 욕망의 우울한 안개에 휩싸여 슬그머니 사라지기 전에—낯설게 보이는 폴렌카가 몸을 떨며 반쯤 부서진 부두 위에 쪼그려 앉는 모습이 보였다. 그녀는 동쪽에서 불어오는 바람을 막기 위해 팔짱을 껴서 가슴을 가리고, 혀를 쏙 내밀어 추격자들을 약올렸다.

다른 하나는 1916년 크리스마스 무렵이었던 어느 일요일에 관한 기억이다. 바르샤바 노선에 있는 작은 시베르스키 역(우리 시골집에서 가장 가까운 역이었다)의 눈 덮인 고요한 플랫폼에서 멀리 은색으로 빛나던 작은 숲이 저녁 하늘 아래 납빛으로 변해가는 것을 바라보며, 나는 하루종일 스키를 탄 뒤 상트페테르부르크로 돌아가기 위해 열차의 흐린 보라색 연기를 기다리고 있었다. 열차는 연기를 내뿜으며 제시간에 나타났고, 동시에 폴렌카와 또다른 소녀가 내 앞을 지나갔다. 두꺼운 머릿수건을 두르고 커다란 펠트장화를 신었으며, 흉측하고 기다란 누빔 외투는 올이 성긴 검은 옷감이 찢어져 솜뭉치가 보이는 상태였다. 내 곁을 지나칠 때, 눈 밑엔 멍이 들고 입술이 부어올라 있던 (토요일마다 남편에게 맞는 걸까?) 폴렌카는 누구에게 말한다기보다 혼잣말처럼 애잔하고 노래하는 듯한 목소리로 말했다. "A barchuk-to menya ne priznal(봐, 도련님은 날 못 알아보셔)." 그녀의 목소리를 들은 것은 그날이 처음이자 마지막이었다.

6

그녀의 오두막 옆을 자전거로 지나가던 어린 시절의 여름 저녁들이, 지금 그녀의 목소리가 되어 말을 걸어온다. 나는 종종 들판 한가운데의 길이 적막한 가도와 만나는 지점에서 내려 자전거를 전신주에 기대어놓곤 했다. 광채가 장렬하기까지 한 석양이 완전히 드러난 하늘에서 마지막 순간을 보내고 있었다. 미세하게 변해가는 그 더미에서는 천상의 생물이 지닌 밝게 물든 세부 구조라든지, 어두운 둑 가운데 빛나는 틈이라든지, 무인도의 신기루처럼 보이는 평평한 천국의 해변들을 찾아낼 수 있었다. 그때는 그런 것들로 무엇을 해야 할지 몰랐다(지금은 아주 잘 알고 있다). 그것들을 어떻게 없애야 할지, 그것들을 활자로 독자에게 전달할 수 있는 무엇인가로 바꿔 독자로 하여금 그 은총 가득한 전율을 마주하게 하려면 어떻게 해야 할지 몰랐던 것이다. 이러한 무력감이 내 안의 압박을 더욱 키웠다. 거대한 그림자가 들판을 침범하기 시작하자, 정적 속에서 전신주는 희미한 소리를 냈고, 밤의 포식자들은 초목 줄기를 타고 기어올랐다. 야금, 야금, 야금—슈풀러*의 책에는 나오지 않는 잘생긴 줄무늬 애벌레가 초롱꽃 줄기에 달라붙어서, 가장 가까운 잎의 가장자리를 따라 느긋하게 턱을 움직여가며 반원형으로 잎을 베어 먹고 있었다. 그것은 목을 길게 뻗었다가 다시 천천히 숙이더니 그 매끄럽고 오목한 반원을 더 깊게 파냈다. 반사적으로 애벌레를 잎 쪼가리와 함께 성냥갑에 넣어, 집으로 데려가 이듬해 기막

---

* 독일의 의사이자 곤충학자.

힌 놈이 태어나는 것을 기다릴 수도 있었지만, 내 마음은 다른 데 가 있었다. 바닷가 친구들인 지나와 콜레트, 껑충거리는 루이즈, 축제 파티에서 만난 발그레한 얼굴과 낮은 허리띠, 비단결 같은 머리카락의 소녀들, 사촌의 여인이었던 권태로운 G. 백작부인, 나의 새로운 꿈들이 안겨주는 고통 가운데 미소 짓던 폴렌카—그들 모두가 합쳐져 아직은 모르지만 곧 알게 될 누군가의 형상이 되었다.

특별했던 어느 석양이 떠오른다. 그 타다 남은 불이 자전거 벨을 붉게 물들였다. 머리 위 전선들이 연주하는 검은 음악 위로, 홍학 같은 분홍색 줄이 그어진 기다란 검푸른색 구름들이 부채꼴로 펼쳐진 채 미동도 없이 걸려 있었다. 그 모든 것이 색채와 형태의 열렬한 박수갈채 같았다! 하지만 석양은 스러져가고 있었으며, 주변의 다른 것들 역시 어두워지고 있었다. 그러나 지평선 바로 위, 검은 층구름 아래, 투명한 청록색 공간에는, 바보가 아니라면 석양의 남은 부분으로 오해할 수 없을 장관이 펼쳐져 있었다. 그것은 거대한 하늘의 아주 작은 일부를 차지하고 있었으며, 망원경을 거꾸로 들고 봤을 때처럼 독특한 단정함을 지니고 있었다. 거기에서 대기하고 있는 것은 잔잔한 구름들의 미니어처, 빛나는 소용돌이의 축적으로서, 크림 같은 모습은 시간을 무시한 듯했고 너무나 멀리 떨어져 있었다. 먼 곳에 있었으나 세부까지 완벽했고, 엄청나게 축소되어 있었으나 형태는 흠잡을 데 없었다. 바로 내게 다가올 준비를 하고 있는 경이로운 내일이었다.

11장

1

감각을 마비시키는 시작詩作의 격통이 처음으로 나를 덮친 1914년 여름을 재구성하기 위해서는, 그저 정자 한 채를 그려보면 된다. 그해 7월에는 폭풍우가 유독 잦았고, 비쩍 마른 열다섯 살 소년이었던 나는 그곳에서 비를 피했다. 적어도 1년에 두 번은 그 정자 꿈을 꾼다. 내 꿈의 내용은 납치에서 동물 숭배까지 무엇이든 될 수 있지만, 정자는 대개 꿈의 주제와는 무관하게 나타난다. 말하자면 예술가의 서명처럼 눈에 띄지 않게 서성이고 있다. 꿈의 캔버스 구석에 붙어 있거나, 그림의 장식적인 부분에 교묘히 자리 잡고 있다. 때로는 바로크풍 소품처럼 적당히 먼 곳에 떠 있는데, 이때도 짙은 색 전나무나 밝은 색 자작나무 같은 잘생긴 나무들과 조화를 이루고 있다. 한때는 그 나무들의 수액이 정자의 목재 속을 흘렀을 것이다. 포도주의 붉은색과 술병의 녹색, 짙은 청색으로 이뤄진 스테인드글라스의 마름모꼴 유리가 정자의 격자 세공 창문에 교회 분위기를 더한다. 어린 시절에 봤던 모습 그대로, 비라 공원에서도 강에 가까운 오래된 구역, 양치식물이 우거진 골짜기 위에 튼튼히 서 있는 낡은 목제 구조물이다. 그때와 꼭 같거나, 좀더 완전한 모습이다. 실제로는 유리 몇 개가 빠지고, 구겨진 나뭇잎들이 바람에 쓸려 들어왔다. 정자는 골짜기 가장 깊은 곳을 가로지르는 작고 폭이 좁은 아치형 다리 중간에 응고된 무지개처럼 솟아 있었다. 그 다리는 한바탕 비가 내리고 나면 마술적 힘이 깃든 까만 고약을 바른 것처럼 미끄러웠다. 어원상 '정자pavilion'와 '나비papilio'는 긴밀한 관계가 있다. 정자 내부에는 동쪽 창문 아래 벽에 녹슨 경첩으로 연결되어 있는 접이식 탁자 말고 가구라 할 만한 것이 전혀 없었다. 동쪽 창문의 두세 군데 유리가 빠진 곳을 통해서, 혹은 부어오른 푸른색과 취한 붉은색 유리들 사이에 있는 창백한 유리를 통해서 언뜻 강이 보였다. 내 발치의 마룻바닥에 떨어진 자작나무 꽃의 갈색 잔해들 근처에는 죽은 말파리 한 마리가 널브러져 있었다. 문 안쪽의 회칠이 벗겨진 부분은 여러 불청객들이 다음과 같은 낙서를 하는 데 쓰였다. "다샤, 타마라, 레나 왔다 감." "타도 오스트리아!"

폭풍은 금세 지나갔다. 나무들이 몸부림치고 뒤틀릴 만큼 거세게 쏟아지던 비는 갑자기 수그러들더니, 짧고 긴 금빛 사선으로 변해 들썩임이 가라앉고 있는 초목을 배경으로 조용히 내렸다. 육감적인 푸른색 만灣이 거대한 구름들 사이에서 넓어지고 있었다. 순백색과 보랏빛 회색의 층층 구름들은 **레포타**(옛 러시아어로 '장엄한 아름다움')이자 움직이는 신화, 구아슈*와 구아노**였으며, 그 곡선들에서 유방의 형태나 시인의 데스마스크를 발견할 수 있었다.

테니스 코트에는 거대한 호수들이 생겼다.

공원 너머, 수증기가 피어오르는 들판 위로 무지개가 살며시 모습을 드러냈다. 들판은 멀리 떨어진 전나무숲이 만드는 검은 톱니 경계까지 펼쳐져 있었다. 무지개 일부가 그곳을 가로지르자, 숲 가장자리는 무지개의 연녹색과 연분홍색 결을 통과하며 너무도 신비롭게 가물거렸다. 그 부드러운 장관은 귀환한 태양이 정자 마루에 드리운 색색의 마름모꼴 빛과 전혀 다른 느낌을 주었다.

잠시 후 나의 첫 시가 시작됐다. 무엇이 그것을 건드렸는가? 알 것도 같다. 바람 한 점 불지 않았지만, 심장 모양 잎에 맺혀 빛나는 호사를 누리던 빗방울이 그 무게로 잎의 끝을 기울였고, 수은 방울 같은 것이 가운데 잎맥을 따라 갑작스레 미끄러져 내려왔으며, 이제 반짝이는 짐을 덜어낸 잎은 안도하면서 굽혔던 몸을 다시 폈다. 끝tip, 잎leaf, 기울임dip, 안도relief─이 모든 일이 일어난 찰나는 시간의 조각이라기보다는 시간 사이에 생겨난 틈, 건너뛴 심장 박동처럼 느껴졌고, 그것은 즉시 후두두 떨어지는 각운으로 상환됐다. '후두두 떨어지는'이라는 표현을 의도적으로 쓴 이유는 돌풍이 닥쳐오자 일제히 세차게 물방울을 떨어내기 시작한 나무들 때문이다. 방금 전에 내린 소나기를 모방하는 그 모습은, 심장과 잎이 하나되는 순간에 경험한 충격을 모방하려고 내가 중얼거리던 시구만큼이나 어설펐다.

---

* 물과 고무를 섞어 만든 불투명 수채 물감.
** 바닷새의 배설물이 바위 위에 쌓여 굳어진 덩어리.

2

이른 오후의 탐욕스러운 열기 속에서 벤치, 다리, 나무줄기(사실상 테니스 코트를 제외한 모든 것)는 믿을 수 없을 만큼 빠르게 말랐고, 최초의 영감 역시 금세 사라져버렸다. 비록 그 빛나는 틈이 닫혀버렸어도 나는 집요하게 글쓰기를 계속했다. 어쩌다보니 러시아어로 썼지만, 우크라이나어나 기본적인 영어나 볼라퓌크*로 쓸 수도 있었을 것이다. 그 시절 내가 지은 시는 살아 있음을 알리는 표지, 강렬한 인간적 감정을 겪고 있거나 겪어냈거나 겪기를 바란다는 것을 나타내는 신호에 지나지 않았다. 그것은 예술이라기보다는 정위定位의 현상이었다. 산길을 표시하기 위해 길가 바위에 칠한 줄무늬라든지 기둥처럼 쌓아 올린 돌더미에 비유할 수 있을 것이다.

하지만 어떤 의미에서 모든 시는 위치에 관한 것이다. 다시 말해, 의식으로 받아들인 우주에 대해 자신의 위치를 표현하려는 충동은 태곳적부터 있어왔다. 더듬으며 뻗어나가는 의식의 팔은 길면 길수록 좋다. 날개가 아니라 촉수야말로, 아폴로**가 지니고 태어난 신체의 일부다. 나의 철학적 친구 비비언 블러드마크***가 만년에 입버릇처럼 말하

---

* 1880년 독일인 목사 슐라이어가 국제어로 사용하기 위해 창안한 인공 언어.

** 로마신화에서 태양과 예술의 신. 그리스신화의 아폴론에 해당한다.

*** 비비언 블러드마크(Vivian Bloodmark)는 블라디미르 나보코프(Vladimir Nabokov)의 이름으로 만든 애너그램이다.

길, 과학자는 공간의 한 지점에서 일어나는 모든 것을 관찰하는 반면에 시인은 시간의 한 지점에서 일어나는 모든 것을 느낀다. 생각에 잠긴 시인이 요술 지팡이처럼 생긴 연필로 자기 무릎을 두드리는 것과 동시에, 차 한 대(뉴욕 번호판)가 길을 지나가고, 이웃집 현관에서는 아이가 방충망 달린 문을 쾅 닫고, 안개 낀 튀르키스탄의 과수원에서는 노인이 하품을 하고, 금성에서는 잿빛 모래 알갱이가 바람에 굴러가고, 그르노블에서는 자크 이르슈 박사가 독서 안경을 끼는 등의 사소한 일들이 수조兆 개 일어나며, 이 모든 사건은 순간적이면서 투명한 하나의 유기체를 형성하는데, 그 유기체의 핵이 바로 시인이다(그는 뉴욕주 이타카의 잔디밭 의자에 앉아 있다).

그해 여름, 풍성한 '우주적 동기화同期化'(내 철학자 친구의 말을 또다시 인용하겠다)를 이뤄내기에 나는 아직 너무 어렸다. 그렇지만 최소한 시인이 되려는 사람이라면 동시에 여러 가지를 생각할 수 있어야 한다는 것은 알게 되었다. 첫 시를 짓는 과정에 수반된 활기 없는 산책 도중, 나는 열렬한 사회주의자이자 선량한 사람, 내 아버지의 충성스러운 지지자였던(이 이미지를 다시 떠올리게 되어 기쁘다) 마을 학교 교장과 마주쳤다. 그는 늘 빽빽한 야생화 꽃다발을 들고 있었고, 싱글벙글 웃었으며, 땀을 흘리고 있었다. 갑작스레 도시로 떠난 아버지에 대해 그와 정중하게 대화를 나누는 동안, 나는 그의 시들어가는 꽃과 늘어진 타이와 두툼한 콧방울의 까만 모공뿐 아니라, 먼 곳에서 들려오는 뻐꾸기의 작고 단조로운 울음소리, 길 위에 내려앉은 스페인여왕나비의 광채, 한두 번 방문한 적 있는 마을 학교의 바람이 잘 통하는 교실에 걸린 사진들(농작물 해충을 확대한 사진과 수염 난 러시아 작가들 사진이었다)의 기억 속 인상까지도 동시에, 그리고 분명히 인식할 수 있었다. 그리고—계속해서 나열하는 것은 이 모든 과정의 초월적인 단순함을 보여주는 데 도움이 되지 않겠지만—전혀 상관없는 기억(잃어버린 만보기 같은 것)의 고동이 인접한 뇌세포로부터 방출됐으며, 내가 씹고 있던 풀줄기의 맛과 뻐꾸기의 음조와 나비의 비상이 하나로 섞였다. 그러는 내내 나는 자신의 다층적인 의식을 만족스럽고 차분하게 의식하고 있었다.

교장은 환하게 웃으며 인사했고(러시아 급진주의자 특유의 과장된 태도였다), 몇 걸음 뒤로 물러나더니 몸을 돌려 즐겁게 제 갈 길을 갔으며, 나는 내 시의 실마리를 건져올렸다. 잠시 주의를 다른 곳에 돌린 사이, 이미 한데 묶어놓은 단어들에 무슨 일이 생긴 것 같았다. 방해받기 전만큼 빛을 내지 못했던 것이다. 내가 가짜를 다루고 있는지도 모른다는 의구심이 머릿속을 스쳐갔다. 다행히 이 신랄한 비평가의 차가운 깜빡임은 오래가지 않았다. 내가 표현하려 했던 열정이 다시 자리잡았으며, 그 매체에 환상의 삶을 되돌려줬다. 되새겨본 단어들은 작은 가슴을 내밀고 말쑥한 제복을 입고서 다시 빛을 내기 시작했고, 나는 곁눈으로 보았던 늘어진 부분은 순전히 공상이라고 치부해버렸다.

3

시 창작에 나선 러시아의 젊은이에겐 미숙해서 뭐든 쉽게 믿는 점 말고도 특수한 장애물이 있었다. 러시아의 애가哀歌는 어휘가 풍성한 풍자시나 서사시와는 달리 단어 빈혈에 시달리고 있었다. 그 기원이 핼쑥한 18세기 프랑스 시였기에 그것을 넘어서려면 전문가의 솜씨가 필요했다. 당시에도 새로운 유파가 등장해 옛 운율을 깨뜨리려 했던 것은 사실이지만, 보수적인 초보자들이 중립적인 도구를 찾을 때 의지하는 쪽은 여전히 후자였다. 아마도 위험한 형식을 시도하다가 단순한 감정을 단순하게 표현할 수 있는 방법에서 멀어지는 모험을 하고 싶지 않았을 것이다. 그러나 형식은 앙갚음을 했다. 19세기 초 러시아 시인들이 나긋나긋한 애가를 비틀어 다소 단조로운 구조에 집어넣은 결과, 특정 단어나 특정 유형의 단어(프랑스어 '**미친 사랑**'이나 '**번민과 몽상**' 같은 표현에 대응하는 러시아어)가 반복적으로 짝을 이루게 되었고, 후대의 서정시인들은 한 세기 동안이나 이런 형식에서 벗어날 수 없었다.

특히 4음보에서 6음보에 이르는 약강격 시에서 나타나는 강박적 배열에서는, 길고 꿈틀거리는 형용사가 시행의 마지막 세 음보 중 처음 너덧 개의 음절을 차지하곤 했다. 4음보 시의 대표적인 예로는 'ter-pi bes-chis-len-nï-e mu-ki(셀 수 없는 고통을 견디다)'를 들 수 있겠다. 젊은 러시아 시인은 까딱하면 이런 유혹적인 음절들의 심연으로 빠져들기 일쑤였으며, 여기서 내가 beschislennïe(셀 수 없는)를 예로 든 이유는 단지 번역이 쉬운 단어이기 때문이다. 정말로 좋아한 단어들은 전형적인 애가의 구성 요소들로 zadumchivïe(생각에 잠긴), utrachennïe(잃어버린), muchitel'nïe(고뇌하는) 등이었고, 모두 두번째 음절에 강세가 있는 것들이었다. 이러한 단어들은 아주 긴데도 강세가 오직 하나뿐이었기에, 결과적으로 시행의 끝에서 두번째 음절에 오는 운율상

강세는 원래 강세가 없는 음절과 마주치게 되었다(예를 들어 러시아어의 nï, 영어의 la 같은 것들이다). 이는 유쾌한 효과를 낳긴 했지만, 그런 효과는 너무도 친숙해진 탓에 진부한 의미를 구제할 수는 없었다.

순진한 초보자였던 나는 듣기 좋은 형용사가 놓아둔 덫에 빠짐없이 걸려들었다. 그렇다고 애를 쓰지 않은 것은 아니었다. 사실 나는 애가를 짓는 데 혼신의 힘을 쏟았다. 한 행 쓸 때마다 끝도 없이 고민했으며, 눈을 가늘게 뜨고 엄숙히 차를 맛보는 사람처럼 혀 위에서 단어들을 굴리며 고르고 빼냈지만, 그럼에도 불구하고 잔혹한 배반이 덮쳐왔다. 액자가 그림을 재촉했고 껍질이 과육을 빚었다. 단어의 진부한 순서(짧은 동사나 대명사, 긴 형용사, 짧은 명사)가 생각의 진부한 무질서를 낳았고, 강세를 유지하면서 번역하면 '시인의 우울한 몽상들'이 될 poeta gorestnïe gryozï 같은 시행은 피할 수 없이 rozï(장미들) 혹은 beryozï(자작나무들) 혹은 grozï(뇌우들)처럼 각운이 맞는 행으로 끝나게 되었다. 그러므로 특정한 감정은 한 사람의 자유의지가 아니라 전통의 바랜 끈에 의해 특정한 상황과 연결되었다. 그럼에도 불구하고 시가 점차 완성되어감에 따라, 내가 본 것이 다른 사람들에게도 보이리라는 확신은 점점 더 커졌다. 콩팥 모양의 화단(비옥한 흙 위에는 분홍색 꽃잎 하나가 떨어져 있었고, 작은 개미 한 마리가 그 썩은 끄트머리를 살펴보고 있었다)에 눈을 고정하거나, 자작나무 몸통의 햇볕에 그을린 가운데 부분, 희고 검은 점이 뒤섞인 종이처럼 얇은 껍질을 어느 불량배가 벗겨낸 자리를 바라보면서, 정말로 독자들이 utrachennïe rozï(잃어버린 장미들)나 zadumchivoy beryozï(생각에 잠긴 자작나무들) 같은 내 단어들의 마법의 베일을 통해 이 모든 것을 보게 되리라

믿었다. 그때는 그 형편없는 단어들이 너무도 불투명해 베일이 되기는
커녕 사실상 벽을 만들었고, 거기서 식별할 수 있는 것은 내가 흉내낸
일류와 이류 시인들의 닳아빠진 조각들뿐이라는 것을 생각조차 못했
다. 세월이 흘러, 어느 외국 도시의 누추한 교외에서 한 울타리를 본
적이 있다. 울타리의 판자는 다른 데에서 쓰던 걸 가져왔는데, 아마 순
회공연을 하는 서커스단의 울타리였을 것이다. 그 위에 그려진 동물
그림은 재주 많은 호객꾼의 작품이었으나, 그 판자들을 분해하고 다시
세워놓은 사람은 누구인지 몰라도 분명 눈이 멀었거나 정신나간 사람
임이 틀림없었다. 동물들의 신체 부위를 뒤죽박죽으로 섞어놓는 바람
에(심지어 몇 개는 뒤집혀 있기까지 했다) 황갈색 궁둥이와 얼룩말의
머리, 코끼리 다리가 한데 모여 있었던 것이다.

4

　육체적인 차원에서 내 고된 노동은 걷기, 앉기, 눕기 같은 희미한 동
작과 자세로 드러났다. 이것들은 각각 다시 공간을 전혀 개의치 않는
자잘한 동작과 자세로 쪼개졌다. 예를 들어 걷는 단계에서, 나는 한순
간 공원의 깊숙한 곳을 방황하다가 다음 순간 집에 있는 방들을 서성
일 수도 있었다. 혹은 앉는 단계에서, 맛을 봤는지도 기억나지 않는 요
리가 치워지고 있다는 것을 문득 깨닫게 되었고, 어머니는 긴 식탁 끝
에 있는 자신의 자리에서 걱정거리가 있을 때마다 그러듯이 왼쪽 뺨을
실룩거리며, 시무룩하고 입맛을 잃은 나를 면밀하게 관찰하는 중이었

다. 설명하기 위해 고개를 들려 했지만 식탁은 사라지고 없었으며, 어느새 나는 길가 그루터기에 홀로 앉아 있었고, 내 나비채의 막대기는 메트로놈처럼 규칙적으로 움직이면서 갈색 모래 위에 연이어 호를 그리고 있었다. 그것은 획의 깊이에 따라 색조가 달라지는 땅 위의 무지개였다.

시를 완성하지 못하느니 차라리 죽는 편이 낫다는 지경에 이르렀을 때, 그 어느 때보다 무아경에 가까운 상태가 찾아왔다. 찌릿한 놀라움조차 거의 느끼지 못한 채, 나는 하고많은 장소 중에서도 할아버지 서재였던, 차갑고 곰팡내나고 좀처럼 사용되지 않는 방의 가죽 소파 위에 누워 있는 자신을 발견했다. 소파 위에서 나는 파충류처럼 꼼짝하지 않고 납작 엎드려 있었다. 한쪽 팔을 축 늘어뜨리고 있어서, 손등뼈가 카펫의 꽃무늬를 힘없이 건드렸다. 다음 순간 내가 무아경에서 빠져나왔을 때, 그 푸른 꽃들은 여전히 그 자리에 있었고 내 팔 또한 여전히 늘어져 있었으나, 이제 나는 낡은 부두 끝에 엎드려 있었고, 내가 만진 수련들은 진짜였으며, 물 위에 비친 오리나무 이파리들의 물결치는 불룩한 그림자—신격화된 잉크 얼룩, 초대형 아메바 같았다—는 리드미컬하게 고동치며 시커먼 위족僞足을 뻗었다 구부렸다 하고 있었다. 위족이 수축하면 둥근 가장자리가 무너져 파악하기 힘든 유동적 반점들로 흩어졌고, 반점들은 다시 더듬거리는 촉수를 형성하기 위해 모여들곤 했다. 나는 또 혼자만의 안개 속으로 가라앉았다가 다시 떠올랐고, 이제 내 늘어진 몸을 지탱하고 있는 것은 공원의 낮은 벤치로 바뀌었으며, 내가 손을 담그고 있는 살아 있는 그림자는 검은색과 녹색 물이 아니라 보라색을 띤 땅 위에서 움직이고 있었다. 이러한 상태에서 평범한 존재 방식이란 거의 무의미했으므로, 그 터널에서 빠져나와 베르사유나 티어가르텐, 세쿼이아 국립공원 같은 곳에 있는 자신을 발견한다 해도 놀라지 않았을 것이다. 반대로, 옛날의 그 무아경 상태가 오늘날 다시 찾아온다면, 깨어났을 때 소년 시절의 얼룩덜룩한 벤치 위 어느 나무의 높은 곳에 올라가 있는 자신을 발견할 준비가 되어 있다. 내가 두껍고 편안한 나뭇가지에 배를 깔고 엎드려 있으며, 늘어뜨린 한쪽 팔을 둘러싼 이파리들 위로는 다른 이파리들의 그림자가 움직인다 해도 놀라지 않을 것이다.

다양한 상황에서 다양한 소리가 들려왔다. 그것은 저녁식사를 알리는 징소리일 수도 있었고, 그보다 드문 소리, 손풍금의 조악한 음악 같은 것일 수도 있었다. 마구간 근처에서 늙은 부랑자가 손잡이를 돌리면, 이전에 받았던 더 직접적인 인상들 덕분에, 나는 앉은자리에서도 머릿속으로 그의 모습을 그릴 수 있었다. 악기 앞면에는 종려나무들 사이에서 춤추는 발칸 지역 농부들이 그려져 있었다. 이따금씩 그는 손잡이 돌리는 손을 바꿨다. 나는 그의 작은 대머리 암컷 원숭이가 입고 있는 셔츠와 치마, 목줄, 헐어 있는 목 주변의 상처, 남자가 사슬을 당길 때마다 원숭이가 너무나 아파하면서 그것을 벗어버리려 하는 모습도 떠올릴 수 있었다. 하인 몇몇이 주위에 서서 멍하니 바라보거나 히죽거리고 있었는데, 그 단순한 사람들은 원숭이의 '익살'에 끔찍이 즐거워하고 있었다. 불과 며칠 전, 내가 지금 이런 일들을 기록하고 있는 장소 근처에서 한 농부와 그의 아들(아침 땟거리 광고에 나올 법한 아주 튼튼한 아이였다)을 마주쳤다. 그들은 아기 다람쥐를 괴롭히고 있는 어린 고양이를 보며 비슷하게 즐거워하고 있었다. 고양이는 다람

쥐가 몇 인치 도망가게 내버려뒀다가 또다시 덮쳤다. 다람쥐는 꼬리가 거의 사라졌고 상처에서 피를 흘리고 있었다. 달려서 도망칠 수 없게 된 그 작고 용감한 녀석은 최후의 수단을 시도했다. 동작을 멈추고 몸을 옆으로 뉘여 땅 위에 내려앉는 빛과 그림자에 녹아들어보려 했던 것이다. 하지만 옆구리가 너무도 격렬하게 오르락내리락했기에 발각되고 말았다.

저녁이 가까워지면 작동시키던 우리집 축음기도 내가 시를 짓는 동안 들을 수 있는 또하나의 음악 기계였다. 친척들과 친구들이 모인 베란다에서, 축음기의 놋쇠 구멍으로부터 우리 세대에 사랑받은 소위 **집시 로망스**가 흘러나왔다. 대개 익명의 누군가가 집시 노래를 모방한 노래이거나 그걸 또다시 모방한 노래였다. 집시다움을 구성하는 요소는 깊고 단조로운 신음소리였는데, 사랑 때문에 상처 입은 마음이 터뜨리는 딸꾹질 같은 것이 중간중간 끼어들었다. 최고의 노래에는 진정한 시인들(나는 특히 알렉산드르 블로크를 생각하고 있다)의 작품 이곳저곳에서 울리는 거친 음조가 깃들어 있었다. 최악의 경우, 온유한 문인의 손에서 탄생하여 파리의 나이트클럽에 있는 땅딸막한 숙녀들에게 불리는 불량한 노래와 다를 바 없었다. 노래에서 묘사하는 자연 환경으로는 눈물 흘리는 나이팅게일, 활짝 핀 라일락, 지주 계급의 공원을 아름답게 꾸미는 속삭이는 나무들의 오솔길이 있었다. 나이팅게일들은 지저귀었고, 소나무 관목숲에서는 지는 해가 나무줄기들 위를 높낮이가 다른 강렬한 붉은색 띠로 물들였다. 어두워져가는 이끼 위에는 여전히 떨리고 있는 탬버린 하나가 놓여 있는 듯했다. 잠시, 목이 쉰 콘트랄토*의 마지막 음들이 황혼 속에서 내게로 왔다. 다시 침묵이 돌아왔을 때, 내 첫번째 시가 준비됐다.

5

　그것은 유사-푸시킨풍의 운율 변화 외에도 온갖 차용으로 이뤄진 실로 처참한 혼합물이었다. 메아리치는 튜체프의 천둥, 페트에게서 굴절된 태양 광선만이 봐줄 만했다. 그 밖에는, '기억의 따끔한 침'─vospominan'ya zhalo(나는 이것을 양배추 애벌레 위에 걸터앉은 말벌의 산란관으로 시각화해봤지만, 감히 그렇게 말하지는 못했다)─과 먼 곳의 손풍금에서 느껴지는 옛 세계의 아름다움에 대해 언급했던 것이 어렴풋하게 기억난다. 최악은 아푸흐친과 콘스탄틴 대공의 **집시** 유형 서정시에서 뻔뻔하게 도용한 부분들이었다. 젊은 편이고 제법 매력적이었던 숙모 한 명이 줄곧 내게 그들의 작품을 읽으라고 강요했는데, 그녀는 은유적인 바이올린 활로 은유적인 기타를 연주하는 이상한 내용이 담긴 루이 부이예의 유명한 작품(「한 여자에게」)과 황후와 시녀들 사이에서 인기를 누렸던 엘라 휠러 윌콕스의 여러 작품들도 낭송할 줄 알았다. 이런 이야기를 군이 덧붙일 필요는 없어 보이지만, 주제로 말하자면, 나의 애가는 사랑스러운 아가씨들과의 결별에 관한 것이었고, 델리아와 타마라와 레노레 같은 그녀들은 이별한 적도 사랑한 적도 만난 적도 없었지만, 앞으로 만나고 사랑하고 이별할 예정인 사

---

* 여성의 가장 낮은 음역, 또는 그 음역의 가수.

람들이었다.

어리석을 만큼 순진했던 나는 아름답고 훌륭한 작품을 빚어냈다고 믿었다. 아직 글로 옮기지는 않았으나 너무도 완전했기에 마치 잠든 사람의 볼에 찍힌 베개 주름처럼 마침표 하나하나도 내 머릿속에 찍혀 있었다. 바로 그 시를 품고 집으로 가면서, 나는 어머니가 자랑스러움이 섞인 기쁨의 눈물을 흘리며 이 성취를 반겨주리라 믿어 의심치 않았다. 어머니가 그날 밤 다른 일에 마음을 빼앗겨 시에 귀기울이지 못하리라고는 생각조차 못했던 것이다. 내 생애를 통틀어 그녀의 칭찬을 그토록 갈망했던 적은 없었다. 또 내가 그토록 취약했던 적도 없었다. 나는 어느새 어둠으로 몸을 감싼 대지와, 어느새 옷을 벗고 벌거숭이가 된 하늘 때문에 신경이 곤두서 있었다. 머리 위, 점점 어둠에 녹아드는 길의 경계에 서 있는 형체 없는 나무들 사이로 밤하늘은 별빛을 받아 창백했다. 그 시절 내게 별자리와 성운과 성간星間을 비롯한 모든 근사한 볼거리는, 설명하기 어려운 메스꺼움과 완전한 공포를 불러일으킬 뿐이었다. 마치 지구에 거꾸로 매달려 무한한 우주로 떨어지기 직전인 느낌이었고, 지구의 중력이 여전히 내 발꿈치에 작용하고 있지만 언제라도 나를 놓아줄 준비가 된 것 같았다.

위층 구석진 곳에 있는 두 개의 창문(어머니의 방 창문)을 제외하고 집은 이미 어둠에 잠겨 있었다. 야간 경비원이 나를 들여보내줬고, 나는 지끈거리는 머리에 든 단어들의 배열을 흩뜨리지 않기 위해 천천히 조심스레 계단을 올랐다. 어머니는 소파에 푹 기대어 앉아 있었고 손에는 상트페테르부르크의 『담화』가, 무릎 위에는 아직 펼치지 않은 런던 『타임스』가 있었다. 곁에 있는 유리 상판 탁자 위에선 하얀 전화기가 빛났다. 늦은 시간이었지만 어머니는 전운이 감도는 긴장 상태로 인해 상트페테르부르크에 억류된 아버지의 전화를 기다리고 있었다. 소파 옆에 안락의자 하나가 있었지만, 나는 한 번도 거기에 앉으려 한 적이 없었다. 그 금빛 비단을 쳐다보기만 해도 날카로운 충격이 밤에 치는 번개처럼 척추를 타고 퍼져나갔기 때문이다. 나는 가볍게 헛기침을 하고는 발받침 위에 앉아 암송을 시작했다. 암송하는 동안 나는 먼 벽을 쳐다보았다. 벽 위에 있던 타원형 액자에 담긴 작은 은판 사진과 검은 실루엣들, 소모프의 수채화(어린 자작나무들과 무지개 반쪽 등 모든 것이 녹아내리는 듯 촉촉했다), 알렉상드르 브누아가 그린 베르사유의 화려한 가을 풍경, 그리고 외할머니가 소녀 시절에 그린 그림으로, 얽힌 나뭇가지들로 예쁜 창문의 일부가 가려진 그 공원의 정자가 다시 등장하는 크레용화가 지금도 회상 속에서 또렷하게 보인다. 소모프와 브누아의 작품은 현재 소비에트 어딘가의 박물관에 있을 테지만, 그 정자만은 결코 국유화되지 않을 것이다.

내 기억은 마지막 연의 입구에서 잠시 머뭇거리고 있었다. 마지막 연의 첫머리에 수많은 단어를 시도했기에, 마침내 고른 단어가 잘못된 입구들 사이에 살짝 감춰져 있었던 것이다. 바로 그때, 어머니가 코를 훌쩍이는 소리가 들려왔다. 이내 나는 암송을 마치고 그녀를 올려다봤다. 그녀는 눈물을 흘리면서도 황홀한 듯 미소를 짓고 있었다. "정말 멋지고 아름답구나." 그녀가 말했다. 그리고 더욱더 사랑이 넘치는 미소를 띤 채, 손거울을 건네주며 내 뺨 위의 핏자국을 보도록 했다. 언제였는지 모르지만 내가 무심결에 뺨으로 손을 날려 배부른 모기 한 마리를 뭉개버렸을 때 생긴 자국이었다. 하지만 나는 그 이상의 것을 보았다. 자신의 눈을 들여다보며 평소의 나 자신에서 껍데기만 남은 모습을 발견하고 충격을 받았다. 정체성이 증발하고 난 뒤의 찌꺼기 같은 것들을 거울 속에서 다시 모으기 위해서는 상당한 이성理性의 노력이 필요했다.

12장

1

타마라―그녀의 진짜 이름과 빛깔이 닮은 가명을 골랐다―와 처음 만났을 때 그녀는 열다섯이었고 나는 한 살 많은 열여섯이었다. 우리는 상트페테르부르크의 정남쪽에 위치한, 울퉁불퉁하지만 아름다운 시골(검은 전나무, 흰 자작나무, 토탄 늪, 건초밭, 그리고 황야)에서 만났다. 먼 곳에서는 전쟁이 지겹게 계속되고 있었다. 2년 뒤, 러시아혁명이라는 진부한 **데우스 엑스 마키나***가 등장해, 나를 그 잊을 수 없는 풍경에서 떼어놓았다. 사실 이미 1915년 7월의 그때에는 희미한 전조, 무대 뒤의 웅성거림, 엄청난 격변의 열기가 이른바 러시아 시의 '상징주의' 유파에 영향을 주고 있었으며, 특히 알렉산드르 블로크의 시가

---

* 고대 그리스 연극에서 쓰인 연출 기법. 기중기 등의 무대 장치를 이용해 갑자기 나타난 신이 위급하고 복잡한 사건을 해결한다.

그러했다.

그해 초여름과 바로 전해 여름 내내 타마라의 이름은 우리 영지(출입 금지)와 오레데시강 건너편에 있는 삼촌의 땅(절대 출입 금지) 여기저기에서 나타났다(운명이 뭔가 일을 꾸밀 때 꼭 그러듯 순진한 척하면서). 나는 공원 큰길의 불그스레한 모래 위에 막대로 쓰여 있거나, 회칠이 된 쪽문에 연필로 적혀 있거나, 어느 오래된 나무 벤치에 새로이 새겨져 있는(하지만 미완성인) 그 이름을 발견하곤 했다. 신비롭게도 마치 어머니 자연이 내게 타마라의 존재를 미리 알려주는 것 같았다. 숨죽인 7월의 오후, 내가 자작나무숲 속에서 가만히 서 있는 그녀를 발견했을 때(움직이는 것은 그녀의 눈동자뿐이었다), 그녀는 나무들이 지켜보는 가운데 신화적 존재가 소리 없이 현현顯現한 듯, 그곳에서 자연발생한 것처럼 보였다.

그녀는 말파리가 멈추기를 기다렸다가 손바닥으로 내리쳐 죽인 뒤, 자기를 부르는 자기보다 덜 예쁜 두 소녀를 따라잡기 위해 가버렸다. 잠시 후 나는 강 건너의 지켜보기 좋은 지점에서, 높은 구두 굽을 활기차게 딱딱거리며 다리를 건너는 그들의 모습을 볼 수 있었는데, 세 사람 모두 짙은 남색 재킷 주머니에 두 손을 찔러넣은 채 이따금씩 파리 때문에 리본과 꽃이 달린 머리를 흔들어대고 있었다. 곧 나는 타마라를 쫓아가, 그녀의 가족이 마을에서 임대한 소박한 dachka(여름 별장)를 알아냈다. 그 부근에서 말이나 자전거를 타다가 갑자기 눈부시게 폭발하는 기분을 느끼며(이후에 평정심을 되찾는 데 꽤 시간이 걸렸다) 완만하게 굽어 있는 길 여기저기에서 타마라와 마주치곤 했다. 어머니 자연은 먼저 그녀의 친구들 중 한 소녀를 없애더니, 다음엔 나머지 하나도 없애버렸다. 그러나 내가 마침내 그녀에게 말을 걸 정도로 용기를 낸 건 8월이 되어서였다. 페트라르카*식으로 정확히 말하자면 1915년 8월 9일, 그 계절 중 가장 화창했던 오후 네시 반에 무지개 창문이 달린 정자로 들어오는 침입자를 발견했을 때였다.

정성스럽게 닦은 시간의 렌즈를 통해 보면, 그녀의 아름다운 얼굴은 가까운 곳에서 변함없이 빛나고 있다. 그녀는 키가 작고 통통한 편이었지만 발목이 가늘고 허리가 유연해 매우 우아했다. 살짝 치켜 올라간 명랑한 검은 눈이나 활짝 핀 뺨의 거무스레한 빛을 보면, 타타르인이나 체르케스인의 피가 한 방울 섞인 듯했다. 아몬드 계열의 과일에서 찾아볼 수 있는 밝은 솜털이 얼굴 윤곽에 아름답게 빛나는 테를 둘렀다. 그녀는 짙은 갈색 머리카락이 제멋대로 굴어 답답하다며 단발로 잘라버리겠다고 투덜댔고 실제로 1년 뒤엔 그렇게 했지만, 내 기억 속 그녀는 늘 처음 모습 그대로, 단단하게 땋은 굵은 머리채를 고리처럼 말아올려 검은 비단으로 만든 커다란 나비매듭 리본으로 뒤통수에 고정하고 있다. 그녀의 사랑스러운 목은 언제나, 심지어 상트페테르부르크의 겨울날에도 드러나 있었는데, 러시아 여학생 교복의 질식할 것 같은 칼라를 달지 않아도 좋다는 허락을 받아냈기 때문이었다. 그녀는 우스갯소리를 하거나 자기가 아는 어마어마하게 많은 이류 시들의 짧은 구절을 흥얼거릴 때마다, 즐거운 나머지 살짝 콧김을 내뿜으며 콧구멍을 애교 있게 넓혔다. 나는 그녀가 언제 진지하고 언제 그렇지 않은지를 확실히 알 수 없었다. 언제든 터져나올 준비가 되어 있던 웃음

---

* 르네상스시대 이탈리아의 시인.

소리의 잔물결, 빠른 말투, 정확하게 혀를 굴리는 r 발음, 아래 눈꺼풀에 어리던 부드럽고 촉촉한 빛—그 모든 특징은 나에겐 황홀할 만큼 매력적이었다. 그러나 어떤 이유에서인지 그것들은 티마라를 드러내기보다는 찬란한 베일을 만들어냈고, 나는 그녀에 대해 더 알려고 할 때마다 그 베일에 엉켜버렸다. 나는 학교를 마치자마자 1917년 말에 결혼하자고 종종 말했고, 그러면 그녀는 조용히 나를 바보라고 불렀다. 그녀의 집에 대해서는 희미한 그림만을 그려볼 수 있었다. 그녀 어머니의 이름과 부칭(그것이 내가 아는 전부였다)은 상인 계급 혹은 성직자 집안임을 암시했다. 그녀의 아버지는, 들은 바로는, 가족에게 거의 관심이 없고 남쪽 어딘가의 거대한 영지를 관리하는 집사였다.

그해 가을은 일찍 찾아왔다. 8월 말이 되자 낙엽 더미가 발목까지 쌓였다. 크림색 테두리를 두르고 검은 벨벳을 휘감은 신선나비들이 숲의 빈터를 가르며 날아다녔다. 그 계절 나와 남동생을 맡은 가정교사는 아주 유별나서, 다락에서 찾아낸 낡은 망원경을 들고 덤불 속에 숨어서 타마라와 나를 염탐하곤 했다. 하지만 어느 날, 그 염탐꾼은 오히려 삼촌의 나이든 정원사인 자주색 코를 가진 아포스톨스키(덧붙여 말하자면 그는 잡초 뽑는 소녀들 사이에서 호색한으로 유명했다)에게 발각됐고, 아포스톨스키는 친절하게도 이 사실을 어머니에게 보고했다. 어머니는 엿보는 행위를 봐줄 수가 없었다. 게다가 (내가 타마라에 관해 직접 말한 적은 한 번도 없었지만) 나의 로맨스에 대해선 이미 나의 시들을 통해 알고 싶은 만큼 알고 있었다. 내가 놀랍도록 객관적인 태도로 낭독한 시들을, 어머니는 다정하게도 특별한 앨범에 옮겨 적었던 것이다. 아버지는 연대와 함께 멀리 나가 있었다. 한 달 뒤 전선에서 돌아온 아버지는 이러한 일을 알게 되자, 내게 다소 어색한 질문들을 하는 것이 자기 의무라고 느꼈던 듯했다. 그렇지만 어머니는 순수한 마음으로 이보다 더 어려운 일들도 넘겨왔으며, 앞으로도 그럴 예정이었다. 그녀는 미심쩍어하면서도 상냥한 태도로 고개를 저었고, 집사에겐 매일 밤 베란다에 불을 켜고 나를 위해 과일을 좀 놓아두라고 일렀다.

나는 내 사랑스러운 소녀를 데리고 숲의 비밀스러운 장소들을 찾아다녔다. 내가 백일몽에서 너무도 열렬히 그녀를 만나길, 그녀를 창조하길 꿈꾼 장소들이었다. 어느 소나무숲에선 모든 것이 있어야 할 모습 그대로 존재했기에, 나는 공상의 직조물을 걷어내고 현실을 맛보았다. 그해엔 삼촌이 부재중이었으므로, 우리는 그의 광활하고 울창한 2백 년 된 공원 안을 자유로이 누빌 수 있었다. 한복판 가로수길에는 녹색으로 얼룩진 고전적인 손발 없는 석상들이 있었고, 중앙 분수에서는 방사형으로 미궁 같은 길들이 뻗어나왔다. 우리는 시골에서 그러듯이 '잡은 손을 흔들며' 걸었다. 늙은 프리아포스톨스키*가 멀리서 자애롭게 지켜보는 가운데, 나는 자갈 깔린 진입로를 따라 심겨 있는 달리아를 꺾어 그녀에게 건넸다. 그녀를 집까지, 집 근처까지, 아니면 적어도 마을 다리 부근까지 배웅할 때면, 우리는 불안함을 느꼈다. 나는 어느 하얀 대문에서 우리의 이름을 이상한 지소형指小形으로 연결해놓은 조잡한 낙서를 본 기억이 있으며, 마을 바보가 쓴 그 낙서로부터 조금 떨어진 곳에, 내가 잘 아는 뻣뻣한 필체로 '신중함은 열정의 친구

---

* 그리스신화에서 정원과 과수원의 수호신으로 풍요와 번식을 상징하는 프리아포스와, 정원사 아포스톨스키의 이름을 합쳤다.

다'라는 격언이 쓰여 있었던 것도 기억한다. 한번은 석양 무렵 주황색과 검은색으로 물든 강가에서 말채찍을 든 젊은 dachnik(휴양객)가 그녀에게 고개 숙여 인사하고 지나간 적이 있었다. 그러자 그녀는 소설 속에 나오는 소녀처럼 얼굴을 붉히더니, 저 사람은 평생 말을 타본 적이 없을 거라며 기운차게 코웃음을 쳤다. 또 한 번은 우리가 가도의 모퉁이에서 나타났을 때, 호기심 왕성했던 내 두 여동생이 다리 쪽으로 방향을 튼 우리집의 빨간 '토르페도'에서 굴러떨어질 뻔한 일도 있었다.

비 내리는 컴컴한 저녁이면 나는 마법의 탄화칼슘 덩어리가 든 램프를 자전거에 싣고, 거센 바람을 피해 성냥에 불을 붙여 흰 불꽃을 유리 안에 집어넣은 뒤, 조심스레 자전거를 몰아 어둠 속으로 나아갔다. 둥글게 번지는 램프의 불빛은 길 중앙에 줄지어 생긴 웅덩이들과 가장자리의 길게 늘어진 잔디 사이의 축축하고 부드러운 갓길을 비췄다. 강으로 향하는 내리막길에 접어들자, 희미한 불빛은 비틀거리는 유령처럼 진흙 강기슭을 가로지르며 누비듯이 나아갔다. 다리를 건너면 길은 다시 오르막으로 바뀌어 로즈데스트베노-루가 도로를 만났으며, 그 교차 지점을 지나면 물이 뚝뚝 떨어지는 재스민 덤불 사이로 난 오솔길이 가파른 경사면을 올라갔다. 나는 내려서 자전거를 밀어야 했다. 꼭대기에 다다랐을 때, 시퍼런 램프 불빛이 고요히 닫혀 있는 삼촌의 장원 저택 뒤편, 여섯 개의 기둥이 있는 흰색 주랑柱廊 현관을 비췄다—아마 그곳은 반세기가 지난 지금도 그때처럼 침묵 속에 닫혀 있을 것이다. 그 아치형 은신처에서는 타마라가 지그재그로 올라오는 내 불빛을 좇으며, 기둥에 등을 기댄 채 넓은 난간 위에 올라앉아 있었다. 나는 램프의 불을 끄고 길을 더듬어 그녀에게 다가갔다. 이러한 것들, 또 단어의 동물원에 갇혀서라도 살아남아주기를 바라는 수많은 다른 것들에 대해서는 더욱 열변을 토하고 싶어지지만, 저택 근처에서 빽빽히 자란 오래된 보리수나무들이 밤새도록 쉼없이 삐걱대며 신음하던 소리가 므네모시네의 독백을 삼켜버리고 만다. 이윽고 그들의 한숨소리가 가라앉았다. 현관 한쪽의 작은 빗물 파이프에서 참견하기 좋아하는 물줄기가 끊임없이 졸졸거리는 소리를 냈다. 어쩌다가 부스럭거리는 소리가 나뭇잎 위로 떨어지는 빗소리의 리듬을 끊으면, 타마라는 고개를 돌려 상상 속 발걸음이 들려오는 쪽을 봤고, 그러면 희미한 빛—엄청난 빗발에도 불구하고 그 빛이 지금 내 기억의 지평선 위로 떠오른다—을 받아 그녀의 얼굴 윤곽이 드러났다. 그러나 두려워할 것도 두려워할 이도 없었다. 이내 그녀는 잠시 참았던 숨을 부드럽게 내쉬며 다시 눈을 감았다.

2

　겨울이 되면서 우리의 무모한 로맨스는 음산한 상트페테르부르크로 장소를 옮겼다. 우리는 그동안 익숙해진 숲의 보호를 끔찍하게도 빼앗긴 셈이었다. 우리를 받아줄 정도로 저급한 호텔들에는 감히 들어갈 수 없었고, 차 안에서 사랑을 나누는 위대한 시대는 아직 너무 멀었다. 시골에선 큰 즐거움이었던 은밀함이 이제는 부담이 되었지만, 우리 중 누구도 서로의 집에서 보호자를 대동해 만날 엄두를 내지 못했다. 결국 우리는 도시 곳곳을 몹시 방황해야 했고(그녀는 작은 회색 모피 코트를 입었으며, 나는 흰색 각반에 양털 옷깃을 댄 코트를 입고서 벨벳 안감 주머니 속에 너클을 넣고 다녔다), 일종의 피난처를 찾아 헤매는 영원한 여정은 기묘한 절망감을 낳았다. 그것은 한참 나중에 경험할, 훨씬 더 외로운 방랑의 전조였다.

우리는 학교를 빼먹었다. 타마라가 어떻게 빠져나왔는지는 잊어버렸다. 나는 두 운전기사 중 한 사람을 설득해 학교 가는 길에 있는 이런저런 모퉁이에 내려달라고 했다(둘 다 좋은 사람이었고 내가 내민 금화를 한사코 거절했다—은행에서 꺼낸 열 개나 스무 개의 반짝이는 5루블 동전들은 묵직한 소시지처럼 구미가 당기는 모양이었는데, 이처럼 심미적인 회상에 마음껏 빠져드는 걸 보니, 내 자랑스러운 망명생활의 궁핍함도 옛이야기에 지나지 않게 된 듯하다). 특히 뇌물이 잘 통하던 우리의 멋진 우스틴과도 아무런 문제가 없었다. 그는 번호가 24-43, 즉 dvadtsat' chetïre sorok tri였던 우리집 1층 전화를 받아서 내가 목감기에 걸렸다고 씩씩하게 대답했다. 그건 그렇고 문득 궁금해진다. 내가 지금 내 책상 위에 있는 전화기로 장거리 전화를 걸면 어떤 일이 벌어질까? 아무 응답이 없을까? 그런 번호는 없다고 할까? 그런 나라는 없다고 할까? 아니면 moyo pochtenietse!('안녕하십니까!'를 친근하게 표현한 것)라고 하는 우스틴의 목소리가 들리는 건 아닐까? 슬라브인이나 쿠르드인 중에는 150세가 넘는 사람도 있다고 떠들어대니 말이다. 내 아버지의 서재에 있던 전화(584-51)는 전화번호부에 등록되어 있지 않았고, 내 건강에 대한 진실을 파악하고자 하는 담임 교사의 시도는 좌절됐으며, 난 가끔 사흘 연속 결석하기도 했다.

우리는 서리 내려 하얗게 레이스가 깔린 듯한 공원 길을 걸었다. 가지런히 쌓여 있는 눈을 걷어내고 눈이 붙은 엄지장갑을 벗은 뒤, 차가운 벤치에 앉아 몸을 맞대곤 했다. 우리는 박물관들을 배회했다. 평일 아침의 박물관은 나른하고 황량했으며, 무척 따뜻하기도 했다. 얼음에서 피어오르는 아지랑이나 얼굴을 붉힌 달인 양 동쪽 창문에 매달린 붉은 태양과는 대조적이었다. 우리는 조용한 뒷방을 찾아다녔는데, 누구도 들여다보지 않는 임시변통의 신화 유물, 동판화, 훈장, 고문서, 인쇄술의 역사 같은 딱한 전시물들이 놓인 곳이었다. 아마 우리가 발견해낸 가장 좋은 장소는 빗자루와 사다리를 보관하는 작은 방이었을 것이다. 하지만 어둠 속에서 갑자기 빈 액자 한 더미가 쏟아지면서 호기심 많은 예술 애호가들의 주의를 끌게 되었기에 우리는 도망쳐야 했다. 상트페테르부르크의 루브르에 해당하는 예르미타시도 좋은 은신처를 제공했는데, 특히 1층 어떤 홀의 풍뎅이 진열장들 사이, 프타*를 모시는 대사제였던 나나의 석관 뒤가 그랬다. 러시아 알렉산드르 3세 박물관에 있는 두 개의 홀(북동쪽 구석의 30번과 31번 전시실)에는 시시킨(〈소나무숲의 빈터〉)과 하를라모프(〈어린 집시의 머리〉)처럼 불쾌할 정도로 아카데미적인 그림들이 전시되어 있었지만, 키가 큰 받침대들 덕분에 약간의 사적인 공간이 생겼다. 그것도 튀르크전쟁에서 돌아온 거친 말투의 퇴역 군인이 경찰을 부르겠다고 위협하기 전까지만 이었다. 그래서 우리는 커다란 박물관을 피해 수보로프 박물관같이 작은 곳들로 가게 되었다. 수보로프 박물관에는 오래된 갑옷과 태피스트리, 찢어진 비단 깃발들이 전시된 아주 조용한 방이 있었고, 가발을 쓰

---

* 이집트신화에서 공예와 기술의 신.

고 무거운 부츠를 신고 녹색 제복을 입은 인형들이 우리를 감시하고 있었던 것이 떠오른다. 그렇지만 어디를 가든 늘 몇 번의 방문 뒤엔 백발에 눈이 침침하고 펠트 밑창 구두를 신은 직원들의 의심을 사게 되어, 우리의 은밀한 열정을 위해서는 다른 곳으로 옮겨가야만 했다. 교육학박물관, 궁정마차 박물관, 심지어 여행 안내 책자에도 나오지 않는 작은 고지도 박물관 같은 곳으로. 그러고 나서 다시 추운 바깥으로 나와 거대한 문과 입에 고리를 문 녹색 사자들이 있는 골목으로, 그 시절 내게 너무도 친숙했던 『예술 세계*Mir Iskusstva*』*—도부진스키, 알렉상드르 브누아—의 양식화된 설경 속으로 들어갔다.

늦은 오후가 되면 우리는 넵스키 대로에 있는 영화관(파리지아나 또는 피커딜리)의 맨 뒷줄 좌석에 앉았다. 예술은 발전하고 있었다. 창백한 푸른빛을 띤 파도가 본 적 있는 검은 바위에 부딪혀 거품으로 부서지는 장면에서는(비아리츠에 있는 로셰 드 라 비에르주**였다—내 코즈모폴리턴적인 어린 시절의 바닷가를 다시 보게 되다니 우습다고 생각했다), 파도 소리를 흉내내는 특별한 장치가 철썩철썩 소리를 냈는데, 그 소리는 해당 장면에 맞춰 바로 멈추는 법이 없었기에 시끌벅적한 장례식이라든가, 말쑥한 군인들에게 붙들린 꾀죄죄한 전쟁 포로들이 나오는 다음 장면까지도 3, 4초 동안이나 계속되곤 했다. 영화의 제목은 흔히 잘 알려진 시와 노래에서 따와 꽤 장황했다. 이를테면 '국화는 더이상 정원에서 피지 않는다'라든지 '그녀의 마음은 그의 손아귀 속 장난감이었고, 장난감처럼 부서졌다' 등이었다. 스타 여배우들은

---

* 러시아의 예술 잡지이자, 이 잡지가 주도한 예술 운동을 가리킨다.
** Rocher de la Vierge. 뱃머리를 닮은 바위 위에 동정녀 마리아상이 서 있는 명소.

낮은 이마와 근사한 눈썹, 화려한 눈화장이 특징이었다. 당시 가장 인기 있는 남배우는 모주힌이었다. 어느 유명한 영화감독은 모스크바 근교에 흰 기둥이 있는 저택(삼촌의 저택 같은 것은 아니었다)을 구입해, 자신이 만든 모든 영화에 그 저택을 출연시켰다. 그 저택까지 날렵한 썰매를 타고 온 모주힌은 불 켜진 창문에 차가운 눈빛을 고정하고, 턱의 팽팽한 피부 아래로 그 유명한 잔근육을 씰룩거렸다.

박물관과 영화관에 들어갈 수 없고 아직 밤이 되기엔 일렀을 때, 우리는 어쩔 수 없이 세상에서 가장 삭막하고 불가해한 도시의 황야를 탐험했다. 외로이 서 있는 가로등들은 우리의 눈썹에 맺힌 얼음 같은 습기로 인해 무지갯빛 등뼈를 지닌 바다 생물로 변신했다. 드넓은 광장을 가로질러 갈 때면, 갑작스레 소리도 없이 나타난 각양각색 건물의 환영들이 우리 앞에 솟아올랐다. 윤이 나는 거대한 화강암 기둥들이(노예들이 윤을 내고 다시 달빛이 윤을 낸 것으로, 윤이 나는 밤의 진공 속을 부드럽게 회전하는 중이었다) 성 이사크 대성당의 신비롭고 둥근 지붕을 떠받치려고 우리 위를 휙 지나갈 때, 우리는 발밑으로 심연이 열린 듯, 주로 높이보다는 깊이에 대하여 차가운 전율을 느꼈다. 우리는 돌과 금속으로 이루어진 위험한 대산맥의 가장자리에 멈춰 섰다. 그리고 소인국 사람들 같은 경외심으로, 손을 맞잡고 목을 길게 빼 우리가 가는 길목에 솟아오른 새롭고 거대한 환영을 관찰했다. 궁전의 주랑 현관에는 매끄러운 회색으로 빛나는 열 개의 남상주男像柱가 있었으며, 정원의 철문 옆에는 거대한 반암斑岩 화병이 있었다. 꼭대기에 검은 천사상이 있는 웅장한 기둥은 달빛이 흘러넘치는 궁전 광장을 꾸민다기보다는 압도하고 있었다. 그 검은 천사는 푸시킨의 「기념비」의 기부基部에 닿으려고 헛되이 오르고 또 오르는 중이었다.

후에 그녀는 드물게 기분이 좋지 않을 때면, 우리의 사랑이 그 겨울의 괴로움을 견뎌내지 못했다고 주장했다. 금이 갔다는 것이었다. 그몇 달 동안 나는 그녀에게, 그녀를 위해, 그녀에 대해 계속해서 시를 썼는데 일주일에 두세 편은 되었다. 1916년 봄에는 그것들을 모아서 출판했다―그리고 책으로 엮어내는 동안 눈치채지 못했던 것들을 그녀가 지적하자 경악했다. 확실히 거기에는 불길한 균열과 상투적이고 공허한 음조와 우리의 사랑이 끝날 운명이라는 그럴듯한 암시가 있었다. 이는 그 사랑이 최초의 기적들을, 즉 빗속에서 부산하게 움직이던 보리수나무들의 바스락거림과 거친 시골이 지닌 연민을 다시는 되찾을 수 없기 때문이었다. 게다가, 우리 둘 다 당시에는 깨닫지 못했지만, 내 시들은 너무 미숙하고 전혀 가치가 없어서 애초에 판매하지 말았어야 했다. 그 책은(맙소사, 한 부가 지금도 모스크바 레닌 도서관의 '폐가식 서고'에 남아 있다) 무명의 간행물들 속에서 그것을 찾아낸 소수 비평가들의 날카로운 발톱에 갈가리 찢겨야 마땅했다. 내가 다닌 학교에서 러시아문학을 가르쳤던 블라디미르 기피우스는 일류였으나 소수만 이해하는 시인이었고, 나는 그를 존경해 마지않았는데(그보다 훨씬 유명한 사촌, 여성 시인이자 비평가인 지나이다 기피우스보다 재능이 뛰어났다고 생각한다), 그는 문제의 책을 교실로 들고 와서 나의 가장 낭만적인 시행들에 일일이 맹렬한 풍자를 덧붙이며(그는 빨간 머리에 불 같은 남자였다) 대다수 학우들을 유쾌한 흥분의 도가니로 몰아넣었다. 그의 유명한 사촌은 문학 기금 모임에서 그곳의 의장이었던 내 아버지에게 청하길, 절대로, 절대로 작가가 되지 말라는 말을 나에게 전해달라고 했다. 아버지에게 은혜를 입은 궁핍하고 재능 없으나 선의를 품었던 한 기자가 나에 대해 말도 안 되는 열광적인 기사를 썼는데, 5백 행에 이르는 글에서 아첨이 뚝뚝 넘쳐흘렀다. 아버지는 적절한 때에 그것을 제지했으며, 나는 아버지와 내가 그 원고를 읽는 동안 이를 갈며 신음했던 것을 기억한다. 이는 끔찍한 취향이나 누군가의 **실수**를 마주했을 때 행하던 우리 가족의 의식儀式 같은 것이었다. 이 모든 일이 내게서 문학적 명성에 대한 관심을 깨끗이, 영원히 없애버렸고, 아마도 훗날 내가 비평에 무관심—이런 무관심은 거의 병적이며 늘 정당하다고 할 수는 없다—해져 대부분의 작가가 경험한다는 감정을 느끼지 못하게 된 이유도 이 때문일 것이다.

1916년의 봄은 다음과 같은 구체적인 이미지들을 떠올려볼 때, 전형적인 상트페테르부르크의 봄이었다. 각축을 벌이던 학교 대항 축구 경기의 관중들 가운데 처음 보는 흰색 모자를 쓴 타마라가 있었다. 일요일에 열린 경기에서 나는 가장 눈부신 행운에 힘입어 연달아 골을 지켜냈다. 그리고 우리의 로맨스와 나이가 똑같은 신선나비는 알렉산드롭스키 정원의 벤치 등받이에 앉아, 동면중에 가장자리가 허옇게 바래고 멍이 든 검정 날개에 햇볕을 쬐고 있었다. 얼음이 사라져 육감적인 모습을 드러낸 네바강의 군청색 물결 위로, 날카로운 바람을 타고 성당의 종소리가 울려퍼졌다. 종려주일 동안에는 색종이가 흩뿌려진 진창투성이의 기마병 대로에서 축제 마당이 열렸고, 삐거덕거리고 펑펑 터지는 소음으로 시끄러웠다. 행상들은 나무 장난감과 로쿰*과 amerikanskie zhiteli(아

메리카 주민)라고 불리는 데카르트의 악마*를 크게 소리쳐 팔았다. 분홍색이나 연보라색으로 물든 알코올이 채워진 유리관 속을 오르락내리락하는 작은 유리 도깨비들의 모습은 초록빛 하늘 아래 사무실 불이 꺼진 투명한 고층빌딩 안에서 엘리베이터를 타고 오르내리는 진짜 미국인들 같았다(비록 그 형용사가 뜻하는 바는 단지 '이국풍'이었지만 말이다). 북적이는 거리는 숲과 들판에 대한 그리움에 취하게 했다. 타마라와 나는 특히 예전의 밀회 장소들로 돌아가길 갈망했지만, 4월 내내 그녀의 어머니는 다시 같은 별장을 빌릴지 아니면 절약하기 위해 도시에 머물지 선택을 망설이고 있었다. 마침내 어떤 조건을 붙여서(타마라는 한스 안데르센의 인어공주처럼 묵묵히 그 조건을 받아들였다) 별장을 빌리게 되었고, 찬란한 여름은 즉시 우리를 감쌌으며, 그곳에서 그녀는, 나의 행복한 타마라는 발끝으로 서서 승마의 주름진 열매를 따려고 가지를 잡아 내렸고, 웃고 있는 그녀의 안구 속에서 이 세상과 나무들이 돌고 있었으며, 산둥山東비단 생실로 짠 노란색 드레스 위로 추켜올린 그녀의 팔 아래쪽에 햇살 아래서 애쓴 흔적으로 어두운 얼룩이 생겨났다. 우리는 이끼 가득한 숲에서 넋을 잃었고, 동화 속 물가에서 멱을 감았으며, 러시아의 모든 인어공주가 그렇듯 그녀도 무척이나 엮기 좋아했던 화관으로 영원한 사랑을 맹세했다. 그리고 그해 초가을 타마라는 일자리를 구하기 위해 도시로 갔고(그것이 그녀의 어머니가 내건 조건이었다), 그후 몇 달 동안 그녀를 한 번도 보지 못했다. 나는 우아한 **문학가**라면 마땅히 경험해야 한다고 여겼던 일들에 몰두해 있었다.

---

* 데카르트의 과학 실험에서 유래한 장난감으로, 액체가 든 유리관 안에서 인형이 부력 변화로 오르내린다.

이미 정취와 관능이 넘쳐흐르는 단계에 접어들었고, 그런 상태는 10년 정도 이어졌다. 현재 높은 곳에서 그 시절을 들여다보면, 나 자신은 마치 동시에 존재하는 백 명의 다른 젊은이들처럼 보이고, 모두가 동시에 혹은 겹치는 연애사들 속에서 변화무쌍한 한 여자를 좇고 있다. 몇몇은 즐겁고 몇몇은 지저분했던 그 연애사들은 하룻밤 모험에서부터 장기간 지속된 위장 관계에 이르기까지 다양했으며, 예술적으로는 매우 빈약한 성과만 남겼다. 그 경험과 그 모든 매력적인 여성들의 그림자는 지금 내 과거를 재구성하는 데 도움이 되지 않을뿐더러 성가시게 초점을 흐려놓고 있어, 아무리 기억의 렌즈를 조절해봐도 나와 타마라가 어떻게 헤어졌는지 도저히 알 수가 없다. 이런 흐릿함이 생겨난 데에는 또다른 원인이 있다. 우리는 그전에도 수없이 헤어졌던 것이다. 시골에서 보낸 마지막 여름 동안, 우리는 매번 비밀스럽게 만난 뒤 영원한 작별을 고했다. 어둠이 흐르는 밤, 가면 쓴 달과 안개 낀 강 사이의 낡은 나무다리 위에서. 나는 그녀의 따스하게 젖은 눈꺼풀에, 비에 젖어 서늘해진 얼굴에 입을 맞췄으며, 곧장 그녀에게 다시 돌아가 또 한 번의 작별을 고했다—그런 뒤에 길고 어둡고 흔들리는 언덕길을 오르기 시작했다. 느리고 고달프게 페달을 밟던 나의 발들은, 자꾸만 치고 올라오는 괴물처럼 강하고 탄력 있는 어둠을 내리눌렀다.

그러나 나는 1917년 여름의 어느 저녁, 이해할 수 없는 결별을 했던 겨울이 지나고 교외의 열차에서 우연히 타마라를 만났던 일을 가슴이 찢어질 듯 생생하게 기억한다. 정거장과 정거장 사이 몇 분 동안, 흔들리고 삐걱거리는 차내 통로에서 우리는 나란히 서 있었고, 나는 극도의 당혹감과 참담한 후회에 빠져 있었다. 그녀는 초콜릿 바를 먹고 있었는데, 그것을 자잘한 조각들로 하나씩 부러뜨리면서 자신이 일하는 직장 이야기를 했다. 선로 한편의 푸르스름한 늪지 위로 토탄을 태우는 검은 연기가 피어올라 거대한 호박색 석양의 들끓는 잔해와 섞였다. 나는 내가 봤던 토탄 연기와 타고 남은 하늘을 알렉산드르 블로크도 자신의 일기에 언급해뒀다는 사실을 출판된 기록들을 통해 입증할 수 있다고 생각한다. 이 언급과 내가 마지막으로 본 타마라의 모습이 연결된다는 사실을 안 것은 더 나중의 일이다. 그녀는 계단 위에서 고개를 돌려 나를 보더니 재스민 향기가 나고 귀뚜라미가 미친듯이 울어대는 어느 작은 역의 황혼 속으로 걸어내려갔다. 그러나 지금 와서 어떤 글을 여백에 적어넣더라도 그 고통의 순수함을 덜어낼 수는 없다.

3

연말에 레닌이 정권을 장악했을 때, 볼셰비키는 즉각 모든 것을 제쳐두고 권력 유지에 몰두했으며, 유혈 사태와 강제수용소, 인질들이 그 위대한 노정에 추가됐다. 당시만 해도 레닌 일당에 맞서 싸우면 3월 혁명의 성과들을 지켜낼 수 있다고 믿는 사람이 많았다. 소비에트 세력이 확고하게 자리잡는 것을 막고자 했던 초기 국면의 제헌의회에 선출된 아버지는 최대한 오래 상트페테르부르크에 남기로 했지만, 자신의 대가족은 그때까지는 자유로웠던 크림 지방에 보내기로 했다(이 자유는 불과 몇 주밖에 더 지속되지 못했다). 우리는 두 무리로 나뉘어 이동했고, 남동생과 나는 어머니와 어린 세 동생과는 따로 가게 되었

다. 이제 막 한 주가 지난 소비에트 시대는 둔했다. 자유주의 신문들이
여전히 발행되고 있었다. 니콜라옙스키 역에서 우리를 배웅하기 위해
함께 기차를 기다리는 동안, 동요하는 기색이 전혀 없는 아버지는 식
당 구석 테이블에 앉아, 막힘없이 써내려가는 ‘천상의’ 손(수정이 없는
것을 보고 감탄한 식자공의 표현)으로 죽어가는 『담화』(혹은 다른 어
떤 긴급 출판물)에 게재할 사설을 인쇄물의 단에 맞춰 줄이 그어진 긴
종이에 적고 있었다. 내 기억에 나와 남동생을 그처럼 서둘러 보내려
한 주된 이유는, 도시에 남아 있을 경우 새로운 ‘붉은’ 군대에 징집될
지도 모르기 때문이었다. 나는 채집 시기가 끝난 지 오래였던 11월 중
순에야 그처럼 매력적인 지역에 간다는 사실에 짜증이 나 있었다. 번
데기를 제대로 잡아본 적이 한 번도 없었던 것이다(그렇지만 결국 크
림에서 살던 집 정원의 커다란 참나무 밑에서 몇 개를 찾아낼 수 있었
다). 아버지가 우리들 각각의 얼굴 위로 작고 정확하게 성호를 그은 뒤
조금은 무심한 듯이 말하길, ves’ma vozmozhno(정말로 어쩌면), 우
리를 다시 못 볼지도 모른다고 덧붙이자, 짜증은 고통으로 변했다. 그
런 뒤 그는 트렌치코트와 카키색 모자 차림으로 팔에는 서류가방을 긴
채, 자욱한 안개 속으로 성큼성큼 사라져갔다.

　남쪽으로 가는 긴 여행은 그럭저럭 순조롭게 시작되어, 페트로그라
드에서 심페로폴로 가는 일등급 침대차의 난방은 여전히 훈훈했고 램
프 역시 온전했다. 꽤 유명했던 가수 한 명이 화려한 화장을 하고 갈색
종이에 싸인 국화 다발을 가슴에 안은 채 복도에 서 있었는데, 기차가
움직이기 시작할 때 밖에 있는 누군가가 따라 걸으며 손 흔드는 걸 보
면서 창문을 두드렸다. 기차는 우리가 그 회색 도시를 영원히 떠난다

는 사실을 알려주는 들썩임 한 번 없이 미끄러지듯 나아갔다. 그러나 곧 모스크바를 지나면서부터 모든 편안함은 사라졌다. 느리고 음산한 여정 중 몇 차례 정차할 때마다 우리가 타고 있던 침대차를 포함한 열차 안으로, 전선에서 집으로 돌아가는 다소 볼셰비키화된 군인들이 들이닥쳤다(정치적인 견해에 따라 그들은 '탈주병' 아니면 '붉은 용사'라 불렀다). 남동생과 나는 객실 문을 잠그고 우리를 방해하려는 모든 시도를 막는 것이 재미있었다. 객차 지붕 위에 앉아 가던 군인들이 우리 방의 환풍구를 화장실로 쓰려고 해서 더 흥미진진해졌고, 실제로 성공한 사람도 있었다. 일류 배우였던 내 남동생은 온갖 심각한 티푸스 증상을 연기해냈는데, 마침내 문이 열렸을 때엔 그의 연기가 우리를 살렸다. 셋째 날 이른아침, 어딘지 알 수 없는 정거장에서 나는 즐거운 여행에 잠시 찾아온 고요를 틈타 상쾌한 공기를 마시러 나갔다. 붐비는 복도를 조심조심 지나갔고, 코 고는 남자들의 몸을 넘어 기차에서 내렸다. 이름 모를 역의 플랫폼 위로 우윳빛 안개가 걸려 있었다. 우리는 하르키우에서 그다지 멀지 않은 어딘가에 와 있었다. 나는 각반을 신고 중산모를 쓰고 있었다. 가지고 다니던 지팡이는 루카 삼촌의 것으로 수집가들이 탐낼 만한 물건이었는데, 옅은 색 나무의 무늬가 아름다웠고, 금색 왕관에 은은한 분홍빛 산호 구슬이 얹힌 손잡이가 달려 있었다. 만약 내가 역 플랫폼의 안개 속에 숨어 있다가 이리저리 오가는 약하고 어린 멋쟁이 한 명을 발견한 비극적인 부랑자였다면, 상대를 해치고 싶은 유혹을 견뎌내지 못했을 것이다. 내가 막 올라타려고 할 때 기차가 덜커덩거리며 움직이기 시작했다. 발이 미끄러지는 동시에 지팡이가 바퀴 밑으로 날아 들어갔다. 그 물건에 특별한 애착이 있던 것은 아니었지만(사실 몇 년 뒤엔 덜렁대다가 잃어버렸다) 나를 지켜보는 시선이 있었고, 풋내기의 불타는 **자존심**으로, 지금의 나라면 상상조차 못할 일을 저질렀다. 나는 첫번째, 두번째, 세번째, 네번째 차량까지 지나가길 기다렸다가(러시아 기차들은 가속이 느리기로 악명 높았다), 마침내 선로가 드러나자 그 사이에 놓인 지팡이를 집어들고 악몽처럼 멀어져가는 완충기를 쫓아 달려갔다. 억센 프롤레타리아의 팔 하나가 감상적인 소설의 법칙(마르크스주의 규칙이 아니라)에 따라, 기어오르는 나를 도와줬다. 그런데 내가 그곳에 혼자 남겨졌다 해도 그 법칙은 유효할 터였다. 왜냐하면 그때쯤 타마라 역시 남쪽으로 이주해, 그 우스꽝스러운 사건이 벌어진 곳에서 1백 마일도 떨어지지 않은 우크라이나의 어느 마을에 살고 있었기 때문이다.

4

　크림 남부에 도착한 지 한두 달이 지나서 우연히 그녀의 소재를 알게 되었다. 우리 가족은 얄타 근교에 있는 코레이즈 마을 근처의 가스프라에 머물게 되었다. 그 지역 전체가 완전히 외국처럼 보였다. 냄새도 소리도 러시아의 것이 아니었고, 매일 저녁 이슬람 사원의 첨탑(복숭앗빛 하늘을 배경으로 서 있는 늘씬한 푸른색 탑)에서 기도 시각을 알리는 노랫소리가 시작될 때 들려오던 당나귀 울음소리 또한 단연 바그다드의 것이었다. 그런 곳에서 나는, 각각 뱀 모양으로 갈라진 가느다란 물줄기들이 타원형 돌들 위를 졸졸 흐르는 백악질의 냇바닥 근처

백악질의 승마 도로 위에서, 타마라가 보낸 편지 한 장을 들고 서 있었다. 나는 험준한 야일라산맥을 바라보았다. 바위투성이 산마루까지 양털같이 짙은 소나무들이 덮고 있었다. 산과 바다 사이에는 마키* 같은 상록식물들이 뻗어 있었다. 반투명한 분홍빛 하늘에는 수줍은 초승달이 촉촉한 별 하나를 가까이 두고 빛나고 있었다. 이 모든 부자연스러운 풍경은 내게 『아라비안 나이트』의 슬프게도 축약본이지만 예쁜 삽화가 들어간 어떤 판본을 떠올리게 했다. 갑자기 나는 망명의 격통을 느꼈다. 물론 푸시킨의 전례가 있었지만—이곳으로 추방당했던 푸시킨은 외래종 삼나무와 월계수 사이를 거닐었다—그의 애가들에서 이런저런 자극을 받았다 해도, 나의 고양된 감정을 거짓이라 생각하지 않았다. 이후 몇 년 동안, 소설 쓰기가 그 풍부한 감정을 덜어줄 때까지, 나라를 잃은 느낌은 사랑을 잃은 느낌과 다를 바 없었다.

한편 우리 가족의 삶은 완전히 바뀌었다. 보통 탤컴파우더를 넣어두는 용기에 교묘하게 묻어뒀던 보석 몇 개를 빼면, 우리는 완전히 빈털터리 신세였다. 하지만 이는 사소한 문제에 불과했다. 그 지역의 타타르 정부는 최신형 소비에트에 의해 해산됐고, 우리는 터무니없고 굴욕적인 극도의 불안정 상태에 빠지게 되었다. 1917년에서 1918년 사이의 겨울, 그리고 바람이 많이 불고 화창했던 크림의 봄날에도, 어리석은 죽음이 우리 주위를 어슬렁거렸다. 하루 걸러 한 번씩 얄타의 흰 부두에선(기억하겠지만 체호프의 「개를 데리고 다니는 여인」에 나오는 부인이 휴양객 인파 속에서 안경을 잃어버렸던 바로 그곳이다) 미리

---

* 지중해 연안에 분포하는 낮고 울창한 관목지대.

발목에 추를 매달아둔 죄 없는 사람들이 세바스토폴에서 일부러 파견한 거친 볼셰비키 수병들에게 총살당했다. 죄가 없지 않았던 아버지는 이 무렵 위험한 고비를 수차례 넘긴 뒤 우리와 합류했고, 폐 전문의가 많은 그 지역에서 가명을 쓰지도 않고 의사 행세를 했다(체스 해설가가 체스판 위에서 그런 수를 봤다면 '단순하면서도 우아하다'고 평했을 것이다). 우리는 친절한 친구인 소피야 파닌 백작부인이 마음대로 쓰라고 한 눈에 띄지 않는 빌라에서 살았다. 암살자들이 근처까지 왔다는 소문이 특히 무성했던 밤들에는, 우리집 남자들이 번갈아 가며 집 주위를 순찰하기도 했다. 창백한 벽 위에선 협죽도 잎의 가느다란 그림자들이 바닷바람을 타고 조심스럽게, 마치 뭔가를 가리키듯 대단히 은밀하게 움직였다. 우리는 산탄총과 벨기에제製 자동 권총을 가지고 있었고, 누구라도 불법으로 총을 소지한 사람은 그 자리에서 처형될 것이라는 법령을 비웃기 위해 최선을 다했다.

운명은 우리에게 친절했다. 1월의 어느 한밤중에 있었던 충격적인 사건을 제외하면 아무 일도 없었다. 온몸을 가죽과 모피로 감싼 산적 같은 사람이 집 한가운데로 기어들어왔는데, 알고보니 그는 우리의 운전기사였던 치가노프였다. 그는 열차의 완충기와 화물칸에 올라탄 채 상트페테르부르크에서부터 광활하고 춥고 야만적인 러시아 대륙을 가로질러 오는 일을 고생스럽게 생각하지 않았다. 그가 온 목적은 단지 우리의 좋은 친구들이 뜻하지 않게 보내준 너무나도 고마운 돈을 전하기 위해서였다. 또한 상트페테르부르크의 우리 주소로 온 우편물도 가져왔고, 그중에 타마라가 보낸 그 편지도 있었다. 한 달을 머무른 뒤 치가노프는 크림 지방 풍경이 지긋지긋하다며 떠나겠다고 선언했다.

다시 북쪽으로 먼 길을 떠나며 어깨에 커다란 가방을 짊어졌는데, 거기엔 그가 탐내는 줄 알았더라면 기꺼이 주었을 다양한 물건들이 들어 있었다(바지 다리는 기계, 테니스화, 잠옷, 자명종, 다리미, 그 밖에도 지금은 기억나지 않는 우스운 물건들). 그 물건들이 사라졌다는 사실은, 어느 빈혈기 있는 하녀가 가만두지 않겠다고 펄펄 뛰지 않았더라면 아주 서서히 밝혀졌을 것이다. 그는 그녀의 창백한 매력도 강탈해 갔던 것이다. 흥미롭게도 그는 탤컴파우더 용기에 담긴 어머니의 보석들(그는 보석들의 존재를 단박에 알아차렸다)을 마당의 여러모로 쓸모 있는 참나무 밑에 묻으라고 우리를 설득했다. 그리고 보석들은 그가 떠난 뒤에도 거기 그대로 있었다.

1918년 어느 봄날, 분홍색 꽃을 보송보송 피워낸 아몬드나무들이 칙칙한 산허리에 활기를 불어넣을 무렵, 볼셰비키들이 사라지고 특이하게 조용한 독일군 부대가 그 자리를 채웠다. 애국적인 러시아인들은 자국의 처형인들의 손아귀에서 벗어났다는 동물적인 안도감과, 자신들의 집행유예를 외국인 침입자들, 그것도 독일인들에게 빚지고 있다는 불가피함 사이에서 괴로워했다. 그러나 독일군은 서쪽에서 벌어지는 전쟁에서 지는 중이었다. 위축된 미소를 띤 채 뒤꿈치를 들고 조심조심 얄타로 걸어들어온 회색 유령들의 부대는 애국자들에게 무시당하기 쉬웠으며, 실제로도 무시를 당했다. 공원 잔디밭에 출현한 '잔디 출입 금지'라는 성의 없는 표지판을 보고 다소 배은망덕한 비웃음을 흘릴 때를 제외하고 말이다. 몇 달 뒤, 인민위원들이 강제로 비워놓았던 여러 채의 빌라에서 배관 공사를 말끔하게 마친 독일인들이 사라졌다. 동쪽으로부터 서서히 백군白軍이 들어와, 북쪽에서 크림 지방을 공격하고 있던 적군赤軍과 싸웠다. 아버지가 심페로폴 지방 정부의 법무 장관이 되어, 우리 가족은 얄타 근처 옛 차르의 영토였던 리바디아 부지에서 지내게 되었다. 백군이 장악한 도시 특유의 경솔하고 들뜬 홍겨움은, 품위가 떨어지긴 했지만 평화로운 시절에 누렸던 것들을 되살렸다. 카페들은 놀랍도록 장사가 잘됐다. 모든 종류의 극장이 번성했다. 어느 날 아침, 산길에서 느닷없이 체르케스인 복장을 한 이상한 기사騎士를 마주쳤는데, 긴장으로 땀을 흘리던 그의 얼굴은 기이할 정도로 노란빛이었다. 그가 필사적으로 고삐를 잡아당기는데도 말은 아랑곳하지 않고 가파른 길을 단호하게 터벅터벅 내려갔고, 그 모습은 마치 기분이 나빠져 파티를 떠나오는 사람 같았다. 도망쳐 달리는 말은 본 적이 있어도 걸어서 도망치는 말은 본 적이 없었는데, 그 불행한 기수가 타마라와 내가 영화를 보며 자주 찬미했던 바로 그 모주힌이라는 것을 알게 되자 놀라움에 한층 즐거움이 더해졌다. 영화 〈하지 무라트〉 (용맹하고 거칠게 말을 타는 산악민들의 우두머리에 관한 톨스토이의 이야기를 바탕으로 만들었다)의 리허설을 그 산에 있는 목초지에서 하는 중이었다. "Derzhite proklyatoe zhivotnoe(저놈을 멈춰)." 그는 나를 보고 이를 악물면서 이렇게 말했다. 그 순간 돌이 부서지고 깨지는 굉음과 함께 두 명의 진짜 타타르인이 달려 내려왔고, 나는 나비채를 들고서 뱀눈나비의 흑해 연안 품종이 기다리고 있는 바위산 위쪽을 향해 터벅터벅 걸어올라갔다.

1918년 여름, 신기루 같은 청춘의 작고 보잘것없는 오아시스에서, 남동생과 나는 해안가에 올레이즈라는 영지를 소유한 친절한 괴짜 가족에게 자주 놀러 갔다. 나와 동년배였던 리디아 T.와는 곧 농담을 주고받는 친구 사이가 되었다. 주변은 늘 젊은이들로 북적였다. 갈색 팔다리에 팔찌를 낀 젊은 미녀들, 소린이라 불리던 유명 화가, 배우들, 발레리노, 그중 몇몇은 머지않아 죽을 운명이었음에도 유쾌한 백군 장교들이 있었다. 그리고 해변 파티, 담요 파티, 모닥불, 달이 빛나는 바다, 그리고 충분히 구할 수 있었던 크림 지방의 뮈스카 드 뤼넬*과 함께 온갖 연애의 즐거움이 이어졌다. 이 모든 경박하고 퇴폐적이며 어딘지 비현실적인 배경에서(나는 한 세기 전 푸시킨이 크림 지방을 방문했을 때의 분위기를 상기시킬 수 있다고 기꺼이 믿었다), 리디아와 나는 우리가 직접 만들어낸, 기분전환이 되는 놀이를 즐겼다. 말하자면 전기傳記 집필 방식을 패러디해 미래에 투사함으로써, 아주 허울 좋은 현재를 비틀거리는 회고록 작가가 떠올리는 마비된 과거로 변모시키는 일이었다. 그는 아련한 아지랑이 너머로, 위대한 작가와 알고 지냈고 작가와 자신 모두 젊었던 시절을 떠올린다. 예를 들어 리디아 또는 내가(둘 중 먼저 영감을 받는 쪽이) 저녁식사를 마친 뒤에 테라스에서 이렇게 말하는 것이다. "그 작가는 저녁식사 후 테라스에 나가는 걸 좋아했다." 아니면 "나는 어느 따뜻한 밤에 V. V.가 했던 말을 늘 기억할 것이다. 그는 이렇게 말했다. '따뜻한 밤이군요.'" 더 바보 같은 경우라면 "그는 담배를 피우기 전에 담뱃불을 붙이는 습관이 있었다." 우리는 최대한 생각에 잠긴 듯, 열정적으로 회상하며 이런 말들을 읊조렸고, 당시에는 재미있고 무해한 놀이라고 여겼지만, 지금 생각해보니 우리가 뜻하지 않게 어느 심술궂은 악마의 심기를 건드린 것은 아니었

---

* 포도주의 일종.

는지 의문이 든다.

그렇게 지내던 몇 달 동안, 한 보따리의 우편물이 우크라이나에서 알타까지 전해질 때마다, 그 안에는 나의 시나라*가 보낸 편지도 있었다. 내전의 기괴한 혼란 속에서도 상상할 수 없는 배달부들의 보호하에 편지들이 오고 가는 것보다 더 불가사의한 일도 없다. 그러나 그런 혼란 때문에 우리의 서신이 잠시 끊길 때면, 타마라는 편지 배달을 날씨나 조수처럼 인간사의 영향을 받지 않는 평범한 자연현상과 동일시하며 내가 답장을 쓰지 않는다고 비난했다. 하지만 사실 그 시절의 나는 그녀에게 편지를 쓰고 그녀를 생각하는 것 말고는 아무것도 하지 않았다—여러 차례 그녀를 배신하기는 했지만.

5

젊었을 때 받은 진짜 연애편지를 작품 속에 보존할 수 있는, 흐물흐물한 살에 깨끗하게 박힌 총알처럼 허구의 인물들 속에 안정적으로 묻을 수 있는 소설가는 행복한 사람이다. 우리가 주고받은 편지도 모두 그런 식으로 남겨둘 수 있었다면 얼마나 좋았을까. 타마라의 편지는 우리가 너무도 잘 아는 시골 풍경을 끊임없이 불러오는 주문과도 같았다. 어떤 의미에서는, 한때 내가 그녀에게 바쳤던 표현력이 훨씬 부족한 서정시들과 비교하면 먼 곳에서도 놀랍도록 또렷하게 들리는 교송

---

* 영국 시인 어니스트 도슨의 시 「시나라」에 등장하는 여성 이름.

交誦이었다. 내가 그 비밀을 알아내려 했지만 실패한, 툭 던져지는 단어들 덕분에 그녀의 여고생다운 산문은 상트페테르부르크 근교 전원에서 훅 끼쳐오는 축축한 낙엽냄새 하나하나를, 가을빛으로 물들어가던 고사리 이파리 하나하나를 구슬픈 울림과 함께 불러냈다. "비가 오면 우린 왜 그렇게 기분이 좋았을까?" 마지막 편지들에서 그녀는 마치 수사법의 순수한 근원으로 돌아간 듯 그렇게 물었다. Bozhe moy('하느님 맙소사My God'보다는 '어머나Mon Dieu'에 가깝다), 어디로 갔을까, 그 모든 멀고 밝고 사랑스러운 것들은(vsyo eto dalyokoe, svetloe, miloe─러시아어라면 여기에 굳이 주어가 필요하지 않은데, 텅 빈 무대의 어둑한 조명 아래에서 중성 형용사들이 추상명사 역할을 하고 있기 때문이다).

타마라, 러시아, 오래된 정원과 서서히 섞여들던 야생의 숲, 북쪽의 자작나무와 전나무, 여름이 되어 도시에서 시골로 돌아올 때면 매번 땅에 엎드려 입을 맞추던 어머니의 모습, **그리고 산과 커다란 떡갈나무**─운명은 어느 날 이 모든 것을 허둥지둥 묶어 바다 한가운데로 던져버렸고, 나는 어린 시절과 완전히 단절되고 말았다. 그러나 그보다 굼뜬 운명, 말하자면 평온하고 안전한 작은 마을처럼 원시적이게도 원근법이 결여된 시간의 연속에 대해서 좋게 말할 수 있을지는 의문이다. 쉰 살이 되어서도 여전히 어린 시절의 판잣집에 살고, 다락을 청소할 때마다 오래된 갈색 교과서 더미가 나중에 쌓인 쓸모없는 잡동사니 사이에 섞여 있는 것을 발견하며, 어느 여름 일요일 아침에 아내가 교회에 가는 길이던 맥기라는 여자를 만나 일이 분 동안 보도에 멈춰 서 있는데, 머리를 염색한 그 끔찍하고 수다스러운 여자는, 1915년 당시엔 입에서 박하향을 풍겼고 손놀림이 재빨랐으며 예쁘고 장난기 많던 마거릿 앤이었다는 식이면 말이다.

내 운명의 격변은 돌이켜봤을 때 그 어떤 것과도 다른, 실신할 것 같은 자극을 가져다준다. 타마라와 편지를 주고받은 이래로, 향수병은 나에게 감각적이고도 특별한 문제가 되었다. 요즘은 야일라산맥 위의 텁수룩한 풀밭, 우랄산맥의 협곡, 아랄해 연안의 소금 평원들의 이미지를 머릿속으로 떠올려봐도, 예를 들어 유타의 이미지를 떠올릴 때와 비슷한 정도나 그보다 적게 향수나 애국심을 불러일으킨다. 그러나 어느 대륙의 무엇이든지, 상트페테르부르크의 전원을 닮은 것을 보게 된다면 내 마음은 녹아내리고 만다. 실제로 옛날 풍경을 다시 보게 된다면 어떤 느낌일지, 상상조차 되지 않는다. 가끔씩 나는 가명이 적힌 가짜 여권을 들고 그곳을 다시 방문하는 나 자신을 상상해보곤 한다. 그럴 수 있을지도 모른다.

그러나 내가 그렇게 하리라고는 생각하지 않는다. 나는 너무도 오랫동안 헛되이 그런 꿈을 꿔왔다. 이와 비슷하게, 크림 지방에서 지낸 열여섯 달 중 후반의 여덟 달 동안, 나는 데니킨 의용군에 들어갈 생각을 오랫동안 품고 있었는데, 무장한 채로 군마에 올라타 덜걱덜걱 자갈 깔린 상트페테르부르크의 외곽을 달리기 위해서(불쌍한 내 사촌 유리의 꿈이었다)라기보다는 우크라이나의 작은 마을에 있는 타마라에게 가기 위해서였다. 마침내 내가 결단을 내렸을 때는 이미 그 군대가 사라진 뒤였다. 1919년 3월에는 붉은 군대가 크림 북부를 돌파했고, 여러 항구에서 반反 볼셰비키 무리의 소란스러운 퇴각이 시작됐다. 세바스토폴만의 투명한 바다를 넘어, 해안에서 날아드는 난폭한 기관총 세례를 뚫고서(볼셰비키 군대가 막 항구를 점령한 참이었다), 가족과 나는 말린 과일을 실은 작고 허름한 그리스 선박 Nadezhda(희망)를 타고 콘스탄티노플과 피레아스를 향해 출발했다. 만에서 지그재그로 빠져나오는 동안 아버지와 함께 체스 게임에 열중하려 애썼던 것이 기억난다. 나이트 하나의 머리가 부러져 있었고 잃어버린 룩은 포커 칩이 대신하고 있었다. 그리고 러시아를 떠난다는 감각은 괴로운 생각에 완전히 가려져버렸다. 붉은 군대가 있든 없든, 타마라의 편지가 기적적으로 그리고 불필요하게 여전히 크림 남부로 오는 중이며, 그곳에서 망명한 수신인을 찾아 헤맬 것이고, 잘못된 고도와 낯선 식물군의 동떨어진 지역에 풀려나 당황한 나비들처럼 힘없이 날갯짓할 것이라는 생각에.

13장

1

1919년에 나보코프 일가—사실상 세 가족—는 러시아에서 크림과 그리스를 거쳐 서유럽으로 탈출했다. 남동생과 나는 지적인 우수함을 인정받았다기보다는 정치적인 시련에 대한 보상으로 장학금을 받아 케임브리지에 다니게 되었다. 나머지 가족들은 당분간 런던에 머물 예정이었다. 생활비는 1917년 11월 어머니가 상트페테르부르크를 떠나기 직전 선견지명이 있던 나이든 하녀 나타샤가 화장대에서 **작은 용기**로 쓸어담았고, 그뒤 잠시 동안 크림의 정원에 묻혀 있었던, 혹은 그곳에서 신비롭게 숙성된 한 움큼의 보석들로 충당됐다. 북쪽의 고향을 떠날 때 우리는 이것이 잠시 동안의 기다림일 것이고, 러시아 남쪽의 끄트머리에 잠시 앉아 쉬는 편이 현명하다고 생각했지만, 새 정권의 광포함은 가라앉을 줄 몰랐다. 그리스에서 두 달간의 봄을 지내는 동안 나는 참을성 없는 양치기 개들의 끈질긴 분노를 견뎌내며 그뤼너의 갈고리나비와 헬트라이히의 유황나비와 크뤼퍼의 흰나비를 찾아 헛되이 헤맸다. 같은 그리스에서도 나는 채집이 불가능한 지역에 있었던 것이다. 1919년 5월 18일 그리스를 떠나 (나보다 21년이나 먼저) 뉴욕으로 향하면서 우리를 마르세유에 내려준 커나드* 정기선 판노니아에서는 폭스트롯을 배웠다. 프랑스는 석탄처럼 까만 밤에 덜컹거리며 지나갔다. 도버에서 런던으로 가는 기차가 조용히 멈춰 섰을 때는, 창백한 해협이 우리 안에서 여전히 요동치고 있었다. 빅토리아 역의 지저분한 벽에 반복적으로 그려진 회색 배梨 그림은 어린 시절 영국인 가정교사가 내게 사용했던 목욕 비누 광고였다. 일주일 뒤에 나는 벌써 자선무도회에서 나의 첫 영국인 애인과 볼을 맞댄 채 춤을 추고 있었다. 그녀는 나보다 다섯 살 연상인 가녀리고 변덕스러운 여자였다.

아버지는 전에도 런던을 방문한 적이 있었다. 마지막 방문은 1916년 2월에 러시아 언론계의 저명인사 다섯 명과 함께 영국 정부의 초청으로 영국의 전쟁 노력을 시찰했을 때였다(러시아 대중 여론이 영국의 노력을 충분히 인정해주지 않는 기미가 있었다). 그곳으로 가던 도중 아버지와 코르네이 추콥스키**가 **아프리카**에 각운을 맞춰보라고 하자, 시인이자 소설가인 알렉세이 톨스토이(레프 니콜라예비치 톨스토이 백작과는 무관하다)는 뱃멀미를 하면서도 다음과 같은 아름다운 이행연구二行連句를 지어냈다.

---

* 영국의 해운회사.

** 러시아 아동문학을 대표하는 시인이자 평론가. 오스카 와일드의 작품을 러시아어로 번역하기도 했다.

Vizhu pal'mu i Kafrika

Eto—Afrika

(야자수와 작은 검둥이가 보이네. 이게 아프리카지.)

영국에서 방문객들은 함대를 견학했다. 성대한 만찬과 연설이 이어졌다. 때마침 러시아군이 에르주룸을 점령했고, 영국에서는 징병제 도입이 임박한 상황이었기 때문에("함께 행진하시겠습니까, 아니면 3월 2일까지 기다리시겠습니까?"*라고 말장난하는 포스터가 있었다) 연사들은 적당한 화제를 찾을 수 있었다. 에드워드 그레이 경이 주재한 공식 연회가 있었고, 조지 5세와의 우스운 면담에서는 그룹 내의 **앙팡 테리블**이었던 추콥스키가 조지 5세에게 오스카 와일드의 작품들—와일드의 자악품드을—을 좋아하느냐고 집요하게 물었다. 심문하는 자의 억양에 당황하기도 했고 어쨌든 책을 그다지 읽지 않았던 왕은, 손님들에게 런던의 안개를 좋아하느냐고 되물으며 슬쩍 반격했다(후에 추콥스키는 이 일화를 영국식 위선의 전형적인 예라며 의기양양 인용하곤 했는데, 즉 도덕을 빌미로 작가를 금기시한다는 것이었다).

최근에 뉴욕 공공도서관을 방문하고 나서, 위 사건이 1916년 페트로그라드에서 출판된 아버지의 책『전시 영국에 관한 보고서*Iz Voyuyushchey Anglii*』에는 등장하지 않는다는 사실을 알게 되었다. 실제로 그 책에는 그가 평소 즐겨 쓰던 유머가 거의 드러나 있지 않았고, 그나마 유머가

---

* 영어로 '함께 행진하다(march too)'와 '3월 2일(March 2)'의 발음이 비슷한 데서 나온 말장난이다.

엿보이는 대목은 H. G. 웰스와 벌인 배드민턴 경기(아니면 파이브스*였던가?)에 대한 묘사와 플랑드르의 최전선 참호를 방문했던 일에 대한 재미난 설명 정도였다. 환대가 지나친 나머지, 방문객들의 발치 몇 피트 거리에서 독일 수류탄들이 터졌다는 것이다. 이 보고서는 책의 형태로 출판되기 전 러시아 일간지에 연재됐다. 그 연재에서 아버지는 구세계의 순박함이라 할 만한 태도로, 자신의 스완 만년필을 젤리코 제독에게 선물한 일을 언급했다. 제독은 식사 도중 메뉴에 서명하기 위해 그 만년필을 빌렸고, 부드럽고 쓰기 편한 펜촉을 칭찬했다고 한다. 불운하게도 만년필의 제조사를 밝힌 부분은 곧바로 런던 신문들에 실린 메이비 토드 유한회사의 광고로 이어졌다. 광고는 그 단락의 번역문을 인용하며, 아버지가 해전이 벌어지는 혼란스러운 외중에도 자기네 회사 제품을 대★함대 총사령관에게 건네주는 모습을 묘사했다.

하지만 이제는 연회도 연설도 없고, 심지어 웰스와 함께하는 파이브스도 없었다. 볼셰비즘이 극도로 잔인하고 철저히 야만적인 압제―그것 자체는 사막의 모래만큼이나 오래되었다―의 형태이며, 외국의 관찰자들이 생각하듯이 새롭고 매력적인 혁명 실험이 전혀 아니라는 점을 웰스는 도저히 납득하지 못했다. 엘름 파크 가든스의 비싼 임대주택에서 몇 달을 보낸 뒤, 부모님과 세 동생은 런던을 떠나 베를린으로 향했다(그곳에서 1922년 3월 세상을 떠날 때까지 아버지는 인민자유당 동료인 이오시프 헤센과 함께 러시아 망명자들을 위한 일간지를 편집했다). 한편 남동생과 나는 케임브리지로 떠났고, 남동생은 크라이

---

* 두 사람 또는 네 사람이 벽을 앞에 두고 손으로 공을 치는 운동경기.

스트 칼리지에, 나는 트리니티 칼리지에 들어갔다.

2

　나에게는 세르게이와 키릴이라는 두 남동생이 있었다. 막내 키릴 (1911~1964년)은 나의 대자代子이기도 했는데, 러시아 가족에서는 드물지 않은 일이었다. 비라의 우리집 응접실에서 진행된 세례식 도중, 나는 그를 조심스럽게 안아 그의 대모代母인 예카테리나 드미트리예브나 단자스(그녀는 아버지의 사촌이었으며, 푸시킨을 죽게 만든 결투에서 입회인을 맡았던 K. K. 단자스 대령의 종손녀였다)에게 건넸다. 어린 시절 키릴은 두 누나와 함께, 도시의 집에서도 영지 저택에서도 손위 형들과는 뚜렷이 분리된 멀리 떨어진 육아실에서 지냈다. 나는 유럽으로 추방당한 1919년부터 1940년까지 20년 동안 그를 거의 보지 못했고, 그 이후에도 전혀 만나지 못하다가 1960년 유럽을 다시 방문했을 때 비로소 짧지만 아주 다정하고 즐거운 재회를 했다.
　키릴은 런던과 베를린, 프라하에서 학교를 다녔고, 루뱅에 있는 대학에 갔다. 그는 벨기에 여자인 질베르트 바르방송과 결혼했고, 브뤼셀에서 여행사를 (반쯤 재미로 했지만 나름 성공적으로) 경영하다가 뮌헨에서 심장마비로 죽었다.
　그는 바닷가 휴양지와 기름진 음식을 좋아했다. 또 나만큼이나 투우를 혐오했다. 그는 다섯 개 언어를 구사했다. 대단한 농담꾼이었다. 그의 삶에서 단 하나 위대한 현실로 존재한 것은 문학, 특히 러시아 시였다. 그 자신의 시는 구밀료프와 호다세비치의 영향을 받았다. 그의 작품들은 드문드문 출판됐고, 그는 농담의 안개에 가려진 내면에 대해서 그랬듯이 자신의 글에 대해서도 과묵했다.

여러 가지 이유로 또 한 명의 남동생에 대해 말하기는 참으로 어렵다. 망루gloriette들과 셀프메이트*가 결합된 서배스천 나이트를 찾는 복잡한 여정(1940년)조차 내가 이 회고록의 초판에서 망설이다 포기했고 지금 다시 마주하게 된 이 난제에 비하면 아무것도 아니다. 지금까지의 장들에서 대략 그려놓은 두세 개의 보잘것없는 모험을 제외하면, 그와 나의 어린 시절은 좀처럼 얽혀든 적이 없다. 가장 풍성하고 세밀한 회상에서도 그는 단지 배경 속 그림자에 지나지 않는다. 나는 응석받이였고 그는 그 응석의 목격자였다. 1900년 3월 12일, 나보다 열 달 반 늦게 제왕절개 수술로 태어난 그는 나보다 일찍 성숙했고 외모도 더 나이가 들어 보였다. 우리는 좀처럼 함께 논 적이 없었다. 그는 장난감 기차, 장난감 권총, 붉은 인디언, 붉은줄나비 같은 내가 좋아했던 것들에 무관심했다. 예닐곱 살 무렵 그는 나폴레옹을 열렬하게 찬양했고, 마드무아젤이 너그러이 봐주는 가운데 나폴레옹의 작은 청동 흉상을 껴안고 잠들었다. 어렸을 적 나는 난폭했고 모험심이 강했으며 골목대장 같은 면이 있었다. 그는 조용했고 나른했으며 나보다 선생들과 더 많은 시간을 보냈다. 열 살 때는 음악에 흥미를 보이기 시작했고, 그때부터 셀 수 없이 많은 레슨을 받고 아버지와 함께 연주회에 갔으며, 소리가 잘 들리는 위층 피아노로 오페라의 대목들을 몇 시간이고

---

* 체스의 수 가운데 하나로 일종의 패착이다.

연주했다. 나는 몰래 뒤로 다가가 그의 갈빗대를 쿡 찔렀다. 정말이지 딱한 기억이다.

우리는 다른 학교에 다녔다. 그는 아버지가 다녔던 **중학교**에 들어가서 정해진 검정 교복을 입었는데, 열다섯 살 때는 반항적인 분위기를 더하기 위해 쥐색 스패츠를 입었다. 그즈음 나는 그의 책상에서 일기장을 발견해 한 쪽을 읽게 되었는데, 놀란 나머지 바보처럼 가정교사에게 그것을 보여줬고, 가정교사는 즉시 아버지에게 보여줬다. 돌이켜보면 그의 행동에는 기이한 구석들이 있었는데, 일기장을 본 순간 그 이유를 알 수 있었다.

우리가 둘 다 좋아했던 유일한 게임은 테니스였다. 우리는 특히 영국에 있을 때, 켄싱턴의 고르지 못한 잔디 코트와 케임브리지의 훌륭한 진흙 코트에서 자주 테니스를 쳤다. 그는 왼손잡이였다. 판정이 애매한 상황이면 말을 자꾸 더듬는 바람에 항의가 쉽지 않았다. 서브가 약했고 백핸드는 제대로 치지도 못했지만 더블 폴트*를 범하는 일이 결코 없었고, 벽에 공을 칠 때처럼 한결같이 받아치는 선수였기에 만만히 볼 상대가 아니었다. 케임브리지에서 우리는 예전 어느 때보다 자주 만났고, 드물게 공통의 친구들도 몇 있었다. 우리는 같은 전공으로 똑같이 우등상을 받고 졸업했다. 이듬해 그는 파리로 갔으며, 내가 베를린에서 그랬듯이 그곳에서 몇 년 동안 영어와 러시아어를 가르쳤다.

우리는 1930년대에 다시 만났고, 1938년부터 1940년까지는 파리에서 꽤 친밀하게 지냈다. 그는 나와 당신과 우리 아이가 살았던 부알로

---

* 테니스에서 서브를 두 번 연속 실패하는 것.

거리의 초라한 방 두 칸짜리 집에 이야기나 하러 자주 들렀는데, 우리
가 미국으로 떠나버렸다는 사실은 뒤늦게 알았다(그가 잠시 파리를 떠
나 있었기 때문이다). 나의 가장 황폐한 추억들이 파리와 연관되어 있
었기에 그곳을 떠날 때 깊이 안도했지만, 그가 자신의 경악스러움을
무심한 사람에게 하소연해야 했다는 점에 대해서는 미안함을 느낀다.
전쟁 동안 그가 어떻게 살았는지는 아는 바가 거의 없다. 한때 그는 베
를린에 있는 어느 사무실에서 번역가로 일했다. 솔직하고 두려움이 없
는 남자였고, 동료들 앞에서 정권을 비판했다가 결국 고발당했다. 체
포된 그는 '영국 간첩'이라는 혐의로 함부르크의 강제수용소에 보내져
1945년 1월 10일 영양실조로 죽었다. 그의 인생은 동정이든 이해든,
뒤늦은 무엇인가를 부질없이 요구하는 그런 삶이었고, 그런 결핍을 알
아차렸다고 해서 그 삶을 바꾸거나 메울 수는 없다.

3

　케임브리지에서의 첫 학기는 불길하게 시작됐다. 흐리고 축축한 10월
의 늦은 오후, 지도교수 E. 해리슨과 공식적으로 처음 만나기 위해 나
는 이상한 연극에 가담하는 듯한 느낌으로, 새로 마련한 짙푸른 대학
예복을 걸치고 검은 사각모를 썼다. 나는 계단을 올라가 살짝 열려 있
는 육중한 문을 노크했다. "들어오세요." 멀리서 힘없이 퉁명스럽게
답하는 목소리가 들려왔다. 대기실 같은 곳을 지나 지도교수의 서재로
들어섰다. 갈색 어스름이 내 앞을 막아섰다. 서재에는 커다란 난롯불

말고는 불빛이 전혀 없었으며, 난로 곁에 어둑한 형체가 그보다 어둑한 의자에 앉아 있었다. "제 이름은—" 그렇게 말하며 앞으로 다가간 나는 해리슨 씨의 낮은 고리버들 의자 옆 깔개 위에 놓인 찻그릇들을 밟고 말았다. 그는 투덜거리며 앉은 자리에서 몸을 옆으로 굽혀 주전자를 바로 세웠고, 그것이 토해낸 물이 뚝뚝 떨어지는 검은 찻잎 뭉치를 도로 담았다. 이런 난감한 분위기에서 나의 대학 시절이 시작됐고, 이 음조는 그곳에 머물렀던 3년 내내 꽤나 고집스럽게 반복됐다.

해리슨 씨는 '백계 러시아인'끼리 숙소를 같이 쓰는 것이 좋겠다고 생각했고, 그래서 처음에 나는 곤혹스러워하는 동포 한 명과 트리니티 레인에 있는 아파트를 나눠 쓰게 되었다. 몇 달 뒤 그는 대학을 떠났고, 나는 그 하숙집의 유일한 거주자가 되었다. 그 아파트는 지금은 존재하지 않는 머나먼 고향집에 비하면 참을 수 없을 만큼 누추하게 보였다. 나는 벽난로 위의 장식품들(트리니티 문장紋章이 있는 유리 재떨이는 전에 살던 사람이 두고 간 것이었고, 조개껍데기 속에는 내가 어느 여름 바닷가에서 들었던 콧노래가 갇혀 있었다)과 집주인 소유였던 낡은 자동 피아노를 아직도 기억하고 있다. 그 피아노는 파열되고 뭉개진 울퉁불퉁한 음악만을 내보내는 가련한 장치로, 누구든 시범으로 한 곡 틀어보고 나면 다시는 작동시키지 않았다. 폭이 좁은 트리니티 레인은 고루하고 다소 슬픈 느낌이 나는 골목길로, 지나다니는 사람이 거의 없었으나 16세기부터 이어져온 길고도 무시무시한 역사를 지니고 있었다. 당시 그 골목길은 파인드실버 레인이었는데, 지독히 형편없는 하수도 상태 때문에 대개 더 상스러운 이름으로 불렸다. 나는 추위 때문에 상당히 고생하긴 했지만, 케임브리지의 온도가 극지방 수준이라서 침실 세면대의 물이 꽁꽁 얼어버린다는 누군가의 말은 사실이 아니다. 실제로는 표면에 얇은 살얼음이 생기는 정도였고, 칫솔로 건드리면 쉽게 작은 조각들로 부서졌다. 회상 속에서 그 조각들이 잘그랑거리는 소리에는 미국화되어버린 내 귀를 들뜨게 하는 힘이 있다. 그것을 제외하면 기상 시간은 하나도 즐겁지 않았다. 아침에 일어나 트리니티 레인을 따라 목욕장으로 걸어갈 때의 으스스한 느낌이 지금도 선명하다. 나는 파자마 위에 얇은 실내복을 걸쳐 입고, 옆구리에 차갑고 두툼한 세면도구 가방을 낀 채로, 창백한 입김을 토하면서 발을 질질 끌며 걸어갔다. 영국인들이 몰래 받쳐 입는다는 '울리스'를 맨살에 입을 생각은 전혀 들지 않았다. 외투는 계집애처럼 보인다고 여겨졌다. 운동선수든 좌파 시인이든, 평균적인 케임브리지 대학생들의 평상복은 억세고 우중충한 느낌이었다. 구두는 두꺼운 고무창을 덧대었고, 플란넬 바지는 진회색이었으며, 노픽 재킷 속에 입는 '점퍼'라 불리는 단추 달린 스웨터는 수수한 갈색이었다. 소위 멋쟁이라고 불리는 학생들도 낡은 펌프스를 신고 연회색 플란넬 바지와 밝은 노란색 '점퍼'를 입고 괜찮은 정장 상의를 걸치는 것이 전부였다. 그 무렵 나는 옷에 대한 젊은이다운 집착에서 점차 멀어지고 있었지만, 러시아의 격식 있는 옷차림에 비해 슬리퍼를 신고 돌아다니고 가터를 쓰지 않으며 칼라를 셔츠에 꿰매어 입는 당시의 대담한 혁신은 장난 같아 보였다.

내가 성의 없이 참석한 가벼운 가장무도회에서 받은 인상들은 너무도 사소했기에, 이런 식으로 계속 다룬다면 따분할 것이다. 영국에서 보낸 나의 대학 시절은 사실 러시아 작가가 되기 위한 날들이었다. 나는 케임브리지와 그곳의 잘 알려진 특징들—유서 깊은 느릅나무, 문장紋章이 그려진 창문, 떠들썩한 시계탑—이 그 자체로 의미 있는 게 아니라 단지 나의 풍부한 향수를 감싸고 떠받쳐주기 위해 존재한다고 느꼈다. 감정적으로 나는, 사랑하는 혈족의 여자를 막 잃은 남자와 같은 입장이었다. 일상에 마비된 인간 영혼의 게으름 때문에 마땅히 그래야 할 만큼 그녀의 참된 가치를 알기 위해 애쓴 적도 없으며, 그때는 의식하지 못했으나 변함없는 사랑의 증거를 충분히 보여준 적도 없다는 사실을 뒤늦게 깨달은 것이었다. 케임브리지의 내 방 난롯가에 앉아 눈이 욱신거림을 느끼며 생각에 잠겨 있을 때면 잉걸불과 고독, 먼 종소리 같은 강력한 진부함들이 나를 짓눌러, 내 얼굴은 마치 비행사의 얼굴이 놀라운 비행 속도로 인해 뒤틀리듯이 겹겹이 주름지며 일그러졌다. 그리고 나는 고국에서 잃어버린 것들, 즉 내 삶이 그토록 폭력적인 방식으로 방향을 틀어버릴 줄 알았더라면 결코 빠트리지 않고 기록하고 간직했을 것들을 생각했다.

케임브리지에서 만난 망명자 친구들에 대한 내 감정의 일반적인 경향은 너무 뻔하고 익숙한 것이라 여기에서 묘사한다 해도 전혀 반응을 얻지 못할 것이고 거의 부적절하게 보일 정도다. 백계 중에서도 유독 더 하얗다 싶은 러시아인들에게서는 이내 애국심과 정치사상이 으르렁거리는 분노로 졸아든 것을 발견할 수 있었다. 그 분노는 레닌보다 케렌스키를 향했으며, 주로 물질적인 손실과 불편함에서 비롯된 것이었다. 나는 교양 있고 예리하며 인간적이라 평판이 나 있던 영국인 지인들과의 교제에서도 예상치 못한 어려움에 부딪히곤 했다. 그들은 매우 품위 있고 세련된 사람들이었지만, 러시아에 관해 논의할 때는 놀랄 만한 허튼소리들을 늘어놓곤 했다. 내가 알고 지낸 어느 젊은 사회주의자를 예로 들고 싶다. 그는 멀대같이 키가 컸는데, 파이프를 다루는 느리고 복잡한 손동작이 그에게 동의하지 않을 때는 무시무시할 만큼 거슬렸고, 동의할 때는 기분을 유쾌하게 달래줬다. 그와 나는 수도 없이 정치적 논쟁을 벌였으나 그때마다 생겨난 씁쓸함은 우리가 공통으로 좋아하는 시인들 이야기가 나오면 사르르 녹아버리곤 했다. 오늘날 그는 동시대인들 사이에서 제법 알려진 인물이 되었는데, 그것이 얼마나 무의미한 표현인지 잘 알면서도, 나는 그의 정체를 드러내지 않으려고 최선을 다하는 중이다. 그러므로 그의 이름은 내가 지어준 별명인(혹은 이제 와서 그런 별명을 지어줬다고 우기는) '네스빗'이라고 부르겠다. 우선 이 별명은 그가 막심 고리키의 젊은 시절 초상과 닮았다는 주장에서 비롯된 것으로, 당시엔 평범한 지방 작가였던 고리키의 초기 단편 중 하나(「내 여행자 동무」, 참으로 적절한 제목이다)를 번역한 사람이 R. 네스빗 베인이었다. 게다가 '네스빗'이란 이름은 이쯤에서 내가 환기시켜야 할 이름인 '입센'과 육감적으로 회문回文을 이룬다는 점에서도 이점이 있다.*

1920년대에 영국과 미국의 자유주의자들이 레닌주의에 공감한 이유가 자국 내 정치를 고려했기 때문이라는 주장은 아마 사실일 것이다. 그러나 한편으로는 단순히 잘못된 정보 탓이기도 했다. 내 친구는 러시아의 과거에 대해 아는 바가 거의 없었고, 얼마 안 되는 지식조차 공산주의자들을 거치면서 오염된 것이었다. 고문실이나 피가 튄 벽 등 레닌이 허가한 짐승 같은 테러를 정당화할 수 있느냐는 반대 의견에

---

* 네스빗(Nesbit)에서 t를 빼고 거꾸로 읽으면 입센(Ibsen)이 된다.

부딪힐 때면, 네스빗은 난로망의 둥근 장식에 기대선 채 파이프를 살짝 두드려 재를 떨어냈고, 무거운 신발을 신고 오른쪽으로 꼰 거대한 다리를 다시 왼쪽으로 꼬며 '연합국의 봉쇄'에 대해 뭐라뭐라 중얼거렸다. 그는 사회주의자 농민에서부터 백군 사령관에 이르기까지, 모든 종류의 러시아 망명자들을 통틀어 '차르주의 분자들'이라 불렀다—오늘날 소비에트 작가들이 '파시스트'라는 말을 휘두르는 것과 마찬가지였다. 그는 자신이나 다른 외국의 이상주의자들도 만약 러시아에 있는 러시아인이었다면, 마치 토끼가 족제비나 농부에게 당하듯이 레닌 정권에 의해 말살됐으리라는 사실을 깨닫지 못했다. 또한 태연하게 제정러시아 최악의 암흑기보다 볼셰비키 통치하에서 '의견의 다양성이 더 적은' 이유는 '러시아에 자유로운 언론의 전통이 결여되어 있기' 때문이라고 주장했다. 내가 보기에 이러한 주장은 당시 달변이었던 영국과 미국 레닌주의자들이 써낸 「러시아의 새벽」 같은 얼빠진 글들에서 가져온 것이었다. 그렇지만 나를 가장 불쾌하게 만든 것은 아마도 레닌이라는 인물에 대한 네스빗의 태도였을 것이다. 러시아에서 교양 있고 분별력 있는 사람이라면 누구든 이 빈틈없는 정치인이 플로베르의 **속물** 유형인 평범한 러시아 부르주아의 미적 취향과 관심을 지녔다는 사실을 알았다(이런 유형의 사람들은 차이콥스키의 천박한 대본에 힘입어 푸시킨을 찬미했고, 이탈리아 오페라에 눈물을 흘렸으며, 이야기가 있는 그림이라면 무엇이든 빠져들었다). 그런데도 네스빗과 그의 고상한 친구들은 레닌을 마치 새로운 경향의 예술을 후원하고 장려하는 예민하고 시적인 감수성을 지닌 인물처럼 여겼으며, 내가 진보 정치와 진보 예술의 상관관계란 순전히 말뿐이고(소비에트 프로파간다가 그 말을 신나게 써먹었다) 러시아인은 정치에서 진보적일수록 예술에선 더욱 보수적이라는 점을 아무리 애써 설명해도 우월감을 띤 미소만 지었다.

내게는 밝히고 싶은 일련의 진실들이 있었으나, 자신의 무지 속으로 들어가 그곳에 단단히 틀어박힌 네스빗에게 그러한 사실들은 단지 공상에 지나지 않았다. 러시아의 역사란 (예를 들어 나는 이렇게 선언할 수 있었는데) 두 가지 관점에서 바라볼 수 있었다(두 가지 관점 모두 어떠한 이유에서인지 네스빗에게는 똑같이 거슬렸다). 첫째, 경찰의 진화(이 신기하게 비인간적이고 따로 떨어져 있는 권력은 때로는 공허한 일을 하고, 때로는 무력하고, 때로는 정부의 권력을 능가하며 잔혹한 탄압을 벌였다). 둘째, 경이로운 문화의 발전. 차르 치하의 통치가 (나는 계속해서 다음과 같이 말할 수도 있었다) 본질적으로는 무능하고 폭력적이었지만, 자유를 사랑하는 러시아아인이 자기 의견을 표현할 수단은 레닌 치하보다 비교할 수 없이 많았으며, 그 과정에서 감수해야 할 위험도 레닌 치하보다는 비교할 수 없이 적었다. 1860년대의 개혁 이후 러시아는 서구의 어떤 민주주의 국가라도 자랑스러워할 만한 입법제도를 갖추고 있었고(비록 항상 지켜지지는 않았다고 해도), 폭군을 궁지에 몰아넣는 왕성한 여론이 있었으며, 다양한 자유주의 성향의 정치적 견해를 다룬 간행물들이 널리 읽혔고, 특히 놀라운 것은 두려움이 없고 독립적인 재판관들("아, 이봐……" 네스빗이 끼어들었다)이 존재했다는 점이었다. 혁명가들이 붙잡히면 추방되던 톰스크나 옴스크(이제는 봄스크)는 레닌이 도입한 강제수용소에 비하면 휴양지 같은 곳이었다. 추방됐던 정치범들은 익살극처럼 손쉽게 시베리아를 탈출했다. 트로츠키, 산타 레오, 산타클로스 트로츠키가 순록이 끄는 크리스마스 썰매를 타고 즐겁게 돌아오던 그 유명한 탈주를 보라. 가라, 로켓, 달려라, 멍청이, 달려, 푸주한과 블리첸!*

나는 곧 국외에 있는 러시아 민주주의자들 사이에선 전혀 특이하지 않은 내 견해들에 **현지의** 영국 민주주의자들이 분노에 찬 경악 아니면 정중한 냉소로 반응한다는 것을 깨닫게 되었다. 다른 무리, 영국 극렬 보수주의자들은 내 의견을 열렬히 지지했지만 그들의 반동적 동기가 심히 노골적이어서 그런 야비한 지지를 받는 건 부끄럽기만 한 일이라는 것도. 사실 나는 오늘날 너무나 명백해진 징후들을 당시에 이미 알아채고 있었던 나 자신을 자랑스럽게 여긴다. 밀림을 개간하며 즐거워하는 제국의 건설자들, 프랑스의 경찰들, 입에 담기도 꺼려지는 독일의 그것, 교회에 다니는 선량하고 늙은 러시아와 폴란드의 **유대인 학살자**, 린치를 일삼는 깡마른 미국인, 술집이나 화장실에서 엉망인 치열 사이로 차별적인 이야기를 내뱉는 남자 등, 각국 대표들이 일종의 가족 같은 패거리를 서서히 형성해온 것이다. 그리고 또 한편 이와 같은 인간 이하의 패거리에는, 존 헬드** 그림에 나오는 화려한 바지와 어깨를 잔뜩 부풀린 재킷을 입고서 밀가루 반죽처럼 허연 얼굴을 한, 피도 눈물도 없는 자동인형들도 있다. 이 **앉아 있는 거인들**은 우리의 모든 회의 탁자에서 어슬렁거렸는데, 소비에트 정권은 이들—아니,

---

이것들이라 해야 할까?―을 20년 넘게 생산하고 손질해 1945년 무렵부터 수출하기 시작했다. 하지만 그사이 해외의 남성복은 유행이 바뀌었고, 결국 무한정 쓸 수 있는 옷감이라는 상징은 잔인한 조롱거리가 되고 말았다(전후 영국에서 유명한 소비에트 프로 축구팀이 사복 차림으로 행진하다가 바로 그렇게 비웃음을 샀다).

4

나는 곧 정치에 등을 돌리고 문학에 몰두했다. 케임브리지의 방들로 『이고리 원정기』(12세기 후반 혹은 18세기 후반의 견줄 데 없는 신비로운 서사시)에 등장하는 주홍 방패와 푸른 번개, 푸시킨과 튜체프의 시, 고골과 톨스토이의 산문, 중앙아시아의 황무지를 탐험하고 묘사했던 위대한 러시아 자연주의자들의 훌륭한 작품들을 불러들였다. 마켓 플레이스의 서점 가판대에서는 기대치 않게 러시아어 작품과 마주쳤는데, 달*의 네 권짜리 『현대 러시아어 해석 사전』 중고책이었다. 나는 그 책을 사 와서, 하루에 적어도 열 쪽씩 읽으면서 특히 마음에 드는 단어와 표현을 적어두기로 결심했고, 상당히 오랫동안 그렇게 했다. 내가 러시아에서 가지고 올 수 있었던 단 한 가지인 언어를 외국의 영향으로 인해 잃어버리거나 오염시킬지도 모른다는 두려움은 확실히 병적이었고, 20년 뒤에 내 영어 산문이 결코 러시아어 수준 근처에도

____

* 러시아의 사전 편찬자인 블라디미르 달.

가지 못하리라는 사실을 깨달으면서 경험하게 된 두려움보다 훨씬 더 나를 괴롭혔다. 나는 마치 돈키호테처럼 쌓아놓은, 버거운 책들에 둘러싸여 밤을 지새우곤 했다. 그리고 강렬한 감정의 살아 있는 세포들 때문이라기보다는 단지 어떤 선명한 어휘나 언어적인 이미지 자체를 사용해보고 싶다는 이유로, 기교를 부렸지만 다소 빈약한 러시아어 시들을 지어냈다. 지금의 내 눈에는 확연하게 보이지만, 내 방 이곳저곳과 내 주변 모든 곳을 길들여진 쥐처럼 돌아다니던 동시대('조지 왕 시대') 영국 시의 형식들이 나의 러시아어 문장 구조에 직접적인 영향을 끼쳤다는 사실을 당시 발견했다면 경악하고 말았을 것이다. 내가 얼마나 노력했는지 생각해보라! 11월 어느 깊은 새벽에 나는 갑작스레 고요와 추위를 의식했다(케임브리지에서 보낸 두번째 겨울은 가장 춥고, 가장 다작한 시기였다). 내가 이야기 속 전투에서 봤던 붉고 푸른 불꽃들은 희끗희끗한 전나무들 사이로 지는 북극 석양의 애잔한 빛이 되어 사그라들었다. 여전히 나는 억지로 자러 갈 생각이 들지 않았다. 불면증이 두려운 것이 아니라, 차가운 시트가 불가피하게 유발하는 심장의 이중 수축이 두려웠으며, **사지 불안**이라 불리는 특이한 병이 무섭기 때문이기도 했다. 그 병은 근육이 쉬지 못해 몹시 고통스러운 상태로, 근육감각이 예민해져 팔다리의 자세를 끊임없이 바꿔야 했다. 그래서 나는 석탄을 더 많이 쌓아놓고, 런던『타임스』의 한 장을 연기 나는 난로의 검은 턱 위에 펼치고 빈틈을 완전히 막아 불꽃을 살려냈다. 북의 가죽처럼 매끈하고 양피지처럼 아름답게 빛나던 그 팽팽한 종이 뒤에선 콧노래 같은 웅웅 소리가 들려왔다. 이내 콧노래가 으르렁거림으로 바뀌어가면서 종이 한가운데에 주황색 반점이 나타났고, 그 부분에 우연히 적혀 있던 내용(예컨대 '국제연맹은 동전 한 푼도, 총 한 자루도 지휘하지 않는다' 또는 '……네메시스*가 동유럽과 중유럽에서 연합국의 망설임과 우유부단함에 가한 복수로서……')이 불길한 징조처럼 선명하게 부각되더니, 어느 순간 그 주황색 반점이 터져버렸다. 그러자 타오르는 신문지는 해방된 불사조의 날갯짓소리를 내며 굴뚝으로 올라가 별무리와 하나가 되었다. 만약 그 불새가 목격당했다면 벌금은 12실링이었다.

네스빗과 그의 친구들로 이뤄진 문학적인 모임은 나의 심야 노동을 칭찬하는 한편, 곤충학, 웃기는 농담, 여자, 특히 운동 같은 내 여러 관심사에 대해서는 눈살을 찌푸렸다. 케임브리지에서 했던 경기 중 축구는, 뒤죽박죽이던 시절 한복판의 바람 부는 공터로 남아 있다. 나는 골키퍼 역할에 열광했다. 그 용맹한 기술은 러시아와 라틴 국가들에서는 늘 빼어난 매력의 후광을 지니고 있었다. 초연하고 고독하고 무표정한 정예 골키퍼가 거리를 걸으면 그에게 푹 빠진 남자아이들이 뒤를 따라다녔다. 투우사라든지 에이스 비행사에 견줄 만한 선망의 대상이었다. 스웨터, 헌팅캡, 무릎 보호대, 반바지 주머니에서 삐져나온 장갑이 그를 팀의 다른 선수들과 구별짓는다. 그는 외로운 독수리이자 신비로운 남자, 최후의 수호자다. 경건하게 한쪽 무릎을 꿇은 사진사들은, 그가 번개처럼 재빠르고 낮게 날아오는 공을 손끝으로 쳐내기 위해 골문을 가로질러 몸을 던지는 장관을 포착한다. 그가 쓰러진 자리에 잠시 몸을 뻗고 누워 있는 동안 경기장이 환호로 뒤덮인다. 그가 골문을 지킨

---

* 그리스신화에서 복수의 여신.

것이다.

그렇지만 영국에서는, 적어도 내 젊은 시절의 영국에서는 튀는 것을 싫어하는 국민성과 견고한 팀워크를 중시하는 분위기 때문에 골키퍼의 특이한 기술이 발전할 여지가 없었다. 적어도 이러한 사실이 내가 케임브리지의 운동장에서 별로 활약하지 못했던 이유를 설명해준다. 아, 물론 즐겁고 상쾌한 날들도 있었다. 잔디에서 나는 좋은 냄새, 그 유명한 학내 대항 경기에서 경쾌하게 움직이는 발끝으로 새 황갈색 공을 드리블하며 점점 다가오던 포워드, 이내 찌르듯 날아오는 공, 운 좋게 막아냈을 때의 감각, 한동안 남아 있는 저릿한 여운…… 하지만 더 기억에 남는, 비밀스러운 날들이 있었다. 침침한 하늘 아래, 골대 주변은 검은 진흙투성이였고, 공은 자두 푸딩처럼 미끄덩거렸으며, 내 머리는 전날 밤 시를 짓느라 잠을 자지 못해 생겨난 신경통 때문에 지끈거렸다. 나는 어처구니없는 실수로 공을 놓쳤고 그물에서 그것을 도로 건져왔다. 고맙게도 경기의 흐름은 흠뻑 젖은 운동장의 반대편 끝으로 옮겨갔다. 약하고 진저리나는 부슬비가 내리기 시작하더니, 잠시 그치는 듯하다가, 계속 내렸다. 남루한 떼까마귀들이 마치 정답게 구구거리듯이 작은 소리로 울며 헐벗은 느릅나무 주위에서 날개를 퍼덕거렸다. 안개가 끼기 시작했다. 이제 경기는 세인트존스든 크라이스트든 우리와 시합을 벌이는 상대편 칼리지의, 멀리 있는 골대 근처에서 움직이는 머리들의 흐릿한 형상으로만 보일 뿐이었다. 멀리서 들려오는 희미한 소리들, 고함치는 소리, 호루라기 소리, 공을 차는 둔탁한 소리, 모든 것이 전혀 중요하지 않았으며 나와 상관이 없었다. 나는 골을 지키는 사람이기보다는 비밀을 지키는 사람이었다. 왼쪽 골대에 등을 기대고 팔짱을 낀 채로 서서 눈을 감는 사치까지 누리고 있던 나는, 이어 심장이 고동치는 소리에 귀를 기울였고, 보이지 않는 보슬비가 얼굴에 와 닿는 감촉을 느꼈다. 그리고 먼 곳에서 띄엄띄엄 이어지는 경기의 소음을 들으면서, 나 자신이 영국 축구선수로 가장한 채 아무도 모르는 언어로 아무도 모르는 먼 나라에 대해 시를 짓는 굉장한 이국적 존재라고 생각했다. 내가 팀원들 사이에서 별로 인기가 없었다는 사실은 놀랄 일도 아니다.

케임브리지에서 3년을 보내는 동안 나는 한 번도, 거듭 말하지만 단한 번도 대학 도서관에 가본 적이 없었다. 심지어 그 위치를 알아본 적도 없었고(지금은 새로 옮긴 위치를 알고 있다), 하숙집에서 읽을 수있도록 책을 빌려주는 칼리지 도서관이 있는지 알아보려 한 적도 없었다. 나는 강의를 빼먹었다. 몰래 런던과 다른 곳들을 돌아다녔다. 또동시에 여러 연애를 했다. 해리슨 씨와 끔찍한 면담들을 하기도 했다. 루퍼트 브룩의 시 20편과 『이상한 나라의 앨리스』와 로맹 롤랑의 「콜라 브뢰뇽」을 러시아어로 번역했다. 학문적인 관점에서 보자면, 티라나에 있는 광업야금학교에 다니는 것과 마찬가지였다.

경기가 끝난 뒤 차와 함께 먹는 뜨거운 머핀과 핫케이크, 어두워지는 거리에서 자전거 벨소리에 섞여 신문팔이 소년들이 런던 사투리로 '신문, 신문!' 하고 외치는 소리 같은 것들이, 당시 내게는 지금보다 훨씬 더 케임브리지의 특징으로 느껴졌다. 인상적이지만 다소 일시적이었던 관습들 외에도, 의식儀式이나 규칙보다 뿌리 깊은, 여러 근엄한 동문들이 정의하려 했던, 졸업 후에도 남는 뭔가가 확실히 케임브리지에 존재했음을 깨닫는다. 나는 그 기본 속성이 시간의 제약 없는 확장을 끊임없이 의식意識하는 것이라고 본다. 내 축구화의 유두처럼 튀어나온 돌기가 입을 크게 벌린 골문 앞 검은 진창에 남긴 발자국을 찾으러 케임브리지로 가거나, 혹은 내 모자의 그림자를 쫓아 안뜰을 가로질러 지도교수의 계단까지 갈 사람이 있을지 모르겠다. 하지만 분명히 아는 것은, 거룩한 벽을 지날 때 내가 밀턴과 마벌과 말로를 생각하며 관광객의 흥분을 넘어서는 전율을 느꼈다는 것이다. 보이는 모든 것이 시간상으로 단절되지 않고 자연스럽게 열린 입구였으므로, 정신은 특히 순수하고도 풍요로운 환경에서 작동하는 데 익숙해졌다. 또 공간상으로는 좁은 골목과 회랑으로 둘러싸인 잔디밭과 어두운 아치형 통로가 몸의 움직임을 제한했기에, 그와 대조적으로 유연하면서도 투명한 시간의 감촉을 정신이 각별히 반기게 되었다. 마치 배 타는 것을 좋아하지 않는 사람일지라도 창문으로 보이는 바다 풍경에는 상쾌해지는 것과 같았다. 나는 그곳의 역사에 아무런 관심이 없었을뿐더러 케임브리지가 내 영혼에 전혀 영향을 끼치지 않는다고 확신하고 있었지만, 실제로 내 특이한 러시아적 사고에 임시적인 틀을 씌워줬을 뿐 아니라 생각들의 색채와 내적 리듬까지 제공해준 것은 케임브리지였다. 환경이 생물체에 영향을 미친다면, 그것은 이미 해당 생물체 안에 반응하는 입자나 성질이 있기 때문일 것이다(내 경우 어린 시절부터 흡수한 영국적 요소). 나는 케임브리지를 떠나기 직전에야 이러한 사실을 어렴풋이 깨달았다. 그곳에서 보낸 마지막이자 가장 슬펐던 봄날 동안 갑자기 내 안에 있는 뭔가가 마치 지난날의 러시아와 그랬듯이 가까운 주변 환경과 자연스레 접촉하고 있음을 느꼈으며, 이 조화로운 상태에 이르렀을 때 인공적이지만 아름답고 정확한 나의 러시아적 세계를 조심스럽게 재구축하는 작업이 마침내 완결됐다. 내가 지금까지 저지른 몇 안 되는 '실용적인' 행동들 중 하나는, 그 정제된 결정체結晶體의 일부를 우등 학위를 받는 데 써버렸다는 것이다.

5

캠강* 위로 너벅선과 카누가 꿈결처럼 떠다니고, 우는 소리 같은 하와이 노래가 축음기에서 나와 햇빛과 그늘 속으로 느리게 흘러가며, 내가 꿈을 꾸듯 몰아가는 너벅선의 쿠션에 기대앉은 여자가 공작처럼 밝은 색 양산의 손잡이를 한 손으로 부드럽게 빙글빙글 돌리던 것을 기억한다. 원뿔 모양의 분홍색 밤나무꽃들은 활짝 피어 있었다. 강둑을 따라 겹겹이 무리를 이뤘고, 강물 속의 하늘을 밀어냈으며, 꽃과 잎의 독특한 무늬가 일종의 **계단식** 효과를 내서 눈부신 녹색과 빛바랜 장미색의 태피스트리처럼 각이 진 형상을 자아냈다. 공기는 크림 지방만큼이나 따사로웠고, 꽃이 핀 덤불의 포근하고 달콤한 냄새 역시 그곳과 똑같았으나, 정확히 무슨 꽃인지는 알아내지 못했다(나중에 미국 남부의 정원에서 다시금 확 풍겨오는 그 향기를 맡을 수 있었다). 좁은 강을 가로지른 이탈리아풍 다리의 세 아치는 물결 하나 일으키지 않고 거의 완벽한 모습으로 물 위에 나타난 복제품들의 도움으로 세 개의 사랑스러운 타원을 만들었다. 강물은 석조 아치의 둥근 안쪽 면에 레

---

* 케임브리지에 있는 강.

이스 모양의 빛 조각을 흩뿌렸다. 꽃이 만발한 나무에서 이따금씩 꽃잎 하나가 아래로, 아래로, 또 아래로 떨어졌으며, 나는 숭배자도 평범한 구경꾼도 봐서는 안 되는 것을 봤다는 기묘한 느낌을 받으면서, 물 위에 비친 그림자가 떨어지는 꽃잎보다 빠르게 일어나서 그것을 마주하는 순간을 힐끗 볼 수 있었다. 그리고 아주 잠깐, 마술이 실패하는 것은 아닐까, 신성한 기름이 불을 붙이지 못하는 것은 아닐까, 그림자가 꽃잎을 놓쳐 꽃잎이 홀로 떠내려가버리는 것은 아닐까 하는 걱정이 들었지만, 그 섬세한 결합은 매번 일어났으며, 이는 마치 시인의 단어가 시인 자신의 회상이나 독자의 회상과 중간 지점에서 만나는 마법만큼이나 정확했다.

거의 17년 만에 다시 영국을 방문했을 때, 나는 부활절 학기*의 눈부신 마지막이 아니라, 단지 혼란스러웠던 과거를 떠올리게 할 뿐인 2월의 춥고 으스스한 날을 택하는 끔찍한 실수를 저질렀다. 나는 영국에 있는 학교에서 절박하게 일자리를 찾는 중이었다(미국에서 그런 직업을 쉽게 얻었다는 사실은, 돌이켜보건대 놀랍고 감사할 만한 일이다). 그 방문은 모든 면에서 성공적이지 못했다. 작은 식당에서 네스빗과 점심식사를 했는데, 당연히 추억으로 가득찬 곳이어야 했지만 여러 변화들 때문에 그렇지 못했다. 그는 이미 담배를 끊은 상태였다. 시간이 흘러 외모가 부드러워지면서 더이상 고리키도, 고리키의 번역가도 닮지 않았으나, 유인원처럼 난 털을 제외하면 약간 입센처럼 보이기도 했다. 그는 뜻하지 않은 걱정거리 때문에(그의 집을 관리해주던 사촌

---

* 4월에 시작해 6월에 끝나는 학기.

인지 결혼하지 않은 누이인지가 막 비네*의 병원인가 어딘가로 가고 없는 터였다) 내가 이야기하고 싶어했던 매우 사적이고 긴급한 문제에 집중하지 못했다. 예전에 금붕어 어항이 놓여 있던 작은 현관 같은 곳의 탁자 위에는 『펀치』 합본들이 쌓여 있었다―모든 것이 너무 달라 보였다. 웨이트리스들이 입은 화려한 제복도 달랐고, 내가 또렷이 기억하고 있는 이전의 웨이트리스만큼 예쁜 사람도 없었다. 지루함에 대항이라도 하듯 필사적으로, 입센은 정치 이야기를 꺼냈다. 나는 무슨 이야기가 나올지 잘 알고 있었다―스탈린주의에 대한 맹비난이었다. 20년대 초 네스빗은 자신의 열광적인 이상주의를 레닌의 무시무시한 지배하에 있는 낭만적이고 인간적인 무엇인가로 착각했다. 그에 못지않게 무시무시했던 스탈린 시대가 되자 입센은 자기 지식의 양적인 증가를 소비에트 정권의 질적인 변화라고 착각했다. 그의 젊은 날 영웅들이었던 '옛 볼셰비키들'을 숙청한다는 청천벽력 같은 소식이 그에겐 유익한 충격을 줬으니, 이는 레닌 시대 솔로프키 강제노동수용소나 루비얀카 지하 감옥에서 들려오던 신음소리는 해낼 수 없었던 일이었다. 그는 공포심에 차 예조프와 야고다 같은 이름을 언급했으나, 그 선구자들인 우리츠키와 제르진스키는 완전히 잊고 있었다. 시간이 흐르면서 동시대 소비에트 정세에 관한 그의 판단력은 나아졌으나, 그는 젊은 날의 선입견들을 재검토할 생각은 하지 않았으며, 여전히 레닌의 짧은 통치를 화려한 **네로의 5년****쯤으로 여겼다.

---

* 프랑스의 심리학자이자 의사.

** 네로는 악명 높은 로마 황제이지만, 즉위 후 처음 5년 동안은 선정을 베풀었다고 알려져 있다.

그가 자신의 시계를 보았고, 나도 내 시계를 보았고, 우리는 헤어졌다. 나는 빗속에서 도시를 방황하다 백스를 찾았고, 헐벗은 느릅나무들이 만든 검은 그물망 속의 떼까마귀들과 이슬방울 맺힌 풀밭에 첫번째로 피어난 크로커스들을 잠시 바라보았다. 시에도 나온 그 나무들 아래를 산책하며 나는 어린 시절을 떠올릴 때처럼 학창 시절에 대해서도 황홀한 회상에 젖어보려 했지만, 떠오르는 것은 단편적이고 사소한 장면들뿐이었다. 칼리지 홀 저녁식사의 후유증으로 소화불량에 걸려 악담을 퍼붓던 러시아인 M. K., 아이처럼 떠들어대던 또다른 러시아인 N. R., 파리에서 방금 밀수해온 『율리시스』 단행본을 들고 내 방으로 달려왔던 P. M., 조용히 찾아와 자기 역시 아버지를 잃었다고 말했던 J. C., 스위스 알프스로 가는 여행에 함께하자는 매력적인 초대를 했던 R. C., 파트너가 힌두교 신자라는 것을 알고는 예정된 테니스 복식 경기에서 빠져나왔던 크리스토퍼 누구, 홀에서 A. E. 하우스먼 교수에게 수프를 쏟았던 매우 늙고 허약했던 웨이터 T., 그때 교수는 마치 혼수 상태에서 깨어나듯 벌떡 일어났었다, 케임브리지와는 전혀 관련이 없지만 (베를린에서 열린) 문학 파티에서 의자에 앉아 졸다가 옆 사람에게 쿡 찔려 역시 벌떡 일어났던 S. S.도 생각나는데, 그때 누군가 한창 이야기를 낭독하던 중이었다, 뜬금없이 이야기를 하기 시작한 루이스 캐럴의 겨울잠쥐, 뜬금없이 내게 『슈롭셔의 젊은이*The Shropshire Lad*』[*]라는, 젊은 남자와 죽음에 관한 작은 시집을 선물해준 E. 해리슨.

흐린 오후의 빛이 서쪽의 회색 하늘에 엷은 노란색 줄무늬로 줄어들

---

[*] 앞서 언급한 A. E. 하우스먼의 작품이다.

었을 무렵, 나는 충동적으로 옛 지도교수를 찾아가기로 마음먹었다. 마치 몽유병자처럼, 익숙한 계단을 올라가서 그의 이름이 붙어 있는 반쯤 열린 문을 자동적으로 두드렸다. 전보다 조금 덜 퉁명스럽고, 살짝 더 힘 빠진 목소리로, 그는 들어오라고 했다. "저를 기억하실지 모르겠지만……" 나는 그렇게 말을 꺼내면서, 어두운 방을 가로질러 그가 앉아 있는 안락한 난롯가로 다가갔다. "어디 보자," 그가 낮은 의자에서 천천히 몸을 돌리며 말했다. "잘 모르겠는데……" 불길한 빠지직 소리, 뭔가가 깨지는 치명적인 소리가 들려왔다. 내가 그의 고리버들의자 발치에 놓인 찻그릇들을 밟은 것이었다. "아, 맞아. 그렇지," 그가 말했다. "누군지 알겠군."

14장

1

나선은 영화靈化한 원이다. 나선의 형태가 되어 감겨 있던 것이 풀리고 펼쳐진 원은 더이상 악순환에 갇히지 않는다. 자유로워진 것이다. 나는 이런 생각을 학창 시절에 해냈고, 헤겔의 3단계 변증법(옛 러시아에서 아주 인기 있었다)은 모든 사물이 시간과 맺는 관계 속에 본질적으로 나선의 성질이 있음을 드러낼 뿐이라는 것 역시 깨달았다. 빙빙 돌고 또다시 빙빙 돌면서, 모든 합合은 다음 차례의 정正이 된다. 가장 단순한 형태의 나선이라 해도, 그 안에서 변증법에 대응하는 세 단계를 뚜렷이 구별할 수 있다. 중심에서 소용돌이를 시작하는 작은 곡선이나 호가 '정正', 그것을 이어나가다 처음과 마주하게 되는 더 큰 호가 '반反', 그리고 두번째 호를 이어나가며 첫번째 호를 바깥쪽에서 따라가게 되는 더 넓은 호가 '합合', 이렇게 계속 이어진다.

작은 유리공 안에 담긴 색색의 나선, 이것이 내가 보는 나의 삶이다. 내 고향 러시아에서 보낸 20년 세월(1899~1919년)은 정의 호에 해당한다. 영국, 독일, 프랑스에서 지낸 21년의 자발적인 망명 시기(1919~1940년)는 분명 반이다. 귀화한 나라에서 보낸 기간(1940~1960년)은 합을 이루며, 새로운 정이 된다. 여기서는 반의 단계, 즉 1922년 케임브리지를 졸업한 뒤 유럽 대륙에서 보낸 삶에 대해 이야기하겠다.

그 망명의 세월을 돌아보면, 나 자신, 그리고 수천 명의 러시아인이 물질적으로는 빈곤하지만 지적으로는 사치스러운, 기묘하지만 결코 불쾌하지는 않은 삶을 영위하는 것이 보인다. 우리는 전혀 중요하지 않은 타인들, 유령 같은 독일인과 프랑스인에 섞여 다소 환영 같은 도시에서 살아갔다. 마음의 눈으로 보면 그 토착민들은 셀로판지에서 오려낸 형체처럼 납작하고 투명했다. 비록 우리가 그들의 도구를 사용하고 그들의 어릿광대에게 박수를 보내고 그들의 길가에서 자두와 사과를 딴다 하더라도, 우리들 사이에선 너무도 일반적이었던 풍요로운 인간적 소통이 우리와 그들 사이에는 존재하지 않았다. 때로 우리가 그들을 무시하는 태도는 거만하거나 아니면 아주 어리석은 침입자가 형체도 얼굴도 없는 원주민 무리를 무시하는 것 같았다. 하지만 가끔, 사실은 매우 빈번하게, 우리가 우리의 묵은 상처와 예술을 태연히 뽐내며 행진하던 그 유령 같은 세계는 무시무시한 경련을 일으켰고, 누가 형체 없는 포로이며 누가 진정한 주인인지를 보여줬다. 우리의 정치적 피신을 차갑게 허용해준 이런저런 나라들에 우리가 육체적으로 완전히 의존하고 있다는 사실은, 그 쓰레기 같은 '비자'라든지 악마 같은 '신분증'을 발급받거나 연장해야 할 때면 고통스럽게 명백해졌다. 그럴 때면 열성적인 관료제라는 지옥이 청원자를 단단히 틀어쥐고, 쥐 같은 수염을 기른 영사들과 경찰들의 책상 위에 청원자의 서류가 점점 더 두툼해지는 동안 서류의 주인은 야위어가는 것이었다. **증서**는 러시아인의 태반胎盤이라는 말을 흔히들 한다. 국제연맹은 러시아 시민권을 잃은 망명자들에게 이른바 '난센' 여권을 발급해줬는데, 엷은 녹색 빛깔의 허접한 서류였다. 이 여권의 소지자는 가석방된 죄수보다 나을 게 없었고, 한 나라에서 다른 나라로 여행할 때마다 끔찍한 시련을 겪어야 했다. 가려는 나라가 작을수록 겪어야 하는 소동은 더 지독했다. 당국은 그들의 분비샘 안쪽 어딘가에, 어떤 국가—이를테면 소비에트 러시아—의 상황이 아무리 심각하다 할지라도, 그곳에서 도망친 사람은 국가의 통치 바깥에 존재하기 때문에 근본적으로 경멸받아 마땅하다는 생각을 감춰두고 있었다. 그래서 피난민은 일부 종교 단체가 혼외 자식을 대할 때처럼 불합리한 비난의 대상이 되었다. 우리 모두가 사생아나 유령이 되는 데 동의한 것은 아니었다. 어떤 러시아 망명자들은 **도청**Préfecture과 **경찰청**Polizeipraesidium 등 다양한 관공서의 고위 관리들을 모욕하거나 조롱했던 일화를 보물처럼 간직하고 있다.

망명의 두 중심지였던 베를린과 파리에서 러시아아인들은 밀집된 부락들을 형성했고, 그들의 문화 계수係數는 그들이 섞여 들어감으로써 부득이 희석되어버린 외국 공동체의 문화적 평균을 월등히 상회했다. 러시아아인들은 그런 부락들 안에서 자기들끼리 어울렸다. 물론 내가 말하는 것은 대부분 민주적인 집단에 속하는 러시아 지식인들이며, 미국 사교계 여성들이 '백계 러시아아인' 이야기가 나오면 바로 떠올리는 '저기, 그러니까, 차르의 고문인지 뭔지로 일했던' 번지르르한 유형의 사람들이 아니다. 정착지에서의 삶은 너무나 충만하고 강렬했기에, 이 러시아 **'인텔리겐치아'**(미국에서 쓰이는 '지식인intellectuals'보다 사회적으로 더 이상주의적이고, 학식이 높다는 의미는 덜한 단어다)들은 자기 집단 바깥에서 인연을 맺을 시간도 이유도 없었다. 이제 숫자 7에 선 긋는 것을 그만둘 만큼* 내가 편안하게 지내고 있는 새롭고 사랑스러운 이 세계에서, 어쩌다 외향적인 사람들과 코즈모폴리턴들에게 과거 일에 대해 언급하면, 그들은 내가 농담을 한다고 생각하거나 거꾸로 나를 속물이라고 비난한다. 내가 서유럽에서 5분의 1세기 가까이 세월을 보내며 알고 지낸 소수의 독일인과 프랑스인(대부분 집주인이었거나 문학에 관련된 사람들이었다)을 통틀어 진심으로 친구라 부를 수 있는 사람은 두 명이 넘지 않는다고 하면 말이다.

어찌된 일인지 독일에서 고립된 세월을 보내는 동안, 투르게네프의 소설에서처럼 여름밤이 아득히 깊어질 때까지 광시곡을 연주하는 상냥한 옛 시절 음악가들을 마주친 적은 없었다. 혹은 이성理性의 시대가 그토록 놀리는, 포획물을 모자 정수리에 꽂고 다니는 행복한 옛 사냥꾼들을 만나본 적도 없었다. 기생충 때문에 죽은 애벌레를 보며 눈물 흘리는 라브뤼예르의 신사도, '현명하기보다는 근엄하며' 맙소사, '나비를 쫓아 과학을 사냥한다'는 게이의 '철학자들'**도, 그보다 조금 나은 경우라면 그 '아름다운 벌레들'을 '그토록 귀하게 간직한' 포프의

---

* 프랑스, 독일 등 유럽 일부 국가에서는 숫자 1과의 혼동을 피하기 위해 7에 가로선을 긋는 습관이 있다. 영국, 미국에서는 거의 긋지 않는다.
** 영국 시인 존 게이의 시 「도자기에 열정을 쏟는 여인에게」에서 인용한 표현.

'별난 독일인들'*도 본 적이 없었다. 또 지난 전쟁에서 향수병에 걸린 중서부 출신 군인들이, 빈틈없는 프랑스 농부나 활발한 마들롱 2세보다 훨씬 더 좋아했던, 소위 건전하고 친절한 민중도 만나지 못했다. 반대로 두 번의 전쟁 사이 몇 년 동안 알고 지낸 사람들 가운데 러시아인도 유대인도 아닌 몇 안 되는 이들을 머릿속으로 정리해보면, 어느 젊은 독일인 대학생의 이미지가 가장 생생히 떠오른다. 그는 본데있게 자란 조용한 청년이었으며 안경을 썼고 취미는 사형 구경이었다. 두번째로 만난 자리에서 그는 사진 컬렉션을 보여줬는데, 그중 그가 구입한 시리즈 하나(**"약간 수정된 거예요,"** 그는 주근깨투성이 코를 찡그리며 말했다)는 중국의 일상적인 처형 장면을 연속 촬영한 것이었다. 그는 목을 베는 칼의 탁월함에 대해, 사형 집행인과 사형수 사이의 완벽한 협동 정신에 대해 전문가답게 이야기했다. 매우 선명하게 찍힌 사진을 보여주며, 그 협동 정신이 결실을 맺으면 참수된 목에서 잿빛 안개처럼 보이는 피가 분수처럼 뿜어져 나온다고 설명해줬다. 이 젊은 수집가는 꽤 부유했기에 여행할 여력이 있었으며, 박사학위를 취득하기 위해 인문학을 공부하면서 틈틈이 여행을 다녔다. 그러나 계속 운이 좋지 않았다고 불평하면서, 조만간 정말로 근사한 장면을 건지지 못한다면 긴장을 견뎌내지 못할 것 같다고 덧붙였다. 그는 발칸반도에서 그럭저럭 괜찮은 몇 번의 사형을 참관했고, 요란하게 선전했으나 실제로는 황량하고 기계적이었던 파리 아라고 거리의 **단두대 처형**(그는 구어적인 프랑스어라고 생각하는 표현을 즐겨 사용했다)에도 참석

---

* 영국 시인 알렉산더 포프의 시 「프리네」에서 인용한 표현.

했다. 그렇지만 한 번도 모든 것을 자세히 볼 수 있을 만큼 가까이 있
어본 적이 없었으며, 비옷 소매에 넣어뒀던 엄청나게 비싼 소형 카메
라도 기대한 대로 작동하지 않았다. 그는 심한 감기에 걸린 상태에서
도 잔인하게 도끼로 사형이 집행된다는 레겐스부르크까지 갔지만, 그
곳에도 기대했던 만큼 굉장한 볼거리는 없었다. 매우 실망스럽게도,
사형수는 분명 약을 먹었는지 거의 반응이 없었고, 복면 쓴 집행인과
서투른 조수가 몇 차례나 도끼를 내리쳐도 바닥에서 힘없이 퍼덕거릴
뿐이었다. 디트리히(내 지인의 이름)는 언젠가 미국에 가서 전기 사형
을 참관할 수 있기를 바랐다. 전기 사형electrocution이라는 단어에서 그
는 천진난만하게 미국에 다녀온 사촌이 가르쳐준 '귀엽다cute'라는 형
용사를 끄집어냈다. 디트리히는 근심스러운 듯 미간을 살짝 찌푸리며,
사형이 집행되는 동안 몸에 있던 구멍들에서 굉장한 연기가 뿜어져 나
온다는 말이 사실인지 궁금해했다. 세번째이자 마지막으로 만난 자리
에서(나중에 써먹을지 몰라서 기록해두고 싶은 부분이 그에게 아직 남
아 있었다) 그는 분노라기보다는 슬픔에 잠겨, 총으로 자살하겠다던
친한 친구와 끈기 있게 밤을 지새웠던 이야기를 들려줬다. 친구는 그
의 취미를 위해 잘 보이는 곳에서 그와 마주보고 선 채로 입천장을 쏘
는 데 동의했으나, 야심도 명예심도 없었던 터라 그만 절망적으로 취
해버렸다는 것이다. 비록 디트리히와는 오래전에 연락이 끊겼지만, 오
늘날(어쩌면 이 문장을 쓰고 있는 지금 이 순간에) 이렇게 많을 줄은
전혀 기대하지 않았다며, 넓적다리를 치며 웃음을 터뜨리는 동료 퇴역
군인들에게 자기 보물들을 보여주고 있을 그의 물고기처럼 푸른 눈동
자에 고요한 만족감이 떠오르는 모습을 어렵지 않게 상상할 수 있

다―그 보물들이란 히틀러 치하에서 얻은 극도로 **놀라운** 사진들일 것이다.

2

나는 러시아어로 쓴 소설들, 특히 그중에서 가장 괜찮은 작품인 『재능 *Dar*』(최근 영어판 『재능 *The Gift*』이 출간됐다)에서 망명생활의 슬픔과 기쁨에 대해 충분히 풀어냈다. 하지만 여기서 간단히 요약하는 것도 편리할지 모른다. 극히 드문 예외를 빼놓고, 시인, 소설가, 비평가, 역사가, 철학자 등 자유로운 정신을 지닌 창조적인 사람들은 레닌과 스탈린의 러시아를 떠났다. 그러지 않고 남은 사람들은 그곳에서 말라죽거나, 국가의 정치적 요구에 순응하며 재능을 더럽혀야 했다. 차르들은 한 번도 이뤄본 적이 없었던, 이른바 국가의 의지에 철저히 종속된 정신이라는 것을 볼셰비키가 구현한 때는, 주요 지식인들이 국외로 도망쳤거나 제거된 직후였다. 운 좋게 국외로 빠져나온 망명자 집단은 이제 아무런 처벌도 받지 않고 하고 싶은 일을 할 수 있었고, 때때로 그들은 완전한 정신적 자유를 누리고 있다는 이 느낌이 사실은 완전한 진공 속에서 일하고 있기 때문은 아닌지를 자문하게 되었다. 실제로 베를린과 파리 등지에 사는 망명자들 사이에는, 비교적 큰 규모로 러시아어 서적과 정기간행물을 출판할 수 있을 만큼 훌륭한 독자들이 충분히 존재했다. 그러나 그런 저작물은 소비에트연방 내에서 전혀 유통될 수 없었으므로, 모든 출판에는 금방이라도 부서질 듯한 비현실적인 분위기가 감돌았다. 출간된 책 제목의 수는 인상적이었으나 어떤 책이든 판매 부수는 그만큼 인상적이지 않았으며, 오리온, 코스모스, 로고스 등등 출판사 이름들은 점성술서나 성애性愛 소설을 발행하는 회사같이 안절부절못하고 불안정한, 약간은 불법적이기까지 한 느낌을 띠고 있었다. 하지만 지금 차분히 회상하면서 예술적이고 학문적인 기준만으로 판단해보건대, 망명 작가들이 **진공 속에서** 생산한 책들은 개별적인 결점이 있다 하더라도, 당시 아버지 나라에서 잉크와 파이프와 풀오버를 지급받던 젊은 소비에트 작가들의 펜에서 나온 노예적이고 매우 지역적이며 전형적인 정치의식의 흐름보다는, 훨씬 더 영구적이고 사람이 소비하기에 적합하다고 생각된다.

일간지 『방향타』의 편집장 (그리고 내 초기작들을 출간해준) 이오시프 블라디미로비치 헤센은 매우 관대하게도 시詩 지면을 내 미숙한 시들로 채우도록 허락해줬다. 베를린의 푸른 저녁들, 꽃을 피운 모퉁이 밤나무, 현기증, 가난, 사랑, 때 이르게 켜진 가게의 주황색 불빛, 여전히 생생한 러시아의 냄새를 그리워하는 동물적인 갈망―이 모든 것이 운율에 실려, 손글씨로 옮겨진 뒤 편집장의 사무실로 운반됐다. 그러면 근시가 있던 I. V.는 새로 들어온 시를 얼굴 가까이로 끌어당겨 잠시 다소 촉각적인 인식 행위를 한 뒤 책상 위에 내려놓았다. 1928년 무렵 내 소설들이 독일어로 번역되면서 약간의 수입이 생기기 시작했고, 1929년 봄 당신과 나는 피레네로 나비 채집을 갔다. 그렇지만 1930년대 말이 되어서야 우리는 베를린을 영원히 떠났다. 나는 훨씬 전에도 내 작품의 낭독회를 위해 파리로 여행을 가곤 했지만 말이다.

여기저기 떠돌아다니고 극적이라는 망명생활의 성격에 걸맞게, 개인의 집이나 임대 홀에서 비정상적일 만큼 자주 열리던 문학 낭독회는 망명생활의 독특한 특징이었다. 내 마음속에서 벌어지는 인형극에서는 실로 다양한 유형의 출연자들을 똑똑히 볼 수 있다. 보석 같은 눈을 지닌 왕년의 여배우는 움켜쥔 손수건으로 흥분한 입가를 잠시 동안 누르며, 몇몇 유명한 시구를 반은 해부하듯 반은 애무하듯 느리고 깨끗한 목소리로 낭송해 모스크바 예술극장의 향수어린 메아리를 일깨워 주었다. 리드미컬한 산문의 안개 속으로 터벅터벅 걸어들어가는 목소리를 지닌 절망적인 이류 작가도 있었다. 그는 불쌍하고 서투르지만 조심스러운 손가락을 초조하게 떨면서 다 읽은 종이를 원고 뭉치 밑으로 밀어넣었고, 그리하여 형편없고 딱한 원고의 두께는 낭독 내내 줄어들지 않았다. 천재성이 스컹크의 줄무늬만큼이나 뚜렷해 동료들의 질투심을 자극할 수밖에 없었던 젊은 시인도 있었다. 그는 창백한 얼굴과 멍한 눈으로 무대에 꼿꼿이 서 있었는데, 두 손엔 이 세계에 스스로를 정박시킬 만한 어떤 것도 들고 있지 않았다. 그는 머리를 뒤로 젖힌 채 매우 거슬리면서도 구르는 듯한 낭송으로 자신의 시를 전달했고, 돌연 마지막 행의 문을 쾅 닫으며 멈추더니 박수갈채가 침묵을 채우길 기다렸다. 수없이 낭독했던 걸작을 진주처럼 한 알 한 알 떨어뜨리던 노老 **선생님**도 있었다. 낭독할 때 그는 언제나 까다롭고 불쾌한 표정이었는데, 그의 전집 권두화에 있는 고상하게 주름진 얼굴도 같은 표정이었다.

초연한 관찰자의 눈으로 보면, 외국의 도시에서 이미 죽어버린 문명을 흉내내고 있는 형체 없는 사람들을 비웃기는 쉽다. 그들이 모방했던 것은 머나먼, 거의 전설 같은, 거의 수메르 문명 같은, 1900년에서

1916년 사이(20년대와 30년대 당시에도 이것은 마치 기원전 1916년에서 1900년 사이처럼 들렸다) 상트페테르부르크와 모스크바의 신기루였다. 그러나 적어도 그들은 반역자들이었다, 러시아문학이 존재해온 이래로 대부분의 주요한 러시아 작가들이 그러했듯이. 정의와 자유에 대한 그들의 감각은 차르의 압제에 숨죽이던 시절만큼이나 강렬히 모반 상태를 갈망했고, 그들은 그 상태에 충실했다. 그리고 소비에트 연방의 응석받이 작가들의 행태를, 정부 법령의 온갖 미묘한 뉘앙스에 빠짐없이 답하는 작가들의 노예근성을 몹시 비非러시아적이고 인간 이하라고 여겼다. 그곳에서는 레닌과 스탈린의 정치경찰이 점점 더 능률을 높여가는 동안, 그에 정확히 비례하여 엎드려 기는 기술이 발달하고 있었으며, 성공적인 소비에트 작가란 정부의 지침이 요란하게 울려퍼지기 전에 작은 속삭임을 알아들을 만큼 청력이 좋은 사람을 의미했다.

혁명 이전의 러시아에서 명성을 확고히 한 구세대 망명 작가들조차도, 국외에서 작품이 제한적으로 유통됐기에 책으로 먹고살기를 바랄수는 없었다. 망명자 신문에 매주 칼럼을 쓰는 것만으로는 생활과 집필을 양립시키기 어려웠다. 이따금씩 작품이 다른 언어로 번역되면 뜻밖의 벌이가 되었지만, 그런 것이 없다면 나이든 작가들은 다양한 망명 조직에서 나오는 지원금, 공개 낭독회 수익과 후한 개인 기부금으로 삶을 연명했다. 이들보다 덜 유명했으나 새로운 삶에 더 잘 적응했던 젊은 작가들은 다양한 직업에 종사하며 일정치 않은 부수입을 얻었다. 나는 영어와 테니스를 가르쳤다. '비즈니스business'를 '어지러움 dizziness'과 운을 맞추듯 발음하던 베를린 사업가들의 끈질긴 버릇을 참을성 있게 고쳐줬다. 어느 긴 여름날 느리게 움직이는 구름 아래 먼지투성이 코트에서는, 햇볕에 그을린 그들의 단발머리 딸들에게 자동 인형처럼 공을 연거푸 그물 너머로 넘겨줬다. 『이상한 나라의 앨리스』를 러시아어로 번역하여 5달러를 벌었다(인플레이션을 겪던 독일에서는 상당한 액수였다). 첫번째 과課가 **부인, 저는 의사이고, 여기 바나나가 있습니다**로 시작하는 외국인을 위한 러시아어 문법책의 편집도 도왔다. 그중 최고는 베를린의 망명자 일간지인 『방향타』에 최초로 러시아어 십자말풀이를 만들어 게재한 일이었는데, 나는 그것을 **크레스토슬로비치**라고 명명했다. 기괴했던 당시 삶의 방식을 떠올리면 묘한 기분이 든다. 표지 문안을 쓰는 편집자들은 젊은 작가가 종사한 다소 세속적인 직업 목록을 아주 좋아하는데(이 작가는 물론 단순한 '예술'보다 훨씬 더 중요한 삶과 관념에 대해 글을 쓰는 작가다), 이를테면 신문 배달부, 소다수 판매원, 수도사, 레슬러, 제철공장의 감독관, 버스 기사 등이다. 아, 안타깝게도 나는 이런 직업들을 하나도 가져보지 못했다.

나는 좋은 글을 쓰고 싶다는 열정에 이끌려 국외의 다양한 러시아 작가들과 긴밀히 교류하게 되었다. 그 시절 나는 젊었고 지금보다 훨씬 더 문학에 열렬한 관심을 가지고 있었다. 최근 발표된 산문과 시, 빛나는 행성과 창백한 은하수가 매일 밤 내 다락방의 여닫이창 너머로 흘러갔다. 어딘가에 소속되지 않은 연령도 재능도 제각각인 작가들이 있었고, 다수의 젊은 작가들과 젊은 축에 드는 작가들이 모인 그룹과 파벌도 있었다. 그중에는 정말로 재능 있는 작가들도 있었다. 이들은 철학적 담론을 지향하는 평론가 주위에 무리를 이뤘다. 이 비법秘法 전수자들 가운데 가장 중요한 인물은, 지적으로는 재능 있었지만 도덕적으로는 범용했고, 러시아 현대 시에 관해서는 이상할 정도로 확신에 찬 취향을 지녔으나 러시아 고전에 관한 지식에는 구멍이 많았다. 그의 그룹은 망명 문학이 기댈 수 있는 철학을 세우기 위해서는 단순한 볼셰비즘 부정이나, 서구 민주주의의 판에 박힌 이상理想만으로는 충분치 않다고 믿었다. 그들은 마치 감옥에 갇힌 마약 중독자가 자신만의 천국을 갈구하듯 교의敎義를 갈망했다. 또한 조금 애처로울 정도로 파리 가톨릭 그룹들의 노련한 섬세함을 부러워했는데, 분명 러시아 신비주의에는 없는 것이었다. 도스토옙스키식의 모호함은 신新토마스주의적 사고와 경쟁이 되지 않았다. 하지만 다른 방도는 없었을까? 신념 체계를 갈망하는 것, 기존 종교의 가장자리에서 계속 서성거리는 것은 그 자체로 특별한 만족감을 줬다. 그로부터 한참 뒤인 40년대에 이르러서, 그런 작가들 중 일부는 마침내, 무릎 꿇은 듯한 자세를 취할 수 있는 명백한 경향을 발견했다. 그 경향이란, 군대가 전쟁에서 이겼다는 이유 하나만으로 국가(이 경우엔 스탈린의 러시아)를 훌륭하고 사랑스럽다고 치켜세우는 열광적인 민족주의였다. 그러나 30년대 초 민족주의의 절벽은 그저 희미하게 감지되는 정도였고, 비법 전수자들은 여전히 불안정한 유예 상태의 전율을 즐기는 중이었다. 문학에 대한 그들의 태도는 이상하게 보수적이었다. 그들은 무엇보다 영혼의 구원을 중시했고, 그다음은 서로를 돕는 것이었으며, 예술은 가장 나중 문제였다. 오늘날 돌이켜보면, 그 자유로운 국외 문인들은 한 명의 작가이기보다 한 그룹 혹은 한 시대의 대표가 되는 것이 더 중요하다고 선언하며 놀랍게도 고국의 속박된 사고를 흉내내고 있었다.

20년대와 30년대에 블라디슬라프 호다세비치는 젊은 망명 시인들이 유행중인 **불안**과 영혼 재구성을 선도하는 파벌을 좇으면서도 예술 형식은 자기 것을 빌려 쓴다며 불평하곤 했다. 나는 아이러니하면서도 금속 같은 천재성을 지녔으며, 튜체프나 블로크만큼 정교하고 놀라운 시를 쓰는 이 신랄한 사람을 몹시 좋아하게 되었다. 육체적으로, 그는 병약해 보였으며, 사람을 얕잡아 보는 듯한 콧구멍과 툭 튀어나온 눈썹이 특징이었다. 내가 머릿속에 그려보는 그는 딱딱한 의자에서 결코 일어나는 법이 없고, 얇은 다리를 꼰 채 적의와 재치가 담긴 두 눈을 빛내면서, 긴 손가락으로 **카포랄 베르** 담배 반쪽을 담뱃대에 끼워넣고 있다. 그의 시집 『무거운 리라*Heavy Lyre*』에 견줄 만한 현대 시는 거의 없다. 그러나 안타깝게도 자신이 싫어하는 것에 관해 거침없이 말하는 솔직함 때문에 가장 영향력 있는 비평가 그룹 가운데서 적들이 생겨났다. 비법 전수자들 모두가 도스토옙스키의 알료샤는 아니었다. 그들 중엔 스메르자코프도 몇 명 있었으므로, 호다세비치의 시는 앙심에 의해 철저하게 평가절하됐다.

또 한 명의 독립적인 작가로는 이반 부닌이 있었다. 나는 그의 유명한 산문보다는 잘 알려지지 않은 운문을 더 좋아했다(그의 작품 세계에서 양자의 관계는 하디의 경우를 연상시킨다). 당시 그는 노화라는 개인적인 문제를 몹시 신경쓰고 있는 듯했다. 그가 내게 처음으로 한 말은, 자신이 나보다 서른 살이나 더 많은데도 자세가 더 좋다며 만족스럽게 말한 것이었다. 그는 얼마 전에 받은 노벨상의 영예를 누리는 중이었고, 마음을 터놓고 이야기하자며 파리의 비싸고 세련된 식당으로 나를 초대했다. 불행히도 나는 레스토랑과 카페를, 특히 파리에 있는 것들을 병적으로 싫어한다. 붐비는 사람들, 정신없는 웨이터들, 보헤미안들, 베르무트를 넣은 칵테일, 커피, **전채**, 플로어 쇼 같은 것들은 딱 질색이다. 나는 기대어 앉은(특히 소파에 기대어 앉은) 자세로 조용히 먹고 마시는 것을 선호한다. 터놓고 하는 대화나 도스토옙스키식 고백 역시 나와는 거리가 멀다. 원기 왕성한 노신사로 풍부하고 거친 어휘를 구사했던 부닌은 내가 어린 시절 이미 무수히 먹어본 개암색 뇌조雷鳥에 별 반응을 보이지 않자 당황했고, 내가 종말론 문제에 대한 논의를 거부하자 분통을 터뜨렸다. 식사가 끝나갈 즈음 우리는 서로에게 완전히 질려버렸다. "자넨 끔찍한 고통과 완전한 고독 속에서 죽을 거야." 물품보관소로 향하는 길에 부닌은 매섭게 말했다. 매력적이고 연약해 보이는 소녀 한 명이 두꺼운 외투를 맡겨둔 우리의 표를 받아갔고, 이내 외투들을 품에 안고 와서 낮은 카운터 위에 엎어지듯 내려놓았다. 나는 래글런 코트를 입는 부닌을 도우려 했지만, 그는 손바닥을 펼쳐 보이며 자존심 강한 몸짓으로 나를 저지했다. 마지못해 애를 쓰면서—이번에는 그가 나를 도우려고 했다—우리는 겨울날 파리의 창백한 황량함 속으로 걸어들어갔다. 옷깃 단추를 채우던 내 동행의 잘생긴 얼굴이 놀라움과 불쾌함으로 일그러졌다. 그는 성마르게 외투를 풀어헤치고 겨드랑이 아래에 있는 뭔가를 힘껏 잡아당기기 시작했다. 나도 그를 도왔고, 우리는 마침내 그의 옷소매에서 아까 그 소녀가 잘못 쑤셔넣은 나의 긴 모직 목도리를 끄집어냈다. 그것은 아주 조금씩 빠져나왔다. 마치 미라의 붕대를 푸는 것처럼, 우리는 천천히 서로를 축으로 회전했고, 보도에 서 있던 세 명의 매춘부가 외설스럽게 웃으며 구경을 했다. 마침내 그 작업이 끝나자 우리는 한마디 말도 없이 거리 모퉁이까지 걸어가 악수를 하고 헤어졌다. 그뒤에도 종종 만나긴 했지만 늘 다른 사람들과 함께, 그리고 대개 I. I. 폰다민스키 (누구보다 러시아 망명 문학을 위해 많은 일을 했던 성인聖人이자 영웅으로 독일의 감옥에서 죽었다)의 집에서 만났다. 어찌된 일인지 부닌과 나는 대화할 때 서로를 놀리며 우울하게 만들었고, 미국식 '농담'의 러시아식 변주라 할 만한 이런 방식 때문에 진정한 교류가 불가능했다.

그 외에도 나는 많은 망명 러시아 작가들을 만났다. 그러나 가까운 발랄라이카들 사이에서 먼 바이올린 같은 존재였던, 젊은 나이에 세상을 떠난 포플랍스키는 만나지 못했다.

가서 잠들어라, 오 모렐라, 독수리 같은 삶이란 얼마나 끔찍한지.

나는 그의 구슬픈 음조를 결코 잊지 못할 것이며, 성급한 서평을 써 그의 풋내나는 시에서 찾은 사소한 문제점들을 공격했던 스스로를 용서하지도 못할 것이다. 나는 현명하고 새침하며 매력적인 알다노프를 만났다. 노쇠한 쿠프린은 **값싼 포도주** 한 병을 조심스럽게 들고 비 내리는 거리를 쏘다녔다. 러시아의 월터 페이터였던 아이헨발트는 나중에 전차에 치여 죽었다. 이중간첩의 아내이자 천재 시인이었던 마리나 츠베타예바는 30년대 후반에 러시아로 돌아가 그곳에서 죽었다. 그러나 내가 가장 흥미를 느낀 작가는 당연히 시린*이었다. 그는 나와 같은

---

* 나보코프의 필명.

세대에 속했다. 망명이 낳은 젊은 작가들 중에서 가장 외롭고 가장 거만한 존재였다. 그의 첫 장편소설이 출현했던 1925년부터, 나타날 때와 마찬가지로 기묘하게 사라질 때까지, 15년 동안 그의 작품은 줄곧 비평가들의 예리하고 다소 병적인 관심을 불러일으켰다. 80년대 옛 러시아였다면 마르크스주의 홍보 담당자들이 사회의 경제 구조에 대한 관심이 부족하다며 그를 비판했을 텐데, 그와 마찬가지로 망명 문학의 비법 전수자들은 그에게 종교적 통찰과 도덕적 문제의식이 결여되어 있다며 개탄했다. 그의 모든 것이 러시아적 관습, 특히 예의범절에 대한 러시아인의 감각을 거스르지 않을 수 없었던 것이다. 말하자면 오늘날 한 미국인이 소비에트 고위 군인들 앞에서 양손을 바지 주머니에 찔러넣은 채 어슬렁거리며 위험하게 모욕을 가하는 꼴이었다. 반대로 시린의 찬미자들은 그의 범상치 않은 문체와 뛰어난 정확성, 기능적인 심상 따위를 높이, 아마도 지나칠 만큼 높이 평가했다. 러시아 사실주의의 견고한 솔직함 위에서 자랐고 퇴폐주의 사기극의 허세를 간파해온 러시아 독자들은, 그의 문장이 거울처럼 명료하면서도 오독을 불러일으키는 각도를 지녔다는 점, 그리고 그가 쓴 책의 진정한 생명력이 비유적 표현들 속에 있다는 사실에 감명을 받았다. 어느 비평가는 그것을 두고 '인접한 세계로 난 창…… 필연적으로 굴러가는 귀결, 꼬리에 꼬리를 무는 생각의 그림자'라고 했다. 좀더 고풍스러운 비유를 사용하자면, 망명의 어두운 하늘을 가로질러 시린은, 마치 별똥별처럼, 희미한 불안감만을 남긴 채 사라져갔다.

3

망명생활 20년 동안 나는 체스 문제를 고안하는 데 숱한 날들을 바쳤다. 체스판 위에 어떤 배치를 정해두고, 보통 두세 번의 주어진 움직임 내에서 검은 말을 어떻게 메이트할지 찾는 것이 문제다. 이것은 아름답고 복잡하고 쓸모없는 예술이었으며, 통상적인 체스 게임과의 연관성은, 저글러가 새로운 동작을 만들어내는 일과 테니스 선수가 대회에서 우승하는 일의 공통점이 구체球體의 성질을 활용한다는 것밖에 없는 정도로 적었다. 사실 대부분의 체스 선수는 아마추어든 대가든 이런 식의 매우 전문적이고 공상적이며 형식적인 수수께끼에는 가벼운 관심만 기울일 뿐, 괜찮은 문제를 알아보는 안목이 있다 할지라도 막상 문제를 하나 만들어보라고 하면 매우 난처해할 것이다.

이런 종류의 체스 문제 창작에는 유사-음악적이고 유사-시적인, 정확히 말하자면 시적으로 수학적인 영감이 수반된다. 종종 편안한 한낮에, 시시한 일을 하던 언저리에서, 스치는 생각들의 여운 속에서 한가롭게 깨어나며, 나는 경고도 없이 뇌 속에서 체스 문제가 싹트는 순간의 지적 쾌감이 주는 찌릿한 통증을 경험했다. 그것은 노동과 더없는 행복으로 채워질 밤을 약속했다. 그것은 드문 전략적 장치와 이례적인 방어선을 융합하는 새로운 방식일 수도 있었다. 이전에 내가 표현하려다가 절망한 어려운 주제를, 마침내 유머러스하고 우아하게 구현해낸 말들의 실제 배치를 흘끗 엿볼 수 있을지도 몰랐다. 혹은 체스 말들이 상징하는 여러 힘의 단위가 안개 낀 머릿속에서 만들어내는 단순한 몸짓, 새로운 조화와 갈등을 암시하는 일종의 민첩한 무언극일 수도 있었다. 아무튼 어떤 경우에도 매우 짜릿한 종류의 감각이었고, 지금 와서 유일한 불만이 있다면, 조각된 형상들이나 그 정신적인 대응물을 편집광처럼 다루는 작업이, 내가 가장 열정적이고 생산적이었던 시기, 언어의 모험에 바칠 수 있었던 그 많은 시간을 삼켜버렸다는 것이다.

전문가들은 체스 문제의 예술을 몇 가지 유파로 구분한다. 앵글로 아메리칸 유파는 정밀한 구성과 현란한 주제 양식을 결합하며, 어떤 관습적인 규칙에도 얽매이길 거부한다. 튜턴 유파는 다부진 아름다움이 특징이다. 체코 스타일은 완성도는 높지만 불쾌할 만큼 매끄러우며 특정한 인위적 조건을 엄격히 따라야 해서 결과물이 무미건조하다. 옛 러시아의 엔드 게임 연구는 이 예술의 눈부신 최고봉에 도달했으나, 소위 '임무' 유형이라 불리는 소비에트의 기계적인 체스 문제에서는 예술적인 전략이 주제를 최대한으로 표현해야 하는 지루한 작업에 밀려난다. 체스에서 주제란 포석, 후퇴, 핀,* 핀 해제 등의 장치들을 뜻한다. 그러나 그것들이 특정한 방식으로 결합될 때에만 문제가 만족스러워진다. 악마의 짓 같은 교묘한 속임수, 그로테스크할 정도의 독창성, 이것이 내가 생각하는 전략이었다. 나는 비록 구성 면에서 가능한 한 경제성, 통일성, 헐거운 부분 제거 등 고전적인 법칙들을 따르려 했지만, 기상천외한 내용이 생겨나는 긴급한 경우엔 언제든 형식의 순수성을 기꺼이 희생할 준비가 되어 있었다. 그러면 형식은 마치 날뛰는 작은 악마가 든 세면도구 가방처럼 부풀어올라 터져버리고 말았다.

---

* 체스에서 어떤 말이 공격받고 있으나, 더 가치 있는 말을 보호하기 위해 움직일 수 없는 상황.

체스 문제의 주요 순서를 구상하는 것과 구성하는 것은 별개의 일이다. 정신적 긴장이 어마어마하고, 시간이라는 요소가 의식에서 완전히 떨어져나간다. 구성하는 중인 손이 상자 속을 더듬어 폰을 찾고 움켜쥐는 동안, 머리는 방해공작이나 임시방편이 필요한지를 여전히 고민하고 있고, 손을 펼쳤을 때는 한 시간이 훌쩍 지나 있으며, 시간은 결국 전략가의 백열하는 두뇌 작용 속에서 타버린 재가 되고 만다. 그의 앞에 놓인 체스판은 하나의 자기장이자, 압력과 심연들의 체계이며, 별이 총총한 하늘이다. 비숍은 탐조등처럼 그 위를 움직인다. 이곳 혹은 저곳의 나이트는 지렛대와 같아서, 조정하고 시험해보고, 또 조정하고 시험해보는 과정을 거쳐야 비로소 문제가 필요한 수준의 아름다움과 놀라움을 지니게 된다. 이중 해답을 피하기 위해 얼마나 자주 흰색 퀸의 무시무시한 힘을 묶어두려고 애썼던가! 여기서 반드시 이해해야 할 것은, 체스 문제에서 경쟁이란, 흰 말과 검은 말 사이가 아니라 출제자와 가상의 응시자 사이에서 벌어진다는 점이다(이것은 마치 일류 소설에서 진정한 갈등이 등장인물들 사이가 아니라 작가와 세계 사이에서 벌어지는 것과 같다). 그러므로 문제의 가치는 몇 번을 '시도' 하는가에 크게 좌우된다. 현혹하는 첫번째 수手, 잘못된 단서, 그럴듯한 수순이 문제를 풀어내려는 자를 헤매게 만들기 위해 약삭빠르고도 다정하게 준비된다. 하지만 내가 문제 고안에 관해 무슨 말을 하더라도, 그 과정의 황홀한 핵심, 창조적 정신의 더 명백하고 유익한 활동들과 이어지는 접점을 충분히 전달하지 못하는 듯하다. 그런 활동의 예는 위험한 바다의 해도 제작에서부터 놀라운 소설 창작에 이르기까지 다양하다. 소설의 저자는 명료한 광기에 휩싸여, 자신이 따라야 할 독특한 규칙들, 자신이 극복해야 할 악몽 같은 장애물들을 스스로 부과하며, 가장 불가능해 보이는 성분들—바위, 탄소, 맹목적인 박동—로 하나의 살아 있는 세계를 구축하는 신처럼 열정적이다. 체스 문제를 고안할 때는, 특히 완성 직전의 최종 연습에서 말들이 출제자의 꿈을 충분히 표현해주기 시작할 때, 달콤한 육체적 만족감이 뒤따른다. 여기에는 아늑한 느낌이 있다(마치 침대에 누워 머릿속 장난감들을 가지고 어떻게 놀지 계획하던 어린 시절로 거슬러올라가는 듯하다). 멀리 떨어진 칸 안에서 체스 말 하나가 다른 말 뒤에 잠복해 있는 모습에는 푸근한 온기가 감돌고, 두 손가락에 말을 끼워 가볍게 들어올렸다가 가볍게 내려놓는 손길은 잘 닦고 기름칠한 기계의 부드러운 움직임 같다.

고안하기 위해 몇 달 동안이나 애썼던 특별한 문제가 떠오른다. 마침내 어느 날 밤, 그 특별한 주제를 표현해내는 데 성공했다. 그것은 매우 숙련된 응시자들을 즐겁게 해주기 위한 문제였다. 숙련되지 않은 사람은 문제의 핵심을 전혀 파악하지 못한 채, 숙련된 사람들을 위해 준비된 즐거운 고문들을 통과하지도 않고, 상당히 단순한 '정正'의 해답만을 발견할 것이었다. 숙련된 사람이라면, 우선 유행하던 전위적 주제(흰색 킹을 일부러 체크에 노출시키는 수)에 기반한 가공의 수순에 홀리게 될 텐데, 이것은 고안자가 엄청나게 고생하며 '심어놓은' 것이었다(그것을 무너뜨리기 위해서는 눈에 띄지 않는 폰을 아주 살짝 움직이는 수밖에 없었다). 고도로 숙련된 사람이라면, 이 '반反'의 지옥을 통과해 단순하고도 결정적인 수를 찾아낼 터였다(비숍을 c2로 옮기는 수). 마치 올버니에서 뉴욕으로 가기 위해 밴쿠버와 유라시아와 아조레스제도를 경유하는 황당한 시도와도 같았다. 빙 돌아가는 유쾌한 경험(낯선 풍경, 징, 호랑이, 이국적인 풍습, 흙으로 된 화로의 신성한 불꽃 주위를 세 번 도는 갓 결혼한 부부)은 속임수에 당한 그의 불행을 충분히 보상해줄 테고, 그리고 나서 그 단순한 첫 수에 다다랐을 때 그는 통쾌한 예술적 기쁨의 합슘을 얻을 터였다.

체스 생각에 몰두해 정신이 아득해진 상태에서 서서히 깨어나니, 눈앞에 보이는 크림색과 심홍색 가죽으로 만들어진 거대한 영국제 체스판 위에 마침내 완벽한 위치를 찾은 말들이 별자리와 같은 균형을 이루고 있었던 것을 기억한다. 그것은 제대로 작동했다. 살아 있었다. 나의 스턴턴 체스 말*(20년 된 이 세트는 아버지의 영국화된 형제, 콘스탄틴 삼촌이 내게 준 것이었다)은 근사하고 무게감 있는 기물들로, 황갈색과 검은색 나무로 만들어졌으며 높이는 4.25인치였고, 마치 각자의 역할을 의식하고 있기라도 한 듯, 빛나는 윤곽을 드러내며 서 있었다. 아, 자세히 살펴본다면 몇몇은 이가 빠졌음을 알 수 있었다(당시 내가 50번이나 60번쯤 거처를 옮길 때마다 상자 속에서 함께 여행을 했으니). 그럼에도 킹의 룩 꼭대기와 킹의 나이트 이마에 그려진 작은 빨간 왕관은 여전히 남아 있었고, 그것은 행복한 힌두교도의 이마에 찍힌 둥근 점을 연상시켰다.

체스판 위의 얼어붙은 호수에 비한다면 실개천처럼 흐르는 시간이라 할 내 손목시계는 세시 반을 가리키고 있었다. 때는 5월—1940년 5월 중순이었다. 몇 달 동안 간청하고 욕설을 퍼부어댄 끝에 그 전날 뇌물이라는 구토제를 알맞은 사무실의 알맞은 쥐에게 보냈고, 그 결과

---

* 국제체스연맹이 표준으로 삼고 있는 기물. 영국의 체스 마스터 하워드 스턴턴의 이름을 땄다. 킹 쪽에 위치한 룩과 나이트에 왕관 표시가 있어 퀸 쪽과 구분된다.

344

마침내 대서양 횡단 허가를 받기 위해 필요한 **출국 비자**를 얻었다. 갑자기, 체스 문제를 완성함과 동시에 내 삶의 한 시기가 만족스럽게 마무리됐다는 느낌이 들었다. 주위의 모든 것이 고요했고, 내 안도감이 사물들에 살짝 보조개를 만들어낸 것 같았다. 옆방에서는 당신과 우리 아이가 자고 있었다. 책상 위 램프는 원뿔 모양의 파란 종이를 뒤집어 쓰고 있었으며(재미있는 군대식 예방책이었다) 그 불빛은 담배 연기로 자욱하고 나선형으로 올라가는 공기에 달빛 같은 색조를 입혔다. 불투명한 커튼이 등화관제로 깜깜해진 파리와 나를 갈라놓았다. 의자 위에 널브러진 신문의 머리기사는 히틀러가 저지대 국가들[*]로 침공했다는 소식을 알리고 있었다.

지금 내 앞에는 그날 밤 파리에서 문제의 배치도를 그려넣었던 종이 한 장이 놓여 있다. 흰 말: 킹은 a7(세로 첫번째, 가로 일곱번째 칸을 의미한다), 퀸은 b6, 룩은 f4와 h5, 비숍은 e4와 h8, 나이트는 d8과 e6, 폰은 b7과 g3. 검은 말: 킹은 e5, 룩은 g7, 비숍은 h6, 나이트는 e2와 g5, 폰은 c3과 c6과 d7. 흰색 말이 선공하며 두 수 만에 메이트를 한다. 잘못된 단서, 혹할 수밖에 없는 '시도'란 다음과 같다. 폰은 b8로 가서 나이트가 되고, 검은 말이 드러낸 체크에 응수하며 세 번의 아름다운 메이트가 이어진다. 하지만 검은 말이 흰 말을 체크하지 않고 대신에 판 위의 다른 곳에서 수수하고 미적거리는 수를 둔다면 이 명석한 작전 전체를 쳐부술 수 있다. 배치도가 그려진 종이 구석의 도장자국이 눈에 들어온다. 1940년 5월 내가 프랑스에서 미국으로 건너오면

---

[*] 벨기에, 룩셈부르크, 네덜란드 등 북해 연안 국가들을 통칭하는 표현.

서 들고 온 다른 서류와 책들에도 같은 도장이 찍혀 있다. 스펙트럼의 맨 끝에 있는 색, **관공서용 보라색**의 원형 도장. 중앙에 있는 파이카[*] 크기 대문자 **R. F.**는 물론 **프랑스 공화국**République Française을 의미한다. 그 주위엔 더 작은 글씨로, 원의 둘레를 따라 **정보 검열**이라 적혀 있다. 그러나 오랜 세월이 지난 지금에야, 그 검열 당국이 통과시켜줬던 내 체스 기호들 속에 숨겨진 정보가 누설될 듯하며, 실제로 누설하고 말았다.

---

[*] 12포인트 크기의 활자.

15장

1

영혼을 쥐어뜯는 듯한 호라티우스의 어조로 말하자면—지나간다, 급행으로, 급행으로, 흘러가는 세월들이.* 세월들은 지나가고 있으며, 내 사랑, 당신과 내가 알고 있는 것을 아무도 모르게 되리라. 우리의 아이가 자라고 있다. 파에스툼의 장미들,** 안개 낀 파에스툼의 장미들은 사라져버렸다. 기계의 마음을 지닌 바보들이 자연의 힘을 어설프게 만지작거리며 참견하는 것을, 온화한 수학자들은 이미 예견했지만 그들도 내심 놀라고 있다. 그러므로 고대의 스냅사진, 기차와 비행기를 그린 동굴 벽화, 어수선한 벽장 속에 쌓여 있는 장난감의 지층을 조사할 시간이 된 듯하다.

---

* 호라티우스의 「송시」를 패러디한 문장.
** 베르길리우스의 「농경시」에 고대 로마 도시 파에스툼의 장미가 언급된다.

좀더 먼 옛날로 돌아가, 1934년 5월의 어느 아침으로 가서, 이 고정된 지점을 기준으로 베를린 한 구역의 지도를 그려보자. 그곳에서 나는 집을 향해 걷고 있었다. 새벽 다섯시에 바이어리셔 광장 근처의 산부인과 병원에서 돌아오는 길이었고, 두 시간 전에는 당신을 거기로 데려다줬다. 액자와 컬러사진을 파는 가게 진열창에는 힌덴부르크*와 히틀러의 초상이 봄꽃으로 장식되어 있었다. 좌익 참새 무리가 라일락나무와 보리수나무에서 소란스러운 아침 집회를 열고 있었다. 투명한 새벽빛이 텅 빈 거리의 한쪽에서 어둠을 완전히 벗겨냈다. 반대쪽에서는 집들이 여전히 파랗게 추위에 질려 있는 듯했고, 길게 뻗은 그림자들이 서서히 짧아졌으니, 이런 사무적인 방식으로 어린 아침은 밤과 인수인계를 했다. 단정하게 다듬어지고 충분히 물을 먹은 이 도시에서는 그늘을 만드는 가로수들의 풍성한 수액냄새 아래로 포장도로의 싸한 타르 냄새가 났다. 하지만 내게는 이러한 풍경이 완전히 새로웠고, 마치 여느 때와는 다른 방식으로 차린 식탁을 보는 것 같았으니, 새벽녘에 그 거리를 본 적이 없었기 때문이다. 비록 아이가 없을 때 햇빛 비치는 저녁에 그곳을 자주 지나치곤 했지만 말이다.

낯선 시간대의 순수함과 명함 속에서, 길가 그림자들은 평소와 반대쪽에 드리워져 있어 우아하다 할 만한 뒤집힌 느낌을 줬다. 마치 면도칼을 갈던 우울한 이발사가 문득 시선을 들어(이발사들이라면 다들 그러듯), 이발소 거울에 비친 창문을 보는 순간 같았다. 반사된 창틀 속에서는 보도의 한 구간이 무심한 행인들을 역방향으로 이끌고 있었으

---

* 당시 독일 바이마르공화국 대통령.

며, 그 방향으로 계속 가면 익살이 일시에 멈추고 공포의 급류가 쏟아
지는 추상적인 세계였다. 어떤 사람을 향한 내 사랑을 생각할 때마다,
나는 즉시 내 사랑으로부터 반지름을 그리는 습관이 있다. 이 반지름
은 내 마음, 사적인 물질의 부드러운 핵으로부터 어마어마하게 멀리
떨어진 우주의 지점들로 나아간다. 무엇인가가 나로 하여금 내 사랑의
의식을, 그처럼 상상도 계산도 불가능한 것들에 견주어 측정해보도록
한다. 이를테면 성운의 움직임(그 아득한 거리 자체가 광기의 한 형태
로 보인다), 영원이라는 무시무시한 함정, 알려지지 않은 것 너머에 있
는 알 수 없는 무엇, 무력함, 차가움, 공간과 시간의 어지러운 뒤얽힘
이나 상호침투 같은 것들에 말이다. 해로운 습관이지만 나로서는 어쩔
수가 없다. 비유하자면, 밤중에 불면증 환자의 입속 혀가 삐죽삐죽한
이를 더듬다가 멍이 들어도 계속 그러는 것처럼, 제어할 수 없는 움직
임이다. 우연히 문설주나 벽 등을 건드렸을 때, 방안에 있는 여러 물건
의 표면을 정해진 순서대로 재빨리 만져야만 균형 상태로 돌아올 수
있는 사람들에 대해 알고 있다. 어쩔 수가 없다. 나는 내가 어디에 서
있는지, 당신과 내 아들이 어디에 서 있는지를 알아야만 한다. 내 안에
서 느리고 고요하게 폭발하는 사랑이 녹아내리는 가장자리를 펼치면
서, 그 어떤 상상할 수 있는 우주에 축적된 물질이나 에너지보다 훨씬
더 거대하고 지속적이며 강력한 느낌으로 나를 압도해온다. 그때 내
마음은 정말로 깨어 있는 상태인지 확인하기 위해 스스로를 꼬집어볼
수밖에 없다. 마치 꿈꾸는 사람이 꿈꾸고 있다는 사실을 확인함으로써
자신의 황당한 처지를 견디려 하듯, 나는 우주 삼라만상의 목록을 재
빨리 만들어야만 한다. 나는 온 공간과 시간을 나의 감정에, 나의 유한

한 사랑에 참여시켜야 한다. 그렇게 해서 유한성의 모서리가 떨어져나가고, 내가 유한한 존재 안에서 무한한 감각과 사유를 발달시켰다는 데서 비롯된 완전한 타락과 조롱, 공포에 맞서 싸울 수 있게 도와주는 것이다.

형이상학과 관련해 말하자면, 나는 결코 통합주의자가 아니며 인간화된 낙원을 둘러보는 단체 관광에 끼지도 않는다. 그러므로 인생에서 최상의 것을 생각할 때는 그저 나 자신의, 하찮다고만은 할 수 없는 장치들에 의지할 뿐이다. 지금처럼, 우리 아기에 대한 거의 의만擬娩*에 가까운 내 관심을 돌아보더라도 그렇다. 당신은 우리가 해냈던 발견들(아마 모든 부모가 하는 발견이리라)을 기억할 것이다. 당신이 말없이 보여준, 바닷가에 밀려온 불가사리처럼 당신의 손바닥 위에 놓여 있던 손의 자그마한 손톱들의 완벽한 모양새. 부드러운 감촉은 부드러운 거리감을 통해서만 전달될 수 있기라도 한 듯, 흐릿하고 먼 곳에서 들려오는 듯한 당신의 말투에 주의를 기울이게 된 팔다리와 뺨 표면의 살결. 또 홍채의 어두운 푸른빛 색조에는 뭔가 알 수 없는 것이 헤엄치며 찰랑거리고 있었으니, 그 홍채는 호랑이보다 새가 많고 가시보다 과일이 많으며 그 어둑하고 깊은 곳에서 인간의 정신이 최초로 탄생한 고대 전설 속 숲의 그림자를 아직 간직하고 있는 듯했다. 무엇보다 우리는 유아가 다른 차원으로 가는 첫 여행을 목격했는데, 바로 눈과 손이 닿는 대상 사이에서 새롭게 관계를 확립하는 것이었다. 생물통계학이나 쥐를 이용한 미로 실험으로 경력을 쌓으려고 혈안이 되어 있는 사

---

* 아내의 분만시, 남편이 옆에 누워 진통이나 분만을 흉내내는 행위.

람들은 그것을 설명할 수 있다고 생각하는 듯하다. 내가 보기에 정신의 탄생을 그나마 가장 가깝게 재현하는 것은, 엉켜 있는 나뭇가지와 잎을 바라보다가, 문득 엉킨 부분의 자연스러운 일부라 생각했던 것이 곤충이나 새의 놀라운 위장이라는 사실을 깨닫는 순간에 생기는, 찌르는 듯한 경이로움인 것 같다.

또한 인간 정신의 최초의 개화開花라는 수수께끼를 푸는 데에도 강렬한 기쁨이 있으니(결국 과학이 추구해야 할 것이 이것 말고 또 무엇이겠는가?), 이는 나머지 것들의 성장이 잠시 관능적으로 멈춰 있는 상태를 상정할 때 가능한 일이다. 이처럼 늘어져 빈둥거리는 상태 덕분에 무엇보다 먼저 **호모 포에티쿠스**가 형성될 수 있었다―그가 없었다면 **사피엔스** 또한 진화할 수 없었을 것이다. '삶을 위한 투쟁', 정말로 그렇다! 전쟁과 노동의 저주는 인간을 야생 돼지로 되돌려놓고, 그로 인해 음식을 찾아 헤매며 꿀꿀거리는 짐승 같은 미친 집착이 생겨났다. 당신과 나는 식료품점이나 정육점 시체보관소 근처에서 음식을 찾는 주부들의 교활한 눈에 서린 광적인 번득임에 관해 자주 이야기했다. 만국의 노동자여, 해산하라! 옛날 책들은 틀렸다. 세계는 일요일에 만들어졌다.

2

우리 아이의 유년기 내내, 우리는 히틀러의 독일과 마지노의 프랑스에서 다소 곤궁한 생활을 이어갔지만, 훌륭한 친구들이 아이가 가능한

한 최선의 것들을 누릴 수 있도록 도와줬다. 아이를 위해 많은 것을 해주기엔 무력했지만, 당신과 나는 아이의 유년기와 우리의 유복했던 요람기搖籃期 사이에 어떤 균열이라도 생기지 않도록 함께 눈을 치켜뜨고 지켜보며 방심하지 않으려 했다. 그리고 그렇게 균열이 벌어지려 할 때마다 매번 상냥한 운명이 개입해 그것을 고쳐줬다. 또한 당시 육아의 과학은 비행이나 경작처럼 경이롭고 능률적으로 발전해 있었다. 나는 생후 9개월 무렵 한 끼니에 물기 뺀 시금치 1파운드를 먹은 적도, 하루에 오렌지 열두 개 분량의 주스를 마신 적도 없었다. 그리고 당신이 따랐던 소아 위생학은, 아기였을 때 우리를 돌보던 늙은 보모들은 꿈도 못 꿨을 만큼 예술적이고 꼼꼼했다.

부르주아 아버지들―빳빳한 셔츠에 가는 줄무늬 바지를 입고 근엄하게 사무실에 묶여 지내며, 오늘날 전쟁을 경험하고 돌아온 미국의 젊은 군인들과도 너무 다르고, 15년 전 국외로 추방된 러시아 출신의 행복한 실업자들과도 너무 다르다―은 아이를 대하는 나의 태도를 이해하지 못할 것이라 생각한다. 당신은, 따뜻한 분유를 배불리 먹고 신상神像처럼 웅장해진 아이를 안아 들고서, 수직 상태의 아이를 수평 상태로 눕혀도 된다는 분명한 신호를 기다렸고, 그럴 때면 나 역시 당신의 기다림과 과식한 아이의 불편함에 동참하곤 했다. 여기서 과식이란 내가 과장한 말로, 내가 느끼기엔 고통스러운 압박감일 듯한 그 느낌이 금방 해소될 거라 믿는 당신의 명랑한 태도에 약간 짜증을 내는 것이기도 하다. 그리고 마침내 그 둔탁하고 작은 거품이 솟아올라 아이의 근엄한 입안에서 터지면 나는 유쾌한 안도감을 느꼈다. 그러는 동안 당신은 축하의 말을 중얼거리며 몸을 수그려 아기 침대의 흰 테를 두른 여명 속에 그를 눕혔다.

당신도 알겠지만, 내 손목에는 아직도 유모차를 밀 때의 느낌이 남아 있다. 예를 들면, 유모차의 끝을 들어 보도의 연석 위에 올려놓기 위해 손잡이를 내리누르던 감각 같은 것 말이다. 처음에 썼던 것은 벨기에 제품으로 쥐색의 정교한 유모차였고, 자동차처럼 두툼한 타이어와 화려한 스프링이 달려 있었는데, 너무 커서 우리의 자그마한 엘리베이터에는 들어가지도 않았다. 그것은 느리고 당당하고 신비로운 모습으로 보도 위를 굴러갔고, 그 안에 갇힌 아기는 솜털과 비단과 모피에 덮인 채 반듯이 누워 있었다. 오직 그의 눈동자만이 신중히 움직였으며, 때로는 현란한 속눈썹을 재빨리 깜박거리면서 나뭇가지 모양이 찍힌 파란 하늘이 반쯤 열린 유모차 지붕의 가장자리에서 멀어져가는 것을 좇았다. 그러고는 이내 그 감질나는 나무들과 하늘이 혹시 딸랑이 장난감이나 부모의 장난과 같은 계통은 아닌지 알아보기 위해 의심스러운 눈초리로 내 얼굴을 쳐다봤다. 다음에 우리는 좀더 가벼운 유모차를 사용했는데, 그 안에서 아이는 끈을 잡아당기며 자꾸 일어서려고 했다. 가장자리를 단단히 붙들고 선 그의 모습은 유람선을 타고 휘청거리는 승객이라기보다는 우주선을 타고 황홀경에 빠져 있는 과학자 같았다. 살아 있는, 따스한 세계의 얼룩덜룩한 실타래를 살펴보고, 유모차 밖으로 던지는 데에 성공한 베개를 철학적인 눈길로 관찰했다. 어느 날엔 유모차의 끈이 끊어져 그만 바깥으로 떨어진 적도 있었다. 그보다 더 나중에는 보행기라 불리는 작은 기구에 올라탔다. 처음에 스프링이 작동하는 안전한 높이에 있던 아이는 점점 더 낮은 곳을 향해 내려왔으며, 결국 한 살 반쯤 되었을 무렵엔 자리에서 빠져나와 움

직이고 있는 보행기 앞의 땅에 착지했고, 공원을 마음대로 돌아다니게
될 것이라 기대하면서 발꿈치로 보도를 찼다. 진화의 새물결이 높게
일기 시작하더니 서서히 그를 다시 땅에서 들어올렸고, 두번째 생일에
그는 4피트 길이의 은색 메르세데스 경주용 자동차를 선물로 받았다.
오르간처럼 내부 페달을 밟아 작동시키는 물건이었다. 그가 이 차를
타고 페달을 밟는 덜컥덜컥 소리와 함께 쿠르퓌르스텐담의 보도 위를
왔다갔다하는 동안, 열린 창에서는 우리가 저멀리 뒤에 두고 온 네안
더 계곡*에서 아직도 자기 가슴을 쿵쿵 치고 있는 독재자의 고함소리가
증폭되어 울려퍼졌다.

　남자아이들이 바퀴 달린 물건, 특히 기차에 품는 열정의 계통발생학
적 측면을 조사하는 일은 해볼 만한 가치가 있을 것이다. 물론 우리는
빈의 돌팔이 의사가 이 문제를 어떻게 생각했는지 알고 있다. 우리는
그와 그의 동료 여행자들이, 열차 삼등칸 수준의 사고방식에 올라탄
채로 덜커덕거리며, 성적性的 신화라는 경찰국가를 계속 지나가도록
내버려둘 것이다(덧붙이자면, 독재자들이 정신분석학을 무시한 것은
대단히 큰 실수였다—한 세대 전체를 얼마나 쉽게 타락시킬 수 있었
겠는가!). 급속한 성장, 양자처럼 빠른 사고思考, 롤러코스터 같은 순환
계—생명력의 모든 형태는 어찌 보면 속도의 형태이며, 성장하는 아
이가 최소한의 시간에 최대한의 공간적 즐거움을 채워넣으며 자연을
능가하고자 하는 것 또한 놀랄 일이 아니다. 인간 내부의 가장 깊숙한
곳엔, 중력과의 줄다리기에서 이기거나 달리기에서 앞지를 수 있다는

---

* 네안데르탈인은 '네안더 계곡의 사람'이라는 뜻에서 유래했다.

가능성, 지구가 당기는 힘을 극복하거나 재연할 수 있다는 가능성에서 비롯되는 정신적 기쁨이 있다. 앞으로 나아가기 위해서 무거운 팔다리를 수고스럽게 들어올리는 대신, 부드럽고 둥근 물체들이 그저 데굴데굴 굴러가면서 공간을 정복하는 기적적인 역설은 젊은 인류에게 유익한 충격을 주었음이 분명하다. 작은 야만인이 벌거벗은 채 웅크리고 앉아 몽롱하게 응시하던 모닥불이나 거침없이 나아가던 산불—이런 것들 또한, 라마르크가 보지 못하는 곳에서 염색체 한두 개에 영향을 미쳤을 것이라 생각한다. 그런데도 서구의 유전학자들은 이와 같은 불가사의를 해명하려 하지 않으며, 이는 전문적인 물리학자들이 내부에 있는 외부, 곡면상의 위치를 논하고 싶어하지 않는 태도와 닮아 있다. 왜냐하면 모든 차원은 그것이 작용할 수 있는 매체를 전제로 하며, 만약 사물이 나선으로 풀릴 때 공간이 뒤틀리면서 시간과 비슷해지고, 시간은 다시 뒤틀려 사고와 비슷해진다면, 분명히 다른 차원이 나타날 것이기 때문이다—아마도 특수한 우주일 것이며, 나선이 다시 악순환에 빠지지 않는 한, 우리는 그 우주가 기존의 우주와 다르리라고 믿는다.

그러나 진실이 무엇이든 간에, 우리는 결코 잊지 않을 것이다. 이런저런 전쟁터에서 우리 어린 아들(두 살에서 여섯 살 사이 어느 때든)과 함께 그 밑으로 기차가 지나가길 기다리며 몇 시간이고 서 있던 다리들을. 당신과 나는 그 기억을 영원히 지켜낼 것이다. 나는 더 나이가 많고 덜 행복한 아이들이, 난간 위로 몸을 기대며 때마침 아래를 지나가는 기관차의 천식환자 같은 굴뚝에 침 뱉는 것을 본 적이 있지만, 당신도 나도 더 정상적인 쪽은 멍하니 황홀경에 빠져 행복해하는 일을 실용적으로 해소해버리는 아이라는 점을 인정할 준비가 되어 있지 않았다. 바람 부는 다리 위에서 그렇게 몇 시간씩 서 있는 것을 당신을 단축하려고도 합리화하려고도 하지 않았다. 그동안 한없는 낙천성과 인내심을 지닌 우리 아이는 신호기가 딸깍하며 움직이기를, 집들의 휑한 뒷모습 사이로, 멀리 수많은 선로가 모이는 지점에서 점점 크고 선명해지는 열차가 모습을 드러내기를 기다렸다. 추운 날이면 그는 양가죽 코트에 그와 비슷한 모자를 썼는데, 둘 다 서리가 내린 듯 회색으로 얼룩덜룩한 갈색이었고, 여기에 엄지장갑을 꼈으며, 확신에 찬 열의는 그를 빛나게 하는 한편 당신까지도 따뜻하게 해준 것이 분명했다. 당신의 섬세한 손가락이 어는 것을 막기 위해 당신이 했던 일이라고는 그저 오른손과 왼손으로 일이 분씩 번갈아 그의 손을 감싸면서, 다 큰 아기의 몸에서 뿜어져나오는 믿을 수 없는 양의 열기에 경탄하는 것뿐이었기 때문이다.

3

  속도에 관한 꿈과는 별개로, 혹은 그 꿈과 관련하여, 모든 아이들에게는 대지의 형태를 바꾸고 바스러지기 쉬운 환경에 영향을 미치려는 인간의 본질적인 충동이 자리잡고 있다(그 아이가 타고난 마르크스주의자거나 또는 시체나 다름없어서 환경이 그를 형성하기만을 얌전히 기다리는 게 아니라면 말이다). 이러한 사실은 아이들이 땅을 파고, 자기가 좋아하는 장난감을 위해 길과 터널을 만들면서 느끼는 기쁨을 설명해준다. 우리 아들은 도색한 강철과 탈착식 바퀴로 만들어진 맬컴

캠벨 경*의 '블루버드' 축소 모형을 가지고 있었다. 아이가 땅 위에서 온종일 그것을 가지고 놀 때면, 태양은 그의 긴 금발에 후광을 드리우고 벗은 등을 토피 사탕 색깔로 물들였는데, 군청색 니트 반바지의 어깨끈이 등에서 십자로 교차했다(반바지를 벗으면 바지와 끈 모양대로 원래의 흰색 피부가 드러났다). 나는 평생 그렇게 많은 벤치, 공원 의자, 석판과 돌계단, 테라스 난간과 분수대 가장자리에 앉아본 적이 없었다. 우리는 베를린 그뤼네발트에 있는 호수를 둘러싼 유명한 소나무 황무지는 아주 가끔씩만 찾아갔다. 인접한 도시의 길은 신경을 써서 반들거리는데, 훨씬 더 많은 쓰레기로 어질러지고 폐기물 가득한 그 장소가 과연 숲이라 불릴 만한지 당신은 의문을 표했다. 이 그뤼네발트에서는 신기한 것들이 등장했다. 빈터 한가운데에서 스프링의 해부학적 구조를 드러내 보이던 철제 침대 틀이나, 꽃이 핀 산사나무 덤불 아래에 누워 있던 재봉사의 검은 마네킹을 보고 있으면, 이렇게 마구잡이로 버려진 물건들을 길도 없는 한적한 숲속까지 애써 가져온 사람이 누구인지 궁금해졌다. 한번은 심하게 금이 갔어도 여전히 또렷하게 숲의 풍경을 비추고 있는 거울과 마주쳤는데, 그것은 마치 맥주와 샤르트뢰즈**를 섞어 마시고 취해 초현실적인 명랑함을 드러내며 나무줄기에 기대어 있는 듯했다. 시민들의 즐거운 땅에 나타난 이런 침입자들은 다가올 혼란의 파편 같은 장면으로서, 파괴적인 폭발들을 예고하는 악몽이었고, 예언자 칼리오스트로가 궁정 뜰의 도랑에서 흘끗 본 죽은 사람들의 머리더미와도 같았다. 여름날, 특히 일요일이면 호수에

---

* 영국의 자동차경주 선수.

** 카르투시오회 수도원에서 유래한 술.

가까이 갈수록 다양한 노출과 태닝 수위를 보여주는 인간의 몸들이 바글댔다. 오직 다람쥐들과 몇몇 애벌레만이 옷을 입고 있었다. 회색 발의 주부들은 번들거리는 회색 모래 위에 슬립 차림으로 앉아 있었고, 진흙이 잔뜩 묻은 수영복 바지를 입은 남자들이 역겨운 바다표범 소리를 내며 주위에서 뛰놀고 있었다. 눈에 띄게 아름답지만 제대로 꾸미지 않은 소녀들은 몇 년 뒤―정확히 말하자면 1946년 초―순수한 혈관 속에 튀르크나 몽골의 피가 흐르는 아이들을 낳게 될 운명이었는데, 쫓기면서 엉덩이를 찰싹 얻어맞고 있었다(그러면 그들은 '꺄!' 하고 소리쳤다). 이 불행한 소란꾼들이 뿜어내는 숨결과 벗어놓은 옷가지(땅 여기저기에 반듯하게 펼쳐져 있었다)에서 나는 냄새는 고인 물의 악취와 섞이면서, 지금껏 어디서도 경험하지 못한 냄새의 지옥을 만들어냈다. 베를린의 공공 정원과 도시 공원에서는 옷을 벗는 일이 금지되어 있었지만 셔츠 단추는 풀 수 있었다. 유럽 인종의 특징이 두드러지는 젊은 남자들이 줄지어 벤치에 앉아 눈을 감고서 이마와 가슴의 여드름을 국가적으로 승인된 태양의 작용에 노출시키고 있었다. 이 글에서 느껴지는 신경질적이고 과장된 듯한 몸서리는, 우리가 우리 아이에게 영향을 미칠 어떤 오염 속에서 살고 있다는 지속적인 공포에서 비롯됐을 것이다. 어린 남자아이는 씻기를 싫어하고 죽이기를 좋아한다는 생각을, 당신은 언제나 혐오스러울 정도로 진부하고 속물근성이 배어 있는 것으로 여겼다.

우리가 방문했던 작은 공원들을 전부 기억해내고 싶다. 하버드대학교와 아널드 수목원의 잭 교수는 눈을 감은 채 공중에서 휙 스치는 소리만 들어도 나뭇가지의 종류를 알아맞힐 수 있다고 학생들에게 말했다는데, 그 능력을 가지고 싶다("서어나무, 인동덩굴, 양버들. 아, 그건 접힌 성적증명서로군."). 물론 나 또한 어떤 특징이나 특징들의 조합으로 이런저런 공원의 지리적 위치를 파악할 수 있을 때가 드물지 않다. 연극 속 인물들처럼 죄다 한 지점으로 모이는 좁은 자갈길을 따라가는 난쟁이 회양목, 입방체 모양 주목 울타리를 등지고 선 낮은 파란색 벤치, 헬리오트로프로 가장자리를 두른 네모난 장미 화단—이런 것들은 분명 베를린 교외 교차로에 있는 작은 공원의 특징이다. 마찬가지로 중심에서 살짝 치우친 바닥에 거미줄 같은 그림자를 드리우는 얇은 철제 의자와, 보석 박힌 잔디 위에 물보라를 일으켜 자기만의 무지개를 무지개를 만들면서 유쾌하게 거들먹거리는, 하지만 솔직히 말해서 정신병적으로 돌고 있는 스프링클러는 명백히 파리 사람들의 공원에 해당된다. 그러나 당신도 알다시피, 기억의 시선은 땅 위에 웅크린 작은 형체에 단단히 고정되어 있기에(장난감 트럭에 조약돌을 채우는 중이거나, 막 스쳐지나온 자갈길에서 돌 조각 몇 개를 묻혀 온 축축하고 반짝이는 정원용 고무호스를 가만히 바라보는 중이다), 베를린, 프라하, 프란첸스바트,* 파리, 리비에라, 다시 파리, 앙티브 등지의 다양한 장소는 모두 주권을 상실하고 만다. 그곳들은 돌로 변한 장군들과 낙엽을 공유하고, 맞물려 있는 길들 사이에서 우정을 다지며, 빛과 그림자가 뒤섞인 하나의 연방을 이룬다. 그리고 무릎을 드러낸 우아한 아이들이 윙윙 굴러가는 롤러스케이트를 타고 그 연방을 유유히 가로지른다.

이따금 역사적 배경의 흔적을 인지하는 것이 장소를 확인하는 데 도

---

* 현재의 체코 프란티슈코비라즈네. 온천 마을로 유명하다.

움이 되기도 하고, 개인적인 시각에서 보는 고리 대신 다른 연결 고리를 주기도 한다. 베를린의 산들바람이 불던 그날은 분명 우리 아이가 세 살이 다 되었을 무렵이었다(당연히 그곳에서는 누구든 도처에 널린 총통의 사진에 익숙해지는 것을 피할 수 없었다). 그날 우리는, 그와 나는, 치켜든 얼굴들 위로 짙은 콧수염 같은 얼룩이 보이는 창백한 팬지들의 화단 앞에 서 있었고, 내가 그것들이 머리를 획획 움직이는 모습이 작은 히틀러 무리 같다고 말해서 매우 즐거워하는 중이었다. 이와 비슷하게 파리에 있는 꽃 피는 정원의 이름을 댈 수도 있다. 그곳에서 나는 1938년 혹은 1939년에, 흰 얼굴에는 표정이 없고, 어두운색에 너덜너덜하며 계절과 맞지 않는 옷을 입은 열 살 남짓의 말없는 소녀를 봤다. 고아원에서 도망쳐 나오기라도 한 것처럼 보였다(공교롭게도 나중에 그녀가 거침없는 수녀 두 명에게 붙들려 가는 모습을 흘끗 볼 수 있었다). 그녀는 살아 있는 나비 한 마리를 능숙하게 실에 매달아, 힘없이 퍼덕거리며 약간 불구가 된 그 예쁜 곤충을 요정의 목줄에 묶어 산책시키고 있었다(아마도 고아원에서 상당량의 세심한 바느질을 해본 탓이었을 것이다). 우리가 피레네나 알프스로 여행을 갔을 때 당신은 내가 사무적인 태도로 곤충학 조사를 하면서 불필요하게 무정히 군다고 비난하곤 했다. 그러므로 만약 내가 티타니아*가 되려는 소녀로부터 우리 아이의 주의를 돌렸다고 해도, 그것은 그녀의 붉은줄나비(레드 애드미러블, 속칭 애드미럴)를 동정했기 때문이 아니라 그녀의 음침한 놀이엔 어딘지 모호하고 역겨운 상징성이 있었기 때문이다. 사

---

* 셰익스피어 희곡 「한여름 밤의 꿈」에 등장하는 요정 여왕.

실 나는 어느 프랑스 경찰관이 썼을, 의심의 여지없이 지금도 쓰고 있을 단순한 구식 기술을 떠올렸을지도 모른다. 경찰은 코가 불그레한 일꾼, 즉 일요일의 말썽쟁이를 감옥으로 데려갈 때, 그 남자의 방치됐지만 예민하고 즉각 반응하는 육체에 일종의 낚싯바늘을 걸어 그를 아주 유순하고 심지어 민첩하기까지 한 위성으로 변모시켰다. 당신과 나는 경계심 깊은 애정으로, 사람을 믿는 아이의 다정한 마음을 지키기 위해 최선을 다했지만, 놀이터 모래밭에 건달들이 버리고 간 쓰레기는 생각할 수 있는 범죄 가운데 가장 하찮은 것일 뿐, 시대착오적 발상이라거나 머나먼 칸의 영토 혹은 옛날 중국에서나 일어날 법한 일이라며 이전 세대가 머릿속에서 묵살해버렸던 공포가 우리 주변에 널려 있다는 사실에 직면할 수밖에 없었다.

시간은 계속해서 흘러갔고, 바보들이 만든 역사의 그림자가 해시계의 정확성마저 망쳐버리는 동안, 우리는 더욱더 정처 없이 유럽을 떠돌았는데, 마치 우리가 아니라 정원들과 공원들이 여행하고 있는 것 같았다. 르노트르*의 뻗어나가는 가로수길과 복잡한 화단들은 곁길로 빠진 열차들처럼 우리 뒤로 남겨졌다. 1937년 봄, 어머니에게 우리 아이를 보여주기 위해 방문했던 프라하에는 스트로모프카 공원이 있었다. 그곳에는 사람들이 가꿔놓은 수목 너머로, 자유롭게 물결치는 적막함이 감돌고 있었다. 당신은 고산식물들로 이뤄진 그 바위 정원들도 기억할 것이다. 꿩의비름과 범의귀가, 말하자면 사보이 알프스까지 우리를 안내해준 셈이며, 우리와 휴가(내 번역가들이 벌어준 돈으로 여

---

* 프랑스의 조경 건축가로, 베르사유 궁전 정원 등을 만들었다.

행 경비를 마련했다)를 함께 보낸 뒤, 평야지대의 마을로 돌아오는 길에도 우리를 따라왔다. 온천 휴양지의 오래된 공원에서는, 수갑을 차고 줄기에 못 박힌 나무 손들이 야외음악당의 낮은 음악소리가 쿵쿵 울려오는 방향을 가리켰다. 똑똑한 산책로가 주요 도로를 따라 뻗어 있었다. 늘 평행하게 따라가진 않았으나 자유롭게 그 안내를 참고하면서, 오리 연못이나 수련 웅덩이에서 뛰놀기도 하다가, 시市 원로에 대한 집착으로 난데없이 기념비를 놓은 이런저런 지점에서 플라타너스의 행렬에 끼어들었다. 뿌리들, 기억 속 녹음綠陰의 뿌리들, 기억의 뿌리들과 톡 쏘는 냄새가 나는 식물의 뿌리들, 한마디로 뿌리들은 몇몇 장애물을 뛰어넘거나 뚫고 지나갔으며 좁은 틈새를 비집고 들어가기도 하면서 먼 거리를 가로지를 수 있다. 그리하여 그 정원들과 공원들이 우리와 함께 중부 유럽을 횡단했던 것이다. 자갈 깔린 산책로들은 **원형교차로**에서 모이더니 멈춰 서서, 당신과 내가 쥐똥나무 울타리 밑에 떨어진 공을 찾기 위해 허리를 굽히고 움찔거리는 것을 지켜봤다. 그러나 그 어둡고 축축한 땅 위에서는 구멍이 뚫려 있는 자주색 전차표나 더러운 거즈와 탈지면 말고는 아무것도 찾을 수 없었다. 두꺼운 떡갈나무 몸통을 빙 둘러싼 원형 의자의 다른 쪽에 누가 앉아 있는지를 살펴보니, 외국어 신문을 읽으며 코를 파고 있는 풀 죽은 노인을 발견했다. 반짝이는 잎의 상록수들이 에워싼 잔디밭에서 우리 아이는 처음으로 살아 있는 개구리가 기하학적으로 다듬은 정원 미로 속으로 들어가버린 것을 발견했고, 그러자 당신은 비가 올 것 같다고 말했다. 후에 그보다 덜 탁한 색을 띠었던 하늘 아래에선 장미가 흐드러진 작은 골짜기, 나뭇가지가 얽힌 오솔길의 장관이 펼쳐졌고, 시렁에서 흔들리는 담쟁이는 기회만 있다면 기둥이 지탱하는 퍼걸러*의 덩굴로 변할 준비가 되어 있었으나, 그럴 기회가 없어 기묘할 만큼 예스럽고 위생 상태가 의심스러운 공중변소를 드러내 보였다. 그 누추한 오두막 모양의 화장실 입구에서는 검은 옷을 입은 여자 직원이 검은 실로 뜨개질을 하고 있었다.

내리막을 갈 때 판석 깔린 길은 조심스레 발을 디뎠고, 매번 같은 발을 먼저 내밀었으며, 붓꽃 정원을 통과하고, 너도밤나무숲 아래를 지나, 울퉁불퉁 말발굽자국들이 찍히고 움직임이 재빠른 흙길로 바뀌었다. 정원들과 공원들은 우리 아이의 다리가 자라는 것보다 더 빠르게 움직이는 것 같았고, 아이가 네 살이 됐을 무렵, 나무들과 꽃 피는 관목들은 단호하게 바다로 향했다. 마치 기차가 서지 않는 작은 역의 플랫폼을 빠르게 스쳐지나갈 때 홀로 서서 지루해하는 역장이 보이는 것처럼, 이런저런 회색 공원의 경비원들은 공원이 흐르고 또 흘러감에 따라 멀어져갔고, 공원은 우리를 오렌지나무와 산딸기 덤불, 병아리 솜털 같은 미모사, **연질자기**처럼 흠 없는 하늘을 향해 남쪽으로 데려갔다.

언덕에 조성된 계단식 정원은 돌계단 한 걸음 한 걸음마다 요란한 메뚜기가 튀어나오는 테라스의 연속이었고, 바위 턱에서 턱으로 떨어지며 바다로 향했는데, 올리브나무와 협죽도는 해변 풍경을 먼저 보겠다고 서두르다 하마터면 서로 걸려 넘어질 뻔했다. 그곳에서 번쩍이는 바다를 배경으로 햇빛의 아지랑이가 일렁이는 가운데, 우리 아이는 사

---

* 덩굴식물이 타고 오를 수 있도록 만든 정자 형태의 구조물이나 통로.

진에 찍히기 위해 무릎을 꿇은 채로 꼼짝 않고 있었다. 우리가 보존한 사진 속의 바다는 우윳빛 얼룩처럼 보이지만 실제로는 은빛 감도는 푸른색이었으며, 더 먼 곳에 자줏빛 섞인 푸른색의 거대한 얼룩이 보였다. 그것은 난류暖流가 호소력 있는 옛 시인들, 그들의 청명한 직유와 합작한 결과이자, 그 확증이었다(멀어지는 파도에 조약돌이 구르는 소리가 들리는가?). 그리고 바다가 핥은 사탕 같은—레몬 맛, 체리 맛, 페퍼민트 맛—유릿조각들, 줄무늬 조약돌들, 안쪽에 광택이 흐르며 작게 홈이 파인 조개껍데기들 사이에서 때로는 아직도 아름다운 유약과 빛깔을 간직한 작은 도자기 조각들이 나타났다. 그것들은 당신이나 내게 건네져 검사를 받았고, 만약 쪽빛 갈매기 무늬라든지 잎사귀 무늬의 줄이라든지 어떤 것이든 재미있는 문양이 있어 귀중하다는 판단이 내려지면, 그것들은 딸깍 소리와 함께 장난감 양동이 안으로 던져졌고, 그렇지 않은 경우엔 퐁당 소리와 함께 물보라를 일으키며 바다로 되돌아갔다. 우리 아이가 발견한 마욜리카 도자기의 살짝 볼록한 조각들 중 하나는, 그 테두리의 소용돌이 무늬 끝부분이, 내가 1903년 같은 바닷가에서 발견한 파편의 무늬와 정확하게 들어맞으며 서로 이어지리라고 믿는다. 그리고 그 두 조각은 1882년 망통의 해변에서 어머니가 발견한 세번째 조각과도, 백 년 전 어머니의 어머니가 발견한 같은 도자기의 네번째 조각과도 일치할 것이라고 믿는다. 이런 식으로 계속해서, 조각들이 모두 보존되고 하나로 합쳐진다면 완전한, 절대적으로 완전한 항아리가 되었을지도 모른다. 언제 어디인지 아무도 모르는 시간과 장소에서 어느 이탈리아 아이가 깨트린 항아리가, 이제 여기 있는 청동 못들로 수리되는 것이다.

1939년 가을에 우리는 파리로 돌아갔고, 이듬해 5월 20일 무렵에는 다시 바다 근처에 있었으니, 이번에는 프랑스의 서쪽 해안에 자리한 생나제르였다. 그곳에서 마지막으로 작은 정원에 둘러싸인 당신과 나, 그리고 우리 사이에 있는 여섯 살 된 우리 아이는 그 정원을 통과해 부두로 걸어가고 있었으며, 정면에 보이는 건물들 너머에서 우리를 뉴욕으로 데려다줄 정기선 샹플랭이 기다리고 있었다. 그 정원은 프랑스인들이 부르는 것을 발음 그대로 표기하자면 '스크와르'였고, 러시아인들에게는 '스크베르'라고 불렸다. 아마도 그런 종류의 정원이 영국에서는 대개 공공 광장square 안이나 인근에 자리했기 때문일 것이다. 과거의 최종 한계선과 현재의 경계에 놓인 그 정원은 내 기억 속에 기하학적 도안으로만 남아 있는데, 그것을 손쉽게 그럴듯한 색색의 꽃으로 채워넣을 수도 있을 것이다. 하지만 그렇게 한다면 내가 처음부터 손대지 않고 겸손히 귀기울여온 순수한 기억의 침묵(나 자신의 피로 탓에 혈압이 올라 생긴 이명이 우연히 끼어들었다면 그건 제외하고)을 부주의하게 깨는 일이 될 것이다. 이 무채색으로 피어난 도안에 대해서라면, 단지 그것이 대서양 건너편의 정원 및 공원과 기발한 주제적 연관성을 지녔다는 것을 기억할 뿐이다. 길의 끝에 다다랐을 때, 갑자기 당신과 나는 뭔가를 봤지만, 아이에겐 그것을 가리켜 보이지 않았다. 그가 욕조에서 가지고 놀던 장난감 배에 비하면 거짓말처럼 거대하고 비현실적인 진짜 원형을 발견하고 경험하게 될 황홀한 충격과 환희를 있는 그대로 누리게 해주기 위해서였다. 그곳, 우리의 눈앞, 우리와 항구 사이 집들의 행렬이 군데군데 끊겨 있던 곳, 빨랫줄에 걸려 케이크워크*를 추는 하늘색과 분홍색 속옷 또는 엉성한 주철 발코니를

기묘하게 공유하는 여성용 자전거 한 대와 줄무늬 고양이 한 마리처
럼, 시선이 온갖 방해물에 맞닥뜨리던 바로 그곳에서, 지붕과 벽의 뒤
엉킨 각도 사이로, 빨랫줄 너머에 나타난 웅장한 배의 굴뚝을 알아보는
것보다 만족스러운 일은 없었다. 마치 숨은 그림—선원이 숨긴 것을
찾아라**—을 찾아낸 것과 같이, 한번 눈에 들어오고 나면 보지 않으려
해도 볼 수밖에 없는 그런 것이었다.

* 19세기 미국 남부의 흑인 노예 사회에서 유래한 춤.
** 1988년에 출간된 프리실라 메이어의 나보코프 연구서 제목.

'16장' 또는 『결정적 증거』에 대하여'*

내 앞에 두 권의 회고록이 나란히 놓여 있다. 한 권은 러시아에서 태어나 지금은 이 나라 시민이 된 작가의 것이고, 다른 한 권은 위대한 미국 교육학자의 손녀가 쓴 책이며, 둘 다 극도로 공들인 작업물이다. 이처럼 완성도 높은 두 권의 책이 거의 같은 날 서평자의 책상에 올라오는 일은 흔치 않다.

나보코프 씨를 숭배하는 소수의 애독자들이 그의 신작 출간에 들떠 있는 것도 무리는 아닐 것이다. 부제를 '회고록'이라 붙이는 것이 당연한 조치로 보이기는 하지만, 『결정적 증거』에는 진실한, 어느 정도 진실한, 또는 의도적으로 허구를 섞은 기존의 자서전들과는 확연히 구별

---

* 나보코프는 자서전의 일부로 여기에서 처음 출간되는 이 가짜 서평을 '16장'이라고 불렀지만, 타자 원고에는 '『결정적 증거』에 대하여'라고 적어뒀다(아마 이 글을 발표할 생각을 접은 뒤 어느 시점으로 추정된다). 1950년에 쓰인 이 글은 『결정적 증거』에 기반하고 있으므로, 일부 표현(특히 전사법에 관한 부분)은 나보코프가 훗날 『말하라, 기억이여』에서 수정한 내용과 일치하지 않는 곳이 있다. (원주)

되는—반드시 장점이라고 하기는 어려운—특징들이 있다. 그 독창성
이 〔브론〕 양의 『라일락이 피어 있는 동안When Lilacs Last』*의 모든 페
이지에 배어 있는 깊은 인간적 온기만큼 매력적이지는 않을지 몰라도,
한편으로는 지적인 독자라면 결코 놓칠 수 없는 독특한 즐거움을 내포
하고 있다.

나보코프 씨의 책은 자서전이라고 보기에는 특이하고 기이한 존재
다. 이 책이 무엇인지를 설명하기보다 무엇이 아닌지를 설명하는 편이
더 쉬울 것이다. 이를테면, 이 책은 다른 예술 분야의 전문가들이나 고
위 공직자들이 흔히 내놓는 수다스럽고 형식 없이 늘어지기만 하는,
일기장 메모에 지나치게 의존하는 종류의 회고록이 아니다("수요일
밤 열한시 사십분경 아무개 장군에게서 전화가 왔다. 나는 그에게 이
렇게 말했다—"). 또 문학적인 것과 개인적인 것을 섞어 미지근하게
끓인 국물에 특이한 재료 몇 조각을 띄운 전업 작가의 요리도 아니다.
더욱이 통속적이고 번지르르한 추억담, 작가가 스스로를 삼류 소설의
경지에 올려놓으며 밑도 끝도 없는 (엄마와 이웃, 엄마와 아이들, 빌과
아빠, 빌과 피카소의) 대화들을 뻔뻔스러울 정도로 장황하게 늘어놓는
그런 종류도 아니다. 어떤 인간의 뇌로도 그와 같이 특정한 형식으로
기억을 보존할 수 있을 리가 없다.

서평자가 보기에 『결정적 증거』의 영구적 의의는, 개인적이지 않은
예술 형식과 극히 개인적인 삶의 이야기가 만나는 지점에 있다. 자신
의 과거 인생의 가장 먼 영역까지 탐색해 주제의 자취 또는 주제의 흐

---

* 허구의 작가가 쓴 허구의 책이며, 미국 시인 월트 휘트먼이 에이브러햄 링컨을 추모
하며 쓴 시에 '라일락이 앞마당에 피어 있는 동안'이라는 구절이 있다.

름이라 부를 만한 것들을 찾아내는 것이 나보코프의 방식이다. 일단 어떤 주제가 발견되면, 그는 그것을 오랜 세월에 걸쳐 집요하게 따라간다. 전개 과정에서 그 주제는 그를 인생의 새로운 영역으로 이끈다. 마름모꼴 모양의 예술과 굽이치는 기억의 근육은 하나의 힘 있고 유연한 움직임으로 결합해, 풀과 꽃 사이를 미끄러지듯 지나쳐 마침내 햇볕으로 데워진 넓적한 돌 위에 풍성하게 몸을 말아올리는 듯한 문체를 만들어낸다.

물론 나보코프의 방식은, 기억이 허락하는 한 가장 진실된 개인적 경험을 소재로 하지 않는다면 아무런 의미도 갖지 못할 것이다. 선택하는 장치는 예술의 몫이지만, 선택되는 부분은 가공되지 않은 삶에 속해 있다. 나보코프의 기억력은, 특히 스무 살까지의 삶에 관해서는 거의 비정상적이라 할 정도로 뛰어나다. 그러니 그로서는 자신이 세운 계획을 지켜나가는 일이 다른 회고록 작가들보다는 훨씬 수월했을 것이다. 즉, 무슨 일이 있어도 끝까지 진실에 충실하고, 설사 빈틈이 있다고 해도 그럴듯한 논리적 개연성을 소중히 간직해온 기억인 양 끼워넣는 유혹에 빠지지 않겠다는 계획 말이다. 한두 군데 정도 조사를 통해 어떤 사실이 애초부터 잘못 기억됐다는 점이 드러났을 수는 있다. 혹은 기억이 흔들릴 때, 이성이 즉각 보낸 손쉬운 개연성이라는 구원책에 무의식적으로 항복했을 수도 있다. 예컨대 『뉴요커』 게재 당시의 12장에서 작가는, 어떤 편지가 자신에게 어떻게 도달했는지를 모호하게 묘사했는데, 이번 판에서는 그 부분을 돌연 또렷하게 기억해낸 사실로 바꿔놓았다. 그 장에 언뜻 무관해 보이는 새로운 소재를 삽입함으로써, 티나지 않고 매끄럽게, 기억이 잃어버렸던 실마리를 뜻밖의 장소에서 붙잡도록 했다. 또다른 장(7장)에서 나보코프는 글을 쓰다가 개 한 마리의 이름이 좀처럼 기억나지 않아 애를 먹었던 실제 상황을, 이야기의 전개 속에, 그 짜임의 일부로서 그대로 남겨뒀다—그 이름은 집필 도중에 마음속 비밀의 감방으로부터 갑자기 풀려났다.

　독자는 책 전반에 걸쳐 이런저런 주제선主題線이 복잡하게 꼬여 있거나, 디딤돌처럼 이어지거나, 미소 지으며 위장하고 있는 모습들을 직접 찾아내는 즐거움을 누리게 될 것이다. 몇몇 주요 선과 수많은 하위 선이 존재하고, 모든 선이 체스 문제나 각종 수수께끼를 연상시키는 방식으로 얽혀 있지만, 결국 모든 선은 체스의 승격*을 지향하며, 사실상 이것이 거의 모든 장에서 등장하는 주제가 된다. 조각 퍼즐, 문장紋章이 그려진 체커판, 특정한 '리듬의 패턴', 운명의 '대위법적' 성질, 삶이 체스에서처럼 '여러 수手를 뒤섞는' 방식, 러시아가 멀어지는 동안 선상에서 벌인 체스 한 판, 시린의 소설들, 체스 문제에 대한 그의 관심, 깨진 도자기 조각들 위의 '표장標章', 그리고 주제의 나선을 완성하는 마지막 숨은그림찾기.

　'무지개' 주제 역시 아주 매혹적이다. 처음에는 스테인드글라스, 축제 조명, 물감, 보석 등 단순한 색채의 배열에서 시작해, 점차 산속 풍경이나 물방울이 떨어지는 나무 아래에서 사춘기 시인이 처음으로 시적 흥분을 경험하는 순간까지 이어지며 하나의 프리즘과 같은 형체를 갖춰간다. 독자가 기꺼이 따라가고 싶을 '산책과 길'이라는 주제도 있다. 조상 대대로 내려오는 숲과 사유지의 오솔길들은 떡갈나무 길에서

* 폰이 체스판의 끝에 도달하면, 폰과 킹을 제외한 말로 변화할 수 있다. 가장 강력한 말인 퀸으로 승격되는 경우가 많다.

370

시작되어, 러시아의 숲과 토탄 늪에 기묘한 아메리카의 환영이 나타나는 곳을 지나, 마침내 바다와 다른 수평선으로 빠져나가는 공원과 정원으로 발전한다. 아마도 이 책에서 가장 감동적인 주제는 '망명'의 선일 것이며, 이에 대해서는 다시 언급하게 될 것이다. 어떤 의미에서 나보코프는 혁명이 자신의 유년 시절 풍경을 빼앗아가기 훨씬 이전부터 향수의 모든 슬픔과 기쁨을 겪고 있었다. 그는 자신의 어린 시절이 성숙한 창작의 핵심 요소들을, 축소된 크기로나마 품고 있었음을 입증하려 한다. 마치 무르익은 번데기의 얇은 껍질 너머로 아직 작은 날개집 안에 있는 나비의 색채와 무늬가 어렴풋이 보이고, 머지않아 껍질을 찢고 나와 번데기보다 몇 배는 큰 날개를 펼칠 나비의 축소판이 드러나는 것처럼.

수수께끼를 푸는 것은 인간 정신의 가장 순수하고 근본적인 행위다. 앞서 언급한 모든 주제선은 점차 하나로 모이면서, 미묘하고도 자연스럽게 서로 얽히고 수렴한다. 이는 예술이 기능하는 방식인 동시에, 개인적 운명의 전개 속에서 발견할 수 있는 절묘하면서도 자연스러운 접촉 방식이기도 하다. 그래서 책의 말미로 갈수록, 나보코프가 곤충학 연구에서 다뤘던 의태, 곧 '암호 같은 위장'의 주제는 수수께끼 주제, 체스 문제의 함정 뒤에 숨겨진 해법, 깨진 도자기 조각들의 무늬를 맞춰보는 일, 새로운 나라의 윤곽을 간신히 알아보게 되는 숨은그림찾기와 랑데부하게 된다. 다른 주제선들도 같은 지점으로 서둘러 수렴해온다. 마치 예술과 운명이 공동으로 만들어내는 축복받은 문합吻合을 의식적으로 갈망하는 것처럼. 수수께끼 주제의 해결은 망명의 주제, 책 전체에 흐르는 '본질적 상실'의 주제 해결과도 맞물린다. 그리고 이 선들은 다시 무지개 주제의 절정('마노* 속 삶의 나선')과 합쳐지며, 책 곳곳에 있던 여러 정원 길, 공원 산책로, 숲속 오솔길이 모여드는 지극히 기분좋은 **원형교차로**에서 하나가 된다. 작가가 자신의 인생을 마치 알 수 없는 게임의 플레이어들에 의해 미리 계획한 것처럼 보이도록 구상하고, 그 계획에서 한 치도 벗어나지 않기 위해 이토록 막대한 기억력과 창조적 집중력을 발휘해야 했다는 점은 새삼 존경심을 불러일으킨다.

블라디미르 나보코프는 1899년 상트페테르부르크에서 태어났다. 그의 아버지 역시 블라디미르라는 이름을 가졌고, 고도로 교양 있는 유럽인이자 학자형 정치가였으며, 건장하고 쾌활한 반항아였다. 아버지의 형제들과 사돈들은 기껏해야 태평스러운 보수주의자였고, 최악의 경우 노골적인 반동주의자였지만, 그의 아버지는 의회에서, 독자가 많은 정기간행물에서, 차르 체제의 전제적 경향과 부당함에 맞서 싸운 자유주의자 모임에 속해 있었다. 오늘날 미국 독자들이 제정 러시아에 관해 아는 정보는 20년대 이 나라에 퍼진 공산주의 선전과 친소비에트적 발언들에 의해 완전히 오염되었기 때문에, 혁명 이전 러시아에서 문명인들이 얼마나 자유롭게 의견을 표명했고 실제로 얼마나 많은 일을 해낼 수 있었는지를 『결정적 증거』의 여러 대목을 통해 알게 되면 꽤나 놀랄 것이다.

나보코프 가문이 속해 있던 부유한 지주계급 상류층의 삶은 미국 남부의 풍요로운 삶과 어느 정도 비슷한 면이 있었으며, 영국이나 프랑

---

* 석영과 다른 물질이 혼합된 광물. 줄무늬가 아름다워 보석이나 장식품으로 쓰인다.

스의 장원 저택 생활과도 매우 흡사했다. 작가가 어린 시절 시골에서 보냈던 여름들은 특히 그를 형성하는 데 결정적 역할을 한 것으로 보인다. 그 지역은 드넓은 숲과 늪 사이사이 작은 마을들이 흩어져 있는 곳으로 인구는 적었지만, 셀 수 없이 많은 오래된 길들(태곳적부터 제국 전체를 거미줄처럼 엮어온 신비한 길들)이 열매 따는 사람이나 방랑자, 영주의 예쁜 아이들이 숲에서 길을 잃지 않도록 지켜주고 있었다. 그 길들, 그리고 그 길들이 지나가거나 도달하던 황무지들은 대부분 이름이 없었기에, 대대로 지주 가문의 아이들은 프랑스어를 쓰는 가정교사들의 영향을 받아, 매일 **산책**을 하거나 자주 소풍을 다니며 그곳에 자연스럽게 이름을 붙여주곤 했다―슈맹 뒤 팡뒤, 퐁 데 바슈, 아메리크, 이런 식으로.

『결정적 증거』의 저자도, 재미있는 우연의 일치로 『라일락이 피어 있는 동안』의 저자도, 다섯 남매의 맏이였다. 그러나 〔브론〕 양과 달리, 나보코프는 자신의 형제자매, 1900년, 1911년에 태어난 두 남동생과 1902년, 1906년에 태어난 두 여동생에 대해 거의 언급하지 않는다. 자기 자신의 인격에 집중하는 강렬한 힘, 곧 예술가의 지칠 줄 모르며 꺾이지 않는 의지는 필연적으로 어떤 결과를 낳기 마련인데, 방금 언급한 현상도 틀림없이 그중 하나일 것이다.

작가의 허락을 받아, 나는 여기서 그의 가족을 우연히 접했던 몇 번의 일화를 밝힐 수 있게 되었다. 역시 미국 시민이 된 그의 사촌은 어린 시절 나보코프의 여동생들과 막내 남동생이 이상할 정도로 손쉽게 서정시를 썼다고 말해줬다(그 세대의 수많은 러시아 젊은이들이 공유했던 재능이다). 20년대 초(아마도 1923년) 프라하에서 열린 어느 문학의 밤 행사에서는, 프란츠 카프카의 친구이자 도스토옙스키와 로자노프를 체코어로 옮긴 뛰어난 번역가가 내게 나보코프의 어머니를 손가락으로 가리켜 알려줬다. 키가 작고 머리가 희끗희끗하며 검은 옷을 입은 여성이었고, 맑은 눈과 빛나는 피부를 지닌 나보코프의 여동생 옐레나가 함께 있었다. 30년대 파리에 머물던 시절에는 나보코프의 남동생 세르게이와 어쩌다 만난 적이 있었다. 두 사람은 나이 차이가 1년도 채 나지 않았지만, 사춘기 초부터 완전히 다른 삶을 살아온 듯했다. 서로 다른 학교를 다녔고, 서로 다른 친구들 무리와 어울렸다. 내가 알던 세르게이는 쾌락주의의 아지랑이 속을 부유하고 있었는데, 특정 유형의 미국 작가가 자주 묘사하던 몽파르나스의 코즈모폴리턴 무리와 어울려 지냈다. 그의 언어적, 음악적 재능은 타고난 나태함 속에 용해되어버렸다. 나는 그의 어린 시절이 부모의 사랑을 한 몸에 받았던 맏아들만큼 행복하지는 못했으리라 짐작할 수밖에 없다. 세르게이는 앵글로색슨에 동조했다는 혐의를 받았고, 여성스러운 외모에도 직설적이고 두려움을 모르는 성격 탓에 독일군에 체포되어 1944년 강제수용소에서 죽었다.

최초의 기억 속 어린 시절을 회상하는 『라일락이 피어 있는 동안』의 아름다운 대목에서, 〔브론〕 양은 이렇게 말한다. 세계는 안전했고, 그 세계에서는 단풍나무 수액을 채취하는 일이나 어머니가 구워주던 생일 케이크 같은 것들이 자연스럽고 영원한 고정 요소였다고. 오늘날 뉴잉글랜드의 상류층이나 필라델피아의 명문가에서 소박하고 근면했던 두어 세대 전 조상들에게 느끼는 것처럼 친숙하고 사랑스러운 세계였다고 말이다. 반면 나보코프가 회상하는 과거의 세계는 투명하고 깨지기 쉬운 유리 같은 독특한 분위기를 지니고 있으며, 이는 그의 책을 관통하는 주요 주제 중 하나다. 나보코프는 예리한 통찰력으로, 이후의 상실에 대한 기묘한 예감들이 어린 시절 내내 따라다녔다고 강조한다—어쩌면 그 덕분에 어린 시절의 기쁨이 더욱 선명해졌을지도 모른다. 상트페테르부르크 육아실의 눈에 잘 띄는 자리에는 '사냥 장면을 그릴 때 흔히 그러하듯 밝고 쾌활한 영국풍으로 그린, 조각 퍼즐로 만들기에 안성맞춤인' 작은 채색화가 걸려 있었다. 그 그림은 망명중인 한 프랑스 귀족과 그 가족을 유머러스하게 묘사한 것이었다. 초원에는 데이지꽃이 흩뿌려져 있고 파란 하늘 아래 어딘가에 소가 한 마리 있으며, 뚱뚱하고 나이든 귀족은 알록달록한 얼룩무늬 조끼와 암갈색 반바지를 입고서 우유 짜는 의자에 맥없이 앉아 있었다. 아내와 딸들은 부드러운 색감의 빨래들을 빨랫줄에 널고 있었다. 나보코프 가문의 시골 영지 곳곳에서, 그의 부모는 마치 오랜 여행 끝에 돌아온 사람들처럼, 손에 잡히지 않는 과거, 그러나 늘 현재처럼 존재하는 과거에 벌어졌던 사건들을 기념하는 여러 장소를 가리켜 보여주곤 했다. 크림의 정원에 있는 삼나무 가로수길(백 년 전 푸시킨이 걸었던 길)에서, 어린 나보코프는 자신의 행동이나 말을 회상하는 어조로 논평하며, 낭만적인 문학을 좋아하던 한 여자 친구를 즐겁게 해주기도 하고 짜증나게 하기도 했다. 그의 동행이 훗날 회고록을 (푸시킨을 다룬 회고록들 같은 문체로) 쓰게 된다면 쓸 법한, 살짝 점잔 빼는 문장들이었다. "나보코프는 체리를 좋아했다, 특히 잘 익은 체리를." "그는 낮게 걸린 태양을 볼 때 눈을 가늘게 뜨는 버릇이 있었다." "우리가 잔디로 덮인 언덕에 기대어 누워 있었던 어느 날 밤을 기억한다." 이런 식이었다. 확실히 바보 같은 놀이였지만, 지금 와서 보면 오히려 별로 바보같이 느껴지지 않는다. 그것은 예고된 상실, 곧 삶에서 잃게 될 것들, 떠나가는 것들, 죽어가는 사랑스러운 것들을 어떻게든 붙잡아보려 한 애처로운 시도였으며, 삶을 미래의 회상이라는 관점에서 바라보려 한 시도, 아니 필사적인 노력이었기 때문이다.

1917년 봄에 혁명이 일어났을 때 나보코프의 아버지는 임시정부에 참여했고, 이후 볼셰비키 독재 정권이 권력을 장악하자, 그는 나약했으나 아직 자유를 잃지 않았던 남부에서 잠시 존속한 또 하나의 임시정부의 일원이 되었다. 이들 러시아 지식인 집단은, 자유주의자든 비非공산주의 사회주의자든, 서구 민주주의자와 기본 관점을 공유하고 있었다. 하지만 오늘날 미국 지식인들은 공산주의자 혹은 공산주의가 배후에 있는 자료를 통해 러시아 역사를 배웠기 때문에, 그 시기에 대해서는 사실상 아무것도 모른다. 볼셰비키 역사는 당연히 혁명 이전의 민주주의 투쟁을 깎아내리고 축소하고 심하게 왜곡했으며, 저속한 선전용 욕설('반동분자' '앞잡이' '파충류' 등)을 퍼부었다. 이는 오늘날 소비에트 언론이 미국 공무원들을 '파시스트'라고 불러 경악시키는 방식과도 다를 바 없다. 단지 그 경악이 30년 늦었을 뿐이다.

나보코프의 책을 읽은 독자는, 이 나라에서 한때 레닌주의자였던 이들과 불만을 품게 된 스탈린주의자들이 현재 소비에트 러시아를 대하는 태도가, 볼셰비키 혁명 직후부터 30년 동안 러시아 지식인들이 망명자 간행물에서 줄곧 표명했으나 지지받지 못했던 견해와 놀라울 정도로 닮았다는 사실을 알아차리게 될 것이다. 우리의 열광적인 급진주의자들이 소비에트 러시아 앞에 엎드려 경배하고 있었던 바로 그 시기에 말이다. 이 망명 정치 논객들은 소비에트 체제의 진정한 본질과 필연적인 진화 방향을 이해하는 데 있어 시대를 수십 년 앞서 간 것이었거나, 아니면 기적에 가까울 만큼 날카로운 직관과 통찰력을 지니고 있었던 셈이다.

우리는 〔브론〕 양의 대학 시절을 생생하게 그려볼 수 있다. 하지만 『결정적 증거』의 저자의 경우는 그렇지 않다. 그도 분명히 수업에 출석했을 텐데 그런 이야기는 전혀 하지 않기 때문이다. 소비에트시대가 막 시작될 무렵 러시아를 떠난 나보코프는 케임브리지대학교에서 학업을 마쳤다. 1922년부터 1940년까지 그는 유럽의 곳곳, 주로 베를린과 파리에 머물렀다. 참고로 덧붙이자면, 나보코프가 양차 세계대전 사이의 베를린에서 느낀 상당히 음울한 인상은, 스펜더 씨*가 같은 시대를 회고한 훨씬 서정적인 회상(몇 년 전 『파르티잔 리뷰』에 실렸다), 특히 '지독하게 잘생긴 독일 청년들'에 대한 언급과 비교해보면 매우 흥미롭다.

유럽에서 지낸 자발적 망명 시절의 문학활동을 묘사하며, 나보코프 씨는 자신을 3인칭으로 '시린'이라고 부르는 다소 성가신 방식을 채택한다. 그는 이 필명으로, 규모는 작지만 매우 교양 있고 안목이 까다로운 러시아 망명 사회에서 잘 알려져 있었고, 지금도 그러하다. 확실히 그는 이제 러시아 작가이기를 그만뒀기 때문에, 거리낌없이 시린의 작품을 자기 것과 분리해 논할 수 있게 되었다. 하지만 그의 진짜 목적은, 자기 자신, 혹은 적어도 자기 자신의 가장 소중한 일부를, 자신이

---

* 영국의 시인이자 비평가 스티븐 스펜더.

그리는 그림 속에 투사하는 데 있는 듯하다. 이는 과학철학이 제기하는 '객관성' 문제를 떠올리게 한다. 어떤 관찰자가 우주 전체를 상세하게 그린다. 하지만 다 그리고 나서 보니, 그림에 뭔가가 빠졌다는 사실을 깨닫는다. 바로 자기 자신이다. 그래서 그는 자기 자신을 그림 속에 집어넣는다. 그러자 또다시 '자신'이 그림 밖에 남는다. 이런 식으로 투사는 무한히 이어진다. 마치 한 소녀가 자신의 사진을 들고 있고, 그 사진 속 소녀도 자신의 사진을 들고 있으며, 그 사진 속 소녀마저 자신의 사진을 들고 있는, 인쇄 상태가 거칠어 더이상 알아볼 수 없을 때까지 반복되는 광고처럼. 사실 나보코프는 한 단계 더 나아가, 시린이라는 가면 아래 바실리 시시코프라는 세번째 페르소나를 만들어냈다. 이는 그가 망명 비평가들 가운데 가장 재능이 뛰어났던 게오르기 아다모비치와 10년에 걸쳐 이어온 논쟁의 산물이었다. 아다모비치는 처음에는 시린의 산문을 거부했다가, 마지못해 인정했고, 마침내 열렬한 찬사를 동원하며 칭송하게 되었지만, 그의 시만큼은 끝까지 무시했다. 어느 평론지 편집자의 든든한 협조를 얻어, 나보코프 – 시린은 시시코프라는 이름을 쓰게 됐다. 1939년 8월 어느 날, 아다모비치는 (파리에서 발행되던) 러시아어 신문 『신보』에 게재된 평론에서, (역시 파리에서 발행되던) 계간지 『현대의 수기 *Sovremennyja Zapiski*』 제69호를 논평하며 시시코프의 시 「시인들」을 극찬했고, 러시아 망명 사회가 마침내 위대한 시인을 배출한 것 같다고 암시했다. 같은 해 가을, 같은 신문에서 시린은 자신이 '바실리 시시코프'와 나눴다는 가상의 인터뷰를 길게 게재했다. 아다모비치는 비틀거리면서도 여전히 투지를 내보이면서 그것이 농간이었다는 생각은 들지 않는다고 응답했고, 시린이 시린 자신의 역량을 넘어서는 영감과 재능을 연기해낼 만큼 창의적일지도 모르겠다고 덧붙였다. 얼마 지나지 않아 제2차세계대전이 발발했고, 파리의 러시아문학은 종말을 맞았다. 『결정적 증거』의 저자는 문학 인생을 회고하며, 자신은 호의적인 것이든 악의적인 것이든 비평에 언제나 철저히 무관심했다고 강조하는데, 나는 그 말을 온전히 믿기가 어렵다. 여하튼 그 자신이 쓴 비평들에서 그는 종종 잔인하고 앙심을 품은, 때로는 어리석기까지 한 기질을 드러내곤 했다.

우리는 어떻게 단어 속에 감춰진 거대한 비밀을 배워나가는가? 외국인은 대개 후천적으로 습득한 언어에 대해 완전한, 원어민과 같은 감각을 익히지 못한다는 사실을 우리는 알고 있다. 유년기부터 그 말이 조용히 흡수되고 무의식적으로 학습되는 환경에서 자라지 않았던 데다, 한 단어가 다른 단어들과 어떻게 맞물리는지, 한 시대가―그 시대의 문헌과 기록되지 않은 전통과 일반적인 대화 방식과 함께―어떻게 다음 시대로 흘러들어가는지를 체감하며 살지 않았기 때문이다. 과거의 왕국을 향한 〔브론〕 양의 아름답고 연민어린, 지극히 여성적인 탐색에는, 나보코프가 극복해야 했던 어려움이 하나 빠져 있는 셈이다. 물론 이 러시아 작가는 어린 시절 영어 가정교사들을 두었고, 영국에서 3년의 대학 시절을 보내기도 했다. 나보코프가 영어로 쓴 소설(『서배스천 나이트의 진짜 인생 *The Real Life of Sebastian Knight*』과 『벤드 시니스터 *Bend Sinister*』)을 논할 때 콘래드의 사례를 끌어온다면, 나보코프가 성취한 업적의 핵심을 놓치게 된다. 콘래드의 영어 문체는 엄밀히 말해 미화된 상투적 표현의 집합에 지나지 않는다. 또한 콘래드에게는 영국에서 작가생활을 시작하기 전 20년 동안 폴란드문학에 심도 있게 참여한 경험이 없었다. 반면 나보코프는 영어로 전향하기 전에 이미 여러 장편과 수많은 단편을 러시아어로 발표한 작가였고, 모국에서 그의 책들이 금서가 되었음에도 러시아문학사에서 확고한 자리를 차지한 작가였다. 두 사람 사이의 유일한 공통점이라면, 영어가 아니라 프랑스어를 선택했어도 이상하지 않았으리라는 점 정도일 것이다. 실제로 나보코프가 했던 첫번째 시도, 즉 모국어가 아닌 언어로 창작한 첫 산문은 30년대 중반에 프랑스어로 쓴 단편 「마드무아젤 오」였고, 폴랑에 의해 『므쥐르』에 게재됐다(작가 자신이 상당 부분의 허구를 들어낸 영어판은 『애틀랜틱 먼슬리』에 실렸다가, 이후 『아홉 개의 단편들』에 수록됐다). 그 이야기는 새롭게 개정 증보되고 허구의 마지막 남은 흔적까지 지워진 상태로 이 책의 5장에 자리를 잡았다. 서평자는 파리의 콘서트홀에서 열린 한 **문학의 밤** 행사에서—아마 1937년일 것이다—나보코프가 유창한 프랑스어로 강연하는 모습을 본 묘한 기억이 있다. 그날 밤 강연하기로 되어 있던 헝가리 여성 작가는 지금은 잊혔지만 당시에는 프랑스에서 베스트셀러가 된 (물고기잡이 살쾡이가 등장하는) 책을 쓴 **유행하는** 작가였는데, 강연 몇 시간 전에 올 수 없다는 전보를 보내왔다. 그래서 강연회 주최자 중 한 명이었던 가브리엘 마르셀이, 급히 나보코프를 설득해서 대타로 푸시킨에 관한 프랑스어 강연을 하게 했다(이 강연은 나중에 『신 프랑스 평론*Nouvelle Revue Française*』에 실렸다). 강연자의 **무상행위**(오든 씨*가 귀엽게도 여성 명사로 잘못 알고 있는 단어)를 앞두고 객석에서는 이상한 소동, 일종의

---

* 영국 태생으로 미국에서 활동한 시인 W. H. 오든.

소용돌이가 일었다. 헝가리 이민자들이 표를 잔뜩 구입했는데, 일부가 프로그램이 바뀌었다는 것을 알자마자 자리를 뜨고 있었다. 나머지 헝가리인들은 아무것도 모른 채 태평하게 남아 있었다. 프랑스인 참석자들도 상당수 빠져나갔다. 무대 옆에서는 헝가리 공사가 나보코프와 격렬하게 악수를 나누고 있었는데, 그를 여성 작가의 남편으로 착각한 것이었다. 사태를 인식한 러시아 망명자들은 충성스럽게 모여들었고, 점점 커지는 객석의 빈자리를 메꾸느라 애쓰고 있었다. 나보코프의 충실한 친구 폴과 루시 레온은 그를 위해 제임스 조이스를 깜짝 손님으로 데려왔다. 맨 앞줄은 헝가리 축구팀이 차지하고 있었다.

오늘날 나보코프 씨가 자신이 젊은 시절 작가로서 방랑했던 궤적을 돌이켜본다면 분명 이상한 느낌을 받을 것이다. 현재 그는 아내, 아들과 함께 시민권을 얻은 이 나라에 살고 있다. 또한 긴 방학 동안 서부에서 나비 사냥에 몰두하는 무명의 문학 교수로 간단히 위장한 채 행복하게 지내고 있는 듯하다. 그는 나비학자들 사이에서는 종합적 접근보다 분석적 접근을 선호하는, 다소 괴짜 분류학자로 알려져 있다. 미국 과학 잡지들에 그가 발견한 새로운 종이나 새로운 형태의 나비에 관한 논문이 발표됐으며, 다른 곤충학자들이 그의 이름을 따서—문외한 기자들이 지나치게 감동하는 과학계의 전통이다—나비와 나방을 명명하기도 했다. 나보코프의 모식표본들은 뉴욕의 미국 자연사박물관과 하버드의 비교동물학박물관에 소장되어 있다. 비교동물학박물관을 방문했을 때, 그곳 직원은 내게 1943년 유타의 위새치산맥에서 나보코프가 발견한, 놀라울 정도로 다양한 형태를 지닌 속屬에 속하는 작디작은 나방 몇 마리를 보여줬다. 그중 하나를 맥더노는 '에우피테키아 나보코비'라고 이름 붙였다. 이는 『결정적 증거』에서 소년 시절 나보코프가 그 그룹에 속하는 새로운 나비의 발견을 꿈꿨던 것에 대해 열렬히 이야기한 주제선이 만족스럽게 해결되는 장면이다.

이 책의 기술적인 측면에 관해 몇 가지 언급해둘 사항이 있다. 나보코프는 러시아어를 전사하는 방법에서 상당히 애를 먹었다. 일관성을 유지하려면 톨스토이를 Tolstoj로(집으로domoj와 운이 맞는다), 도스토옙스키를 Dostoevskij로, 넵스키를 Nevskij로, 그리고 체호프를 Chekhov가 아니라 Chehov로 표기했어야 한다. 그러나 그는 널리 알려진 이름들은 관용적인 표기 그대로 두는 쪽을 택했다(다만 단어 말미에는 일관되게 i를 썼다). 서유럽 언어에 정확한 대응이 없는 특수한 모음, i와 u가 반씩 섞인 모음은 i나 j를 사용할 경우 기존 용법과 충돌할 수 있었기 때문에 모두 y로 옮겼다(얄타Yalta가 유일한 예외다).

『결정적 증거』의 열두 개 장은 『뉴요커』에 먼저 발표됐는데, 여기서 사정을 좀 아는 서평자로서 몇 가지를 설명해두고자 한다. 우선 현재의 본문과 『뉴요커』판을 비교해보면, 여러 군데에서 적잖은 분량의 새로운 내용이 추가됐음을 알 수 있다(특히 3장, 6장, 10장, 12장에서 두드러진다). 예를 들어 나보코프 씨의 선조 탐방, 유럽에서 나비를 채집하며 겪은 고난, 폴렌카 이야기의 삽입, 상트페테르부르크와 크림 해안에서의 생활에 관한 여러 가지 새로운 세부 묘사 등은 모두 『뉴요커』에 실렸던 것을 다시 책으로 묶는 과정에서 나보코프가 덧붙인 것들이다. 이밖에도 열두 개 장 어디에나 크고 작은 수정으로 인해 생겨난 다양한 변화들이 존재한다.

다음으로, 훨씬 덜 중요한 차이점이지만, 현재 본문에서는 『뉴요커』

판에서 삭제됐던 자잘한 단어나 어구가 작가에 의해 복원된 것을 알 수 있다. 당시 『뉴요커』 측의 요구에 그가 마지못해 동의하며 삭제했던 것들이다. 『뉴요커』가 '가정용 잡지'이기 때문이기도 했고(10장 3절의 마지막 부분이 대표적 사례다), 또 특이한 표현을 쓰면 머리가 썩 좋지 않은 일부 독자들이 이해하지 못할 것이라는 잡지 측의 비관적인 판단 때문이기도 했다. 후자의 경우 나보코프 씨가 늘 순순히 물러선 것은 아니었고, 치열한 공방이 이어졌다. 눈꺼풀이 내려앉는 밤*을 둘러싼 전투에서는 나보코프가 패했다. 그가 승리한 전투도 있었다.

마지막으로 문법 교정 문제가 있었다. 이런 종류, 아니 어떤 종류의 교정이라도 그 옛날 『현대의 수기』가 시린의 러시아어 산문에서 문장을 수정하겠다며 허락을 구해왔다면, 나보코프에게는 아주 끔찍한 모욕이었을 것이다. 그러나 영어로 글을 쓰는 작가로서 나보코프는 늘 불안을 느꼈다. 그의 영어는 박력 있고 경쾌하지만, 문법 오류로 미끄러지는 경향이 있었고, 가끔 전반적인 세련됨에 비해 놀라울 만한 수준의 오류를 범했다. 그래서 『뉴요커』 편집자들이 제안한 사소한 개선들, 즉 도치를 바로잡고, 어색하게 늘어진 표현을 다듬고, 긴 문장을 둘로 나누고, 관례적으로 which를 that으로 바꾸는 일을 나보코프 씨는 기꺼이, 또 감사하게 받아들였다. 소규모 충돌이 벌어진 경우는 대개, 편집자들이 본의 아니게 나보코프가 소중히 여기는 리듬을 파괴했거나, 어떤 암시를 잘못 해석했거나, 혹은 다른 문단에 떨어져 있는 he, she, we를 모조리 명사로 바꿔치기해 작은 독자가 작은 머리를 긁

---

* 이 책의 2장 1절에 나오는 대목.

적이지 않도록 고쳤을 때였다. 특히 선행사 실종 사건이 자주 반복해서 일어났다. 이것 때문에 수차례 드잡이가 벌어졌고, 이 과정에서 골수 반ℝ선행사주의자인 나보코프는 여러 번 패배하면서도 가끔은 값진 승리를 거뒀다.

나보코프와 『뉴요커』의 협업 초기에는, 모호한 부분을 명료하게 만들고 문장을 다듬으려는 편집부의 시도가, 나중에 비해 훨씬 더 거침없고 빈번했던 것으로 보인다. 그때마다 작가는 괴로운 울부짖음을 토해냈고, 잡지의 취향에 굴복해야 하는 상황에 자괴감을 느끼며 투덜거리기도 했다. 하지만 시간이 흐르면서 편집부는 결국 깨달았다. 통근 중인 독자가 이해하기에는 무리라고 보이는 두 개의 아이디어를 잇기 위해 견고한 다리를 놓는 노동이, 아무리 선의에서 비롯됐다고 해도 불필요한 수고였음을. 왜냐하면 풍경을 망치는 그 다리를 부수거나, 들어올리거나, 위장하기 위해 작가가 더 많은 노력을 기울였기 때문이다.

그러나 독자에게 이 문제의 다른 면까지 보여줘야 한다. 모든 편집자의 질의에는 깊은 공감과 섬세하고 애정어린 배려가 담겨 있었다. 간혹 고통스럽지만 표현을 수정해야 한다는 요구를 단호하게 제기할 때도, 편집자들은 늘 언어의 '더미dummies'를 제시해서 작가의 검토를 받았고, 이의를 제기한 표현이 어떤 것이든 실제로 수정하는 작업은 나보코프 자신에게 맡긴다는 원칙을 지켰다. 일단 글이 채택되고 나면, 작가에게는 교체나 삭제 제안을 거부할 자유가 있었다. 가끔 로스 씨가 설명이나 보완을 요구할 때면("그 집에 욕실이 몇 개나 있었나요?") 나보코프 씨는 기꺼이 받아들였고, 덕분에 근사한 새 단락이 탄생하기도 했다. 이 모든 과정에서 나보코프와 연락을 주고받은 캐서린 화이트는, 모든 줄표와 쉼표를 일일이 확인하고, 기분 상한 작가를 달래며, 나보코프의 문체를 최대한 지켜내기 위해 온갖 수고를 아끼지 않았다. 작가와 편집자가 서로 얼마나 조화롭게 합의했는지는, 나보코프가 자신의 까다로운 문장 구조에 대한 교정뿐 아니라『뉴요커』특유의 아름답고 '치밀한' 문장부호 체계를 대부분 적극적으로 받아들였다는 사실에서 충분히 입증된다. 마지막으로『뉴요커』의 뛰어난 조사부는 이름, 숫자, 책 제목 등에서 실수한 나보코프 씨—그는 세세한 것에 집착하는 성향을 지닌 동시에 심한 건망증의 소유자였다—를 여러 번 구해냈다. 이따금 그가 조사부의 발견에 동의하지 않은 경우도 있었고, 그럴 때마다 꽤 재미있는 실랑이가 벌어졌다. 그중 하나가 대서양 횡단 정기선 샹플랭의 굴뚝에 관련된 것이었다. 나보코프는 분명히 굴뚝이 흰색이었다고 기억하고 있었다.『뉴요커』의 사실 확인 담당자는 프랑스 선사에 문의했고, 선사 측은 샹플랭이 1940년에는 위장 도색을 하지 않았으며, 프랑스 선박의 굴뚝이 보통 그렇듯이 빨간색과 검은색이었다고 답했다. 나보코프는 형용사를 아예 빼버릴 수는 있겠지만, 자신이 분명히 기억하는 색을 다른 색으로 바꾸는 것은 어떤 경우에도 불가능하다고 답했다. 그러면서 어쩌면 생나제르 군 당국이 그 굴뚝을 다시 칠해놓고 뉴욕에 있는 프랑스 선사 사무실에는 알리지 않았을지도 모른다고 의심했다.

나보코프와『뉴요커』의 관계를 이처럼 길게 이야기한 이유는 독자들이 이와 같은 사정을 알고 스스로 판단을 내릴 수 있어야 한다고 생각하기 때문이다. 편집자가 작가에게 그가 아끼는 문장이 문법적으로 엉망이고, 그것을 개선하지 않는 한 글을 실을 수 없다는 사실을 설득력 있게 보여준다면, 작가의 완전성이라는 문제는 애초에 제기될 여지조차 없다고 본다. 반면, 잡지가 평균 독자의 수준을 과소평가해 암시나 우회적 표현, 숨겨진 의미를 이해할 능력이 없다고 무시하는 경우라면, 나는 금전적 손해가 따르더라도 작가가 양보해서는 안 된다고 믿는다.

바버라 〔브론〕의 균형감각과 훌륭한 취향, 뉴잉글랜드의 개울물처럼 반짝이는 순수하고 단순한 문체는『결정적 증거』의 저자에게는 없는 특성들이다. 나보코프에게는 독자를 거슬리게 하는 점이 있다. 작풍에서 드러나는 고유한 기벽들, 잘 알려지지 않은 질병에 대해 잘 알려지지 않은 과학자들이 만들어낸 용어를 아무렇지 않게 가져다 쓰는 일, 이해하기 어려운 감각들에 집착하는 경향, 전사법을 적용하는 이중 잣대(러시아어 발화를 직접 옮길 때는 올바른 표기 체계를 사용하면서, 이름을 옮길 때는 타협의 흔적으로 얼룩진 다른 체계를 쓰는 것), 혹은 갑자기 불쑥 체스 문제를 던져놓는(그러고는 '비숍을 어디로 옮겨라'는 식의 결정적인 수를 알려주지 않는) 태도가 그렇다. 그러나 나보코프의 애독자들은 이렇게 반박할지도 모른다.『거울 나라의 앨리스』의 작가도, 그의 어린 독자들 대다수가 즐길 거라고 기대하기 어려운 탁월한 체스 문제를, 기꺼이 권두화에 실어놓지 않았느냐고.

그리고 특정 독자들(문화적 의미에서의 중상류층 독자들)이 반드시 불편해할 문제가 하나 더 있으니, 바로 프로이트, 만, 엘리엇 같은 작가들에 대한 나보코프의 태도다. 전통과 예의범절은 그들이 레닌이나 헨리 제임스와 마찬가지로 존경받아 마땅하다고 가르쳐왔다. 나보코프는 20년대부터 줄곧 정신분석의 해몽학과 신화 제조를 노골적으로 조롱해왔다. 그의 불손한 표현에 따르면 토마스 만은 쥘-로맹 롤랑-골즈워디 계열에 속하며, 업턴과 루이스 사이 어딘가에 위치한다(로맹은 수학적으로 싱클레어와 같다). 그는 중상류층 비평가들이 만과 엘리엇의 석고상을 프루스트와 조이스의 대리석상 옆에 나란히 세워두는 모습을 보며 발작에 가까운 냉소를 터뜨린다. 엘리엇의 시가 본질적으로 진부하다는 그의 주장에 동의할 사람은 많지 않을 듯하다. 클린스 브룩스 씨가 어딘가에서 능숙하게 정리한 말을 빌리자면, "엘리엇 씨가 이 대목(불쌍한 웨스턴 양의 책에 나오는 부분)을 보았는지 안 보았는지, 또는 의도적으로 참조했는지는 차치하고서라도, 한 여성을 모욕한 것은 세속화 과정의 아주 좋은 상징(강조는 인용자)이 되고 있다". 나보코프가 엘리엇의 최근 희곡이 거둔 대중적 성공을 "주티즘Zootism, 실존주의Existentialism, 티토주의Titoism"와 같은 범주에 넣은 것은 아마도 재치 있어 보이려는 의도였을 것이다. 그리고 소규모 문예지에서 허스키한 목소리로 노래하는 뮤즈—결혼 전 성姓은 엘리오토비치—를 숭배하는 모든 사람은 T. S. E.를 "미국문학의 월리 심프슨*"이라고 부른 나보코프의 발언이 지독히 나쁜 취향의 농담이라는 데에 격하게 동의할 것이다. 도스토옙스키를 향한 그의 경멸 역시 마찬가지로 러시아인들을 부들부들 떨게 만들고, 미국 유수 대학의 학자들도 고개를 저을 수밖에 없게 만든다. 나보코프가 20년대와 30년대 미국 비평가들이 지켜온 감상적 숭배에 전혀 영향을 받지 않은 이유는, 아마도

---

* 스캔들을 일으키며 영국 국왕 에드워드 8세와 결혼해 이후 윈저 공작부인이 된 월리스 심프슨을 가리킨다. T. S. 엘리엇과 월리스 심프슨은 미국에서 태어나 영국으로 귀화했다는 공통점이 있다.

같은 시기에 '재즈시대'나 '대공황 이전'의 유행과는 아주 동떨어진 러시아 망명자들의 금욕적 세계에서 시대정신 없는 삶을 살았기 때문일 것이다.

그러나 이 모든 결점에도 불구하고 『결정적 증거』는 여전히 중요한 기여로 남는다. 이 책은 여러 의미에서 '결정적 증거'가 되지만, 그중에서도 이 세계가 보이는 것만큼 나쁘지만은 않다는 사실을 명백히 보여주는 결정적 증거다. 나보코프 씨는 꼭 했어야 하는 작업을 매우 유능하게 수행해낸 것에 대해 축하를 받아 마땅하다. 그의 회고록은 책을 사랑하는 독자의 서가에서 레프 톨스토이의 『유년 시절』, T. S. 엘먼*의 『아멘 코너*Amen Corner*』, 바버라 〔브론〕의 『라일락이 피어 있는 동안』의 옆자리를 영원토록 차지하게 될 것이다. 그러면 이제 『라일락이 피어 있는 동안』에 대해 이야기해보겠다.

---

* T. S. 엘리엇과 토마스 만의 이름을 조합한 것으로 보인다.

도판

1955년 어느 친절한 미국인 관광객이 찍어준 사진. 나보코프 일가가 살던 집을 볼 수 있다. 프레스코화 등 이탈리아풍으로 장식된 이 분홍색 화강암 건물은 현재 레닌그라드가 된 상트페테르부르크의, 현재 게르첸 거리가 된 <u>모르스카야</u> 거리 47번지에 있다. 알렉산드르 이바노비치 게르첸(1812~1870년)은 유명한 자유주의자(그는 경찰국가가 이런 식으로 그를 기리는 것을 기뻐했을 리 없다)이자, 내 아버지가 가장 좋아했던 책 중 하나인 『지나간 것들과 명상*Biloe i Dumï*』을 쓴 재능 있는 작가였다. 내 방은 3층이었고, 퇴창 위에 있었다. 거리 가장자리에 늘어선 보리수나무는 당시엔 없었다. 불쑥 등장한 녹색 잎들이 내가 태어난 2층 동쪽 모퉁이 방 창문을 가리고 있다. 국유화된 후 이 집은 덴마크 사절단의 숙소로 쓰였고, 더 나중에는 건축 학교가 들어섰다. 보도 옆에 서 있는 작은 세단은 사진을 찍은 이의 것으로 추측된다.

할아버지 드미트리 니콜라예비치 나보코프(1827~1904년). 1878년부터 1885년까지 법무장관을 지냈다.

할머니 마리아 폰 코르프 남작영애(1842~1926년). 1850년대 후반의 모습이다.

코즐로프 가문 태생의 외할머니 올가 니콜라예브나 루카비시니코프 (1845~1901년). 1885년 무렵 상트페테르부르크에서.

아버지 블라디미르 드미트리예비치 나보코프(1870~1922년)가 학생이었던 1885년 무렵 세 형제와 함께 찍은 사진(왼쪽부터 드미트리, 콘스탄틴, 세르게이). 당시 아버지는 제3김나지움을 졸업하고 놀라울 만큼 이른 나이에 대학에 입학할 예정이었다. 콘스탄틴 삼촌은 열한 살 혹은 열두 살이었고, 여전히 집에서 교육을 받고 있었다. 드미트리 삼촌과 세르게이 삼촌은 '프라보베트', 즉 상류층 자제들이 다니던 황실 법학원의 학생이었다.

남동생 세르게이와 내가 각각 한 살과 두 살이던 1901년 12월 비아리츠에서 찍은 사진(가발을 썼는지 안 썼는지의 차이만 있을 뿐 같은 아이로 보인다). 우리는 그해 겨울 포에서 지내다가 비아리츠로 왔던 것 같다. 프랑스 남부로 떠난 첫 여행에서 기억나는 것은 물기가 어려 반짝이던 지붕뿐이다. 이후 두 번은 비아리츠(1907년 가을과 1909년 가을), 또 두 번은 리비에라(1903년 늦가을과 1904년 초여름)로 여행을 갔다.

서른다섯 살의 아버지와 일곱 살의 나. 1906년 상트페테르부르크에서.

아버지와 루카비시니코프 가문 태생
의 어머니 옐레나 이바노브나 나보
코프(1876~1939년). 1900년 상트
페테르부르크 지역에 있는 비라 영
지의 정원 테라스에서.

어머니와 외삼촌 바실리 이바노비치
루카비시니코프(1874~1916년).
1913년 10월 바스퍼레네 지역의 포
에 있는 그의 성 테라스에서.

1908년 8월 상트페테르부르크의 사진사가 비라의 우리집 정원에서 찍은 가족사진. 아버지는 막 감옥에서 나온 직후였고, 다음날 어머니와 함께 스트레사로 떠날 예정이었다. 나무줄기에 달린 동그란 물건은 활쏘기 과녁이다. 어머니는 사진 찍기를 무서워했던 트레이니를 철제 탁자 위에 세워뒀는데, 2장에서 버섯 이야기를 할 때 언급했던 그 탁자다. 할머니는 내 두 여동생을 장식용으로 불안정하게 안고 있는데, 실제로는 한 번도 안아준 적이 없었다. 무릎 위에 있는 아이가 올가, 어깨에 있는 아이가 엘레나다. 우리 정원에서 가장 오래된 구역, 어둡고 깊은 숲이 배경이 되었다. 검은 옷을 입은 사람은 어머니의 이모, 코즐로프 가문 태생의 프라스코비야 니콜라예브나 타르놉스키(1848~1910년)다. 그녀는 우리 부모님이 이탈리아로 여행을 떠난 동안 우리와 가정교사들을 돌봐주기로 되어 있었다. 남동생 세르게이가 그녀의 왼쪽 팔꿈치에 달라붙어 있고, 나는 다른 쪽 팔에 안겨 있다. 나는 내 칼라도 밉고 스트레사도 밉다는 표정으로 벤치 팔걸이에 걸터앉아 있다.

서른네 살 어머니의 파스텔 초상화(60cm×40cm). 1910년 상트페테르부르크 우리집의 음악실에서 레온 박스트가 그렸다. 여기에 실린 복제품은 같은 해 그의 감독하에 제작된 것이다. 그는 어머니의 떨리는 입술 윤곽을 그리는 데 특히 애를 먹었으며, 때로 작은 부분 하나를 묘사하기 위해 온종일 앉아 있기도 했다. 그 결과 실물과 무척이나 닮은 작품이 나왔고, 이 작품은 그의 예술가로서의 발전 과정에서 흥미로운 단계를 보여주는 것이기도 하다. 부모님은 또한 발레 〈셰에라자드〉를 위해 그가 그린 수채화를 여럿 소장했다. 약 25년 뒤 파리에서 알렉상드르 브누아는, 소비에트 혁명 직후 박스트의 모든 작품과 더불어 자신의 〈비 오는 날의 브르타뉴〉와 같은 작품 일부가 우리집에서 알렉산드르 3세 미술관(현재의 국립 미술관)으로 옮겨졌다고 말해줬다.

1915년의 나보코프, 상트페테르부르
크에서.

1918년 11월 얄타에서, 열아홉 살의
나보코프와 형제자매들. 키릴은 일
곱 살이다. 세르게이(안타깝게도 사
진의 결함으로 이상하게 나왔다)는
테 없는 코안경을 쓰고 얄타 김나지
움의 교복을 입고 있으며 열여덟 살
이다. 올가는 열다섯 살이고, 엘레나
(박스 2세를 꼭 붙들고 있다)는 열
두 살이다.

1920년 봄의 나보코프, 케임브리지에서. 서서히 캠강의 매력을 발견해 갈 무렵, 처음에 더 제대로 된 배인 카누나 너벅선보다 노 젓는 보트를 선호했던 것은 러시아인으로서는 자연스러운 일이었다.

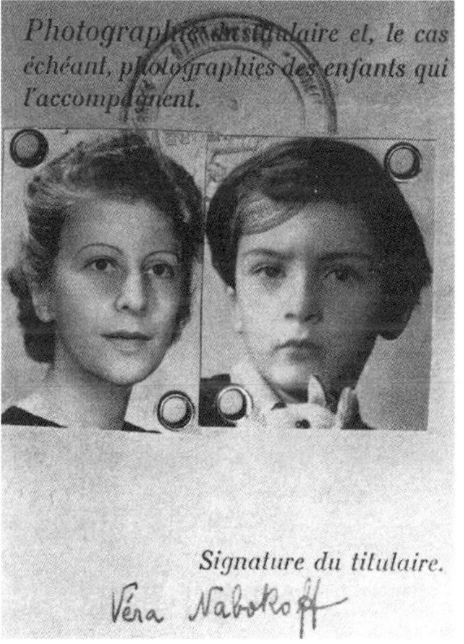

1940년 4월 파리에서 촬영한, 아내 베라와 다섯 살 된 아들 드미트리의 난센 여권 사진. 몇 주 뒤인 5월, 우리의 유럽 시대 마지막 장은 이 책에서와 같이 끝을 맺게 된다.

아내가 포즈도 취하지 않은 나를 몰래 찍은 사진. 나는 호텔방에서 소설을 쓰고 있다. 장소는 동부 피레네 르불루에 있는 온천 호텔이다. 날짜는(사진 속 달력으로 보건대) 1929년 2월 27일이다. 소설 『루진의 방어』는 미친 체스 선수가 만들어낸 방어술에 관한 이야기다. 테이블보 무늬에 주목하라. 잉크병과 넘쳐나는 재떨이 사이에 반쯤 비어 있는 골루아즈 담뱃갑이 보인다. 달Dahl의 네 권짜리 러시아어 사전에 기대어 세워둔 가족사진들도 보인다. 내 튼튼한 흑갈색 펜 홀더(어린 참나무로 만들어진 애용품으로, 나는 이것을 유럽에서 창작활동을 했던 20년 내내 사용했으며, 지금도 뉴욕 이타카의 딘스에 보관해둔 트렁크 중 하나에 들어 있을지 모른다)의 끝은 이미 꽤 씹혀 있다. 글을 쓰는 내 손이 전시판 더미를 일부 가리고 있다. 날씨가 흐린 밤이면 열린 창문을 통해 봄 나방이 날아들어와 내 왼편의 불 밝혀진 벽에 내려앉았다. 그런 식으로 우리는 자나방 희귀종 여러 마리를 완벽한 상태로 채집해, 즉시 전시판 위에 올릴 수 있었다(지금은 미국의 박물관에 있다). 평범한 스냅사진이 한 인생을 이토록 정확하게 압축해 보여주는 일은 드물다.

수년 전 상트페테르부르크에서 전차 차장의 시 전집을 보고 놀랐던 일이 기억난다. 특히 그의 사진이 흥미로웠는데, 사진 속에서 그는 제복을 입고 튼튼한 부츠를 신었으며 옆 마룻바닥에는 새 고무 덧신 한 켤레가 놓여 있었고, 그가 차려 자세로 서 있는 곳 근처 사진작가의 콘솔 위에는 차장의 아버지가 전쟁에서 받은 훈장들이 있었다. 현명한 차장이여, 선견지명 있는 사진작가여!

1937년 12월 초 망통의 하숙집 레스페리데스에 앞에 서 있는 나와 세 살배기 아들 드미트리(1934년 5월 10일생)를 아내가 찍은 사진이다. 우리는 그로부터 22년 후 그곳을 다시 찾았다. 집주인과 현관 가구 말고는 전혀 달라진 것이 없었다. 물론 되찾은 시간에는 늘 자연스러운 흥분이 따르기 마련이다. 그러나 그 정도 말고는, 어쩌다 이런저런 나라에 있는 망명자들의 옛 거처를 다시 방문해도 별다른 감흥이 없었다. 겨울 모기가 극성이었던 것이 기억난다. 모기들은 방의 불을 끄기가 무섭게 달려들었고, 그 불길한 윙윙거림에는 서두르지 않되 서글프고 경계하는 듯한 리듬이 있어서, 악마 같은 벌레가 미친듯이 빠르게 공중을 맴도는 속도와 묘한 대조를 이뤘다. 어둠 속에서 놈이 건드리길 기다렸다가, 침대보 밑에서 조심스레 팔을 꺼내 힘차게 자신의 귀를 후려쳤다. 그러면 갑자기 귓속에서 울리는 윙윙거림이 멀어져가는 모기 소리와 섞여들었다. 하지만 다음날 아침, 흰 천장에 앉아 있는 작고 두툼한 검은 막대기—자신을 괴롭히고 포식한 놈을 발견하면, 얼마나 부랴부랴 나비채를 향해 손을 뻗었던지!

이 작은 나비는 윗면은 흐린 청색, 아랫면은 옅은 회색이며 두 가지 표본이(왼쪽은 수컷 정모식표본正模式標本의 양면으로 한쪽 뒷날개가 조금 손상됐고, 오른쪽은 수컷 부모식표본副模式標本의 양면이다) 미국 자연사박물관에 보존되어 있다. 그곳에서 촬영한 사진에 의해 여기서 처음 공개되는 이 나비는 부전나비속 (푸른부전나비) 코르미온 나보코프 Plebejus (Lysandra) cormion Nabokov다. 첫번째 이름은 속屬, 두번째는 아속亞屬, 세번째는 종種, 네번째는 최초로 기재한 사람을 뜻한다. 나는 1941년 9월 『뉴욕 곤충학회지Journal of the New York Entomological Society』 제49권 265쪽에 이 나비를 기재했고, 후에는 부모식 표본의 생식기 도해를 제시했다(1945년 10월 26일, 『프시케』 제52권 도판 1). 내가 지적한 바와 같이, 나의 나비는 (넓은 의미에서) 초크힐푸른나비Plebejus (Lysandra) coridon Poda와 멜레아그로스푸른나비Plebejus (Meleageria) daphnis Schiffermüller의 교잡에서 탄생했을 가능성이 있다. 살아 있는 유기체들은 분류학자들만큼 종이나 아속의 구분에 집착하지 않는다. 내가 두 마리 수컷의 표본을 얻고, 적어도 두 마리를(비록 암컷은 아니지만) 더 목격한 것은, 1938년 7월 20일(부모식표본)과 22일(정모식표본) 알프마리팀의 무리네 마을 근처 해발 4천 피트 정도 되는 곳에서였다. 이름을 얻을 만큼 대단한 것은 아닐지 모르지만, 무엇이든 간에—신종의 초기 형태든 놀라운 변종이든 우연한 교잡의 산물이든—여전히 굉장하고 황홀한 희귀종이다.

기억의 예술가 나보코프

블라디미르 나보코프는 20세기를 목전에 둔 1899년 4월 러시아 상트페테르부르크의 부유한 귀족 집안에서 장남으로 태어났다. 영국식 문화에 젖은 교양 있는 가정에서 자라난 그는 어려서부터 함께 지내던 영국인과 프랑스인, 러시아인 가정교사들에게 다양한 교육을 받았으며, 러시아어를 읽기도 전에 영어 읽는 법부터 배웠다. 소년 나보코프는 러시아의 도시와 시골, 유럽 휴양지를 오가는 윤택한 생활 속에서 나비 채집에 몰두했고, 사랑에 빠져 시를 짓는 행복한 청년으로 자라났다. 그러나 첫 시집이 나왔을 즈음에 그의 인생은 예상치 못한 방향으로 길을 틀었다. 볼셰비키 혁명의 여파로 1919년 가족과 함께 크림 반도로 도피한 나보코프는 결국 러시아를 떠나 서유럽으로 향했다. 그리고 영국 케임브리지대학교 트리니티 칼리지에 입학해 러시아문학과 프랑스문학을 공부했다. 그가 학업을 끝마칠 무렵, 전제군주제와 볼셰비키 독재에 단호히 맞선 자유주의자였던 그의 아버지는 베를린에서 러시아 극우 테러리스트에게 암살당했다. 가족은 뿔뿔이 흩어져 살았다. 그는 1925년 유대계 러시아인인 베라 슬로님과 결혼했고 1934년 아들 드미트리를 얻었다. 1925년부터 약 15년 동안 나보코프는 '시린'이라는 필명으로 첫 장편소설 『마셴카』를 포함해 여러 단편과 장편을 발표하며 망명 문단의 주목을 받았다. 그러나 글쓰기만으로는 생활을 유지할 수 없었기에, 외국어나 테니스를 가르치며 생계를 꾸려가야 했다. 1938년 나보코프 가족은 나치가 점령한 독일을 떠나 프랑스 파리로 이주했고, 제2차세계대전이 발발하자 1940년 다시 미국으로 건너갔다. 그의 어머니는 세계대전 발발 전날 프라하에서 세상을 떠났고, 파리에 남은 남동생 세르게이는 1945년 강제수용소에서 영양실조로 죽었다. 나머지 세 동생과는 20년이 지나서야 재회할 수 있었다.

1940년 뉴욕에 다다랐을 당시 나보코프는 모든 것을 잃은 사람이었다. 그 무엇도 남아 있지 않았다. 러시아 곳곳의 너른 영지와 저택은 사라져버린 지 오래였다. 하루아침에 조국을 잃고 갈 곳이 없어진 가족들은 낯선 땅에 흩어진 채 하나둘씩 죽어가고 있었다. 20년의 방랑 생활을 버텨가며 써낸 러시아어 소설들마저 아무 소용이 없었다. 더이상 그의 러시아어를 읽어줄 사람이 없었던 것이다. 모든 것을 처음부터 다시 시작해야 했던 나보코프는 미국으로 건너간 이듬해인 1941년 첫 영어 소설 『서배스천 나이트의 진짜 인생』을 발표했다. 이 소설은 러시아 출신 작가의 이복동생인 V가 죽은 형의 잘못된 전기를 바로잡기 위해 떠난 여정을 그린다. 이후 7, 8년 동안 나보코프는 영어로 장편소설 하나와 여러 단편소설을 썼으나, 소수의 독자를 거느리게 되었을 뿐 별다른 주목을 얻지 못했다. 그에게는 바야흐로 새로운 문학 인생을 꾸려가야 한다는 거대한 숙제가 있었으나, 정작 이에 전념할 시간마저 부족했다. 그는 대학에서 강의를 하거나 박물관에서 나비 연구를 하며 지냈고, 동료 교수들이 잠시 비워둔 집들로 옮겨 다니며 살았다. 그러던 중인 1947년 4월, 나보코프는 친구 에드먼드 윌슨에게 다음과 같은 편지를 썼다.

두 개의 이야기를 쓰고 있습니다. 1. 어린 소녀들을 좋아하는 한 남자에 관한 단편소설입니다. 제목은 '바닷가 왕국'이 될 겁니다. 2. 새로운 유형의 자서전입니다. 한 사람의 인격에 얼키설키 얽힌 실타래를 모두 풀어가는 과학적 시도가 될 겁니다. 가제는 '의문의 사람'입니다.

첫번째 작품은 점점 분량이 늘면서 내용이 심화됐으니, 나보코프를 경제적 곤궁에서 구해내는 동시에 그의 이름을 문학사에 아로새긴 문제작 『롤리타』다. 그리고 두번째 작품이 바로 자그마치 17년에 걸쳐 세 번이나 출간된 그의 자서전이다. 좀더 자세히 설명하자면, 1947년 당시의 나보코프는 돌이켜보면 아이러니하게도, 경제적 안정을 위해서 『롤리타』의 집필을 미루고 『뉴요커』에 자전적 에세이를 한 편씩 싣기 시작했다. 이러한 작업은 1950년까지 이어졌다. 그는 1951년 이 에세이들을 모아 각각의 제목을 없애고 연대순으로 배열한 『결정적 증거』를 출간했다. 이어 1954년에는, 때마침 미국에서 기지개를 펴고 있던 러시아 출판사를 통해 이 작품의 러시아어 번역본인 『다른 해안들』을 출간했다. 『롤리타』 출간은 1955년의 일로, 출간의 주체 또한 미국이 아닌 프랑스 파리의 작은 출판사였다. 3년 뒤, 마침내 『롤리타』가 기념비적 성공을 거두면서 나보코프는 비로소 떠돌아다니는 삶의 굴레에서 벗어나게 되었다. 그는 유럽으로 돌아갔고, 호텔에 머물며 오로지 글쓰기에 전념하는 삶을 인생의 마지막 행로로 택했다. 이 시기 나보코프는 헤어졌던 가족과 친지를 다시 만나게 되었고, 그들에게서 얻은 정보로 내용을 보완하여 지금의 이 책『말하라, 기억이여—다시 쓴 자서전』을 1967년 출간했다. 그는 무엇 때문에 이토록 오랜 시간 동안 자서전 집필에 매달렸던 것일까? 또 애초에 자서전을 『롤리타』와 동시에 집필한 이유는 무엇일까? 이와 같은 질문들은 나보코프의 예술관과 이 책의 본질을 이해하는 데 도움을 줄 것이다.

　『롤리타』를 향한 대중의 반응은 실로 뜨거웠다. 많은 사람들은 복화술사 나보코프와 그가 조종하는 가엾은 인형 험버트를 혼동하기까지 했다. 예술적 객관성이라는 소설의 본질을 무시한 채, 열두 살 소녀를 향한 중년 남자의 비뚤어진 사랑을 둘러싸고 포르노그래피 여부에 관한 논란이 일었다. 또 유럽 출신 험버트가 천박한 미국 문화를 향해 내뱉는 씁쓸한 탄식을 두고 나보코프가 반미 성향을 드러낸 것이라 속단하기도 했다. 이에 대해 나보코프는 "님펫 말고도 여러 측면에서 험버트와 나는 생각이 많이 다르다"라는 다소 구차한 글을 작품에 덧붙이기도 했다. 그러나 그럴 필요도 없이, 애초에 나보코프의 소설적 장치는 명확했다. 그는『롤리타』를 존 레이 박사라는 편집자의 손을 거친, 죄수 험버트의 회고록이라는 설정으로 출간했다. 물론 존 레이 박사 역시 험버트처럼 가상의 인물이다. 또한 1951년의 『결정적 증거』에는 나보코프가 끝까지 책에 포함시킬지 고민하다가 결국 제외시킨 마지막 장이 있었다. 최종판에 와서야 책의 일부가 된 이 '16장'은 존 레이 박사와 마찬가지로 가상의 인물인 익명의 비평가가 나보코프의 자서 전에 대해 논하는 글이다. 비평가는 책의 내용을 다루는 것은 물론, 자 신이 우연히 만났던 나보코프의 가족들 이야기, 업계인이기에 알고 있 는 나보코프와 편집자들 사이의 일화 등을 덧붙여 말한다. 즉 나보코 프는 험버트의 자서전과 본인의 자서전에 모두 허구의 인물을 투입해 허구의 틀을 씌웠고, 이러한 메타적 장치를 통해 작품의 진실성을 확 장시킨 것이다.

사실 이처럼 여러 명의 화자가 존재하는 겹겹의 작품 구조는, 러시 아 소설에서는 19세기 초 푸시킨까지 거슬러올라갈 만큼 오래된 형식 이다. 우연히 듣게 된 이야기를 전달한다든지 뜻밖에 손에 들어온 수 기를 어렵게 공개한다는 식의 소설적 장치는 우선 이야기의 진위 여부 를 애매하게 만들어, 독자로 하여금 사실과 허구 사이를 오가며 이야 기에 적극 참여하도록 유도한다. 이는 더 나아가 소설이라는 장르 자 체를, 책이라는 매체를 신선한 시각으로 바라보도록 한다. 말하자면 러시아 소설은 뿌리부터 이러한 메타적 문제의식을 지니고 있었으며, 푸시킨의 동시대인이었던 고골이나 레르몬토프, 이후 세대인 레스코 프 등 수많은 작가가 끊임없이 새로운 형식의 소설에 도전해왔던 것이 다. 이는 '리얼리즘' 문학이라 불리며 우리에게 더 잘 알려진 투르게네 프, 도스토옙스키, 톨스토이, 체호프 등의 흐름만큼이나 러시아문학의 근본적인 전통이라 할 수 있다. 그러나 미국이라는 다소 천진한 나라 에서 나보코프는 모든 것을 새롭게 시작해야만 했던 듯하다. 게다가 망명 작가였던 그는 소위 '소비에트 리얼리즘'이라는 비뚤어진 거울에 반사되어 그에게 쏟아지는 편견의 시선을 견뎌내야만 했다.

어쨌든 한 사람의 인생 이야기에 진실과 허구가 동시에 존재한다는 점, 다시 말해 이야기의 본질적 아이러니를 들여다본다는 점에서, 미국에서의 첫 작품 『서배스천 나이트의 진짜 인생』부터 자서전 『말하라, 기억이여』까지 나보코프의 문학적 행로는 한결같았다. 덧붙여 자서전의 두 영어판 사이에 발표된 1962년 소설 『창백한 불꽃』은 더욱 실험적인 형식으로 쓰였다. 넓은 의미에서 이 작품은 죽은 자의 시에 자신의 주석을 다는 식으로 완성한 의뭉스러운 자서전이라 할 수 있는데, '시'와 '주석'과 '색인'까지 책의 모든 내용물이 그럴듯한 시집 한 권을 구성함으로써 새로운 소설 형식을 이룬다. 이러한 책들을 독자에게 내밀며 작가는 다음과 같이 묻고 있는 듯하다. 과연 허구의 인물이 기록한 자서전은 소설에 가까운가, 자서전에 가까운가? 실제 인물이 쓴 자서전이라고 해서 허구의 인물이 쓴 자서전보다 더 진실하다고 말할 수 있는가? 결국 소설로서의 자서전 형식에 관한 나보코프의 관심과 몰입은 진실을 구하는 예술의 본질에 관한 고민과 맞닿아 있다. 또한 이러한 고민의 밑바닥에는 인간 존재의 근원을 이루는 말들에 대한 통찰이 있다. 허구의 인물이든 실제 인물이든, 애초에 누군가의 자서전은 그의 불완전한 말에 기대고 있다는 점에서 동일하다. 그렇다면 지나간 과거를 입증해낼 유일한 수단인 그의 말이 불완전할 수밖에 없는 까닭은 무엇인가? 그 말 역시 불완전한 기억에서 탄생했기 때문이다. 나보코프가 본인의 자서전에서 매달린 것 역시 바로 이 문제였다. 아마도 이것은 필연적이었을 것이다. 집을 잃고 가족을 잃고, 연인을 잃고, 그 잃은 것들의 기억을 전할 언어마저 잃은 가난한 망명 작가가 떠안아야 했던 첫번째 숙제였을 테니까.

롤리타를 영영 잃은 험버트가 그녀와 영원 속에 남게 될 최후의 방법으로 자서전 집필을 택했을 때, 그의 마지막 말은 다음과 같았다. "너와 내가 함께 불멸을 누리는 길은 이것뿐이구나, 나의 롤리타." 되돌릴 수 없는 시간 안에 갇힌 비극적 존재라는 점에서 나보코프는 험버트와 다를 바가 없었다. 자, 여기 소설가 나보코프가 있다. 그는 책상에 앉아 있다. '바닷가 왕국'을 집필중이다. 그곳에 그의 주인공 험버트가 있다. 잃어버린 과거에 신음하며, 돌이킬 수 없는 시간을 움켜쥐기 위해 발버둥치며. 나보코프는 짧게 신음한다. 그의 주인공을 결코 구원할 수 없으리라는 강렬한 예감이 잠시 마음을 어지럽힌다. 그는 종이에서 시선을 거두고 눈을 감는다. 그러자 잊고 있던 잔상들이 떠오른다. 푸른 파도, 젖은 모래, 그 더운 모래를 더듬는 고사리 같은 손…… 아, 그것은 자신의 손이다. 그리고 거기, 잃어버린 자신의 소녀가 있다. 소녀가 그를 본다. 그는 안도한다. 그녀가 있다. 그녀는 아직 험버트의 것이 아닌 자신의 것이다…… 잠시 후, 침묵 속에 눈을 뜬 작가는 다른 종이 위에 연필을 미끄러트린다. 이제 그는 자신의 자서전을 집필하는 중이다. 그는 자신이 보았던 모든 것을 적고, 적은 진실을 확인하며, 그 의미를 상상한다. 자신의 이야기임에도 그는 상상해야 한다. 이것은 그가 내일의 험버트를 예견하듯이 지금의 자신을 예견해온 다른 누군가의 시선을 상상해야 한다는 뜻이다. 기억 안팎에 있는 무수한 시간과 공간 속에서 나보코프는 분명히 존재해왔으나, 이제 그것은 영원히 잃어버린 자신이다. 그의 가족과 집, 러시아 숲속의 빛나는 햇살과 그곳에서 쫓아다녔던 온갖 나비들, 먼 곳에 남겨두고 온 옛사랑, 20년의 젊은 날들 동안 몸 바쳐 써냈던 러시아어 시와 소설들, 영영 사라져버린 그것들을 그는 온전히 담아낼 수 있을까……? 그에게 남겨진 것은 오직 분명치 않은 기억과, 그 기억이 전하는 말을 담을 얇은 종이와 연필뿐이다. 험버트와 나보코프가 같다면 오직 이러한 점에서다.

그러나 이 문제를 헤쳐나가는 방식에서 그는 험버트와 완전히 갈라선다. 불완전한 기억이 완전한 것인 양, 모든 것이 진실인 척하는 험버트와 달리, 나보코프는 자기 기억의 틈을 드러내고 또 드러내는 새로운 유형의 자서전 주인공이 된다. 그러므로 한때 가상의 비평가 역할을 했던 작가의 말을 빌리자면 "진실한, 어느 정도 진실한, 또는 의도적으로 허구를 섞은 기존의 자서전들과는 확연히 구별되는" 특징들을 지닌 자서전이 탄생하였으니, 이는 그의 말대로 "개인적이지 않은 예술 형식과 극히 개인적인 삶의 이야기가 만나는 지점"에서 가능한 사건이었다. 그리하여 오늘날 비평가들은 이에 응답하듯 종종 나보코프의 작품을 '기억의 예술'이라 부른다.

불멸의 책 『말하라, 기억이여』

『말하라, 기억이여』의 열다섯 장은 느슨한 연대기 형식을 따르며, 주제만 놓고 본다면 대략 네 개의 그룹으로 나뉜다. 우선 아버지와 어머니, 가문의 조상들을 다룬 1장, 2장, 3장은 가족사에 관한 장들이다. 다음으로는 어린 시절부터 청년기까지 이어진 다문화적 교육과 경험에 관한 4장, 5장, 8장, 9장이 있다. 이러한 교육으로부터 확장된 작가로서의 자의식을 보여주는 장은 11장, 13장, 14장이며, 그중에서도 6장은 나비와 나방에 관해 말한다. 마지막으로 7장, 10장, 12장은 지난 연애사에 관한 장이며 15장은 평생의 동반자였던 베라를 향한, 사실상 편지와 다름없는 형식을 취하고 있다. 내용만 놓고 보면 평범한 수기라 여길 수도 있겠지만 읽는 동안에는 결코 그렇게 느껴지지 않는다. 과거와 현재 사이를, 때로는 현재라고도 말할 수 없는 다른 시공을 자유롭게 넘나드는 작가 때문이다. 이러한 방식을 나보코프의 전기 작가 브라이언 보이드는 다음과 같이 묘사한다. "삶을 관찰하고, 순간에 집중하고, 사건을 확대하고, 환경을 재생하고, 열정이나 습관이나 기벽을 찾아내고, 그후의 상실마저도 미리 생각하며 시간이 없는 곳을 바라본다." 보이드는 이처럼 시간 순서를 따르지 않는 기술 자체가 나보코프가 지닌 '마음의 힘'을 드러낸다고 평하는데, 참으로 적절한 지적이다. 그리고 이러한 마음의 힘은 시간을 거스르거나 건너뛸 뿐 아니라 멈추게까지 한다.

느닷없이 내가 앉은 자리에서 보이는 서쪽 창문 너머로 경이로운 공중부양 장면이 펼쳐졌다. 잠깐 사이, 바람에 펄럭이는 흰 여름 양복 차림의 아버지가 허공에 장쾌하게 나타났다. 팔다리는 태평한 자세로 뻗고 있었으며, 잘생기고 침착한 얼굴은 하늘을 향해 있었다. 보이지 않는 사람들의 힘찬 함성에 맞춰 그는 세 번 날아올랐다. 두번째는 첫번째보다 더 높이 솟았으며, 마지막으로 가장 높이 날아올랐을 때는 여름날 오후의 코발트블루색 하늘을 배경으로 마치 영원히 그럴 것처럼 누워 있었는데, 그 모습이 교회의 둥근 천장에 그려진 인물들, 주름이 풍성한 옷을 입고 편안히 날아오른 천국의 인물들 같았다. 그 아래로 가느다란 밀랍 양초를 쥐고 있는 죽을 운명에 속박된 손들은 안개처럼 피어오르는 향 속에서 차례차례 작은 불꽃을 피우고, 성직자는 영원한 안식을 읊조리며, 장례식의 백합은 일렁이는 불꽃에 둘러싸인 채로 열린 관에 누운 것이 누구든 그 얼굴을 가린다.

위의 단락에서는 농부들의 헹가래에 맞춰 하늘을 나는 아버지의 모습이 소년 나보코프의 시선으로 그려진다. 소년의 자랑스러운 아버지는 가장 높이 떠오른 순간 그대로 하늘 위에 머무른다. 물론 이는 나보코프의 기억 속에서만 가능한 일이다. 일시정지 버튼을 누르기라도 한 듯 시간을 멈춰 세운 나보코프의 기억은 그 황홀한 순간을 천천히 더듬는다. 코발트블루색 하늘과 펄럭이는 아버지의 옷 모양이 보인다. 영원할 것만 같은 순간이다. 그러고 난 뒤 재생되는 장면은 갑작스럽게 방향이 바뀌어 있다. 독자는 그 하늘이 교회의 천장으로 바뀌리라고는 전혀 예상하지 못했을 것이다. 천국의 인물들처럼 날아오른 아버지의 눈부신 형체에 교회라는 단어가 끼어들며 문득 불길한 낌새가 비친다. 마치 오버랩되는 화면을 보듯, 무슨 일이 일어나고 있는지 깨닫기도 전에 독자는 밀랍 양초를 든 장례식 행렬의 손들을 보게 된다. 그리고 죽은 자의 안식을 비는 성가가 울려퍼질 무렵이면 직감할 수 있다. 백합에 가려 보이지 않는 관 속의 얼굴이 누구의 얼굴인지를.

이처럼 과거의 시간과 미래의 시간이 만나는 지점, 즉 실제로 본 풍경과 그 풍경으로부터 연상된 그림이 겹쳐지는 지점에 나보코프의 자유로운 마음이 존재한다. 이 마음이 살아 있는 한 그 순간은 영원하다. 이 영원의 순간을 늘여놓는 것은 나보코프가 열거하는 "코발트블루색 하늘"이라든지 "주름이 풍성한 옷"과 같은 생생한 이미지들이다. 물론 이러한 순간에조차 그는 이후의 상실을 떠올릴 수밖에 없는 슬픈 존재지만, 그의 상실이 여름날 오후 아버지의 비상을 더욱 찬란하게 하는 것 또한 사실이다. 그러므로 아버지가 떠오르는 순간, 그는 이미 과거에도 현재에도, 다른 어떤 시간 속에도 존재하지 않는다. 그는 오직 자신의 아들 나보코프의 시공에 존재할 뿐이다. 이처럼 시간이 없는 순간의 체험에 대하여 나보코프는 다음과 같이 말한다.

고백하건대, 나는 시간을 믿지 않는다. 나는 마법의 융단을 사용한 뒤, 한 부분과 다른 부분의 무늬가 포개지도록 접어두는 것을 좋아한다. 방문객이 걸려 넘어져도 상관없다. 시간이 없는 상태를 최고로 즐길 수 있는 것—풍경은 무작위로 골라도 된다—은, 내가 희귀한 나비들과 그들의 먹이식물 한가운데 서 있을 때다. 이것은 무아경이며, 이 무아경 뒤편에는 설명하기 어려운 무엇인가가 있다. 마치 내가 사랑하는 모든 것이 빨려 들어가는 순간적인 진공과도 같다.

순간적인 진공, 그것은 즉 필멸이라는 자연의 속성을 거부하는 나보코프만의 시공이다. 그만이 가진 기억, 그만이 할 수 있는 상상과 이해만이 그 시공을 불러낼 수 있다. 그곳에 있는 느낌을 작가는 "무아경"이라 부른다. 더 나아가 그는 "설명하기 어려운" 최상의 즐거움 속으로 오라며 독자를 유혹한다. 독자의 참여를 유도하는 나보코프 특유의 서술기법은 작품 속 여러 상징들로 체현된다. 거울, 안경, 프리즘, 무지개처럼 빛을 굴절시키는 사물이나 빛이 굴절된 모습은 작품 속에 현존하는 작가 나보코프를 각인시키는 대표적 장치로, 이 자서전에서도 시시때때로 등장한다. 빛이 굴절되는 곳에는 늘 작가가 있다. 굴절된 빛은 자연 본래의 상태를 왜곡하기도 하고, 때로는 더 눈부시게 만들기도 한다. 우리는 거울이나 안경 너머의 세상이 있는 그대로의 모습이라 믿고 살아간다. 그러나 그곳에 있는 누군가의 프리즘이 투명한 빛을 일곱 빛깔 무지개로 바꿀 수도 있는 것이다. 체스 게임이나 퍼즐 놀이 역시 빼놓을 수 없는 장치다. 소설 속 인물들은 자신들을 쥐고 흔드는 운명의 손을 의식하지 못한 채, 마치 체스판 위의 말들처럼 일사분란하게 움직인다. 때로는 그 힘에 저항하기도 한다. 하지만 롤리타를 잃지 않기 위해 필사적으로 몸부림치는 험버트의 눈은 정작 중요한 것을 보지 못하도록 가려져 있다. 그리고 그의 눈이 가려져 있을 때 독자의 눈 또한 가려진다. 독자는 자주 길을 잃는다. 빠진 부분을 채워넣을 수 없는 퍼즐 앞에 망연히 앉은 사람처럼, 독자는 대개 한 권의 책 앞에서 순종적일 수밖에 없기 마련이다.

그러나 나보코프는 이렇게 말할 것이다. 무늬는 반드시 존재한다. 단지 겹쳐 있을 뿐이다. 그것은 마치 희귀종 나비처럼 분명하면서도 모호한 존재다. 분명하면서도 모호한 존재로서의 나비는 나보코프가 그리는 세계의 본질을 드러낸다. 우리 눈앞에 존재하지만 정체를 알 수 없는 세계는 우리가 매일 마주하는 실재다. 이 세계의 본체를 밝히는 것이 과학과 예술 본연의 임무다. 이때 궁극의 이성을 탐하는 과학과 더없는 상상을 탐하는 예술은 서로를 외면하지 않는다. 아니, 오히려 이 둘은 함께 있을 때에만 존재할 수 있다. 마치 우리들 각자의 기억력이 작동하는 방식으로 말이다. 과학은 상상의 기억을 바탕으로 세계의 실제를 드러내며, 예술은 그 실제의 기억을 바탕으로 상상한다. 나보코프는 "상상력과 지식이 만나는 미묘한 지점"에 대해 말한다. 바로 이 미묘한 지점에 나보코프의 나비가 있다. 나비 연구에서는 표본하나를 채집할 때마다 치밀한 분류 작업이 이뤄지고, 종과 속을 밝히는 과정에서 다양한 변종과 아종이 속출한다. 연구자들은 나비의 학명에 명명자의 이름을 덧붙여 그를 기억한다. 이러한 의미에서 나비 연구는 본질적으로 기억의 학문이다. 초점이 잘 맞지 않는 현미경으로 작은 나비의 기관을 애써 들여다보듯, 인간은 미약한 기억력의 촉수를 세워 세계를 더듬는다. 이는 비단 인생의 회고록을 쓸 때에만 일어나는 일이 아니다. 우리의 기억은 매분 매초 작동하고 있으며, 이 기억이 말할 때에야 우리는 비로소 자기 자신이 존재해왔음을 확인할 수 있는 것이다. 물론 "놀랍게도, 평범한 사람은 나비를 거의 알아채지 못한다"는 나보코프의 말처럼, 작은 진실들은 늘 잊히긴 하지만.

생존을 위해 의태擬態하는 곤충처럼, 무의미하게 잊히고 싶지 않았던 작가 나보코프는 자신의 새롭고 낯선 언어 뒤에 숨어야 했다. 겉보기에 그것은 러시아어가 아닌 영어였고, 수수께끼를 품은 정교한 무늬가 아로새겨진 그림이기도 했다. 궁극적으로 그것은 흘러가는 시간 속에서 영원을 꿈꾸던 그의 기억이었다. 그러므로 그는 자신이 "사랑하는 모든 것이 빨려 들어가는 순간적인 진공" 속에서 자기 과거와 현재

뿐 아니라 미래까지도 보려 했다. 그렇게 해서 결국 그의 기억은 살아남았다. 그가 필멸자의 숙명을 맞이한 후에도 다른 누군가의 기억 속에서 살게 되었다. 본래, 모든 책의 주인공은 미래의 독자를 기다리는 존재 아니던가. 기억은 책의 본질이다. 『롤리타』는 험버트의 말이요, 기억이요, 그 모든 것으로 빚어진 한 권의 책이었다. V는 『서배스천 나이트의 진짜 인생』을 썼다. 그리고 먼 과거에서부터 지금의 우리를 기억하고 상상했던 또 한 명의 주인공이 있었으니, 그는 이미 자신의 불완전한 모든 것을 우리 손에 내맡겼다. 간절한 사랑의 밀어와 함께.

"너와 내가 함께 불멸을 누리는 길은 이것뿐이구나."

오정미

20여 년 전 나보코프의 자서전을 처음 만났을 때도 그랬고, 지금도 마찬가지다. 나보코프는 나로 하여금 '한 사람의 작가를 좋아한다는 것은 어떤 마음일지'를 계속 되묻게 하는 작가다. 나는 한 사람의 작가로서 나보코프를 존경하고, 그에게 감탄한다. 그의 명민한 언어와 지치지 않고 써내려가는 의식의 활동성, 그리고 그것을 지탱해온 끈기에 혀를 내두른다. 절레절레 고개를 젓는다. 아무리 작가라지만 이렇게까지 집요하게 파고들며 모든 것에 대해 적어야만 하는 걸까 반문하며. 마치 '사랑해. 그래, 사랑해. 너를 사랑해. 알아들어? 내가 너를 사랑한다고!'라며 귓전에서 끊임없이 윙윙대고 있는, 아주 집요하고 좀 징글맞기까지 한, 어디서 본 듯한 연인 같다고 상상하며.

그런데 이렇게까지 하는 것도 그로서는 그저 사랑하는 일 아니었을까? 이와 같은 물음이 고개를 들면, 나는 도저히 아니라고 반박할 수가 없다. 이 책에서 나보코프는 사랑이 아니고서는 도무지 그 이유가 설명되지 않는 열의와 헌신을 다해서, 자신이 목격했던 옛 러시아의 여명餘命을 복원해낸다. 그의 뇌세포 구석구석에 새겨진 마지막 티끌 하나까지 다 끌어모아서, 작가로서 그가 쓸 수 있는 모든 방법을 총동원해서. 비록 나라 잃은 작가에게 남은 것이라고는 불완전한 기억의 파편뿐이라 해도, 모국어가 아닌 외국어는 늘 중요한 순간 손에서 미끄러지고 마는 배반의 도구라 해도, 그는 그 불완전한 언어에 올라타 궁극의 환영까지 도달하고자 하는, 참으로 겸손하면서도 오만한 인간 의식意識의 정진을 20세기 문학의 기둥에 아로새긴다. 그것은 마치 핏물 고인 황망한 잿더미 위를 날던 한 마리 나비를 바라보고 서서 가만히 휘파람을 불어주는 것 같은 일이었다. (물론 나보코프라면 휘파람 부는 데에서 그치지 않고 포충망으로 휙 낚아채 마취시킨 뒤, 그것의 세부를 하나하나 분석하여 종을 밝혀내고 날카로운 핀으로 고정시켜 표본함에 넣어버렸을 것이다. 이게 바로 내가 그를 좀 징그럽다고 하는 이유다.)

직감하건대, 나보코프는 분명 창작의 과정을 즐긴 작가다. 아니, 즐겼다기보다 창작의 과정이야말로 인간 존재의 방식이라 믿었고, 그 믿음을 토대로 작가로서의 삶을 살아낸 작가다. 그리고 십수 년 만에 그의 자서전을 완역하게 된 오늘에 이르러, 나는 그의 믿음에 공명한다. 인간은 단 한 순간도 온전히 기억할 수가 없고, 그러므로 단 한 순간도 창작을 멈출 수가 없다. 『말하라, 기억이여』의 근간이라 주장할 만한 이 문장을 내 식대로 옮긴다면 다음과 같다. 인간은 단 한 순간도 온전히 이해할 수 없고, 그러므로 단 한 순간도 사랑을 멈출 수 없다.

사랑이라는 단어가, 나보코프에게는 참 잘 어울린다. 사랑이 아니라

416

면, 어찌 이리 작고 보잘것없는 것들까지 일일이 불러내어 제자리에 앉혀두려 할 수 있었겠는가. 문득 궁금해진다. 들판에 이름 없는 풀 한 포기 그냥 지나치는 법이 없다는 신이 세상에 이토록 많은 악과 고통을 방관하는 것은, 혹시 신도 기억력이 모자라서일까. 혹시 그 역시 시간 앞에서는 무력한 존재일까.

현재까지 인류가 체험한 세계에서 한 번 지나가면 영영 사라지고 마는 시간이란 존재는, 아니, 그 끝없는 부재는 나보코프가 순간적인 진공이라 말한 그의 기억 속에서만큼은 영속성을 보장받은 풍경이 된다. 그러기에 실로 책 속 몇몇 풍경은 숨죽이고 바라볼 만큼 아름답다. '가장 아름다운 자서전.' 나보코프의 『말하라, 기억이여』에 흔히 따르는 찬사다. 그런데 과연 이 말만으로 충분할지, 충분치 않다면 어떤 말을 덧붙여야 할지 잘 모르겠다. 다만 이제는 나도 어느새 영화를 만드는 작가가 되어버렸기에, 말 대신 문득 내 안에 떠오르는 흑백의 이미지가 한 장 있기는 하다. 그것은 즉 극진하게, 치열하게, 끝없이 팽창해가는 우주와 나란하게, 전속력으로 달리고 또 달리는 의식의 언어들을 그저 가녀린 펜촉 하나로 붙들어내며 최후의 숨결이 다할 때까지 견뎌내고 있는 어느 망명자의 굽은 어깨…… 이것이 사랑이 아니라면, 과연 무엇일까.

마지막으로 하고 싶은 말을 나보코프식으로 해보자면, 그의 굽은 어깨는 다른 구부정한 어깨들에 거듭 포개진다. 바로 오랫동안 번역의 세계를 떠나 있던 역자 대신에 이 책의 곁을 번갈아 지켜주셨던 편집자들이다. 그 모든 분께 진심을 담은 헌사를 바친다. 특히 김수연 편집자의 세심하고 다정한 손길은 나보코프의 마음속 고향, 비라의 동산

위를 소리 없이 날았던 작은 나비의 고요한 날갯짓처럼, 사라지지 않을 것이다.

2025년 12월

오정미

1. 러시아(1899~1919)

1899년	4월 22일 수도 상트페테르부르크의 귀족 명문가에서 아버지 블라디미르 드미트리예비치와 어머니 옐레나 이바노브나 사이에서 장남으로 출생. 할아버지 드미트리 니콜라예비치는 알렉산드르 2세와 3세의 치세에 법무상을 역임했고, 아버지는 관료가 되기를 거부하고 법학자의 길을 걷다가 정치에 입문하여 입헌민주당(카데트) 지도부의 일원이 된다.
1899~1910년	자유주의적 분위기의 유복한 가정에서 다방면에 걸친 최상의 가정교육을 받으며 성장. 러시아어 외에 영어와 프랑스어를 익혔고(러시아어보다 영어를 먼저 익힘), 테니스, 자전거, 권투, 체스 등 다양한 운동을 배웠으며 곤충학(특히 나비 채집과 관찰)에도 몰두한다. 체스와 나비 연구는 평생에 걸친 관심사로 자리잡아 나보코프의 삶과 문학에 깊이 관여하게 된다.
1911~1916년	테니셰프 학교에서 수학. 이 시기에 이기적이라고까지 불릴 수 있는 우월 의식에 찬 개인주의적 성향이 발현된다. 어린 시절 상트페테르부르크에서의 삶이 남긴 인상은 나보코프의 창작에 큰 역할을 한다. 특히 나보코프 가족이 여름을 보냈던 교외의 모습은 작가의 기억 속에 지상낙원으로, '그의 러시아'로 영원히 남는다.
1914년	첫 시를 씀.

1916년   『시집Стишки』을 자비로 발간하며 문학에 입문.

1917년   아버지가 부르주아 임시정부에 입각. 볼셰비키 혁명으로 임
            시정부가 붕괴되자 나보코프 가족은 크림반도로 이주.

2. 유럽(1919~1940)

1919년   크림반도가 적군에게 장악되고 내전이 적군의 승리로 끝나자
            3월에 배를 타고 영원히 러시아를 떠난다. 콘스탄티노플을
            거쳐 런던으로 간다.

1919~1922년 동생 세르게이와 함께 케임브리지대학교에서 수학. 러시아
            문학과 프랑스문학을 전공. 운명의 극적인 전환은 시인 나
            보코프의 창작에 강한 동기를 부여한다. 전 생애를 통틀어
            망명 초창기에 가장 많은 시를 쓴다.

1920년   8월에 가족이 베를린으로 이주. 아버지가 러시아어 신문『방
            향타Руль』의 편집자가 된다.『방향타』에 나보코프의 첫 번
            역과 첫 산문이 실린다.

1921년   필명 '블라디미르 시린'으로 작품을 발표하기 시작.

1922년   3월 28일 베를린에서 아버지가 러시아 극우파 테러리스트
            에게 암살당한다. 아버지의 죽음은 나보코프의 운명을 송두
            리째 흔든다. 스스로 삶을 개척해야 했던 나보코프의 전업
            작가로서의 삶이 시작된다. 6월에 케임브리지대학교를 졸
            업하고 베를린으로 이주.

1923년   3월 8일 어머니가 프라하로 이주. 베를린에서 베라 옙세예브
            나 슬로님을 만난다. 베를린에서 시집『송이Гроздь』와『천
            상의 길Горний путь』 출간.

1924년   첫 장편희곡『모른 씨의 비극Трагедия господина Морна』

420

집필.

1925년 　　4월 25일 베라와 결혼. 첫 장편소설『마셴카Машенька』
집필.

1926년 　　베를린에서『마셴카』출간. 두번째 희곡『소비에트에서 온
사람Человек из СССР』집필.

1928년 　　베를린에서 소설『킹, 퀸, 잭Король, дама, валет』출간.

1929년 　　파리에서 발행되던 러시아어 문예지『현대의 수기Современ-
ные записки』에 소설『루진의 방어Защита Лужина』발표. 어
느 망명 문인의 회고에 따르면, "망명 세대 모두의 삶을 정
당화하기 위해 불사조처럼 혁명과 추방의 불길과 재에서 태
어난 위대한 러시아 작가의 작품"이었다.

1930년 　　베를린에서 단편집『초르브의 귀환Возвращение Чорба』과
『루진의 방어』출간.『현대의 수기』에 소설『스파이Соглядатай』
발표.

1931년 　　『현대의 수기』에『위업Подвиг』연재.

1932년 　　파리에서『위업』출간.『현대의 수기』에 소설『카메라 옵스
쿠라Камера обскура』연재 후 파리에서 단행본 출간.

1933년 　　베를린에서『카메라 옵스쿠라』단행본 출간.

1934년 　　『현대의 수기』에 소설『절망Отчаяние』연재. 5월 10일에 외
아들 드미트리 출생.

1935년 　　『현대의 수기』에 소설『사형장으로의 초대Приглашение на
казнь』연재.

1936년 　　베를린에서『절망』단행본 출간.

1937년 　　나치의 위협을 피해 파리로 이주. 프랑스 문예지『신 프랑
스 평론』에 푸시킨에 관한 프랑스어 논문 발표. 프랑스 잡지
들에 프랑스어로 번역한 푸시킨 시 발표.『현대의 수기』에
소설『재능Дар』연재(체르니솁스키에 관한 4장을 제외하

고 발표). 런던에서 나보코프가 영어로 옮긴 『절망*Despair*』
          출간.

1938년   파리와 베를린에서 『사형장으로의 초대』 단행본 동시 출간.
         『카메라 옵스쿠라』를 직접 영어로 번역해 미국에서 『어둠
         속의 웃음소리*Laughter in the Dark*』 출간. 첫 영어 소설
         『서배스천 나이트의 진짜 인생*The Real Life of Sebastian
         Knight*』 집필.

1939년   3월 2일 어머니 작고.

3. 미국(1940~1960)

1940년   5월에 독일 점령군을 피해 미국으로 이주. 뉴욕의 자연사박
         물관에 일자리를 얻는다. 비평가 에드먼드 윌슨의 추천으로
         『뉴요커』에 기고.

1941년   소설 『서배스천 나이트의 진짜 인생』 출간. 웰즐리 칼리지에
         서 7년간 러시아문학 강의.

1942년   하버드대학교의 비교동물학박물관에서 6년간 연구원으로
         활동.

1944년   고골 연구서 『니콜라이 고골*Nikolai Gogol*』 출간. 푸시킨,
         레르몬토프, 튜체프의 시를 번역한 시집 『세 명의 러시아 시
         인*Three Russian Poets*』 출간.

1945년   미국 시민권 취득.

1947년   소설 『벤드 시니스터*Bend Sinister*』와 단편집 『아홉 개의
         단편들*Nine Stories*』 출간.

1948년   코넬대학교 문학부 교수로 임용되어 이후 10년간 러시아문
         학과 유럽문학 강의.

1951~1952년   하버드대학교에서 강의. 이를 바탕으로 후에 네 권의 강의
                록 출간. 『문학 강의*Lectures on Literature*』(1980), 『율리시스
                강의*Lectures on Ulysses*』(1980), 『러시아문학 강의*Lectures
                on Russian Literature*』(1981), 『돈키호테 강의*Lectures on
                Don Quixote*』(1983).

1951년   자서전 『결정적 증거*Conclusive Evidence*』 출간. 영국에서
                는 제목을 바꿔 『말하라, 기억이여*Speak, Memory*』 출간.

1952년   러시아어 시 선집 『시. 1929~1951 Стихотворения. 1929~
                1951』을 파리에서 출간. 『재능』 무삭제판 출간.

1954년   자서전을 직접 러시아어로 번역해 뉴욕에서 『다른 해안들
                Другие берега』 출간.

1955년   파리에서 소설 『롤리타*Lolita*』 출간.

1956년   1930년대에 러시아어로 쓴 단편 모음집 『피알타에서의 봄과
                다른 단편들 Весна в Фиальте и другие рассказы 』 출간.

1957년   소설 『프닌*Pnin*』 출간.

1958년   나보코프가 영어로 옮기고 역자 머리말을 붙인 레르몬토프
                의 소설 『우리 시대의 영웅*Hero of Our Time*』 출간. 단편집
                『나보코프의 한 다스*Nabokov's Dozen*』 출간. 뉴욕에서 『롤
                리타』 출간.

1959년   영어 시집 『시*Poems*』 출간. 『롤리타』의 성공으로 대학 강의
                를 접음.

4. 스위스(1960~1977)

1960년   스위스의 몽트뢰로 이주. 나보코프가 영어로 옮기고 상세
                한 주석을 단 『이고리 원정기*The Song of Igor's Campaign*』

출간.

1962년 스탠리 큐브릭이 감독한 영화 〈롤리타〉 상영. 소설 『창백한
불꽃*Pale Fire*』 출간.

1964년 기존 번역본의 오류를 바로잡고 방대한 주석을 붙인 푸시킨
의 『예브게니 오네긴*Eugene Onegin*』 출간.

1967년 자서전 개정판 『말하라, 기억이여—다시 쓴 자서전*Speak,
Memory: An Autobiography Revisited*』 출간. 단편집 『나보
코프의 4중주*Nabokov's Quartet*』 출간.

1969년 소설 『아다 혹은 열정: 가족 연대기*Ada or Ardor: A Family
Chronicle*』 출간.

1971년 러시아어와 영어로 쓴 시와 체스 문제가 수록된 『시와 문제
Poems and Problems』 출간.

1972년 소설 『투명한 물체들*Transparent Things*』 출간.

1973년 단편집 『러시아 미인 외 단편들*A Russian Beauty and Other
Stories*』 출간. 에세이와 인터뷰 모음 『굳건한 견해*Strong
Opinions*』 출간.

1974년 소설 『어릿광대를 보라!*Look at the Harlequins!*』 출간.

1975년 『재능』의 개정판 출간. 단편집 『독재자는 파괴되었다 외 단
편들*Tyrants Destroyed and Other Stories*』 출간.

1976년 나보코프가 영어로 옮긴 러시아어 단편집 『일몰의 세부 외
단편들*Details of a Sunset and Other Stories*』 출간.

1977년 7월 2일 스위스 몽트뢰에서 영면.

2009년 미완성 유작 『오리지널 오브 로라*Original of Laura*』를 드미
트리 나보코프가 정리, 편집하여 출간.

문학동네 세계문학

말하라, 기억이여

초판 인쇄 2025년 12월 15일
초판 발행 2025년 12월 26일

지은이 블라디미르 나보코프 | 옮긴이 오정미

책임편집 김수연 | 편집 최고라
디자인 김유진 이주영 | 저작권 박지영 형소진 주은수 오서영 조경은
마케팅 정민호 서지화 한민아 이민경 왕지경 정유진 정경주 김혜원 김예진 이서진
브랜딩 함유지 박민재 이송이 박다솔 조다현 김하연 이준희
제작 강신은 김동욱 이순호 | 제작처 영신사

펴낸곳 (주)문학동네 | 펴낸이 김소영
출판등록 1993년 10월 22일 제2003-000045호
주소 10881 경기도 파주시 회동길 210
전자우편 editor@munhak.com
대표전화 031) 955-8888 | 팩스 031) 955-8855
문학동네카페 http://cafe.naver.com/mhdn
인스타그램 @munhakdongne | 트위터 @munhakdongne
북클럽문학동네 http://bookclubmunhak.com

ISBN 979-11-416-0284-0 03840

잘못된 책은 구입하신 서점에서 교환해드립니다.
기타 교환 문의 031)955-2661, 3580

www.munhak.com